유성기의 시대,
유행시인의
탄생

※ 사사: 이 저서는 2008년 정부(교육과학기술부)의 재원으로 한국연구재단(구 한국학술진흥재단)의 지원을 받아 수행된 연구임(KRF-2008-812-A00169).

한편 이 책에서 소개한 유성기 음반 관련 자료들(음원, 음반 레이블, 음반 재킷, 가사지, 각 음반회사 매월신보, 악보 등)은 동국대학교 문화학술원 한국음반아카이브연구소장 배연형 교수로부터 인용 및 이용의 허락을 얻은 것이다. 특히 『안기영 작곡집』(전 3권) 관련 자료들은 한국예술종합학교 민경찬 교수로부터 인용 및 이용의 허락을 얻은 것이다. 이 자리를 빌려 소중한 자료를 주신 데에 깊은 감사의 인사를 드린다.

유성기의 시대,
유행시인의
탄생

시와 유행가요의 경계에 선 시인들

| 구인모 지음 |

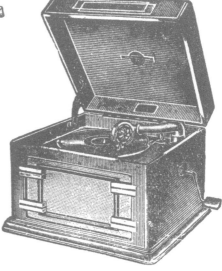

현실문화

차례

1장 유행시인의 탄생

2장 시단의 폐색과 유행시인에의 열망

7장 관제가요와 유행시인의 좌절된 이상

일러두기

1. 이 책에서 인용한 음반의 정확한 서지사항은 특별한 경우가 아니면 다음의 책과 인터넷 사이트의 정보를 따른다.

   • 한국음반: 동국대학교 한국음반아카이브연구단, 『한국유성기음반』 전 5권, 한걸음더, 2011.
   동국대학교 한국음반아카이브연구소 홈페이지 http://sparchive.dgu.edu
   • 일본음반: 昭和館, 『SPレコード60,000曲總目錄』, 東京: アテネ書房, 2003.
   일본국회도서관 '역사적 음원(歷史的音源)' 홈페이지 http://dl.ndl.go.jp/#music

2. 음반의 서지사항은 주석에 다음과 같이 표기한다.

   • 이 책의 「부록: 시인별 발매음반 목록」에 수록된 작품의 경우 본문에 다음과 같이 음반 서지사항을 밝힌다.
   예) 〈그리운 江南〉(Co.40177A, 1931. 5)
   • 그 외 작품의 경우 주석에 다음과 같이 표기한다.
   예) 〈그리운 江南〉(Columbia40177-A, 混聲合唱, 작사 金石松, 작곡 安基永, 연주 聲友會, 반주 日本콜럼비아管絃樂團, 1931. 5)

3. 이 책 본문에서 언급하는 음반회사 이름의 약칭은 다음과 같다.

   • Co.(→Columbia), Re.(→Regal), Vi.(→Victor), Po.(→Polydor), Ch.(→Chieron), Ta.(→Taihei), Ok.(→Okeh)

   또한 음반회사 레이블의 약호는 다음과 같다.

   • 일본콜럼비아사(→일본콜럼비아[Columbia]축음기주식회사), 일본빅터사(→일본빅터[Victor]축음기주식회사), 시에론사(→일본시에론[Chieron]축음기상회), 일본폴리돌사(→일본폴리돌[Polydor]축음기상회), 타이헤이사(→일본타이헤이[太平]축음기주식회사), 오케사(→오케축음기상회[日本帝國蓄音器株式會社])

4. 이 책에서 언급한 작품 가운데 음원과 관련 문헌이 현존하는 경우, 다음 인터넷 사이트에서 일부 또는 전체를 감상할 수 있다.

   • 동국대학교 한국음반아카이브연구소 홈페이지 "http://sparchive.dgu.edu"

프롤로그: 한국 근대시에 대한 상식과 편견을 넘어서

좀처럼 알려지지 않은 사실이 하나 있다. 1920년대 중반 민요를 전범으로 삼아 시가 개량의 담론을 전개한 이광수, 김억, 주요한, 김동환, 이은상, 홍사용 등은 1930년대 초부터 자신들의 시를 노랫말로 쓰기 시작하고 이를 유성기 음반(SP Record)으로 취입했다.[1] 또한 고한승, 김종한, 김형원, 노자영, 유도순, 이하윤, 조영출 등 한국 근대시사에서 상대적으로 각광받지 못했던 시인들도 이광수 등의 뒤를 따랐다. 그리하여 1930년대 후반부터는 더욱더 많은 시인들이 인쇄출판물로 발표한 자신의 시를 노랫말로 '유성기 음반'을 통해 발표하기도 하고, 심지어 오로지 유행가요로서 유성기 음반을 통해 발표할 목적으로 노랫말을 쓰기 시작한다.

이러한 창작의 효시는 이은상이 발표한 〈마의태자〉이다. 이은상을 비롯한 일군의 시인들은 1929년 조선가요협회를 창립하여, 이미 문자 텍스트로 발표한 작품을 음반으로 발표하거나, 음반으로 발표할 목적으로 시 혹은 가사를 창작했다. 특히 홍사용이 〈댓스오-케-〉를 발표한 이래 김억, 이하윤, 유도순, 조영출 등이 차례로 음반회사의 유행가요 전속 작사자로 활동하기에 이른다. 그리고 시인들의 이러한 활동은 조선에서 음반산업이 일단 막을 내리는 1943년경까지 지속되었다.

이들이 음반에 취입한 작품 수는 확인된 바로는 약 698곡(음반 면수로는 725면)에 이른다. 규모로 따지자면 이것은 식민지 시기 조선에서 발매된 약 4079면의 유행가요 작품 가운데 약 18퍼센트 정도이니, 그리 큰 비중을 차지하지는 않는 것으로 보일 수도 있다. 그러나 이 시인들이 사실상 근대기 한국에서 유행가요의 형성기를 연 이들이었다는 점에서, 그저 계량적인 수치로만 비중을 따질 수는 없다.

이 작품들 대부분은 안타깝게도 오늘날 온전한 실체가 남아 있지 않다. 유성기라는 음향기기나 유성기 음반 자체가 오늘날에는 역사적 유물이 되고 말았고, 근대기 한국에서 발매된 유행가요 음반 가운데 이른바 명곡 혹은 명반으로 기억되는 일부의 작품들만이 약 20여 년 전부터 간헐적으로나마 콤팩트디스크(CD)로 복각되었을 뿐이다.[2] 더구나 그 음반들을 발매한 것은 일본에 자회사를 둔 미국과 유럽의 음반회사들이거나 일본의 음반회사들이었으므로, 오늘날 음원 자체를 접할 기회는 매우 제한적이다.[3]

앞서 언급한 이은상의 〈마의태자〉는 음원도 남아 있고, 작곡자 안기영의 작품집(『안기영작품집』, 1931)이나, 당시 유행가요 가사와 악보를 수록한 노래책(『정선조선가요집』, 1931)에는 악보도 남아 있다. 그러나 정작 본격적으로 유행가요 가사 창작에 나섰던 홍사용, 김억 등의 작품 대부분은 음반과 함께 배포되었던 가사지, 흔히 '매월신보'라고 일컬었던 음반회사의 음반 홍보자료, 신문·잡지의 기사와 광고, 혹은 음악회의 전단지 등의 문헌으로만 제목과 서지사항, 가사나 몇 줄의 간단한 기록을 확인할 수 있을 따름이다. 즉 음반으로든 문헌으로든 이들의 작품은 풍상 속에서 이미 사라지거나 혹은 사라지고 있는 텍스트인 셈이다.

그런데 대체로 '유행가' 혹은 '신민요'와 같은 이 유행가요 작품들 가운데 상당수는 시인의 이름 곁에 '작시(作詩)'라고 명기되어 있기 일쑤여서 홍미롭다. 물론 시가 노랫말로서 음악과 결합하는 일은 그다지 새삼스러운 일은 아니다. 이를테면 서양 고전음악, 특히 19세기 독일 음악가들이 시를 음악적으로 해석한 성악곡(lied)을 곧잘 창작했거니와,[4] 그러한 전통에 힘입어 한국의 음악가들도 가곡을 창작했었다.[5] 또한 그중에서 명작으로 평가받는 작품들은 오늘날에도 애창되고 있다. 어디 그뿐인가? 오늘날에는 좀처럼 사례를 찾아보기 힘들지라도, 한국의 대중가요에서 시에 악곡을 붙여 음악적으로든 대중적으로든 성공한 작품들도 한둘이 아니다. 더구나 '시(詩)'와 '가(歌)', '시'와 '요(謠)'가 본래 둘이 아니었다는 것은, 동서를 막론하고 문학의 오랜 전통에서는 일종의 상식에 해당한다.

하지만 넓은 의미의 '시'가 아니라 '근대시', 특히 '자유시'의 경우라면 사정은 사뭇 다를 터이다. '시'가 곧 '근대시'이며 '자유시'를 의미하는 오늘날 시는 음악과 결별한 문자 텍스트로만 현전하며 인쇄매체를 통해 고독한 독자의 묵독으로 향유되는 운문문학으로 간주하기 마련이다. 따라서 그러한 '시'가 노랫말로서 음악과 결합한다면, 그것은 '시'와는 무관한 일이거나 '시'를 감상·향유하는 본래의 방식은 아니다. 오늘날의 시는 철저하게 문자성(literacy)에 근간을 둔 텍스트이며, 그것이 바로 상식이 되었기 때문이다.

이러한 점에서 보면, 이광수, 김억, 주요한, 김동환 등의 시인들이 스스로 자신의 시를 음악화하고 음반으로 취입하거나, 심지어 유행가요 가사까지 창작한 일은 참으로 흥미로운 현상이다. 사실 그들 대부분은 1910년대부터 서구와 일본의 근대시로부터 감화를 받아, 상징주의와 자유시를 통해 '시'라는 글쓰기의 전범을 제시하는 한편, 시에 대해 사유하고 논변하는 새로운 가능성을 제시한 이들이었다. 그들은 대체로 일본 유학이라는 공통된 체험, 그것을 통해 얻은 상징자본을 배경으로 '동인'이라는 집단과 '동인지'라는 매체를 중심으로 활동하면서, 근대 자유시를 통해 식민지 조선에서 심미적 주체로서의 개인의 탄생과 신문학(화) 창출의 비전을 제시했던 세대이다. 또한 그들은 1920년대에 이르러 시를 미적으로 승인받는 차원을 넘어서, 세계문학의 공간에서도 인정받는 민족적인 가치를 획득하고자 했었다.[6] 다시 말해서 일찍이 서구의 근대 자유시와 그 심미적 자율성의 이념을 기반으로, 이후에는 전래시가 문학의 자산을 전유하면서 근대시의 가능성을 개척하고자 했던 이들이, 결국 스스로 추동한 기획과는 상반되는 길로 나아갔던 것이다.

한편 고한승, 김형원, 노자영, 유도순, 이하윤 등은 사실 이광수, 김억 등과 마찬가지로 동인과 동인지를 기반으로 입신한 이들이었고, 저마다 '시'에 대한 나름대로의 입장을 천명하면서 창작과 번역 등을 통해 근대 자유시의 가능성을 모색했던 이들이었다. 하지만 문학적 입장의 측면에서 이광수, 김억 등과 다소간 거리가 있거나, 창작 역량의 측면에서 문학계 내에서 그다지 주목을 받지 못했던 이들이었다. 명목상으로는 기성 시인이었으나, 여러 가지 사정으로 문학계에서 주변적 지위에 처해 있었던 그들은, 저마다 문학계의 평가에 아랑곳하지 않고 자신의 시를 폭넓은 독자로부터 인정받을 길을 모색했다. 그리고 라디오와 더불어 부상하던 유성기, 유성기 음반이라는 근대적 매체와 유행가요를 통해 그 가능성을 발견했다.

그런가 하면 김종한, 조영출 등은 1920년대 이후 동인과 동인지 시대가 막을 내린 이후, 바야흐로 신문의 신춘문예 현상모집이나 잡지의 추천을 통해 시인으로서 입신할 기회를 엿보던 이른바 문학청년들이었다. 선배들의 선례를 따라 동인 집단을 이루거나, 동인지를 간행할 만한 처지가 못되었던 그들에게 작가로서 입신할 수 있는 기회는 신문과 잡지의 유행가요 현상모집이라는 관문을 통해 주어졌다. 하지만 그들은 유행가요를 단지 작가로 입신할 수 있는 기회로서만이 아니라, 예술성, 문학성은 물론 대중성을 갖춘 운문으로서 시대가 요구하는 예술이라고 굳게 믿고 있었다. 그래서 조영출의 경우 1934년《동아일보》신춘문예 현상모집의 '시'와 '유행가' 부문 모두 응모하여 당선했던 데에다가, 그해《별건곤》'신유행소곡대현상모집'에 두 차례나 응모하기까지 했다.

그렇다면 1920, 30년대 일군의 시인들에게 시란 무엇이었으며, 시를 음악화하고 심지어 유행가요까지 창작했던 일은 무엇을 의미하는가? 그것은 과연 문학적 행위였던가? 근대시를 둘러싼 상식에 비추어 보면, 그들의 창작 행위나 편력이 결코 문학적인 것은 아니었다고 보아야 할 것이다. 아니, 어쩌면 그것은 굳이 문학의 차원에서 설명하거나 판단할 만한 일이 아닐지도 모른다. 그도 그럴 것이, 이들은 우선 근대시의 이념, 장르의 관습, 주된 매체의 기반, 그리고 문학장으로부터 스스로 이탈해버렸기 때문이다. 특히 시의 음악화와 유행가요 가사 창작 과정에서 그들은 자유시가 아닌 정형시 형식을 선택했다.

한국 근대시 연구에 따르면 특히 '국민문학파' 혹은 '민요시파'로 분류되는 이광수, 김억 등은, 1919년의 역사적 사건을 계기로 형성된 조선 사회의 민족주의를 배경으로 민족의 보편적 심성이나 공통감각, 언어 민족주의를 재현했다는 정도의 평가를 받을 뿐, 그들의 문학적 편력 가운데 괄목할 만한 시절은 다시없었던 것처럼 여겨진다.[7] 나머지 시인들도 저마다 한국 근대시사의 인상적인 몇몇 장면의 활약 이외에 주목할 만한 시절은 아예 없었던 것처럼 여겨진다. 더구나 근대 자유시 미학의 심화와 문학적 근대(성)의 체현과 관련해서 1930년대 시문학파와 구인회 이후 모더니즘에 주목하게 되면, 그들은 한국 근대시 연구에서 관심의 대상조차 되지 못한다.[8]

물론 식민지 시기 유행가요 전체를 '가요시'로 규정하고, 이것을 한국 근대시 연구의 대상에 포함시켜, 민족문화사는 물론 정신사적 측면에서 의의를 규명하고자 한 일도 있었다. 그러니 그들의 시의 음악화, 유행가요 가사 창작이 오로지 홀대만 받았던 것은 아니다.[9] 더구나 한국 근대음악 연구나 대중음악 연구에서는 비록 본격적이지는 않더라도 제법 비중 있게 주목받았던 것도 사실이다.[10] 그러나 근대기 한국에서 시를 음악화하고 유행가요 가사를 창작했던 시인들의 작품과 편력을 돌아보는 일은, 결코 한국 근대음악 연구나 대중음악 연구에만 맡겨 둘 것이 아니다. 그렇다고 해서 그 시인들이 스스로 자신의 행위를 굳이 시적인 것, 문학적인 것이라고 했으므로, 그 작품들과 그들의 편력을 한국 근대시 연구의 외연 확장의 자산으로 삼아야 한다고는 보지 않는다. 서둘러 말하자면 그들의 일견 비상식적인 창작과 의외의 편력은, 우선 한국의 근대시 형성 초기의 극적인 전회의 장면과 관계가 깊다. 그것은 1910년대 후반 근대 자유시의 선구자이자 교사를 자임했던 신문학 초기 세대 시인들이, 1920년대 후반 이후 자신의 신념과 동시대 시인들의 창작에 회의를 느끼면서, 결국 정형시를 옹호하거나 실제로 정형시를 창작하기에 이르렀던 일련의 사정을 가리킨다.

　사실 1920년대 후반 이후 일어난 극적인 전회는, 근대 계몽기의 가사나 창가와 같은 정형시 양식으로부터 최남선 등의 신체시를 거쳐 결국 자유시로 나아갔다는 한국 근대시사의 발전 도식을 무색하게 한다는 점에서 문제적이다. 서구의 문학적 근대(성) 체현 도정을 염두에 두고 보면, '정형시로부터 자유시로'라는 도식은 예외 없는 당위의 명제이고, 한국의 근대시 또한 그러한 도식에서 예외이어서는 안 되기 때문이다. 그러한 한국 근대시 연구의 당위의 명제에 입각해서 보자면, 그 전회의 원인이나 계기야 어떻든지 신문학 초기 세대 시인들의 근대 자유시에 대한 의식과 창작 역량의 결여 혹은 한계를 의미한다고 판단하면 족할 것이다. 문학사의 장구하고도 도도한 흐름은 러시아 형식주의자들의 격언대로 숙부로부터 조카로 이어지고, 신문학 초기 세대 시인들이 못다 체현한 근대 자유시 발전의 소명은 시문학파나 구인회 등 후배 세대들이 이루어내니 말이다.

한편 그 전회의 원인과 함의는 시를 미학적 인간으로서의 근대적 개인 혹은 민족 이념의 표현으로 간주하고, 그 역사를 한국 근현대사(혹은 근현대 사상사)와 세계문학사의 일반적 행정의 일부로 이해하는 관점, 즉 근대 자유 시를 이념형으로 인식하고 그 역사를 정신사의 일부로 구성하는 관점에서 보면, 역설적으로 한국 근대시 연구의 민족주의를 정당화하는 근거로 동원 되기도 한다. 그러나 그러한 한국 근대시 연구의 방법은 어째서 문자 텍스트 로서의 시가 음성(향) 텍스트로서의 음악과 결합할 수밖에 없었던가 하는 근원적인 질문에 답할 수 없는 문제를 안고 있다. 설령 그러한 연구 방법이 타당하더라도 개인의 심미적 자율성과 그것을 언어적으로 표상하는 자유로 운 시의 형식을 부정하면서까지 민족 공동체의 보편적 심성과 공통감각을 엄격하고 예외 없는 형식으로 재현하는 일이 과연 온당했던가 하는 것은 두 고두고 논쟁의 여지로 남을 것이다.

이 책이 1930년대 몇몇 시인들이 시의 음악화와 유행가요 가사 창작에 나섰던 사정에 주목하는 이유는, 신문학 초기 시인들이 수행한, 비상식적 이고도 예외적인 것처럼 여겨져온 창작 행위가, 사실은 약 한 세기 이전 한 국에서 근대 자유시를 둘러싼 다면적인 조건과 환경, 시 창작을 둘러싼 근 대성의 특징적인 국면, 이 두 가지 중요한 문제를 고스란히 드러낸다고 보기 때문이다. 그렇다면 앞의 그 다면적인 조건과 환경이란 무엇인가? 이를테면 그것은 근대 자유시를 읽는 독서 공동체의 실상, 근대 자유시에 대한 동시 대의 기대 지평, 문화상품으로서의 근대 자유시가 처한 환경이나 시집의 위 상, 동시대 시가 장르의 이종 양식들은 물론 다른 장르들과의 관계, 이른바 시단을 구성하는 복잡한 역학 관계, 직업인으로서 시인의 삶과 위상 등이다.

즉 그것은 근대기 한국의 문화장에서 근대적인 의미의 시라는 글쓰기를 가능하게 하고, 독서 공동체에 문화상품으로 유통시키며 취향을 결정하는 제도적 기반과 그것을 둘러싼 의사소통의 구조이다.[11]

그것은 한국 근대시와 그 역사적 도정을 이념형으로, 정신사적 관점으로 이해하는 한 결코 바라볼 수 없는 사각의 영역이다. 근대 자유시 형성을 추동한 이념과 정신사적 맥락만큼, 근대기 한국의 시를 이해하는 데에 그보다 더욱 중요한 것이 바로 그 영역이라는 것이다. 1929년 이광수, 김억, 주요한, 김동환 등이 조선가요협회 활동을 통해 본격적으로 시도한 시의 음악화와, 이후 이 협회 시인들의 유행가요 가사 창작은 표면적으로는 동시대 유행가요의 개량을 표방하면서 이루어졌으나, 근본적으로 근대 자유시는 물론 문자 텍스트로서 현전하는 시의 본질에 대한 회의로부터 비롯한 것이었다.

시의 본질에 대한 회의는 당시 문학의 대표적인 저널이었던《개벽》의 폐간(1926)과《조선문단》의 기약 없는 정간(1926)으로 인한 시인들의 지면 상실, 신문학 초기 세대 시인들의 사화집인『조선시인선집』(1926) 이후로 필자 대부분이 겪어야 했던 창작 역량의 저미(低迷)함 등 당시 시인들이 보편적으로 절감하고 있던 이른바 시단의 폐색 현상을 배경으로 한다. 1920년대나 그 이후에나 조선인의 문맹률은 줄곧 높았고, 근대적인 시적 발화에 대한 심미적 취향과 상당한 감식안을 지닌 독자층은 항상 빈약했다. 또한 한국의 근대 자유시가 상업 출판물 사이에서 차지하는 위상은 매우 낮았으며, 잡가나 유행창가와 같은 시가(詩歌) 장르의 이종 양식들과도 독자를 둘러싸고 경쟁을 벌일 수밖에 없었다.

그러한 가운데 김억을 비롯한 몇몇 시인들은 자신들의 신념과 무관하게 신문학(화)의 선구자이자 교사로서의 위상이 동요하는 체험을 감내해야 했고, 근대 자유시를 통해 제시하고자 했던 인간형이나 공동체와 세계에 대한 비전과 글쓰기에 대해 진지하게 회의하지 않을 수 없었다. 그들은 근대 자유시라는 글쓰기와 담론의 이상, 독서 공동체의 운문 장르에 대한 취향 사이의 길항을 어떻게 극복할 것인가 하는 난제 앞에서, 결국 시적 발화의 가치와 정당성을 보장하는 것은 독자와 사회의 보편적 공감뿐이라는 결론에 이르렀다. 그리하여 그들은 내재율이 아닌 외형률, 문자 텍스트가 아닌 음성(향) 텍스트로서의 시를 선택한다. 즉 그러한 전회는 자유시를 통한 근대시 형성 기획, 그것을 통해 독서 공동체를 계몽하고자 했던 기획이 좌절되는 국면이었다.

이 좌절과 전회를 통해 이 시인들은 고급문화와 하위문화 사이에서, 문학성(혹은 예술성)과 대중성 사이에서, 근대 자유시로서는 얻을 수 없는 시 창작의 가능성을 모색했다. 그 결과 그들은 시를 음악화하는 것은 물론 유행가요 가사마저 창작했고, 나아가서 심지어 다국적 음반회사의 전속 작사자로 활동하기에 이른다. 그러한 모색과 실천은 신문학 초기 세대 시인들은 물론, 고한승과 같이 폐쇄적인 문학계에서 주변적인 지위를 면치 못했던 시인들과, 김종한, 조영출과 같은 허다한 문학청년들마저 나설 만큼 매력적이었던 것으로 보인다. 그것을 추동했던 것은 동시대 저널리즘과, 바야흐로 조선에서 부상하던 일본콜럼비아사 등 다국적 음반회사들의 상업적 기획, 그리고 조선보다 앞서 시의 음악화와 유행가요 가사 창작에 나섰던 기타하라 하쿠슈(北原白秋)나 사이조 야소(西條八十) 등 일본 시인들의 선례였다.

한국 근대시 연구의 이 '사각의 영역'은 시를 둘러싼 문화장 내의 다양한 주체들의 입장과 요구 혹은 욕망이 얽혀 이루어진 공간, 1920년대 후반 이후 조선에서 시와 시인이 처해 있던 적나라한 현실이었다. 즉 시는 이념과 정신의 재현이나 표상, 자족적이고도 자율적인 예술의 영역이기 이전에, 매체와 자본에 의해 부단히 변용하는 글쓰기이자 문화상품의 일종이었다. 시인 또한 세계의 입법자나 민족의 교사이기 이전에, 글쓰기 능력을 재화로 교환해야 하는 한 사람의 직업인 혹은 생활인이었다. 바로 이러한 현실이야말로 근대기의 시와 시인을 둘러싼 근대(성)였다고 해도 과언이 아니다. 이 책이 1920년대 후반 이후 한국에서 일어난 시의 음악화, 시인의 유행가요 가사 창작을 통해 조망하고자 하는 바도 그러한 시와 시인의 근대(성) 혹은 근대 체험이다. 이들 시인들에게 시의 음악화, 유행가요 가사 창작은 장르와 매체의 경계를 넘는 모험이었기 때문이다.

그들이 당면한 이 '현실'과 '모험'은 근대기 이후 한국의 시인들은 물론 한국 근대시 연구의 이른바 '문학 중심주의'의 관점에서 볼 때 그저 비루하기만 할 것이다. 하지만 시의 음악화, 유행가요 가사 창작이 일군의 시인, 문학청년 등에게는 새로운 시 창작의 가능성이었던 점에서, 그들로서는 그것이 한편으로는 문학적이고도 또 한편으로는 문화적인 실천이었다. 이를테면 이광수, 김억, 주요한 등 일군의 시인들이 《조선문단》을 중심으로 선언적 차원에서 전개한 이른바 시가 개량·국민문학의 담론과 일련의 창작은, 사실 이 잡지의 폐간 이후 조선가요협회를 거쳐 음반회사의 전속 작사자로의 변신을 도모하는 가운데 구체적인 윤곽을 갖추었다. 그리고 다국적 음반회사들이 조선어 유행가요, 특히 신민요를 중심으로 한 레퍼토리를 경쟁적으로 기획·제작하는 가운데, 결국 문화상품으로서 유행가요와 그 창작의 의의를 정당화하는 것으로 귀결되었다. 그러니까 1920년대 후반 이후 시가 개량·국민문학론의 전말은 한편으로는 문학사적 사건이면서, 다른 한편으로는 문화사적 사건이었다.

다국적 음반산업과 저널리즘에 의해 시가 문화상품으로 변용·유통·소비되던 현상, 글쓰기의 정당성을 미학적 자율성이 아닌 대중적 공감에 두는 시인들이 나타나게 된 현상은, 당시 한국에서 근대 자유시를 둘러싼 이념이나 근대 자유시의 위상을 반성적으로 돌아보게 한다. 즉 그 무렵 한국에서 시와 시인들을 둘러싼 서로 다른 관념, 규범, 제도가 경합하고 있었던 것이다. 근대 자유시는 당시 시가 장르 내부에서는 물론 문화장에서도 결코 중심적 지위를 차지하지도 못했고, 그것을 정당화하는 이념은 부상하는 대중문화나 자본의 위세를 감당하기도 어려웠다. 당시 문화장에서 근대 자유시는 장르의 차원에서는 시가 장르의 이종 양식들과, 매체의 차원에서는 부상하는 문화상품이었던 유행가요와 경합하면서 고유한 영역을 차지하기 위해 분투하고 있었던 셈이다. 그러한 경합과 분투가 흔히 근대 자유시가 전성기를 맞았던 것으로 알려진 1930년대의 형국이었다는 사실은 매우 문제적이다. 이 책이 규명하고자 하는 것 가운데 하나도 바로 그러한 형국이다.

그런데 1920년대 후반 이후 조선 시인들이 다국적 음반산업과 자본을 기반으로, 시와 시인을 둘러싼 관념, 규범, 제도의 변화를 배경으로 장르와 매체의 경계를 넘는 모험에 나섰다고 하더라도, 그들은 과연 근대 자유시로서 얻을 수 없는 어떤 가치를 성취했던가? 이것은 시인들의 시의 음악화, 유행가요 가사 창작의 궁극적인 의미를 묻는 매우 중요한 질문이기는 하나, 그 답은 간단히 구하기 어렵다. 장르와 매체의 경계를 넘는 텍스트, 음악화, 대중적인 향유, 그리고 음반취입을 전제로 한 텍스트로서의 유행가요 가사는, 시 연구의 상식적이고도 관습적인 관행을 따르면서도, 경우에 따라서는 전혀 다른 방식으로 독해해야 하기 때문이다.

이 책은 유행가요 제작 메커니즘의 중층적 구조 속에서 작사자로 참여했던 시인들의 작품이 특별한 제재, 정서, 형식이 주조되는 양상을 통해 구현되는 미학을 규명하는 한편, 장르와 매체의 경계를 넘는 그들의 모험이 과연 본래 의도대로 온전히 성공할 수 있었던가를 규명할 것이다. 특히 후자와 관련해서 유행가요를 둘러싼 의사소통 구조에서 그 '모험'의 의의를 결정했던 동시대 유행가요 청중에 대해 주목할 것이다. 시의 독자와 마찬가지로 유성기와 유성기 음반을 통해 개인적으로 유행가요를 향유했던 청중 또한 근대기 한국에서 좀처럼 제 모습을 드러내지 않은 것이 사실이다. 하지만 그들은 이를테면 유성기 실연 음악회나 음반회사의 각종 연주회 관객으로서 실상을 드러냈다. 그 청중의 취향은 독자에 비해 훨씬 복잡하고 다양했고 변덕스러웠으며, 그래서 작사자인 시인의 유행가요는 그들의 의도대로 보편적인 공감을 얻는 대신 매우 한시적인 생명력을 지니는 텍스트였다. 즉 그들의 모험은 문자 텍스트와 인쇄출판 매체에 기반한 창작에 비해서 대중적인 공감을 얻기에는 쉬울 수 있어도, 그만큼 외면당하기도, 망각되기도 쉬운 운명을 지니고 있었다. 그러므로 시인들이 작사자로서 음성 텍스트와 음향매체를 통해 구현한 미학이 과연 보편적이고도 장구한 감동을 얻었던가는 청중과 그들의 취향을 통해 규명할 수밖에 없다. 시인들에게 유행가요 가사 창작이 그야말로 모험인 이유도 바로 이러한 사정에서 비롯한다.

한편 이 책은 그 '모험'의 기반이 되었던 유행가요 제작 메커니즘을 만들어낸 것이 일본의 음반산업이었다는 것, 특히 중일전쟁 이후 그 모두가 일본 내무성과 조선총독부의 미학의 정치화에 동원되었던 사정에도 주목할 것이다. 일본 내무성과 조선총독부가 음반산업을 동원하여 관제가요 혹은 시국가요를 직접 제작·보급하는 과정에서, 이들 시인들이 자의든 타의든 전쟁 협력의 길로 나서고, 시인들이 정치적 이념의 프로파간다가 되어야 했던 형국에서, 일찍이 그들이 문학성(혹은 예술성)과 대중성 사이에서 시대를 초월하는 보편적인 공감을 지니는 시를 향한 그들의 이상과 그 진정성의 실체도 온전히 드러날 것이다. 뿐만 아니라 일부 시인들의 경우 그들이 일찍이 천명했던 시가 개량·국민문학론에 대한 판단도 이루어질 것이다.

앞서 거론한 바와 같이 이 책은 한국 근대시사의 특수한 장면들과 근대기 한국의 음악사나 문화사의 중요한 장면들을 가로지르면서, 그 '모험'을

1930년대 시적 발화의 한 측면으로, 또한 문화적 실천의 차원에서 조망한다. 이러한 조망이 지향하는 것은 우선 근대기 한국의 시를 둘러싼 상식과 편견을 넘어서, 그것이 처해 있던 현실의 다면적인 조건과 환경에 대한 이해이다. 그리고 근대시의 미학적 자율성의 논리, 국민문학의 논리가 제국의 기술, 자본, 심지어 정치와도 결합했던 특별한 국면들을 통해, 식민지 시기 조선에서 근대시의 도정이 결코 순탄하지 않았던 사정에 대한 반성적 이해이다. 그리하여 궁극적으로는 그 탐색과 이해를 통해, 식민지 조선에서 근대의 시가 아닌 시의 근대, 자유시가 아닌 시의 자유에 대해 새롭게 논의하는 가능성을 마련하는 일이다. 환언하자면 이 책은 근대기 한국의 시를 타자화하여 조망하면서, 다시 그 존재와 본질을 되묻고자 하는 시도이다.

그래서 이 책은 문학연구나 대중문화연구의 익숙한 이론이나 담론의 해석학적 방법이나 환원론으로부터 가능한 한 거리를 두고자 한다. 좀처럼 알려지지 않은 문학사적·문화사적 사건들, 유성기 음반이라는 역사적 유물과 빈약한 관련 기록들, 그리고 망각된 과거의 텍스트와 작가들을 실증적으로 검토하면서도, 단지 한 시대를 풍미한 유행가요의 명작·명음반과 유행가요 문화를 재구성하거나, 그것을 낭만화하는 일은 피하고자 한다. 그럼에도 불구하고 근본적으로 장르와 매체의 경계를 넘는 시적 모험을 서술할 이 책 또한 여느 연구서와 마찬가지로 나름의 서사가 없을 수는 없다. 그 시작은 1929년 조선가요협회 창립으로, 마지막은 1937년 조선총독부 관변단체 가운데 하나였던 조선문예회의 관제가요 음반발표 이후로 삼고자 한다. 그리고 그 시작부터 마지막에 이르는 도정을 두루 거친 시인들을 서사의 주인공으로 삼고자 한다. 비록 십 년이 채 안 되는 기간이기는 하나, 시인들의 모험과 그 전말은, 한국에서 시가 문화와 역사 속에서 체험한 복잡다단한 근대성을 탐색하고 이해하기에는 충분하기 때문이다.

1장
유행시인의
탄생

1. 조선가요협회 창립이라는 사건

1929년 2월 22일 저녁 7시. 경성 시내 조선일보사 건물에서는 당시 조선의 문학과 음악(서양음악)을 대표하는 예술인 16명이 모여 조선가요협회라는 단체를 창립한다. 당시 몇 건의 신문기사에 따르면 이들은 조선 사회에서 유행하는 이른바 '속요(俗謠)'가 퇴폐적이고 세기말적인 것이거나 현실도피적인 것이어서, 조선 민족의 기상을 그릇된 방향으로 이끄는 '악종가요(惡種歌謠)'이므로, 이것을 대신하여 진취적이고 단체적이며 조선의 정조를 강조하는 노래를 보급하자는 취지로 조선가요협회를 결성했다고 한다. 그리고 "건전한 조선가요의 민중화를 기한다"는 강령과 "모든 퇴폐적 악종 가요를 배격하자", "조선민중은 진취적 노래를 부르자"는 슬로건을 내세웠다고 한다. 한편 이 조선가요협회 창립 동인의 명단도 공개되었다.[1)]

동인 명단(총 16명)

문학인(11명): 이광수, 주요한, 김소월, 변영로, 이은상, 김형원, 김억, 양
　　　　　　　주동, 박팔양, 김동환, 안석주

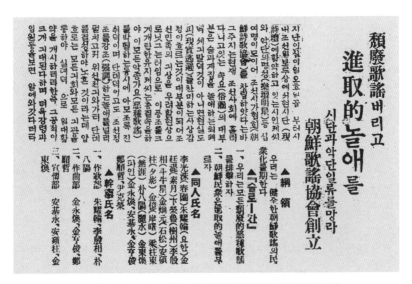

頹廢歌謠 버리고 進取的 놀애를, 시단과 악단 일류를 망라, 朝鮮歌謠協會 創立

지난 이십이일 오후 일곱 시부터 시내 조선일보 루상에서 현시단(現詩壇)에 활약하고 잇는 시인 제씨와 악단의 명성(樂壇明星) 등 십여 명이 모이어 조선시가협회(朝鮮歌謠協會)를 창립하얏다는 바 그 주지는 현재 조선사회에 흘러 다니고 잇는 속요(俗謠)의 대부분은 술과 계집을 놀애하는 퇴폐덕 세긔말덕 것이 아니면 현실도피(現實逃避)를 찬미하는 사상 감정이 흐르는 것이 대부분이 되어 조선민족의 긔상을 우려할 현상으로 넛는 터임으로 이 풍조를 크게 개탄한 유지 제씨는 총 결속을 하야 이 모든 악종가요(惡種歌謠)를 박멸하는 동시에 아모조록 진취 덕이며 단톄덕이고도 조선정조를 강조(强調)하는 놀애를 널리 펼치고저 위선 전긔와 가티 단톄를 결성하야 노흔 것이라는데 압흐로는 모든 긔회와 모든 긔관을 통하야 실뎨덕으로 일대 활약을 개시하리라 한 즉 그 공적이 크게 긔대된다 하며 더욱 강령과 임원 등을 보면 알에와 갓더라. 《동아일보》, 동아일보사, 1929. 2. 25)

음악인(5명): 김영환, 김형준, 안기영, 정순철, 윤극영

간사 명단(총 9명)

작가부: 주요한, 이은상, 박팔양

작곡부: 김영환, 김형준, 정순철

선전부: 안기영, 안석주, 김동환

우선 이 명단을 보면 당시 문학에 대한 입장이 분명하게 서로 달랐던

문학인들이 한자리에 모여 있다는 점을 알 수 있다. 이른바 국민문학론자들(이광수·김억·주요한), 그들에게 우호적이었던 문학인들(김소월·변영로·양주동·이은상), 그리고 한때나마 프롤레타리아 문학운동에 몸담았거나 그들에게 우호적이었던 문학인들(박팔양·김동환·김형원·안석주)이 동일한 강령과 슬로건 아래 모였기 때문이다. 그런가 하면 음악인들의 경우 대체로 일본에서 근대 서양음악을 전공한 이들이었고, 당시 조선에서 서양음악인으로서 연주활동과 교육의 제일선에 있던 이들이었다.[2] 특히 선전부의 간사를 맡은 안기영은 근대기 일본의 창가·유행음악 번안곡·동시대 통속 민요를 대신하여 조선 전래의 구전 민요를 서양음악의 문법으로 재해석한 성악곡을 조선에 정착시키고자 했던 음악인으로 알려져 있다.[3]

약 3개월 후인 1929년 5월 25일, 이 조선가요협회는 종로 중앙청년회관에서 회원만 참석한 가운데 '작곡부 감상회'를 연다. 그리고 이후 악보집을 출판하고 '작품 공개회'를 개최하기로 결정했다.[4] 당시 신문기사를 종합해보면, 회원들은 서양식 혹은 조선 전래의 선율로 동요·민요·독창곡 형식의 곡 14작품을 발표했던 것으로 보인다. 그런데 이 몇 건의 기사를 마지막으로 조선가요협회와 관련한 소식은 더 이상 어떤 신문에도 실리지 않아, 일반인을 대상으로 한 '작품 공개회'가 과연 개최되었는지 알 길은 없다. 다만 선전부 간사를 맡은 김동환이 주재했던 잡지 《삼천리》 1929년 5월호에는 조선가요협회가 편찬한 『가요협회가곡선』 간행 예정을 알리는 광고가 게재되는데, 이 책이 바로 조선가요협회의 악보집이었던 것으로 보인다.

광고의 문안에 따르면 『가요협회가곡선』은 조선가요협회의 악보집이 분명한데, 짐작컨대 문자 텍스트인 시와 음향 텍스트인 악보, 그리고 안석주의 삽화까지 더한 그야말로 종합예술의 텍스트였을 것이다.[5] 또한 작가자, 즉 작사자의 명단에는 박팔양의 이름이 보이지 않고, 작곡자의 명단에는 윤극영과 김형준의 이름이 보이지 않으니, 이 두 사람은 '작곡부 감상회'에서 작품을 발표하지 않았을 수도 있다. 그럼에도 불구하고 이 광고에서 '제1집'임을 명기한 것은 조선가요협회가 장기적인 계획을 세우고 활동했음을 알 수 있다. 이 광고 이후 《삼천리》에는 같은 광고가 1930년 4월과 5월 두 차례에 걸쳐 게재되지만, 실제 간행을 알리는 광고는 게재되지 않는다. 더구나 오늘날 이 가곡집 관련 광고를 비롯한 어떠한 흔적도 찾아볼 수 없어 이 책은 사실상 간행되지 못한 것으로 보인다.

조선가요협회와 관련하여 오늘날 남아 있는 문헌은 그 수효가 적고 보잘것없다. 그래서 이 협회의 활동은 그저 일회적인 사건에 그친 것처럼 보이기도 한다. 후일 김형원의 회고만 보더라도 당시 몇몇 문학인들이 의기투합하여 우연히 결성한 단체로 보이기도 한다.[6] 그러나 김형원의 회고와 달리 안기영의 회고에 따르면, 조선가요협회는 공식적인 창립 일자보다 약 8개월 앞선 1928년 6월 하순경 이미 작곡할 시를 선정하고 음악인들에게 작곡을 의뢰했던 것으로 확인된다. 안기영이 작곡 의뢰를 받은 시점은 그가 미국 유학을 마치고 귀국한 1928년 6월 20일 직후였다.[7] 그렇다면 조선가요협회 동인들은 이미 창립 모임을 갖기 이전부터 치밀하게 협회의 활동을 준비하고 있었던 것이다. 이때 안기영이 작곡 의뢰를 받은 작품이 이광수의 〈우리 아기 날〉과 김형원의 〈그리운 강남〉이라고 하니, 적어도 이광수와 김형원만큼은 안기영보다도 일찍 조선가요협회와 관련한 활동을 계획·실천하고 있었던 것이다.

안기영이 곡을 붙인 이광수의 〈우리 아기 날〉과 김형원의 〈그리운 강남〉 이외에, 조선가요협회 동인들이 '작곡부 감상회'에서 발표하거나 『가요협회 가곡선』을 통해 발표하고자 했던 작품들은 대체 어떤 것이었나? 신문기사에서는 작품과 관련한 구체적인 사항들이 나타나 있지 않으나, 그 무렵 몇몇

표1 | 조선가요협회 관련 추정 작품 목록 1

구분	작사·작곡	곡명	출전
악보	석송 요(謠)· 안기영 곡(曲)	〈그리운 강남〉	《학생》 제2권 제1호, 1930. 1
악보	파인 요· 정순철 곡	〈종로 네거리〉	《학생》 제2권 제1호, 1930. 1
악보	요한 요· 윤극영 곡	〈고인물(3부합창)〉	《학생》 제2권 제1호, 1930. 1
악보	정순철	〈신작동요곡 — 눈, 바다야, 골목대장, 기럭이〉	《어린이》 제8권 제7호, 1930. 8
악보	이광수 작사· 안기영 곡	〈새나라로〉	《별건곤》 제40호, 1931. 5
악보	주요한 요· 안기영 곡	〈신민요 붓그러움〉	《신여성》 제5권 제5호, 1931. 6
악보	김석송 작가 안기영 작곡	〈그리운강남〉	『정선조선가요집 제1집』, 조선가요연구사, 1931. 11
악보	이은상 작가 안기영 작곡	〈마의태자〉	『정선조선가요집 제1집』, 조선가요연구사, 1931. 11
악보	주요한 가· 안기영 곡	〈봄비〉	《동광》 제32호, 1932. 4
가사	김여수 외	〈신작동요 — 가을, 햇쌀지겟네, 별르든날〉	《어린이》 제8권 제7호, 1930. 8
광고	"정순철 선생 동요작곡집 갈닙피리"		《별건곤》 제34호, 1930. 11
광고	"안기영 작곡집 제2집"		《동광》 제25호, 1931. 9

잡지와 유행음악 가사·악보집인 『정선조선가요집』(1931)에는 조선가요협회 동인들이 창작한 것으로 보이는 악곡의 악보와 작곡집 광고가 몇 건 게재된 바 있다. 그것을 정리하면 [표1]과 같다.

이 가운데 악보가 게재된 작품은 모두 12곡인데, 이 작품들은 조선가요 협회의 활동과 직접적인 관계가 있을 뿐만 아니라, 특히 작곡부 발표회에서 발표되었을 가능성이 매우 높다. 아마도 이러한 작품들이 1930년 봄에 간행 하기로 했던 『가요협회가곡선』에도 실릴 예정이었을 것이다. 그런데 여기에 서 정순철의 동요작곡집 『갈닙피리』(1929)와 안기영의 『안기영작곡집 제이집』(1931)의 광고를 주목할 필요가 있다. 『가요협회가곡선』 간행이 지연되고 있던 중에 발표된 『갈닙피리』와 『안기영작곡집』은 조선가요협회 활동과 관계있는 작품들이 대거 수록되어 있을 가능성이 높기 때문이다. 안기영은 조선가요협회 활동이 한창이던 무렵 『안기영작곡집 제일집』(1929)과 『안기영작곡집 제이집』(1931)을 발표했고, 조선가요협회의 활동이 사실상 끝난 이후 『안기영작곡집 제삼집』(1936)을 발표했다. 이 3권의 작곡집 가운데 1집과 2집에 수록된 대부분의 작품들이 바로 조선가요협회 문학인 동인들의 시에 안기영이 곡을 붙인 것으로 보인다. 그것을 정리하면 [표2]와 같다.[8]

　이 표에 따르면 조선가요협회 작곡부 감상회가 열린 1929년 5월 25일 이전에 발표된 안기영의 작품들은, 이은상의 〈물새〉, 〈남산에 올라〉, 김억의 〈산고개〉, 〈살구꽃〉, 〈해당꽃〉, 〈밀밭〉, 〈만월대서〉, 김형원의 〈그리운 강남〉, 김소월의 〈진달내꽃〉 이상 9편이다. 이광수와 김형원의 작품을 제외한 나머지 12편 가운데 일부는 조선가요협회 작곡부 발표회에서 발표했을 가능성이 높다. 그리고 이광수의 〈우리 아기〉가 『시가집』에 수록된 작품이므로, 주요한의 〈붓그러움〉, 〈봄비〉, 이광수의 〈살아지다〉, 〈새나라로〉, 김동환의 〈배사공의 아내〉 이상 6편도 발표했을 가능성이 있다. 설령 이 작품들이 1929년 5월 25일의 감상회에 발표되지 않았다고 하더라도, 조선가요협회가 1931년까지는 활동했던 것으로 보이므로, 지속적으로 작곡되었을 가능성을 배제할 수 없다.

　한편 1929년 9월 11일에 간행된 『안기영작곡집』 1권에만 수록되고 그 이전 다른 매체에 발표된 적이 없는 작품들은, 이은상의 〈오늘도 조약돌을〉, 〈춘사〉, 김억의 〈복송아꽃〉, 주요한의 〈뜻〉, 이광수의 〈우리 아기〉 이상 5편이다. 그리고 이은상의 〈마의태자〉, 〈금강귀로〉, 〈하소연〉, 김동환의 〈방아타령〉, 김형원의 〈그리운 강남〉의 발표 시점이 『안기영작곡집』(1931년 6월)과

표2 | 조선가요협회 관련 추정 작품 목록 2

이름	안기영작곡집(권)	원전	비고
이은상	〈오늘도 조약돌을〉(1)		
	〈조선의 꽃〉(1)	《삼천리》(1929.6.12)	
	〈물새〉(1)	《동아일보》(1929.1.2)	
	〈남산에 옳아〉(1)	《삼천리》(1929.9.1)	「남산에 올라」
	〈춘사(春詞)〉(1)		
	〈마의태자〉(2)		
	〈금강귀로〉(2)	『노산시조집』(1932. 4)	탈고일 1930.7.27
	〈하소연〉(3)		
김억	〈산고개〉(1)	《별건곤》(1927.8)·『안서시집』(1929.4)	
	〈살구꽃〉(1)	《조선일보》(1928.9.23)·『안서시집』	
	〈해당화〉(1)	《조선일보》(1928.10.20)·『안서시집』	「해당꽃」
	〈밀밭〉(2)	『안서시집』	
	〈만월대〉(2)	《매일신보》(1928.1.1)·《조선일보》(1928.4. 26)*	*「만월대서」로 게재
	〈복송아꽃〉(2)		
주요한	〈뜻〉(1)	『봉사꽃』(1930.3.1)	
	〈어머니와 아들〉(2)		
	〈붓그러움〉(2)	『시가집』(1929.10)	가사 게재 (《동아일보》, 1939.6.2)
	〈힘〉(3)	『봉사꽃』	
	〈봄비〉(3)	『시가집』	가사·악보 게재 (《동광》, 1932.4.1)
김석송	〈그리운 강남〉(1)	《별건곤》(1929.4.1)	
이광수	〈우리 아기 날〉(1)	『시가집』	「레이몬드服部 아기」
	〈살아지다〉(2)	『시가집』	
	〈새나라로〉(2)	『시가집』	
김동환	〈배사공의 아내〉(2)	『시가집』	가사·악보 게재 (《별건곤》, 1931.5.1)
	〈방아타령〉(3)		
김소월	〈진달내꽃〉(1)	《개벽》(1922.7.10)·『진달내꽃』(1925.12)	

『노산시조집』(1932)의 간행보다 앞선다. 이것은 이들 문학인 동인들이 오로지 조선가요협회의 활동만을 염두에 두고 창작한 작품이었다는 것, 문자 텍스트로서만이 아니라 음향 텍스트인 악보나 음악 그 자체로서만 존재하는 것을 염두에 두고 창작한 작품이었다는 것을 의미한다. 즉 조선가요협회가 창립하여 이들이 자신의 시를 음악화하는 가운데 텍스트와 장르의 경계를 넘어서는 시도를 한 것이다.

안기영이 작곡한 조선가요협회 동인들의 작품들은 오늘날 한국에서는 앞서 제시한 잡지와 『안기영작곡집』 이외에는 거의 찾아볼 길이 없으나, 북한에서 간행된 『계몽기가요선곡집』(2001)에는 〈그리운 강남〉, 〈조선의 꽃〉, 〈뜻〉, 〈만월대〉, 〈배사공의 아내〉 이상 5편이나 수록되어 있다. 이 악보집에는 이 작품들의 장르를 분명히 밝히고 있다. 이를테면 〈그리운 강남〉, 〈조선의 꽃〉, 〈뜻〉은 '동요편'에, 나머지 두 작품은 '예술가곡' 편에 수록되어 있는 것이다. 또한 이 책에는 박팔양의 작품에 윤극영이 곡을 붙인 〈눈오는 아침〉도 수록되어 있다.[9]

어쨌든 조선가요협회 문학인 동인들의 이러한 시 창작은 텍스트와 장르 월경의 체험이자 기획이었다고 할 수 있다. 그들은 시를 독자가 그저 눈으로 읽거나 읊조리거나 암송하는 텍스트인 문학의 경계 안으로만 한정하지 않고, 눈으로 읽으면서도 악곡에 맞추어 부르고 듣는 음악의 차원으로도 확장시키고 있었던 것이다. 안기영의 작곡집 악보에 첨기된 시가 그러하거니와, 작곡부 발표회나 작품 공개회에서 연주되었을 노래는 그러한 사정을 웅변적으로 시사한다. 그런데 조선가요협회의 작품 공개회는 실제로 개최되지 못했던 것으로 보이지만, 뜻밖에도 안기영의 작곡 발표회가 조선가요협회 활동 시기에 개최된 바 있다. 이와 관련한 신문기사와 사진에 따르면, 이 발표회는 안기영은 물론 그가 이끌었던 성우회 회원들이 연주하고, 아마도 조

〈그리운 강남〉(Victor49512-B) 레이블

선가요협회 회원들로 여겨지는 10명 남짓한 문학인들, 몇몇 내외 명사들을 비롯한 학생들을 주된 관객으로 하여, 이화여전 어느 교실에서 조촐하게 열렸다고 한다.[10] 그날 자신의 시를 객석에서 합창곡으로 들었을 문학인의 감개는 어떠했을까? 어쩌면 언어가 문자와 지면으로부터 벗어나 새로운 예술로 탄생하는 데에서 전율을 느꼈을지도 모르겠다.

2. 유성기 음반취입과 작품들의 실상

정작 조선가요협회의 작품 공개회는 열리지 않았는데, 안기영 개인이 작곡 발표회를 개최했던 이유는 자세히 알 길이 없다. 하지만 이러한 광경이

나 참석한 문학인들이 느꼈을 감개는 안기영 개인의 작품 발표회가 아니라 조선가요협회 차원의 작품 공개회이더라도 비슷했을 것이다. 그런데 과연 이러한 연주회가 "건전한 조선가요의 민중화를 기한다"는 조선가요협회의 강령을 충실히 실천하는 길이었던가? '민중화'라는 데에 강조점을 두고 보자면, 그 조촐한 작곡 발표회는 조선가요협회의 강령과 사뭇 멀다. 그래서인지 조선가요협회 동인들은 텍스트와 장르의 경계만이 아니라 매체의 경계를 넘어서는 데로 나아갔다. 당시 조선가요협회 동인들의 작품들은 안기영의 연주로 유성기 음반에 취입되었기 때문이다.

조선가요협회와 관련 있는 것으로 추정되는 유성기 음반은 문헌상으로 모두 12종 14매가 발매되었던 것으로 확인된다(부록: 「시인별 발매음반 목록」 참조). 이 음반 대부분은 오늘날 음원이 남아 있다. 그리고 이 가운데 김용환 등이 신민요 형식으로 연주한 〈그리운 강남〉과, 김천애가 일본빅터사의

『가요곡대표작집』 시리즈로 연주한 〈그리운 강남〉, 그리고 발매 일자를 정확하게 알 수 없는 〈방아타령〉을 제외한 11종의 음반이 조선가요협회 활동 가운데 발매되었던 것으로 보인다.

신문기사를 보면 조선가요협회가 창립할 당시는 물론, 작곡부 감상회에서 결정한 사항 가운데 유성기 음반취입은 거론되지 않았다. 사실 유성기 음반과 관련한 자료들을 검토해보더라도 조선가요협회 활동 기간 중에 발매된 곡들 대부분이 안기영의 작품이고 정순철의 작품은 한 곡뿐이다. 그래서 유성기 음반취입이 과연 조선가요협회 차원의 활동인지 의심이 가기도 한다. 그러나 김형원이 안기영의 두 차례에 걸친 음반취입(1931. 5; 1932. 2) 이후 〈그리운 강남〉이 더 이상 취입되지 않았던 데에 적지 않은 실망을 느끼고 있었고, 다른 회원들도 마찬가지였던 점을 간과할 수 없다.[11] 특히 《삼천리》에 게재된 어느 기사에 따르면 1934년 9월까지도 조선가요협회는 존속했다는 것을 알 수 있다.[12] 그러므로 안기영이 주도한 음반의 취입과 발매는 조선가요협회 활동의 일환이었다고 볼 수 있다.

조선가요협회의 활동 기간은 적어도 1928년 6월경부터 1934년 9월까지 6년 3개월이었다고 할 수 있다. 이 기간 동안 조선가요협회 동인들은 유성기 음반을 통해 시가 음악을 통해 새로운 예술 장르로 나아가는 기회를 얻었고, 안기영과 같은 음악인 회원들은 동시대 문학과의 만남을 통해 시를 음악화한 성악곡, 즉 예술가곡을 창작하여 적극적으로 연주 활동과 음반취입까지 하게 되었다.[13] 그리하여 그들의 작품이 노래로 불리어 독자가 아닌 청취자로서의 조선 민중에게 보급하고자 했던 의도는 실현되었다고 볼 수 있다. 〈그리운 강남〉이 무려 4차례나 취입되었고, 김용환 등이 신민요로도 취입했던 것이 바로 그 증거이다. 그래서 이 작품은 후일 근대기 한국 시인들이 자신이 창작한 운문을 적극적으로 유성기 음반에 취입하는 데에 중요

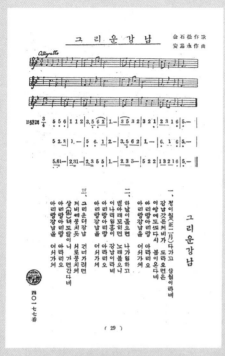

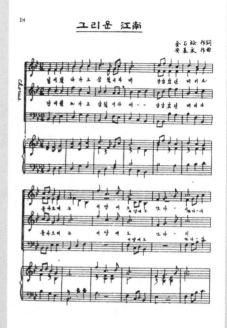

한 선례가 된다. 나아가 조선가요협회 동인들의 유성기 음반취입과 발매는 근대기 한국 시가 장르와 매체의 경계를 넘어서 변용하는 첫 사례라는 점에서도 의미가 있다.

뿐만 아니라 〈그리운 강남〉은 『정선조선가요선집』과 같이 당시 인기 있는 유행음악을 수록한 가사·악보집에도 수록되었다. 또한 1945년 이후에는 음악교과서에도 수록되었고,[14] 북한에서 간행된 『계몽기가요선곡집』에도 수록되기까지 했다.[15] 즉 〈그리운 강남〉은 사실상 조선가요협회의 대표작이었던 셈이다. 그러므로 이 협회에서 창작하여 동시대 조선인에게 보급하고자 했던 작품의 실상을 가장 잘 알 수 있는 사례 또한 바로 〈그리운 강남〉이라 할 수 있다.

이 작품은 원래 김형원이 1929년 4월 《별건곤》에 발표한 것으로서, 모두 9연에 이르는 민요조의 운문이었다. 3연마다 후렴 격의 한 연이 있고, 마지막 연에는 '아리랑 별조'라고 첨기되어 있어, 처음부터 가창을 염두에 둔 작품으로 여겨진다. 김형원이 이 작품을 창작할 당시 어떠한 악곡을 염두에 두었던가는 알 수 없다. 하지만 '아리랑 별조'라는 첨기로 짐작컨대 이른바 본조 아리랑으로 알려진 〈경기 긴아리랑〉이나 〈경기 자진아리랑〉 혹은 나운규 감독의 영화 〈아리랑〉(1926)의 주제가 이외에 아리랑 소리 계열의 잡가를 가리키는 것으로 보인다.[16] 이러한 노래들은 일찍이 유성기 음반으로도 발매되어 인기를 구가하기도 했다.[17]

> 정이월(正二月) 다가고 삼월(三月)이라네 /
>
> 강남(江南)갓든 제비가 도라오면은 / 이쌍에도 쏘다시 봄이 온다네//
>
> 삼월도 초(初)하루 당해 오면은 / 갓득이나 들석한 이내 가슴에 /
>
> 제비쎄 날너와 지저귄다네//

강남이 어딘지 누가알니요 / 맘홀로 그린지 열도 두 해에 /

가본적 업스니 제비만아네//

아리랑 아리랑 아라리요 / 아리랑 강남을 어서가세//[18]

이 작품은 누구나 자신의 노동으로 자족적인 생활을 누리며, 인정 넘치고 평화로운 신생(新生)의 이상향인 강남을 향해 가자는 동경과 희망을 주제로 삼고 있다. 그리고 이 작품은 김형원의 이전 작품들이 동시대의 사회·문명에 대한 관념적 비판을 주조로 삼고 있는 것에 비해, 자연이나 범속한 생활에 근접하여 한결 단순하고 간결한 양상을 나타낸다. 바로 이러한 주제와 형식으로 인해 안기영은 손쉽게 〈그리운 강남〉에 대한 작곡에 임했을 것이고, 나아가 당시 청취자들에게 환영받았던 것으로 짐작된다. 그것은 안기영이 김형원의 시를 읽고 "아리랑 아리랑 아라리오 / 아리랑 강남을 어서 가세"라는 후렴부터 가장 먼저 즉흥적으로 흥얼거리다가 저절로 작곡을 마쳤다고 회고한 바도 있다.[19] 이러한 주제와 선율로 이루어진 〈그리운 강남〉은 "조선민중은 진취적 노래를 부르자"는 조선가요협회의 강령에 매우 부합하는 작품이었다. 아울러 당시 아리랑 계열의 잡가 혹은 통속 민요가 여전히 인기를 누리던 분위기에서 자연스럽게 청취자들의 호응을 얻기도 했다.

그러나 조선가요협회에서 발표했던 작품들이 모두 〈그리운 강남〉처럼 청중의 호응을 얻은 것은 아니었다. 예컨대 김동환의 〈뱃사공의 안해〉의 경우, 서도잡가 〈배따라기〉를 염두에 두고 창작한 것으로,[20] 뱃사람의 고달픈 생활이 불러일으키는 비장한 정서를 그대로 따르고 있다. 이로써 이 곡은 식민지 조선인의 적막한 현실적 소여를 상징적으로 드러내고 있다.

물결 좇아 사나운 저 바다가에 / 부서진 배조각 주서 뭉으는 / 저 안악
네 풍랑에 남편을 잃고 / 지난밤을 얼마나 울며 새엿나 / 타신 배는 바
서저도 돌아오것만 / 한번 가신 그 분은 올 길이 없구나 / 오날도 바다가
에 외로히 서서 / 한 옛날의 생각에 울다가 가네 / 빨은 것은 세월이라
삼년이 되니 / 어느새 유복자 키워 다리고 / 바다가에 일으러 타일느는
말 / 어서커서 아버지 원수 갚어라//[21]

〈그리운 강남〉의 경우와 달리 〈뱃사공의 안해〉는 '지화자 좋다'와 같은
배따라기 계열 서도잡가의 상투적인 조흥구는 없다. 그것은 이른바 속요의
퇴폐성을 의도적으로 소거하고자 한 김동환의 의도를 반영한다. 또한 3절에
서 알 수 있듯이, 〈배따라기〉를 청취자로 하여금 식민지 조선의 현실에 눈뜨
게 하는 "진취적이고 단체적이며 조선의 정조를 강조하는 노래"로 개량하고
자 하는 김동환의 목적의식을 반영하기도 한다. 이러한 목적의식은 〈종로네
거리〉와 같은 작품에서 보다 분명하게 나타난다.

一. 리화는 두리둥둥둥 하늘에 날고 / 닭소래 게림산천(鷄林山川)에 슨
허젓구나 / 봄이 되면 거리거리에 곷이 피더니 / 쓸々타 오백년후(五百年
後)에 종로(鐘路) 네거리//
二. 아침에 량식(糧食) 차저간 참새쎄갓치 / 동(東)으로 쏘 서(西)로 헤
저가더니 / 십년(十年)만에 곷 한 짐 지고 도라를오네 / 형데(兄弟)와 곷
송이로 찬 종로(鐘路)네거리//
〈종로네거리〉

김동환이 〈종로네거리〉에서 환기하고자 했던 진취적 정서는, 쇠망한 조

40270 A

四〇二七〇ー A

流行 小曲

鐘路네거리

金東煥 作詞
鄭淳哲 作曲
杉田良造 編曲

蔡奎燁

伴奏 콜럼비아 管絃樂團

一、
리화는두리둥둥　하늘에날고
닭소래계림산천(鷄林山川)에　은하젓구나
봄이되면거리거리에
쓸쓸타오백년후(五百年後)에　꼿이피더니　종로(鐘路)네거리

二、
아침에량식(糧食)차키간　참새떼갓치
동(東)으로또서(西)으로　헤키가더니
십년(十年)만에奘한집지고　도라를오네
형뎨(兄弟)와밋송이로찬　종로(鐘路)네거리

日本콜럼비아蓄器株式會社

〈종로네거리〉 가사지

선 왕조와 일용할 양식으로 절박한 과거나 식민지 조선의 적막한 현실이 아닌, 꽃 같은 희망으로 가득 찬 미래에 대한 희망과 기대이다. 그러나 과연 김동환의 의도대로 이 노래를 듣는 당시 청취자가 아버지를 잃은 유복자의 처지에 감정을 이입하고, 그리하여 거친 바다와 같은 식민지 조선의 현실이나 제국의 폭력을 이겨내고 다른 세계를 지향할 고양된 인식과 정서를 지닐 수 있었던가? 안타깝게도 〈종로네거리〉는 〈방아타령〉과 더불어 '치안방해'를 이유로 저마다 1934년 8월 28일과 1933년 12월 5일자로 조선총독부의 검열을 통해 금지 레코드 목록에 오르고 말았다.[22] 특히 〈방아타령〉은 『안기영작곡집』 3집에 실린 악보와 김동환의 전집에 실린 가사지 이외에, 음반 발매와 관련하여 어떠한 기록도 남아 있지 않다. 당시 청취자들에게 본격적으로 알려지기도 전에 사실상 사라지고 말았던 것이다.

김동환이 쓴 것으로 보이는 《삼천리》의 한 기사에 따르면, 이 두 작품의 금지 사유가 가사가 아닌 악곡이나 창법 때문이라고 한다. 하지만 김동환의 원작이나 실제 오늘날 남아 있는 〈종로네거리〉의 음원을 검토해보면 실상은 그와 반대였던 것으로 보인다. 사실 〈종로네거리〉보다 2개월 앞서 조선총독부가 치안 방해를 이유로 금지 레코드 처분을 내렸던 〈황성의 적〉(1932. 4)의 경우 오늘날까지 음원이 남아 있다.[23] 그런데 김동환의 〈종로네거리〉의 경우 최근에야 겨우 열악한 상태의 음원이 발견되었고, 〈방아타령〉의 경우 음원이 남아 있지 않다. 그래서 〈종로네거리〉와 〈방아타령〉은 음악적 요소나 조선총독부의 검열과 무관하게 이미 문학적 측면에서 청취자의 취향에 부합하지 못했던 작품으로 보인다. 〈뱃사공의 안해〉는 3연의 경우에서 분명히 알 수 있듯이, 제한된 시적 형식으로 인해 충분한 서사의 전개가 불가능한 형국이고, 〈종로네거리〉는 시상의 전개가 순조롭지 못하고 시적 논리 또한 분명하지 않아 완성도가 높지 못하다.

당시 음반의 발매 상황, 음원의 잔존 여부, 그리고 작품의 지속적인 전승의 차원에서 보아도, 조선가요협회의 창립 취지를 보다 충실히 드러낸 것은 역시 〈그리운 강남〉이었다. 특히 〈그리운 강남〉을 제외한 나머지 작품들이 악보집이나 음반으로 발매된 이후 지속적인 전승이 이루어지지 못했다는 것은 대단히 중요한 의미를 지닌다. 그것은 음반으로 발매된 대부분의 작품들이 안기영이 작곡하고 연주한 것으로, 1945년 이후 안기영의 월북과 그에 따라 한국에서는 오랫동안 외면당했던 사정과 무관하지 않다. 또한 〈종로 네거리〉와 〈방아타령〉의 경우 발매금지 조치를 받았던 작품이라는 점도 간과할 수 없다. 그럼에도 불구하고 〈그리운 강남〉 이외의 나머지 작품들이 두 번 다시 음반으로 취입되지 못했거나 오늘날까지 전승되지 않았던 것은, 조선가요협회의 작품들 대부분이 문학적으로든 음악적으로든 완성도가 높지 못했고, 그래서 조선가요협회의 창립 취지에 부합할 만큼 당시의 청중들에게 환영받지 못했기 때문이다. 그것은 궁극적으로는 조선가요협회의 활동이 실패했다는 것을 의미한다.

3. 묵독이 아닌 가창을 전제로 한 시

그런데 그들은 왜 굳이 시를 개인의 독서가 아닌 가창의 장르로 확장하고자 했고, 시집이 아닌 악보집이나 연주회, 심지어 유성기 음반을 통해 발표하고자 했던가? 이 물음에 대한 답은 우선 일찍이 이광수가 발표한 「예술과 인생」(1922)을 통해서 찾을 수 있다. 그는 이 논설을 통해 당시 《개벽》의 이른바 개조 담론의 연장선에서 조선인·조선 사회의 예술적 개조를 역설한 바 있다. 이광수에 따르면 근세 이후 조선 사회의 정치적·경제적·문화적 피

폐를 극복하기 위해 무엇보다도 절실한 것은 조선인의 도덕적·심미적 태도의 개조이고, 이를 위해서 무엇보다도 예술 교육을 통해 자연과 근대적·서구적 의미의 예술에 대한 심미적 취향을 길러야 한다고 했다. 또한 이를 통해 조선인 개인이 자신의 삶을 도덕화·예술화해야 한다고 했다. 그 가운데에서도 그는 동시대 조선의 지배적인 민중예술이 〈캇쥬샤〉, 〈표박가〉, 〈심순애가〉와 같은 '기생의 가곡'인 데에 증오감을 느낀다고 개탄했다. 그래서 이광수는 동시대 조선에 절실하게 필요한 예술이란 순박·장엄·상쾌한 예술, 조선인으로 하여금 신흥의 기상을 지니게 하는 예술, 무식하고 빈궁한 조선 민중 전체가 향유할 만한 예술이라고 정의한 바 있다. 특히 그는 시가와 극을 중심으로 형상·색채의 미, 음향의 미를 함축적으로 제시하는 예술이라고 주장했다.[24]

이광수가 참답지 못한 민중예술로 언급한 사례들은, 이 작품들이 수록된 이상준의 『신유행창가집』(1929)을 통해서 알 수 있듯이, 당시 상당한 인기를 누리고 있었던 유행창가들이었다.[25] 이 가운데 〈캇쥬샤〉(〈카츄샤〉)와 〈심순애가〉(〈장한몽가〉)의 경우 본래 일본 신파극의 주제가인 〈카츄샤의 노래(カチューシャの唄)〉와 〈곤지키야샤(金色夜叉)〉[26]의 번안곡이다. 이 두 곡은 이미 1910년대부터 조선의 번역(안) 소설 『두견성』, 『불여귀』, 『장한몽』, 신파극 〈불여귀〉, 〈장한몽〉이 일본과 조선의 신극단에 의해 상당한 인기를 누린 사정을 배경으로 한다.[27] 한편 〈표박가〉는 어느 창가집에 따르면 당시 조선에 전래된 서양 성악곡의 번안곡으로 소개되어 있으나,[28] 사실은 일본 시인 기타하라 하쿠슈가 쓴 〈방랑의 노래(さすらひの唄)〉로서, 당대의 여배우 겸 가수 마쓰이 스마코(松井須摩子)가 예술좌 공연 〈산송장(生ける屍, 원제: Живой труп)〉(1917)에서 연주한 주제가이다.[29] 당시 일본에서 이미 음반으로도 취입된 이 작품은 조선에서도 〈표박가〉 등으로 번안(역)되어 상당

한 인기를 누리기도 했다.[30] 이러한 유행창가는 원작인 외국의 문학과 음악이 지역과 장르의 경계를 넘나들면서 일어난 문화적 변용의 과정 가운데, 조선에서 통속화한 사례의 하나이다.[31] 당시 유행창가는 『신유행창가집』을 비롯한 가사·악보집은 물론 심지어 유성기 음반을 통해서도 널리 보급되고 있었다.[32]

그렇다면 이광수가 참다운 민중예술이라고 보았던 것은 과연 무엇인가? 그것은 후일 그가 「민요소고」에서 밝힌 바와 같이 조선 사람의 정조와 사고 방법에 합치하는 시가, 즉 민요였다. 이 글에서 이광수는 민요에 대해 분명히 정의하고 있지는 않으나, 조선의 전래 운문 가운데 한시나 한문투의 시조, 가사를 제외한 노래라고 보았다. 그는 순수한 조선어, 조선적인 리듬에 담긴 '느림', '즐거움', '한가함'의 정취야말로 조선 민요의 본질이라고 간주하고, 이를 통해 국민문학으로서의 조선 시가의 리듬과 시형을 찾을 것을 주문한 바 있다.[33] 즉 이광수는 진정한 민중예술이자 국민문학으로서의 조선 시가를 통해 조선인·조선 사회의 예술적 개조를 구상했고, 그러한 입장에서 동시대 유행음악을 비판했으며, 그래서 〈우리 아기 날〉이나 〈새 나라로〉와 같은 작품을 창작했다고 볼 수 있다. 물론 이광수가 이 2편의 논설을 발표한 이후 조선가요협회에 동인으로 가담할 때까지 무려 5년여의 간격이 가로놓여 있기는 하다. 하지만 그의 문학적 편력에 비추어 보건대, 그 사이에 참다운 민중예술, 조선적인 시가에 대한 이광수의 관점이 근본적으로 변화했으리라고 보기는 어렵다.

이광수가 「예술과 인생」, 「민요소고」를 발표한 무렵, 주요한 또한 「노래를 지으시려는 이에게」(1924)를 통해 민요와 동요를 원형으로 하는 노래, 조선인의 피가 뛰는 국민적 정조를 담은 노래를 자유시의 발족점으로 삼자고 주장한 바 있다.[34] 주요한 역시 민요 혹은 동요가 과거 중국의 시가를 모방한 한시, 시조가 아닌 조선 전래의 시가 정도로 정의하고 있을 뿐, 보다 구체적으로 정의하지는 않았다. 그럼에도 불구하고 민중에게 가까이 다가가려 하는 노래, 민중의 마음을 울리는 노래야말로 조선의 문학이 나아가야 할 바라고 역설했다.[35] 주요한이 〈고인 물〉, 〈붓그러움〉, 〈봄비〉를 창작했을 뿐만 아니라, 특히 〈붓그러움〉의 경우 '신민요'라는 갈래 표지를 분명히 드러냈다는 점은 바로 그 증거이다. 아마도 주요한은 이러한 운문이야말로 "민중에게 가까이 다가가는 노래"라고 생각했을 터이다. 그런가 하면 김억은 1927년 「밟아질 조선시단의 길」을 2회에 걸쳐 연재한다. 제목 그대로 이 글은 앞으로 동시대 조선의 시인들과 시가 나아가야 할 바를 주된 골자로 삼고 있다. 그것은 첫째 시의 언어는 단순한 사상의 부호가 아니라 조선인의 생활·사상·감정과 같은 향토성이 담긴 신성한 고유어여야 한다는 것, 둘째 조선의 국민적 시가는 이 향토성이라는 심성을 지녀야 한다는 것, 셋째 조선인 고유의 호흡을 담은 민요와 시조를 절충한 새로운 시형에 근간한 국민적 시가를 써야 한다는 것으로 요약된다.[36]

주요한과 김억은 이광수와 더불어 1920년대 시가 개량론·국민문학론을 이끈 것으로 알려져 있다. 이들은 조선의 신문학, 특히 시가 국민문학으로서의 위상을 갖추고 사명을 다하기 위해, 무엇보다도 우선 전래의 시가 가운데에서 민요를 분리해내어 특권화하고, 이 민요에 근간한 일종의 시가 개량론을 주장했다. 물론 주요한과 김억은 이광수처럼 동시대 유행음악에 대해 비판적인 입장을 밝히지 않았다. 그러나 조선의 운문문학 전통, '시가'에 대한 관념, 민요를 특권화했던 태도, 그리고 이론적 배경의 측면에서 보자면 이광수와 크게 다르지 않았다.[37] 그래서 이들은 조선가요협회 동인으로 가담하는 데에 위화감을 느끼지 않았을 것이다. 더구나 이들에게 조선가요협회 활동은 어떤 점에서는 1920년대 중반 조선 문학계에 내던진 시가 개량의 구상을 적극적으로 실천하는 계기였을 것이다.

이러한 입장은 비록 이광수 등과 여러 측면에서 상당히 다른 입장에 있었던 김동환도 크게 다르지 않았다. 김동환은 이미 「망국적가요소멸책」(1927)을 통해 조선가요협회 문학인 회원 가운데 누구보다도 동시대 유행가요에 대한 비판적 입장을 분명히 드러냈다. 이 글에서 그는 우선 〈아리랑〉이나 〈수심가〉와 같은 잡가가 조선 왕조 내내 학대받은 백성들의 신음·애탄·곡성이었고, 유행가요 또한 그러한 잡가의 형식·정서를 답습한 '악가요(惡歌謠)'이자 '망국가요'라고 주장한다. 그래서 김동환은 동시대 문학인과 음악인이 가요단체를 조직하여 "신흥민중에게 건기(健氣)스러운 조흔 노래"를 창작하고, 가두 음악인을 비롯한 각종 단체를 통해 보급하여 조선 민중들이 항상 부르고 감상하여 정열을 환기하도록 할 것을 제안했다.[38]

김동환의 주장은 사실 그 무렵 조선 사회를 여전히 풍미했던 잡가는 물론 조선의 운문문학 전통에 대한 뿌리 깊은 반감에서 비롯했다. 특히 그가 '악가요', 심지어 '망국가요'라고 매도한 잡가는 당시 조선에서 『정정증보신구잡가전(訂正增補新舊雜歌全)』(1914) 이래 1930년대까지 수많은 잡가집이 간행되어 상당한 인기를 누리고 있었다.[39] 더구나 잡가는 1911년부터 조선에 진출해 있던 일본 음반회사인 일본축음기상회주식회사를 필두로, 1927년 일본빅터사 등 다국적 음반회사들이 본격적으로 조선에서 음반산업을 형성해가는 가운데 선택했던 핵심 레퍼토리이기도 했다.[40] 김동환의 이러한 주장 또한 조선 운문문학의 전통 가운데 민요를 특권화하고, 이 민요에 근간하여 조선의 근대적인 시가를 '민족해방운동의 무기'로 삼고자 했던 데에서 비롯했다. 그에 따르면 참다운 조선의 시가는 예컨대 〈경복궁타령〉과 같이 조선의 현실을 정당하게 비판하고 인식하는 시가여야 했다.[41] 그러한 이유로 김동환은 〈종로네거리〉를 창작했던 것이다.

문학인 동인들의 이러한 논설들은 조선가요협회의 창립 동기와 배경, 지향점을 시사한다. 이들은 1920년대 중반 무렵부터 조선의 참다운 운문문학의 전통, 국민문학으로서의 조선의 시문학에 대한 정의, 그것이 나아가야 할 바를 원론적으로 모색하기 시작했고, 그 연장선에서 조선가요협회를 창립하고 창작에 임했던 것이다. 물론 이들 사이의 입장과 관점에서 적지 않은 차이가 있었던 것도 사실이나, 그럼에도 이들이 한결같게 조선 운문문학의 전통 가운데 민요를 특권화하고, 이 민요에 근간하여 조선의 근대적인 시가를 창작해야 한다고 주장했다. 이것은 이들이 시를 문자성(literacy)에 근간하여 묵독을 전제로 한 장르가 아닌, 구술성(orality)에 근간하여 가창을 전제로 한 장르로 보는 관념을 공유했다는 것을 시사한다. 이광수, 주요한, 김동환이 함께 『시가집』을 간행했던 배경에는 바로 이러한 사정이 가로놓여 있었다. 그리고 시에 대한 이러한 관념이 조선인·조선 사회의 예술적 개조, 심지어 민족해방운동을 지향하는 기획과 불가분의 관계가 있고, 그리하여 결국 어떤 실천으로 나아가게 한 것이다. 적어도 이광수와 김동환에게는 시가 심미적인 차원을 넘어서는 공리적인 어떤 것이었고, 그래서 시를 쓴다는 것은 심미적 감수성만이 아닌 이념적 당위를 형상화하는 것이었다.

4. 민중예술 담론과 문학계의 지각 변동

이광수, 김억, 주요한은 신문학 초기 세대로서 당시 이른바 국민문학론의 입장에 있었던 이들이고, 김소월, 변영로, 양주동, 이은상은 이른바 동인지 세대의 문학인들로서 이들에게 우호적인 입장에 있었던 이들이다. 그런가 하면 박팔양, 김동환, 김형원, 안석주는 한때나마 프롤레타리아 문학운동에 가담했거나 동반자적 입장에 있었던 이들이다. 물론 이들 대부분은 《조선문단》과 직간접적으로 관계가 있었다.[42] 그러나 이 문학인들은 비록 한때나마라고 하더라도 근본적으로 문학적 배경과 입장, 문학인으로서의 출발점에서 서로 한데 모일 수 없는 부류였다. 그럼에도 불구하고 이들이 유사한 문학적 관념을 공유했던 것은, 무엇보다도 이들이 시가 개량을 통해 동시대 조선인의 심성을 개량해야 한다는 계몽의 비전을 공유하고 있었기 때문이다. 어떤 점에서 조선가요협회는 기약 없는 휴간 상태였던 《조선문단》 동인들의 결집으로 보이기도 한다.

특히 이들은 대체로 다이쇼기 일본을 풍미한 넓은 의미의 민중예술 담론에 민감하게 반응하고 있었다. 이를테면 오스기 사카에(大杉榮)가 근대기 일본의 상징주의 문학과 자연주의 문학의 한계를 비판하면서, 새로운 세계를 위한 새로운 시대의 예술로서 민중예술의 의의를 주장했을 때,[43] 그리고 가와지 류코가 민요의 역사적 발전 과정에서 문학적 가능성을 발견해야 한다고 역설했을 때,[44] 이들이 이론적 근거로 삼았던 것은 바로 로망 롤랑의 『민중극론(Le théâtre du peuple)』이었다. 상당수의 조선가요협회 동인들은 바로 로망 롤랑으로부터 비롯하여 오스기 사카에와 가와지 류코로 이어지는 담론의 전개 과정으로부터 중요한 영감을 얻고 있었다. 특히 다이쇼기 일본의 민중예술론이 한편으로는 시가 개량의 담론으로, 다른 한편으로는 동시대 일본 사회와 민중교화의 논리로 나아갔던 것은 조선가요협회 동인들을 이해하는 데 중요한 참조가 된다.[45] 예컨대 그것은 이미 이광수의 「예술과 인생」, 주요한의 「노래를 지으시려는 이에게」나 『아름다운 새벽』의 후기에서도 중요한 이론적 근거로 작용했고, 심지어 김억이 직접 로망 롤랑의 『민중극론』을 「민중예술론」(《개벽》, 1922. 8~11)이라는 제목으로 번역했던 데에서 분명히 알 수 있다.

또한 다이쇼기 일본 민중예술 담론의 다른 한 축인 시라토리 세고의 이른바 민중시론은 김동환과 김형원에게 영감을 불어넣었다. 시라토리 세이고는 오스기 사카에나 가와지 류코와는 달리 윌리엄 모리스(William Morris)의 예술공예운동과 월트 휘트먼(Walt Whitman)의 문학론과 민주주의로부터 감화를 받아,[46] 시인이라면 마땅히 민족·국토에 대한 애정과 인터내셔널리즘,[47] 민중의 '경제의식의 각성', '인류의 평등', '계급투쟁의 반항정신'을 반영하는 민요에 근간하여[48] 무산자의 사회성을 계발하고 구가하는 시를 써야 한다는,[49] 일종의 동반자 문학론을 역설한 것으로 널리 알려져 있다.[50]

김동환이 앞서 거론한 「애국문학에 대하야」와 「망국적가요소멸책」 등을 통해 전개한 이른바 애국문학론은 시라토리 세이고의 이러한 문학론을 그대로 이어받아 심화시킨 결과였다.[51] 한편 김형원이 「민주문예소론」(1925)에서 문학의 세계주의 혹은 인류주의를 천명하는 한편으로 향토 문예의 가치와 발흥을 역설했던 것이나,[52] 무산자를 제재로 삼아 몇 편의 시를 발표하면서도 결코 프롤레타리아 문학운동에 경도하지 않았던 사정도 시라토리 세이고의 시론과 떼어놓을 수 없다. 특히 김형원이 휘트먼의 『풀잎(Leaves of Grass)』(1855)을 소개하면서 스스로 참고했다고 하는 일본어 번역시집은 시라토리 세이고의 휘트먼 번역 시집일 가능성이 크고,[53] 심지어 휘트먼을 접하게 된 계기나 그에 대한 평가[54] 또한 시라토리 세이고에게 빚지고 있었다고 보아야 한다.[55]

요컨대 조선가요협회 소속 문학인 동인들에게 감화를 주고 영감을 불어넣은 다이쇼기 민중예술론은 서로 다른 지적 원천을 배경으로 삼고 있으나, 시는 이른바 민중예술인 민요의 정서·언어·형식에 근간을 둔 것, 즉 문자성보다도 구술성에 근간을 둔 장르이어야 하고, 그러한 시를 통해 동시대 독자들을 계몽시켜야 한다는 일종의 당위론, 공리적 문학론이라는 공통점을 지

出版報族＝實費提供

金 朱 李
東 耀 光
煥 翰 洙

詩歌集

四六版　六百頁　定價　今方印刷中　六十錢

春園의詩集이란참말驚異라! 이제氏의어떤近百篇詩歌를全部此一書에모여世上에보내니 그業高壯嚴하고哀婉淸純한노래는全朝鮮民衆의 뜻아름다운詩牌에서朝鮮詩歌의最高峯을보여주든朱耀翰氏의近作全部와그밖게金東煥氏의分지合하야모다二百餘篇의新詩로 民謠, 時調, 俗謠等을此集에모앗삽고 그러고도이러케헐갑으로販賣하옴은 出版報族을標榜하는本社로서야 可能할일일지라 江湖의熱讀을바라나이다

李光洙篇　新詩
詩調　海雲臺에서, 님, 벳친구, 靑春 인정눈, 울옷, 杜子美等合三篇

朱耀翰篇　新詩, 民謠
譯詩　워스워드, 님, 벳친구, 靑春
新詩, 民謠　가신누님, 남구의눈, 生의讚美, 사랑, 재석장, 명혼, 자장 前景福宮, 첫날밤, 도라온자식, 初秋雜咏, 海岸, 天才 罷業等三十四篇
譯詩　金陵의가을, 봄비, 金梅花, 벳벗생각等十一篇

金東煥篇　新詩
譯詩　번-즈, 휘트맨等二篇
山川의香氣, 釋王寺遊, 背天歌, 五月最終夜, 告地靈, 先驅者의노대, 泣榜 봄이오면, 죽로메기귀, 밝난쌍과비, 아러랑고개, 새타령, 봄等
小曲, 民謠, 俗謠

發行所　三千里社出版部
京城府敦義洞七四　【振替京城四二八四番】

三千里 第二號
昭和四年六月十二日第三種郵便物認可
昭和四年九月一日發行(每月一回一日發行)
九月號　(定價十五錢)

「시가집」 광고(1929. 9)

니고 있었다. 따라서 서로 다른 문학적 관념과 입장에 서 있었던 조선가요협회 문학인 동인들이 일치된 강령 아래 공동의 활동을 전개할 수 있었던 것도, 이들이 받아들인 이 장르에 대한 관점, 당위론 혹은 공리적 문학론 때문이었다.

이광수, 주요한, 김동환이 함께 간행한 『시가집』(1929)의 목차를 보더라도, 이광수는 시조와 번역시를 제외한 나머지 창작시를 '시가'라고 명명했으며, 주요한 또한 '신시'와 '민요'로 구분했다. 그런가 하면 김동환은 창작시를 제외한 나머지 운문들을 '소곡·민요'와 '속요'로 구분해 놓았다. 김동환이 작성한 것으로 보이는 광고 문안 또한 『시가집』에 수록된 작품들을 '읽는' 것이 아닌 '부르는 것', 특히 '노래'로서 강조했던 점은 주목할 만하다.[56] 물론 이들이 소박하게나마 구분한 갈래들 사이에 이론은 물론 창작의 측면에서도 공통점이 분명하지 않은 것은 사실이다. 하지만 이들이 시와 노래의 구분을 애써 하지 않았을 뿐만 아니라, 도리어 시의 외연을 시가로 확장하고자 했던 태도는 서로 크게 다르지 않다. 그리고 민요에 근간하여 조선의 근대적인 시가를 창작해야 한다는 이들의 신념은, 전래 민요의 가사와 악곡을 개량하여 근대적인 성악곡으로서의 예술적 가치를 드높여야 한다고 역설했던 안기영에게도 공감을 불러일으켰을 것이다.[57]

1920년대 후반 조선 문학계를 풍미한 민중예술 담론이 문학적 배경과 입장, 문학인으로서의 출발점에서 서로 어울리기 어려운 문학인들을 조선가요협회에서 한데 모이게 했던 것은 분명하다. 그런데 이러한 표면적인 일치는 그 이면에 당시 문학계의 주도권을 둘러싼 이념 갈등을 배경으로 하고 있었다. 일찍이 이광수는 그가 주재한 《조선문단》을 통해 본격적으로 국민문학론을 전개하면서 조선 문학계의 교사를 자임했거니와, 그 권위는 《조선문단》이 주최한 어느 강연회에서 사회주의 운동자들의 훼방을 통해 크게 실추되기도 했다.[58] 또한 누구보다도 이광수 등의 국민문학론에 철저하게 맞섰던 김동환은 「망국적가요소멸책」(1927)을 비롯한 일련의 문학론들을 발표한 바로 그해에 조선프롤레타리아문학동맹(KAPF)으로부터 제명을 당했다. 그래서 조선가요협회는 《조선문단》 이후 이광수가 문학계의 전면에 나서는 무대였거니와, 김동환이 자신의 문학적 신념을 실천할 새로운 무대이기도 했다.

조선가요협회는 이 두 문학인이 중심이 되어 프롤레타리아 문학운동에 대응하는 일종의 공동전선으로 보이기도 한다. 이광수 등의 국민문학론자들과 그들에게 우호적이었던 문학인들의 측면에서 보면, 한때나마 그들에게 비판적이었던 김동환을 포용했기 때문이다. 그것은 무엇보다도 조선가요협회의 강령 및 슬로건의 기반이 김동환의 「망국적가요소멸책」 등의 문학론이었다는 것, 반면에 그의 문학론이 일찍이 이광수 등의 국민문학론과 대립했던 사실을 통해서 알 수 있다. 한편 김동환의 측면에서 보면, 이광수 등에게 삼천리사와 조선가요협회를 거점으로 조선 문학계에서의 중심적 지위를 드러낼 무대를 제공하여 자신의 문학적 신념을 실천할 길을 열고자 했다. 또한 김형원, 박팔양, 안석영 등의 입장에서 보면, 신경향파 시절부터 전위기자동맹 활동 등으로도 인연을 맺었을 뿐만 아니라, 그들과 마찬가지로 프롤레타리아 문학운동으로부터 소원해진 김동환의 알선으로 문학인으로서 새로운 기회를 얻기도 했다. 이처럼 서로 대립했던 문학인들이 아이러니하게 제휴할 수 있었던 것은, 단지 운문에 대한 관념이나 민중예술 담론의 차원으로는 결코 설명할 수 없는 보다 근원적인 이유가 있었다. 그 가운데 하나가 바로 프롤레타리아 문학운동에 대한 반감이다.

5. 〈그리운 강남〉, 그리고 '유행시인'의 비전

조선가요협회의 동인들이 의도했던 바와 같이 그들의 작품들이 조선 민중의 심미적 취향을 개량하는 이상을 실현할 수 없는 근원적인 한계를 지니고 있었다고 하더라도, 당시 조선인들에게 어떤 반응을 불러일으켰을까? 물론 그것을 확인하는 일은 쉽지 않지만, 〈그리운 강남〉은 무려 4차례나 유성기 음반으로 취입되었고, 악보의 형태로도 오랫동안 다양하게 전승되었으니, 적어도 1931년 무렵부터 1946년 무렵까지 지속적으로 애창되었던 것만큼은 분명하다. 특히 음반의 경우 안기영의 연주로 1년 사이에 일본콜럼비아사에서 2차례나 정규반으로 발매되기도 했다. 그래서인지 당시 보기 드물게 이 작품에 대한 단평도 몇 가지 남아 있는데, 특히 비슷한 시기에 발표된 채규엽과 이서구의 평가가 인상적이다.

그의 작곡집 1집(기간)과 2집(발간 준비) 조선민요집(근간) 등은 우리들의 노래로 선진국 악단에 내오놓아도 조금도 부끄럽지 않을 것이다. 싹아저가는 우리의 정서를 완전히 살리엇다.[59]

씨의 작품 중 레코-드로서는 무엇무엇 하여도 가극 〈여자의 마음〉(리고렛트)과 〈쑤나〉이라 하겟다. 그리고 작곡집도 벌서 두 회를 거듭하여 발행하엿는데 대중 가요곡이라 할 만한 곡이 적고 필자로서는 〈그리운 강남(江南)〉, 〈마의태자(麻衣太子)〉, 〈우리 아기날〉 등이 나은 편이라고 보앗다.[60]

좀 고상한 의미로 본 유행가로는 그리운 강남이 잇다 (…) 김석송 씨 작

사 안기영 씨 작곡이다. 이만하면 조선서는 더 조흔 가사 더 조흔 작곡
은 구할데 업겟스나 역시 고상한 탓으로 비속한 대중취미에는 드러맛지
를 안앗는가 십다.[61]

이 세 사람의 평가에 따르면 당시 안기영이 작곡한 작품은 음악적으로
는 훌륭하나, 대부분이 대중적이지 않다는 평가를 받고 있었다. 물론 그러
한 평가는 조선가요협회 동인들의 표현을 빌자면 그들이 당시 유행음악의
이른바 '퇴폐적'이고 '세기말적'이며 '현실도피적'인 속성, 즉 대중적 기호로부
터 의식적으로 거리를 두었던 사정에서 비롯할 것이다. 그래서인지 조선가요
협회의 작품 가운데 오로지 안기영의 〈그리운 강남〉에 대한 단평만이 남아
있을 뿐, 나머지 작품들의 경우 단평조차 남아 있지 않다. 즉 조선가요협회
가 창작한 대부분의 작품들은 당시 청취자들에게 큰 호응을 얻지 못했던 것
이다.

그런데 조선가요협회의 활동이 사실상 끝난 이후에 이루어진 것이기
는 하나 당시 음반산업 관계자들의 의견에 따르면, 신민요 계열의 노래들은
1930년대 중반까지도 인기를 구가했던 반면에, 안기영과 같은 순예술가들
의 음반은 소수의 청취자들에게만 호응을 얻고 있을 뿐이었다. 그리고 음반
산업 관계자들은 작사자들에게 문학성을 추구하기보다는 철저하게 조선인
의 보편적인 일상생활과 그로부터 비롯한 정서를 담은 가사만을 요구했던
것으로 보인다.[62] 그러니 조선가요협회 동인들의 작품들은 근본적으로 당시
청취자들은 물론이거니와 음반산업 관계자들로부터도 환영받기 어려웠던
것으로 보인다.

작품성은 있으나 대중적이지는 않다는 것, 이것이야말로 김형원과 안기
영, 나아가 조선가요협회 회원들이 구상했던 이른바 건전하고 진취적인 가

요의 실상이었고, 바로 이것이 퇴폐적인 악종가요인 동시대 유행음악과 구별되는 점이었다. 한편 이것은 조선가요협회 회원들의 시가 개량의 논리나 민중예술 담론이 대면할 수밖에 없는 현실적인 한계로도 볼 수 있다. 음반 산업 관계자들의 평가는 차치하더라도, 〈그리운 강남〉 이외에 안기영이 창작하고 연주한 작품들 대부분이 청취자들에게 환영받지 못했던 것은, 결국 조선가요협회 창립의 취지와 목표가 당시 조선에서는 실현하기 어려웠다는 것을 의미한다.

1925년 9월 《매일신보》에 게재된 몇 건의 기사에 따르면, 일동축음기주식회사(Nitto Record, 일명 제비표 조선레코드)의 축음기 대회는 9월 11일 매일신보사의 내청각에서 개최되었는데, 예상 이상의 관객이 들어 17일 한 번 더 개최되었다고 한다. 비록 같은 시기의 광경은 아니나, 안기영 작곡발표회(1931. 8. 30) 사진과 이 사진을 비교해보면, 조선가요협회의 작품과 당시 유행음악에 대한 조선인의 취향과 호응 정도의 차이, 그리고 조선가요협회 활동의 실상을 짐작할 수 있다. 당시 이서구의 사회로 진행된 이 축음기 대회에는 하규일(가곡), 양우석(단소), 박월정(가곡), 한성권번의 최정희(춘앵무), 정취옥(승무), 김창룡(판소리)이 실연을 한 후 이들이 취입한 음반을 재생하는 순서로 이루어졌다고 한다.

이 축음기 대회를 개최한 일동축음기주식회사는 이기세라는 조선인 기획자를 앞세워 1925년 9월부터 한국에 진출한 일본 음반회사로서, 조선에서 총 180매 내외의 음반을 발매했다.[63] 그리고 이 축음기 대회는 일동축음기회사가 조선에 진출하여 발매한 신보를 홍보하기 위한 행사였던 것으로 보인다.[64] 이 회사가 발매한 음반들의 래퍼토리가 그러하거니와, 이 축음기 대회의 출연자들 대부분은 서양음악이 아닌 조선 전래의 음악을 연주했다. 사진으로도 알 수 있듯이 이들의 연주 실황을 관람하기 위해 1층과 2층을

안기영작곡발표회 광경(1931. 8. 30)

일동(日東)축음기주식회사 축음기대회 광경(1925. 9. 18)

가득 메울 정도의 인파가 몰려들었다. 그에 비해 안기영의 작곡 발표회는 조선가요협회 회원들로 여겨지는 10명 남짓한 문학인들, 그리고 몇몇 내외 명사들을 비롯한 학생들을 주된 관객으로 하여 이화여전 교실에서 조촐하게 열렸다.

이러한 대조는 당시 조선인들이 선호했던 음악은 조선 전래의 음악이었고, 조선가요협회가 창작했던 서양식 음악은 아직 낯설고 매력이 없는 음악이었다는 것을 말해준다. 이러한 사정은 비단 1920년대 중반에서 1930년대 사이의 특정한 시기만이 아니라, 식민지 시기가 끝날 무렵까지도 크게 변화하지 않았다. 즉 조선가요협회가 예술적 취향과 감수성 개조, 계몽의 대상으로 삼았던 이들이 사실은 매일신보사의 내청각에 모인 그야말로 '민중'이었음에도 불구하고, 조선가요협회의 활동은 당시 겨우 학생과 지식인이라는 일부 엘리트 계층에게만 호응을 얻었을 뿐이었다. 조선가요협회 동인들이 악보집 간행이나 작품 공개회를 미루고 유성기 음반을 취입하고 발매했던 것도 바로 그러한 사정과 무관하지 않다. 결국 조선가요협회가 구상했던 조선 민중의 예술적 취향과 감수성의 개조, 계몽의 이상은 현실적으로 실현 불가능한 것이었다고 해도 과언이 아니다.

김형원과 조선가요협회 동인들이 자신들의 작품 가운데에서 그나마 호응을 얻었던 〈그리운 강남〉이 1930년대까지 3차례 이상 취입되지 못했던 데에 적지 않은 실망감을 느꼈던 것도, 그리고 1932년 4월 이후 더 이상 그들의 작품을 취입하지 못했던 것도, 그들이 직면해야 했던 현실적인 한계에서 비롯했을 것이다.[65] 사실 조선가요협회 동인들의 음반취입이 1932년 4월 이후에 이루어지지 못했던 것은, 조선가요협회의 작품 대부분을 연주했던 안기영이 돌연 조선을 떠나 방랑생활을 했기 때문이다.[66] 설령 그러한 우연한 사건이 없었다고 하더라도 조선가요협회 회원들의 현실적인 소여는 달라지지 않았을 것이다. 그것은 조선가요협회의 문학인 동인들에게는 단지 문학적 이상의 좌절만이 아니니, 경우에 따라서는 당시 조선에서 문학인으로서의 정체성뿐만 아니라 심지어 문학의 가치와 존재 자체를 뒤흔드는 위기였던 것으로 보인다.

> 시인이 시를 읊거나 노래를 부르는 것은 선전가(宣傳家)가 연설을 하는 것과는 다릅니다. 그저 내 노래를 내가 불으면 고만이지 남이 억지로 화창(和唱)하여 주기를 바라는 것은 아닙니다. 그러나, 남의 심금에 공명(共鳴)을 주는 정도가 희박하다면 그만치 수법이 졸렬한 증거이니 이러고야 어찌 「유행시인(流行詩人)」이 될 수 있겠습니까.[67]

김형원의 이 글에서 시인의 이상이 '유행시인'이 되는 데에 있다고 한 것은 매우 의미심장하다. 시가 동시대 조선인들에게 폭넓게 수용되고, 그리하여 문학적 감동을 불러일으키는 것, 나아가 조선인들의 예술적 취향과 감수성을 개조하고 고양시키는 것이 당시 조선에서 시인된 자의 사명이자 존재이유라면 마땅히 '유행시인'이 되어야 하고, 이를 위해서 시를 음악화하여 악보집은 물론 음악회나 음반을 통해 발표하는 일도 마다해서는 안 된다는 것이 김형원의 생각이었다. 물론 이것은 김형원 개인의 발언이지만, 그의 '유행시인'을 조선가요협회의 문학인 동인들의 표현을 빌어 '민중시인'으로 이해해본다면, 김형원 개인의 차원을 넘어선 조선가요협회의 문학인 동인 일반의 사고방식과 어떤 욕망까지도 드러낸다.

1933년부터 사실상 조선가요협회의 활동이 지리멸렬해진 이후, 〈그리운 강남〉을 창작했던 김형원을 비롯하여 대다수의 문학인 동인들은 더 이상자신의 시를 음악화하고자 하지 않았다. 그리고 이후 언제 그런 일이 있었나는 듯이, 그 어떤 회고의 기회에서도 조선가요협회 활동을 거론하지 않았다. 그러나 조선가요협회의 활동은 적어도 문학인 동인들에게는 시에 대한 관념, 시 창작의 방법, 그리고 시의 사명과 존재에 대한 인식의 전회를 가져온 것으로 보인다. 그들 가운데 김억은 조선가요협회 활동이 지리멸렬한 상태에 있었던 1933년부터 본격적으로 유행가요 가사를 창작하기 시작하여 1940년까지 무려 61편의 유행가, 신민요 작품을 유성기 음반에 취입했다. 그는 이 가운데 34편에는 '작사'가 아니라 굳이 '작시'로 명기했고, 또 45편의 작품은 어떤 인쇄매체에도 발표하지 않은 채 오로지 음반에만 취입했다. 그리고 김동환도 1943년까지 『시가집』에서 시도한 속요 형식의 작품 5편을 어떠한 인쇄매체에도 발표하지 않은 채 오로지 유성기 음반에 취입하여 발표했다.

주목할 점은 조선가요협회 활동의 연장선에서 이루어진 이들의 유행가요 가사 창작과 더불어 이들에게 시와 시 창작에 대한 관념의 변화가 일어났다는 것이다. 즉 이들에게 시는 더 이상 문자성만이 아닌 음성성의 장르이자, 문자성보다도 음성성을 의식적으로 지향하는 장르였다. 문학과 음악, 인쇄매체와 음향매체의 경계를 넘나드는, 심지어 음악과 음향매체로 급속히 경도한 이들의 운문을 과연 시라고 명명할 수 있는가, 그리고 조선가요협회가 지리멸렬해진 이후 이들이 유행가요 가사 창작을 통해 지향했던 바는 과연 무엇이었던가 하는 문제는 일단 차치하고서라도, 이들의 본격적인 유행가요 가사 창작은 분명 한국 근대시의 중요한 변화의 한 단면을 드러낸다.

2장
시단의 폐색과
유행시인에의
열망

1. 시단의 폐색과 '엽기적 유행'

1932년 세모, 《매일신보》는 지난 1년을 돌아보며 경성을 중심으로 일어난 풍속의 몇 가지 변화를 되돌아보는 「모–던 풍문록 삼십이 년 엽기적 유행」이라는 연재 기사를 게재한다. 당시 이 연재 기사를 쓴 기자의 눈에 '엽기적'으로 비친 풍속 가운데에는 경양식과 커피의 유행, 바와 카페의 유행, 영화의 인기, 외래어의 범람, 당구, 골프 등과 더불어 유행가요와 음반의 인기도 포함되어 있다.[1] 일본축음기상회주식회사의 진출(1911) 이래, 조선에서 유행음악이 유성기 음반을 통해서 발매되기 시작한 지 약 20년에 가까운 세월이 흐른 1932년, 새삼스럽게 유행가요가 음반을 통해 유행하는 현상이 어째서 '엽기적'일 만큼 흥미로운 풍속이었던가?

그 이유는, 당시 기사로 보건대, 일본빅터사와 일본콜럼비아사라는 외국 음반회사가 진출하여 조선에서 청취자의 취향에 부합하고자 호각을 이루는 낯선 형국, 다음으로는 그해 인기 있는 유행가요 중 한 편이 바로 이광수가 전수린·이애리수 콤비와 더불어 발표한 〈슬허진 젊은 꿈〉(1932. 12)의 흥행 성공 때문이었던 것으로 보인다.[2]

時代의 感情담은
哀愁의 流行歌
『레코드』가 流行中心

三一年獵奇的流行 (四)

그런데 과연 후자를 두고 '엽기적' 유행이라고 보기는 어려울 것 같다. 왜냐하면 그해 선풍적인 인기를 거두었던 작품이 전수린·이애리수 콤비가 발표했던 〈황성의 적〉(1932. 4)이었고, 이광수의 이 작품은 일본빅터사가 12월 신보로 이제 막 발표한 음반이었기 때문이다.[3] 정확한 사정은 알 수 없으나, 이 기자가 1932년 일본빅터사에서 발매했던 음반, 특히 유행가요 음반 가운데에서 〈황성의 적〉이 아닌 〈슬허진 젊은 꿈〉을 들어 굳이 이광수의 작품을 거론했던 것은, 조선의 문학계를 대표하는 '이광수'가 바로 유행가요를 작사했기 때문이 아니었을까?

사실 이 《매일신보》의 기자가 예리하게 지적한 바와 같이, 1932년은 〈황성의 적〉을 계기로 음반회사들이 조선인이 창작한 유행가요를 본격적으로 제작하기 시작한 해이고, 이광수를 비롯한 조선가요협회 동인들 가운데 일부도 안기영의 도움을 받지 않고 자신의 시를 음악화했다. 이를테면 이은상은 당시 미국에서 음악을 전공하던 박태준과 함께 창작한 〈순례자〉(1933. 3)를 유행가요로 발표했거니와, 김동환도 문호월과 함께 〈섬색시〉(1933. 5)를 발표했다. 또한 조선가요협회 동인은 아니었으나 시인 노자영도 유일 등과 함께 〈님생각〉(1935. 3)을 비롯하여 모두 4편의 작품을 유행가요 가사로 발표했다.

조선가요협회 동인들인 이들은 자신들의 작품을 예술가곡(lied)과 동요로 음악화하여 작품 발표회를 개최했고 음반으로도 발매하고 있었다. 그리고 그것은 《조선문단》을 중심으로 이광수, 주요한, 김억이 전개했던 시가 개량 담론·국민문학론의 구체적인 실천이기도 했다.[4] 그런데 이광수의 〈슬허진 젊은 꿈〉을 전후로 하여 그들은 '악종가요'라고도 비판했던 유행가요 창작에 나서기 시작했다. 한국에서 근대적인 의미의 '시'와 '시단'을 개척했던 이들이, 더구나 동시대 유행음악에 대해 혹독할 만큼 비판적이었던 그들이 유행가요를 창작하기 시작한 이유는 과연 무엇인가? 그리고 하필이면 그들은 왜 예술가곡이나 동요가 아닌 유행가요를 창작했던 것인가?

1932년을 전후로 이들이 그토록 표변했을 때에는, 작가로서의 어떤 결단이 계기가 있었음에 틀림없다. 그들은 당시 조선에서 근대적인 의미의 시가 처한 특별한 조건을 초월하여, 시로서 얻을 수 없는 어떤 것을 노랫말을 통해서 얻고자 했다. 그것은 과연 무엇인가? 1932년이 저물 무렵 조선의 근대시와 그 선구자들에게 무슨 일이 일어났는가? 이러한 물음은 단지 이광수 등의 문학적 관념이나 당시 매체를 둘러싼 환경만이 아니라, 그 무렵 문학장을 둘러싼 현실과 시인의 실존적 소여마저 반성적으로 돌아보도록 요구한다. 이광수 등이 예술가곡이든 유행가요이든 유성기 음반을 통해 작품을 발표하기 이전, 특히 조선가요협회를 통해 시의 음악화를 모색했던 1928년경 일군의 조선 시인들은, 시적 발화 자체가 불가능한 근원적인 결핍을 겪고 있었다. 그것은 바로 신문학 초기 동인지 시대 때부터 보이는 안정적이고도 지속적인 발표 지면의 고질적인 부재였다.

《창조》(1919. 2~1921. 5)를 비롯하여 《폐허》(1920. 7~1921. 1), 《백조》(1922. 1~1923. 9), 《장미촌》(1922. 1~1923. 9), 《금성》(1923. 11~1925. 5), 그리고 《영대》(1924. 8~1925. 1)에 이르기까지 대부분의 동인지들은 1년 이상 간행된 경우가 드물었고 이후에도 형편은 크게 달라지지 않았다. 이를테면 김형원이 주재한 《생장》(1925. 1~5), 김억이 주재한 《가면》(1925. 11~1926. 7?)은 1년도 채 간행되지 못했고, 이광수가 주재한 《조선문단》(1924. 10~1926. 6)도 기약 없는 정간 상태였다. 또한 종합잡지로서 문학에 호의적이었던 《개벽》(1920. 6~1926. 8)도 폐간되었다. 물론 황석우가 간행한 《조선시단》(1927. 11~1930. 1)이 있었으나, 지면의 차원에서는 기성 시인보다도 지방 신인들에게 호의적이었다. 한편 그 사이 양주동이 주재한 《문예공론》(1929.

5~1929. 7) 또한 이전의 문학 전문지들과 마찬가지로 단명하고 말았다.

1920년대 동인지의 족출과 명멸, 그리고 단명 현상은 어쩌면 근대문학 초창기의 당연한 일일 수도 있으나, 당시 시인들로서는 근대시의 폐색을 나타내는 것으로 매우 심각하게 받아들이고 있었다. 이를테면 『조선시인선집』(1926)의 간행 이후, 선집의 필자로서 장문의 서평을 발표했던 김억과 양주동은 특히 그러했다. 『조선시인선집』은 《창조》 이후 《개벽》과 《조선문단》 등을 통해 등장한 조선의 대표적인 시인들의 자선(自選) 시집으로, 당시로서는 조선 근대시의 기념할 만한 성과였지만, 정작 이 시집에 수록된 작품들을 산출했던 동인지와 문학 전문지들은 모두 폐간한 상태였기 때문이다.[5] 물론 《동아일보》를 비롯한 일간지들이 1920년대 중반 이후 지면을 증대하면서 문예면을 신설하기는 했으나, 오로지 시만을 위한 공간일 수는 없었다.[6] 더욱이 김억의 경우 신문 문예면에 발표된 시와 그 필자들을 시단의 외부로 여기기도 했으니, 선뜻 신문에 작품을 발표하기도 여의치 않았을 것이다.[7]

안정적·지속적인 발표 지면의 부재는 김억과 양주동도 지적한 바와 같이 창작의 침체로 이어지는 연쇄반응을 불러일으켰던 만큼, 그야말로 시단의 존립 자체를 불가능하게 하는 가장 큰 위협이었다. 그래서 그들은 숱한 동인지들이 명멸하는 가운데 근대시의 장을 함께 연 동료 시인들이 종적을 감추거나, 창작으로부터 멀어지고 있던 사정을 무엇보다도 안타까워했다. 김동인은 1920년대 동인지와 문학 전문지의 명멸·단명이 시인들로 하여금 창작으로부터 멀어지게 하여 구직 활동이나 방탕한 생활을 보낼 수밖에 없게 한 원인이었다고 회고한 바 있다.[8] 또한 적지 않은 문학인들이 《조선문단》의 시절이야말로 조선의 문학이 가장 은성했던 한때라고 회고한 것을 보면,[9] 김억과 양주동이 『조선시인선집』의 간행이라는 기념할 만한 일을 두고도 도리어 시단의 폐색을 우려했던 것은 전혀 이상한 일이 아니었다.

그런데 그 폐색을 둘러싼 근본적인 원인과 대책에 대해 이들은 서로 다르게 진단하고 있어서 흥미롭다. 김억은 독자들의 몰이해와 외면을, 양주동은 시인들의 저열한 창작 역량을, 김동인은 이와 아울러 잡지 운영의 미숙함·방만함을 거론했다.[10] 김억과 양주동은 그 폐색에 대한 대책으로 조선의 배경·생활·사상을 충실히 반영할 것, 국민문학으로서의 시의 왕성한 창작과 수준을 향상시킬 것을 주문했다.[11] 이들은 1920년대까지도 시인들이 조선 사회에서 근대적인 시적 발화와 그것을 정당화하는 이념을 둘러싼 의사소통의 메커니즘을 이루어내지 못했다는 것을 어렴풋이나마 자각하고 있었던 것이다. 하지만 그것이 무지한 독자의 탓이라는 진단, 그것을 극복하는 길이 조선적이고 작품성 있는 작품의 왕성한 창작이라는 제안은 흥미롭다. 환언하면 독자들의 기대 지평에 부응하는 훌륭한 작품만이 시단의 폐색으로부터 벗어나는 길이라는 것이다. 김억의 표현을 빌자면 근대시는 결코 "여백 만흔 인쇄물"도, "한인(閑人)의 소일꺼리"도 아니라는 것, 즉 무지한 독자들을 계몽하면서 근대시와 그 존재의 의의를 제시해야 한다는 것이다.[12]

《창조》 이래 《조선문단》을 거쳐 『조선시인선집』의 주요 필자이기도 했던 시인들이 1928년경부터 유행가요를 대신할 만한 새로운 가요를 창작해 보자고 의기투합했던 것, 그리하여 이듬해에는 정식으로 조선가요협회를 창립한 것은,[13] 그처럼 근대적인 의미의 시와 시단이 처한 엄혹한 현실을 배경으로 한 것이었다. 협회 동인들 가운데 이광수, 주요한, 김억은 물론 김동환까지도 《조선문단》 창간 무렵부터 조선의 근대시는 민요의 순도 높은 향토성에 입각한 언어·정서·형식에 근간하여 창작해야 한다고 역설했고, 또한 그러한 시를 통해 조선인의 보편적 심성을 재현하는 한편 그것을 개조·개량해야 한다고, 그리하여 국민문학으로서의 위상을 차지할 뿐만 아니라 독서 공동체 내에서 보편적으로 인정받을 위상을 차지해야 한다고 역설했다. 그래서 《조선문단》의 지리멸렬로 인해 근대시를 둘러싼 의미 있는 의사소통 메커니즘의 착근이 기약 없이 유예되는 사태를 바라보고 있었던 시인들로서는, 독자들에게 익숙한 전래의 운문·시가에 비근한 시의 음악화를 통해서 시가 처한 폐색으로부터 벗어나 새로운 창작의 가능성을 모색하고자 했을 터이다. 또한 조선가요협회 창립 무렵, 그 동인들이 자유시에 대해 근본적으로 회의하고 있었던 점도 주목할 필요가 있다. 당시 그들이 명백하게 시의 음악화를 거론한 것은 아니나, 이미 양주동은 시의 민중화와 더불어 자유시 형식의 제한을 시단 폐색의 대안으로 제시하고 있었고,[14] 같은 입장에서 주요한과 김억의 경우 정형시를 조선의 시형으로 삼아야 한다는 데에 동의하고 있었다.[15] 더구나 이들과 문학적 입장이 달랐던 김기진까지도, 조선의 자유시는 '창(唱)'을 할 수 없으므로 시가 아니라는 동시대 지식인들의 보편적인 관념을 수긍하면서, 동시대 시인들에게 '낭창하는 자유시'의 창작을 주문하기까지 했다.[16] 특히 김형원의 〈그리운 강남〉의 성공은, 그들의 모험에 가까운 선택이 결국 옳았음을 증명하는 것처럼 여겨졌을 것이다. 어쨌든 1920년대 후반에서 조선가요협회를 중심으로 일군의 시인들이 시를 음악화하여 음반으로도 발매한 일은, 일시적으로나마 절필했던 김형원 같은 시인에게는 새로운 창작 의욕을 환기했을 것이다.[17]

2. 독자들의 운문 취향과 근대시의 위상

물론 동인지와 문학 전문지의 안정적이고 지속적인 간행은 이루어지지 않았지만, 김억의 『해파리의 노래』(1923) 이래 조선가요협회가 창립한 1929년까지 창작 시집은 무려 27권이나 간행되었다. 이 시집들은 대부분

5백 부 정도의 한정판으로 간행되었으나, 노자영의 『처녀의 화환』(1925)은 2천 부, 김동환의 『국경의 밤』(1925)은 3천 부 정도 발매되었던 것으로 보인다. 한편 김소월의 『진달내꽃』(1925), 유도순의 『혈흔의 묵화』(1926), 노자영의 『내 혼이 불탈 때』(1928)은 재판이 간행될 정도였다.[18] 불과 6여 년 사이 이 정도의 시집 간행 규모는 결코 초라하다고 볼 수만은 없다. 그래서 1926년경 김억과 양주동이 예감한 시단의 폐색은 다소 비관적인 감상으로 여겨지기도 한다. 하지만 당시 《동아일보》에 게재된 신간소개 기사나 서적 광고의 빈도수를 보면, 그들의 예감이 순전히 부정적이었다고 볼 수만은 없다. 이를테면 시집으로서는 번역시집인 『오뇌의 무도』(1921)가 겨우 50위권에, 문예물만 두고 보면 신·구소설, 번역·번안소설 등을 포함한 소설에 밀려 『내 혼이 불탈 때』 정도가 겨우 10위권에 포함되어 있었다.[19]

소설이 시보다도 독자의 환영을 받았던 사정은 이를테면 1929년 경성 도서관의 주된 이용자인 학생들이 가장 많이 열람한 문예물이 소설과 전기였다는 문헌을 통해서도 알 수 있다.[20] 이러한 현상은 1930년대 초까지도 크게 달라지지 않았는데, 이를테면 1931년경 《동아일보》가 경성부 내 고등보통학교 학생을 대상으로 한 독서경향 조사를 통해서도 알 수 있다. 이 조사에 따르면 남학생은 '사상방면'의 서적을, 여학생은 '소설종류'의 서적을 선호한다고 답했거니와, 특히 '잡지 기타' 항목을 선택한 여학생들마저도 시집을 읽는다는 답을 하지는 않았다. 한편 이러한 현상은 인쇄직공(3개 인쇄소 95명)의 경우라 해서 크게 다르지 않았다.[21] 적어도 이 조사 결과만 두고 보면 당시 준엘리트 계층에 속했던 고등보통학교 학생들은 시집을 전혀 읽지 않았던 것으로 보인다. 물론 이 조사 자체가 '소설종류', '사상방면', '잡지 기타' 이상 세 범주에 대해서만 이루어진 데에다가, 조사 대상도 폭넓지 못했던 만큼(5개 학교 남학생 111명, 3개 학교 여학생 41명), 근본적으로 시집과 관런한 사정을 엿보기는 쉽지 않다. 하지만 그나마 소설서류를 가장 선호했던 여학생들 가운데 '잡지 기타' 부류를 선택했던 4명 가운데에도, 시집을 선택한 이들이 단 한 명도 없었던 사정은 의미심장하다.[22]

당시 고등보통학교 학생들이 시집보다도 소설류의 서적을 탐독했다는 사실은 1929년 10월 1개월간의 경성도서관 열람통계를 통해서도 알 수 있다. 이에 따르면 당시 열람자 대부분은 남녀 학생들이었는데, 그들이 가장 많이 열람했던 것이 바로 소설과 전기였다.[23] 또한 《동아일보》 기사와 광고에 나타난 문예물의 종수 역시 이러한 현상을 더욱 분명하게 보여주는데, 이를테면 1920년에서 1928년 사이의 근대소설은 물론 신·구소설, 번역·번안소설까지 더해서 소설 종류는 총 185종이나 되었던 데에 반해, 시집은 총 27종에 불과했다.[24] 그러한 현실은 조선가요협회가 지리멸렬해진 1934년경까지도 크게 변하지 않았다. 당시 조선총독부로부터 간행 허가를 받은 총 321종의 문예물 가운데, 이른바 소설서는 188종이었던 데에 비해, 시가서류로 분류되었던 도서는 불과 8종에 불과했다.[25]

그런데 《동아일보》의 기사·광고를 통해 알 수 있는 그 27종의 시집 가운데에서 광고의 빈도가 높았던 것은 김억의 『오뇌의 무도』(1921)와 노자영의 『내 혼이 불탈 때』(1928) 정도였다.[26] 즉 그 가운데에는 조선가요협회가 창립되던 무렵까지 그 동인들이 발표했던 대략 8종의 창작 시집은 없었던 것이다.[27] 대신 같은 동인으로부터도 작가로서 인정받지 못했음에도 불구하고, 당시 여학생들로부터 이른바 미문의 작가로서 인기를 누렸던 노자영의 시집이 포함되어 있었던 점은 참으로 흥미롭다.[28] 김을한이 《조선일보》에 연재했던 논설에 따르면, 1920년대 중반 경성의 여학생들은 하다못해 옥편 한 권은 수중에 없어도 노자영의 시집·소설집 등은 반드시 읽을 정도였다고 한다. 이러한 현상은 당시 (준)엘리트 계층인 여학생들의 시·시집에 대한 취향이, 바로 노자영 류의 이른바 과잉된 감성·감상성을 주조로 한 값싼 연애시를 중심으로 형성되어 있었다는 것을 시사한다.[29]

이로써 1920년대 조선에서 창작 시집은 문예물 가운데에서도 독자들에게 환영받는 읽을거리는 아니었다는 것, 그나마 환영받는 시는 과잉된 감상성을 주조로 한 연애시였으며, 주된 독자층이 여학생들이었다는 것은 충분히 알 수 있다. 그리고 『진달내쏫』이나 『국경의 밤』 또한 적어도 중학생 이상의 일부 엘리트 독자들이 주된 독자층이었을 것으로 추론할 수 있다. 정확한 경위는 알려진 바 없으나, 『조선시인선집』이 소학교를 졸업하고 중학교에 진학할 수 없는 사람들을 위한 중학 과정의 독학·통신강의를 주관했던 조선통신중학관에서 간행되었던 것도 그러한 사정과 무관하지 않을 것이다.[30] 어쨌든 시집의 독자층이 이토록 빈약할 수밖에 없었던 것은 무엇보다도 당시 조선의 문맹률이 무려 80퍼센트에 이르렀던 데다가,[31] 역시 근대시라는 외래의 운문 장르가 근본적으로 심미적 취향과 근대문학에 대한 상당한 감식안을 공유하는 고급예술이었기 때문이다.

김억이 근대시와 시단의 폐색을 예감하면서 군이 동시대 조선인들의 무지를 탓했던 것은, 바로 이러한 사정에서 기인한다. 시집을 읽을 만한 독자도 적었을 뿐만 아니라 그나마 그들도 노자영 류의 연애시를 선호하거나, 심지어 유행창가집을 탐독하는 현실은 당시 문학인은 물론 지식인들에게도 두고두고 개탄스러운 일이었다.[32] 특히 이광수가 '기생의 가곡'이라고 폄훼했던 〈캇쥬샤〉, 〈표박가〉, 〈심순애가〉 등속의 일본 유행창가 번안곡들은 『신유행창가집』(1929) 등의 유행창가집을 통해서 상당한 인기를 누리고 있었다. 그것은 다음의 기사들만 두고 보더라도 충분히 알 수 있다.

월사금(月謝金)은 못 내서 정학을 당할지언정 활동사진 구경은 의례 가고 부모 형제에게 문안편지는 잘 안이 하야도 촌수도 업는 여학생 누이에게 편지 거래가 빈번하다. 또 하숙옥(下宿屋)에 가보면 아모리 고학생(苦學生)이라도 전일(前日)처럼 석유상자(石油箱子) 책상은 업고 의례 5, 6원자리 책상에다 책상, 필용(筆筩), 사진첩을 다 노왓다. **교과서 참고서는 한 권 업서도 연애소설과 유행창가(流行唱歌) 한 권식은 다 가지고** 설합 속에는 여학생에게 편지하는 꼿봉투 꼿전지(箋紙)와 춘화도(春畫圖)도 각금 나오며 벽에는 행(行)내거리로 빠요링 라겟트를 걸어 두엇다.[33]

"가레스스끼"와 "가고노도리"라는 일본 노래도 상당히 류행하얏거니와 최근에는 "야스끼부시" "나니와부시"가 전성이다. **그 중에서도 "압록강절"(鴨綠江節)이라는 노래가 대전성이다.** 이 노래는 조선과 만주에 큰 포부를 가진 일본 사람의 마음을 그린 노래다. 이것을 조선 기생이 부른다. 그리고 조선 손님이 듯는다.[34]

인용한 기사는에서 묘사된 풍경이 당시 고등보통학교 학생들의 보편적인 생활상은 아니라고 하더라도, 교과서는 변변히 없어도 유행창가집 한 권은 탐독했다는 대목은 참으로 흥미롭다. 유행창가집은 어느 정도의 문식력뿐만 아니라, 근대적 교육을 통해 악전(樂典)의 지식을 갖춘 독자들만이 향유할 수 있는 읽을거리이기 때문이다. 당시 중학교 이상의 학력을 지닌 사람들마저도 지식인으로 인정받고 있었던 점을 염두에 두고 보면,[35] 이광수 등이 그토록 개탄해 마지않았던 것을 충분히 짐작할 수 있다. 창가집을 탐독했을 고등보통학교 학생은 곧 시집의 잠재적 독자들이기도 했기 때문이다. 더구나 이러한 유행창가집은 1920년대 후반까지 시집과 비슷한 규모였던 27종이 간행되었거니와, 특히 『회회낙낙 무쌍창가집』(1926~32)과 같은 창가집은 무려 8판을 거듭할 만큼 인기를 누렸다.[36] 사실 이 정도로 호응을 얻었던 시집이 당시로서는 없었다고 보면, 적어도 1920년대까지 유행창가집은 시집의 경쟁 상대였다고 해도 과언이 아닐 정도이다.

그래서 이 창가집의 존재는 조선가요협회 동인들로서는 틀림없이 잡가집보다도 더 해로운 '병독'으로 여겨졌을 터이다. 잡가집에 비해 제한된 독자를 대상으로 한다고 하더라도, 독자들로부터 그처럼 환영받았던 창가집의 역사, 즉 본격적인 창작의 시발점인 홍난파의『통속창가집』(1916)이나 유행창가집의 시발점인 이상준의『신유행창가집』(1922) 이래 임동혁의『여성창가집』(1946)에 이르는 역사는, 김억의『해파리의 노래』(1923) 이래 근대적인 시집의 역사와 병행한다. 뿐만 아니라 이 유행창가 또한 잡가와 마찬가지로 단지 단행본의 형태로만이 아니라 유성기 음반을 통해서도 보급되고 있었으며, 예컨대 일본축음기상회주식회사가 1920년대 발매한 총 414종의 유성기 음반 가운데 유행창가는 모두 22종이나 포함되어 있었다.[37] 이러한 정황은 1920년대 후반 조선의 문화장 내에서 시의 위상과 처지를 여실히 드러내기에 충분하다. 즉 장르의 차원에서 보자면 근대시는 바야흐로 부상하는 장르로서, 외래의 시가인 창작 혹은 유행창가와 경쟁해야 했고, 매체의 차원에서 보자면 창가집과 경쟁하는 한편으로 유성기 음반과도 경쟁해야 했다. 그런데 그러한 경쟁 상대는 단지 유행창가집만은 아니었다.

> 서책사(書冊肆)는 어떠한가? 아―창피하도다. 기종(機種)의 한학(漢學)이 노혓슬 뿐이오. 기백종(幾百種)의 신소설이 나열하얏슬 뿐이다. 그리고는 속가집(俗歌集) 몃 책과 남의 입내 내듯한 잡지 몃 책이 노혓슬 뿐이다. (중략) **이러한지라 집집 방방에 신소설, 속가집은 만히 노혀잇다.**[38]

지금 조선에서 제일 만히 팔니는 책이 무엇이냐 하면 역시 옥편과 춘향전이다. **서울에 도매상들로 조직된 도매상조합이 잇는데 이 방면의 조사에 의하면 (…) 잡가책 일년간 일만 오천 권 등등이라 한다.** (중략) 이 책들은 엇든 기관(機關)을 통하야 흐터지는가 하면 오로지 시골 장거리에서 장터로 도라다니며 파는 봇짐장사 일천 사오백 명 손으로 판매되고 잇다한다. 그리고 전기(前記) 서적의 판매부수는 매년 동수량(同數量)으로 수요(需要)되고 잇다함도 주목할 현상이다.[39]

인용한 두 논설을 통해 알 수 있듯이, 1920년대 경성부만 하더라도 잡가집이 없는 집이 없었고, 또 1930년대 중반까지도 전국에 걸쳐 해마다 약 1만 5천여 권이 지속적으로 팔려나갔다. 이 두 논설이 정확한 조사에 근거한 통계는 아닐 것이다. 그러나 이 두 논설만으로도 잡가와 잡가집이 읽을거리로서 지닌 위상을 짐작하기에 충분하다.

사실 조선가요협회 동인들, 특히 이광수와 김동환이 '망국가요'라는 이유로 배제 혹은 청산하고자 했던 〈수심가〉 등속의 잡가는 그러한 비난과는 무관하게 이미 『정정증보신구잡가전』(1914) 이래 1920년대 후반까지 총 35종이 간행되었다. 그 규모만 두고 보면 시집과 큰 차이는 없는 듯하나, 근대 교육의 수혜를 받지 못한 독자, 즉 구활자본 소설과 마찬가지로 노동자, 농민, 부녀자 등 경향 각처의 전통적 독자층을 중심으로 지속적으로 소비되었다는 점에서는 시집을 압도했다.[40] 그러니 읽을거리의 차원에서 보자면 잡가집은 시집보다도 더 두터운 독자층을 지니고 있었다. 물론 잡가와 유행창가는 근본적으로 가창을 전제로 한 가요라는 점에서, 근대시와 전혀 다른 예술장르이다. 그러나 잡가와 유행창가는 근대시와 같은 시기 문자 텍스트로서, 근대적인 상업출판물로서 등장하여, 문식력 있는 독자들에게 향유되면서 시집의 위상을 위협하고 있었던 것은 분명하다.

일찍이 조선의 문학에는 오로지 미래만 있을 뿐, 과거는 무의미하다고 했던 조선가요협회 동인들로서는[41] 이러한 잡가·잡가집이 신생하는 조선의 근대시의 미래에, "조선의 민족적 성격의 수련과 개조"에 데카당티즘만큼이나 무서운 '병독(病毒)'처럼 보였다.[42] 더구나 잡가는 이미 1911년부터 조선에 진출해 있던 일본축음기상회주식회사를 필두로, 1927년 일본빅터사 등 다국적 음반회사들이 본격적으로 조선에서 음반산업을 형성해가는 가운데 핵심 레퍼토리로 선택되기도 했으니, 조선가요협회 동인들로서는 그저 무의미한 과거라고만 볼 수도 없었다. 예컨대 일본축음기상회주식회사가 1920년대 발매한 총 414종의 유성기 음반 가운데 〈수심가〉류의 잡가는 모두 26종이나 발매되었다.[43] 즉 당시 조선에서 잡가는 구술성의 텍스트로부터 문자성의 텍스트로, 다시 음향 텍스트로 변용하는 가운데, 매우 유연하고도 강한 생명력으로 시대·지역·매체의 경계를 넘나들며 여전히 대중적인 인기를 누리고 있었던 것이다.

이러한 사정은 1920년대 중반 《조선문단》을 중심으로 시가 개량·국민문학의 담론을 전개하면서 전래시가 가운데에서 민요를 전범으로 삼아 특권화했던 이광수, 주요한, 김억 등이, 1920년대 후반 조선가요협회를 창립하면서 시의 음악화를 통해 잡가와 유행창가를 배격해야 한다고까지 역설했던 이유를 짐작케 한다.[44] 당시 그들에게 운문 양식의 차원으로든 출판물의 차원으로든 잡가와 유행창가는 근대시 외부의 이종(異種) 장르이나, 근대시의 안정적이고 지속적인 발표 지면이 부재하고, 그것을 이해할 만한 심미적 취향과 감식안을 지닌 독자층이 빈약했던 상황에서는, 독자를 사이에 두고 경쟁을 벌일 수밖에 없는 위협적인 존재로 인식했기 때문이다. 그래서 잡가와 유행창가를 추문화(醜聞化)함으로써, 그 독자들을 호명하고 계몽하며 독점하고자 했다. 사실 이러한 행동 양식은 동인지 시대부터 근대적 문학장의 형성 과정에서 지속적으로 반복되었다. 그런데 1920년대가 저물 무렵 조선 가요협회를 통해 새삼스럽게 재연되었던 것은, 근대시와 시단의 위상에 대한 불안감이었다. 특히 근대시의 개척자로서 근대시의 위상을 '국민문학'의 차원에서 정립하고자 했던 일군의 시인들로서는 더욱 그러할 수밖에 없었다.

설령 그렇다고 하더라도 시의 음악화, 더구나 음반취입에도 그토록 흔쾌히 의기투합했던 이유는 무엇인가? 그것은 근대시와 주변의 이종 운문 양식들 사이의 경쟁이 단지 출판시장 내부에만 국한되지 않았기 때문이다. 이를테면 이광수와 김동환이 '기생의 가곡', '망국가요'라고 비난했던 잡가와 유행창가는 1920년대 일본축음기상회주식회사가 발매한 레퍼토리 가운데 중심적 지위를 차지했다. 더구나 잡가의 경우 그러한 사정은 1930년대 이후에도 여전했던 만큼, 그 영향력은 단지 출판매체만이 아니라 음향매체를 통해서도 확산되고 있었다.[45] 물론 당시 잡가와 유행창가 음반 청취자 규모가 어느 정도였는지, 그것이 잡가집·유행창가집은 물론 시집의 독자 규모를 상회했는지는 분명히 알 수 없다. 그러나 이러한 유행음악이 그 가사를 읽을 수 있든 없든, 들을 귀가 있다면 누구나 들을 수 있는 열린 장르로 변용되고 있음을 목격했을 동인지 세대 시인들로서는 잡가와 유행창가의 근대적 유통과 득세는 분명히 부러운 현상이었을 터이다.

3. 노래, 국민적 시가, 그리고 '소곡'

당시 조선 사회에서 근대적인 시적 발화와 그것을 정당화하는 이념을 둘러싼 의사소통 메커니즘이 이루어질 수 없었던 것을 무지한 독자의 탓으로 여기고, 더구나 자유시에 대해서도 근본적으로 회의하고 있었던 김억, 양주동, 주요한 등으로서는, 근대시가 국민문학으로서의 위상을 차지할 수만 있다면, 문자 텍스트만이 아니라 음향 텍스트를 통해서도 얼마든지 시를 발표할 수 있다고 여겼던 것으로 보인다. 이를테면 김형원이 시의 존재 의의를 결정하는 것은 오직 독자들의 감동 여부이므로, 시인이라면 모름지기 '유행시인'이어야 한다고 했던 것은, 단지 김형원만이 아니라 그 협회 동인들, 더 거슬러 올라가면 1920년대 말 동인지 세대 시인들의 사유를 대표한다. 실제로 〈그리운 강남〉의 재발매와 성공에 김형원은 물론 조선가요협회 동인들 모두 제법 들떠 있었다.[46] 그래서 〈그리운 강남〉의 성공은 그들의 모험에 가까운 선택이 결국 옳았음을 증명하는 것처럼 여겨졌을 터이다. 더구나 1931년의 시단을 회고하면서 김억이 개탄해 마지않았던 것처럼, 기성 시인의 폐업·은퇴, 시에 대한 독자와 신문사의 무지·홀대, 주목할 만한 신진 시인의 부재 등, 근대시와 시단은 여전히 폐색의 상황에서 벗어나고 있지 못했다.[47] 또한 조선가요협회의 작품 대부분을 작곡하고 연주했던 안기영의 돌연한 잠적은, 그들로 하여금 자연스럽게 〈그리운 강남〉의 성공을 재연하는 길로서 유행가요 가사 창작을 선택하도록 한 계기였을 터이다.

동인지 세대 시인들이 국민문학으로서의 시 창작, 시의 민중화 혹은 자유시 형식의 제한을 시단 폐색의 대안으로 삼고, 시의 음악화를 거쳐서 유행가요 창작으로 나아갔던 과정은, 결국 근대적, 서구적 의미의 운문으로서의 근대시에 대한 신념을 폐기해간 과정이라고 해도 과언이 아니다. 그래서 조선가요협회를 통해 발표했던 거개의 작품이 각 행 7·5조 12음절로 이루어진 4행의 정형시 형식으로 경도했던 것은 매우 중요하다. 김기진만 하더라도 이른바 '낭창하는 자유시'를 통해, 독자·사회의 무지와 근대시에 대한 신념 사이의 조화 혹은 타협을 요구했건만,[48] 그들은 조화나 타협이 아닌 두

가지 가운데 오로지 한 가지만 선택하는 길로 나아갔다. 물론 '낭창'과 '자유시' 사이의 조화와 타협은 애초부터 모순을 지닐 수밖에 없다. 그럼에도 굳이 전자를 선택했던 것, 더구나 동시대 잡가나 유행창가에 그토록 경쟁의식을 품었던 보다 심층적인 원인은 무엇인가?

《조선문단》 창간 무렵, 일찍이 신문학 초창기 조선에서 민족어의 근대적인 시적 발화의 가능성을 자유시에서 발견하고자 했던 김억과 주요한이, "민요와 시조를 절충한 새로운 시형에 근간한 국민적 시가", "민요와 동요를 원형으로 하는 '노래'"로서의 근대시의 가능성을 제안했었다.[49] '노래'로서 국민적 시가가 정형시일 수밖에 없다고 판단하기에 이른 데에는, 그들의 시가 민족어 공동체에서 민요와 같은 위상을 차지하기를 바랐기 때문이다.[50] 그러나 그러한 제안과 소망을 구체적인 실천으로 옮겨가도록 했던 것은, 자유시·산문시에 대한 의식적 지향 이면에 결코 소거 불가능한 구술·가창 가능한 운문을 향한 이끌림이었다. 그리고 조선가요협회를 통한 실천에 정당성을 부여했던 것은, 이들의 문학청년 시절부터 그러했듯이, 일본 시단의 중요한 경향 변화와 무관하지 않다.

그것은 1920년대 말 시의 음악화와 음반취입을 시도했던 시인들이 일찍이 '소곡(小曲)'이라는 부제로 발표했던 일련의 시들을 통해서 짐작할 수 있다. 예컨대 김소월은 일찍이 〈금잔디〉, 〈엄마야 누나야〉(1922) 등 대표적인 창작시를 '소곡'이라는 부제로 발표했었다. 김억은 프랑스 상징주의 시의 번역 엔솔로지인 『오뇌의 무도』(1921)에서 처음으로 쥘리앙 보캉스(Julien Vocance) 외의 한 행 11편의 단시(短詩)를 '소곡'이라고 명명한 바 있고, 스스로도 〈샛맑한 이슬방울은〉(1924) 등의 시를 '소곡'이라는 부제를 달아 발표했었다. 김동환도 『시가집』(1929)에서 〈참대밧〉 등 19편을 '소곡·민요'편에 묶었다. 그 외에도 변영로, 양주동 등의 조선가요협회 문학인 동인들이 '소곡이라는 부제를 단 작품을 빈번히 발표했다. 이들의 이른바 '소곡' 작품들은 모두 동일한 형식은 아니더라도 대체로 정형률의 단시라는 점에서는 공통점을 지니고 있었다.[51] 이은상은《조선문단》을 중심으로 활동하던 시인들의 형식적 공통점을 단시로 보고, 그것이 1927년 시단의 주된 경향이라고 진단했다.[52]

그렇다면 이들이 창작했던 '소곡'이란 도대체 어떤 운문인가? 이와 관련하여 당시 조선의 시인들에게 적지 않은 영향을 미쳤던『현대시 창작방법연구(現代詩の作り方研究)』(1928)에 수록된 이쿠다 슌게쓰(生田春月)의「쇼쿄쿠의 본질과 창작의 실제(小曲の本質と創作の実際)」(1928)를 주목할 필요가 있다.[53] 이 글에서 이쿠다 슌게쓰는 '쇼쿄쿠'가 가창을 전제로 한 단시형(短詩型)의 운문이라고 정의한다. 특히 '쇼쿄쿠'의 가창 가능성을 강조한 그는 그것이 대체로 7·5나 5·7조 혹은 그 외에도 음악적 리듬을 갖추고, 기승전결의 구성을 지니며, 간결한 언어로 숙성된 감흥을 표현하는 '노래하는 시'라고 한다. 그리고 이쿠다 슌게쓰는 이 소곡이 갖추어야 할 요소로서 묵독이 아닌 낭송과 가창에 적합한 음악성, 일상에 대한 섬세한 감각, 간결한 표현을 무엇보다도 강조한다. 이쿠다 슌게쓰가 이렇게 주장할 수 있었던 것은, 무엇보다도 '시가(poetry)'의 연원이 민요와 가요이므로 시는 음악적 리듬에 근간하여 노래로 불러야 한다는 매우 강한 신념을 지니고 있었기 때문이다. 이쿠다 슌게쓰는 이 '쇼쿄쿠'야말로 '미래의 시'라고 주장하면서, 자신은 물론 기타하라 하쿠슈, 사이조 야소, 가와지 류코(川路柳虹), 시라토리 세이고(白鳥省吾), 후쿠다 마사오(福田正夫) 등의 '쇼쿄쿠' 창작에 대단한 의의를 부여하기도 했다.[54]

사실 1920년대 일본의 시 이론서들이나 이쿠다 슌게쓰의 이 글이 발표되기 이전에 간행된 일본의 시집들을 보더라도 그의 주장은 제법 타당한 것으로 여겨진다. 예컨대 일군의 동인지 세대 시인들이 1920년대 말 30년대 초에 시의 음악화와 음반취입에 앞장서기 이전에 일본에서 간행된 시집 가운데, 제목에서 이미 '쇼쿄쿠'라고 명기했던 경우는 기타하라 하쿠슈의 『서정소곡집 추억(抒情小曲集 思ひ出)』(1911)을 비롯하여 12여 권에 이른다.[55] 그런가 하면 '쇼쿄쿠' 형식의 작품을 창작시의 일부 혹은 시집 가운데 중요한 한 장으로 편집한 경우도 17여 권에 이른다.[56] 이러한 시집들을 일별해 보더라도 '쇼쿄쿠'는 사실상 일본 근대시사에서 대표적인 시인들의 시집을 망라하고 있는 일본 근대시의 중심 갈래라고 해도 과언이 아니었다. 이러한 사정을 김억이나 주요한은 물론 '소곡'을 창작했던 조선 시인들이 몰랐을 리는 만무하다. 특히 근대시와 시단의 폐색을 시의 음악화와 음반취입을 통해 극복하고자 했던 이들에게 예컨대 기타하라 하쿠슈의 『하쿠슈 고우타집(白秋小唄集)』(1919)은 근대시의 중요한 향방을 시사했을 것이다.

> '고우타(小唄)'는 『추억』 이후 나의 시풍의 기조를 이룬 것이다. 오늘날 순수하게 일본적인 새로운 민요는 반드시 생겨날 수밖에 없는 기회를 맞이하고 있다. 에도(江戸) 시대의 통속민요(俚謠)가 두 번째 『만엽집(萬葉集)』이었다는 것을 안다면, 현대에서도 이 현대의 우리 민족의 언어를 결코 소홀히 해서는 안 될 것이다. 나는 앞으로도 더욱 새로운 민요를 쓸 것이다. 우선 나 자신을 위해, 다음으로는 민중을 위해 그렇게 할 것이다. 이 책은 그 첫 작품집으로 봐 주기 바란다.[57]

이 글에서 기타하라 하쿠슈는 표면적으로 자신의 '고우타' 창작이 민족어·민족문학의 전통을 현재화하고, 시를 민중화하는 일이라고 역설하고 있으며, 보다 심층적으로는 이 '고우타' 창작을 통해 이른바 '민족시인'의 열망

을 드러내고 있다. 이것은 앞서 잠시 언급한 조선가요협회가 "건전한 조선 가요의 민중화"를 지향했던 사정과 겹쳐 읽어볼 때 매우 의미심장하다. 한편 이 『하쿠슈 고우타집』은 기타하라 하쿠슈가 첫 시집인 『사종문(邪宗門)』(1909)과 『서정소곡집 추억』(1911) 이후에 발표한 시집들 가운데 간결한 정서와 수사, 정형률에 근간한 단시형의 작품들을 엄선하여 한 권의 시집으로 엮은 것이다. 그중에서 〈하늘에 새빨간(空に真赤な)〉은 일찍이 주요한이 「일본근대시초」(1919)에서 대표적인 상징주의 시로 소개한 적이 있는 작품으로,[58] 『사종문』에 수록된 원작에 다소 수정을 하여 『하쿠슈 고우타집』에 재수록한 작품이다. 그런가 하면 〈방랑의 노래(さすらひの唄)〉의 경우 예술좌의 〈산송장(生ける屍, 원제: Живой труп)〉(1917)의 주제가로, 이광수가 일찍이 '기생의 가곡'이라 비난했던 유행창가이기도 했다.[59]

기타하라 하쿠슈는 이미 발표한 작품을 '고우타' 형식에 준하여 개작하거나, 노래 가사로 음반에 취입하기까지 했다. 이것은 『하쿠슈 고우타집』이 근본적으로 당시 일본에서 시가 오로지 묵독을 전제로 한 문자성의 텍스트만이 아니라, 가창을 염두에 둔 구술성의 텍스트였다는 것을 의미한다. 또한 이 두 작품은 당시 일본에서 시가 문식력을 갖춘 소수의 독자에게 호소하는 장르만이 아니라, 그렇지 못한 다수의 잠재적 독자 혹은 청취자에게 호소하는 장르로 확장되고 있었음을 말해준다. 사실 당시 일본에서 간행된 적지 않은 시 이론서들은 '쇼쿄쿠'를 '근대시'의 한 갈래로 분류하여 서술하고 있었다. 그리고 이 '쇼쿄쿠'를 대체로 근대기 일본의 시인들이 이른바 다이쇼(大正)기 구어 자유시의 한계를 반성하는 가운데에서, 민요의 리듬에 근간한 정형률로 즉흥적인 정서를 표현하기 위해 고안한 형식이라고 설명하고 있다. 아울러 '소쿄쿠' 가운데 향토적 정서, 전래 민요의 수사와 형식을 따르는 것을 특별히 '고우타'로 명명하기도 했다.[60]

1920년대에 '소곡'을 창작했던 일군의 시인들이 후일 조선가요협회를 창립하게 되었던 데에는 기타하라 하쿠슈를 비롯한 일본 문학인들의 쇼쿄쿠 창작이 적지 않은 영향을 미친 것으로 보인다. 1920년대 중반 이후 김억, 주요한이 상징주의와 데카당티즘을 비판하면서 이른바 국민문학론을 전개했고, 이들에 화답하기라도 하듯이 변영로와 양주동이 조선인 보편의 심성을 문학적으로 재현하는 데에 몰두했던 것은, 사실 일본 근대문학의 특별한 사정과 무관하지 않다. 특히 1920년을 전후로 하여 일본 문학계에서도 이른바 상징주의를 중심으로 한 문어 정형시 세대를 대표하는 기타하라 하쿠슈, 민중시론을 중심으로 한 구어 자유시 세대를 대표하는 시라토리 세이고가, 마치 약속이라도 한 듯이 향토적 정서와 전래 민요의 수사·형식의 현재화를 지향했던 것은, 1920년대 중반 이후 김억, 주요한, 김동환을 비롯한 일군의 조선 문학인들의 문학적 전회를 이해하는 중요한 참조점을 제시한다.[61]

4. 문학계의 상징자본과 '유행시인'의 열망

그런데 1932년 이른바 '엽기적 유행'의 주인공들은, 조선가요협회의 지리멸렬 이후 유행가요 가사를 창작하면서도, 유행가요 또한 '노래'로서 국민적 시가, 민요 혹은 시조의 문학적 전통의 현재화라고 믿었던 것인가? 김형원의 회고로 알 수 있듯이, 조선가요협회 활동 무렵 일찍이 근대시와 시단의 폐색을 절감했던 일군의 시인들은, 그 폐색을 스스로 '유행시인'이 됨으로써 극복할 수 있다고 보았다. 김억의 경우 1932년부터 일본빅터사의 의뢰에 따라, 혹은 특별한 의뢰가 없더라도 음반취입을 전제로 한 작품을 창작한 것이 바로 그 증거이다.[62] 하지만 김억, 양주동이 진단한 근대시와 시단의 폐색은 사실 조선의 근대시와 시단 전체가 아닌 동인지 세대 시인들이 처한 현실이었다. 예컨대 이들은 '시단'을 오로지 《창조》 이후 《조선문단》에 이르기까지 창작을 지속한 시인들의 사적 공동체 차원으로만 규정했고, 신문의 독자 투고나 그들이 관여하지 하지 않은 동인지 출신의 시인들은 물론 심지어 한용운마저도 시단 외부로 간주했다.[63] 특히 김억의 경우 이러한 인식 태도는 1931년에도 마찬가지였다. 기성 시인의 폐업·은퇴, 시에 대한 독자와 신문사의 무지·홀대, 주목할 만한 신진 시인의 부재 등, 그에게 근대시와 시단은 여전히 폐색의 상황에서 벗어나지 못하고 있었던 것이다.[64]

김억이 지적한 바와 같이 1931년 세모의 시점에서는 《시문학》(1930. 3~1931. 10)과 《음악과 시》(1930. 8)의 명멸 이후 《문예월간》(1931. 11) 이외에는 이렇다 할 문학 전문지도 없었다. 그러나 그 스스로 주목할 만하다고 했던 박용철, 신석정 등 신진 시인들의 등장으로 시의 경향은 일변했고, 그 수준 또한 선배 세대들에 비해 일취월장하고 있었다. 비록 미약하나마 1931년 이후 시단의 이러한 풍경 변화 가운데 《조선문단》과 조선가요협회까지 지속되었던 동인지 세대 시인들이 중심적 지위를 잃어가고 있었던 것이다. 김억만 하더라도 같은 세대는 물론 후배 세대들로부터 줄곧 시인으로서의 자질에 대해 비판을 면치 못했으며,[65] 『안서시집』 간행 이후 호평을 했던 이들은 겨우 이광수, 주요한, 정로풍뿐이었다.[66] 즉 1931년 세모에 김억이 개탄한 시단의 폐색은 사실 그는 물론 그의 세대 시인들의 위상이 처한 위기였다.

이러한 위기는 이미 프롤레타리아 문학론의 득세로 인해 《조선문단》을 중심으로 활동하던 동인지 세대 시인들은 물론 심지어 한때나마 프롤레타리아 문학론에 우호적이었던 일군의 시인들마저도 추문화를 면치 못했을 때부터 예고되어 있었다. 예컨대 김기진이 안가(安價)의 정신주의적 인생관(변영로), 평범한 '외물소감(外物所感)', 센티멘널리즘과 리리시즘(김억과 주요한)

혹은 야생적 기교와 관념의 서술(김형원) 등으로 비판했던 일군의 시인들은 대체로 동인지 시대를 거쳐《조선문단》의 주요 필자들이었으며, 후일 조선가요협회 문학인들이었다.[67] 물론 김기진의 이러한 비판은 1920년대 중반 무렵 《조선문단》과《개벽》 사이의 대립구도에서 이루어진 인상비평 차원에 불과한 것이 사실이고, 근본적으로 문학적 신념의 차이를 염두에 두고 보면 객관성을 결여하고 있다고도 볼 수 있다. 그럼에도 불구하고 그것이 예리한 지적이라는 것만큼은 부정하기 어렵다.

이를테면 이광수에게 운문은 선택 가능한 다양한 글쓰기의 장르 중의 하나일 뿐이었으며, 그 성취도 동시대 후배 문학인들과 비교할 만한 것은 아니었다. 김억의 경우『오뇌의 무도』를 비롯한 일련의 번역시를 통해 얻은 근대 서구의 문학적 인식과 감각을 조선에서 본격적으로 체현하기도 전에 오히려 그것을 상대화하고자 했으나, 그 문학적 성취도는 아직 미지수인 형편이었다. 더구나 김억은 동시대 문학인들로부터도 언어와 글쓰기에 대한 깊이 있는 사유의 결핍, 창작 역량의 한계, 시에 대한 시대착오적 인식에 대해 빈번하게 비판받았었다.[68] 또한 주요한은『시가집』(1929)에서 시인으로서 정점에 이르렀으나, 조선가요협회가 창립될 무렵에는 이미 시조로 전회한 상황이었다. 한편 김동환, 김형원, 박팔양의 경우 저마다 동시대 세계에 대한 관념 혹은 삶의 현실적 소여에 대한 인식을 시적으로 재현하고자 했으나, 합당한 방법을 분명하게 찾지 못하고 있었다. 그 가운데 김동환은『시가집』을 계기로 '속요'를 선택했고, 김형원은 시조를 선택했으며, 박팔양은 매우 전위적인 자유시의 양식을 선택했던 것이다. 하지만 그들의 선택이 문학적으로 성공했다고는 보기 어려웠다.

그러한 사정은 김형원 스스로도 입증한다. 김형원은 일찍이 〈무산자의 절규〉(1921)나 〈숨쉬이는 목내이(木乃伊)〉(1922) 등 동시대 사회·문명에 대한 관념적인 비판, 〈알 수 없는 상징〉(1922)이나 〈어두운 밤 숲 숙에서〉(1923)와 같이 소박한 서정을 줄곧 생경하고도 직서적인 표현과 산문시 형식으로 발표했다. 그런가 하면 〈산가(山家)에 우거(寓居)하야〉(1922)나 〈탄식삼장(嘆息三章)〉(1926)과 같이 고풍스런 수사를 연작시조와 흡사한 민요조의 형식으로 발표하기도 했다. 김형원은 당시 시인들 가운데 이념적으로는 다소 이채로웠으나, 그것을 시적으로 형상화하는 역량의 차원에서는 독자적인 경지를 드러내지 못했던 것이 분명하다. 그래서 김기진, 김억으로부터도 "순실(純實)하지만 시혼(詩魂)의 깊이가 없는 시"라는 혹평을 듣기도 했고,[69] 조선가요협회에 참여할 무렵에는 스스로도 창작 능력의 한계를 솔직히 고백하기도 했다. 더구나 조선가요협회에 참여하게 된 것도 사실은 김동환의 권면 덕분이었다.[70] 그래서 김형원에게 〈그리운 강남〉은 사실 그의 시적 역량의 정점이었으며, 시인으로서의 역량의 임계점 혹은 저미함을 넘어서는 마지막 선택이 바로 '유행시인'의 길이었다.

요컨대 동인지 세대 시인들, 특히 '유행시인'의 길로 나아간 시인들이 처했던 위기는, 근대시와 시단의 폐색이 아닌 그들 세대 시인들의 위신 상실, 즉 문학계에서의 상징자본의 상실이기도 했다. 그런데 그들은 오로지 그들만을 시단으로 한정하여 근대시와 시단의 폐색을 진단하며, 독자의 무지와 사회의 몰이해를 탓할 뿐, 정작 그러한 위기를 진정성 있게 받아들이지 않았다. 그럼에도 불구하고 동시대 문식력 있는 고급 독자들은 말할 나위 없고, 비슷한 세대 및 후배 세대 문학인들로부터 추문화를 면치 못했던 그들이 작가로서 인정받을 수 있는 길이 무엇인가 심각하게 모색하고 있었던 것만큼은 분명하다. 양주동은 그의 세대에서 비롯하여 후배 세대에 이르는 동안 자유시가 그저 불가해한 문자의 점철에 불과한 것이 되고 말았다고 자인하며 한탄하기도 했다.[71] 김동환도 조선가요협회가 지리멸렬해진 이후에도 그것을 단지 작가단체로서만이 아니라, 그 자체로서 '민족문학'을 위한 문예 운동의 이념적 주체로 정의하고자 했다.[72] 하지만 시인으로서의 창작 역량의 저미함과 문학계 내에서 주도권을 둘러싼 대립과 경쟁을 넘어, 독서 공동체 내에서 보편적으로 환영받는 길을 자유시가 아니라 굳이 유행가요 창작에서 찾기에 이르렀던 데에는, 역시 기타하라 하쿠슈 등의 일본 시인들의 선례가 큰 몫을 차지했다.

사실 1920년대 후반 일본 시단의 본류를 자처했던 시화회(詩話會)는 프랑스 상징주의 혹은 심미주의를 문학적 배경으로 하여 문어 정형시 창작을 고수했던 기타하라 하쿠슈 등의 선배 세대 시인들과, 민중예술론을 배경으로 하여 구어 자유시 창작을 고수했던 후배 세대 시인들 사이의 반목으로 분열되어 있었다. 당시 구어 자유시 창작을 표방했던 가와지 류코나 그를 옹호했던 와세다시사(早稲田詩社)의 시인들, 휘트먼의 후예를 자처하며 민중시론을 전개했던 시라토리 세이고 등이 시화회와 그 기관지 《일본시인(日本詩人)》(1921~26)을 주도하던 가운데, 기타하라 하쿠슈를 비롯한 선배 세대 시인들의 문학계 내에서의 주도권과 권위는 흔들리고 있었다. 후배 세대 시인들이 이처럼 시의 형식과 포에지를 둘러싸고 선배 세대 시인들과 철저하게 반목하던 가운데, 구라하라 고레히토(蔵原惟人)의 세례를 받은 프롤레타리아 시인들과 다카하시 신키치(高橋新吉) 등의 다다이즘과 초현실주의 시인들, 그리고 다카무로 코타로(高村光太郎)와 하기와라 사쿠다로(萩原朔太郎) 등의 모더니즘이 차례차례 등장하면서, 근대시의 이념적 풍향도 상징주의와 심미주의에서 미래파, 초현실주의, 모더니즘으로 분기해가고 있었다. 그 가운데 상징주의, 심미주의에 근간한 자유시 완성의 사명은 다카무라 고타로와 하기와라 사쿠다로 등의 후배 세대로 옮겨가면서 기타하라 하쿠슈의 입지는 좁아지고 있었다.[73] 그런가 하면 가와지 류코나 시라토리 세이고 등의 구어 자유시는, 시와 산문의 사이에서 부유할 뿐 진정한 의미의 자유시일 수 없다는 이유로 소외를 면치 못하게 되었다.[74]

그와 같이 근대시를 둘러싼 서로 다른 이념이 잡거 상태를 이루고 있고, 그 이념들이 심하게 부침했던 문학계에서 시인으로서도 임계점에 이르렀을 때, 기타하라 하쿠슈는 동요·민요·유행가요를 선택하여 도리어 국민시인으로서 견고한 입지를 구축할 수 있었다.[75] 바로 그러한 자신감 덕분이었던지 기타하라 하쿠슈는 민요와 시의 개념을 둘러싸고 시라토리 세이고와 논쟁을 벌이는 가운데, 일본의 근대시는 결코 산문시가 아니라 부르는 민요여야 한다고 역설했다.[76]

그런데 아이러니하게도 기타하라 하쿠슈와 대척점에 놓여 있던 가와지 류코 또한 와세다시사의 구어 자유시와 그 시론이 극단적인 산문화로 치닫는 형국에 회의(懷疑)하고 반성하던 가운데, 결국 '정음 자유시(定音自由詩)'라는 정형시 형식의 모색을 통해 결국 민요시로 전향하게 되었다.[77] 더구나 이들은 일본민요협회(日本民謠協會)가 『민요시인(民謠詩人)』을 간행(1928. 3)하고 '민요제(民謠祭)'(1928. 5)를 개최하면서 고조된 신민요에 대한 열기, 그리고 유성기와 라디오라는 근대적 매체의 융성을 배경으로 하여 본격적인 민요시 창작으로 나아갔다.[78] 그리고 이들의 틈바구니에서 시인으로서의 분명한 입지를 마련하지 못했던 사이조 야소 또한 동요 창작에서 타의 추종을 불허할 만한 입지를 마련했다.[79] 바로 그러한 분위기에서 기타하라 하쿠슈와 시화회 출신의 구어 자유시론 시인들이 주축이 되어 간행했던 것이 바로 앞서 거론한 『현대시 창작방법연구』(1928)와 『동요와 민요 연구(童謠及民謠研究)』(1930)였다.[80]

일본 시단의 이러한 변화의 국면과 시의 음악화를 둘러싼 사정은, 1920년대 후반 일군의 조선 시인들이 조선가요협회에 모이게 되었던 동기,

그리고 그들 가운데 일부가 다시 1932년 '엽기적 유행'의 주인공이 되었던 동기가 무엇이었던가를 이해하는 중요한 참조점을 제시한다.

5. '유행시인'의 매체로서의 유성기 음반

한편 잡가와 창가가 구술성의 텍스트로부터 문자성의 텍스트로, 다시 음향 텍스트로 변용하면서, 시대·지역·매체의 경계를 넘어 대중적인 인기를 누리며 근대시와 시집의 위상을 위협하거나, 조선가요협회 동인들이 그들의 작품을 음악화하여 유성기 음반으로 취입할 수 있었던 것은, 당시 조선에 음반 제작 메커니즘이 존재했기 때문이다. 1920년대 조선에서 잡가와 창가를 음반으로 취입했던 일본축음기상회주식회사와 일동축음기주식회사 가운데 앞의 회사의 경우, 조선의 식민지화와 더불어 조선에 진출하여 이미 1911년 9월부터 조선 전래 음악을 취입하기 시작했고, 1927년 9월까지 16년간 약 469종의 음반을 발매했다.[81] 이 회사는 녹음시설과 음반제조시설은 일본 본사를 이용하는 대신,[82] 조선에는 기획까지 담당했던 판매원이 있었고, 그 유통망은 만주까지 뻗어가고 있었다.[83]

사실 근대기 조선의 전래 음악을 상품화했던 것은, 일본축음기상회주식회사가 처음은 아니었다. 이미 1907년 미국콜럼비아유성기회사(Columbia Phonograph Company)는 관기 한인오와 최홍매의 잡가를 취입한 음반을 조선에서 발매하고 있었고,[84] 1908년경부터 미국빅터유성기회사(Victor Talking Machine Company)가 판소리·잡가 음반을 취입·발매하고 있었다.[85] 하지만 일본축음기상회주식회사의 진출은 제국의 음반산업 자본이 근대기 조선의 본격적인 상업음반 제작 시스템을 구축한 사실상의 첫 사례라는 점에서, 또한 그것을 기반으로 하여 본격적으로 식민지 민족음악과 제국의 유행음악이 상품화되는 시발점이라는 점에서 중요하다. 그러한 식민지 민족음악과 제국의 유행음악의 상품화는 일동축음기주식회사가 조선에 진출한 1925년을 계기로 본격적으로 이루어져, 적어도 당시 경성의 시민들로부터 상당한 관심과 인기를 얻고 있었다. 예컨대 일본축음기상회주식회사만 하더라도 조선에 진출한 지 1년 만에 전국에 대리점을 두기에 이르고, 회사의 자본금도 진출 초기의 10배인 1백만 원에 이르렀다.[86]

이광수와 김동환이 비판했던 '기생의 가요'나 '망국가요'는 바로 이 두 음반회사가 상품화한 조선의 전래 음악과 유행창가였다. 그런데 이 두 음반회사는 1927년 이후 그들이 일구어낸 음반산업의 기반을 일본빅터사와 일본콜럼비아에 물려준다. 이 두 음반회사는 미국빅터유성기회사와 미국콜럼비아유성기회사가 1920년대 초 새로 개발한 전기취입법(마이크로폰 녹음방식)으로 개선한 녹음기술과 그 기술로 확보한 다양한 레퍼토리를 앞세워 해외진출을 본격화하는 가운데 1927년 일본에 설립한 자회사들이었다. 특히 1차 세계대전으로 인한 인플레 억제와 관동대지진 복구를 위해 일본 정부가 1924년부터 수입음반에 1백 퍼센트의 관세를 부과하자, 음반의 염가 보급을 위해 일본 내에 음반제작설비를 갖춘 자회사를 설립하기에 이르렀다.[87] 그리고 이 두 음반회사들은 일본에 진출하자마자 1927년(일본빅터사)과 1928년(일본콜럼비아사)에는 조선에도 지사를 개설했다.

일본빅터사 조선지사는 미국인 지배인 그린(L. C. Green)과 일본인 부장 마쓰가타 데쓰오(松方鐵男), 조선인 문예부장 이기세가 운영했던 것으로 알려져 있다. 이 회사의 조선지사는 1928년 6월경 경성에 설립되었고, 그해 12월 이왕직아악부의 아악과 이동백 등의 민속악 레퍼토리를 처음 발매했다. 이후 1930년 4월부터는 〈아리랑〉(1930. 4) 등의 영화주제가와 유행창가

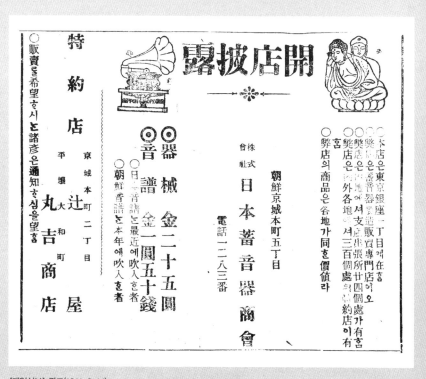

《매일신보》 광고(1911. 9. 14)

《매일신보》 광고(1911. 9. 14)

《동아일보》 광고(1928. 6. 21)

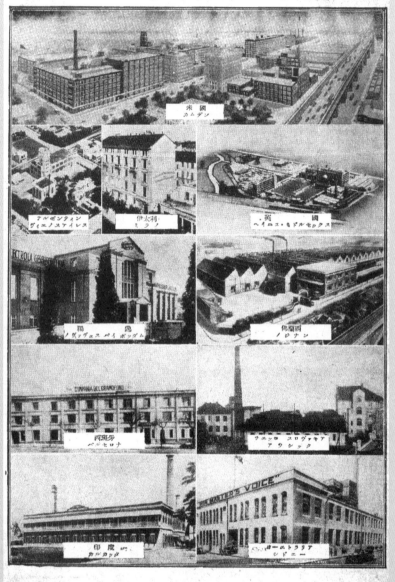

빅터유성기회사의 외국 지사 전경(『빅타매월신보』 1935. 2)
미국빅터유성기회사가 10개국(영국, 독일, 프랑스, 스페인, 이탈리아, 체코, 아르헨티나, 호주, 인도, 일본)에 설치한
생산시설의 전경.

世界 各 國에 在한

日 本
横 濱

米　　國
カムデン附屬工場

米國カリフォルニヤ
オークランド

米國カリフォルニヤ
ホリーウッド

ブラジル
サン　パウロ

智 利
サンティアゴ

カナダ
モントリール

음반을 발매하고, 1932년 4월부터는 〈황성의 적〉(1932. 4)을 필두로 본격적
으로 유행가요 음반을 발매했다. 바로 그때 조선가요협회 동인 주요한과 안
기영의 〈어머니와 아들〉(1932. 4), 이광수와 안기영의 〈새나라로〉(1932. 4)를
발매했다. 그리고 이 회사는 1942년경까지 약 1천 5매의 조선음악 음반을
발매했다.[88]

　　한편 일본콜럼비아사는 미국콜럼비아유성기회사가 일본축음기상회주
식회사를 인수하면서 설립한 자회사로, 이 회사의 조선지사는 미국인 지점
장 핸드포드(C. J. Handford), 일본인 부지점장 이토 마사노리(伊藤正憲), 조
선인 문예부장 안익조가 운영했던 것으로 알려져 있다. 이 회사는 1929년
3월 안기영의 〈쑤나(Duna)〉(1929. 3)와 같은 서양 성악곡을 비롯하여, 동요·
영화극·아악·민속악 등 다양한 레퍼토리의 음반을 발매한 이래, 1929년
4월부터는 〈낙화유수〉(1929. 4)를 비롯한 유행창가와 유행가요 음반을 발매
하고, 1931년 3월부터는 이은상과 안기영의 〈마의태자〉(1931. 3)를 비롯하여
조선가요협회 작품들을 발매해 1943년경까지 약 1천 4백 70매의 조선음악
음반을 발매했다.[89]

　　이 두 회사의 뒤를 이어 일본폴리돌사도 1930년 8월 경성에 일본폴리
돌축음기 조선판매주식회사를 설립하면서 조선에 진출한다. 이 회사는 본
래 도이치 그라모폰사(Deutsche Grammophon Gesellschaft)의 일본 내 판매
대행 회사였던 아난상회(阿南商會)의 후신으로, 일본인 지사장과 조선인 문
예부장 왕평이 중심이 되어 연주자와 레퍼토리를 발굴하여 음반을 기획하
고 취입했다.[90] 그 가운데 하나가 1장에서 거론했던 〈그리운 강남〉의 재발매
음반이었다. 그리고 이 회사 이후로도 시에론사(1931. 11), 일본타이헤이사
(1932. 10), 오케사(1933. 2) 등의 일본의 음반회사들이 조선에 속속 진출하
면서, 식민지 조선의 음반산업은 그야말로 '백열화'했다. 식민지 시기 조선에

표3 | 6대 음반회사 음반발매 규모

회목＼회사	Vi.	Co.	Po.	Ch.	Ta.	Ok.	총계	비고
영업기간	1928– 1943	1929– 1943	1930– 1938	1931– 1936	1932– 1943	1933– 1943		
발매규모*	1005	1570	649	277	596	1297	5394	추정면수
유행가요 발표규모**	711	935	621	134	569	1109	4079	추정곡수

* 『한국유성기 음반』(2011) ** 『유성기 음반총람자료집』(2001) 기준

서 본격적으로 근대적인 음반산업을 전개한 이들 이른바 6대 음반회사의 진출 시기와 음반발매 규모, 그리고 유행가요 발표 규모를 정리해보면 [표3]과 같다.

이 가운데 일본빅터사와 일본콜럼비아사, 오케사는 식민지 시기 조선에서 가장 많은 음반을 발매한 대표적인 음반회사들로, 이를테면 일본콜럼비아사의 경우 조선가요협회 동인들의 작품들을 취입하기 이전에는 한 해 평균 64종의 음반을 발매하다가, 이후 1931년에는 한 해 153종을 발매할 만큼 조선에서 안정된 기반을 마련하고 사세를 확장해가고 있었다.[91] 즉 조선가요협회 동인들은 이처럼 일본과 미국의 음반회사들이 조선에 속속 진출하여 근대적인 음반산업 시스템을 구축했던 가운데 발표되었던 것이다. 그리고 조선가요협회의 첫 작품인 〈마의태자〉의 발매를 알리는 일본콜럼비아사 광고 삽화를 통해서도 알 수 있듯이, 지면상으로도 압도적 우위를 차지하는 박녹주와 김창룡의 판소리, 이난향과 박월정의 가곡 등의 전래 음악과 이정숙의 동요와 유행창가들 사이에서 미약하게나마 첫 선을 보이고 있었다.[92] 이로 보아 조선가요협회 동인들이 악보집 간행과 작품 공개회 개최를 기획했던 이유를 짐작할 수 있으며, 또한 그 기획을 실천하지 않고 유성기

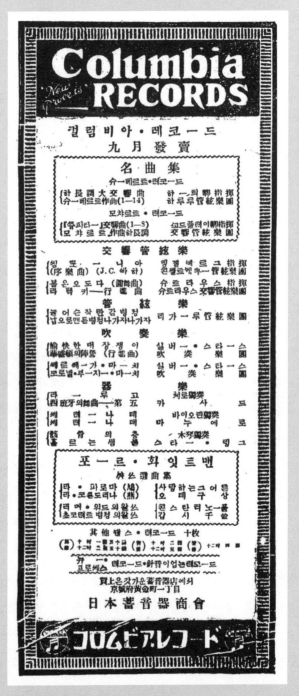

《동아일보》 광고(1928. 9. 6)

《조선일보》 기사(1931. 9. 4)

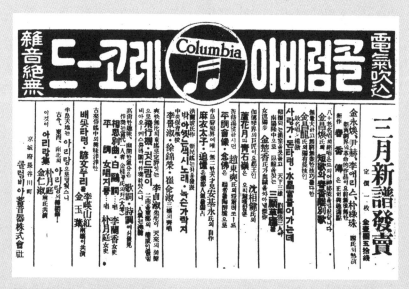

《동아일보》 광고(1931. 2. 22)

음반을 취입했던 이유 또한 더욱 분명하게 시사한다. 즉 그들은 악전에 대한 지식도 없고, 최소한의 문식력이 없는 민중이라도 유성기 음반을 통해서라면 그들의 작품을 감상할 수 있으리라 여겼던 것이다. 그러므로 조선가요협회 동인들은 매우 적극적으로 전래 음악이나 유행창가 혹은 바야흐로 등장한 유행가요와 맞서 그들의 신념을 실천하고자 했다고 볼 수 있다.

그렇다면 조선가요협회의 동인들은 어떻게 일본콜럼비아사를 통해 자신들의 작품을 유성기 음반으로 발매할 기회를 얻었던 것인가? 그것은 역시 안기영 덕분인 것으로 보인다. 안기영은 조선가요협회 동인으로 활동하면서 발표한 〈추억〉, 〈마의태자〉 이전에도 이미 일본축음기상회주식회사와 일본콜럼비아사에서 〈내 사랑아(Oh! My Darling Clementine)〉(일축죠선소리반, 1925. 10), 〈쑤나〉 등 약 18편의 작품을 취입한 바 있어,[93] 조선가요협회의 작품은 안기영의 알선으로 취입되었을 것으로 보인다. 또한 일본콜럼비아사의 경우 조선지사가 설립된 이후에는 이전 일본축음기상회주식회사 시절의 민속음악 중심의 레퍼토리만이 아니라, 개선된 녹음기술로 취입할 수 있는 다양한 레퍼토리들을 발굴하고 있었고, 이를 통해 당시 조선인 청취자들의 음악에 대한 취향을 타진하고 있었다. 당시만 하더라도 음반회사들이 유행가요를 중심으로 한 상업주의에 침윤되지 않았던 만큼, 조선가요협회 동인들의 작품들은 동인들의 뜻대로 음반으로 발매될 수 있었을 것이다.

그런데 조선가요협회 동인들이 일본빅터사와 일본콜럼비아사에서 음반을 발매했다는 것은 무엇을 의미하는 것인가? 이 두 회사는 1937년 이후 동경전기주식회사(토시바〔東芝〕 전신)가 차례차례 경영권을 인수할 때까지, 주로 미국인 지사장과 일본인 지배인, 그리고 조선인 문예부장을 중심으로 운영되었다. 즉 1920년대 후반 조선의 음반산업은 미국의 기술과 자본, 일본의 생산시설과 판매망, 그리고 조선의 레퍼토리 발굴과 음반기획이 상호 결합하여 이루어졌던 것이다. 그리하여 조선가요협회 음반을 비롯한 당시 대부분의 상업음악 음반은 이 두 회사가 조선에 진출한 초기에 경성의 간이 녹음소에서 취입한 경우를 제외하고는 주로 조선의 연주자들을 일본으로 보내 요코하마(빅터)와 오사카(콜럼비아)에서 취입과 음반제작을 마친 후, 완성된 음반을 조선에 들여와 판매했다.[94] 이러한 사정은 당시 조선에 진출한 음반산업의 성격을 그대로 드러내는데, 즉 자본·생산양식·노동을 둘러싼 제국과 식민지의 위계가 다국적 음반산업의 시스템을 이루고 있었던 것이다. 국경을 넘나드는 이 같은 산업자본주의 체제에서 식민지 조선의 민족음악은 제국의 상품으로 발굴되고 있었으며, 제국의 상업음악 또한 식민지에서 상품으로 유통되고 있었다. 이러한 일은 단지 조선만이 아니라 대만, 상해, 인도에서도 이루어지고 있었다.[95]

조선가요협회 동인들의 작품과 음반이 미국의 동아시아 음악(반)산업, 일본의 식민지 음악(반)산업이 발굴한 상품 가운데 하나였다는 것은 1920년대 문학인·음악인들을 중심으로 한 유행가요 개량(조)의 실천, 이를 통한 동시대 조선인 심성 개량의 비전 또한 다국적 음반산업의 시스템, 대중문화를 둘러싼 식민지와 제국의 위계 속에서 이루어졌다는 것을 의미한다.

6. 근대기 한국의 시를 둘러싼 낯선 풍경

1920년대 후반 조선의 문학인들은 대단히 복잡한 배경과 다층적인 맥락에서 자신들의 작품을 음악화하여 유성기 음반으로 발매한다. 그것은 적어도 시 혹은 문학을 그 자체로서 마치 진공의 상태와 같은 고립된 예술장르로 보거나, 그 기반을 오로지 출판매체로만 국한해서 바라보는 기존의 관점으로는 결코 보이지 않는 풍경이다. 그리고 그것은 1920년대에 그들이 독자와 더불어 근대적인 시적 발화와 그것을 정당화하는 이념을 둘러싼 의사소통의 메커니즘을 온전히 이루어내지 못했던 사정을 배경으로 한다.

이러한 풍경 가운데 자리한 인물과 사물, 배경들, 특히 이광수, 주요한, 김억 등을 비롯하여, 전래의 시가 가운데에서 민요를 분리해내어 특권화하고 이 민요에 근간한 시가 개량론을 주장했던 문학인들을 새롭게 조명할 필요가 있다. 이를테면 김억은 자기 나름의 시가 개량론을 「「조선시형에 관하야」를 듯고서」(1928), 「격조시형론소고」(1930)을 통해 완성했거니와, 그 핵심은 각 행이 7·5조 12음절로 이루어진 4행시의 정형시 형식인 '격조시형'을 통해 "모든 고뇌와 비참을 쭐코 나아가는 생과 힘"[96]인 조선혼·조선심을 재현하는 것이었다. 그런데 이 '격조시형'을 둘러싼 일련의 주장은 물론 그 형식적 요건이 근본적으로 가와지 류코가 「신율격의 제창(新律格の提唱)」(1925)에서 제안한, 프랑스 시의 12음절 율격인 알렉상드렝(alexandrin)을 따라 시의 한 행을 12음절 범위 내에서 다양한 음수율로 표현하는 '정음 자유시'의 조선 판본이라는 것은 주지의 사실이다.[97] 그것은 쇼쿄쿠의 조선 판본이기도 했다.

김억의 시가 개량론은 궁극적으로 시의 음악화를 통한 민중예술화, 유행음악 개량을 지향하는 주장이었다. 특히 그는 자유시의 내재율을 비판하고 부정하면서 '격조시형'이라는 매우 엄격한 정형시의 외형률을 고안함으로써 결과적으로는 음악화하기에 가장 적합한 창작의 요건을 제시했던 것이다. 순수한 조선어, 조선혼(심), 민요를 전범으로 한 조선적 형식이, 하필 자유시가 아닌 정형시의 형태로 제시되었던 근본적인 이유는, 역시 시의 음악화를 위한 선택의 결과였다고 보아야 한다. '격조시형'의 형식적 요건을 단지 김억만이 아니라 김형원과 그 외 조선가요협회의 문학인 동인들 역시 암

묵적으로 따르고 있었는데, 그것은 유행가요 가사 창작의 형식적 요건이기도 했다.

한편 이들이 1920년대 후반에 순수한 조선어, 조선혼(심), 조선적 형식에 근간한 시의 의의를 역설하는 가운데 공공연히 표방했던 민족 이데올로기 또한 돌이켜볼 필요가 있다. 흔히 그들의 민족 이데올로기의 수사를 곧이곧대로 이념의 차원에서만 바라보면, 그들의 이념과 문학적 실천에 대한 평가는, 민족의 문화적 정체성 발견과 그 소생, 민족의 번영을 모색한 결과라거나, 동시대 조선인의 민족의식을 완성시키고 민족주의를 대중적으로 확산시켰다는 수준의 평가 이상은 기대하기 어렵다.[98] 이러한 평가들은 '국민문학파'라고 명명되어왔던 김억 등의 문학인들이 전래 혹은 외래의 시가·유행음악과 독자, 청취자를 두고 경쟁을 벌여야 했던 상황이라든가, 자유시의 선구자가 정형시 창작을 역설하기에 이른 극적인 전회를 설명하지 못한다. 이들의 이념과 문학적 실천이 사실은 동시대 일본 문학계의 감화를 통해 조선의 문학을 국민문학으로 정의하고, 세계문학 보편의 반열에 나아가고자 했던 일련의 기획 가운데에서 이루어진 자기정의의 방법 혹은 효과였다는 평가라고 하더라도 마찬가지이다.[99]

독자 혹은 청취자를 둘러싼 경쟁이라는 측면에서 보면, 이들의 민족 이데올로기와 그 수사는 사실 당시 문학·문화의 장에서 전래 혹은 외래의 시가에 맞서 그들의 예술적, 미학적 우위를 주장하기 위한 논리와 전략이었다고 할 수 있다. 그래서 당시 문화상품으로서의 시와 시집의 처지와 위상은 그러한 이념과 수사를 매우 초라한 자기합리화로 보이게 한다. 독자의 관점에서 보자면 이른바 신시는 전래의 운문이나 외래의 운문 혹은 음악과 더불어 선택 가능한 상품 가운데 하나였기 때문이다. 또한 조선가요협회 동인들이 1932년에 이르러서 유행가요 음반을 발매한 것을 계기로, 적어도 그들의 의도와 상관없이 신문학의 선구자, 심지어 민중의 교사로서의 자신들의 위상을 둘러싸고 중요한 변화가 일어나고 있었기 때문이다.

조선가요협회를 창립한 문학인들의 작품은 물론 그들이 발매한 음반까지도 사실은 일본 제국의 식민지 음악(반)산업, 미국의 동아시아 음악(반)산업이 발굴한 '상품'의 하나로서, 철저하게 제국과 식민지 사이에서 자본·생산양식·노동을 둘러싼 분업 체제를 통해서 생산된 것이었다. 바꾸어 말하자면 조선가요협회의 동인들은 음반제작 과정에 참여하는 다수의 관계자들가운데 하나이거나, 심지어 일본과 미국의 전 지구적인 음반산업 시스템의 직인 가운데 한 사람이 되는 길로 들어서고 있었던 것이다. 그리고 음반의 취입과 발매를 통해 자신들의 문학적·예술적 신념을 실천하기 위해서는 그 시스템과 음반제작 메커니즘에 철저하게 적응해야 하는 처지에 놓이게 된 것이다.

1920년대 후반 들어 자신들의 시를 음악화하여 유성기 음반으로 발매하고자 했던 일군의 문학인들이 그로 인해 문학인으로서의 자신의 위상과 처지에 일어날 이러한 변화에 대해 얼마나 잘 알고 있었는지는 알 길이 없다. 어쩌면 그 변화의 국면은 1932년 세모에 《매일신보》 기자가 이광수의 〈슬허진 젊은 꿈〉의 유행을 두고 '엽기적'이라고 평했던 때에 이미 드러났을 것이다. 앞서 인용한 김형원의 회고를 통해 보건대, 조선가요협회 문학인 동인들이 그저 '유행시인'의 이상만을 품고 있었다면 그러한 변화는 당연히 짐작조차도 하지 못했을 터이다. 그럼에도 불구하고 이들이 음반을 취입하고 발매하는 과정에서, 더욱이 이광수 등이 유행가요를 발표하는 과정에서 본의 아니게 당시 조선에서 시인의 위상·처지와 관련하여 새로운 길 하나를 연 것만은 분명하다. 특히 김억은 조선가요협회 이후, 보다 엄밀하게 말해서 〈황성의 적〉이 공전의 인기를 거둔 이후 본격적으로 유행가요 작사자의 길로 나아갔다. 더구나 조선가요협회의 창립과 활동에 가담하지 않았지만, 그들의 선례를 거울로 삼아 적지 않은 시인들이 '유행시인'의 길에 이미 들어섰거나 들어서고 있었다.

3장
전문 작사자가
된
시인들

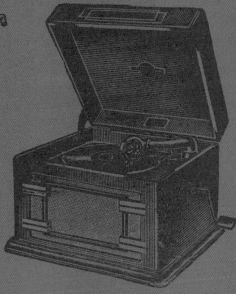

1. 시인·전문 작사자의 본격적인 등장

이광수가 〈슬허진 젊은 쑴〉을 발표했던 바로 그해가 밝자마자 홍사용은 〈댓스 오-케-(THAT'S O.K.)〉를 비롯한 9편의 유행가요 작품을 연이어 유성기 음반에 취입하고 있었다(부록: 「시인별 발매음반 목록」 참조).[1] 그리고 이 작품들 가운데 대부분은 홍사용이 〈나는 王이로소이다〉《백조》, 1923. 9) 이후 시조 〈한선(寒蟬)〉《신조선》, 1934. 10) 혹은 〈민요 한묵금〉《삼천리문학》, 1938. 1) 연작 사이 10여 년의 창작 공백기에 발표한 작품들이었고, 한결같이 오로지 음반취입을 위해 창작한 작품들이었다. 이 작품들이야말로 진정한 의미에서 1932년에 나타난 '엽기적' 풍속이라고 해야 옳을 것인데, 주목할 만한 점은 어떤 작품도 오늘날까지 한국근대시사에서 전혀 알려지지 않았다는 점이다.

이 9편의 작품들 대부분은 당시 신문 광고를 통해 음반의 발매 여부만 알 수 있을 뿐이나, 그나마 다행스럽게도 이 가운데 〈댓스오-케-〉, 〈아가씨 마음〉(1932. 2), 〈고도의 밤〉(1932. 2) 이상 세 작품은 대단히 열악한 상태로나마 음원이 남아 전하고 있다. 우선 어떤 경위로 홍사용이 유성기 음반에

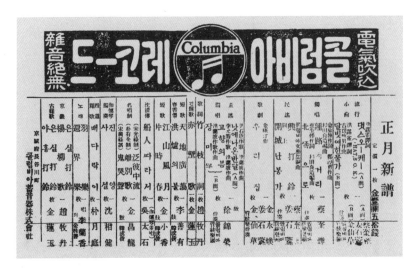

《동아일보》 광고(1931. 12. 15)

자신의 작품을 취입하게 되었는지는 알 수 없으나, 대략 2년 정도의 기간 동안 10편이나 되는 작품을 발표했다는 것은 흥미롭다. 또 〈자전거〉(1932. 7)라는 작품은 토월회 후신 극단 '대장안'과 관련 있는 것으로 보이는데,[2] 그렇다면 홍사용의 작사와 음반취입은 그가 일찍이 토월회와 산유화회를 오가며 신극운동에 투신했던 시절 그의 전방위적 예술활동의 일부였다고도 볼 수 있다.

그런데 〈항구의 노래〉(1932. 11)와 〈카페의 노래〉(1932. 11)가 '이-글 조선레코드(Eagle Record)' 혹은 '일츅조선소리판'으로 알려진 일본콜럼비아사의 보급반 레퍼토리로 발매되었다는 점을 유념해야 한다. 그것은 홍사용의 이 두 작품이 조선가요협회가 '속요'라고 비하했던 그야말로 유행음악의 가사였다는 사실을 여실히 드러내기 때문이다. 특히 홍사용이 1932년 1월과 2월 사이에 발표한 〈댓스 오-케-〉 외 4편은 사실 근대기 일본 유행가요, 특히 엔카(演歌)풍 유행가요의 대표적인 작곡가인 고가 마사오(古賀政男, 1904-

1978) 작품의 가사를 번역 혹은 번안한 것이었다.[3] 이 가운데 〈댄스 오-케-〉와 〈고도의 밤〉은 다행히 음원이 남아 있어 홍사용이 쓴 가사의 흔적을 엿볼 수 있다.

1. ○○ ○○○ 어찌 하드○ / 그리워서 만나는 우리 둘인데. / 내일이란 그 날을 어찌 기다려 / ○○ ○○○○ ○○○○ 맘 / 그렇지요? 그렇지요? 맹서해 주 / 오케, 오케, 댓 오케.//

2. ○○서 ○○○○ 어찌 ○○○ / ○○○ ○○○○ ○○○○○ / ○○○ ○ ○○○ ○○○○○ / ○○○ ○○는 날 언제까지나 / 그렇지요? 그렇지요? 맹서하리 / 오케, 오케, 댓 오케//(채록: 필자)

〈댓스오-케-(THAT'S O.K.)〉

1. 무리서○ 밤 달 그리다 원각사 파도에 그린다 / 큰 눈○○ ○없는 ○○ 얄밉다 그 못 오시○ ○제 / 아, 너무 힘겨워라. 비린내 나는 ○○대여//

2. 눈물은 한○ ○○○달. ○○만 찾을 ○○○달 / ○○○는 ○○○없이, 저 모양이 가난한 소나기. / 아, 누가 돌아오리. 그대는 붉은 무지개야.//

(채록: 필자)

〈고도의 밤〉

이 가운데 〈댓스오-케-〉는 음반 레이블을 비롯한 음반 관련 문헌에는 작곡자가 고가 마사오로 표기되어 있으나, 사실은 오쿠야마 데이키치(奧山貞吉)가 작곡한 곡으로서, 일본 영화 〈좋지요? 맹세해 줘요(いいのね, 誓ってね)〉(1930. 9)의 주제가였다.[4] 당시 일본에서는 이 영화의 인기로 인해 "That's OK."가 유행어가 되기도 했다. 또한 이 곡은 이른바 근대기 일본

—(3)—

"콜럼비아가 가진 예술가"(《콜럼비아레코-드 十月新譜》, 1934. 10)

식 재즈인 '화제(和製) 재즈'의 원조로 평가받는 곡이기도 하다.[5] 그 〈고도의 밤〉과 〈달빛 여힌 물가〉(1932. 1)는 제목은 물론 작곡자·발매일자를 통해 원곡을 추정해볼 수 있다. 이 두 작품은 〈하카다 소야곡(博多小夜曲)〉과 〈달빛 어린 바닷가(月の浜辺)〉의 번역 혹은 번안곡으로 보인다.[6]

특히 〈달빛 어린 바닷가〉는 고가 마사오가 일본콜럼비아사의 전속작곡가가 되어 발표한 〈술은 눈물인가 한숨인가(酒は淚か溜息か)〉(Co.26486A, 1931. 10), 〈언덕을 넘어서(丘を越えて)〉(Co.26624A, 1931. 10)와 더불어 발표한 데뷔 초기작 가운데 하나이다. 이 곡은 기타 반주만으로 오음(五音) 단음계의 독특한 미감을 드러내는 고가 마사오식 엔카 선율의 본격적인 등장이라는 점에서도 근대 일본 유행가요사에서 획기적인 작품으로 평가받는다.[7] 후일 이하윤의 회고에 따르면 〈술은 눈물인가 한숨인가〉와 〈언덕을 넘어서〉 또한 〈댓스오-케-〉와 비슷한 시기 조선에서 〈술은 눈물일가 한숨이랄가〉, 〈희망의 고개로〉라는 제목으로 번안되어 발매되었으며, 고가 마사오가 작곡한 이들 일본 유행가요는 1930년대 초부터 1940년대까지 지속적인 인기를 누렸던 것으로 보인다.[8]

홍사용이 〈나는 왕이로소이다〉 이후 시인으로서 오랫동안 침묵하다가 유행가요 가사를 창작하게 된 이유나 동기에 대해 밝힌 바 없으므로 정확하게 알 수는 없다. 홍사용은 일찍이 동시대 문학인들로부터도 "시 짓는 사람들 중에서 가장 민요적 색채를 농후하게 가진 사람"으로 평가받았거니와, 그의 작품도 '풍부한 향토미', "곱고도 설은 정조를 잡아서 아릿아릿한 민요체의 곱은 리듬으로 얽어맨 시작(詩作)"으로 호평을 얻었다.[9] 바로 그러한 문학적 특징으로 인해 홍사용이 자연스럽게 유행가요 가사 창작으로 나아갔는지도 모르겠다. 또한 홍사용은 소설과 희곡도 창작했고, 토월회와 산유화회를 중심으로 신극운동에도 적극적으로 투신하기도 했으니, 유행가요 가

40300 A

流行小曲

술은 눈물일가
한숨이랄가

古賀政男 作曲

蔡奎燁

바이올린・유구레오 作奏

A、술이야눈물일가 한숨이란가
　이마음의답々을 버릴곳상이

B、오래인그넷꿈에 그사람으로
　밤어두면은섬어서 간길해써라

C、이술은눈물이냐 긴한숨이냐
　구슬호다사랑의 버릴곳이여

D、긔억도사라진듯 그이로하여
　못닛겟난마음을 엇지면죳가

日本蓄音器商會株式會社

〈술은 눈물일가 한숨이랄가〉 가사지

사의 창작은 홍사용의 전방위적 예술활동의 일부였을 수도 있다.

어쨌든 홍사용이 조선가요협회 문학인 동인들과 매우 다른 길을 갔던 것, 특히 일본 유행가요 가사를 번역 혹은 번안했던 사실은 결코 예사롭지 않다. 홍사용은 본격적으로 유행음악의 가사를 작사하기 직전, 「조선은 메나리 나라」(1928)를 통해 민요를 포함한 전래의 구술문화와 공연예술의 근저를 면면히 가로지르는 초역사적이고 초지역적인 조선인의 민족적 정체성의 가치를 역설했다. 또한 이러한 입장에서 《백조》 시절의 데카당티즘은 물론 신문학 전체를 "되지도 못하고 어색스러운 앵도장사"라고 폄훼하기까지 했다.[10] 홍사용의 이러한 입장은 조선가요협회 동인들과는 전혀 달랐거니와, 그것은 홍사용이 '메나리'라고 명명한 것 가운데 조선가요협회 동인들이 '속요' 혹은 '악종가요'라고 폄훼했던 잡가 등 전래시가와 음악까지 포함되어 있는 것을 통해서도 알 수 있다. 조선가요협회 문학인 동인들에 비해 전래시가나 음악에 대단히 조예가 깊었던 홍사용은 당시 잡가, 판소리 등의 유행음악에 대해서도 아무런 위화감을 느끼지 않았을 것이며,[11] 따라서 자연스럽게 유행가요 가사 창작의 길로 나섰을 것이다.

하지만 그렇다고 하더라도 홍사용이 일본 유행가요 가사를 번역·번안했다는 사실은 좀처럼 이해하기 어렵다. 그의 표현을 빌자면 그 또한 "되지도 못하고 어색스러운 앵도장사"이기는 마찬가지이기 때문이다. 홍사용이 유행가요 작사자로서 활동했던 시기는 〈황성의 적〉이 발표되기 이전, 조선에 진출한 음반회사들이 잡가·판소리 등의 전래음악이라는 주된 레퍼토리이외에도, 서양의 성악곡, 신파극과 영화해설, 일본 유행가요 혹은 그 번안곡 등을 통해 조선의 음반 청취자들의 기호에 부합하는 레퍼토리를 개발하고자 하던 시기와 겹친다. 그것은 다음의 한 회고를 통해서도 알 수 있다.

지금으로부터 8년전 봄 처음으로 조선 류행가(流行歌)를 여러 장, 일본 내지인(內地人)의 감독으로 취입하였다. 전혀 실패를 보게 된 빅타-축음기회사에서는 그 실패의 원인이 오로지 조선말 모르는 일본 내지인이 취입 감독하였음에 있었다는 것은 이해 못하고 조선을 아직 문화정도가 적급하다 조선말은 레코-드 취입에 적당하지 못하다는 그릇된 숙단으로 조선류행가는 다시 취입할려고도 하지 않았든 것입니다. (…) 이애리수(李愛利秀) 유행가 한 장과 전경희(全景希) 독창 한 장이 위선(爲先) 판매되어 이애리수의 빅타-의 마이크로폰을 통한 그 비단결같이 아름다운 멜로듸-가 삼천리 거리거리에 허터지자 전조선 레코-드 팬들의 열광적 격찬은 실로 눈물겨웠든 것입니다. 그 판매 매수(枚數)의 놀나운 수자(數字)는 빅타-회사에서 조선 레코-드 취입을 놀납게 격증하게 한 것은 물론이어니와 콜롬비아포리도-루 제(諸)회사에서도 조선류행가 취입을 하게 하였든 것입니다. 이로써 「나니와부시」와 「오-룩 고부시」같은 종류의 레코-드 소리만 들니든 삼천리 방방곡곡에는 조선 정조를 짜아내는 조선류행가의 노래 소리가 많어저 가니, 각 레코-드회사의 가수 쟁탈전은 날로 격심하여 가기 시작하였든 것입니다.[12]

인용문에 따르면 조선인이 제작한 유행가요의 상업적 가능성에 대해 확신이 없었던 일본콜럼비아사가 일종의 현지화의 차원에서 홍사용이 번안한 일본 유행가요를 발매했던 것이었음을 알 수 있다. 그리고 홍사용은 조선가요협회 문학인 동인들과 달리 일본콜럼비아사의 기획 의도에 따른 가사의 번역·번안 담당자로서 활동하고 있었다는 것도 알 수 있다. 또한 비록 음원은 물론 가사지나 악보가 전하지 않으나, 홍사용의 창작 가사인 다섯 편의 작품 가운데 〈항구의 노래〉와 〈카페의 노래〉의 편곡자가 스기타 료조(杉

田良造)였고, 그 또한 음악적 배경이 화제 재즈였다는 것, 그리고 이 두 작품이 일본콜럼비아사의 염가 보급반으로 발매되었던 사정을 보더라도, 일종의 유흥음악이었던 것은 분명하다. 심지어 홍사용은 당시 음반극의 일종인 '스케치' 양식의 작품인 〈북행열차〉(1933. 2)를 발표하기도 했다. 물론 그는 일찍이 희곡과 소설도 발표한 바 있으므로, 극양식의 작품을 창작한 것 자체가 특별한 일은 아니나, 그 '스케치'가 대체로 희극적 성격의 세태 풍자극이었던 점에서, 〈북행열차〉 또한 문학성·예술성보다도 흥행 위주의 작품이었던 것으로 추측된다.[13]

이로써 추론해 보건대 홍사용은 조선가요협회의 문학인 동인들처럼 동시대 유행음악 개량과 같은 계몽적 의도에 따라 음반취입에 관계한 것은 아니었던 것으로 보인다. 그보다 그는 일본콜럼비아사의 기획의도에 따라 작품을 창작했던 전문 작사자로서 활동했던 것이다. 그런데 그는 〈은행나무〉(1933. 7) 이후 더 이상 유행가요 작품을 발표하지 않았고, 그의 작사자 활동도 1932년 한 해 남짓한 기간에 그치고 말았다. 그가 사실상 마지막 유행가요 작품인 〈은행나무〉를 일본콜럼비아사가 아닌 시에론사에서 발매한 이유는 무엇인지, 더구나 〈북행열차〉 이후 더 이상의 음반극을 발표하지 못한 이유는 무엇인지 등, 유성기 음반과 관련한 홍사용의 활동에 대해서 여전히 많은 의문이 남아 있다. 그럼에도 불구하고 분명한 것은, 당시 외국계 음반회사들로서는 조선에서 발매할 음반을 위해 조선인의 취향에 부합하는 레퍼토리를 발굴하는 것은 물론 조선인 제작자들의 힘을 빌기까지 했다는 것, 바로 그러한 분위기에서 홍사용이 근대기 조선에서 시인으로서는 처음으로 전문 작사자로서 활동했다는 사실이다.

2. 시가 개량, 국민문학론과 '문화사업'

김억은 조선가요협회 문학인 동인으로 가담하였고, 이 기간 동안 모두 6편의 그의 작품이 안기영에 의해 작곡되었다. 그 가운데 「살구꽃」은 안기영의 연주로 음반에 취입된 바 있다.[14] 그런데 안기영의 돌연한 출국으로 1932년 4월 이후 조선가요협회 작품들이 더 이상 음반으로 취입되지 못하게 되자, 김억은 1933년 〈수부의 노래〉(1933. ?)를 시작으로 1940년대까지 무려 61편의 작품을 음반에 더 취입했다(부록: 「시인별 발매음반 목록」참조).[15] 이 61편의 작품들에서 우선 주목할 만한 것은 대부분이 조선가요협회가 폄훼했던 '속요'의 범주에 포함되는 '유행가'와 '신민요'였다는 점이다. 그런데 그 가운데 절반 이상인 34편에 '작사'가 아니라 '작시'라고 명기되어 있고, 61편 가운데 47편은 김억이 어떤 인쇄매체에도 발표하지 않은 채 오로지 음반에만 취입한 것이었다. 즉 김억은 조선가요협회의 활동이 지리멸렬하게 되자 조선가요협회 강령을 저버리고 매우 적극적으로 유행음악을 통해 자신의 작품을 음반에 취입하는 길로 나아갔던 것이다.

김억이 조선가요협회 활동과 별개로 자신의 작품을 음반에 취입했던 것은 동시대 유행음악과 시의 음악화에 대해서는 물론이거니와, 조선가요협회 활동에 대한 그 나름대로 분명한 입장 때문이었다. 그는 유행가요에 대한 각계 인사의 견해를 묻는 《신가정》의 「유행가와 각계관심」이라는 설문의 대답에서, 조선인 최초로 창작한 유행가요로 알려진 〈낙화류수〉, 일본 유행창가 〈뱃머리 고우타(船頭小唄)〉(일명 枯れすすき)의 번안곡인 〈고목가(枯木歌)시드른방초〉(일축조선소리반K547A, 1925. 11 등)와 같은 곡이 당시 조선에서 윤극영의 〈반달〉보다도 인기를 얻는 현상을 비판하면서[16] 다음과 같이 자신의 입장을 밝혔다.

《동아일보》 광고(1934. 5. 30)

시인이 노래를 짓는다는 것은 시인 혼자서 만족하자는 것이 아니외다. 여러 사람의 맘에 얼마만한 감동이라도 주자는데 잇는 것이외다. 그곤에서뿐 시인은 좀더 깃븜을 가질 수가 잇으니 이러한 노래답은 노래가 일반으로 보급되는 것이야 이에서 더 좋은 일이 어데 잇겟습니까 (…) 시인과 음악가가 서로 손을 잡고 노래다운 노래를 작곡하여 일반에게 류행시켯으면 대단히 좋을 줄 압니다 그리고 될 수 잇으면 「레코드」같은 것으로 선전을 한다면 그야말로 대단히 뜻 깊은 문화사업의 하나일 줄 압니다.[17]

김억은 〈낙화유수〉와 같이 시인이 아닌 이가 창작한 가사나, 〈시드른 방초〉와 같이 일본 유행음악의 번역·번안 가사가 아니라, 시인이 문학적 역량을 기울여 창작한 유행가요가 청중에게 보급되어야 하며, 그러한 유행가요를 보급하는 일이야말로 진정한 의미의 '문화사업', 즉 시를 통한 문화적 실천이라고 여기고 있었다. 물론 이러한 입장은 일찍이 조선가요협회의 창립 취지와 크게 다르지 않다. 그러나 김억은 조선가요협회 문학인 동인들이 동시대 유행음악 전체를 철저하게 부정했던 데에 비해, 그들이 '속요'라고 폄훼했던 유행가요를 통해 어떤 문학적 가능성을 실천하고자 했다.

그는 이후 세 차례에 걸쳐 《매일신보》에 연재한 「유행가사관견」(1933)을 통해서 그러한 의도를 보다 자세히 개진한다. 이 글에서 김억은 우선 유행가요 가사는 대중의 심금을 울릴 만한 것이면서, 알기 쉽고 아름다운 표현의 기교, 세련된 언어구사, 어감·어향(語響)·어의(語意)의 절실함, 결코 비속하지 않은 내용 등의 요소만 갖추고 있다면, 충분히 시로 인정할 수 있다고 주장한다.[18] 김억은 바로 이러한 근거로 후일 《삼천리》를 통해 김종한의 〈거종〉(1935. 12) 등의 시편들을 추천하면서, 그의 작품을 유행가요 음반으로도 취입할 수 있기를 바라기도 했다.[19] 김억의 이러한 입장은 앞서 거론한 이광수, 김동환의 입장과 사뭇 다르다. 물론 이상적인 전제를 충족시킬 경우에 한정한 논의이기는 하나 유행가요의 가사 또한 훌륭한 시라고 천명한 셈이므로 대단히 흥미롭다.

> 나는 유행가를 민요의 일종이라 생각합니다. 재래의 민요가 원시적이요 전원적임에 대하야 이 유행가는 현대적이요 도시적임이 (…) 그 특색인 줄 압니다. 현대인으로의 심정에 엇던 감동을 줄만한 가사가 필요하외다. 그러면서도 어듸까지든지 공리적(公利的) 의식은 금한 것이라 합니다. 웨 그런고 하니 가사의 내용이 엇던 공리적 의식으로의 강징(強徵)

을 가지게 되면 그곳에서 감정의 여실한 유로(流露)를 발견할 수가 업기 째문이외다.[20] (강조점 필자)

더구나 유행가요가 도시 문명의 현대에 절실한 '민요'라는 김억의 주장은, 그가 일찍이 조선인의 생활·사상·감정과 같은 향토성이 담긴 신성한 고유어, 향토적 심성, 조선인 고유의 호흡을 담은 민요와 시조를 절충한 새로운 시형, 이 세 요소를 갖춘 국민적 시가야말로 조선의 시인들이 마땅히 써야 할 시라고 했던 바와 정확하게 부합한다.[21] 즉 김억은 일찍이 그가 구상했던 이른바 '국민적 시가'의 이상을 바야흐로 유행음악을 통해서 구현하고자 했던 것이다. 그리고 그 이상은 김형원의 표현을 빌자면 바로 '유행시인'의 이상이라고 환언해도 무방하다.

그럼에도 불구하고 김억은 시 혹은 가사의 '공리성,' 즉 효용성 혹은 목적성을 부정한다는 점에서 조선가요협회의 강령과 분명한 선을 긋고 있다. 이를테면 그것은 이광수, 주요한, 김동환의 『시가집』(1929)에 대한 김억의 서평을 통해서도 엿볼 수 있다. 이 글에서 그는 특히 김동환의 작품을 두고 마치 평범한 산문처럼 시적인 미감도 감동도 없이 거친 부르짖음에 불과하다고 비판했다. 김억은 근본적으로 〈뱃사공의 안해〉(1931. 8)의 시풍이나, 김동환의 「망국적가요소멸책」(1927), 심지어 조선가요협회 강령에 담긴 이른바 '공리성'에 대해 비판했던 것이다.[22] 바로 이러한 미묘한 입장의 차이 때문에 김억은 조선가요협회가 존속하고 있는 가운데에서도 유행가요 가사 창작으로 나아갔던 것으로 보인다. 이러한 입장 때문에 그는 음반으로 취입한 61편 가운데 47편을 오로지 음반으로만 취입했던 것이다. 아울러 음반을 비롯하여 관련 문헌에 '작사'가 아니라 '작시'라고 명기되어 있는 34편 또한 그러한 김억의 입장을 반영하고 있다.

김억이 자신이 창작한 시를 매우 적극적으로 음반에 취입하기 시작한 것은 그의 육필유고를 통해서 엿볼 수 있다. 오늘날 남아 있는 102편의 유고시에는 제목 상단에 '歌' 혹은 '流行歌'로 표시된 작품 29편이 있는데, 그것들에는 "빅터의 囑을 바다" 혹은 '빅터'라는 문구가 적혀 있다.[23] 이 작품들은 작사 의뢰를 받아 음반으로 취입할 예정 혹은 이미 취입한 작품들이거나, 취입을 전제로 창작한 작품들인 것으로 보인다. 〈설야곡〉, 〈비련곡〉, 〈흰 돛대〉, 〈열매〉, 〈장다리꼿〉, 〈봄마지〉, 〈쓴몸의 신세〉 등 7편에는 '빅터의 囑을 바다'라는 문구가 첨기되어 있고, 특히 〈설야곡〉, 〈비련곡〉, 〈흰돛대〉, 〈열매〉 이 4편은 탈고일로 추정되는 날짜까지 명기해 두었다. 〈설야곡〉이 1933년 1월 5일, 나머지 3편은 1933년 1월 8일인 것으로 보아, 일본빅터사가 주요한의 〈어머니와 아들〉(1932. 4), 이광수의 〈새나라로〉(1932. 4)를 취입한 이후, 김억에게 작사를 의뢰한 것으로 보인다. 또한 〈비〉, 〈관서〉, 〈탄식〉, 〈옛 산성〉 등 4편에는 '빅터'라는 문구가 첨기되어 있지만, 탈고일로 추정되는 날짜는 적혀 있지 않다. 어쨌든 이 11편의 작품은 김억이 일본빅터사의 의뢰를 받아 창작한 작품임에 틀림없다.

그런데 정확한 사정은 알 수 없으나, 일본빅터사는 이 작품들을 음반으로 실제 발매하지는 않았다. 대신 작사 의뢰와 관련된 문구가 없는 〈수부의 노래〉, 〈삼수갑산〉(1933. ?), 〈설은 신세(서른 신세)〉(1933. 12), 〈갈바람은 산들산들〉(1934. 1) 등 4편이 일본빅터사에서 음반으로 발매되었다. 〈삼수갑산〉과 〈수부의 노래〉는 1933년 4월 16일과 21일에 탈고한 것으로 적혀 있는 바, 일본빅터사의 의뢰를 받은 작사 활동의 연장선에 있는 작품들로 보인다. 음반회사의 의뢰와 관련한 문구가 적혀 있지 않으나, 결국 음반으로 취입된 〈이별설어〉(1934. 5), 〈탄식는 실버들〉(1934. 11), 〈사향〉(1934. 12) 등의 작품도 마찬가지일 것이다. 1933년 초에 김억은 이미 음반회사의 작사 의뢰에 따라, 혹은 특별한 의뢰가 없더라도 음반취입을 전제로 한 작품을 창작하고 있었다. 이는 김억이 일본빅터사의 의뢰를 받아 창작했으나 결국 음반으로 발매하지 못했던 〈옛 산성〉을 3년이 지나 일본콜럼비아사에서 취입하여 발매했던 사례를 통해서도 알 수 있다. 그리고 김억은 일본빅터사만이 아니라 1934년부터는 일본콜럼비아사와 일본폴리돌사에서도 작품을 발표했는데 이 무렵 대표작이 바로 〈꼿을 잡고〉(1934. 6)였다.

〈꼿을 잡고〉는 유행가요 가사 창작에 대한 김억의 이상을 마치 실현이라도 한 듯이, 또는 조선가요협회의 한계를 증명이라도 하는 듯이, 당시 흥행의 측면에서도 상당히 성공했던 것으로 보인다. 김억 스스로도 후일 〈꼿을 잡고〉에 대한 회고를 통해 밝힌 바와 같이, 이 작품의 흥행만이 아니라 조선 정조를 드러내는 민요로서 나름대로 품가를 드러냈다는 점에서 대단히 만족했다.[24] 김억은 「유행가사관견」에서 가사를 창작하는 사람이 작곡과 연주까지 맡아 가사를 온전히 표현하는 것이 유행가요의 이상이라고 주장한 바 있다. 비록 김억 스스로 작곡과 연주에 임하지 않았더라도 자신의 작품이 음악적으로 만족할 만한 성취를 이루고, 흥행에도 성공했다는 사실에 스스로도 감격했을 것이다. 「유행가와 각계관심」 설문에 대한 김억의 답변을 보더라도, 이러한 자기만족과 감격이 김억으로 하여금 본격적으로 '유행시인'의 길, 즉 전문 작사자의 길로 나아가게 했다는 것을 알 수 있다.

김억은 〈꼿을 잡고〉과 〈행주곡(行舟曲)〉(1935. 1)을 일본폴리돌사에서 취입한 것을 제외하고, 일본콜럼비아사에서 39편, 일본빅터사에서 22편의 작품을 발표했다. 김억은 이 두 음반회사에서만 1934년에는 26편, 1935년에는 8편, 1936년에는 13편, 1937년에는 7편, 1938년에는 4편을 발표했으니, 연평균 11편 정도는 지속적으로 발표했던 셈이다. 적어도 1934년에서 1936년까지 약 3년 동안은 김억이 이른바 '유행시인'으로서 가장 활발하게 활약했

〈꽂을 잡고〉(육필 유고 중)

던 기간으로, 특히 1934년은 김억에게 전문 작사자로서 최고의 해였다.

그런데 김억이 「유행가사관견」 가운데 유행가요를 현대 도회의 민요라고 보았던 관점은, 기타하라 하쿠슈가 『하쿠슈 고우타집(白秋小唄集)』(1919) 서문에서 밝힌 '쇼쿄쿠(小曲)' 혹은 '고우타(小唄)'에 대한 입장과 상당히 흡사하다.[25] 또한 그것은 「「조선시형에 관하야」를 듯고서」(1928)를 비롯하여, 「프로메나도·센티멘탈라」(1929. 5), 「격조시형론소고」(1930. 1)라는 정점을 거쳐 「시형·언어·압운」(1930. 8)에 이르기까지 김억이 일관되게 전개한 시가 개량 논리의 연장선상에 있다. 김억의 시가 개량의 논리는 궁극적으로 유행가요 가사 창작의 이론적 기반이 되었던 것이다. 그러한 논리는 단지 당시 문학·문화의 장에서 전래 혹은 외래의 시가·유행가요에 맞서 시의 예술적·미학적 우위를 주장하기 위한 것만이 아니라, 이상적인 유행가요 가사의 요건을 천명하는 논리이기도 했다.

A
… 하늘하늘 바람이
꼿이피면
다시못니즐 지낸그녯날

B
… 지낸세월 구름아라
닛자건만
니즐길업는 설은이내맘

C
… 꼿을싸며 놀든것이
어쬐런만
그님은가고 나만외로이
※ 생각사록 맘이셜어
아니우랴
안울수업서 꼿만따노라

(※票는時間關係도吹込치못하엿음니다)

韓同十八세에聞分一는드―꼬메·두―도리로

〈꼿을 잡고〉 가사지

김억은 『금모래』(1925), 『봄의 노래』(1925), 『안서시집』(1929) 이후 『안서시초』(1941)를 발표할 때까지 이미 신문, 잡지, 시집에 발표했던 작품까지 유행가요 가사로 다시 취입하거나, 유행가요 가사로 취입했던 작품을 다시 인쇄매체를 통해서도 발표했다. 그 사례는 〔표4〕와 같다. 이 가운데 〈술노래〉, 〈무심〉, 〈탄식는 실버들〉, 〈무지개〉 이상 4편은 김억이 음반으로 취입하기 이전 여러 매체에 문자 텍스트로 먼저 발표한 사례이다. 나머지 7편은 음반에 먼저 취입한 이후 다시 문자 텍스트로 발표한 사례이다. 어느 쪽이든 김억에게 시는 유행가요 가사로 언제든지 음반으로 발표할 수 있고, 유행가요 가사도 얼마든지 시로서발표할 수 있는 것이었다. 즉 그에게 유행가요의 가사와 시 사이에는 근본적으로 차이가 없었다. 이들 작품은 김억이 오로지 유성기 음반을 통해서만 발표했던 47편의 작품들이 『안서시집』 이후, 엄밀히 말해서 「격조시형론소고」와 「시형·언어·압운」 이후에 발표한 것이다. '격조시형론'에 준하는 작품들은 김억이 유성기 음반에 취입하거나 취입을 염두에 둔 유행가요 가사였던 것이다.

물론 김억이 「밟아질 조선시단의 길」을 발표하면서 시가 개량의 논리를 전개했던 무렵부터, 시가 개량의 귀결점을 오로지 유행가요 가사 창작으로 상정하고 있었다고는 보기 어려울 수도 있다. 하지만 「밟아질 조선시단의 길」을 통해 제안한 '진정한 조선의 현대시가'의 이상을 실천할 길을 조선가요협회 활동을 거쳐 결국 유행가요 전문 작사자로서의 활동을 통해 실현했던 것은 분명하다. 또한 시가 문학장과 문화장 내에서 왜소한 위상을 차지했던 당시 상황에서, 만인의 감동을 위한 시의 길이 바로 음악화라고 여기게 되었던 것은 분명하다. 그래서 김억은 조선가요협회 동인으로서 〈살구꽃〉(1933. 2)을 발표한 이후 일본빅터사의 작사 의뢰에 적극적으로 응한 것으로 보인다. 그의 조선가요협회 활동을 비롯하여 일련의 시가 개량의 논의들과 『안서

표4 | 김억의 재발표 작품 목록

번호	음반번호	곡목	작곡	연주	발매일자	원래 발표지면 (발표년도)
1	Vi.49228B	水夫의 노래	金教聲	姜弘植	1933.?	《新家庭》6호 (1933.6)
2	Vi.49233A	三水甲山	金教聲	姜弘植	1933.?	《三千里》41호 (1933.8)
3	Vi.49257A	갈바람은 산들산들	全壽麟	全景希	1934.1	《三千里》54호 (1934.9)
4	Co.40480B	술노래	洪秀一	姜石燕	1934.2	《每日申報》 (1933.1.14)
5	Co.40493B	無心	金興山	姜弘植	1934.3	《白雉》2호 (1928.7.5), 『岸曙詩集』(1929), 『岸曙詩抄』(1941)
6	Co.40559A	탄식는 실버들	金駿泳	金仙草	1934.11	《三千里》54호 (1934.9), 《朝鮮文壇》22호 (1935.4)
7	Po.19137A	꼿을 잡고	李冕相	全玉	1934.6	《朝鮮文壇》21호 (1935.2)
8	Vi.49287B	아서라 이 바람아	金教聲	鮮于一扇	1934.7	『岸曙詩抄』(1941)
9	Re.C266B	무지개	李常春	金鮮英	1935.4	《三千里》53호 (1934.8)
10	Vi.KS-2025B	正義의 師여	李冕相	林東浩	1937.11	《每日申報》 (1941.12.25)
11	Co.40718A	넷 山城	李冕相	姜弘植	1936.11	『民謠詩集』(1948)

시집』의 일련의 작품들, 그리고 무엇보다도 「유행가와 각계관심」 설문이나 「유행가사관견」을 통해서 그가 전문 작사자로서 가능성과 역량을 갖추었다는 것을 일본빅터사에 호소하기에 충분했다고 본다. 특히 「유행가사관견」은 홍사용의 사정을 통해서도 알 수 있듯이, 〈황성의 적〉 이후 유행가요를 조선반(朝鮮盤)의 주요 레퍼토리로 삼고자 했던 음반업계를 향한 전문 작사자로서의 선언 혹은 선전 효과를 거두었을 터이다.

시가 아니요, 가사로 지었든 것을 이면상씨가 와서 보고 자미있다면서 가저갔습니다. 가저다가 작곡하야 된 것이 지금 말하는 「꽃을 잡고」외다. 꽃을 잡고의 노래를 누구에게 작곡시키고 누구에게 불리우려고 쓴 것이 아니외다. 그러나 우연히 그렇게 되어서 세상에 알게 된 것이외다.[26]

우리는 유행가수에 왕수복(王壽福)이 있고, 이제 바로 민요가수를 얻을 녀든 터이라 곧 선우일선(鮮于一扇)이를 민요가수로 결정하여, 상경식혀 김억 씨의 작사 「꽃을 잡고」를 이면상씨 작곡으로 한 겨을 연습식혀 이 듬해인 소화(昭和) 9년 봄에 취입식혀든 바 다른 가수들은 도저히 따를 수 없는 그 독특한 멜로되는— 듯는 자의 가삼을 약동(躍動)게 하였든 것입니다.[27]

〈꼿을 잡고〉를 둘러싼 두 사람의 회고를 통해서 알 수 있듯이, 우선 그 작품이 일본폴리돌사가 민요를 유행음악으로 상품화하는 일련의 기획 가운데 선택되었던 것이다. 그리고 그 곡을 선택한 주체는 일차적으로는 작곡자 이면상이지만, 이차적으로는 조선지사 문예부장 왕평이고, 궁극적으로는 일본폴리돌사였던 것이다. 이면상과 왕평, 그리고 일본폴리돌사가 김억을 작사자로서 선택할 수 있었던 데에도, 〈수부의 노래〉, 〈술노래〉를 비롯하여 일본빅터사와 일본콜럼비아사를 통해 그가 발표한 작품들이 참조점이 되었을 것이다.

김억은 1934년 이후 1940년대까지 시인으로 활동하는 한편으로 전문 작사자로도 활동했다. 특히 1930년대 중반을 전후로 한 기간은 조선에 진출한 음반회사들의 유행가요 레퍼토리들이 전성기를 이루었으며,[28] 김억은 근대기 조선의 유행가요 전성기에 전문 작사자로서 활약했다고 해도 과언이 아니다. 그 사이 김억은 서사시 〈홍길동전〉(1935. 5~9)을 제외하고서는 언제든지 음반에 취입할 수 있는 형식적 요건을 갖춘 서정시들을 창작했다. 그리고 김억의 육필유고를 통해서도 알 수 있듯이, 음반회사의 의뢰가 없더라도 음반취입을 전제로 한 허다한 유행가요 가사를 창작하기도 했다. 그러나 중일전쟁이 발발한 1937년 이후 김억은 이전만큼 자신의 작품을 음반으로 취입하지 못하게 된다. 그것은 이 무렵 그가 예전만큼 왕성한 시 창작을 하지 못했던 사정과도 관련이 있다.

그런데 1937년을 전후로 조선의 유행음악을 둘러싸고 중요한 변화의 국면이 생긴다. 후일 음반회사 문예부장들 간의 한 좌담회에 따르면, 중일전쟁 이전에 조선에서 유행가요의 전성기를 맞이했던 음반회사들 간의 과열 경쟁에 따라 저급한 작품들이 범람하게 되었고, 그러한 현상은 돌이킬 수 없는 지경에 이르렀다고 한다. 또한 중일전쟁 이후에는 이전의 신민요를 중심으로 한 유행음악이 재즈·블루스의 유행으로 바뀌게 되었다고 한다. 뿐만 아니라 전시 상황에 따라 군가와 시국가요가 음반으로도 보급되면서 유행음악 자체가 한동안 침체기를 겪었다고 한다.[29] 특히 시국가요는 일본 정부와 조선총독부가 국민정신총동원운동(1939. 9)에 따라 음반회사를 통해 의무적으로 보급하도록 했고, 그에 따라 음반업계의 분위기는 이전과 사뭇 달라졌다.[30] 그런가 하면 전시 경제 정책으로 인해 음반에 대한 소비세의 증가로 음반의 가격이 상승하게 되었고, 아예 음반발매량 자체가 줄어들게 되어 이윽고 유성기 음반의 전성 시대가 저물어 가는 조짐마저 나타났으며,[31] 이에 음반회사들도 음반판매보다도 공연을 통한 흥행에 역점을 두기 시작했다.

김억이 예전만큼 활발하게 음반취입을 하지 못하게 된 시기는 조선의 유행음악, 음반산업을 둘러싸고 일대 변화가 일어난 시기와 정확하게 일치한다. 일찍이 문학성이나 조선적 정서와 선율의 품가를 갖춘 유행가요를 지향했던 김억의 입장에서 당시의 표현을 빌자면 시국의 변화 국면이 곧 창작의 침체기로 이어지리라는 것은 충분히 짐작할 만하다. 결국 김억은 1937년 신민요 장르로 추정되는 〈이도령의 노래〉(1937. ?), 〈천리원정〉(1937. ?)을 발표한 후, 시국의 변화에 적응하려고 한 듯이 〈정의의 사(師)여〉(1937. 11), 〈정의의 행진〉(1937. 12), 〈종군간호부의 노래〉(1942. 8)를 연이어 발표했다. 그리고 국민정신총동원운동을 위한 관변단체였던 조선문예회 회원으로 활동하기도 했다. 그 자세한 경위는 장을 바꾸어 검토하겠지만, 어쨌든 그것이 김억이 구상한 '문화사업', 즉 그의 문학적·문화적 실천이 다다른 마지막 장면이었다.

3. 가요시와 유행가요를 통한 문화적 실천

홍사용과 김억이 본격적으로 유행가요 가사를 창작하기 시작한 1932년에서 1934년경, 단지 작사가로서만이 아니라 다국적 음반산업의 조선 지사에서 직접 음반을 기획하고 제작했던 하는 사례가 있었으니, 그가 바로 이하윤이다. 이하윤은 김억이 〈꽃을 잡고〉를 발표한 무렵 〈처녀 열여덟엔〉(1934. 5)과 〈섬색시〉(1934. 5)를 필두로 본격적인 유행가요 작사자로서 활동하기 시작하여, 무려 158편의 유행음악 가사를 발표했다(부록: 「시인별 발매 음반 목록」 참조).[32] 이하윤이 어떤 계기로 유행가요 가사를 창작하게 되었는지는 정확히 알 수 없다. 하지만 후일 그의 회고에 따르면 당시 유행가요의 정화를 위해 유행가요 가사 창작에 나섰다고 한 바 있으니,[33] 그 또한 앞서 검토한 조선가요협회 동인들이나 김억과 비슷한 동기를 지니고 있었던 것으로 추측해볼 수는 있다.

　이하윤은 일본 호세(法政)대학 문학과(영어영문학 전공) 재학시절부터 해외문학연구회(1926~1927), 《시문학》 동인(1930), 《문예월간》 주간(1931), 극예술연구회 동인(1931)을 거쳐, 《문학》 동인(1932)에 이르는 가운데 다양한 문학적 편력을 거쳤다. 뿐만 아니라 대학 졸업 이후(1929) 잠시 경성여자미술학교 교원 생활(1929~1930)을 거친 후, 《중외일보》 학예부 기자(1930~1932), 경성방송국(JODK) 제2방송부 편성계원(1932~1935)을 거치는 가운데 문학인이자 언론인으로서 당시 조선의 문학·문화장에서 전방위적인 활동을 펼쳤다. 그리고 그러한 활동의 절정기에 일본콜럼비아사 조선지사의 문예부장(1935. 8~1937. 9)으로도 활동하기까지 했다.[34] 이러한 사정으로 보건대 그 전방위적 활동의 일환으로 유행가요 가사를 창작했던 것으로 여겨진다. 이하윤의 첫 유행가요 가사인 〈처녀 열여덜엔〉과 〈섬색시〉를 둘러싼 일련의 사정들은 문학인·언론인에서 작사자·음반회사 기획자로 선회하는 흥미로운 장면을 시사한다.

> 이 몸은 산속에서 자라난 처녀 / 오늘도 산에 올나 나물 캐노코 /
> 풀피리 혼자 불며 한숨짐니다 / 처녀 열여덜의 봄마지 노래//
> 이 몸은 바닷가에 자라난 처녀 / 써나고 안 오는 배 기다리는 맘 /
> 무심한 저 물결만 드나드는데 / 처녀 열여덜을 원망함니다//
> 은하수 처다보며 별을 혜는 밤 / 내 머리 수접어서 다시 만지는 /
> 이 꿈은 무지개의 아릿다운 빗 / 처녀 열여덜도 덧업슴니다//
> 〈처녀 열여덜엔〉

> 꼿필 봄날 언덕에서 노래 부를 짼 / 오래ㅅ 계신다고 말슴하시고 /

가을날이 고요한 이 아츰에는 / 야속히도 써나시단 웬 말슴이오//

이 섬 속에 우릴 두고 가시는 그대 / 언덕에서 바라뵈는 배가 미워서 /

안 보려고 몃 번이나 맘먹고서도 / 안개 속에 무치도록 늣겨 움니다//

바닷가의 소나무는 머리 숙이고 / 사공노래 처량도한 저녁포구여 /

갈매기쎄 우지즈며 날너다니고 / 저 언덕엔 섬색시들 그저 움니다//

〈섬색시〉

이 두 작품의 가사지에는 분명히 '작사'라고 명기되어 있다. 그런데 일본 콜럼비아사 매월신보의 홍보란에는 "이 노래는 우리의 시인 이하윤 씨가 읊흔 시"라는 구절에서는 '시'라고 명기되어 있다.[35] 이 한 구절은 그가 왜 하필이면 유행가요의 가사를 썼던가, 그리고 그나 일본콜럼비아사에서는 왜 그의 작품을 '시'로 명명했던가 하는 의문을 던지게 한다. 물론 〈섬색시〉와 같은 작품을 두고 '詩'라고 명기한 것은, 김억의 경우와 마찬가지로 이하윤이 이미 시인으로 활동하고 있었기 때문이거나, 음반회사의 특별한 관행 혹은 전략이라고도 볼 수 있을지도 모른다. 하지만 사정은 그렇게 간단하지 않다. 그것은 우선 이 두 작품이 이하윤의 '시가집'인 『물네방아』(1939)에는 〈가요시초〉의 총 60편 가운데에 수록되어 있기 때문이다. 영미 낭만주의 시를 비롯하여 프랑스 상징주의 시 소개에 앞장섰던 그가, 자신의 창작시를 두고 '시가'라고, 더구나 일군의 작품들을 별도로 '가요시'라고 명명한 데에 이르면 문제는 더욱 복잡해진다. 이하윤이 발표한 총 119편의 유행가요 가사 가운데 97편에는 '작사'가 아니라 '작시'로 명기되어 있다. 반주를 수반한 노래(歌)든 반주가 없는 노래(謠)든, 근대적인 의미의 '시' 즉 'poetry'는 아닐 터인데, 이 세 가지 개념이 한데 뒤섞인 '가요시'을 언표하면서, 이하윤은 이미 근대적인 의미의 '시'의 관념을 거스르거나 혹은 넘어서고 있었다.

「處女열여덜엔」……

限것芳香을노흐며 봄바람에 나붓기는 옷송이갓흔 處女열여
덜을 우리는 엇더케보고 生覺하는가?
詩人千羽鶴氏는 그들의하소를 代辯하는드시 한篇의詩를읇헛
다。 이것을 피여오르난 옷송이갓흔 鄭日敬孃이 아름답은 목
소리로 그무엇을 하소하는드시 淒凉하게불럿다。

敬 日 鄭

流行歌
✻✻✻ 處女열여덜엔
（四〇五〇六―A）
✻✻✻✻✻

榮譽의當選歌姫
鄭日敬孃의名歌盤

流 行 歌
섬 색 시
（B―六〇五〇四）

어노래는 우리의 詩人
異河潤氏가읇흔 詩에다
作曲家金駿泳氏가 名曲
을비단짜듯한것이다。
四面바다 섬속에서 情
든이를 맛고보내는 그感
懷야 實로 바다ㅅ갓ㅅ길을
에離別짓는 섬색시들의
쓰린心思야 우리는 想像
도못할것이다。 戀愛性만
흔 鄭孃은 그들의우름석
인하소를 눈물이돌게불
넛다。

—〔 1 〕—

《콜럼비아매월신보》(1934. 5)

그렇다면 이하윤은 어떻게 창작시와 가요시의 임계점을 넘어서 유성기 음반을 시의 매체로 삼고자 했던 것인가? 이하윤의 「유행가작사문제일고」(1933)를 주목해보자. 이 글에 따르면 상업자본주의 시대 유성기 음반을 통해 취입되고 유통되는 유행가요는, 구전을 통해 민중에게 알려지고 감동을 주었던 전래의 가요, 즉 민요의 현신이라고 한다. 그런데 이하윤은 이 상업자본주의 시대의 가요가 시가에 대한 소양과 인연이 없는 작사가들로 인해, 대중의 염증만을 일으키고 있다고 개탄하면서 다음과 같이 선언한다.[36]

> 무엇보다도 유행가가 먼저 시가 되지 않아서는 아니 된다. 직흥적(直興的)이며 평이하게 째어져야 되겠지마는 그럴사록 그 상(想)과 려(慮)가 곱게 세련된 한 개의 아름다운 시가 아니어서는 아니되는 것이다. 그러므로 이야말로 숙련한 기교가 절실히 필요하다. 따라서 부르는 사람 자신이 이 시를 참으로 이해하야 그 말의 억양(抑揚)과 고저(高低) 강약(强弱)이 분명하게 대중의 귀와 가슴에 울니도록 힘써야 할지니 실로 유행가는 그 우열(優劣)의 구별이 여기서 생기기도 하는 것이다.[37]

이하윤도 시를 음악화했던 일군의 문학인들과 마찬가지로 유행가요가 문학성을 갖추어야 하며, 이를 위해 문학인이 앞장서야 한다는 일종의 유행가요 개량·개조의 논리를 표명했다. 또한 시의 외연을 구술성에 근간한 장르로 확장하는 한편으로, 그러한 시를 통해 문식력을 갖추지 못한 조선의 대중들도 문화의 세례를 받을 수 있는 길을 열고자 했다. 바로 그러한 배경에서 이하윤은 유행가요의 가사 또한 시여야 하고, 또 시라고 여겼다. 그리하여 이하윤은 「유행가요곡의 제작문제」(1934)에 이르러서는 유행가요의 문학적 요소가 음악적 요소보다도 우위에 있다면서, 작곡자와 가수까지도

문학적 감식안을 가질 것을 당당히 요구하기까지 했다.[38]

유행가요가 전래 가요·민요의 현신이라거나, 유행가요도 마땅히 시적 완성도를 갖추어야 한다는 주장은, 김억을 비롯한 조선가요협회 동인들, 더 거슬러 올라가면 기타하라 하쿠슈의 입장과 상당히 흡사하다. 그런데 이하윤은 조선가요협회 동인들처럼 시의 음악화를 통한 조선인 공통 심성의 개량·개조를 표방한 바도 없거니와, 김억처럼 시가 개량·국민문학의 논리를 적극적으로 실천하고자 하지도 않았다. 하지만 이하윤은 당시 조선의 매체의 장 혹은 문화의 장에서 시의 다른 가능성에 대한 비전을 품고 있었던 것으로 보인다. 이를테면 〈처녀 열여덜엔〉과 〈섬색시〉를 발표했던 무렵 동시대 문학작품에 대한 단평을 요구했던 어느 잡지사의 설문에 대해, "이즘은 자신의 문단 참여 사유를 발견하지 못하는 나, 읽을 것도 별로 업거니와 써 평하고 십흔 충동을 이르켜 주는 작품을 맛나지 못한 채 잇는 것도 사실입니다"고 했던 것은 그 증거이다.[39] 특히 이하윤의 한 논설은 문학인으로서 유행가요에 대한 입장을 분명히 드러내고 있다.

> 우리가 이미 좋은 유행동요(流行童謠) 「반달」과 「그리운 강남」 등 (…) 을 일허버린 지 누년(累年) 다시 그런 시대를 어들 수는 없을망정 좀더 남이나 부끄럽지 않은 노래를 부를 수 잇도록 해보자는 것이 유일(唯一)의 희망이다. 레코-드의 유행 라디오의 힘을 어찌 우리가 막을 수 잇스랴 다만 그들 담당자에게 각성을 촉(促)하야 가능한 범위에서 좋은 노래가 상품화 할 수 잇는 것만을 기해 보아도 좋을 일이 아닌가 사실에 잇서 많이 질적 향상을 도(圖)하는 모양이며 또 이즘 다소 여기 관심(關心)하는 시인과 음악가를 보게 되는 것은 반가운 현실이라고 할 수 잇다. 유행가의 진의(眞意)를 우리는 우리가 가저야할 대중가요로서 구명(究明)

해 볼 필요가 잇지 않을까.[40)]

　이하윤이 윤극영의 〈반달〉, 김형원의 〈그리운 강남〉을 인용한 대목은 의미심장하다. 비록 이하윤은 조선가요협회에 가담하지 않았으나, 근본적으로 시의 음악화를 통한 시의 대중예술화에 대한 동경을 품고 있었던 것만은 분명하기 때문이다. 이하윤은 유성기는 물론 라디오라는 근대기 음향매체에서 인쇄매체를 능가하는 위력을 절감하고 있었으며, 문자 텍스트보다도 음향 텍스트로 현전하는 시야말로 근대 자본주의 시대에 적합한 시의 존재양상이라고 믿었던 것으로 보인다. 이하윤은 기회 있을 때마다 유행가요가 근대적 문화상품이고, 유성기와 라디오를 매체로 삼는 이 상품의 위력을 막을 길이 없다면서,[41)] 도리어 이 문화상품과 매체를 통해 궁경(窮境)에 빠진 민족의 새 진로를 개척하고 새로운 위안을 구해보자고 역설한다.[42)] 이하윤은 바로 시에 대한 이러한 인식·관념에 근간하여 시의 음악화, 문화상품화를 위한 길을 모색하고 있었던 것으로 보인다. 즉 이하윤 또한 김형원의 표현을 빌자면 '유행시인', 김억의 표현을 빌자면 '문화사업'이야말로 시대가 요구하는 시인의 상이자, 시인이 나서야 할 바라고 여기고 있었다.

　비록 이하윤은 조선가요협회 동인도 아니었고, 일관된 시가 개량의 논의들과 그에 따른 창작활동을 했던 것은 아니나, 적어도 유행가요에 대한 나름대로의 입장 표명으로 인해, 김억과 마찬가지로 유행가요를 주된 레퍼토리로 삼고자 했던 음반회사에 호소력을 지니게 된 것으로 보인다. 그리고 〈처녀 열여덟엔〉과 〈섬색시〉라는 작품의 발표 및 그 홍보 과정에서 음반산업의 유행가요 제작 메커니즘에 훌륭히 부합하는 수완을 보였다. 당시 《동아일보》, 《조선일보》, 《매일신보》의 광고에 따르면 이 작품은 일본콜럼비아사의 가수 공모에 당선한 정일경의 데뷔작으로, 음반회사는 무려 두 차례나 걸쳐 홍보를 위해 정일경을 경성방송국에 출연시켰고, 이와 관련한 사항을 《동아일보》를 통해 기사화하기도 했다.[43]

이러한 일들은 해외문학파·극예술연구회 활동을 함께 했고 당시 《동아일보》의 학예부에 재직했던 서항석의 협력, 경성방송국 편성계원이라는 이하윤의 직위를 통해 가능했던 것으로 보인다. 즉 이하윤은 자기 작품의 흥행을 위해 인맥과 지위를 활용한 홍보에 앞장섰던 것이다. 이를테면 《동아일보》와 같은 신문지면을 통해 자신의 문학적 행위의 정당성을 표명하는 담론을 전개하는 한편, 자신이 창작한 작품을 유성기 음반과 라디오를 통해서 발표하고 또 홍보하는 일련의 양상은, 이하윤이 가담했던 극예술연구회가 연극의 무대공연은 물론, 경성방송국의 방송극 출연과 일본콜럼비아사의 음반취입, 《동아일보》를 중심으로 한 담론의 생산을 통해 당시 문화장에서 입지를 구축하고자 했던 양상과 정확하게 부합한다.[44]

〈처녀 열여덟엔〉과 〈섬색시〉라는 작품은 당시 일본 유행가요(신민요) 가운데 고우타 가쓰다로(小唄勝太郎)의 〈섬처녀(島の娘)〉(Vi.52533A, 1932. 12)의[45] 조선 판본이거나, 그 작품을 깊이 의식하고 기획·제작한 작품으로 보인다. 당시 여러 증언에 따르면 이 〈섬처녀〉는 일본은 물론 조선에서도 상당한 인기를 구가했다. 예컨대 어느 기사에 따르면 조선에 발매되자 무려 30만 혹은 40만 매의 판매고를 올렸다고도 하고,[46] 또 누군가의 회고에 따르면 앞서 거론한 김억의 〈꽃을 잡고〉가 선우일선의 연주로 흥행을 거두자, 선우일선을 두고 조선의 우타 가쓰타로의 등장이라고 환영했다고 한다.[47] 특히 이하윤 스스로 후일 조선 유행가요의 역사를 회고하면서, 〈섬처녀〉의 흥행이 〈애상곡〉(1934. 9)이나 〈고도의 정한〉 창작의 계기가 되었을 뿐만 아니라, 자신을 비롯하여 김억, 유도순 등의 시인이 전문적으로 유행가요 작사에 나서는 계기가 되었다고 술회했다.[48]

이하윤은 이 가운데 자신의 처녀작인 〈처녀 열여덜엔〉과 〈섬색시〉가 아닌 〈애상곡〉을 거론했지만, 그렇다고 하더라도 하더라도 사정은 마찬가지이다. 그것은 우선 이미 〈처녀 열여덜엔〉과 〈섬색시〉가 마치 〈섬처녀〉의 에피고넨이라고 할 만큼 가사의 제재, 정서, 심지어 표현까지도 〈섬처녀〉와 흡사하기 때문이다.[49] 또한 정일경이 일본빅터사의 이애리수, 일본폴리돌사의 선우일선을 염두에 두고 일본콜럼비아사가 의욕적으로 발굴한 가수였으며, 선우일선의 등장 당시에도 조선의 고우타 가쓰다로라고 환영받았던 사정을 염두에 두고 보면, 정일경 또한 다분히 고우타 가쓰다로를 의식하고 발굴한 가수였다고 볼 수 있다. 이하윤은 바로 그러한 문화적 실천을 통해 〈처녀 열여덜엔〉과 〈섬색시〉의 홍보에 일조했으며, 그러한 수완으로 인해 일본콜럼비아사 조선문예부장으로도 활동하게 되었던 것으로 보인다.

이하윤의 〈처녀 열여덜엔〉과 〈섬색시〉를 비롯한 이른바 가요시의 창작과 음반취입은, 다른 해외문학파·극예술연구회 문학인들과 마찬가지로 당시 문학장 혹은 문화장에서 기성의 문학인들과 벌인 일종의 인정투쟁의 소산이라 할 수 있다. 그가 유성기 음반과 라디오라는 근대 음향매체에 큰 기대를 걸었던 것도 이와 무관하지 않다. 이하윤이 근대 음향매체를 통한 새로운 문학적·문화적 실천의 가능성을 모색할 수 있었던 데에는, 기타하라 하쿠슈, 사이조 야소의 영향도 간과할 수 없다. 사이조 야소는 초기 일본 상징주의 시인 가운데 한 사람으로, 『사금(砂金)』(1919) 이외 적지 않은 시집을 남겼고, 또한 롱펠로(H. W. Longfellow)와 베를렌 등의 번역시집인 『백공작(白孔雀)』(1919)을 통해 서양문학의 번역과 소개에도 앞장선 인물이었다. 또한 그는 이미 1918년부터 〈카나리아(カナリヤ)〉를 비롯하여 동요 가사 창작에도 두각을 나타내는 대단히 특이하고 다재다능한 문학자였다. 그러나 그는 무엇보다도 대학교수(와세다대학 불문과) 신분으로 〈도쿄행진곡〉

(Vi.50755A, 1932. 9)을 비롯하여, 창작시를 훨씬 능가할 수의 유행가요의 가사를 창작한 작사가이기도 했다. 후일 영문학과 불문학자로서의 본업으로 돌아가 『아르튀르 랭보 연구(アルチュール·ランボオ研究)』(1967)를 남기기도 했다.[50] 이러한 사이조 야소의 이력은 어떤 점에서는 이하윤과도 적지 않게 흡사하거니와, 무엇보다도 이하윤 스스로 유행가요에 대한 입장을 표명할 때마다 사이조 야소를 거론했었다.

사이조 야소의 작품은 당시 조선에서도 상당한 인기를 구가했는데, 이를테면 대표작 〈도쿄행진곡〉[51]을 비롯하여, 〈신도쿄행진곡〉,[52] 〈도쿄춤노래(東京音頭)〉,[53] 〈긴자의 버들(銀座の柳)〉,[54] 〈아리랑 노래(アリランの歌)〉,[55] 〈사도를 생각하면(佐渡を思へば)〉[56]과 같은 작품들은 이미 1920년대 이후 《동아일보》나 《조선일보》같은 일간지의 유성기 음반 회사 광고를 통해 게재되고 있었다. 또한 그의 작품 가운데 동요 〈카나리아〉와[57] 영화 주제가인 〈영춘화〉의 경우[58] 당시 조선에서도 발매되었던 것으로 보이고, 〈덧없는 사랑(あだなさけ)〉과 〈그리움 연기처럼(いとしさけむり)〉은[59] 조선인 작곡가와 가수에 의해 취입된 바도 있다. 〈도쿄행진곡〉은 조선에서 숱한 아류작도 낳았다. 이를테면 〈종로행진곡〉, 〈서울행진곡〉, 〈경성행진곡〉이나 심지어 〈조선행진곡〉, 〈평양행진곡〉과 같은 작품들이 그 예다. 이러한 작품들 가운데 이하윤이 직접 가사를 쓴 것도 있다.[60]

이와 같은 사례들에서 이하윤은 유행가요의 가사를 창작하게 하는데 어떤 확신이나 자기 정당화 혹은 위안을 받았을 것이다. 특히 사이조 야소의 경우 메이지기 이후 일본 시단의 중심이었던 기타하라 하쿠슈를 위시한 시화회(詩話會) 시인들로부터 상대적으로 소외되어 있었던 인물이었고, 심지어 1920년대 이후 일본의 음반산업과 대중음악계의 성장에 따라 기타하라 하쿠슈와 같은 일본 문학계의 대표적인 시인조차도 쇼쿄쿠·고우타를 매개로 동요는 물론 유행가요 가사 창작에 나서 문학적 활동의 영역을 넓히고 있었다.[61] 이하윤 또한 그러한 사정을 몰랐을 리는 만무할 터이고, 당시 조선의 문학장·문화장에서 나름대로 입지를 구축하고자 했던 그로서는 사이조 야소로부터 적지 않은 영감을 얻었을 것이다. 이들 일본의 시인 작사가들의 전신과 문학적 편력은, 이하윤에게 근대 자본주의와 기술문명 시대에 비서구 지역의 시, 혹은 시인의 존재와 삶을 반영해주었을 것이다. 즉 이하윤은 바로 그러한 일본의 사례들을 바라보며 자신의 위치를 가늠하고 문학적 활동의 영역을 개척하고자 했던 것이다.

이하윤이 일본콜럼비아사 조선지사의 문예부장으로 재직하던 무렵 약 107여 편의 유행가요 가사를 음반에 취입했고 그 후에도 36여 편의 작품을 더 발표했다. 이하윤이 일본콜럼비아사 조선지사에서 재직한 1935년경부터 1937년경까지의 기간은 유행가요의 전성기였으니, 이하윤은 근대기 조선의 유행가요 전성기에 전문 작사자로서 활약했던 셈이다. 그 후 이하윤은 1939년경 〈향수천리〉외 3편 정도의 작품만을 발표할 뿐 더 이상 자신의 작품을 유행가요 음반으로 취입하지 못했다. 이하윤은 김억과 달리 1937년을 전후로 한 유행음악을 둘러싼 환경의 변화에도 불구하고, 나름대로 충실히 적응하고자 애썼다. 이를테면 이하윤이 조선문예회와 같은 관변단체에 가담하지 않았더라도 중일전쟁 이후 시국변화 가운데에서 〈총후의 기원〉(1937. 12), 〈승전의 쾌보〉(1937. 12)와 같은 시국가요를 발표했던 것이 그 예이다.

그런데 이하윤은 1939년경에 이르러서는 조선의 유행가요가 방랑·항구·이별·비련과 같은 정서를 반복·재생산하면서 침체기에 빠져 있었던 분위기에 적지 않은 환멸을 느끼고 있었고,[62] 당시 음반회사 문예부장들과 마찬가지로 유행가요가 직면해 있던 폐색의 국면을 넘어서고자 했다.[63] 그래서 이하윤은 일찍이 조선가요협회가 구상했던 유행가요 개량·개조의 이상을 다시 체현하고자 하기도 했고,[64] 〈반달〉과 〈그리운 강남〉과 같은 작품을 창작하고자 부심하기도 했다.[65] 일찍부터 이하윤은 누구보다도 자신의 문학적·문화적 실천의 비전과 동시대 유행가요를 둘러싼 청취 대중의 취향 변화를 부합시키고자 애썼지만,[66] 특히 국민정신총동원운동 이후 음반업계와 문화장에 밀어닥친 낯선 분위기에는 적응하기 어려웠던 것으로 보인다. 그래서 이하윤은 시선집 『물네방아』(1939)에 자신의 유행가요 작품들을 '가요시편'으로 정리하고 사실상 전문 작사자로서의 활동도 그만 둔다. 사실 이듬해부터 태평양전쟁의 전황으로 인해 조선에서는 더 이상 음반을 발매하기도 어려웠고, 조선총독부가 주도한 국민개창운동이 절정에 이른 1943년경부터는 식민지 조선에서는 오로지 군가와 시국가요만 울려 퍼지게 되었다.[67] 설령 이하윤이 〈반달〉이나 〈그리운 강남〉과 같은 작품을 창작했다고 하더라도, 그것을 음반으로 발표할 기회는 사라지고 없었을 것이다.

4. 시인으로서의 인정욕망과 유행가요

한편 김억, 이하윤과 더불어 1934년부터 본격적으로 유행가요 작사에 나선 또 다른 문학인이 있었으니, 그가 바로 유도순(1909~1945?)이다. 유도순은 김억이 〈술노래〉를 비롯하여 일본콜럼비아사에서 본격적으로 작품을 취입하기 시작했던 무렵, 역시 같은 회사에서 〈희망의 북소래〉(1934. 1)를 비롯하여 총 96편의 유행가요 가사를 음반으로 취입했다(부록: 「시인별 발매음반 목록」 참조).[68] 한국 근대문학 연구에서 유도순은 1920년대 이른바 민요시인 가운데 한 사람으로 기억되고 있다.[69] 그는 약 1백여 편의 시·시조·동요·민요를 창작했으며, 비록 오늘날 전하지는 않으나, 제법 젊은 나이에 『혈흔의 묵화(墨花)』(1926)와 『감정의 발굴』(간행일자 미상)이라는 두 권의 시집을 발표한 것으로 보건대, 나름대로 시에 대한 열정이 남달랐던 시인으로 보인다.[70]

사실 유도순은 1920년대 국민문학론자들이 전개한 민요에 근간한 시가 개량론과 그에 따른 일련의 운문 창작의 분위기에 나름대로 화답한 시인 가운데 한 사람 정도의 대접만 받을 뿐이다. 물론 〈희망의 북소래〉의 발표 이후 마치 인쇄매체로만 현전하는 시와는 절연이라도 한 듯이 오로지 유행가요 가사 창작에 전념했으니, 그러한 대접은 어쩌면 당연한지도 모른다. 그런데 유도순이 가사를 썼던 허다한 유행가요 작품들 가운데 〈봉자의 노래〉(1934. 1), 〈금강산이 조흘시고〉(1934. 10), 〈조선타령〉(1934. 11), 〈유랑의 애수〉(1935. 4), 〈직부가〉(1935. 9), 〈과부가〉(1935. 9) 등을 비롯한 작품들이 당시 음반 발매 및 유통 상황이나 잡지의 기사 등을 통해서 추측컨대 상당한 흥행을 거두었던 것으로 보인다.[71] 그러므로 유도순이 '작가'로서 나름대로 역량을 발휘한 영역은 본격적인 의미의 '시'가 아니라 '유행가요'였다고 해도 과언이 아니다.

그러나 시인이자 유행가요 작사자라는 그의 편력 가운데 무엇보다도 주목해야 할 것은, 그가 이룬 문학적 성취나 흥행보다도, 1920·30년대 한국의 문학계에서 시가 문자성과 구술성, 상이한 문학적 이념들, 그리고 장르와 매체의 경계 사이에서 상당히 부유하고 있었던 사정을 있는 그대로 드러내는 대목들이다. 이를테면 유도순은 《동아일보》 독자문단에 투고했던 〈기념의 황금탑〉(1921)이나 《조선문단》의 추천을 받았던 〈갈닙밋헤 숨은 노래〉(1925) 이래 과잉된 감상에 근간한 자유시를 창작하는가 하면, 《동아일보》 현상공모에 당선한 동요 〈봄〉(1923) 이래 몇 편의 동요와 〈이 마음을〉(1928)

등 향토적 정서와 소곡 형식에 근간한 정형시를 '민요'라고 명명하여 발표하기도 했다. 또한 시조 부흥운동의 영향으로 〈약산육경〉(1925) 연작 이래 적지 않은 시조를 발표하기도 했다. 즉 유도순은 유행가요 가사 창작 이전부터 줄곧 문자성과 구술성 사이를 오가는 운문 창작을 했던 것이다.

한편 유도순은 예컨대 「춘소편상」(1925)이라는 수상(隨想)에서는 구리야가와 하쿠손(厨川白村)의 『고민의 상징(苦悶の象徵)』(1924)으로부터 받은 영감에 따라 '허의(虛義)의 예술'이 아닌 '고민의 상징'이야말로 현대예술이 나아가야 할 방향이라고 주장했다.[72] 그런가 하면 아리시마 다케오(有島武郎)의 강연록 「신구예술의 교섭(新旧芸術の交涉)」(1922)의 번역문(1927)에서는 이른바 민중 속에서 싹튼 민중예술이야말로 진정한 미래의 예술임을 역설하고자 했다.[73] 그리하여 「김동환 군의 「약산동대가」를 읽고」(1927)에서는 김동환 류의 민중예술론에 대해 매우 비판적인 태도를 취하기도 했다.[74] 유도순의 이러한 문학적 성향이나 편력은 적어도 1910년대 후반 이후 1920년대 중반까지 한국 문학의 특징적 국면들을 그대로 축약하고 있다. 그런 만큼 그가 발표한 다양한 양식의 운문들 또한 그의 다재다능함이나 실험의식의 소산이라기보다는, 당시 시와 문학을 둘러싼 부유하는 관념들과 창작 방법론의 잡거 상태를 드러낸다고 보아야 할 것이다.

어쨌든 유도순은 소박하게나마 현대예술의 본령이 이른바 사회의 부조화·불공평에서 비롯한 현대인의 고민 혹은 오뇌를 치유하는 데에 있으며, 그것이 낭만주의와 사실주의를 넘어선 민중 속에서 싹튼 예술이어야 한다는 신념을 지니고 있었다. 하지만 자신의 신념을 문학 창작을 통해서 십분 구현하기도 어려웠을 뿐더러, 동시대 문학인들로부터도 공감을 두루 얻지는 못했다. 유도순을 《조선문단》에 추천한 주요한은 조선문학에 반드시 거쳐야 할 '조흔 로만틱시즘'이라고 상찬했지만, 《조선문단》에 발표한 유도순의 일련의 작품을 두고 김기진은 청명한 기품 이외에 "아모한 새로운 감격이 업다"고 폄하했다.[75] 비록 상반된 평가이기는 하나, 당시 유도순의 작품 경향을 돌이켜 보건대 이 모두 나름대로 일리가 있었다. 당시 그가 발표했던 작품들은 대체로 소박한 감상의 유로(流露)를 직설적으로 옮겨낸 것들로, 신문학 초기 동인지 세대 시의 보편적인 경향과 크게 다를 바 없었다.

그래서인지 유도순은《동아일보》의 독자투고와 현상공모를 통해《동아일보》를 중심으로 이미 기성 문학인이나 마찬가지의 활동을 하고 있었음에도 불구하고, 4년 후《조선문단》을 통해 다시 추천을 받고서야 비로소 문학(화)장의 중심적인 저널들을 통해 작품을 발표할 기회를 얻었다. 이것은 당시 문학(화)장을 휩쓴 이념 대립의 분위기 속에서 어떠한 문학적 유파에도 속하지 못했던 유도순의 작가로서의 입지를 반영하는 한편, 문학청년 유도순의 작가로서의 입사(入社)의 열망 혹은 인정욕망을 드러낸다. 실제로 시집을 두 권이나 발표했던 시인이었던 유도순은 자신의 작품에 대한 평가나 자신의 입지에 대해서 고심참담했던 것으로 보인다. 그래서 자신의 문학 혹은 예술적 신념을 실천할 장르와 매체를 유행가요와 유성기 음반으로 삼았던 것으로 여겨진다.

나는 십여년(十餘年)동안 시를 써왔읍니다. 나의 시는 무거운 짐갈애서 나는 이것을 등에 지고 인생의 대도(大道)를 허덕거리며 걸어 왔읍니다. 이 길 우에 통행하는 사람들은 몯우 산문적 문명의 신봉자이어서 나의 시를 감상적 개성론이라고 환영하지 않았읍니다. 이들은 사회와 국가라는 것에 속아 개성의 지대한 행복은 망각한 사람들이엇읍니다.

생각하면 이러한 사람들과 말하며 웃으며 살아온 것은 고통 중에도 가장 큰 고통이엇읍니다.

(중략)

나의 시는 어떠한 놀애인지 앏니까 나의 시는 개성의 생명적 사회를 축
성(築成)하려는 지극한 희망입니다. 인간성의 경향(傾向)과 영혼의 가능
(可能)을 향하야 생활의 신생명을 개척하려는 노력입니다. 그럼으로 나
의 시는 적막한 공기속에서 고요한 음파로써 아름다운 멜로듸를 맨들
놀애입니다. 평범한 인생의 길까에서는 천만 원을 주어도 팔지 않는 놀
애입니다.[76]

(후략)

이 글은 사실상 동시대 문학인들에 대한 일종의 자기해명 혹은 선언이
라고 보아도 무방하다. 여기에서 주목할 만한 대목은 자신의 시가 동시대 문
학(화)장의 이념 대립 가운데 소외와 오해를 면치 못했다는 것, 하지만 그것
은 개성과 생명의 사회를 이루려는 희망과 노력의 소산이라는 것, 그래서 앞
으로 자신은 무한한 가치를 담은 '노래'를 만들겠다는 것이다. 특히 자신의
시가 "적막한 공기속에서 고요한 음파로써 아름다운 멜로듸를 맨들 놀애"
라는 구절은 의미심장하다. 물론 유도순이 '시'와 '놀애'를 굳이 구분하지 않
는 것은 일종의 시적 수사일 수도 있다. 하지만 이 작품을 발표할 무렵부터
그는 소곡 형식에 준하는 '민요' 창작으로 선회하고, 〈희망의 북소래〉 이후
김억이나 이하윤과는 달리 오로지 유성기 음반을 통해서만 작품을 발표했
다. 그래서 이 구절은 마치 앞으로 전문적인 작사자로 전신하는 유도순의 편
력을 예고하는 것처럼 보인다. 그도 그럴 것이, 그는 《별건곤》에 발표한 〈님
의 배〉(1928. 1)와 〈진달내쏫〉(1929. 4)을 〈님의 배〉(1934. 12), 〈진달래의 애
심곡〉라는 제목의 유행가요로 취입했고, 이 가운데 「진달내쏫」은 다시 《호
남평론》에 소곡이라는 부제로 발표한다. 뿐만 아니라 〈압록강뱃사공〉은 《조

《동아일보》 광고(1933. 12. 29)

선문단》(1935. 5)과 유성기 음반에 동시에 발표한다.[77]

진달내의 봄이 되면 오신다든 님

진달내의 봄이 가도 안이 오시네

진달내꼿 필 적마다 그립은 생각

진달내꼿 질 적마다 매치는 설음

넝변에도 약산등대 야즈라진 바위

한 송이의 진달내꼿 간들거리네

봄만 가고 안 올 줄은 쌘이 알면서

속아 속아 십년에도 닛지 못하네

－「진달내꼿」(《별건곤》, 1929. 4)

진달래꼿 필 쌔에 오신다든 님
진달래 쎠러저도 아니 오시네
기다림에 세봄은 어느듯 가고
진달래 필 쌔마다 슬퍼 웁니다

진달래꼿 해마다 픠는 걸 보면
봄마다 기다림도 맘에 새롭네
진달래꼿 그 봄을 헤여 가면서
쓸々한 꿈을 안고 살가 합니다
－〈진달래의 애심곡〉(1934. 2)

진달래꼿 필 때에 오신다든 님
진달래 떠러저도 아니 오시네
기다림에 세봄은 어느듯 가고
진달래 필 때마다 슬허 웁니다

진달래꽃 해마다 피는 걸 보면
봄마다 기다림도 맘에 새롭네
진달래꼿 그 봄을 헤여가면서
쓸쓸한 꿈을 안고 살까 합니다
－「소곡: 진달래의 애심곡」(《호남평론》, 1935. 5)

유도순은 「진달내옷」 혹은 「진달래의 애심곡」에 대해 상당히 깊은 애착을 지니고 있었다. 잡지에 발표한 민요시를 개고(改稿)하여 유성기 음반에 유행가요 가사로 발표하고, 그 가사를 다시 잡지에 소곡으로 발표한 사례는 이 작품뿐이지만, 이 작품은 무엇보다도 시와 유행가요 가사에 대한 유도순 나름의 관념을 시사한다. 유도순에게 시는 근본적으로 장르와 매체의 경계를 넘어서 현전하는 것이었다. 그리고 「시혼의 독어」에서 그가 언급한 개성과 생명의 사회를 이루려는 희망과 노력은 결국 장르와 매체의 경계를 넘는 이러한 시 창작이었다는 것을 분명히 시사한다. 유도순은 이러한 시 창작을 통해서 당시 문학장에서 감내해야 했던 소외와 오해를 초월하고자 했던 것이다.

〈봉자의 노래〉는 그 무렵 세간을 떠들썩하게 했던 카페 여급 김봉자와 경성제국대학 의학사(醫學士) 노병운의 정사 사건(1933. 9)을 배경으로 하고 있다.[78] 당시 세간을 들뜨게 했던 이 사건은 흥미 본위, 호사적 경향의 저널리즘으로 인해 사실과는 무관하게, 일찍이 강명화의 정사 사건(1923. 6)의 전철을 밟아 순애보의 서사로 둔갑했다.[79] 그 서사를 추동하는 힘은 서구적인 의미의 낭만적 연애에 대한 조선사회의 열망과 환상임은 두말할 나위도 없다. 유도순은 바로 이 김봉자와 노병운의 순애보를 유행가요 가사로 창작했는데, 그로서는 이 〈봉자의 노래〉야말로 사회의 부조화·불공평에서 비롯한 현대인의 고민·오뇌를 치유하는 예술이자, "인간성의 경향과 영혼의 가능을 향하야 생활의 신생명을 개척하려는" 노래라고 여겼을 것이다.

하지만 이 김봉자와 노병운의 순애보는 음반산업의 상업적 목적에 수렴되어 다양한 양식으로 확산되어갔다. 예컨대 일본콜럼비아사는 이 작품을 '특별신보'로 발매하면서 《동아일보》와 《조선일보》에는 1933년 12월부터, 《매일신보》에는 이듬해 1월부터 '대중대망의 결작반'으로 특별히 광고를 게재하여 '연주자지명대현상'이라는 이벤트를 앞세워 적극 홍보에 앞장섰다. 뿐만 아니라, 일종의 화답가인 〈병운의 노래〉를 비롯하여, 극양식인 〈저승에 맺는 사랑〉, 〈봉자의 죽엄〉과 같은 작품들을 제작하여 속속 발매했다.[80] 유도순의 〈봉자의 노래〉는 한편으로는 그의 시 혹은 예술적 이상의 실천이라는 기획의 일부이자, 다른 한편으로는 강명화의 정사 사건이 유행창가집, 소설집, 심지어 영화로 재생산되어 인기를 얻었던 사정을 본받은 일본콜럼비아사의 기획과 절묘하게 부합하는 지점이었다.

이것은 유도순이 자신의 시 혹은 예술의 이상이 음반회사의 직인으로서의 현실을 결코 넘어서지 못했던 상황을 보여주는 장면이다. 하지만 이러한 상황이 유도순의 이른바 예술적 이상과 직인으로서의 현실 사이의 내적 갈등을 반영한다고 볼 수는 없다. 도리어 〈봉자의 노래〉는 유도순이 신문기자로서 취재했던 황색신문에나 어울릴 법한 기사나 비화를 서사화하여 당시 여러 잡지에 종종 발표했던 일의 연장선에서 창작되었다고 본다.[81] 유도순이 문학평론도 수필도 아닌 르포 문장들을 어떤 경위로 발표했는지는 분명히 알 수 없으나, 그러한 글쓰기의 편력이나 감각은 〈봉자의 노래〉를 둘러싼 음반회사의 상업적 기획에 충분히 부합하고도 남았을 것이다.

유도순의 시 혹은 예술적 이상의 실천이 음반회사의 기획과 절묘하게 부합하거나 혹은 그 기획의 일부였던 점은, 흥행에 성공한 사례들 대부분이 이른바 '신민요' 갈래였던 정황을 통해서도 알 수 있다. 「시혼의 독어」로 추측해 보건대, 그가 생각한 노래란, 결국 본격적인 유행가요 작사 이전에 발표한 '민요'나 〈진달내웃〉 혹은 〈진달래의 애심곡〉과 같이 전래민요와의 상호텍스트성 속에서 향토적 서정성을 평이한 구어로 구현한 운문이었던 것으로 보인다. 그러한 운문은 이를테면 당시 음반업계에서 "재래의 조선소리를 얼마간 그냥 본떠다가 음보를 서양 악보에다 마춰서 부르는 것", "향토색이 흐르는 그러한 종류의 노래" 혹은 "조선의 정서에 쩌러저 잇는, 향토미, 조선색이 철철 흐르는 그러한 민요"로서 신민요를 적극 상품화하는 과정에서 매우 잘 부합하는 것이었다.[82] 또한 그러한 음반업계의 신민요 상품화의 경향에 매우 부합했던 작품이 바로 〈조선타령〉(1934. 11)이었다.

조선타령이 시인 유도순(劉道順) 씨에 역작인데 그야말로 유감없이 조선에 정기를 그린 유도순씨의 일대 걸작이외다 (…) 지금 시내 모 여학교에서도 배우고 있는 것은 유행가로서의 강홍식(姜弘植)씨에 조선타령뿐일 것입니다. 그 구절구절 마디마디 넘어갈 때에 억개춤이 절로 나며 우렁찬 목소리로 청산유수와 같이 시원시원하게 부른 노래는 과연 힘을 주고 소생(蘇生)을 줄 노래의 하나입니다.[83] (강조점 필자)

〈조선타령〉에 대한 위의 회고 가운데에서 강조한 대목은 주목할 만하다. 물론 이 작품이 "힘을 주고 소생을 줄 노래"일 수 있었던 것은 작곡자와 편곡자, 그리고 무엇보다도 연주자 덕분이다. 그럼에도 불구하고 이 작품이 환기하는 그 '힘'과 '소생'은 유도순이 「시혼의 독어」에서 거론한 바, "인간성의 경향과 영혼의 가능을 향하야 생활의 신생명을 개척하려는" 그 나름의 노래의 이상에서 비롯한 것이다. 물론 유도순의 노래에 대한 신념과 입장, 그리고 동시대 음반업계의 요구에 부합했던 사정은 김억, 이하윤과도 상통하는 바가 없는 것은 아니니, 유도순만의 특징적 국면이라고 말할 수 없을지도 모른다.

그러나 유도순은 그들과 달리 시의 음악화를 통해서 동시대 조선인의 예술적 취향과 감수성을 개조하고 계몽하겠다는 포부를 적극적으로 드러낸 바가 없다. 바로 이 점이 유도순과 다른 시인 작사자들과의 차이이자, 그

(1)　　40565

植弘姜

新民謠
朝鮮打鈴
姜弘植

伴奏
콜럼비아女子合唱團
日本콜럼비아管絃樂團

劉道順 作詞
全基玹 編曲
奥山貞吉 編曲

四〇五六五

아ー　白頭山(백두산)소사서　精氣(정기)를써치니
삼천리산야　三千里山野(삼천리산야)　기름이컷네

에라조와　얼수　에라조와라
오대산　五大山(오대산)　십대산　十大山　널닌곳에서

이천만백성　二千萬百姓(이천만백성)이　조선　잘도나사비
축복　朝鮮을祝福을하세

즐겁다　＊　＊　＊

＊　　＊　　＊

日本콜럼비아蓄音器株式會社

〈조선타령〉 가사지

를 홍행 작사자로 성공하게 한 요인이었다. 비록 유도순의 시나 창작 시집은 동시대의 문학인들로부터 그다지 주목을 받지 못했으나, 〈진달래의 애심곡〉, 〈님의 무덤〉(1934. 2), 〈조선타령〉, 〈마의태자〉(1934. 9), 〈금강산이 조흘시고〉 (1934. 10) 등의 작품은 김억과 이하윤의 작품들과 나란히 '명작 유행가요'로 서 《삼천리》나 《조선문단》에 재수록되기도 했다.[84] 유도순으로서는 이것이 문학(화)장에서의 감내해야 했던 소외와 오해를 불식하는 계기이기도 했을 것이다.

유도순은 1934년에는 33편, 1935년에는 39편의 유행가요 가사를 발표 할 만큼 창작의 열정을 제법 발휘했다. 그러나 1936년에는 불과 15편만을 발표했고 1937에는 단 한 편도 발표하지 못했다. 그러다가 1939년에는 3편, 1942년에는 4편, 그리고 1943년에는 마지막으로 단 한 편을 발표했다. 즉 전문 작사자로서 유도순이 자신의 시 혹은 예술적 신념과 이상을 발휘했던 것은 1934년과 1935년 두 해였던 셈이다. 그가 1937년 이후 예전만큼 많은 작품을 음반에 취입할 수 없었던 것은, 일차적으로는 지병 때문이었던 것으 로 보인다. 또한 1937년을 전후로 일어난 조선 유행음악의 변화의 국면과도 무관하지 않았을 것이다. 득의의 갈래였던 신민요의 정체, 무엇보다도 시국 가요의 등장은 일찍이 「시혼의 독어」에서도 읊었던 바이나, 유도순으로 하 여금 "사회와 국가라는 것에 속아 개성의 지대한 행복은 망각한" '산문적 문 명'의 시대에 시이든 유행가요 가사이든 글을 쓴다는 것이 무엇인지 회의하 게 만들었을 것이다. 결국 유도순은 1940년대에 저물고 만 조선의 음반산업 과 함께 문학(화)장에서 자취를 감추며, 1945년 이후에도 더 이상 어떠한 시 나 유행가요 가사도 남기지 않은 채 역사 속으로 사라지고 만다.

5. 시인·전문 작사자의 등장과 그 의미

〈황성의 적〉 이후 음반회사들이 유행가요를 조선반(朝鮮盤)의 주된 레퍼토리로 제작하면서 홍사용을 비롯한 일군의 시인들이 유성기 음반을 통해 유행가요를 취입하는데, 이는 음반회사들이 전문 작사자들을 필요로 하던 상황에서 이루어졌다. 음반회사들이 어떤 기준과 절차를 거쳐 어떻게 이 시인들에게 작사를 의뢰했으며, 시인들은 어떻게 그 의뢰에 응했던가는 분명하지 않다. 김억의 육필유고를 통해 보건대, 당시 음반회사들의 의뢰에 응한 시인들의 작품 가운데 실제로 음반에 취입했던 정황을 알 수 있다. 대체로 1933년을 전후로 한 이러한 일들은 사실 조선가요협회 동인들의 활동, 특히 음반취입과 〈그리운 강남〉의 흥행과도 연관이 있었다.

사실 본격적으로 조선반 유행가요 레퍼토리를 제작하고자 했던 음반회사의 입장에서 〈그리운 강남〉과 같은 작품은, 우수한 작사자와 작곡자, 연주자의 협업이 낳은 훌륭한 상품이었을 것이고, 유행가요 가사를 전문적으로 창작하는 작사자가 없던 상황에서 당연히 동시대 시인들을 주목했을 터이다. 바로 그러한 분위기에서 이광수의 〈슬허진 젊은 꿈〉, 이은상의 〈순례자〉, 김동환의 〈섬색시〉, 노자영의 〈님생각〉 등은 음반으로 취입될 수 있었을 것이다. 그러나 이들은 오로지 한 편 혹은 기껏해야 5편 남짓한 작품만을 발표했을 뿐, 전문 작사자로서 활동하는 데에 이르지는 못했다. 아마도 당시 일본콜럼비아사로서는 이들의 작품이 기대했던 만큼 흥행을 거두지 못했거나, 유행가요 가사로는 적합하지 않다고 판단했던 것으로 보인다. 이를테면 일본콜럼비아사는 이은상과 김태준의 〈순례자〉가 "더 바랄 수 업는 일품"이라고 홍보했으나,[85] 같은 음반 A면에 수록된 〈우리네의 노래〉가 조선총독부로부터 '치안방해'를 이유로 금지곡 판정을 받는 바람에 이 작품과 함께 〈순례자〉도 사장되었다.[86] 그렇다고 하더라도 B면에 수록된 〈순례자〉가 음반회사의 홍보대로 훌륭한 작품이고, 홍행 가능성이 높은 작품이라면 〈그리운 강남〉처럼 재발매를 하거나, 일본콜럼비아사의 염가 보급반인 리갈 레이블로 발매했을 법할 터인데, 그런 일이 실제로 일어나지는 않았다.

그런데 김동환의 〈종로네거리〉와 〈방아타령〉은 조선총독부로부터 '치안 방해'를 이유로 금지곡 판정을 받았다고 했는데, 작품 자체가 유행가요 가사로는 적합하지 않았던 데에다가, 이 금지곡 판정으로 인해 그는 일본콜럼비아사나 일본빅터사가 아니라, 당시 대중 취향의 선곡과 저가 정책을 앞세워 막 조선에 진출했던 오케사에서 〈섬색시〉를 발표했던 것으로 보인다. 이 작품 또한 〈처녀 열여덟엔〉, 〈섬색시〉, 〈애상곡〉, 〈고도의 정한〉과 마찬가지로 고우타 가쓰다로의 〈섬처녀〉의 조선 판본이거나, 그 작품을 의식하고 기획·제작한 작품으로 보인다.

그런데 김동환은 〈섬색시〉 이후 오케사에서도 더 이상 음반을 발표하지 못했다. 이 작품 역시 홍행에도 성공하지 못했고, 음반회사도 그를 유행가요 작사자로는 적합하지 못하다고 판단했던 것으로 보인다. 김동환이 《삼천리》를 통해 음반업계와 유행음악계를 둘러싼 소소한 사정과 가십들을 거의 매호 게재했던 데에서 알 수 있듯이, 그만큼 유행가요에 대한 관심과 열의를 지닌 문학인도 드물었다.[87] 물론 《삼천리》의 성격과도 무관하지 않겠지만, 유행가요의 홍행과 관련하여 보인 김동환의 지대한 관심에도 불구하고 그가 김억 등과 같은 길로 나아가지 못했던 것은, 그와 그의 작품이 음반회사들로부터 그다지 환영받지 못했던 증거이다.

그런데 홍사용을 비롯한 일군의 시인들이 당시 음반회사를 통해 유성기 음반에 취입할 유행가요의 가사를 창작했던 데에는, 그들 나름대로 '노래' 혹은 유행가요에 대한 특별한 입장과 신념에 따른 결단이 계기가 된 것으로 보인다. 비록 창작한 가사의 규모는 적었으나, 홍사용은 일찍이 「조선은 메나리 나라」(1928. 5)를 통해, 조선인의 민족적 정체성이 담긴 '메나리', 즉 민요만이 진정한 예술이라고 역설한 바 있다.[88] 또한 그 스스로도 《백조》 시절부터 향토민요와 무가체(巫歌體)의 심미적 특질은 물론 그러한 구술문화 작품들과의 상호텍스트성 속에서 운문과 산문을 창작했다. 그리고 더 이상 유성기 음반을 통해 자신의 작품을 취입할 수 없게 된 1938년 이후에도 마치 음악화와 가창, 그리고 음반취입을 염두에 둔 듯한 '민요'를 표방한 작품을 발표했다.[89] 홍사용이 유성기 음반을 통해 자신의 작품을 발표했던 당시나 10여 년이나 지난 시점에도 그가 일관된 신념을 지키고 있었는지는 알 수 없지만, 적어도 자신이 창작한 운문 또한 조상의 영혼과 넋을 담은 메나리의 현신(現身)이기를 바라마지 않았으리라 추측할 수는 있다.

한편 김억은 유행가요를 현대 도시 문명의 민요이고, 이를 음반으로 취입하는 일이야말로 시인으로서 마땅히 실천해야 할 문화사업이라고 주장하면서 이 민요와 문화사업을 통해 '국민적 시가'의 이상을 체현하고자 했다. 이하윤 또한 향토적 정서에 근간하여 현대의 민심을 파악한 신민요와 유행가를 음반으로 보급하는 일이 문화의 혜택이자, 서양 유행음악의 범람으로 인한 동시대 조선인을 신경의 혼란으로부터 구하는 일이라고 주장했다.[90] 유도순은 유행가요 가사 창작이 동시대 문화의 장에서 지니는 의의와 관련해서 언급한 바는 없으나, 막연하게나마 자신이 창작한 민요와 유행가요 가사 창작이 개성과 생명 있는 사회를 이루기 위한 일이라고 했다.

요컨대 이들은 민요를 특권화했다는 점, 자신이 창작한 운문이 민요의 현신이라고 여겼다는 점, 그리고 그러한 운문을 유행가요와 유성기 음반을 통해 발표하는 일이 동시대 조선의 문화장에서 결코 간과할 수 없는 의의를 지닌다고 역설했다는 점에서는 공통된다. 환언하자면 장르와 매체를 초월하는 운문을 창작하고자 이들의 이상은, 저마다 조선인, 민중, 대중 등으로 명명했던 독자 혹은 청중들의 보편적 심성 혹은 공통감각에 각인되어 영원한 가치와 생명을 얻는 시를 창작하는 일이었다. 이를테면 그것은 김억이 서도민요의 일종인 〈긴아리〉에 대해 술회한 「수심가 들닐제」(1936. 8)를 통해서도 알 수 있다. 이 회고에서 그는 1927년에서 1928년 사이, 신경쇠약으로 인해 요양을 위해 머문 평안남도 용강의 어느 주막에서 가서 들은 〈긴아리〉를 통해 필설로는 형언하기 어려운 애수와 미감을 느껴, 이후 〈긴아리〉로써 자신의 형언키 어려운 정서를 대신하곤 했다고 한 바 있다.[91] 그것은 김억이 「조선심을 배경삼아」(1924. 1)에서 조선의 향토성 혹은 조선심의 본질이라고 정의한 "모든 고뇌와 비참을 쏠코 나아가는 생과 힘"과도[92] 상통하는 것이다. 김억이 서도민요를 통해 얻은 특별한 체험은, 잡가·향토민요·무가 등의 구술문화에 익숙했던 홍사용이나, 평안북도 영변의 '약산동대'와 관련된 한시·시조·잡가의 정서를 시인으로서의 자기 정체성의 근간으로 삼았던 유도순의 경우와도 흡사했을 것이다.[93]

하지만 홍사용 등이 유행가요 가사 창작을 민요의 현신으로 여기고, 그것을 통해 시인으로서 문학적·예술적 이상을 실천하고자 했다고 하더라도, 그것과는 별도로 그와 같은 실천은 근본적으로 음반회사 문예부의 기획, 작곡자과 편곡자에 의한 음악화, 연주자에 의한 연주, 음반회사의 취입·발매·홍보 등 복잡한 메커니즘 속에서 이루어질 수밖에 없다. 더구나 홍사용이 일본 유행가요의 가사를 번안했던 것, 이하윤이 일본 유행가요의 에피고넨을 창작했던 것, 유도순이 동시대 신문사의 호사적 보도 태도를 좇아 작품을 창작했던 것, 그리고 무엇보다도 이들이 당시 이른바 신민요에 대한 음반회사들의 요구에 호응하는 작품을 지속적으로 창작했던 것은 바로 그 증거이다.[94] 즉 이들은 음반회사의 기획에 훌륭히 부합했으므로, 이은상이나 김동환과 달리 적지 않은 작품을 음반을 통해 발표할 수 있었다.

1920년대 중반 이후 한국시의 조선회귀의 경향, 순수한 조선어, 조선혼(심), 민요를 전범으로 삼는 조선적 형식을 통한 시가 개량의 담론, 그에 따른 민요 혹은 민요시를 표방한 운문 창작은 결코 민족 이데올로기나 국민문학 담론의 틀로만 환원되지는 않는다. 물론 김억과 홍사용뿐만 아니라 이하윤과 유도순까지도 그러한 운문을 구상하고 창작하는 가운데 민족 이데올로기의 심미화, 조선인의 보편적 심성이나 공통감각의 개량(조), 국민문학으로서 조선문학의 세계문학화를 지향했다. 그들은 그러한 운문으로 산문적 현실을 "모든 고뇌와 비참을 뚫코 나아가는 생과 힘"으로 지도편달하겠다든가,[95] 혹은 산문적 문명 속에서 "생활의 신생명을 개척"하겠다고[96] 역설했다. 하지만 그들이 본격적으로 유행가요 가사를 창작하면서는 당위론적이고 공리적인 문학관을 부정하게 된다.[97] 자신이 창작한 운문을 유행음악의 가사로 음악화, 상품화하는 데에 이르러서 시와 문학에 대한 자신의 입장과 신념을 동시대 유행음악 창작의 원리로 굴절시킬 수밖에 없었기 때문이다. 결국 김억, 이하윤, 유도순이 선택한 시인·작사자의 길은 실상은 음반산업의 기획에 철저하게 부합하는 관계자, 즉 직인이 되는 길에 다름없었다.

작가로서의 위신을 드높이거나, 독자·청중으로부터 영원한 가치·생명을 얻는 창작이 도리어 작가로서의 자율성을 양보하는 길이었다면, 그것은 참으로 아이러니하다고 하지 않을 수 없다. 더구나 그 길은 유행가요 제작을 둘러싼 다른 다양한 에이전트들은 물론, 수용의 주체라고 할 수 있는 익명의 다수의 청취자·감상자들의 변덕스러운 취향과 직접 대면해야 하는 모험을 요구하게 마련이다. 그것은 홍사용 등이 시인으로서는 도저히 체험할 수도 상상할 수도 없었던 일이었을 것이다.

4장

유행가요 현상공모와
'작가'로서의
욕망

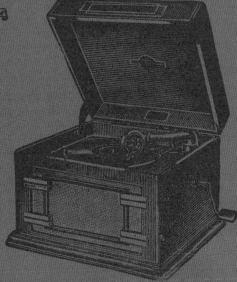

1. 《별건곤》의 '신유행소곡대현상모집'과 시인 응모자들

1934년 벽두, 《별건곤》은 일본빅터사 문예부장 이기세, 시에론사 문예부장 이서구와 제휴하여 '신유행소곡대현상모집'이라는 행사를 개최했다. 그런데 《별건곤》이 이 행사를 통해 모집했던 '유행소곡'이란 무엇인가? 그것은 이 현상모집의 광고 문구 가운데 "당선작은 즉시 작곡—본지상과 레코-드에 취입선전"이라는 데에서 알 수 있듯이 근본적으로 노래 가사, 특히 유행가요의 가사였다. 사실 1930년대 중반까지 음반회사에서는 넓은 의미에서 근대적인 유행가요를 흔히 '유행소곡' 혹은 '서정소곡'으로 명명했다. 예컨대 1907년부터 1945년 이전 한국에서 발매된 유행가요 음반의 장르명 가운데 '유행소곡'으로 명기된 작품이 71편, '서정소곡'으로 명기된 작품은 16편이다. 71편의 '유행소곡' 가운데 16편은 가사지나 음반회사의 홍보지, 그리고 신문·잡지의 광고 등의 음반 관련 문헌 가운데 '유행소패'로도 표기되어 있는데, 당시 '유행가', '유행소곡', '유행소패'는 사실상 같은 장르를 가리키는 동의어들이었다. 이러한 음반 대부분은 《별건곤》의 신유행소곡대현상모집을 공동으로 주최했던 시에론사에서 발매되었다. 그런데 이 가운데 대부분은

1934년을 리-드할

「신유행소곡」 대현상모집!!
당선작은 즉시 작곡 — 본지상과 레코-드에 취입선전!!
★ 상금은 매편 특선 십원……입선 오원, 2월 15일까지 모집

★ 노래의 내용선택은 작자의 자유입니다만은 너무 야비한 것은 절대로 피합니다. 그리고 되도록 어려운 문자와 심원한 내용은 피하고 누구나 아라드를 쉬운 말과 쉬운 내용으로 쓰십시요.

★ 노래는 삼사오 우(又)는 사삼오조나 사사조, 삼삼조조, 삼사사삼조로 지으시되 한 절은 삼행 내지 4행 한편은 3절 이내로 하십시요.(단 사사조는 사절까지도 무방)

★ 제5회 모집은 이월 십일까지 본사에 도착된 것으로 합니다. 그리고 그 이후의 것은 제이회 모집할 째에 응모된 것으로 하고 보관하겠습니다.

★ 발표는 삼월호 본지상에 하고 당선작은 곳 전문가에게 의촉(依囑)하야 작곡케 한 다음 본지상은 물론 현금(現今) 평판 조은 레코-드에 특별 취입하야 선전하겠습니다.

★ 당선작품의 수는 따로 제한치 안코 얼마든지 조흔 것을 뽑겠습니다. 그리고 다음과 가티 상금을 드리겠습니다. 특선 매편 십 원(현금), 입선 매편 오원(현금) 상금은 발표후 일주일 이내로 보내 드립니다(당선작품의 판권과 취입권 일체는 본사에서 소유합니다).

★ 고선(考選)은 본사 편집국원과 사계(斯界)의 권위 수씨(數氏)가 담당하겠습니다. 보내실 째 봉피(皮封)에는 반드시 「현상소곡원고」라고 쓰시고 경성 경운동 개벽사 별건곤 편집부로 보내십시요.

★ 응모 원고는 일절 반송치 안읍니다.

신인등장의 문은 바야흐로 개방되였다!!
고갈된 유행가의 새 천지를 열라!!

1930년경부터 《별건곤》의 신유행소곡대현상모집이 개최된 1935년 사이 집중적으로 발표되었고,[1] 이중에는 김동환, 이은상, 홍사용 등 시인들의 작품들이 포함되어 있었다.[2]

《별건곤》의 현상모집은 홍사용, 김억, 이하윤, 유도순 등이 본격적으로 유행가요 가사를 창작하기 시작하여, 이를테면 〈꽃을 잡고〉, 〈조선타령〉, 〈애상곡〉과 같은 작품들이 흥행의 측면에서도 성공을 거두자, 당시 조선에서 《삼천리》와 더불어 취미 중심의 오락잡지였던 《별건곤》과 음반회사가 제휴하여 유행가요 작사자를 선발하는 제도로서 개최되었다.[3] 사실 이 현상모집은 일본의 출판사 코단샤(講談社)가 개최했던 '건전한 노래(健全なる歌)' 현상모집(1930. 1)을 본받은 것이다. 당시 코단샤는 이 행사를 통해 유행가요 가사의 정화를 지향하면서, 뛰어난 가사들을 엄선하여 자회사인 킹(キング·King)레코드사의 레퍼토리로 삼았다고 하는데, 이 행사는 응모자가 약 18만여 명에 이를 만큼 반응이 대단했다고 한다.[4]

《별건곤》의 편집자로서는, 이 코단샤의 사례를 본 딴 신유행소곡대현상모집이 독자의 구독열과 발매부수를 제고하는 기회가 되리라 기대했을 것이다. 시에론사와 일본빅터사 입장에서는, 김억, 이하윤, 유도순 등 시인·작사자들의 흥행 성과를 통해 기성 시인은 물론, 유행가요 가사 창작의 역량을 갖추고 또 그 작품성을 검증받은 작사자의 작품을 안정되게 확보할 수 있는 기회로 이 현상모집을 기획했을 터이다. 어쨌든 1회 행사에는 총 250편 정도의 작품이 투고되었고, 2회에는 그 수가 무려 1107편으로 늘어날 만큼, 이 현상모집에 대한 세간의 관심은 그야말로 '백열화(白熱化)'했다.[5] 그도 그럴 것이 이 현상모집은 10원이라는 상금도 상금이거니와, 당선된 작품을 개벽사가 나서서 음악화하고 음반취입을 알선하는 것은 물론 홍보까지 담당하겠다는 매우 매력적인 조건을 내걸고 있었기 때문이다. 그리하여 이 현상모집을 통해 을파소(김종한)의 〈임자 없는 나룻배〉(제1회)와 〈빨래하는 색시〉(제2회), 고마부(고한승)의 〈나도 몰라요!〉(제1회)와 〈베짜는 처녀〉(제2회), 조명암(조영출)의 〈청춘곡―젊엇슬 때여〉와 〈고구려애상곡〉(제2회), 강승한의 〈눈물지어요〉(제3회), 정홍필의 〈그리운 요람〉(제3회)가 선발되었으며, 이 가운데 대부분은 당초 약속대로 실제로 음반에 취입·발매되었다.[6]

오늘날의 관점에서 잡지사와 음반회사가 제휴하여 유행가요 가사를 현상모집을 했다는 것은 참으로 흥미롭다.《별건곤》 신유행소곡대현상모집 이전 1930년대 초에는 음반회사들이 시인들에게 직접 작사를 의뢰했었다. 그런데 김억, 이하윤, 유도순 등의 시인들이 흥행에도 성공을 거두자, 조선 유행가 레퍼토리 제작에 앞장섰던 일본빅터사, 그리고 '대중본위', '흥미중심'이라는 기치를 내걸고 조선에 진출하여 염가반을 발매하고 있었던 군소 회사 시에론사는, 시인에게 유행가요 가사 창작을 의뢰하는 단계를 넘어서서, 바야흐로 현상모집을 통해 작품성과 흥행성을 갖춘 전문 작사자들을 매우 적극적으로 발굴하고자 했던 것이다. 즉 전문 작사자를 등용하는 제도가 언론 매체와 음반회사의 협력으로 확립되었던 것이다.

그렇다면 이《별건곤》의 신유행소곡대현상모집에 당선된 이들의 면면은 어떠한가? 고한승은 극예술협회(1920), 색동회(1923),《신문예》(1924), 라디오드라마연구회(1927)의 회원·동인으로서, 희곡·동화를 중심으로 창작 활동을 했을 뿐만 아니라 다다이스트로서도 활동한, 사실상 기성 예술인·문학인이었다.[7] 그러한 그가 '고마부(高馬夫)'라는 필명으로《별건곤》의 현상모집에 1회와 2회 두 차례나 걸쳐 응모했던 것이다. 그러한 사정은 조영출의 경우도 마찬가지이다. 그는 이미 1932년 본명으로《조선일보》학생란에 산문시를 발표한 이래 여러 저널을 통해 꾸준히 시를 발표한 바 있고, 1934년에는 '조명암(趙鳴巖)'이라는 필명으로《동아일보》신춘문예에 시와 유행가가 당선되어 작가로서 제도적 인정 절차를 이미 마쳤다.[8] 그러한 조영출이 《별건곤》 현상공모 2회에 본명으로는 〈청춘곡—젊엇슬 때여〉를 투고하고, 또 필명으로는 〈고구려애상곡〉을 투고하기까지 했던 것이다. 한편 1937년 《조선일보》와 1939년 《문장》을 통해 등단한 것으로 알려진 김종한도 《별건곤》 현상공모 1회와 2회 두 차례에 걸쳐 유행가요 작사자로서 첫 모습을 드러냈다. 또 식민지 시기 몇 편의 아동문학 작품을 발표했고, 해방 후 북한 문학사에서 활약상을 드러내는 강승한도 《별건곤》 현상공모 3회에서 첫 모습을 드러냈다.[9] 그런가 하면 이미 《동아일보》에 동시를 발표했고[10] 1934년 《동아일보》 신춘문예 동요부문 당선작에 작곡하기도 하고,[11] 그보다 앞서 《조선일보》 이래 허다한 저널에 음악평론을 왕성하게 발표했으며,[12] 해방 이후 사진작가이자 사진평론가로서 활동했던[13] 구왕삼도 〈황혼의 고도〉라는 작품으로 강승한과 더불어 《별건곤》 현상공모 3회에 입선되었다.

이 가운데에서 우선 고한승, 구왕삼, 강승한 등 1920·30년대 이후 아동문학, 특히 동요에 매진했던 이들이 《별건곤》의 현상모집에 응모했던 사정에 주목해보자. 1920년대 이후 동요는 당시 《동아일보》나 《조선일보》의 학예면이나 《어린이》를 중심으로 독자들의 문학에 대한 열망과 인쇄매체의 대중화 전략이 합치된 지점에 놓인 운문 장르였고, 기성의 문학인들은 물론 문학계 등장의 기회를 찾고 있었던 허다한 작가 지망생들이 상대적으로 창작하기 쉬운 장르로 선택했던 장르이기도 했다.[14] 고한승, 구왕삼, 강승한은 바로 그러한 문학청년들이었고, 유도순 또한 마찬가지였다. 그렇다면 고한승 등은 동요를 선택했던 이유로 유행소곡을 선택했다고 볼 수 있다.

근대기 조선의 동요운동은 다이쇼(大正)기 아동문학인 스즈키 미에기치(鈴木三重吉)가 주도하고 기타하라 하쿠슈·사이조 야소·노구치 우죠(野口雨情) 등이 주도한 일본의 예술동요운동으로부터[15] 영감을 얻은 바가 크다.[16]

작곡가 야마다 코사쿠(山田耕筰)와 나카야마 신페(中山晋平) 등이 음악화한 이들의 작품들은 예술가곡에 비견할 격조를 갖추었거니와, 일찍이 일본에서는 음반산업의 중요한 레퍼토리로서 자리 잡고 있었다. 노구치 우죠의 〈저 마을, 이 마을(あの町この町)〉을 비롯한 그들의 작품은 1920년대 후반 일본 빅터사를 통해 조선에서도 발매되고 있었으며, 그 광고는 거의 매월 《동아일보》와 《조선일보》의 중요 지면을 차지하고 있었다. 이를테면 사이조 야소의 〈카나리아(カナリヤ)〉가 번안되어 조선에서도 발매되었던 것은 바로 그러한 사정을 배경으로 한다.[17]

그리하여 일본의 예술동요운동으로부터 감화를 받아 조선에서도 경성아동예술연구회, 신흥아동예술연구회 등의 아동문학단체가 속속 창립되었고, 이 단체들은 창작과 연구는 물론 출판·방송·음반취입·공연 기획 등을 담당하는 부서를 조직하여 제법 활발한 활동을 벌였다. 일본의 예술동요운동이 그러했듯이, 조선의 동요운동도 이미 1920년대 중반 이래 동요를 유성기 음반으로 발표하는 일이 낯설지 않았다.[18] 특히 그 가운데 경성아동예술연구회의 음반취입은 괄목할 만하다.[19] 그러므로 당선된 작품은 개벽사가 나서서 음악화하고 음반취입을 알선하는 것은 물론 홍보까지 담당했던 이 《별건곤》의 현상모집에 고한승 등은 위화감 없이 응모했을 것이다.

《별건곤》이 이 현상모집을 통해 모집했던 것은 '유행소곡', 즉 음악화하여 음반으로 취입한 '소곡'이었다. '소곡', 보다 근본적으로 '쇼쿄쿠' 혹은 '고우타'는 정형률에 근간한 '노래하는 시'로서 일본근대시사에서 간과할 수 없는 위상을 지닌 갈래이다. 그리고 일찍이 1920년대 초부터 한국 근대시사를 대표하는 시인들도 기타하라 하쿠슈와 사이조 야소의 '쇼쿄쿠' 혹은 '고우타' 창작을 의식하여 '소곡'을 표방한 시를 발표했다. 그리고 그들 대부분이 조선가요협회를 통해 자신이 창작한 운문을 음악화하여 유성기 음반으로 취입했을 뿐만 아니라, '소곡' 형식에 준한 작품들을 유행가요 가사로서 음반에 취입하기까지 했다. 이 때문에도 고한승 등은 아무런 망설임 없이《별건곤》의 현상모집에 응했을 터이다.

그럼에도 불구하고 고한승, 구왕삼, 강승한이《별건곤》의 현상모집에 응모했던 것은, 근본적으로 문학계 등장의 기회, 혹은 문화장에서의 분명한 입지를 얻기 위한 도전이었다고 여겨진다. 이들이《별건곤》의 현상모집에 응모했던 바로 그해, 이미 김억과 이하윤 등의 문학인들은 유행가요를 창작하여 흥행에도 성공하고 문화장 내에서도 독특한 입지를 넓혀가고 있었다. 무엇보다도 고한승 등과 비슷한 문학적 이력을 거친 유도순이 김억, 이하윤과 비견할 만한 성공을 거두기 시작한 것을 고한승 등도 주목하고 있었을 것이다. 특히 유도순의 성공은 고한승 등에게 유행가요 작사에 대한 열망을 불러일으켰으리라 여겨진다. 그것은 조영출을 통해서 분명히 알 수 있다.

조영출이《별건곤》의 현상모집에는 본명만이 아니라 필명으로도 응모하여 모두 입선했는데, 그가 그토록《동아일보》와《별건곤》의 현상모집에 애써 응모했던 것은, 우선 그가 시와 유행가요 가사 사이에 어떠한 차이도 두고 있지 않았다는 것을 시사한다. 물론 조영출이 김억, 이하윤, 유도순과 달리 유행가요 가사 창작에 대해 분명한 입장을 밝힌 바 없으므로 자세히 알 수는 없다. 하지만 조영출도 그들과 같이 시인으로서 유행가요 가사를 창작하는, 김억의 표현을 빌자면 '문화사업'에 대해 특별히 자신의 입장을 언명할 필요도 없는 당연한 일로 여겼던 것으로 보인다.

그렇다면 조영출이 1932년《조선일보》독자투고 이래 여러 잡지에 시(조)를 꾸준히 발표했음에도 불구하고 다시 1934년《동아일보》의 신춘문예에 시부문만이 아니라 유행가 부문에도 응모했던 것, 그리고 다시《별건곤》에는 본명과 필명으로 동시에 응모했던 보다 근본적인 이유는 무엇인가? 한

「동방의 태양을 쏘라」(《동아일보》 1934. 1. 1)

「서울노래」(《동아일보》, 1934. 1. 3)

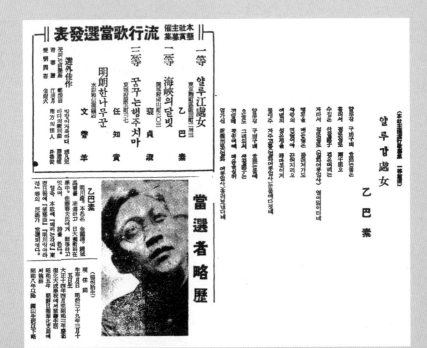

「얄루강 처녀」(《조선일보》, 1938. 3. 29)

현상모집에 본명은 물론 필명으로도 투고했던 것은 오늘날의 관점으로 보더라도 대단히 예외적인 사례이거니와, 이미 시인의 인준을 얻은 조영출이 무려 두 번에 걸쳐 유행가요 현상모집에 응했던 것은, 그가 그토록 자신의 작품을 유행가요로 음반에 취입하고자 하는 강렬한 열망을 지니고 있었기 때문일 터이다. 그것은 이제 막 등장한 문학청년이 당시 문화장에서 추구한 인정 욕망이라고 환언해도 무방하다. 당시 대체로 일본 유학을 경험한 문학인들과 그들이 형성한 다양한 유파들이 중심이 되어 문학계를 주도하던 분위기에서, 약관의 나이에 겨우 고등보통학교에 재학 중이었던 문학청년에게 유행가요 가사 창작이란, 동시대 문화장에서 작가로서 입지를 얻을 수 있는 하나의 가능성이었다. 그리고 조영출은 그러한 가능성을 좇아 창작시의 규모를 초월하는 무려 167편의 작품을 유성기 음반을 통해 발표했으며, 그 상당수의 작품은 실제로 흥행에 성공하기도 했다.[20] 조영출의 유행가요 가사창작 역시 유도순의 경우와 크게 다르지 않은 것이다.

한편 김종한은 흔히 〈귀로〉, 〈고원의 시〉, 〈할아버지〉로《문장》의 추천을 받아(1939. 4~8) 시인으로서 등장한 것으로 알려져 있거니와, 문학인으로서 절정기 또한 《문장》에 〈살구꽃처럼〉(1940. 11), 〈항공애가(歸還抄)〉(1941. 4)를 발표한 시절, 그리고 《국민문학》의 편집자로서 활동하면서 『어머니의 노래(たらちねのうた)』(1943)를 발표한 시절로 보는 것이 상례이다. 하지만 김종한은 이미 〈거종(巨鐘)〉 등의 시편들로 김억의 추천을 받아 《삼천리》지에 시인으로 등장했지만, 그가 《별건곤》의 신유행소곡대현상모집에 응모하여 당선했던 사정은 좀처럼 알려져 있지 않다. 이 가운데 《삼천리》의 추천을 받을 당시 그의 작품을 선고(選考)한 김억이 다른 투고인 〈가기는 가오리다〉, 〈남어지 한밤〉을 《삼천리》가 나서서 음반회사를 알선하여 유행가요로 취입하게 하라고 했던 것은 흥미롭다.[21] 그리고 그것을 계기로 이듬해인 1936년

《동아일보》 신춘문예현상모집의 민요부문에 응모하여 당선하기도 했다.[22] 더구나 김종한은 이미 《별건곤》과 《동아일보》의 현상모집에서 당선했음에도 불구하고, 1938년 3월 《조선일보》가 주최한 '유행가현상모집'에 다시 응모하여 1등으로 당선되기까지 했다.[23]

1930년대 후반까지 김종한의 글쓰기의 본령은 시보다도 유행가요 가사, 특히 '신민요'의 창작이었던 것으로 보인다. 그것은 《별건곤》의 현상모집보다 몇 년 후인 1930년대 후반에 발표한 것이기는 하나, 「신민요의 정신과 형태」(1937)를 통해서 짐작할 수 있다. 이 글에서 김종한은 근대 도시생활, 자본주의 생활양식으로 인해 '영원한 보헤미안'의 삶을 사는 현대인들에게 절실한 것은 바로 전래민요로는 표현할 수 없는 '영원에 대한 향수'이며, 신민요의 사명은 그러한 정서를 표현하는 데에 있다고 한다. 또한 그러한 신민요는 김소월과 김억의 '민요체의 시'가 이룬 예술성·문학성과 더불어 대중성도 갖춘 기계예술, 즉 기술복제시대의 예술로, 바로 시대가 요구하는 예술이라고 역설하기에 이른다.[24] 김종한의 이 「신민요의 정신과 형태」가 《조선일보》의 '유행가 현상모집'에 응모하기 전에 발표했던 점을 염두에 두고 보면, 그는 이 글을 통해서 간접적으로나마 자신의 유행가요 가사 창작에 대한 신념을 분명히 밝혔다고 볼 수 있다.

신민요에 대한 김종한의 신념이 이 글을 발표할 무렵의 일시적인 것이었는지, 그렇지 않으면 《별건곤》의 현상모집에 응모할 무렵부터 견지했던 것이었는지 알 수 없다. 사실 김종한은 1935년 《삼천리》를 통해 김억의 추천을 받아 등단하여, 1939년 《문장》을 통해 정지용의 추천을 받을 때까지, 시인으로서 괄목할 활동을 하지 못했을 뿐만 아니라 주목도 제대로 받지 못했다. 그러니 《별건곤》 현상공모에 이어 《조선일보》 유행가현상모집에 응모했던 것도, 유도순과 마찬가지로 작가로서 입신하고자 했던 문학청년의 인정

욕망에 따른 일이었다고 볼 수도 있을 것이다. 그럼에도 불구하고 김종한은 기술복제시대 예술이자 상품으로서 신민요에 대해 나름대로 분명한 신념을 지니고 있었다. 그것은 바로 예술성과 대중성, '노래할 민요'와 '을플 민요' 어느 한 쪽에도 치우치지 않는 운문의 예술적 가능성이었다.

《별건곤》의 신유행소곡대현상모집은 한편으로는 언론 매체와 음반회사의 제휴를 기반으로 한 전문 작사자 등용 제도가 확립되는 한 장면이면서도, 다른 한편으로는 다양한 문학적 배경과 관념이 서로 얽히는 가운데 글쓰기를 둘러싼 다양한 욕망들이 경합하는 장면이기도 하다. 물론 그 욕망들을 한 가지로 정의하기 어려운 것은 사실이다. 그럼에도 불구하고 김종한이 그러했듯이 그것이 기술복제시대 예술이자 음반산업의 상품인 유행가요 제작 메커니즘에 작가로서 자신의 명운을 거는 일종의 결단이었다. 그리고 이는 단지 《별건곤》의 현상모집에 응모하여 당선 혹은 입선한 고한승 등만이 아니라, 제1회 현상모집 이후 무려 1천 편을 상회할 만큼의 작품을 투고했던 허다한 투고자들도 마찬가지였을 터이다. 하지만 그러한 욕망과 결단에도 불구하고 정작 전문적인 유행가요 작사자로서 활동했던 것은 34편의 작품을 취입했던 고한승, 167편의 작품을 취입했던 조영출, 그리고 5편의 작품을 취입했던 김종한, 이 3명뿐이었다.

2. 신춘문예현상모집과 유행가요 가사 창작의 제도적 인준

그런데 《별건곤》과 같은 잡지사만이 아니라 신문사, 방송국 등 당시 다양한 매체를 통해 민요, 유행가요를 포함한 노랫말을 현상모집하는 일은 제법 제도화하고 있었다. 예컨대 동아일보사는 1928년과 1934년 '신춘문예현상모집'에 '창작가요'와 '가요' 부문을 한 차례씩 두었고,[25] 1931년 '신춘문예 현상모집'에는 '조선의 놀애'라는 주제로 창가·시조·한시 부문에서 작품을 선발하여, 창가 부문 당선작을 1933년 일본콜럼비아사에서 음반으로 발매 한 바도 있다.[26] 또한 1934년 4월에는 동아일보사 학예부가 일본콜럼비아 사의 협력을 얻어 신춘현상문예 '시가' 부문 당선작을 음악화하여 음악회를 개최하기도 했다.[27] 신춘문예현상모집과 별도로, 1934년 11월에는 청년들 이 일터나 집회에서 부를 '조선청년의 노래', 학생들이 방과 후에 부를 '조선 학생의 노래', 그리고 가정에서 가족들이 단란하게 부를 '조선가정의 노래'를 공모하는 '삼대가요특별공모' 행사까지 동시에 벌인 적도 있다.[28] 이 행사는 동아일보사가 대중적 보급을 목적으로 다양한 주제·장르에 걸쳐 벌인 허다 한 노래 현상공모 행사의 일부였다.[29] 그런데 취지는 물론이거니와 그 당선 작을 일별해보더라도, 이 행사를 통해 현상공모한 작품은 음반취입을 전제 로 한 유행가요가 아니라, 다분히 대중계몽을 위한 노래였다.[30]

　　조선일보사 역시 일찍이 대중적 보급을 목적으로 한 다양한 목적의 노 래 현상공모 행사를 벌였는데,[31] 1935년부터 '시가' 부문에 시조, 신시, 한시 뿐만 아니라 창작 민요와 유행가도 응모할 수 있도록 했다.[32] 그리고 1938년 에는 유행가만 특별히 공모하는 행사를 벌이기도 했는데,[33] 마감일 이전에 응모작이 무려 2천여 편을 상회할 만큼 세간의 관심을 불러일으켰던 것으 로 보인다.[34] 한편 매일신보사는 일찍이 주로 관청이나 관변단체나 캠페인을 위한 노랫말 공모를 비롯하여, 후일 시국가요 가사 공모까지 지속적으로 노 랫말 현상모집을 했고,[35] 1936년부터는 '신춘문예작품현상모집'을 통해 유 행가요 가사도 공모하기 시작했다. 그런데 이 현상공모를 통해 매일신보사도 적지 않은 유행가요 가사를 선발했음에도 불구하고 조선일보사와 같이 당 선작의 취입을 알선하지는 않았던 것으로 보인다. 그런가 하면 경성방송국

(JODK)도 이러한 분위기에서 민요를 현상모집한 바 있다.[36]

《별건곤》의 신유행소곡대현상모집과 마찬가지로 신문사들이 신춘문예현상모집을 통해 유행가요의 가사를 공모하기 시작한 것은 대체로 1934년을 전후로 한 시기이다. 이 무렵은 신문사의 신춘문예현상모집 행사가 점차 권위를 확대해가던 시기이기도 하다. 신문사들의 신춘문예현상모집 행사는 1930년대 이후 신문사들의 학예면과 그것을 담당한 문학인 기자들을 중심으로 한 학예부의 정착 및 확대와 무관하지 않다.[37] 비록 연례행사일지라도 그러한 행사는 독자들이 직접 창작한 다양한 문예물들을 통해 문학장을 확대하고, 독자의 저변을 확대하기 위한 상업적 기획의 소산이었다. 그리하여 독자들이 동시대 문화장의 의사소통 구조에 적극적인 참여자가 되도록 하여, 1920년대까지 동인지를 중심으로 한 문학계의 폐쇄적인 작가 재생산 시스템 혹은 메커니즘을 보완, 심지어 쇄신하는 것은 물론, 문예물을 둘러싼 동시대 문화장의 의사소통 구조를 확대한 효과마저 거두었다.[38]

또한 1934년 무렵은 일본빅터사를 비롯한 음반회사들이 유행가요를 조선반의 주요 레퍼토리로 삼아, 전문적인 작사자들을 적극적으로 찾고 있던 시기였다. 바로 그 시기 조선의 대표적인 신문사들은 작가 선발 제도를 통해, 한편으로는 당시 작가 지망생들을 비롯한 허다한 독자들의 문학계 입사의 열망, 글쓰기를 통한 자기현시의 욕망에 부합하면서, 다른 한편으로는 전문적인 유행가요 작사자의 출현을 기대하던 음반회사의 요구에 부합하고 있었다. 그것은 일종의 글쓰기의 사회화 과정이라고 명명할 수도 있을 터인데, 그 과정에서 유행가요 가사는 새로운 문예물로, 또한 유행가요 가사 창작은 문학적 글쓰기이자 문화적 실천 양식으로 자리 잡기 시작했다.

바로 그러한 분위기에서 신문사 신춘문예현상공모 사고(社告) 가운데 '유행가' 혹은 '가요'는 '신시', '시조', '민요'와 더불어 당당히 '시가'의 하위 갈

《동아일보》사고(1933. 11. 7)

《조선일보》사고(1934. 12. 2)

《매일신보》사고(1935. 11. 21)

래로 자리 잡고 있었다. 특히 동아일보사와 조선일보사의 경우, 지면의 활자호수만 두고 보면, '문학평론', '단편소설'이나 '희곡'에 버금가는 대우를 받았다. 더구나 동아일보사 학예부는 1935년 신춘문예현상모집과 함께 치러진 '삼대가요특별공모'를 홍보하면서, 이 가요의 작사자를 '민족시인'이라고 칭할 만하다고 역설했다.[39] 설사 이것이 단지 동아일보사 학예부만의 사례라고 하더라도, 당시 '신춘문예현상모집'을 비롯한 노랫말 현상공모 행사와 이를 통한 작가 발굴 제도에는 유행가요를 비롯한 노랫말이 '문학' 혹은 '시'로서 인준되고 있었다. 즉 당시 유행가요 등 노랫말은 매체의 경계를 넘어서는 새로운 운문·문예물로 인식되고 있었다. 물론 당시 신문사들이 신춘문예현상모집을 통해 공모한 장르 가운데에는 근대적인 의미의 문학 가운데 중심적 지위를 차지하는 시·소설·희곡·문학평론이 가장 큰 비중을 차지했고, 그 외 나머지 장르들이란 주변적 지위를 차지하며 상대적으로 적은 비중을 차지했다. 그럼에도 불구하고 '시가'라는 장르명 아래 신시, 시조, 유행가가 경합하는 양상은 흥미로운 장면이 아닐 수 없다. 1930년대 중반 이후 한국에서 시와 문학을 둘러싼 장르·매체에 대한 관념은 오늘날과 사뭇 달랐던 것이다.

그러한 관념은 이미 조선가요협회 동인들 가운데 김억이 「작시법」(1925)을 통해서, 김동환이 「조선민요의 특징과 그(其) 장래」(1929)를 통해서 드러낸 바 있거니와,[40] 이들을 중심으로 시를 음악화하여 음반으로도 취입하는 가운데, 가창과 음반취입까지 염두에 둔 장르로 그 함의가 확장되고 있었다. 그런데 그러한 현상이 일부 혹은 일군의 문학인만이 아니라 바야흐로 신문사의 신춘문예현상모집 제도에도 나타나고 있었다. 당시 신춘문예현상모집이 근본적으로 신문사들의 상업적 구상의 일환으로 시작되었다고 할지라도, 그것은 엄연한 작가 발굴 제도로 정착한 1930년대 중반 시점에서는 당시 문화장의 문학과 글쓰기에 대한 관념을 반영한다. 더구나 그 제도가 다른 한편으로는 근대적인 문학·글쓰기의 재생산 제도의 일부이므로, 그 제도를 통해 공모하는 장르들은 문화장을 유지하고 확장하기 위한 문화상품의 목록이기도 하다. 즉 그러한 관념과 문화장의 요구로 인해 1930년대 초 조선에서 '시' 혹은 '시가'는 장르와 매체의 경계를 넘어 변용하고 확장되어갔던 것이다.

1930년대 초 조선의 신춘문예현상모집에 유행가가 고유한 장르로서 등장할 수 있었던 배경에는, 행사 주체들을 비롯하여 유행가요를 바라보는 지식인 사회의 계몽주의가 가로지르고 있다. 이는 당시 신문지상에 빈번하게 게재되었던 유행가요의 정화와 관련한 다양한 논설들을 통해 엿볼 수 있다.

> 오인(吾人)은 직접 레코-드 회사에 대하야 일언(一言)의 충고를 보내려한다. 『레코-드』회사가 단지 한 개의 영리회사임에 끄치지 아니하고 문화기관(文化機關)으로서의 존재와 또 그 기능을 자각한다면 당국으로부터의 취체(取締)를 기다릴 것 없이 또 타 기관으로부터의 협력을 기다릴 것 없이 자진하야 좋은 가사와 곡조를 광구(廣求)하야 유포시키기에 노력하면서 동시에 수익을 꾀할 것이 아닌가. 삼천리 방방곡곡에 좋은 가요를 보내어 밭가는 농부에게서나 나물캐는 소녀에게서나 이 땅의 자연과 역사와 습속과 호흡에 맞는 노래가 불려지게 된다면, 그리하야 이천만 너나없이 수미를 펴고 희망에 가득차 명랑한 기분과 씩씩한 의기로써 일하게 한다면 이 얼마나 큰 공적인가. 각 회사는 자진하야 유행가요 정화를 기하라.[41]

이 사설은 조선의 향토성, 역사, 문화를 배경으로 하여 조선인의 공통감각에 부합하는 유행가요를 창작하고 보급하는 일이야말로 문화기관의 사명이라고 주장하고 있다. 따라서 일찍이 조선민중의 표현 기관을 자임하고 문화주의를 제창하면서 창간한 동아일보사가 신춘문예현상모집을 통해 유행가를 공모했던 것은 당연한 일이었다고 하겠다. 조선가요협회 창립을 맞이하여 《동아일보》가 퇴폐적·애원적·세기말적 망국가요를 박멸하고 진취적 신가요를 창작·보급하는 일이야말로 조선 문화인의 사명이라고 역설했던 것[42] 또한 동아일보사 나름의 문화주의 혹은 계몽주의적 민중예술론으로부터 비롯했다고 할 수 있다. 바로 그러한 입장에서 동아일보사는 '삼대가요특별공모'의 사고에서 가요의 작사자를 '민족시인'이라고 명명했던 것이다. 이러한 사설의 논조는 당시 유행가요에 대한 지식인들의 허다한 기사와 논설들의 주조이기도 했다. 이를테면 당시 조선의 유행가요의 가사는 한결같이 퇴폐적이고 음란하여 저급할 따름이며 그 악곡 또한 천편일률이어서 들을 바가 못 될 뿐만 아니라, 풍속과 문화, 심지어 민족성을 타락시키니 척결해야 한다는 것이다.[43] 그리고 그러한 논지의 연장선에서 음반회사는 문화기관으로서 유행가요의 예술성 제고를 위해 앞장서고, 시인과 음악가 또한 예술성 있는 유행가요 창작에 적극 나서야 한다고 역설하기 일쑤였다.[44] 따라서 동아일보사의 '삼대가요특별공모'와 같은 행사는 마치 조선가요협회의 취지를 동아일보사가 그대로 이어받아 실천했던 것처럼 보이기까지 한다.

《동아일보》와 《조선일보》 논설들의 근저를 가로지르는 것은 근본적으로 풍교론(風教論)적 시가관이라고 볼 수도 있다. 그도 그럴 것이 동아일보사의 경우 일본콜럼비아사의 협력을 얻어 1934년까지 각종 현상공모를 통해 선발한 시가들을 음악화하여 한 차례 음악회를 개최했을 뿐, 노랫말 당선작들의 음반취입을 알선하거나 하지는 않았다. 물론 1931년 '조선의 놀애' 현상공모 당선 창가와 1934년 신춘문예현상모집 유행가 부문의 당선작인

〈서울노래〉는 일본콜럼비아사에서 음반으로 취입된 바 있으나, 그것이 과연 동아일보사의 알선으로 이루어진 일인지는 분명하지 않다.[45] 그것은《매일신보》라고 해서 다를 바 없었다. 1936년 신춘현상문예 유행가 부문 당선작인〈낙동강칠백리〉는 일본빅터사에서 음반으로 취입된 바 있으나, 이 또한 매일신보사가 알선해서 이루어진 일이라고는 보기 어렵다.[46] 반면에《조선일보》의 경우 유행가요와 관련한 논설들의 주조와는 달리, 당선작의 음반취입을 알선하는 것은 물론 지면을 통해서 지속적으로 홍보했는데,[47] 실제로도 당선작의 대부분은 음반으로 취입되었다.[48]

그러나 당시《별건곤》과《조선일보》가 유행가요 현상공모를 개최했던 배경이 오로지 계몽주의 혹은 민중예술담론이나 풍교론적 시가관 때문이라고 볼 수만은 없다. 또한 그러한 현상공모에 투고했던 많은 이들도 순전히 동시대 신문·잡지가 표방한 담론이나 이념에 공명하여 응모했다고는 보기 어렵다. 당시 신춘문예현상공모의 광고를 통해서도 알 수 있듯이, 유행가요 가사는 시가의 하위 갈래로 분류되어 소설, 희곡, 문학비평과 마찬가지로 순문학의 중심 장르의 일부로서 공모했던 것은 분명한 사실이나, 다른 한편으로는 한시를 비롯하여 아동 자유화(自由畵), 습자와 도서, 실화라든가 심지어 그해 간지(干支)에 얽힌 전설 등과 유사한 부류의 글쓰기로도 볼 수 있기 때문이다. 이러한 글쓰기 양식들은 당시 신문·잡지의 독자를 비롯하여 문화상품을 소비하는 공동체의 기대 지평, 글쓰기 주체의 자기현시의 욕망 등을 반영한다. 따라서 신춘문예현상모집에 응모했던 수많은 이들 또한 그들 나름의 운문에 대한 인식·감각, 그리고 그것을 통해서 실현하고자 했던 특별한 욕망에 따라 유행가요 가사를 창작해서 투고했다고 보아야 할 것이다. 그리고《별건곤》과《조선일보》는 그러한 글쓰기의 기대 지평과 글쓰기 주체의 욕망으로 추동될 근대 문화의 장을 형성하고자 했던 것이다.

물론 그 기대 지평과 욕망, 그리고 그것을 통해서 신문사 학예부 혹은 잡지사 편집부가 보았던 비전을 한두 마디로 요약할 수는 없다. 그것들은 근본적으로 유성기·유성기 음반이라는 근대적 음향매체와, 주로 유행음악에 기반한 음반산업에 근간하여 부상하고 있던 대중적 예술·문화에 대한 비전과 매혹에서 비롯했다. 특히 신춘문예현상모집에 응모했던 이들은 우선 당시 저널리즘을 통해서 빈번히 소개되었던 음반업계의 사정이나, 전문 혹은 전속 작사자로 전신하여 흥행작들을 속속 발표했던 기성 시인들의 활약상에 매료되었을 것이다. 당시 유행가요 현상공모가 시작되던 무렵의 잡지만 살펴보더라도 음반회사에서 활약하던 유행가수에 대한 기사나 그들과의 대담, 심지어 인기순위투표 기사 등은 거의 매월 게재되었다.[49] 또한 김억, 이하윤 등이 기술복제시대 예술로서 유행가요의 문학적·문화적 의의를 역설했던 일련의 논설들에 공감했을 것이다.[50] 그런가 하면 일동축음기주식회사가 1925년 9월 11일 매일신보사의 내청각에서 개최했던 축음기대회 이래 1930년대까지 신문·잡지와 각종 사회단체들은 음반회사 혹은 악기점과 제휴하여 일반인을 대상으로 한 축음기대회 혹은 레코드 음악회라는 행사를 빈번하게 개최했다. 그때마다 말 그대로 '인산인해'의 성황을 이루었다고 하니,[51] 이러한 풍경 또한 고한승 등의 기성시인, 김종한 등의 문학청년들로 하여금 1930년대 각종 유행가요 현상공모에 응모하도록 이끌었을 것이다.

1930년대까지도 조선에서 신시나 동요 등 근대적인 운문 양식은, 그것을 감상할 수 있는 최소한의 문식력을 갖춘 독서인구가 전 인구 중 최소 3.1퍼센트에서 최대 20퍼센트를 넘지 못했던 상황에서, 전래시가의 여전한 위세나 유행창가의 득세로 인해 열세를 면치 못했던 처지에 놓여 있었다. 그 가운데 고한승 등의 아동문학 작가들 또한 조선가요협회 회원들과 마찬가지로 신문과 잡지라는 인쇄매체의 경계, 또한 연령과 문식력의 경계를 넘어서 더 많은 독자 혹은 청중들에게 호소하는 글쓰기로서 유행가요 가사를 선택했던 이들이었다. 그러한 사정은 1934년 《조선일보》의 신춘문예현상공모 유행가 부문 당선자였던 남궁랑이라고 해서 다를 바는 없다.[52] 남궁랑은 오늘날 한국문학사에서 좀처럼 거론하지 않는 인물이나, 그는 《조선일보》를 중심으로 1928년부터 1930년까지 동요 등의 아동문학 작품들을 창작하여 거의 매월 발표했는데, 오늘날 남아 있는 작품 수만 해도 40여 편을 상회한다.[53] 남궁랑이 불과 3년여 사이에 그토록 많은 작품을 발표했음에도 불구하고, 《조선일보》 신춘문예현상공모에 다시 응모했던 것은, 게다가 유행가요 부문에 응모했던 것은 의미심장하다. 남궁랑이 《동아일보》 1931년 신춘문예현상모집이었던 '조선의 놀애' 현상공모에도 응모하여 창가 부문에서 '가작'에 선발되었던 사정으로 보건대,[54] 그는 장르와 매체의 경계를 넘어 독자·청중들에게 호소하는 글쓰기의 욕망을 지닌 문학청년들 가운데 한 사람이었던 것은 분명하다.

요컨대 김종한과 남궁랑을 당선자로 결정했던 《조선일보》의 신춘문예현상모집과 유행가요현상모집은 이들을 비롯한 수많은 문학청년들, 그리고 익명의 작가 지망생들의 유행가요 가사라는, 장르와 매체의 경계를 넘는 글쓰기의 욕망을 제도적으로 인준하고 정당화했다. 다른 신문사들과 달리 조선일보사는 유행가요 가사 창작을 '문예물'로서, 작사자를 '작가'로서 인준했을 뿐만 아니라 음반취입까지 알선했다. 그것은 조선일보사 역시 유성기·유성기 음반이라는 근대적 음향매체와 유행음악에 기반한 음반산업에 근간하여 부상하고 있던 대중적 예술·문화의 위력을 절감했기 때문이다. 그리고 신춘문예 현상공모와 유행가 현상공모를 통해 유행가요 작사자들을 배출하고 그들의 작품을 음반으로 취입하도록 알선함으로써, 한편으로는 남궁랑과 김종한과 같은 문학청년들로 하여금 작가로서 입사·입신하는 기회를 제공하고, 다른 한편으로는 음반회사들에게는 작품성을 검증받은 작사자들을 제공하는 역할을 담당하게 되었다. 즉 비록 《조선일보》만의 경우라고 하더라도, 각종 유행가요 현상공모를 통해 유행가요가 기성 작가는 물론 문학청년들이 글쓰기를 담당하고, 그것을 언론이 제도적으로 인준하며, 결국 음반업계가 음악화하여 음반으로 취입·발매하는 일종의 분업 체계가 형성되었던 사정을 엿보기에는 충분하다. 김억이 '문화사업'이라고 표현한 것처럼, 그것은 유행가요 가사를 통해 문학적·문화적 이상을 체현하고자 했던 김억과 이하윤의 신념과 주장이 동시대 언론을 통해 정당화·제도화된 것으로 볼 수 있다.

3. 유행가요 가사 창작을 둘러싼 서로 다른 시선들

1930년대 중반 조선의 신문·잡지에서 유행가요 가사를 현상공모했던 일이 당시 운문 창작을 둘러싼 중요한 환경의 변화를 시사함에도 불구하고 몇 가지 간과할 수 없는 의문들은 여전히 남아 있다. 과연 유행가요 가사 창작이 순문학 중심의 문학계나 문화장에서 문학적 글쓰기 행위로서 온전히 인정받고 있었던 것일까? 김억, 이하윤, 유도순뿐만 아니라, 조영출과 김종한에게 유행가요 가사는 분명히 '시(poetry)'였다. 하지만 이들의 이러한 글쓰기 행위가 단지 신문·잡지의 현상공모라는 제도적 차원만이 아니라, 또한 그들과 우호적인 문학인들만이 아니라, 문학계는 물론 문화장 내에서도 온전히 문학적 행위로 인준을 얻었던가 하는 의문은 여전히 남는다. 다음 좌담회의 한 풍경에 주목해보자.

김안서 서양(西洋)에도 유행가(流行歌)가 만흔데 그네의 유행가는 다르지요. 가장 노래를 조와하는 서반아(西班牙), 이태리(伊太利), 불란서(佛蘭西) 이약이를 듯건데 모다 유명한 시인들이 민요를 써서 또는 순수시로서 쓴 시가들이 조흔 작곡가의 손을 거처 아조 쉽고 아름다운 유행가요로 되어 일반에게 흐터지는 듯 하더구만.

김기림 유행가는 찬성할 수가 업서요. 속중(俗衆)에게 아첨하는 백 수의 유행가가 잇기 보담 한 두 사람에게 이해를 밧을지라도 놉흐고 깁고, 아름다운 시편 한 두 개가 잇는 것이 더 존경할 일이지요. 더구나 나는 최근에 조선 사회에 흘너다니는 유행가의 야비, 저조에는 골머리를 알슴니다. 온전히 타기(唾棄)할 일이지요. 표면적인 감정을 노래하엿다 햇자 그는 곳 봄눈 녹듯 사라저 버릴 것을 대중과 함께 즐긴다는 점은 조흐나 그러자면 인간의 심오한 정서를 건드릴 노래가 나와질 까닭이 잇나요.

정지용 서반아의 「스킵파─」의 노래 가튼 것은 조치요.

김기림 그는 민요지요. 주민(住民)의 독특한 정서를 예술적으로 표현한 민요니까 그러치요.

주요한 민요와 유행가의 구별에 대하여는 여러 가지로 말이 잇서 오는데 나는 이러케 보아요. 민요란 것은 유행가 속에서 저절로 기처진 노래라고 보아요. 가령 수백 수 수천 수의 유행가 아츰 지녁 흐르고 다시는 사이에 낫분 것은 다 도태되고 그 중에 조흔 놈만 몃 해 후까지 아니 몃 백 년 몃 천 년 후까지 지터가지요. 그것이 민요라고 보아요. 오늘 서울 거리에 흘느고 잇는 여러 가지 노래도 10년 후 30년 후까지 기터가는 것은 그것이 훌륭한 민요로 긴 생명을 가질 것이라고 보아요.

김안서 엇잿든 대중과 함께 울고 웃고 할 수 잇는 유행가는 일반 작시자(作詩者)로서도 경시 못 할 바라고 보아요.[55]

본래 유행가요 가사 창작을 둘러싼 좌담회도 아닌 만큼, 김기림과 김억, 주요한 사이에 본격적인 논쟁은 벌어지지 않았으나, 이 정도의 대화만으로도 유행가요 가사 창작에 대한 이들 사이의 의견 차이는 분명히 알 수 있다. 김억과 주요한이 민요와 유행가요의 문학적 가치를 역설했던 것은, 그들이 시를 묵독을 전제로 한 문자성의 장르가 아니라 가창을 전제로 한 구술성의 장르로도 보았기 때문이다. 그리고 그들이 구상했던 장르와 매체의 경계를 넘는 글쓰기가 문식력 여부와 상관없이 폭넓은 수용자들에게 마치 민요와 같은 생명력을 얻기 바랐기 때문이다. 가벼운 듯 가볍지 않은 이 같은 언쟁에서 이하윤의 입장과 속내가 어떠했는지 알 길은 없다. 하지만 김기림과 같은 모더니스트에게 "속중에게 아첨하는" 행위, '타기할' 일에 불과한 일고의 가치도 없는 일일 뿐만 아니라, 결코 문학적 행위일 수 없었다. 그에게 시는 오로지 묵독을 전제로 하는 문자성의 장르여야 하고, 근대적인 시에 대한 취향과 감식안을 공유하는 소수의 엘리트 독서 공동체 사이에서 향유되어야 마땅한 고급예술이어야 했다.

김억과 김기림 사이의 대화는 일견 민요와 유행가요를 둘러싼 입장 차이인 양 보이나, 이미 김억의 경우 본격적으로 유행가요 가사 창작에 나섰던 만큼, 김기림의 이 발언은 김억에 대한 신랄한 비판이라 할 수 있다. 이 두 사람 사이의 대립은 '시'를 둘러싼 관념의 차이에서 비롯한 것으로, 이를테면 김억은 상징주의나 모더니즘 이전 칸초네(canzone), 샹송(chanson), 리트(lied)에 공통된 예술가곡의 성격, 즉 음악과 조화롭게 결합한 유럽의 서정시 전통을 '순수시'의 전범으로 여기고 있었다. 예컨대 그는 일찍이 『잃어진 진주』(1924) 서문에서도 이른바 '자유시', '상징시' 등과 더불어 '민요시'도 서정시의 일부로 정의하고 있었다.[56] 반면에 김기림은 철저하게 상징주의나 모더니즘 이후의 현대시 이외 가창을 전제로 운문은 결코 '시'가 아니라고 여기고 있었다.

이 두 사람 사이의 대립은 근대적인 의미의 시와 예술은 물론 근대성에 대한 서로 다른 인식, 지식, 신념의 차이에서 비롯했다. 이 차이는 시 혹은 예술의 진정한 가치가 장르나 매체의 경계를 넘어서더라도 독자 공동체의 보편적 심성 혹은 공통감각에 공명할 때 성취되는 것인가, 혹은 시와 예술의 고유한 장르의 규범에 따른 심원하고도 자율적인 미학을 이해하는 독서 공동체의 취향과 감식안에 공명할 때 성취되는 것인가 하는, 문학과 예술을 둘러싼 익숙한 이항대립이기도 하다. 더구나 김억과 김기림의 이러한 차이는 세대적 차이로도 읽을 수 있다. 이 좌담회에 참석한 이들 가운데, 주요한, 김억, 김동환, 정지용, 김기림, 이헌구, 이하윤 등의 면면만을 두고 보더라도 이는 분명히 알 수 있다. 따라서 이 좌담회에서 김기림의 발화는 어쩌면 함께 참석한 정지용 혹은 이헌구는 물론이거니와 1930년대 적지 않은 문학인들의 입장을 대변하는 것이다. 그런데 이러한 김기림의 발화와 흡사한 논설은 드문 사례이기는 하나 당시 신문의 논설을 통해서도 볼 수 있다.

레코드를 통하야 이 땅에 유행하는 노래에는 참아 입에 올리기는커녕 귀에도 담지 못할 것이 만히 잇엇엇다. 그리하야 이것을 하로바삐 정화시켜야 하겟다고 유심인(有心人)은 걱정하엿다. 우리들의 시인 중에는 이 가요의 저속화를 분개한 남아에 스스로 붓을 들어 범(範)을 보임으로써 나려가는 가요를 끌어올려 보려는 갸륵한 심원(心願)을 가지고 몸소 그 길에 나선 이도 잇엇다. 불후의 시상(詩想)을 접어노코 가두(街頭)의 속중(俗衆)을 대상으로 한다는 것은 단지 시인으로서는 못할 일이오 실로 우세가(憂世家)로서의 용단이엇든 것이다. 부질업슨 거리 아이들이 "시인의 돈벌이"라고 흠선(欽羨)인지 질투(嫉妬)인지 모를 소리를 한 것이야 당한 일이랴?

그런데 우리는 이제 나날이 더 저속화하여 가는 유행가요를 귀 아프게 들으며 그 작사자의 이름에 우리들의 시인의 명예로운 성함(姓銜)을 발견하고 놀랜 눈을 의심하면서 거리 아이들의 선견(先見)의 명(明)을 감탄하게 되었다. 이 어인 일인고. 우리들의 시인이 개울창에 빠지는 가요를 구원(救援)하려다가 그 오예(汚穢) 속에 명예의 함닉(陷溺)을 하고 말아서어 될 일인가. 이것은 일대사(一大事)이다. 어서 제이(第二) 구조정(救助艇)에는 가요의 정화와 향상을 위한 철저한 견해와 역량과 의지를 가진 승조원(乘組員)들이 타야 하겟다. 그리하여 저 제일정(第一艇)의 기하엿든 바 빛나는 목적을 조성하여야 하겟다. 만일 그 개굴창의 준설공사에 성공하지 못할 것이면 하다못해 구명망(救命綱)을 나려 귀한 저분들의 시인적(詩人的) 생명만이라도 구해내야 하겟다.[57]

이 논설 또한 시인의 유행가요 가사 창작이 애초의 유행가요의 개량(조)이라는 '갸륵한 심원(心願)'에도 불구하고, 결국 여느 저속하고도 '더러운' 유행가요 작사자들과 다를 바 없다는 야유와 비난으로 가득 차 있다. 김기림의 발화와 마찬가지로, 이 글 또한 유행가요 청취자들은 '속중'에 불과하며 시인은 어디까지나 명예로운 '우세가(憂世家)'이어야 한다는, 즉 동시대 조선인의 보편 심성이나 공통감각에 호소할 것이 아니라 '속중'을 구하고 선도하는 예술가이어야 한다는 관점에 근간해 있다. 물론 이 익명의 필자 또한 앞서 인용한 《동아일보》의 어느 사설의 필자를 비롯하여, 동시대 유행가요의 비속함과 폐해를 비판했던 필자들과 마찬가지로 계몽주의나 풍교론적 문학관에 입각해 있는 만큼, 김기림과는 입장이 다른 것은 분명하다. 어쨌든 이 논설은 동시대 문화 현상을 관찰하며 신문지상에 자신의 견해를 표현할 만한 교양인에게도 시인 혹은 문학청년들의 유행가요 가사 창작과 음반취입이 온전히 환영받을 만한 일이 아니었음을 가리킨다.

이 논설이 《동아일보》 편집부나 학예부의 입장과 얼마나 가까운지는 알기 어렵다. 또한 《동아일보》를 비롯한 신문사들이 신춘문예현상공모를 통해 시인 혹은 작가로서 등장한 유행가요 작사자들을 어떻게 보았는지도 알기 어렵다. 그럼에도 이 논설을 통해 동시대 교양인들과 저널리즘 사이에서는 문학계와는 달리 어쨌든 참다운 유행가요 가사는 누구보다도 시인이 써야 한다는 공감대가 이루어졌다는 점은 알 수 있다. 그러한 공감대는 시인이 전문적인 작사자로서 유행가요 창작 과정에 적극 참여하기를 원했던 음반업계의 요구와도 일치했다.

> 어떠한 노래반(盤)이나 그 작사에 잇서서, 벌서 한 개의 완전하고 완성된 시래야 한다는 것이외다. 재래에 흔이 볼 수 잇는 그러한 시로써의 미완성 품(品)에다 그저 말초신경을 자극식힐 만한 곡조를 마쳐서 맨드러 내는 노래로서는 벌서 일반 대중은 이를 즐겨할 수 업게끔 되엿슴니다. 반듯이 시로써의 완성된 작사래야 할 것임니다. 그럼으로 해서 시인이나, 그러치 안흐면 시인으로서의 수준에 오른 사람의 작사만이 필요할 것이외다.(저자 주: 오-케-문예부장 김능인)

> 이제부터 일반이 요구하는 노래라고 하면 벌서 작사 그 물건부터가 조선 사람의 생활을 노래하고 조선 사람의 마음을 을픈 그러한 내용의 노래가 아니여서는 안 될 줄로 암니다 …(중략)… 그래서 우리 회사에서도 새해부터는 작사방면에 특히 유의하야 조선의 시인들을 택하여 작사부터가 일반 대중이 요구하며 즐겨 부를만한 노래를 만들 작정임니다.(저

《삼천리》가 음반회사 문예부장들에게 1936년의 유행음악의 경향을 진단해 달라고 했던 이 설문에서도 알 수 있듯이, 당시 음반회사들은 유행가요 레퍼토리의 적극적인 생산은 물론 동시대 유행가요 정화에 대한 요구까지도 시인 작사자들의 발굴을 통해서 해결할 수 있으리라고 기대했다. 그러한 사정은 비슷한 시기《사해공론》의 한 좌담회에서도 엿볼 수 있다.

> 이일민　레코ー드가 가져야 할 삼가치(三價値) 즉 제일(第一) 사상적(思想的) 가치 제이(第二) 예술적(藝術的) 가치 제삼(第三) 고상적(高尚的) 가치 이것 중에 이 문제는 제일에 해당한 것으로서 가사의 선택 문제가 중요성을 띄고 있건만 각 제작소에서는 그다지 염두치 안나 바요? 사실 현하(現下) 조선 레코ー드는 기(其) 내용이 어찌나 야비하던지 부자(夫子), 고부(姑婦)가 한 방에서 드를 만한 반(盤)이 별무(別無)합니다. 사회 교화(敎化)의 한 중요한 관능(管能)을 가진 레코ー드가 도리혀 누구나 해득할 수 있고 유행성을 가진 건실한 시가를 레코ー드화 시키야지요.
>
> 민효식　물론 좃습니다. 현재도 하고 있지만 금후(今後)로 전력할가 합니다.
>
> 왕평　물론 좋은 일이며 또한 원하는 바임니다. 고명한 시인의 아름다운 시가를 취입한다면 그 얼마나 값있는 음반이 되겠음니까ー만은 그러나 전문(前間)에 였준 바와 비슷한 의미에서 아즉까지 대중적으로 보와 시기상조의 감이 없지 안습니다. 더구나 현(現) 레코ー드 업계를 장악하고 있는 소위 「유행가」는 그것이 절대의 대중적임을 따러 또한 「유행가」를 그 자체에 대한 독특한 기분과 이상한 「맛」이 있으닛까요."[59]

이 두 좌담회의 담화를 일별해보더라도, 유행가요 가사를 시인이 창작하는 일이 환영할 만하다고 보았다는 점에서는 신문사와 음반회사가 표면적으로는 동의했다는 것은 분명하다. 그러나 이 두 담화들을 면밀히 검토해보면 저널리즘과 음반회사의 입장 사이에는 미묘한 차이가 있다. 특히 《사해공론》사의 좌담회에서 이일민이 지적한 바와 같이, 특히 《동아일보》 등이 유행가요 정화를 위해 시인이 앞장서도록 요구하는 한편 각종 현상공모 행사를 통해 유행가요 작사자들을 선발했던 이유 가운데 하나는, 유행가요가 '사회교화'의 중요한 수단이며, 음반회사도 그러한 책무를 기꺼이 져야 할 기관이라고 보았기 때문이다. 그런데 이 '사회교화'의 책무를 요구하는 데에 있어서 음반회사 문예부장들은 가족이 함께 즐길 만한 음반제작은 원론적으로 찬성하나, 그보다는 유행가요로서의 흥행성 여부가 더욱 중요하다고 여기고 있었다. 특히 왕평은 "고명한 시인의 아름다운 시가를 취입"하는 일은 대중의 취향에 부합하지 못할 것이므로 '시기상조'라고 했다. 즉, 음반회사가 기성 시인들에게 기대했던 것은 격조와 미감을 갖춘 가사였지만, 보다 근본적으로는 흥행성을 갖춘 가사로, 어디까지나 음반회사의 상업적 요구를 충족시켜 줄 수 있는 직인 가운데 하나였던 셈이다.

시인의 유행가요 가사 창작을 둘러싼 서로 다른 시선은 단지 조선에만 국한된 사정은 아니었다. 이를테면 조선에서도 〈종로행진곡〉을 비롯한 '행진곡'류의 유행가요 등장에 깊은 영향을 미쳤던 사이조 야소의 〈도쿄행진곡〉을 둘러싸고 일본의 신문지상에서도 논란이 벌어진다. 이 작품이 발표되어 흥행의 성공을 거두자, 그해 8월경 시인 오키 아쓰오(大木惇夫)와 음악평론가 이바 다카시(伊庭孝)가 한편이 되어, 사이조 야소의 가사가 시적 울림도 향기도 없이 그저 비속할 뿐이어서 민중의 취향을 타락시키는 나쁜 유행가요의 전형적인 사례라고 비난했다. 그리고 유행가요란 모름지기 국민의 강건한 품성의 함양에 기여해야 한다고 역설했다.[60] 그러자 작사자인 사이조 야소는 물론, 구어 자유시 시인이자 유행가요 가사도 창작했던 가와지 류코마저 가세하여, 대중성 없는 가사는 유행할 리 만무하므로 유행가요 가사는 비속성과 향락성을 띨 수밖에 없으며, 그것을 부정하는 태도야 말로 '봉건감정의 유산'에 불과하다고 반론했다.[61] 물론 이러한 일본의 사정은 동시대 문화장 내 지식인들 사이의 논쟁이라는 점에서 조선의 사정과는 다소 차이가 있다. 그럼에도 불구하고 유행가요와 작사자로서 시인, 그리고 음반회사의 사명이 국민의 강건한 심성의 함양에 있다는 주장이 '봉건감정의 유산'에 불과하다는 입장은, 설사 분명히 밝힌 바는 없을지라도 왕평을 비롯한 조선의 음반회사 문예부장들과 크게 다를 바 없었을 것이다. 그러한 사정은 인용한 좌담회의 한 풍경을 통해서도 엿볼 수 있다.

함대훈 듣건대 잘 팔리는 레코-드는 음탕한 것만이라고 하는데!

박향림 그럴 것입니다. 만일 그렇지 않으면 실패지요. 수지가 맞지를 않으니깐요.

박단마 그래요. 고상한 것은 반드시 실패합니다. 내가 좋다고 생각하는 것은 세상 사람들이 싫다고 하니까요.

박향림 하여튼 고상한 가사를 쓰면 안 됩니다. 안 팔리니깐요. 예술과 대중성의 상극이지요.

김래성 네 그것은 비단 조선뿐만이 아니지요.

함내훈 하여튼 요지음 유행가 레코-드를 사는 계급은 태반이 뽀이나 술집아가씨들 뿐이니까.

김래성 한시 바삐 지식인이 부를 만한 유행가가 나와야 될 것입니다.

박단마 네 가수로서 부르기가 부끄러운 것이 많어요. 할 수 없이 부르는

것이 많습니다.[62]

이른바 '고상한' 가사보다도 유행가요로서의 대중성, 음반의 흥행성을 추구할 수밖에 없는 음반업계로서는 '사회교화' 책무의 요구를 경청할 리 만무하다. 그런데 사회교화'까지는 아니더라도, 적어도 1930년대 후반까지도 예술성과 대중성을 두루 갖춘 고상한 가사에 대한 요구는 비단 동시대 언론만이 아니라 음반업계 내부에서도 있었던 것은 분명하다. 그래서 김억이 시인의 유행가요 가사 창작과 음반취입을 통한 대중적 보급이야말로 더할 나위 없이 훌륭한 문화사업이라고 역설했던 것이나, 이하윤이 유행가요의 문학적 수준의 제고와 이를 통한 민족의 새 진로 개척, 새로운 위안을 구하기 위해서라도 시인이 유행가요 가사 창작에 나서지 않을 수 없다고 한 것은,[63] 결국 음반업계 다양한 요구에 대한 동시대 언론의 호응이자, 그 요구에 대한 적극적인 제안이었다고도 볼 수 있다.

어쨌든 문학계에서는 결코 '시'로 인정받지 못했지만, 언론으로부터는 사회교화에 공헌하는 한에서는 '시'로 인정받고, 또한 음반업계로부터는 유행가요로서 격조·미감·흥행성의 요소를 갖춘 한에서는 '시'로 인정을 받는 글쓰기, 그것이 바로 그들의 유행가요 가사 창작이었다. 그런데 1930년대 기성 작가나 문학청년들의 유행가요 가사 창작을 문학적 글쓰기 행위로 인정했던 것은 동시대 문학계가 아니라 언론과 음반업계였다는 사실은 결코 예사롭지 않다. 그것은 결코 미학적 자율성에 근간한 글쓰기 행위가 아니었던 것이다. 당시 음반업계가 기성 시인과 작가 지망생들로 하여금 유행가요 가사 창작에 나서도록 요구하고 권면했던 이유가 《삼천리》의 설문에 응답한 음반회사의 문예부장들의 답변을 통해서 알 수 있듯이, 근본적으로 그 무렵 조선의 유행가요 흥행작들 대부분이 '신민요' 갈래의 작품들이었기 때문이다. 당시 음반회사 문예부장들은 그 무렵 도쿄를 중심으로 한 유행가요의 경향이 '고전풍의 신민요'였던 사정을 참조하여,[64] 조선 유행가요 레퍼토리의 제작 방향을 신민요로 가늠하고 있었다. 그리고 고전풍의 격조, 조선인의 보편적 심성을 깊이 이해하여 시적으로 형상화할 수 있는 작사자들은 바로 당시 시인들이라고 보았던 것이다.[65]

음반업계의 기획과 요구는 민요의 수사·형식·정서에 근간한 '순수시'의 창작과 음악화의 문학적 가능성, 고원한 미학적 자율성에 근간한 자족적인 시가 아닌 독서 공동체의 보편적 심성·공통감각에 공명하는 시를 통한 문화사업, 혹은 어쩌면 그러한 시야말로 세계문학의 반열에 오를 만한 조선시라고 믿어 의심치 않았던 김억과 같은 시인의 이상과 분명 어긋난다. 그렇다면 유행가요 가사 창작을 둘러싼 서로 다른 시선, 시와 시인의 역할에 대한 서로 다른 기대 지평의 사이에서, 유행가요 가사 창작에 나섰던 기성 시인들과 문학청년들은 자신의 글쓰기를 어떻게 인식·정의·평가하고 있었던가? 물론 그들의 육성은 아니나, 그러한 사정을 엿볼 수 있는 다음의 한 논설은 주목할 만하다.

> 생산자가 지금 받고 있는 고통과 번민은 상상 이외(以外)이다. 외국서는 시단(詩壇)의 상당한 권위를 가지고 있는 사람도 레코-드 가사에 집필을 하고 내지(內地)에서도 서조팔십(西條八十) 씨라던지 야구우정(野口雨情) 씨 외 기타 저명한 시인들도 레코-드의 가사를 쓰기를 부끄러워하지 않는다. 그러나 현재 조선서는 자타가 공인할 만한 시인으로 레코-드의 가사를 써 주는 사람은 퍽 드물 뿐만 아니라 설령 써 준다 하더래도 익명을 요구하는 등 별별 조건을 첨부하여 오는 형편이다. 대체 조선 사람처럼 자기 실력 이상의 체면을 유지하려고 필요 이상의 고심을 하

는 사람도 드물 것이다.[66]

　음반회사들은 시인들에게 유행가요 가사 창작을 매우 적극적으로 의뢰
했던 것으로 보인다. 그런데 정작 작사 의뢰를 받은 시인들 대부분은 거절하
거나 자신의 이름이 작사자로 명기되는 것을 기피했다는 대목은 매우 흥미
롭다. 즉 김형원의 표현처럼 '유행시인'의 이상을 품고 있었던 김억 등의 기성
시인들은 사실 '드문' 사례에 불과하며, 자신의 유행가요 가사창작이 엄연한
시 창작이자 문화적 실천이라고 자부했던 신념 또한 매우 독특한 것이었다.
그래서 고한승은 '고마부'라는 필명으로 《별건곤》 현상공모에 응모했을 것이
다. 그럼에도 불구하고 김억 등의 기성 시인들이나 어쩌면 김형원마저도 '유
행시인'의 이상과 유행가요 가사 창작에 대한 신념을 지닐 수 있었던 이유
가운데 하나가 바로 외국과 내지의 사정, 즉 사이조 야소와 노구치 우조라
는 훌륭한 사례 덕분이었다는 것은 거듭 확인하게 된다.

　이와 관련하여 특히 신문·잡지의 각종 현상공모 당선자들이 대체로 동
요에서 출발하여 유행가요 가사 창작으로 옮겨갔던 사정은 주목할 만하다.
그것은 자신의 유행가요 가사 창작에 대한 비판들을 두고 '구세대의 도학자
들'의 '봉건감정의 유산'이라고 일축해버렸던 사이조 야소의 편력을 연상케
하기 때문이다. 사이조 야소야는 기성 시인으로서 쇼쿄쿠 형식의 시가를 근
간으로 하여 동요를 거쳐 유행가요 가사 창작에 이른 전형적인 사례이다. 특
히 그가 창작하여 취입한 음반들은 일찍부터 조선에서도 발매되고 있었다.
하지만 무엇보다도 〈도쿄행진곡〉이 흥행에 성공한 이후, 기타하라 하쿠슈
등과 펴낸 『동요와 민요연구(童謠及民謠硏究)』(1930)에 수록된 사이조 야소
의 논설은, 유행가요 현상공모에 응했던 조선의 동요 작가들과 문학청년들
을 이해하는 데에 적지 않은 참조점을 제시한다.

이 책에서 사이조 야소는 고유한 시형(詩形)을 잃고 발전의 동력을 잃은 일본의 시가 나아갈 길은 대중의 요구에 부응하여 사회에 침윤하는 운문을 창작하는 일이라면서, 음반업계에서 침체를 면치 못하는 동요 대신 신민요를 창작해야 한다고 역설했다.[67] 그런데 현대 도회를 배경으로 한, 예술성(문학성)·대중성을 두루 갖춘 기술복제시대의 예술로서 신민요에 대한 김종한의 신념은 사이조 야소의 이 주장과 매우 흡사하다.[68] 비록 이 사이조 야소의 발화에 공명한 바는 아니었을지라도, 그것을 통해 유행가요 현상공모에 응했던 조선의 동요작가나 문학청년들 또한 협소한 문학계가 아닌 사회의 요구, 무엇보다도 대중의 요구에 부합하는 운문의 창작을 통해 작가로서 입신 가능성을 모색했으리라는 것은 충분히 짐작할 수 있다. 따라서 김종한이 이미 그러했듯이 이들이 김억 등의 기성 시인들과는 달리 동시대 문학계의 시선이나 관습, 그리고 언론의 요구와는 상관없이, 음반업계의 기획과 요구를 적극적으로 받아들이면서도 유행가요를 통해서 다른 문학적 가능성을 모색했다는 사실은 분명해진다.

구완회의 발화에 근간하여 유추해보면, 김억 등의 기성 시인과 김종한 등의 문학청년들은 당시 문학계의 시선에도 불구하고 나름대로 그들의 유행가요 가사 창작에 대해 분명한 자의식과 신념을 지니고 있었고, 그 자의식과 신념은 사이조 야소 등의 시인·작사자를 전범으로 하여 정당화할 수 있었을 것이다. 기성 시인으로서 유행가요 작사자로서 활약했던 이들은 자신의 작품을 유행음악의 가사로서 음악화·상품화하면서, 시와 문학에 대한 자신의 입장과 신념을 동시대 유행음악의 창작원리로 굴절시키는 가운데, 사이조 야소의 유행가요 가사 창작과 그 논리에 쉽게 공명했을 것이다. 그렇다면 김억과 김종한 등도 유행가요에 대한 동시대 저널리즘의 계몽주의나 풍교론적 문학관에 대해 사이조 야소와 마찬가지로 '구세대의 도학자들'

의 '봉건감정의 유산'이라고 일축해 버렸을 것이다. 특히 김종한처럼 유행가요 가사라는 장르와 매체의 경계를 넘는 운문을 이른바 기술복제시대의 예술처럼 인식하고 있었던 경우라면 더욱 그러했을 터이다.

4. 유행가요 가사 창작과 '작가'의 욕망

그렇지만 과연 1930년대 신문·잡지의 각종 유행가요 현상공모에 적극적으로 응모했던 기성 시인들과 문학청년·작가 지망생들도 김종한처럼 유행가요 창작에 그토록 분명한 문학적·예술적 신념이 있었던 것인가? 이를테면 신문사 신춘문예 현상모집 부문 가운데 굳이 '신시'가 아닌 '유행가' 분야에 응모했을 때에는, 분명히 그러한 신념에 따른 결단을 전제로 했다고 보아야 한다. 근대적 음향매체, 음반산업에 기반하여 부상하던 대중적 예술·문화에 대한 매혹과 같은 요소 또한 결코 간과할 수 없다. 하지만 보다 근본적으로는 적어도 동인지 시대 이래 1930년대 중반까지 이른바 '시단'이 근대시를 둘러싸고 독서 공동체와 의미 있는 의사소통 체계를 만들어내지 못했던 사정과 무관하지 않다. 특히 신문 문예면에 발표된 작품이나 그 필자들은 일쑤 시단의 외부로 주변화할 만큼 폐쇄적인 사적 공동체 차원을 넘지 못했던 것이 바로 그 이유이다.[69]

정도의 차이는 있더라도 시단의 중심으로부터 소원하거나 외부에 처한 이들로서, 좀처럼 시인 혹은 작가로서 입사·입신의 기회를 얻기 어려웠던 이들에게 유행가요 가사 창작은 매우 중요한 기회였다. 그리고 각종 유행가요 현상공모는 그 기회를 평등하게 제공했다. 이들은 이미 이광수를 비롯하여 김억 등의 신문학 선구자들은 물론 홍사용이나 이하윤마저도 스스로 문학적 실천임을 천명하고 유행가요 가사 창작으로 나아가, 시인으로서는 좀처럼 얻기 어려운 대중적 환영을 받았던 선례를 유심히 보았음에 틀림없다. 그러니 설령 김기림과 같은 이들이 비문학적 행위라고 비난하더라도 아랑곳하지 않고 유행가요 현상공모에 응했던 것이다.

기성과 신인을 불문하고 허다한 이들이 각종 유행가요 현상공모에 응모하도록 이끌었던 가장 큰 동력은 무엇보다도 '작가'로서 입사·입신하고자 했던 그들의 인정욕망이라고 하겠다. 그것은 신문사의 현상공모의 당선자들의 면면만을 보더라도 알 수 있다. 비록 유행가요를 창작했던 것은 아니나 《동아일보》는 당시로서는 매우 드물게 삼대가요 특별공모 당선자들의 면면을 소상하게 소개했다. 그 가운데 '조선청년의 노래' 부문 당선자인 전식은 가학(家學)과 보통학교를 마치고 농업·양계업에 종사고 있었고,[70] '조선학생의 노래' 부문 당선자인 노양근은 고등보통학교를 거쳐 교원으로 재직하고 있었다.[71] 학력과 직업의 차이에도 불구하고, 이들은 우선 교사의 경력이 있거나 현직 교사로서 교양인·지식인 부류에 속한다는 점에서 공통점을 지니고 있다. 그리고 이 두 사람은 삼대가요 특별공모 이전부터 아동문학 작가를 지망했던 이들로 보이는데, 이 가운데 전식의 경우 이 공모를 전후로 하여 두 권의 동요집을 발표했다.[72]

특히 노양근은 이 삼대가요 특별공모 이전에 이미 《동아일보》 독자투고란에 시를 발표한 적이 있었고, 《중외일보》와 《동아일보》에 여러 차례에 걸쳐 신춘문예 현상모집에 동시나 동화를 투고하여 그때마다 '가작'으로 당선되었다. 또한 삼대가요 특별공모에 당선되었던 바로 그해 다시 독자투고란에 시를 발표하기도 하다가, 이듬해 신춘문예 현상공모에 동화로 당선되어 이후 동화작가로 활동했으며, 후일 개인 동화집을 간행하기도 했다.[73] 이러한 이력은 그가 작가로 입신하기 위해 나름대로 고군분투했던 사정을 드러내기에 충분한데, 아동문학 작가로서 제도적 인준을 받기까지 무려 6년 동안 네 차례에 걸쳐 신춘문예 현상공모에 응모했던 것이다.

그러한 사정은《조선일보》의 신춘문예 현상공모와 유행가 현상공모에 응모했던 김종한과 남궁랑이라고 해서 크게 다르지 않다. 남궁랑은 1928년부터 1930년까지《조선일보》와《동아일보》를 통해 40여 편을 상회하는 작품을 발표했음에도 불구하고,《동아일보》신춘문예 현상모집(1931)에 응모했다. 그 후에는《조선일보》신춘문예 현상공모(1934)에 다시 응모하는 등 (1934), 신문지면을 통해서만 무려 두 차례나 작가로서 제도적으로 인준받기 위해 고투했다. 결국 그는 유행가요 작사자로서 처녀작인〈방아씻는 색시〉(1934. 4)를 비롯하여 이듬해인 1935년까지 8편의 유행가요 가사를 음반으로 취입했다.[74] 김종한 또한《문장》의 추천(1939)을 받기 전까지《별건곤》신유행소곡 대현상모집(1934~5)을 비롯하여,《삼천리》의 제가추천(1935),《동아일보》신춘문예 현상모집(1936),《조선일보》유행가 현상모집(1938)에 이르기까지 무려 4차례나 현상공모에 응모했다. 한국 근대문학사에서 좀처럼 유례를 찾기 어려운 그의 편력은, 문학계 입사를 향한 그의 욕망이 얼마나 강렬했던가를 잘 보여준다.

더구나 유행가요 현상공모의 요건, 예컨대《별건곤》편집부의 경우 주제는 자유이나 비속한 것은 피할 것, 누구나 이해할 수 있는 표현과 내용으로 쓸 것이라는《별건곤》편집부의 투고요령은,[75] 작가로서 입사·입신하고자 하는 인정욕망을 부추기기에 충분했을 법하다. 이러한 투고요령이야말로, 명목상 기성 시인이나 창작 역량의 저미로 문학계에서 소외를 면치 못하는 이들이든, 문학계에 입사할 만한 상징자본을 지니지 못한 이들이든, 창작의 아마추어리즘을 면치 못하던 이들이든, 기꺼이 현상공모에 응모하도록 이끄는 요인이었을 것이다. 특히 고한승을 비롯하여 강승한이나 남궁랑과 같이 일찍이 동요 가사를 창작해온 경험이 있는 이들로서는 이 조건으로 인해 유행가요 가사야말로 득의의 갈래라고 여겼음에 틀림없다. 《별건곤》과 《조선일보》의 경우, 유행가 부문 당선자들의 작품을 음악화하여 음반으로 취입하는 일까지 알선했으니, 일단 당선과 음반취입을 거쳐 김억 등의 기성 시인들과 마찬가지로 음반업계와 유행가요 청취자들로부터 대중성·흥행성을 인정을 받게된다면, 그야말로 '유행시인'으로서의 위상을 차지할 수 있기 때문이다. 각종 신문·잡지사에서 유행가요 작사자를 현상공모할 때마다 백열화했던 것은 바로 그러한 기대 때문이었다.

유행가요 가사를 통해 작가가 될 수 있다는 기대, 혹은 '유행시인'이 되고자 하는 욕망을 지닌 이들에게 적어도 공평한 기회를 부여했던 신문·잡지사의 각종 현상공모는, 일견 당시 시에 대한 정의, 창작 방법론과 평가는 물론 시인 발굴 등과 관련하여 자율성과 절대적 권위를 지닌 문학계와 대립하거나 심지어 문학계를 위협한 것처럼 보인다. 이를테면 김기림의 관점에서만 보더라도, 당시 저널리즘은 시인으로서는 절대로 양보할 수 없는 시에 대한 개념(poésie)을 음반업계와 야합하여 의도적으로 확장시켰을 뿐만 아니라, 도저히 시라고는 인정할 수 없는 운문 따위를 쓰는 문학청년·작가 지망생들을 함부로 시인으로 인준하고 있었다. 더구나 문학계의 미학적 자율성을 훼손하는 언론·음반업계의 시가에 대한 인식·관념을 시인 된 자라면 당연히 따라야 할 사명이라고 당당히 요구하고 있었던 것이다. 그리하여 특별한 취향·감식안을 공유하는 소수 엘리트 작가들이 창작하여 또한 소수 엘리트 독서 공동체에서 향유되어야 할 고급문화를 아무나 창작하고 향유할 수 있는 하위문화로 전락시켜버렸던 것이다.

그래서 유행가요 현상공모는 '운문 창작의 사회화' 이상의 함의를 지닌다. 특히 기성 시인들이 시 창작 행위로서 유행가요 가사 창작을 시작한 이래, 당시 적지 않은 문학청년들 혹은 작가 지망생들이 그들의 뒤를 따랐다는 사실은 결코 예사롭지 않은 현상이다. 또한 유행가요 현상공모를 통해 새로운 운문 창작의 비전, 작가로서 입신할 수 있는 가능성을 모색했던 이들 가운데, 고한승 등과 같이 주변적 작가들도 포함되어 있었다는 것 역시 주목해야 할 대목이다. 나름대로 신문학(화)의 선구자임을 자처했으나, 문학장에서는 소외되기 일쑤였던 그들이야말로, 어쩌면 누구보다도 강렬한 인정 욕망을 품고 있었을 것이다. 특히 고한승이 유행가요 현상공모에 응모한 것은 그의 와신상담 끝에 내린 결단이라고 보아야 한다. 김형원이 조선가요협회에 가담했던 것도, 홍사용이 유행가요를 창작한 것도, 따지고 보면 작가로서의 위상 만회와 인정 욕망 때문이었다. 하지만 그 욕망의 크기의 면에서는 고한승에 비할 바가 못 되었을 것이다. 그러니 기성과 신인을 막론하고 유행가요 현상공모에 응모했던 이들에게 김기림의 비난은 아무런 설득력도 없었을 것이다.

이로써 당시 조선에서 시는 김기림의 신념처럼 고원한 미학적 자율성에 근간한 자족적인 양식으로서만 결코 존재할 수 없었을 뿐만 아니라, 그러한 문학관이 문학계 안팎에서 두루 동의를 얻었다는 것은 더욱 분명해진다. 그것은 역시 1920년대는 물론 1930년대까지도 조선의 독서 공동체에서 묵독을 전제로 한 문자성의 장르로서의 근대시보다, 가창을 전제로 한 운문 장르들의 위세가 더욱 컸던 데에서 기인한다.[76] 그리고 당시 부상하고 있던 다국적 음반산업과 상품예술인 유행가요는 시가 가창을 전제로 한 글쓰기라는 관념에 정당성을 부여했던 것이다. 요컨대 1930년대 조선에서 시의 개념을 비롯하여 시 창작의 방법, 그리고 시인의 사명에 대한 정의는, 결코 문학계 내부의 미학적 자율성이 아닌, 국경을 넘나드는 매체, 자본, 상품미학의 힘, 혹은 그 힘이 불러일으킨 효과에 의해 위협받고 동요하고 있었다.

이러한 풍경은 이른바 오늘날까지 한국 근대시 연구가 시단 혹은 문학계의 중심이라고 여기는 일군의 작가와 작품세계를 조망하는 가운데에서는 결코 나타나지 않는 사각지대에서 전개된다. 또한 그 풍경은 제국의 경계를 넘는 문화적 현상이 비서구 식민지에 영향을 드리운 결과 나타난 것이기도 하다. 한편으로는 그것은 서구의 음반산업이 동아시아에 진출한 결과 일본과 조선에 공통적으로 나타난 현상이다. 김억과 기타하라 하쿠슈를 비롯하여 그들의 뒤를 따른 적지 않은 이들이, 설사 동시대 동료나 후배 시인들로부터 근대시의 수준에 미달하거나, 혹은 근대시가 아니라는 냉정한 비판을 받았더라도, 그 의미는 결코 퇴색하지 않는다. 무엇보다도 근대적인 음반산업과 유행가요가 은성하던 가운데 조선과 일본의 근대시의 장을 연 기성시인들을 비롯하여, 당시 시단·문학계 주변의 작가들, 문학청년, 작가 지망생들까지도 '유행시인'의 이상을 좇았다는 것 자체가, 이미 동아시아 근대문학·문화연구의 흥미로운 과제이다.

5. 전업 시인의 삶과 전문(속) 작사자라는 직업

하지만 과연 1930년대 신문·잡지의 유행가요 현상공모에 응했던 기성시인이나 문학청년들이 오로지 문학계에서의 입신 혹은 입사, 나아가 작가로서 위신을 드높이기 위해서만 유행가요 가사를 창작했던 것인가? 김종한, 님궁랑 등 문학청년들에게 유행가요 가사 창작에 대한 작가로서의 자의식이나 신념이 사이조 야소의 경우와 마찬가지로 대중과 음반업계의 환영을 통해서 정당화되는 것이라면, 그 자의식과 신념은 창작 주체의 의도나 의지와 상관없이 결국 음반업계의 기획과 상업적 요구로부터 결코 자유로울 수 없었다는 것은 분명하다. 또한 독자·청중으로부터 영원한 가치·생명을 얻는 길이든, 작가로서의 위신을 드높이는 길이든, 기성 시인의 유행가요 가사 창작이란 결국 문학(화)적 이상·신념을 유보하고 직인의 삶으로 귀결될 수밖에 없다는 것도 분명하다.

그런데 그러한 사정은 단지 이들 기성 시인들만이 아니라, 각종 저널리즘의 현상공모에 응모하여 당선했던 기성 작가들이나 문학청년들의 경우 더욱 현저했다고 여겨진다. 예컨대 《별건곤》의 응모자라면 예외 없이, "되도록 어려운 문자와 심원한 내용은 피하고 누구나 아라드를 쉬운 말과 쉬운 내용으로 쓰십시요"라는[77] 투고 규정에 준하여 창작했고, 또 심사를 받았던 것이다. 이러한 주문은 대중성·흥행성을 가사의 최우선 조건으로 여기던 음반회사의 입장을 드러내며, 결국 유행가요 가사를 통해 시를 창작하는 일이란 음반업계의 직인의 삶을 사는 것임을 드러내고 있다. 그렇다면 그 '직인'으로서의 삶이란 도대체 어떤 것이었던가? 그와 관련하여 앞서 거론한 「유행가와 시인」(1935)에 거듭 주목할 필요가 있다.

불후의 시상을 접어노코 가두의 속중(俗衆)을 대상으로 한다는 것은 단지 시인으로서는 못할 일이오 실로 우세가(憂世家)로서의 용단이엇든 것이다. **부질업은 거리 아이들이 "시인의 돈벌이"라고 흠선(欽羨)인지 질투인지 모를 소리를 한 것이야 당한 일이라?**[78] (강조 저자)

특히 이 논설에서 필자가 기성 시인의 유행가요 가사 창작을 두고 그저 '詩人의 돈벌이'를 위한 매문(賣文) 행위로 폄하했던 대목이 그러하다. 이 글에서 '부질업은 거리 아이들'이 누구를 가리키는 것인지 분명하지 않으므로, 필자의 주장 또한 단순한 비난쯤으로 보아도 무방할지 모른다. 하지만 일본 유행가요의 번안곡 가사를 창작했던 홍사용의 경우를 두고 보면 일견 타당한 것으로 여겨지기도 한다. 실제로 그는 1929년부터 1935년까지 파산과 건강 악화 속에서 방랑생활을 해야 했던 만큼, 그 유행가 가사의 번안과 창작 또한 어떤 문학적 소신을 따른 일이라기보다는 경제적인 이유로 한 일이었는지도 모른다. 그런데 이 '시인의 돈벌이'를 단지 매문 행위가 아닌 전업 시인의 경제활동이라는 측면에서 보면 보다 설득력이 있을 수도 있다.

사실 1920년대 후반 문학인들이 이른바 문예가협회라는 단체를 결성, 원고료 최저액 협정, 발행권 인세, 판권의 매매와 관련된 사항을 공론화하여, 잡지사는 시 1편당 원고료를 적어도 3원씩, 출판사에는 시집 1권당 초판 1천 부를 기준으로 1퍼센트의 인세는 달라고 요구했다.[79] 그러한 요구가 수용된 덕분인지는 알 수 없으나, 1930년대 후반 작품집의 경우 초판 1천 부 기준 1퍼센트의 인세는 받을 수 있었던 것으로 보인다. 하지만 그것도 그야말로 '일류의 작가'에 국한된 일이었다.[80] 더구나 전업 시인의 형편은 훨씬 열악했다. 이는 다음 대담의 한 장면을 통해서도 충분히 짐작할 수 있다.

> 본사측 여러분의 오늘까지 작품을 쓰고 그 대상(代價)으로 밧어본 보수
> 가 총액이 얼마나 됩니까. 즉 잡지사 신문사 출판 책사(冊肆)로부터 밧
> 어본 총액 말입니다. 언젠가 춘원(春園)은 이럭저럭 통트러 헤면 만원쯤
> 된다고 합데다.
>
> 동인(東仁) 춘원이 만원이라면 아마 그 다음으로 만히 밧은 이는 안서(岸
> 曙)일걸 넷날 한성도서회사(漢城圖書會社)의 그 수십 종서 대부분은 안
> 서의 손으로 번역되어 나왔다니까.
>
> 안서 그때는 조왓지요. 「짠다-크전(傳)」이나 「한늬발」 전기(傳記)가튼
> 것도 번역하여다 주면 2, 3백 원식 주엇스니까. 그때는 원고료라고 일홈

짓는 돈을 상당히 만저 보앗지요. 그런 뒤는 신문사와 잡지사로부터 밧은 돈이 잇섯스니 그것이야 얼마 될나구. 엇잿든 전후 10여 년에 밧은 원고료 총액이 4,000원은 되는 듯해요.

독견(獨鵑) 나도 그 정도는 될 것 갓해요. 신문사에 연재소설을 써서 밧은 돈과 단행본으로 출판하여 판권료(版權料)를 밧은 것을 통치면 4,000원은 되어요.

빙허(憑虛) 그러치. 출판업이 왕성하지 못한 조선이니까 글쓰는 사람들이 돈을 어더 쥐자면 불가불 신문사의 연재소설편으로 쓸니지 안을 수 업지요. 나는 오늘까지 이럭저럭 2,000원은 될가?

일엽(一葉) 다들 만해요. 나는 단 100원도 되든지요. 무에 공재 원고는 써 본 일이 잇지만 돈 밧는 원고를 마터 본 일이 잇서야지요. 언젠가 불교(佛敎)에 단편 한 가지 쓰고 20원을 밧어 보고는 한꺼번에 몃십원을 밧어 본 적이 업서요.

춘해(春海) 나는 기독교잡지(基督敎雜誌)에 쓰고 밧어 본 돈까지 모다 치면 2,000원은 되는 줄 알어요. 그 2,000원도 한꺼번에 손에 드러왓다면 거액이라고도 보겟지만 소소(少少)이 드러오니까-딴말이나 나는 「조선문단(朝鮮文壇)」을 다년 경영하엿든 까닭에 그때 내 손으로 지출한 고료(稿料)가 상당한 거액이엇습니다.

서해(曙海) 그러치요. 「조선문단」시대에는 춘해의 희생적 노력으로 글써주는 여러분에게 고료를 깨끗하게 지불하엿지요. 그때와 지금 잡지장이들은 아조 달넛지요. 어서 원고료 지불하는 사회가 와야 할걸요. 그런데 내가 이럭저럭 밧어본 고료는 글세요. 1,500원정도나 되는지요.

동인 나도 원고료에는 퍽으나 박복한 사람인가 봐요. 지금까지 통떠러 친대야 1,500원이나 될가 말가.

성해(星海) 나도 이력저럭 모다 합산한대야 3,000원을 초과하기 어려웟
슬 걸요. 단행본으로 「여둥(汝等)의 배후(背後)에서」의 판료(版料)를 밧
아본 것이 잇고 신문연재의 소설 고료를 밧어본 것이 거이 전부이엇스
니까.

본사측 아마 이 자리에 안 오신 이 중에 원고료 만히 밧은 거장(巨將)
을 헤자면 상섭(想涉)을 칠걸요. 씨는 연조(年祖)가 오래고 작품도 여러
10편이니까 춘원 버금에는 갈걸요. 그리고 지금은 고인이 된 나도향(羅
稻香)도 상당하엿슬 줄 생각합니다. 넷날 조선도서회사(朝鮮圖書會社)을
통하야 출판이 여러 개 잇섯고 시대일보와 동아일보 등에 연재소설도
만히 썻스니까.[81]

이 좌담회를 통해서 알 수 있듯이, 몇 천 원 단위의 원고료 수입은 연재
소설을 창작하는 소설가에 국한된 일일 뿐, 그나마 김억의 경우 시가 아닌
전기의 번역료가 주된 수입이었다. 그러니 오로지 원고료·인세만으로 전업
시인의 삶을 산다는 것은 사실상 불가능했다. 물론 이것은 당시 출판업, 특
히 작가의 경제활동과 관련한 공식적인 통계가 없는 상황에서 추론에 불과
할지 모르겠다. 어쨌든 인용한 기사들은 당시 단편적인 정황들을 통해서 전
업 시인들의 경제적 사정을 추측해볼 수는 있다. 1920년대 후반 시집 1권의
정가는 천차만별이기는 했으나, 예컨대 1929년 한성도서주식회사에서 간
행했던 김억의 『안서시집』은 70전, 『봄의 노래』(재판)는 60전, 주요한의 『아
름다운 새벽』(재판)도 60전, 그리고 김소월의 『진달내꽂』(재판)은 1원으로,
정가는 대체로 1원 이내였던 것으로 보인다. 또한 일찍이 김억의 『오뇌의 무
도』(1921)와 『기탄자리』(1923)는 1원, 『해파리의 노래』(1924)는 80전, 『신월』
(1924)은 50전, 『봄의 노래』(1925)는 60전이었으니, 대체로 이 시집들에 대

한 인세도 60원에서 100원 사이였던 것으로 추정할 수 있다. 그리고 당시 신춘문예현상모집의 광고들로 보건대 시가 부문의 시 혹은 신시 당선작의 경우 상금은 5원 정도였다는 것을 알 수 있다.

이러한 금액이 당시 어느 정도의 가치를 지니고 있었는지 가늠하기는 쉽지 않으나, 당시 직업별 평균 수입이나, 계층별 생활비를 통해서 어느 정도 짐작은 할 수 있다. 이를테면 1930년대 조선의 직업별 한 달 수입이 제각각 이겠지만 어느 잡지의 기사에 의하면 대체로 의사가 75원, 은행원이 70원, 신문기자가 50원, 보통학교 교원이 40원, 운전수가 38원, 순사가 36원, 일용직 노동자가 일당 50전 가량이었다.[82] 그런가 하면 가정마다 사정은 제각 각이나 경성 거주 5인 가족을 기준으로 월수입 40원, 혹은 6인 가족을 기준으로 월수입 85원 연수입 1천원이면 중산층 생활의 하한선을 체험할 만했다고 한다.[83] 물론 이 모두 공신력 있는 조사·통계는 아니며, 더구나 '중산층 생활의 하한선'도 주관적이고 상대적인 기준일 터이다. 하지만 이것을 통하여 당시 원고료나 인세를 통해 전업 시인의 경제활동의 실상을 엿보기에 충분하다.

그러니까 원고료·인세만으로 보자면 과거 10여 년간 원고료 수입이 4천 원여였던 김억은 연평균 수입은 4백 원, 월평균 30원 정도였던 셈이니, 이 수치만으로 보면 그의 경제적 수준은 순사보다 낮았고 경성의 중산층 생활의 하한선을 밑돌았다고 볼 수 있다. 그러한 사정은 비단 김억만은 아니었을 터인데, 지금까지 검토한 기성 시인들만 두고 보더라도 엄밀한 의미에서 전업 시인은 거의 없었다. 이를테면 교원(변영로, 양주동, 이은상), 신문기자(김억, 김동환, 김형원, 박팔양, 유도순, 이은상, 이하윤, 주요한)나 신문사 관계자(김소월[신문사지국장], 이은상[조선일보출판부]), 잡지사 경영자(김억, 김동환, 김형원) 혹은 방송국 직원(김억, 이하윤), 음반회사 관계자(이하윤, 조영출)

등이 사실상 본업이었던 것이다. 그래서 김억의 이 시는 전업 시인의 경제적 상황에 대한 자조적인 한탄으로 읽히기도 한다.

> 돈々하는 이 세상에서
> 시는 지어 무엇에 쓰오.
> 참말 올소 그 말이 올소.
> 돈々하는 세상이길래
> 할 일 업서 시쎄나 지어
> 혼자 보고 즐겨 웃지요.
> 「시와 술」에서[84]

이것이 전업 시인의 삶을 한탄한 시라면, 김억이 시인으로서 시를 창작하는 일을 단지 자기만족이 아니라 독자들에게 감동을 주기 위한 행위이며, 이를 위해 시를 음악화하여 음반으로 보급하는 문화사업도 매우 뜻 깊은 일이라고 역설했던 것도,[85] 결국 전업 시인으로서의 경제적 활동과 관계있는 발화로 이해할 수 있다. 비록 이 시를 발표할 무렵은 아니었으나, 실제로 유행가요 작사자로 활동하기 시작하던 무렵 김억의 생활은 전혀 안정적이지 못했다. 이를테면 그는 1년이 멀다 하고 경성부 안에서도 낙원동의 여관, 관수동의 아파트, 성북리의 문화주택 등을 전전할 만큼 주거가 안정적이지 못했다.[86] 또 신문기자는 아니나 《동아일보》에 칼럼을 연재하면서 오로지 원고료로 생활하기도 하고(1933), 예전에 재직했던 한성도서주식회사 객원과 주간으로 다시 입사했다가 1년도 채 되지 않아 퇴직하기도 하고(1935), 경성방송국(1935~) 편성계 직원으로서 봉급생활자 생활을 하기도 했다.[87] 김억의 불안정한 생활은 주변에서 우려할 정도의 도박벽(마작과 경마)과 일확천

금에 대한 미몽 때문이었을 수도 있다.[88] 어쨌든 김억은 상당히 오랫동안 생활고를 겪었는데, 당시 잡지 기사에 따르면 그는 1년 내내 같은 옷과 모자로 지낼 정도였으며, 그러한 생활을 견디다 못해 역술인을 찾기도 했던 것으로 보인다. 어느 설문에서는 예술에 대한 신념도 결국 생활난을 해결한 이후의 문제라고 한 바 있기도 하다.[89]

그러나 유행가요 전문 작사자의 삶은 전업 시인과 달랐을 것이다. 우선 당시 유행가요 작사자는 음반회사마다 조금씩 사정은 다르고, 또 작곡자나 연주자만큼 엄격하지는 않았으나, 근본적으로 음반회사와 전속계약을 맺었다고 한다.[90] 그것은 일본 음반업계의 관행을 그대로 따랐기 때문으로 여겨지는데, 일본의 경우 사이조 야소와 같이 흥행한 작품이 적지 않은 작사자의 경우라도 특별히 전속계약에 따른 계약금이나 급여는 없었고, 오로지 음반 1매당 2전의 인세만을 받았다고 한다.[91] 이는 조선도 크게 다르지 않았을 것으로 여겨지는데, 다만 일본과 달리 가사 1편당 10원 정도의 작사료를 받았다고 한다.[92] 그렇다고 하더라도 작사료는 여느 원고료에 비할 수 없는 거액이었다. 문예가협회가 시 1편당 3원의 원고료를 요구했던 일을 염두에 두고 보면, 유행가요 가사의 작사료는 시의 원고료에 비해 3배의 고가였던 것이다. 또한 각종 신문·잡지의 각종 유행가요 가사 현상공모 당선자의 상금은 시가 부문의 다른 갈래 당선작에 두 배인 10원이었다.

1934년부터 1938년까지 연평균 11편의 유행가요 가사를 발표했던 김억은 작사료만으로 연평균 110원, 그리고 그가 가장 많은 작품을 발표했던 1935년의 경우 260원의 수입이 있었다. 분명한 근거가 없기는 하나, 어느 증언대로 1934년경 김억이 이미 140여 편의 유행가요 가사를 창작했던 것이 사실이라면,[93] 그는 작사료만으로도 상당한 수입이 있었다. 이하윤이나 유도순의 경우도 마찬가지이다. 유도순은 1934년부터 1943년까지 재발매 작품을 제외하고 연평균 약 10여 편, 특히 1935년 한 해에만 36편의 작품을 발표했다. 적어도 1938년경까지 그가 《매일신보》 현역 기자였던 것을 감안하면,[94] 신문기자 급여에 가까운 작사료 수입이 있었던 셈이다.[95]

더구나 이하윤은 일본콜럼비아사 조선지사의 문예부장으로 재직하기까지 했다. 후일 그는 일찍이 교원 시절이나 《중외일보》 기자 시절에도 거의 수입이 없어 생활고가 극심했다고 술회한 바 있거니와,[96] 그에게 유행가요 가사 창작과 음반회사 입사는 나름대로 작가로서 포부를 펼 기회이자 안정된 생활기반을 마련할 좋은 기회였을 것이다. 그래서인지 1934년 이하윤은 최신작에 대한 단평을 요구하는 어느 설문에, "문단 참여 사유를 발견하지 못하는 나, 읽을 것도 별로 업거니와 써 평하고 십흔 충동을 이르켜 주는 작품을 맛나지 못한 채 잇는 것도 사실입니다"라고 답한 바 있기도 하다.[97] 아마도 이미 10편의 유행가요 가사를 발표했던 그로서는 전업 시인이 아닌 전문 작사자, 음반기획자가 본업으로 여기고 있었던 것은 분명하다. 그런가 하면 당시 《삼천리》의 한 기사에 따르면 일본콜럼비아사의 경우, 문예부원을 채용하기 위해 시험까지 치렀으며, 그 시험에 전문학교 이상의 학력을 지닌 외국문학 전공자, 문학평론가, 희곡작가 등 60여 명의 명망가가 응시했다고 한다.[98] 이하윤 또한 이러한 시험을 거쳤던가는 분명히 알 수 없다. 만약 이하윤 또한 그 응시자 가운데 한 사람이었다면, 그의 음반회사 입사는 단지 신념에 따른 결단으로만 볼 수 없을 것이다.

물론 음반회사 문예부의 직원이었던 이하윤을 제외한 나머지 시인들의 경우, 번역료든 원고료든 작가로서의 수입이나, 다른 직업을 통한 수입보다도 작사료 수입이 더 많았다고 보기는 어렵다. 그래서 당시 시인들의 유행가요 가사 창작을 '시인의 돈벌이'라고 한 비난은, 설사 음반회사가 환영할 만한 대중성·흥행성을 갖춘 시인에 한정해서 본다고 하더라도, 그들이 여느 평범한 기성 시인의 삶과 크게 다르지 않은 만큼 전적으로 동의할 만한 비판은 아니라고 본다. 그럼에도 불구하고 전업 시인과 전문·전속 작사자는 단지 장르와 매체의 차이만이 아닌 글쓰기의 절대적 조건과 상대적으로 후한 보수의 차원에서 서로 전혀 다른 길로 나아갈 수밖에 없다. 후자의 경우 철저하게 음반회사의 유행가요 제작 기획과 메커니즘에 부합하는, 작품성보다도 대중성·흥행성을 갖춘 작품만을 창작해야 했고, 그 조건에 충실히 따를 경우 저널리즘과 출판업계로서는 쉽게 엄두를 내기 어려운 차원의 보수를 음반회사로부터 받았던 것이다. 바로 그 조건과 보상만 두고 보더라도 기성 시인의 유행가요 가사 창작은 음반회사의 직인의 처지로 귀결된다.

　그렇다면 김종한이나 남궁랑을 비롯한 문학청년들 혹은 허다한 작가 지망생들은 어떠했던가? 이들도 당시 저널리즘을 통해 간간히 알려진 음반업계의 사정이나, 기성 시인들의 활약상을 소상히 알고 있었을 것이다. 그리고 어쩌면 이들은 「유행가와 시인」(1935)에서 지목한 기성 시인들의 유행가요 가사 창작을 선망과 질투의 시선으로 바라보았다는, 이른바 '부질없은 거리의 아이들'이었을 수도 있다. 이를테면 김종한은 《조선일보》 유행가요 현상모집에 당선되었을 당시에 밝히기도 했듯이, 1925년부터 약 3년간은 경상북도 봉화에서 보통학교 교원생활을 했고, 1930년경에는 《조선일보》 봉화지국에서 근무한 적도 있으며, 심지어 1934년경에는 스스로 '광산생활'을 했다고 밝힌 바도 있다.[99] 이처럼 동가식서가숙하면서 시, 민요, 심지어 유행가요 현상모집에도 응했던 데에는, 단지 전업 작가로서의 입신이나 위신만이 아니라, 경제적인 보상도 작용한 것으로 보인다. 그도 그럴 것이 1938년 《조선일보》의 유행가요 현상모집의 상금은 무려 50원이었고, 김종한은 아직 니혼대학 예술과에 재학중인 학생이었다. 특히 조영출의 경우는 부친의 사망으로 인해 승려가 된 모친과 함께 사찰에서 기식할 만큼 빈한한 유년시절을 보냈고, 보성고보 재학도 한용운의 도움 덕분이었다고 알려져 있다. 조영출이 약관의 학생 신분으로《동아일보》와《별건곤》에 연이어 현상공모에 응모했던 것은, 근본적으로 전업 작가로서 입신하고 위신을 얻기 위해서, 특히 전문 작사자를 자신의 직업으로 삼고자 했기 때문이었던 것으로 보인다. 후일 그가 와세다대학에 유학할 수 있었던 데에는, 오케사 조선지사의 문예부원이라는 직업과 유행가요 가사 창작이 큰 몫을 했을 것이다.[100]

　1934년《별건곤》, 1938년《조선일보》의 유행가요 현상공모가 그토록 백열화했던 것은 이 같은 중층적인 맥락을 배경으로 한다. 따라서 1930년대 조선에서 기성 시인들과 허다한 작가 지망생들이 적극적으로 장르와 매체의 경계를 넘는 글쓰기에 나섰던 것을 그저 '시인의 돈벌이' 차원으로만 환원해서 이해할 수도 없다. 그들을 단지 작가 혹은 예술가로서의 시인의 면모만이 아니라, 자신이 창작한 작품 혹은 자신의 창작 역량을 재화로 교환해야 하는 직업인으로서 조망해보는 일은 의미가 있다. 무엇보다도 1930년대 조선에서 유행가요 가사 창작과 전문·전속작사자라는 직업은, 전업 시인과 작가 지망생들이 직면하고 있던 현실적인 생활의 단면, 나아가 '시'가 처해 있던 현실적 소여를 드러내기 때문이다. 특히 그 가운데에서 당시 문학계로부터 소원하거나 소외를 면치 못하던 주변적 시인들, 작가 지망생들에게 유행가요 가사 창작은 전업 작가로서의 위신과, 어쩌면 기성 시인들로서는 기대하기 어려운 후한 보수까지 안겨주는, 쉽게 거부하기 어려운 기회였을 것이다. 더군다나 문자 텍스트와 인쇄매체를 통해서는 도저히 기대할 수 없는 대중적인 환영까지 받을 수 있었으니 더욱 그러했을 것이다.

6. 유행가요 현상공모가 남긴 의문들

1934년 이후 《별건곤》과 《조선일보》 등이 음반업계와 제휴하여 전문 작사자들을 현상공모했던 일들은 당시 조선의 문화장에서 유행가요 제작 메커니즘과 유행가요 가사 창작을 둘러싼 복잡한 사정들을 여실히 드러낸다. 이 현상공모들은 당시 문학계는 물론, 그로부터 소원하거나 소외된 기성 작가들과 문학청년들 혹은 독자이자 청중이었을 작가 지망생들, 저널리즘을 통해 동시대 유행가요에 대해 나름대로 입장을 표명했던 지식인들, 그리고 음반업계 등 문화장 내 다양한 참여자들의 시에 대한 서로 다른 요구·욕망·관념·실천들이 서로 얽히고 경합하며 길항하는 가운데에 이루어졌다. 환언하자면 이것은 당시 조선의 문화장 내의 다양한 참여자들 나름의 의사소통, 그들의 요구와 실천 사이의 상호절합의 장면이었다. 바로 이 가운데 당시 조선에서 시 창작을 비롯한 글쓰기의 사회화가 이루어졌으며, 그리하여 시 혹은 시가의 개념은 변용·확장되고 있었던 것이다.

그런데 1930년대의 이 같은 유행가요 현상공모는 그것을 둘러싼 다양한 참여자들의 기대 지평이나 신념, 욕망에 과연 온전히 부합했던가? 그 시 창작의 사회화 현상이 과연 기성 시인들과 문학계를 위협할 만한 위력을 지니고 있었던가? 또한 그 현상공모 당선자들이 작가로서의 시인을 능가하는 활약상을 드러냈던가? 이 질문에 긍정적인 답을 하기는 쉽지 않다. 그것은 무엇보다도 이 유행가요 현상공모를 통해 전문 작사자로 등장했던 이들 가운데 김억 등의 기성 시인·작사자들만큼, 혹은 그들보다 성공했던 경우는 조영출 이외에는 없었기 때문이다. 일단 그들의 작품 규모만 놓고 보아도 167편의 작품을 취입한 조영출을 제외하고, 고한승이 34편, 남궁랑이 10편, 김종한은 5편만을 음반으로 취입했고, 강승한을 비롯한 대부분의 당선자들은 당선작 1편만 음반으로 취입했으며, 그나마 정흥필과 같이 취입조차 하지 못한 당선자들도 있었다. 이것은 홍사용, 김억, 이하윤, 유도순과 같은 기성 시인들이 취입한 작품 규모에 훨씬 못 미치는 규모이다. 물론 《별건곤》이나 《조선일보》 등은 독자들의 관심과 호응을 환기하는 측면에서, 또한 당시 문화장에서 작가 발굴의 주체로서 문화장에서의 위상을 드높일 수 있었던 점에서 나름대로 만족할 만한 성과를 거두었다고 볼 수도 있다. 음반업계의 경우 조영출을 비롯하여 우수한 작사자들을 안정적으로 얻을 수 있었다는 점에서는 성과가 있었겠으나, 작품성은 물론 대중성·흥행성마저도 두루 갖춘 작사자를 얻는 데에는 그다지 성공했다고 보기 어렵다.

> 유행가의 가사가 노래로서의 모든 요소를 가초어 가젓다 하드라도 그 이름과 가티 류행성을 띄우지 안코는 그 가치를 논할 수는 업슬 것입니다. 시인의 심안에 비쳐여 별반 신통치 안은 것이라도 류행가 자체의 가치를 논할 때에는 거이 만점(滿點)이라고 할 만한 것이 적지 안습니다. 이 점이 류행소곡이 까닭하면 야비한데 흐르기 쉬운 원인이 아닐가 합니다. 그러니까 류행소곡의 작자는 시적 양심을 얼마간 나추어서 그 이름에 부합 하도록 류행성을 풍부케 하여야 하고 사회적 양심을 훨신 놉혀서 일반 교화에 미치는 영향을 생각해야 할 것입니다. 이것이 류행소곡 작가로서 우수한 긔교를 요할 점이요 따라서 신인 이외의 책임감을 가져야 할 점이라고 생각합니다.[101]

《별건곤》의 신유행소곡 현상대모집 제2회 선후감(選後感)을 통해 《별건곤》의 편집부가 밝힌 바와 같이, 낙선시키기에 아까운 작품은 많으나 '특선'에 해당하는 당선작이 없었다는 것은 《별건곤》이 요구한, "시적 양심을 낮출 것", "유행성을 풍부하게 할 것", 그러면서도 "사회적 양심을 높일 것"이라는 세 가지 주문에 두루 부합했던 작품과 작가를 발견할 수 없었다는 것이다. 이는 《조선일보》의 각종 현상공모 당선작들을 취입·발매했던 음반회사들의 경우에도 크게 다르지 않았다. 이를테면 시에론사(1편), 오케사(1편), 일본빅터사(1편), 일본폴리돌사(3편), 일본콜럼비아사(4편) 등 대부분의 음반회사들은 《조선일보》사의 의뢰에 따라 단 한 차례만 당선작을 취입·발매했을 뿐, 더 이상 《조선일보》의 의뢰에 응하지도 않았고, 그 당선자들에게 더 이상 취입·발매의 기회를 주지 않았다.[102] 그러므로 음반업계로서는 각종 유행가요 현상공모가 그다지 매력적이지 않았다고 보아야 할 것이다. 당시 대중성·흥행성을 가장 고려해야 했던 음반회사로서는 모처럼 발매한 음반이 흥행의 성공을 거두지 못할 경우, 도리어 적어도 2백 원 이상의 손실을 감내해야 했기 때문이다.[103]

그렇다고 하더라도 《별건곤》과 《조선일보》 등의 유행가요 현상공모는 대단히 상징적인 사건이다. 그것은 당시 조선 문화장 내의 유행가요 가사를 둘러싼 의사소통과 실천, 그리고 그 가운데에서 이루어진 상호 절합의 장면이나, 시 창작의 사회화 현상, 시 혹은 시가 개념의 변용과 확장을 가능하게 한 가장 근원적인 동력이 근본적으로 당시 조선의 문화장에서 유행가요의 영향력이었고, 무엇보다도 외국 음반산업의 자본의 힘이었다는 사실을 드러내기 때문이다. 그래서 《별건곤》의 신유행소곡현상대모집 제2회 선후감 가운데 낙선시키기에는 아까운 작품은 많으나 '특선'에 해당하는 당선작이 없었다는 대목이나, 현상모집 응모자들에게 "유행성을 풍부하게 할 것", 그러면서도 "사회적 양심을 높일 것", 특히 "시적 양심을 낮출 것"이라는 한데 어울리기 어려운 주문을 했던 것도 엄밀하게는 《별건곤》 편집부라기보다는 일본빅터사와 시에론사의 조선지사 문예부라고 보아야 한다. 《별건곤》 현상공모 당선자 정홍필의 경우 음반발매의 기회를 얻지 못했던 것도, 바로 그러한 외국 음반산업의 자본의 힘이 현실적으로 드러나는 사례이다.

다른 한편으로 보자면, 유행가요와 음반산업 자본이 위세를 드러낼 수 있었던 것은, 당시 유행음악을 둘러싼 조선과 일본의 유성기 음반 청취자들의 취향 사이에 큰 거리가 없었기 때문이기도 하다. 음반회사 조선지사 문예부는 그 무렵 도쿄에서 흥행에 성공한 유행가요의 경향을 참조하여 조선 유행가요 레퍼토리의 제작 방향을 결정했다. 도쿄의 유행가요 경향이 조선의 유성기 음반 청취자들에게도 영향을 미쳤던 사정은 이광수를 비롯한 문학인들과 신문의 허다한 논설이 누누이 퇴폐적인 유행가요의 전형으로 비판했던 곡들 가운데 한 부류가 일본의 유행창가였던 것을 통해서도 알 수 있다. 〈시들은 방초(枯れすすき)〉, 〈장한몽〉, 〈새장 안의 새(籠の鳥)〉, 〈이소부시(磯節)〉, 〈야스기부시(安來節)〉, 〈사랑의 새(戀の鳥)〉, 〈압록강부시(鴨綠江節)〉 등의 작품들은 1920년대에 걸쳐 몇 차례나 발매될 만큼 조선에서 인기를 누렸다.[104] 그리고 일본에서 큰 인기를 누렸던 〈섬처녀〉, 〈도쿄행진곡〉, 〈술은 눈물일까 한숨일까〉 등 일본 유행가요가 조선에서도 지속적인 인기를 얻었던 것으로 보인다.[105] 그리하여 〈술은 눈물일가 한숨이랄가〉(1931. 10 번안), 〈희망의 고개로〉(1931. 10 번안), 〈댓스 오-케-〉, 〈달빛 여흰 물가〉(1932. 1), 〈아가씨 마음〉, 〈고도의 밤〉 등의 번안곡은 물론 〈처녀 열여덜엔〉, 〈섬색시〉, 〈애상곡〉, 〈고도의 정한〉(1933. 10) 등 일본 유행가요의 에피고넨도 지속적으로 흥행에 성공하기도 했다.

이러한 현상은 근본적으로 유성기와 유행음악을 중심으로 한 문화변용, 문화번역의 양상으로 보아야 한다. 그것이 근본적으로 기술·경제·정치의 차원으로 확장하는 제국과 식민지 사이의 권력관계를 전제로 이루어진 것임은 두말할 나위도 없다. 그러한 문화변용·문화번역이 이루어지는 가운데 유행음악에 대한 조선인들의 취향 또한 자연스럽게 형성되어 갔다고 보아야 한다. 또한 당시 조선의 유행가요 청취자들이 이를테면 조선의 민요를 참조 혹은 모방하여 양악 반주를 가미한 비빔밥과 같은 노래, 미발굴 혹은 미개척의 지방 민요를 향토성 깃든 편곡과 반주에 맞추어 부르는 노래를 선호했던 현상은,[106] 바로 그러한 취향 형성의 한 장면이라고 보아야 한다. 특히 앞서 거론한 김형원의 〈그리운 강남〉이 김용환, 윤건영, 왕수복에 의해 '신민요'로서도 취입되었던 것은 바로 그러한 이유 때문이다.

따라서 《별건곤》과 《동아일보》를 통해 전속 작사자로 등장한 조영출이나, 현상공모 이전 이미 전문 혹은 전속 작사자로 활동했던 홍사용 등의 시인들은 "유행성을 풍부하게 할 것", 그러면서도 "사회적 양심을 높일 것", 특히 "시적 양심을 낮출 것"이라는 주문에 충실히 호응했던 이들이었다. 김억이 현대적·도시적인 민요로서, 현대인의 심정에 감동을 주는 공리적 의식을 배제한 유행가요 가사의 문학적 가치를 역설했던 것은, 결국 음반산업의 주문에 충실히 따르겠다는 일종의 고해로도 읽을 수 있다. 그래서 그가 시인의 유행가요 가사 창작과 음반 발매를 '문화사업'이라고 명명고, 이하윤이 유행가요의 영향력을 무시할 수 없으니, 시인이 앞장서서 좋은 노래를 만들어 상품화하자고 했던 것이다.[107]

특히 유행가요 가사 창작의 문학적 가치와 문화적 의의를 역설한 논리가 근본적으로 1920년대 이후 그가 한결같게 견지해온 서정시에 대한 관념, 시가 개량의 이상으로부터 비롯했던 김억의 경우를 주목할 필요가 있다. 앞서 3장에서 그러한 관념과 이상의 선언적 발화들이 당시 문학·문화의 장에서 전래 혹은 외래의 시가·유행가요에 맞서 김억 자신의 예술적·미학적 우위를 주장하기 위한 것이었다고 거론한 바 있다. 하지만 그러한 판단은 일단 유보할 수밖에 없다. 그것은 김억이 언급한 현대적·도시적인 민요나, 현대인의 심정에 감동을 주는 유행가요를 당시 유성기와 유행음악을 중심으로 한 조선과 일본 사이의 문화변용, 문화번역의 양상, 그리고 일본 유행가요 경향과 연동하고 있던 조선인 청취자들의 취향을 염두에 두고 보면 그러하다. 즉 유행가요 가사 창작과 문화사업에 대한 김억의 일련의 발화는, 그의 시가 개량의 담론과 그것을 뒷받침하는 민족 이데올로기의 수사들이 결국 당시 조선에서 유행음악을 둘러싼 문화변용·문화번역이 이루어지는 가운데, 유행음악의 영향력과 음반산업의 힘과 위세에 영합하는 자기정당화의 논리였다는 것을 시사하기 때문이다.

김억이 열어젖힌 1920년대 '국민문학'을 상상하는 시가 개량의 담론은 근대기 대중문화로서 시를 상상하고, 그 문학적·문화적 가치를 역설하는 담론으로, 또한 그러한 논설의 근간을 이루는 민족 이데올로기와 그 수사는 결국 일본 유행가요에 대한 조선 유행가요 고유의 미학적 가치를 옹호하는 논리이자 수사로 귀결 혹은 변용되었다고 할 수 있다. 그리고 그것이 김억의 자의에서 비롯한 것이든 아니든 궁극적으로 외국 음반산업 자본의 힘과 위세에 의한 결과임은 부정할 수 없을 것이다. 그러한 사정은 홍사용을 통해서, 그리고 기술복제시대 예술로서 신민요의 문학적·문화적 가치를 역설했던 김종한을 통해서 충분히 입증된다. 그럼에도 불구하고 김억, 그리고 그의 시대 시인·작사자들이 과연 오로지 유행성이 풍부한 가사 창작을 위해 시인으로서 양심을 낮추는 데에 주저하지 않았던 이들이었던가, 그들의 시가 개량의 논리에 과연 아무런 진정성도 없었던가 하는 의문은 남는다. 이 의문들은 1930년대 시인·작사자들이 남긴 유행가요를 면밀하게 검토하는 가운데 해결될 것이다.

5장

시와
유행가요의
경계

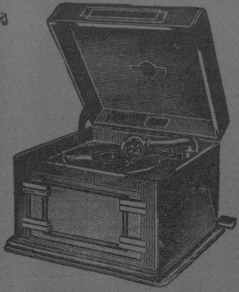

1. 서도잡가의 수사와 정서의 현재화

1935년 11월, 《삼천리》는 당시 조선 사회를 풍미하던 유행가요 몇 편의 작사자와 작곡자를 대상으로 한 인터뷰 기사 한 편을 게재한다.[1] 이 기사는 1934년 11월부터 지속적으로 실시한 독자를 상대로 한 설문조사 '레코-드 가수 인기투표' 결과의 후속 기사로서,[2] 당시 조선인에게 가장 사랑받았던 유행가요에 대한 창작 후일담을 소개한 것이다. 이 기사들에 소개된 작품들은 당시 조선의 유행가요가 빚어낸 화려한 풍경을 그려내고 있다. 그런데 이 기사가 게재된 1935년을 전후로 한 시기의 조선의 유행가요는 바야흐로 절정기를 맞이하고 있었다.[3] 이 기사의 내용 가운데 대부분은 일본콜럼비아 전속 작사자였던 시인 김억의 〈꽃을 잡고〉, 이하윤의 〈애상곡〉, 유도순의 〈조선타령〉의 작사 및 취입 비화에 할애되어 되어 있다. 특히 이 가운데 김억과 유도순의 작품은 모두 '신민요'로, 김억의 16편, 유도순의 23편의 신민요 작품 가운데, 가장 대표적인 작품이기도 했다(한편 이하윤은 14편의 신민요를 발표했다).

이 신민요는 대체로 전래민요, 잡가와 유행창가 등이 결합하여 이루어진 가요곡으로, 크게는 근대기에 새롭게 창작되고 구전되던 것, 전래민요나 잡가의 가사를 개사하여 양악의 평균율로 편곡한 것, 전래민요나 잡가의 사설과 선율에서 모티프를 차용하여 작사가와 작곡가가 새롭게 창작한 것 등을 가리키는 매우 포괄적인 갈래이다. 또한 연주자의 발성(진성의 중저음 혹은 가성의 고음), 창법과 기교(요성[搖聲]이나 시김새, 잔가락 처리 등), 반주(주로 선양합주)에 따라서 음악적으로는 매우 큰 진폭을 드러낸다. 그런가 하면 이 신민요는 음반회사에 따라서, 또한 개사와 편곡의 정도에 따라서 그저 '민요'라고 통칭되기도 하고, '속요'라고 명명하기도 했다.[4]

그런데 당시 이들 음반회사 전속 작사자들이 창작했던 신민요는 엄밀히 말하자면 일본콜럼비아사를 비롯한 다국적 음반회사들이 조선에 진출한 이후 현지화의 차원에서 제작한 혼종적인 가요곡이었다. 당시 조선의 음반회사들은 1920년대 후반 일본민요협회의 신민요 운동과 그 성과를 음반으로 취입하여 흥행에 성공했던 경험을 배경으로 타이완과 조선에서도 신민요 레퍼토리들을 제작·보급했기 때문이다.[5] 1930년대 중반 음반회사의 조선인 문예부장들이 한결같이 당시 유행가요의 총아이자 각 회사의 주력 레퍼토리가 바로 신민요라고 술회했던 데에서도 알 수 있듯이, 이 신민요는 유행가와 더불어 근대기 유행가요 형성기를 대표하는 갈래였다.[6] 이하윤 등의 표현을 빌자면 "유행가와 민요 그 중간식 비빔밥"(일본콜럼비아사 이하윤), "조선의 민요에다가 양악 반주를 맞춘 중간층의 비빔밥식 노래"(일본빅터사 이기세) 혹은 "향토미와 조선색이 철철 흐르는 민요풍의 노래"(오케사 김능인)인 혼종적인 유행가요인 신민요는, 세대와 계층의 경계를 넘어 다양한 취향의 조선인 청취자들에게 호응을 얻었다.

이 가운데 김억은 누구보다도 일찍이, 그리고 적극적으로 시가 개량, 국민문학론의 실천의 차원에서, 또한 음향 텍스트로서의 시를 통한 문화사업

〈폴리돌 매월신보〉(1934. 9. 표지)

의 차원에서, 신민요를 통해 순수한 조선의 언어, 품가 높은 조선의 정조를 표현하는 데에 남다른 애착을 가지고 있었다. 이를테면 〈삼수갑산〉과 〈수부의 노래〉를 발표할 무렵부터 그러했다. 그러한 김억의 문학적 이상과 음반 산업의 기획, 그리고 청취자들의 요구에 가장 부합했던 작품 가운데 하나가 바로 〈꽃을 잡고〉였다.

> 1. 하늘하늘 바람이 / 꽃이 피면 / 다시 못니즐 지낸 그 녯날//
> 2. 지낸 세월 구름이라 / 닛자건만 / 니즐 길 업는 설은 이내 맘//
> 〈꽃을 잡고〉

김억의 후일담을 통해서도 알 수 있듯이, 그는 이 작품을 우연한 기회에 취입했던 것으로 보인다. 전래민요의 음악적 특성을 충실히 반영한 이면상의 향토적이고도 서정적인 악곡, 한편으로는 전래의 창법(서도 풍의 요성과 시김새)과 현대적인 기교(비성[鼻聲]이 농후한 가성[假聲])를 두루 갖춘 선우일선의 연주가 더해져 이루어낸 이 작품의 품가에 김억은 매우 만족했다. 특히 김억은 선우일선의 연주가 흡족했던 듯하다. 김억은 이 〈꽃을 잡고〉의 완성을 바라보며, 그가 일찍이 자신의 문학론을 통해 시의 본질로서 누누이 역설했던 인생의 비애·설움·고통을 순화하고 위로하는 '심적 황홀'과 그 가치가[7] 음악적 의장과 표현을 통해 완성되었다는 성취감을 느꼈을 것이다.

이 '심적 황홀'은 김억이 인도의 여성 시인 사로지니 나이두(Sarojini Naidu)의 시를 분석하면서 거론한, "자연의 미를 그리워하는 마음", "애인을 그리워하는 마음", "무조건적으로 그리워하며 취하는 마음", 그리고 "까닭 없이 울고만 싶은 듯한 감정"과 함께 '동양의 마음'의 일부이기도 했다.[8] 그리고 이후 김억이 국민적 시가를 표방하며 창작했던 시를 통해 바로 이 '동양

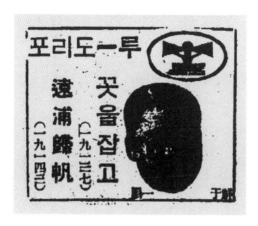

《동아일보》 광고(1934. 7. 6. 2면)

의 마음'을 표상하고자 했던 것은 주지의 사실이다.[9] 바로 그러한 배경에서 쓴 이 〈꽃을 잡고〉가 완미한 신민요로서 청취자들의 호응을 얻고 있을 때, 김억은 시의 음악화와 유행가요 창작이야말로 자신의 시가 개량, 국민문학의 이상을 실현하는 방법이라고 믿어 의심치 않았을 것이다.

김억이 구상했던 '동양의 마음'은 그의 신민요와 유행가요의 주조였으며, 그것을 가장 시적이고도 간결하게 표현한 이 작품은 실제로 당시 청취자로부터 큰 호응을 얻었다. 〈꽃을 잡고〉가 수록된 음반 광고는 《조선일보》를 비롯한 당시 일간지에 1934년 5월부터 이듬해 1월까지 총 15회나 게재되었으며,[10] 일본폴리돌사의 음반 홍보물인 《포리도-루 레코-드》에도 1934년 9월부터 이듬해 9월까지 무려 1년 동안 지속적으로 게재되기도 했다.[11] 특히 당시 신문 광고에 따르면 이 〈꽃을 잡고〉가 수록된 음반은 품절과 입하를 거듭했던 것으로 보이며, 정확한 것인지는 확인할 수 없으나, 어느 잡지 기사에 따르면 당시 약 5만 매 이상의 판매고를 올렸다고도 한다.[12] 어쨌든 〈꽃을 잡고〉의 성공 덕분에 당시 17세의 평양기생학교 출신의 가수 선우일선도 이 한 곡으로 일약 인기가수의 반열에 올라, 1935년 10월 《삼천리》의 가수 인기투표에서 3위를 차지하기도 했다.[13]

후일 평안남도 용강에서 감명 깊게 들었던 〈긴아리〉의 애수어린 정서와 미감에 대한 김억의 회고를 통해서도 알 수 있듯이,[14] 그는 그저 관념의 차원에서 사고했던 '동양의 마음'의 전형과 '심적 황홀'의 정서를 서도잡가에서 발견했다. 그리고 김억은 특히 〈수심가〉류의 잡가의 수사와 정서를 자신의 작품에 적극 원용하여 〈꽃을 잡고〉가 이룬 성취를 재현하고자 했다.

1. 서해 바다 밀물이 님 실고 갈제 / 갈매기로 이내 몸 태엿드라면 / 난 바다로 님 쌀아 내가 갈 것을/ 리별 설어 포구엔 나 못 살겟네//
2. 넓은 바다 서해를 드나는 물은 / 지향 업시 동서를 휘돌다가도 / 째가 되면 쏘다시 들오는 것을 / 리별 설어 포구엔 나 못 살겟네//
3. 님을 예고 외로운 우는 이내 맘 / 들고나는 이 물결 웨 못 되든가 / 님을 싸라 맘대로 쌀아 돌 것을 / 리별 설어 포구엔 나 못 살겟네
〈이별 설어〉

1. 명사십리 해당화야 꽂치 진다 설어 마라 / 명년 삼월 돌아오면 너는 다시 안 피는가//
2. 인생이라 돌아가면 두 번 다시 볼 길 업고 / 무정세월 흘너가니 젊은 청춘 다 늙는다//
3. 사라 생전 늙기 전에 잔을 들고 놀아보리 / 아차 실수 신사하면 세상 만사 꿈 속이라//
4. 새봄마다 피는 꽃츤 송이ㅅ 예 갓건만 / 어이하야 이내 인생 세ㅅ년ㅅ 달나지나//

〈이내 인생〉

1. 한양이 어듸메냐 천리원정 멀구나 / 하눌에 구름만 첩첩이라 / 어이
살거나 님 그려 요 세상 어이 살거나//
2. 무심한 상사몽아 오락가락 말어라 / 운다고 그님이 알가보냐 / 어이
살거나 님 그려 요 세상 어이 살거나//
3. 아닌밤 고요한데 잠 못드는 이 신세 / 한숨에 청춘이 자는고나 / 어이
살거나 님 그려 요 세상 어이 살거나//

〈천리원정〉

　　인용한 〈이별설어〉의 후렴구인 "리별설어 포구엔 나못살겠네"의 경우,
김억이 〈수심가〉의 여러 이본(異本) 가운데 한 대목인 "우리네 두 사름이 연
분은 아니오 원수로구나 만나기 어렵고 리별이 종〃 즈즈셔 못살겠네"[15]를
염두에 두고 쓴 구절이다. 또한 〈천리원정〉의 제목은 물론 후렴구인 "어이 살
거나 님그려 요세상 어이 살거나"의 경우, 역시 〈수심가〉류의 잡가 가운데
"천리원정에 님 리별ᄒ고 곡귀강남으로 나 도라간다 참아 진정코 나 못살갓
네"[16]와 관계가 있다. 특히 〈이내 인생〉은 첫 연의 "명사십리 해당화야 곳치
진다 설어마라"의 경우, 〈엮음수심가〉의 여러 이본 가운데 "명ᄉ십리 히당화
야 닙히 진다 설어 말며 곳이 진다 설어 마라"를 현대적 악곡에 맞추어 개사
한 것에 가깝다.[17] 그리고 그것은 〈놀고지고〉의 경우에도 마찬가지인데, 제
목과 반복어구 "에헤 봄이왔네… 이 봄이 가기 전 놀고지고"를 비롯한 가사
전체가 〈수심가〉류 잡가의 첫 머리에 흔히 등장하는 "놉세다 놉세다 절머만
놉세다, 나이 만하 빅슈가 지면 못 놀니라"를 근간으로 하고 있다.[18]
　　김억의 총 16편에 이르는 이 같은 신민요의 선율은 유행가보다도 전래

민요나 잡가에 가까운데, 주로 유절형식의 가요곡으로 작곡되고, 선양합주의 형태로 편곡되었으며, 전래의 발성과 창법을 구사하는 가수들에 의해 연주되었다. 이를테면 위에서 인용한 〈이내 인생〉을 비롯한 6편을 연주한 조병기, 이 외 〈능라도타령〉(1934. 9)을 비롯한 3편을 연주한 김옥진이 그러하다.[19] 당시 음반회사 문예부장들의 표현대로 '비빔밥 식'의 신민요 가운데에서도, 김억의 신민요는 가사의 수사적 측면을 비롯하여 화성의 측면에서도 특히 서도의 지방성이 현저하다. 신민요를 통해 김억이 재현하고 있는 것은 서도잡가의 주조를 이루는 이별과 실연, 방랑의 삶과 그로부터 비롯한 고독과 비애의 정서였다.

김억의 신민요 작품들은 일찍이 그와 더불어 시가 개량과 국민문학론의 실천 차원에서 시의 음악화와 음반취입을 기획했던 조선가요협회 동인들에게는 잡가와 크게 다를 바 없는 것으로 여겨졌을지도 모른다. 그래서 김억의 신민요도 잡가와 마찬가지로 현실도피의 정서로 조선인의 심성을 침윤시키는 악종가요라고 비난받았을지도 모르겠다. 하지만 당시 잡지의 기사들이나 조선의 음반회사 문예부장들의 회고로 보건대, 〈꽃을 잡고〉는 물론 서도를 비롯한 지방의 전래민요나 잡가를 현대적 선율과 반주에 맞추어 연주한 김옥진의 작품들은 제법 환영을 받았다.[20] 더구나 김억의 〈사절가〉(1935. 1)는 정규반의 호응에 힘입어 3년이나 지난 후에도 보급반(1938. 5)으로 발매될 정도였다. 그래서인지 김종한과 같이 선배 시인·작사자들의 뒤를 이어 신민요를 통해 기술복제시대의 새로운 예술의 비전을 발견했던 이들에게 김억의 신민요는 훌륭한 전범 가운데 하나로 평가받기도 했다.[21] 특히 서도잡가의 인상적인 수사를 후렴구 혹은 반복어구로 제시하는 정연한 형식은 김억 작품만의 특징이기도 했다. 김억은 바로 이러한 형식을 통해 서도잡가의 정서와 미감을 현재화할 수 있다고 여겼던 것으로 보인다. 그러므로 김억에게 신민요 작품들은 당시 유행가요 청취자들의 취향에 나름대로 부합했을 뿐만 아니라, 그가 문학론을 통해서는 그저 추상적이고도 관념적으로만 서술할 수밖에 없었던 국민시가로서의 조선시 바로 그 자체였을 것이다.[22]

서도잡가와의 상호텍스트성 속에서 전래시가에 깃든 조선인의 보편적 심성과 공통감각을 현재화한다는 점에서는 유도순이라고 해서 크게 다르지 않다. 이를테면 유도순이 개작을 거듭했던 〈진달래의 애심곡〉이 그러하다. 유도순은 먼저 시로 발표했던 이 작품을 개작하여 유행가요로 취입하고, 그것을 다시 시로 발표할 만큼 각별한 애착을 지니고 있었다.[23] 이 작품의 '영변', '약산동대', '진달래'라는 제재는 물론, 그 공간을 배경으로 한 이별과 그리움의 회한 등은 바로 〈약산동대가〉나 〈영변가〉류의 서도잡가와 상호텍스트성을 지닌다. 그리고 그 잡가들은 일찍이 잡가집이나 유성기 음반을 통해 근대기 전반에 걸쳐 대중적 인기를 누렸던 것들이기도 하다.[24] 유도순이 유행가요를 창작하기에 앞서 발표했던 몇 편의 시조와 수필을 통해서도 알 수 있듯이, 그는 고향인 '영변'과 '약산동대', 그리고 '진달래'와 관련한 향토성에 각별한 애정을 지니고 있었다.[25] 물론 그러한 사정은 김억과 근본적으로 다르지는 않다. 다만 유도순은 고향 영변과 약산동대를 중심으로 한 서도잡가를 넘어서, 가사 등 전래시가를 비롯하여 다양한 지역의 전래민요, 잡가와의 상호텍스트성 속에서 신민요 작품들을 발표했다는 점에서 김억보다는 창작의 폭이 넓었다.

1. 잉에대는 삼형제인데 나는 어히 외로울거나 / 에헤헤요 베짜는 아씨 / 사랑 노래 베틀에 수심 지누나//

2. 북바다는 제 소리인데 나는 어이 서러울거나 / 에헤헤요 베짜는 아씨 / 사랑 노래 베틀에 수심 지누나//

3. 짜는 베는 누게 줄거나 바디질 손 눈물에 젓네 / 에헤헤요 베짜는 아씨 / 사랑 노래 베틀에 수심지 누나//

4. 열두 새에 고흔 베는 내 랑군의 마지옷일세 / 에헤헤요 베짜는 아씨 / 사랑노래 베틀에 수심지 누나//

〈직부가〉

1. 외로운 방 혼자누어 속 둘 데 내 업서 / 무덤차저 맘 플너 갈가//

2. 연지 찍고 분 바르나 갈 곳이 업구나 / 거울 보니 가련한 신세//

후렴 에헤라 청년과수 눈물이 흘너 연못된다/ 원앙 벼개에 흐리는 촛불은 과부 서름 / 아헤이헤요 아혁이나 히여히여 / 과수라 과수라 청년 과수라//

〈과부가〉

〈직부가〉는 경서도민요 〈베틀가〉의 사설과 선율을 현대적으로 창작한 신민요이며, 〈과부가〉는 규방가사이자, 근대기 간행된 허다한 잡가집에도 수록된 〈과부가〉 혹은 〈청춘과부곡〉류 시가의 한 대목을 바탕으로 새롭게 창작한 작품이다.[26] 유도순의 신민요 또한 근본적으로 김억과 마찬가지로 잡가의 수사, 정서를 현재화한 것이었는데, 특히 〈직부가〉를 통해서도 알 수 있듯이, 서정적 주체의 정서를 다양한 페르소나를 통해 섬세하게 표현하는 발화의 형식은 김억과는 구별되는 유도순만의 개성이었다. 그러한 작풍은 〈과부가〉도 크게 다르지 않다. 이 작품에서 유도순은 15세 여성이 혼인한 지 보름 만에 남편의 병사로 인해 사별하게 된 사정, 청상의 몸으로 감내해야 했던 고독과 회한을 절절히 토로한 원작의 사설 가운데에서, 그 고독과 회한의 정서를 인상적으로 제시하는 대목만을 남녀(조병기·장경순)의 합창을 통해 극적으로 응축력 있게 표현했다. 그래서인지 인용한 두 작품이 수록된 음반은 발매 직후 품절을 거듭했고,[27] 특히 〈직부가〉는 일본콜럼비아사가 열 차례 이상 단독 광고를 일간지에 게재할 만큼 흥행에 성공했다.[28]

유도순의 신민요에서 가장 주목할 만한 것은 무엇보다도 지역의 경계를 넘는 전래민요와 잡가와의 상호텍스트성 속에서 향토의 산하와 인정에 깃든 생활의 생명력을 시적 발화로 재현한 작품들이다. 앞서 인용한 〈직부가〉와 〈과부가〉 이외, 〈홍타령〉(1934. 3), 〈오돌독〉(1934. 3) 〈수부의 안해〉, 〈쾌지나칭칭〉(1935. 9)과 같은 작품들이 그 예이다.[29] 이 대부분은 유도순이 음반회사 전속 작사자로 전신한 직후 발표한 작품들로서, 일본콜럼비아사 조선지사의 문예부가 수집하여 채보한 전래 선율에 유도순이 가사만 붙인 경우에 해당한다. 이러한 작품들은 그의 전체 유행가요 가사 가운데 약 30퍼센트 가량의 비중을 차지한다. 이야말로 당시 청취자들은 물론 음반회사들이 선호했던 이른바 "조선의 어떤 시골의 한구석에서만 독특하게 불니워저 내려오면서도 가장 조선의 정서에 쩌러저 잇는" 민요에 가장 근접한 것이었을 터이다.[30] 그러나 유도순의 신민요를 대표하는 작품은 역시 〈조선타령〉과 같은 작품이다.

> 1. 아- 백두산(白頭山) 소사서 정기(精氣) 쌔치니 / 삼천리 산야(山野) 기름이 젓네 / 에라 조와 얼수 에라 조와라 / 오대강(五大江) 십대산(十大山) 널닌 곳에서 / 이천만 백성이 잘도나 사네 / 즐겁다 조선을 축복을 하세//
>
> 2. 아- 전답에 오곡이 금파(金波)를 지으니 / 삼천리 산야 춤속에 쒸네 / 에라 조와 얼수 에라 조와라 / 금강산 묘향산 산과 산들은 / 기화(奇花)라 요초(妖草)에 비단을 꿰네 / 즐겁다 조선을 축복을 하세//

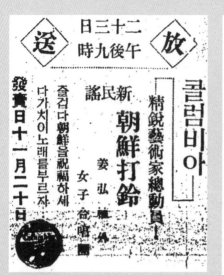

《동아일보》 광고(1934. 10. 23. 2면)

《동아일보》 광고(1934. 12. 23. 2면)

《동아일보》 광고(1935. 8. 24. 2면)

3. 아- 문물이 찬란히 꽃갓치 펏스니 / 삼천리 산야 노래에 차네 / 에라 조와 얼수 에라 조와라 / 압록강 두만강 강과 강들은 / 금어(金魚)라 은 어(銀魚)에 옥류(玉流)를 짓네 / 즐겁다 조선을 축복을 하세//

4. 아- 쒸여난 인물이 수만히 낫스니 / 삼천리 산야 사러서 쒸네 / 에라 조와 얼수 에라 조와라 / 영웅과 호걸에 문장(文章)이 나니 / 말함과 행함이 힘잇게 사네 / 즐겁다 조선을 축복을 하세//

〈조선타령〉

향토 산하의 풍요와 생명, 생활의 여유와 안락, 세상의 질서와 문화의 은성을 예찬하는 이 작품은, 〈금강산이 조흘시고〉, 〈금수강산〉과 더불어 그의 유행가요 가사 가운데 대표적인 작품이자, 당시 조선의 유행가요가 이루어낸 드문 성취 가운데 하나이다. 그리고 이러한 이상향으로서의 '조선'이야말로 일찍이 유도순이 「시혼의 독어」에서 언급한 "개성의 생명적 사회"이자, 이러한 이상향을 구가하는 시적 발화야말로 유행가요 가사였다. 흥미롭게도 이 작품은 시상의 전개, 표현을 비롯하여 수사나 정서, 주제의 측면에 이르기까지, 일찍이 김형원의 〈그리운 강남〉을 연상하게 한다. 특히 고풍스럽고 문어적인 어휘와 수사는 동시대 여느 신민요 작품들과 사뭇 다른 풍취를 자아내기도 한다. 그래서인지 이 작품은 여학교 음악시간에도 불릴 만큼 당시 조선 사회에서 제법 환영을 받았던 것으로 보인다. 그리고 유도순은 일찍이 시인으로서는 받지 못했던 매우 호의적인 평가까지 받았다.[31] 이러한 유도순의 〈조선타령〉, 〈금강산이 조흘시고〉, 〈금수강산〉과 같은 작품은, 주제의 차원에서든 흥행의 차원에서든 당시 조선 신민요의 대표작이자 모범적인 사례였다. 그리고 김형원의 〈그리운 강남〉과 더불어, 향토 산하의 풍요와 인정의 안락에 기반한 공동체의 삶이나, 역사의 풍상에도 불구하고 유구한 향

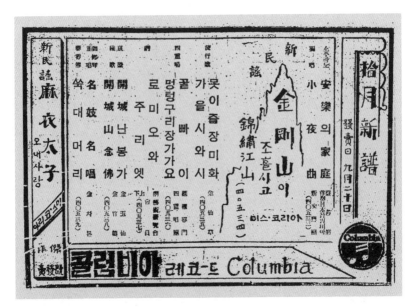

《동아일보》 광고(1934. 9. 30. 2면)

토 산하의 풍광을 예찬하는 유도순의 작품들은, 이후 신민요의 주요한 문법 가운데 하나가 되었다. 그리고 유도순은 바로 이러한 신민요야말로 일찍이 그가 언급한, 사회의 부조화와 불공평에서 비롯한 현대인의 고민·오뇌를 치유하는 예술, 민중 속에서 싹튼 예술일 수 있다고 믿었을 터이다.

이하윤의 신민요 역시 전래민요나 잡가와의 상호텍스트성의 측면이라든가, 향토의 산하와 풍광을 구가하는 점에서 예외는 아니었다. 다만 이하윤에게 그 향토와 산하는 김억이나 유도순처럼 고향에 국한된 것은 아니었으며, 또한 그것은 유도순이나 김형원처럼 신생의 비전을 현현하는 이상향이 아니라, 인간의 보편적이고도 원초적인 감정을 환기하는 자연에 가깝다. 그래서 이하윤의 신민요는 전래민요나 잡가의 모티프를 빌어 이별과 고독 그리고 그리움과 같은 유행가요의 전형적인 정서를 표현하는 경우가 대부분이었다. 예컨대 〈유람타령〉은 바로 그 대표적인 사례이다.

1. 팔도강산 조흔 곳 두고 못 보니 한이로다 / 유람 가자 벗님네 소년시

절을 허송 말고 / 으흐으ㅅ흐……봄바람이 불어온다//

2. 죽장망혜 단표자 명승고적이 어듸ㅅ / 일너 다오 벗님네 저 산을 넘

어 나는 가리 / 으흐으ㅅ흐……시내물이 흘너간다//

3. 피고 지는 곳치라 닙히 진다고 설허 마라 / 록음방초 성화시 우릴 오

라고 손짓하니 / 으흐으ㅅ흐……사양말고 구경가자//

4. 째는 조와 청추절 천고마비에 들도 넓고 / 단풍지는 겨울엔 눈경치

더욱 조타하니 / 으흐으ㅅ흐……써난 길을 어이쉬랴//

〈유람타령〉

1. 아- 나는 서러운 몸 페허 우에서 / 써오르는 넷 생각에 아- 오늘도

우네//

2. 아- 나는 꿈을 싸라 헤매이는 몸 / 상한 가삼 부여안고 아- 이밤을

새네//

3. 아- 나는 외로운 몸 치미 러오는 / 향수일내 한숨지며 아- 오늘도

우네//

4. 아- 나는 울음의 벗 젊은 가슴에 / 눈물의 비 바드면서 아- 이 밤

을 새네//

〈울음의 벗〉

김억의 〈이내 인생〉과 같은 음반에 수록되어 있는 〈유람타령〉은, 역시
조병기의 전래 발성(중저음의 진성)과 창법, 전통의 평조 음계의 유장한 장단

과 선율, 그리고 선양합주가 어우러진 경기잡가풍의 신민요로서, 향토 산하의 풍광을 탐승(探勝)하는 서정적 주체의 흥취를 드러낸 작품이다. 그래서 〈유람타령〉은 일견 유도순의 〈금강산이 조흘시고〉, 〈금수강산〉과 연맥하기도 한다.[32] 그리고 이 작품의 중심을 이루는 사계 풍광의 완상을 권유하는 서정적 주체의 어조와 화법, 특히 "팔도강산 조흔곳 두고못보니 한이로다"라든가, "죽장망혜 단표자 명승고적이 어듸ᄼ" 등 각 절 첫 소절의 가사는, 이를테면 십이잡가의 걸작인 〈유산가〉는 물론 〈안빈락도가〉, 〈영산가〉류의 잡가들이나 〈만고강산〉과 같은 단가 등의 익숙한 수사들로부터 비롯한다.[33] 이 작품의 수사는 물론 사계 풍광의 완상으로 인생의 시름을 잊는다는 모티프까지도, 전근대기부터 근대기까지 조선인들에게 지속적으로 향유되었던 잡가들을 근간으로 한다. 이것은 일단 이하윤이 구상하고 있던 신민요의 본령, 즉 "재래의 조선 소리를 얼마간 그냥 본떠다가 음보를 서양 악보에다 맞춰서 부르는 것"에 부합한다.[34]

하지만 이처럼 폭넓게 잡가와 친연성을 지니는 작품은 이하윤의 신민요 작품 가운데에서도 매우 드문 예이다. 이를테면 〈뱃길 천리〉(1936. 8)라든가, 〈아리랑 우지 마라〉(1936. ?)와 〈남 모르는 도라지〉(1936. ?)와 같은 작품들도 제목을 비롯하여 일부 제재나 수사의 차원에서는 경서도잡가와의 상호텍스트성을 유추할 수는 있을 것이다. 하지만 전래민요 혹은 잡가의 관용적 표현을 변용한 후렴구와 같은 수사적인 의장(意匠)을 걷어내고 보면, 이러한 작품들은 실상 이하윤의 여느 유행가요와 크게 다를 바가 없다. 특히 〈울음의 벗〉이 그러한데, 이 작품은 전기현의 단조의 선율부터가 전래의 잡가와 멀 뿐만 아니라, 레이몬드 핫토리(レイモンド 服部)의 바이올린, 만돌린, 클라리넷을 중심으로 한 편곡도 여느 신민요와 거리가 멀다. 더구나 전옥의 연주는 고음과 비음의 가성과 장음이나 휴지부에만 여린 비브라토를 가미하는

일본식 유행가 창법에 가깝다.[35]

물론 〈울음의 벗〉의 경우 이하윤의 신민요 가운데 가장 이른 시기에 발표된 사례이기는 하나, 김억이나 유도순의 작품들과 사뭇 다른 것만은 분명하다. 그것은 어쩌면 이하윤이 본래 경기도 이천 출신으로서, 평안북도 출신인 김억이나 유도순(영변)처럼 제 고장의 구술문화로부터 몸에 익힌 취향 혹은 그것에 연원하는 성향으로부터 상대적으로 자유로웠기 때문인 것으로 여겨진다. 이하윤이 신민요 창작에 대한 자신의 입장을 밝히면서, 무엇보다도 전래의 민요의 수집, 정리와 연구를, 그리고 누구에게나 익숙하고 쉽게 부를 수 있는 작품의 창작을 역설했던 것은 그 증거이다.[36] 이 때문에 이하윤은 김억, 특히 유도순과 같은 개성적 창작은 좀처럼 용의하지 않았으며, 그나마 그의 총 14편의 신민요 가운데 절반을 신민요가 한창 부상하던 1936년경에 집중적으로 발표했던 것으로 보인다.[37]

2. 시적 개성과 유행가의 보편 문법의 사이

하지만 김억, 유도순, 이하윤의 가사 창작의 본령은 역시 '유행가'였다. 당시 주로 '유행가'라고 일컬었던 가요곡은 음반회사에 따라 '가요(곡)', '유행가(요)', '유행(창가·곡·소곡)' 등 다양하게 명명되었던 유행음악의 갈래였다. 이 모두 근본적으로는 일본의 전통 음계인 미야코부시(都節) 음계의 딘조(솔·라b·도·레·미b·솔), 혹은 근대적인 음계인 요나누키(ヨナ抜き) 음계의 장조(도·레·미·솔·라·도)나 단조, 2/4박자의 엔카(演歌) 혹은 트로트 리듬을 비롯하여 재즈나 블루스의 음계와 리듬까지, 다양한 음악적 스펙트럼을 지니는 외래의 가요곡이다.[38] 또한 이 유행가는 공전의 흥행을 이룬 〈황성의

적〉을 계기로 다국적 음반회사의 주요 레퍼토리로 부상했던 장르였다. 홍사용의 경우를 통해서 알 수 있듯이, 이미 〈카츄샤의 노래(カチューシャの唄)〉를 비롯한 유행창가나, 고가 마사오(古賀政男)의 엔카 풍의 가요곡 〈술은 눈물인가 한숨인가(酒は涙か溜息か)〉를 비롯한 일본 유행가의 번안곡은 물론 원곡까지도 조선인 청취자들에게 호응을 얻고 있던 가운데, 〈황성의 적〉을 계기로 다국적 음반회사들이 본격적으로 유행가를 제작하자, 김억, 유도순, 이하윤은 일본콜럼비아사 전속 작사자로서 한 시대를 풍미했던 것이다.

이러한 가운데 조선의 유행가도 일찌감치 일본의 유행가와 마찬가지로 눈물, 가슴, 마음, 울음을 제재로 하여 사랑, 그리움, 슬픔, 외로움의 정서를 주조로 하여 창작되었다.[39] 그래서 이미 『금모래』(1925)와 『봄의 노래』(1925)부터 『안서시집』(1929)에 수록된 적지 않은 시편들을 서도잡가와 전래민요, 잡가와의 상호텍스트성 속에서 창작했던 김억, 그와 마찬가지로 서도의 구술문화로부터 몸에 익힌 남다른 시가의 취향과 성향을 지니고 있던 유도순도 유행가의 문법에 따라 위화감 없이 유행가 가사를 창작했다. 뿐만 아니라 이하윤 또한 번역시집 『실향의 화원』(1933)의 편집과정에서 엿보이듯이, 자연의 이법(理法)과 인생의 비의(秘意), 비련의 회한을 영탄하는 영미 서정시나, 전원적이고 신비적인 프랑스 서정시를 선호했다. 특히 후일 창작 시집 『물네방아』(1939)에 수록되는 창작 시편들이 시사하듯이, 이하윤은 유년기의 회상과 귀향의 소망, 사춘기의 상실감과 방황 등 인생의 소박한 감상을 주조로 하는 창작 경향의 연장선에서 자연스럽게 유행가 가사를 창작했다.

김억, 유도순, 이하윤 이 세 사람의 유행가의 작품 세계를 여실히 드러내는 이와 같은 사례는 역시 일본콜럼비아사가 두 차례에 걸쳐 발매한 편집 음반 〈유행가걸작집〉과 〈속유행가걸작집〉이다.[40] 일본콜럼비아사의 보급반 리갈 레이블의 음반이 그러하듯이, 이 두 편집음반에 수록된 김억 등의 작

품들은, 본래 정규반으로 발매되어 흥행에 성공했던 작품들이기도 하다.[41)]

1. 산 설고 물 설은데 누굴 차자 왓든고 / 님이라 미들 곳은 의지가지 허사요 / 저 멀니 구름 슷엔 아득할 쑨 내 고양 / 하로나 이내 맘이 편할 것이랴//
2. 쓴 풀은 하늘 돌다 안즐 날이 잇서도 / 이몸은 타관천리 님을 쌀아 헤맬 쑨 / 슷 업는 이내 서름 생각사록 외로워 / 쌕국새 우는 밤엔 잠 못 드노라//
3. 운다고 이내 신세 풀닐 길이 잇으랴 / 무심타 야속한 쑴 지낸 날을 감도냐 / 잠 쌔니 팔벼개엔 아룽ㅅ 눈물 쑨 / 울어도 탄식해도 풀길은 업네//
〈홍루원〉

1. 금실은실 달빗에 비단수 노인 / 아름다운 그림의 섬밤이웨다 / 하소석긴 섬색시 노래 소리에 / 오늘밤도 사랑이 속삭입니다//
2. 출렁출렁 물결에 장단 맛추는 / 다정하고 아담한 섬밤이웨다 / 머리숙인 그림자 마주선 압헤 / 오늘밤도 님 태운 배 써납니다//
3. 잘듯 말듯 등불이 쌈박거리는 / 고요하고 적막한 섬밤이웨다 / 갈매기에 맘 글월 부처 보내며 / 오늘밤도 쑴 속에 애달품니다//
〈섬 밤〉

1. 가시면 잇고 마실 님이엿드면 / 눈물노 보내지나 아니할 것을 / 그 밤에 매진 언약 수포갓흐니 / 울음은 한이업네 아– 울어도//
2. 가시면 잇고 마실 님이 엿드면 / 가슴에 색이지나 아니할 것을 / 사랑

은 불꼿이라 끌길 업스니 / 울음은 한이업네 아- 울어도//

3. 가시면 잇고 마실 님이 엿드면 / 말이나 건네 보지 아니할 것을 / 맛나자 정드린 님 안니처지니 / 울음은 한이업네 아- 울어도//

〈울음은 한이 업네〉

이 작품들은 단조의 2박자(〈섬 밤〉: M.M.♩=99, 〈울음은 한이 업네〉 M.M.♩=122, 〈홍루원〉 M.M.♩=122)의 곡으로서, 근본적으로는 모두 유행가의 일반적인 문법을 그대로 따른 곡이다. 그리고 느린 단조의 선율에 실린 가사는 한결같이 비련으로 인한 그리움, 고독, 회한의 정서를 주조로 한다. 이러한 작품들이 정규반에 이어 보급반까지 적어도 두 차례나 발표되었던 것은, 당연히 이러한 유행가에 대한 당시 청취자들의 기호와 취향을 반영한다. 특히 〈홍루원〉의 경우 댄스홀의 반주 음악으로도 인기가 있었던 것으로 보이는데, 재즈 풍의 연주곡으로 편곡되어 다시 정규반과 보급반으로 두 차례나 재발매되기도 했다. 이 세 사람의 작품들이 주제와 정서의 차원에서는 대동소이하나, 보다 면밀히 검토하면 그들 사이의 분명한 차이가 있다.

1. 내 닛노라 돌아선 님 / 니즐 길이 바이업네 / 남실∧ 잔 잡으니 / 님의 얼골 어려온다//

2. 님의 얼골 어리워서 / 그 옛날이 뵈길래로 / 안타까운 그 생각에 / 잔을 잡고 내우노라//

3. 먹고∧ 또 먹어도/ 한길가치 쓴 이 술은 / 날 버리신 님이든가 / 마실 사록 속만 타네//

〈이 잔을 들고〉

2박자(M.M. ♩=122) 장조의 재즈 풍의 이 작품에서 주목할 대목은 우선 '닛노라', '니즐길이 바이웁네'와 같은 구절에서 엿보이는 서도 방언 풍에 고풍스러운 어휘, 그리고 무엇보다도 "님의 얼골 어리워서 그 옛날이 뵈길래로 안타까운 그 생각에 잔을 잡고 내 우노라"와 같은 구절에서 엿보이는 〈별수심가〉류의 서도잡가의 수사와 정서이다.[42] 비련과 이별의 회한, 그리움과 고독의 정서를 주제로 삼는 측면에서는 김억도 여느 유행가 작사자들과 다를 바 없으나, 이를테면 〈술노래〉부터 그러하듯이, 그 정서를 술로 잊는 서정적 주체의 태도는 김억의 개성적인 국면 가운데 하나이다. 그것 역시 〈수심가〉류의 잡가에 대한 김억의 깊은 애착과 무관하지 않을 터인데, 비록 신민요에 비해서는 농도가 옅다고 해도 서도잡가와의 상호텍스트성을 지니는 가사가 적지 않다는 것은, 김억의 유행가 작품이 지닌 개성적 측면이다.

> 물결은 찰삭찰삭 밤도 깁헛고 / 하늘엔 쑤렷한 달 홀로 밝을 제 / 浦口로 浦口도는 이내 身世야 / 어제밤 써난 님도 닛고 마노라//
> 〈수부의 노래〉 제1절

> 달빗은 하늘에 찻다 엿차 노를 저어라 / 천리만리 깃도 업는 하얀 바다 우에 / 물결 짤아 휘도는 우리 수부는 / 어듸메가 내 집가 외론 쑴만 무심타 외로운 쑴만 무심타//
> 〈수부의 쑴〉 제1절

이 작품들은 김억의 신민요 〈배짜래기〉와 상통하며, 제재와 정서의 모티프는 〈배따라기〉류의 서도잡가에서 연원한다. 특히 김억은 뱃사람의 향수와 방랑, 고독한 운명에 대해 깊은 애착을 지니고 있었다. 비록 가사도 음원도 온전히 전하지 않으나, 〈아득한 흰 돛〉(1934. 11), 〈행주곡〉, 〈수부의 탄식〉(1935. 9) 같은 작품도 인용한 두 작품과 크게 다르지 않다. 그것은 역시 김억이 황해를 면한 자신의 고향 정주(郭山面)의 지방성과 서도잡가의 애수어린 정서와 미감에 대한 그의 애착과 무관하지 않다.

이러한 작품들이 당시 청취자들에게 어느 정도의 환영을 받았는지는 분명하지 않다. 앞서 거론한 1935년 11월 《삼천리》의 인기 유행가요의 창작 후일담에 소개된 〈꽃을 잡고〉를 비롯하여, 〈산으로 바다로〉(1934. 4), 〈유행가걸작집〉에 수록된 〈홍루원〉과 같은 작품은 분명히 당시 청취자들의 호응을 얻었던 것으로 보인다. 그런가 하면 일본콜럼비아사 전속 가수들(김선초, 강홍식, 조금자)이 1934년 경성방송국(JODK)에 출연하여 연주한 〈이 잔을 들고〉(1934. 3), 〈무심〉, 〈이별 설어〉는 음반회사로서는 매우 야심차게 홍보에 나섰던 작품들이기도 했다.

서도의 지방성과 서도잡가의 정서와 미감에 대한 애착의 측면에서 보자면, 〈수부의 안해〉, 〈님의 배〉, 〈아득한 천리길〉(1935. 7), 〈사공의 안해〉(1936. 4) 등을 발표했던 유도순의 경우라고 해서 크게 다를 바는 없다. 하지만 유도순의 경우 그보다는 사랑의 황홀과 비련의 탄식, 그리움과 고독 등의 정서를 주조로 한 유행가 가사의 문법에 충실했다. 특히 유도순은 신민요의 경우와 마찬가지로 서정적 주체의 정서를 다양한 페르소나를 통해 섬세하게 표현한 작품들을 즐겨 발표했다. 그러한 사정은 3장에서 거론한 〈봉자의 노래〉에서 가장 분명하게 알 수 있다.

1. 사랑의 애닯흠을 죽음에 두리 / 모든 것 잇고 잇고 내 홀로 가리//
2. 사러서 당신 안해 못 될 것이면 / 죽어서 당신 안해 되어지리다//
3. 당신의 그 일홈을 목메여 찾고 / 또 한번 당신 일홈 불르고 가네//

4. 당신의 구든 마음 내 알지마는 / 괴로운 사랑 속에 어이 살리요//

5. 내 사랑 한강물에 두고 가오니 / 천만년 한강물에 흘러 살리다//

〈봉자의 노래〉

카페 여급 김봉자와 경성제국대학 의학사 노병운의 불륜과 순애를 애가로 미화한 이 작품은, 당시 조선인의 '자유연애'와 '낭만적 사랑'에 대한 이상과 열망을 극적으로 재현한 것이다. 이 작품에서 우선 주목할 만한 대목은 여성 화자의 발화(1절과 2절), 남성 화자의 발화(3절과 4절), 그리고 이 두 화자의 공통의 발화(5절)로 이루어져 있다는 점이다. 즉 실제로 이 작품은 남성 가수 채규엽에 의해 취입되었으나, 가사의 차원에서 보자면 남녀 교환창의 형식을 취하고 있었다.

현세에서 이루지 못한 비운의 사랑을 죽음으로 이루겠다는 서정적 주체의 비장한 고백은 '자유연애'나 '낭만적 사랑'에 대한 당시 조선인의 이상과 열망에 부합한다. 그리고 이 〈봉자의 노래〉는 일찍이 조선에서도 번안되어 음반으로 발매되었던 유행창가 〈시드른 방초〉(일축죠선소리반 K632-B, ?)나 〈연지조〉(닙보노홍 K547-B, ?)와 연맥하며, 특히 화류계 여성의 사랑과 애환의 측면에서는 앞서 여러 차례 거론한 근대기 일본의 대표적인 시인·작사자였던 사이조 야소의 〈여급의 노래(女給の唄)〉(Vi.51533A, 1931. 1)를 연상시키기도 한다.[43]

당시 일본콜럼비아사의 주도면밀한 기획의 소산이었던 이 〈봉자의 노래〉는 전형적인 유행가의 문맥에 충실히 따른 것이면서도, 작사자 유도순의 득의의 주제와 기량 또한 분명히 드러낸다. 특히 사랑을 둘러싼 폭넓은 정서를 서정적 주체의 육성을 통해 극적이고도 개성적으로 재현하는 가사는 유도순의 유행가의 본령을 이룬다. 그리고 앞서 인용한 〈섬 밤〉이 이미 그러하

듯이, 여성 화자를 통해 사랑의 황홀과 비련의 탄식, 그리움과 고독 등의 정서를 감각적으로 표현하는 작품은 유도순의 유행가의 주류를 이룬다. 또한 그러한 유도순의 유행가 가운데 인상적인 작품들은 동시대 조선에서도 환영받았던 일본의 유행가를 깊이 의식한 것이 적지 않다. 이를테면 〈봉자의 노래〉는 물론 앞서 인용한 〈섬 밤〉도 3장에서 거론한 고우타 가쓰타로의 〈섬 처녀(島の娘)〉와도 맥이 닿아 있으며, 다음 작품들 또한 마찬가지이다.

1. 고흔 말 가득히 써 주신 글월은 / 품속에 감추고서 몰래 읽어요 / 그리운 마음 속에 차고 넘어도 / 붓대를 내 못 잡고 가슴 알어요//

2. 맛나면 즐거워서 가슴 쒸여도 / 수집은 이 마음은 말 못 하여요 / 와서는 그 무엇을 일흔 듯하야 / 남몰래 깁흔 밤에 잠 못 일워요//

3. 새 단장 고히하고 차저가려고 / 발거름 쎄다가는 도라서지요 / 뒤에서 그 누구가 보는 듯하여 / 못가며 갈 생각에 속만 태워요//

후렴 네- 사랑해 주세요 / 네- 사랑해 주세요//

〈사랑해 주세요〉

1. 은실금실 고요히 봄비 나리니 / 님 기두는 쏫밧헤 이슬짐니다 / 지는 쏫닙 하나둘 열을 헤이니 / 쓸々한 맘 외로워 눈물짐니다//

2. 한 해 두 해 갓구어 기룬 쏫밧은 / 외로운 맘 하소에 봄을 마젓고 / 오기 전에 보기 전 비에 지오니 / 이슬방울 그것은 눈물입니다//

3. 쏫은 져도 마음은 남엇사오니 / 봄이 가고 오서도 쏫밧 보소서 / 푸른 가지 얼킨데 향기 잇스니 / 기둔 맘의 설음을 아시옵소서//

〈기두름의 설음〉

김선초(〈사랑해 주세요〉), 조면자(〈기두름의 설음〉) 등 당시 최고의 인기를 구가하던 여자 연주자들을 통해 발표한[44] 유도순의 이 작품들에서 주목할 만한 것은, 수줍은 사랑, 설렘, 기다림 등의 심리를 여성 화자의 시선과 화법으로 섬세하게 묘사하고 표현한 것이다. 〈기두름의 설음〉의 경우 서정적 주체의 그리움의 회한을 꽃을 가꾸는 행위를 통해 표상한다든지, 〈사랑해 주세요〉의 경우 서정적 주체의 수줍음과 안타까움 사이의 감정적 기복을 편지, 단장, 발걸음을 통해 묘사하는 대목은, 김억은 물론 이하윤의 경우에도 찾아보기 힘든 유도순의 기량이다. 그래서인지 유도순의 유행가 가운데 절반 이상은 여성 가수가 연주했으며, 여성 가수의 작품이 차지하는 비율 또한 유도순이 가장 높았다.[45]

특히 〈사랑해 주세요〉에서 서정적 주체의 정서를 직서한 후렴구는 당시 청취자들에게는 자못 강렬한 인상을 남겼음에 틀림없다. 인용한 〈기두름의 설음〉의 정서와 표현은 〈사랑해 주세요〉와 같은 음반에 수록된 전옥의 〈비단실 사랑〉(1935. 8)과도 상통하거니와, 〈울지 안을래요〉(1935.10) 등 기다림의 회한을 눈물과 울음을 제재로 표현한 일련의 작품들로도 변주되었다. 〈사랑해 주세요〉의 소녀의 사랑과 미묘한 감성에 대한 섬세한 묘사와 직정적 표현은 이를테면 〈소녀연심곡〉(1934. 2), 〈수줍은 처녀〉(1935. 3〔?〕), 〈처녀의 시절〉(1936. ?) 등을 통해 지속적으로 변주되었다.

이러한 작품들 가운데에서도 〈사랑해 주세요〉는 이미 일본에서 발표된 〈사랑해 주세요(愛して頂戴)〉(Vi.50901A, 1929. 8)와[46] 상호텍스트성을 지니거나, 그것을 염두에 두고 창작된 작품으로 보인다. 무엇보다도 일본의 〈사랑해 주세요〉 또한 사이조 야소의 작품이었다는 점에서 그러하다. 본래 동명의 영화(〈愛して頂戴〉 1929. 8) 주제곡이었던 사이조 야소의 〈사랑해 주세요〉는 후렴구 마지막에 청유형 어미 '네?'로 끝나는 여성 가수가 속삭이는 어조로 인해 상당한 인기를 누렸으며, 이러한 가사의 작품이 원조가 되어 비슷한 후렴구의 이른바 '네 고우타(こ工小唄)'의 유행까지 불러일으켰던 것으로 알려져 있다.[47] 실제로 이 '네 고우타'의 유행을 의식하여 조선에서도 '-주세요'로 끝나는 제목의 유행가요가 제법 오랫동안 적지 않게 제작되기도 했는데,[48] 〈사랑해 주세요〉는 바로 그러한 작품 가운데 하나였다.

한편 이하윤은 김억과 유도순의 경우와 달리 매우 다채롭고 폭넓은 제재, 주제, 정서의 작품들을 발표했다. 그 가운데 상당수는 앞서 인용한 〈울음의 벗〉은 물론 같은 음반에 수록된 〈울음은 한이 업네〉(1935. 2)를 통해서도 짐작할 수 있듯이, 눈물, 울음을 제재로 비련과 이별의 회한, 고독의 정서와 방황을 드러낸 작품들이다.

> 1. 물새야 웨 우느냐 / 달빗어린 바다에서 / 너이들 밤새 운다고 / 보내지 안을 건가 써나는 님을//
> 2. 배가는 섬이면은 / 나도 짜라 가렷만은 / 외로히 애만 태우니 / 짝사랑 실어 보낼 배도 업습네//
> 3. 저 배도 원수로다 / 날 울니고 써나가든 / 그 녯날 님의 배로다 / 이 밤도 구즌 비가 가슴에 오네//
>
> 〈물새야 웨 우느냐〉

서정적 주체의 비련과 이별의 슬픔을 전형적인 유행가의 선율과 창법으로 표현한 이 두 작품은 저마다 두 차례씩 음반으로 발매될 만큼 당시 조선에서 환영받았던 작품들이며, 〈물새야 웨 우느냐〉의 경우 발매 이전부터 일본콜럼비아사가 청취자들의 시선을 끌기 위한 판촉행사까지 벌인 덕분인지, 정규반으로 두 차례나 발매될 정도였다.[49] 특히 〈물새야 웨 우느냐〉는 서

정적 주체의 비련과 이별의 슬픔을 물새와 배라는 객관적 상관물에 가탁(假託)한 작품으로서, 한편으로는 〈배따라기〉류의 서도잡가를 비롯한 전래시가와 연맥하면서, 다른 한편으로는 사이조 야소의 〈눈물의 철새(涙の渡り鳥)〉(Vi.52462A, 1932. 10)를 의식한 작품이기도 하다.[50]

이 두 작품에 공통된 제재와 정서 또한 근대기 조선 유행가의 가장 보편적인 것으로, 이하윤의 작품은 그러한 유행가 가사의 원형 가운데 하나라 할 수 있다.[51] 하지만 앞서 김억이나 특히 유도순의 경우와는 달리 이하윤은 시인으로서 특정한 모티프나 표현의 개성보다는, 유행가의 전형적 문법이나 동시대 유행가요의 경향을 의식하며 제재를 선택하고 변주하는 창작경향을 드러낸다. 예컨대 〈울음의 벗〉, 〈울음은 한이 업네〉와 같이 '눈물'과 '울음'을 제재로 한 유사한 작품들만 하더라도 십 수 편에 이르거니와,[52] 그것을 '포구' 혹은 '항구'로 변주한 작품들 또한 그러하다.[53] 그것은 이하윤이 김억이나 유도순과 달리, 일본콜럼비아사의 전속 작사자로서만이 아니라 문예부장으로도 활동했던 사정과 무관하지 않다. 또한 이하윤 스스로도 여러 차례 밝힌 바와 같이, 청취자들 누구에게라도 익숙하고 또 쉽게 따라 부를 수 있는 작품에 창작의 주안점을 두었기 때문일 것이다.[54] 특히 '익숙함'과 관련해서 이하윤은 단지 잡가 등 전래시가만이 아니라, 조선과 일본에서 환영받았던 동시대 일본 유행가를 염두에 두고 창작에 임한 경우가 현저했다.

> 1. 곳 필 봄날 언덕에서 노래 부를 쌘 / 오래ㅅ 계신다고 말슴 하시고 / 가을날이 고요-한 이 아츰에는 / 야속히도 써나시단 웬말슴이오//
> 2. 이 섬 속에 우릴 두고 가시는 그대 / 언덕에서 바라뵈는 배가 미워서 / 안 보려고 몃 번이나 맘먹고서도 / 안개 속에 무치도록 늣겨 웁니다//
> 3. 바닷가의 소나무는 머리 숙이고 / 사공 노래 처량도 한 저녁 포구여 /

《동아일보》 광고(1935. 1. 25. 1면)

《동아일보》 광고(1936. 8. 1. 2면)

《동아일보》 광고(1935. 7. 28. 3면)

《콜럼비아 매월신보》 표지 삽화(1936. 8)

갈매기쎄 우지즈며 날너다니고 / 저 언덕엔 섬색시들 그저 웁니다//

〈섬색시〉

1. 저 버린 외싸른 섬 빈 배는 둥실 / 백 년이 어제런가 영화는 흘너 / 물결만 출넝ㅅ 언덕을 씻네//

2. 님자는 어듸 갓나 빈 배만 둥실 / 오늘도 가이 업는 바람에 쓴 채 / 물결에 출넝ㅅ 써돌고 잇네//

3. 섬 밤은 고요한데 내 맘도 둥실 / 넓어라 바다 우에 씌어 보내면 / 물결이 출넝ㅅ 나를 울니네//

〈고도의 추억〉

외딴 섬을 공간적 배경으로 삼아 '눈물'과 '울음', 그리고 비련과 이별의 회한, 고독의 정서를 표현한 이 작품들 또한 유도순의 〈섬 밤〉과 마찬가지로 고우타 가쓰타로의 〈섬처녀〉의 흥행과 상호텍스트성을 지닌다. 이것은 〈애상곡〉과 관련한 이하윤의 회고를 통해서도 분명히 알 수 있거니와,[55] 이 연장선에서 〈고도의 추억〉에 앞서 〈고도의 탄식〉(1935. 1) 또한 발표했을 터이다. 이 외에도 이하윤은 사이조 야소의 〈도쿄행진곡〉의[56] 공전의 흥행을 의식한 조선의 에피고넨 가운데 하나인 〈종로행진곡〉을 발표하기도 했다.[57]

이하윤의 이러한 유행가 작품들은 단지 그가 일본콜럼비아사 문예부장이라는 특권적 지위와는 상관없이, 그가 김억이나 유도순에 비해 훨씬 많은 작품을 음반에 취입할 수 있었던 이유를 짐작하게 한다. 이하윤도 유행가요 가사의 문학적 품격을 역설하기는 했으나,[58] 김억이나 유도순 혹은 일찍이 김형원을 비롯한 조선가요협회 동인들처럼 시인으로서의 글쓰기에 대한 자신만의 신념을 유행가요를 통해 체현하고자 했던 것은 아니었다. 유행가요의 대중적 영향력에 매료되었던 이하윤으로서는[59] 유행가란 모름지기 궁경에 빠진 조선인 청취자들을 위로하는 문화상품으로 인식하고 있었으며,[60] 그래서 '눈물'과 '울음'을 통한 카타르시스에 창작의 주안점을 두었던 것으로 보인다. 물론 이는 김억이나 유도순이라고 해서 크게 다르지는 않다. 다만 김억의 경우 이하윤에 비하면 상대적으로 유행가의 보편적 문법이나 동시대의 경향보다도 시인으로서의 감수성과 자의식을 드러내는 창작에 경도해 있었으므로, 이하윤과 유도순에 비해 적은 규모의 작품을 취입할 수밖에 없었을 것이다. 그런가 하면 유도순은 한편으로는 이하윤처럼 유행가의 보편적 문법이나 동시대의 경향을 깊이 의식하면서도, 다른 한편으로는 김억처럼 시인으로서의 감수성과 특히 정서의 문학적 재현에 예민했던 까닭으로, 시인으로서는 누리지 못했던 창작 발표의 기회를 얻었을 것이다.

3. 노래의 선행(先行) 혹은 시의 후행(後行)

이 세 사람의 창작 경향은 신민요도 마찬가지이지만 조선에서 유행가라는 가요곡 갈래의 본질 혹은 기원과 밀접한 관계가 있다. 조선의 유행가가 근본적으로 일본 유행가의 음악적 형식에 기반한 것일 뿐만 아니라, 일본의 유행가도 조선인에게 향유되고 환영받고 있었던 사정은 앞서 몇 가지 사례를 통해서 거론한 바와 같다. 그러므로 조선의 유행가 또한 일본의 유행가와 그 경향을 깊이 의식할 수밖에 없었거나, 심지어 그 영향으로부터 자유로울수 없었다. 따라서 그 영향의 측면에서 보자면, 시인이자 음반회사 전속 작사자인 이들의 유행가요 가사 창작 또한 당연히 자유로울 수 없었다.

김억 등의 작품은 대체로 2장에서 거론한 '소곡' 혹은 '쇼쿄쿠'의 형식,

즉 한 행은 주로 7·5조 12음절 내외, 한 절은 주로 4행의 형식을 따르고 있다. 이는 일찍이 조선가요협회 동인들은 물론 《별건곤》의 '신유행소곡대현상모집'을 비롯하여 유행가요 현상모집에 응모했던 이들도 마찬가지였고, 사이조 야소 등의 일본의 시인·작사자들도 당연히 그러했다. 그것은 무엇보다 이러한 형식의 가사야말로 가요곡의 음악적 형식에 부합했기 때문이다.

하늘하늘 (봄)바람이 곳이 피면
다시 못니즐 지낸 그 옛날
〈곳을 잡고〉 제1절

이 몸은 바람쌀아 도는 입사귀
동서를 지향업시 휘매 돌거니
한 째나 이 심사가 편할가보냐
리별이 하도 자자 내가 우노라
〈우는 곳〉 제1절

인용한 김억의 가사, 음원, 그리고 악보와 비교해보면, 이 작품은 가사의 한 음절이 대체로 한 음표(note)에 대응하는 이른바 실러빅 스타일(syllabic style)의 가곡 형식의 가요곡이다. 이 가곡 형식은 하나의 곡을 이루는 완결된 최소의 형식으로서, 규모가 작은 악곡들은 대부분 이러한 형식으로 구성된다. 인용한 두 작품의 가사의 한 행은 대체로 4마디를 기본으로 하는 한 악구(phrase)에 대응하며, 이 가운데 〈곳을 잡고〉의 2행의 한 절은 비록 못 갖춘 마디이기는 하나 한 도막 형식(one part form), 〈우는 곳〉의 4행의 한 절은 두 도막 형식(binary form)의 악절(period) 형식에 매우 훌륭히 대

〈꽃을 잡고〉 악보(저자 채보)

〈우는 꽃〉 악보(저자 채보)

응한다. 〈꽃을 잡고〉와 같은 형식의 악곡이 주로 동요에서 쓰인다는 점을 염두에 두고 보면, 이 작품은 가곡 형식 가운데에서도 가장 기본적이고 최소한의 요건을 갖추고 있는 셈이다.

그런데 근대기 유행가요의 대다수는 대체로 〈우는 꽃〉과 같은 두 도막 형식의 악곡이다. 그것은 쇼쿄쿠 풍의 형식의 가사에서 상대적으로 음절수가 많은 7음절의 부분과 음절수가 적은 5음절의 부분이 한 악구 내에서 등시성을 지니게 되면, 자연스럽게 5음절 부분 마지막에 반마침(休止)와 바른 마침(終止)을 나타내어 가곡 형식에 꼭 부합하기 때문이다. 특히 이 두 도막 형식은 작곡과 가창은 물론 청취자들이 가장 기억하기 쉽고 또 간단히 향유할 수 있으므로, 동요나 창가는 물론 심지어 예술가곡의 기본적인 형식으로 빈번히 활용된다.[61] 그래서 《별건곤》의 '신유행소곡대현상모집'의 요강에도 주로 7·5조(3·4·5조)와 그것을 다소 변형한 율격(4·4조, 3·3·4조), 4행을 중심으로 그것을 다소 변형한(3행) 한 절의 구조를 명기했던 것이다.[62]

> 정이월 다가고 삼월이라네
>
> 강남 갓든 제비가 도라오면은
>
> 이 짱에도 쏘 다시 봄이 온다네
>
> (…)
>
> 아리랑 아리랑 아라리요
>
> 아리랑 강남을 어서가세
>
> 〈그리운 강남〉 제1연 및 제4연

〈그리운 강남〉도 김억의 작품과 마찬가지로 한 행이 한 악구에 대응한다. 다만 안기영은 1연과 같은 형식이 세 번 반복된 후 후렴구 격인 4연이 부가되는 원작을 하나의 연에 하나의 후렴구를 결합하여 하나의 절이 총 5행이 되도록 변형한 후, 3행을 두 개의 악구에 대응시켜 세 도막 형식의 악곡으로 완성시켰다. 《별건곤》의 '신유행소곡대현상모집'의 요강이 4행의 한 절을 요구하면서도 예외적으로 3행의 한 절을 허용했던 것은, 이처럼 작곡의 과정에서 변형이 가능했기 때문이다.

조선가요협회 동인들을 비롯하여 특히 김억과 이하윤이 음반회사의 전속 작사자로 활약할 수 있었던 것은, 이미 그들이 쇼쿄쿠 혹은 쇼쿄쿠 풍의

형식으로 시를 창작하고 있었던 덕분이다. 그것은 그들이 음악화를 염두에
두고 시의 형식을 선택했거나, 적어도 그들이 음악화에 적합한 시를 창작하
고 있었다는 것을 시사한다. 조선가요협회 동인들 중에서 김동환이 『삼인시
가집』(1929)의 '속요' 편에 수록한 작품들 대부분이 바로 쇼쿄쿠 형식의 작
품이며, 그 가운데 〈뱃사공의 안해〉, 〈종로 네거리〉, 〈자장가〉(1935. 11.)는 결
국 음악화를 거쳐 음반으로 취입되기도 했다. 그 후에는 음악화와 음반취입
을 염두에 두고 창작에 임하기도 했는데, 이를테면 〈대동강의 뱃노래〉, 〈홀로
핀 동백꽃〉, 〈고향의 하늘〉과 같은 작품이 그 예이다.[63] 결국 김동환에게 '속
요'란 시체(時體)의 노랫말(謠), 즉 유행음악으로의 변용을 염두에 둔 가사를
의미한다.

　1장에서도 거론한 바와 같이 김동환은 「망국적가요소멸책」(1927)을 통
해서, 시의 음악화를 통한 조선인의 음악적 취향과 보편적 심성의 개조를 역
설했을 뿐만 아니라,[64] 바로 그러한 논리에 근간하여 조선가요협회의 활동
을 주도하기도 했다. 그러한 사정에서 김동환의 속요 형식은 철저하게 시의
음악화와 음반취입을 전제로 한 결단의 소산이었다. 물론 이러한 김동환의
시편들은 비록 유행가요의 가사로는 환영받지 못했던 것이 사실이다. 그럼
에도 불구하고 김동환의 시편들 가운데 서정성의 순도가 높은 작품들이 후
일 한국의 서양음악 작곡자들에 의해 예술가곡의 형태로 음악화되기도 했
던 것은 주목할 만하다.[65] 그것은 결국 김동환의 형식적 선택이 음악화를 위
한 결단이자 최소한의 요건이었음을 증명하기 때문이다.

　한편 김억은 1920년대 중반 《조선문단》 창간 무렵부터 줄곧 민요의 순
도 높은 향토성에 근간한 언어·정서·형식에 근간한 시의 창작을 역설했거
니와, 1920년대 후반 《조선문단》의 정간 이후, 근대 자유시의 폐색을 뼈저리
게 바라보면서 정형시로 경도했다. 김억은 그 무렵부터 조선시의 율격 형식

〈그리운 강남〉 악보(저자 정리)

을 음수율로 삼고자 했는데, 그러한 사정은 그가 주요한의 「조선시형(朝鮮詩形)에 관(關)하야」에 화답한 한 논설을 통해서 알 수 있다. 이 논설에서 김억은 주로 쇼쿄쿠 형식의 근간이 되는 7·5조를 비롯하여 9·7조 등 다양한 음수율의 형식에 대해 자신의 작품을 사례로 삼아, 한 행의 음절수에 따른 정서의 미묘한 차이에 대해 소상하게 설명했다. 김억에 따르면 4·5조와 5·5조는 '경쾌한 맛'과 '가벼얇은 맛'을, 7·5조는 '그윽한 설음'과 '가이업는 듯한 생각'을, 7·9조는 '지나간 일을 추억(追憶)하는 듯한 늣김'을, 9·9조는 '엿튼 애수'를, 그리고 7·4조 혹은 4·7조는 '하소연한 생각'과 '아와이(淡い)한 늣김'을 환기한다고 했다.[66] 일견 김억의 이러한 주장은 직관에 의존한 것처럼 보여서 그다지 설득력 있게 여겨지지 않을 수도 있다. 하지만 이것은 사실 김억보다 앞서 7·5조를 중심으로 일본 전래시가의 다양한 음수율과 그것이

환기하는 시적 효과를 정밀하게 고찰했던 이와노 호메이(岩野泡鳴)의 음수율론나 도이 코치(土居光知)의 시형론을 배경으로 한다는 점에서 결코 예사롭지 않다. 특히 시 한 행의 음절수의 변화가 환기하는 정서와 감각에 대한 서술의 부분이 그러하다.[67]

김억은 음수율의 형식 가운데에서도 특히 7·5조를 높이 평가했는데, 그 이유는 무엇보다도 시의 내용이나 음조미가 시형과 완전한 조화를 이루며 일치한다고 보았기 때문이다. 아마도 김억은 그의 표현을 빌자면 '그윽한 설음'과 '가이업는 듯한 생각'을 환기하는 7·5조야 말로 서도잡가를 비롯한 전래시가의 정서를 현재화하는 데에 가장 적합하다고 여기고 있었던 것으로 보인다. 그리하여 김억은 이후 도이 코치의 시형론을 보다 면밀하게 검토한 후 「격조시형론소고」(1929~30), 「시형·언어·압운」(1930)을 통해 7·5조에 대한 단상 차원 이상의 본격적인 논설을 연이어 발표하며, 이른바 '격조시형'이라는 율격 형식을 제안한다.[68]

이 '격조시형'은 한 행이 주로 7·5조 12음절 내외, 전체 2행 혹은 4행이 한 연을 이루며, 주로 짝수 행에 각운(脚韻)을 한 형식으로서, 김억은 이 형식에 근간하여 『안서시집』 이후 거의 모든 운문을 창작하거나 번역했다. 김억이 이 '격조시형'을 제안한 데에는 주지하는 바와 같이 다이쇼(大正)기 일본의 구어자유시론의 대표적인 시인들이 정형시 창작으로 전회했던 사정과 무관하지 않다. 예컨대 김억이 일찍이 사숙(私淑)했던 가와지 류코(川路柳虹)는 「신율격의 제창(新律格の提唱)」(1925) 등 일련의 저자을 통해서, 프랑스의 알렉상드렝(Alexandrin)을 전범으로 삼아 7·5조의 정형율에 근간한 '정음자유시(定音自由詩)'를 제안했거니와,[69] 김억은 그것을 조선에서 그대로 화답(和答)하여 '격조시형'을 고안했던 것이다.[70]

그런데 김억이 '격조시형'을 고안하고 그에 따라 본격적인 창작에 임했던 시기가, 일찍이 선언적 차원에서 순수한 조선어, 조선심(혼), 그리고 민요에 근간한 조선적 형식의 시 창작을 제안했던 1920년대 중반이 아닌[71] 『안서시집』 간행 이후인 1920년대 말, 정확하게는 조선가요협회 창립 이후였던 점을 주목할 필요가 있다. 이것은 김억의 시형론이 단순한 창작방법론이나, 시가 개량·국민문학 담론의 소산일 뿐만 아니라, 사실은 시의 음악화와 음반취입까지도 염두에 둔 결단의 소산이었음을 시사한다. 그리하여 김억은 이미 일본빅터사의 청탁을 받아들였던 무렵부터 이 '격조시형'에 근간한 유행가요 가사를 창작했거니와, 일본콜럼비아사의 전속 작사자로 활동한 이후에는, 대체로 한 행 7·5조 12음절 내외, 한 절 총 4행 내외, 그리고 총 3절 내외의 비교적 정연한 형식의 작품을 주로 창작했다.

오늘날 가사지가 남아 있는 40편의 작품 가운데 28편이 〈우는 꽂〉처럼 엄격한 '격조시형' 혹은 쇼쿄쿠 형식을 따른 작품으로, 그 대부분은 신민요가 아닌 유행가 장르의 작품이다. 즉 김억은 결국 시의 음악화, 유행가요 창작으로의 전신을 계기로 일찍이 선언적 차원에서만 그쳤던 정형률에 근간한 조선시가의 형식을 고안했던 것이다. 그로 인해 김억은 당시 음반업계로부터 일찌감치 선택을 받았을 것임에 틀림없다. 물론 김억은 7·5조 이외에도 다양한 음수율에 따라 시와 유행가요 가사를 창작했으나, 결국 7·5조를 중심으로 한 쇼쿄쿠 풍의 작품을 중심으로 삼았던 것은, 무엇보다도 그것이 유행가요의 음악적 형식에 가장 부합했기 때문이다. 그리하여 김억은 시의 리듬과 음악성을 음악의 박절(拍節)과 형식에 온전히 부합시켰다.

이하윤도 유행가요 가사 창작 이전부터 주로 7·5조의 음수율에 근간한 2행 혹은 4행으로 시상의 완결성을 이루는 형식으로 번역시와 창작시를 발표했다. 이를테면 번역시집 『실향의 화원』에 수록된 총 110편 가운데 59편, 창작 시집 『물네방아』 소재 창작시 총 67편 가운데에서도 37편이 이른바 쇼쿄쿠 형식 혹은 그에 비근한 형식의 작품이었다.

> 아름다운 나무 벗나문 지금 / 가지에 만발한 꽃을 걸치고 / 서 잇나니
> 숩풀 속 경마장 옆에 / 부활의 절길내 흰옷 입으며//
> 이제 내 칠십의 한 평생 / 스물은 다시금 오지 안나니 / 일흔 해 봄에서
> 스물을 덜면 / 남어지 내 목슴 쉬흔 살이라//
> 만발한 꽃 경치를 구경해 보니 / 오십의 봄날도 덧이 업는 것 / 저 숩풀
> 속으로 어서 가보자 / 흰 눈이 걸쳐 있는 벗나물 보며//
> 〈아름다운나무 벗나문 지금〉[72]

> 가신님 무덤에서 새가 울기에 / 그 후 소식 아나 하고 물어 봣드니 / 울
> 든 새는 어듸로 간 곳이 업고 / 봄바람만 그 우이를 스처 갑니다//
> 도다난 잔디풀은 알가도 싶어 / 고개숙여 말도 업시 간절한 마음 / 뭇는
> 뜻의 대답은 한 마듸 업시 / 푸른 닢만 자라서 앍혀짐니다//
> 그 앞을 흘너가는 시냇가에서 / 행여 그의 흔적하나 어들까 하고 / 아래
> 우로 훌트며 살펴보아도 소식 업는 무덤은 적막합니다//
> 〈님 무덤 앞에서〉[73]

　　이러한 형식이 이하윤의 번역시 선집과 창작 시집의 주류를 이룬다고
해도 괴언이 아니다. 그런데 이러한 형식을 두고 그가 『실향의 화원』의 시문
에서 "우리 시로서의 율격"이라고 언급한 바는 흥미롭다.[74] 즉 이하윤은 번
역시는 물론 창작시와 유행가요 가사를 일관하는 이른바 쇼쿄쿠 풍의 형식
을 조선의 고유한 율격이라 보고 있었던 것이다. 쇼쿄쿠 형식의 연원이나, 김
억의 '격조시형'론을 통해서 알 수 있듯이, 이러한 형식이 한국의 운율 장르

의 형식적 일반성과 상당히 거리가 있다. 사실 이하윤의 이 쇼쿄쿠 풍의 형식은 시의 율격에 대한 그의 독특한 인식에서 비롯했다고 보는 편이 타당하다. 시 형식에 대한 본격적인 논설인 「형식과 내용」(1928)에서 알 수 있듯이, 이하윤은 시의 율격이 근본적으로 서정적 주체의 내적 필연성에서 비롯한다고는 인식하고 있었다.[75] 그러면서도 이하윤은 시의 율격을 일정한 간격을 지닌 시간의 흐름이고, 어떤 규칙에 따라 조정되어야 하며, 언어가 표하는 사상과 감정에 절율(節律)과 음수(音數)를 부여한 평균의 규칙적 파동이어야 한다고 주장했다.[76] 즉 이하윤이 염두에 두고 있었던 시의 율격은 매우 엄격하고도 기계적인 외형률이었던 것이다.

이하윤이 이러한 외형률을 "우리 시로서의 율격"이라고 보았던 이유는, 조선어가 음의 고저나 장단을 의미나 리듬의 변별적 자질로 삼지 않는다고 여겼던 양주동이나 김억과 마찬가지로 오로지 음절수만이 조선어의 리듬을 형성하는 기재라고 보았기 때문이다.[77] 또한 이하윤이 이처럼 시의 율격을 정형률에 근간하여 사고하고, 실제로 쇼쿄쿠 풍의 형식으로 시를 번역하고 창작했던 것은, 김억과 마찬가지로 가와지 류코의 '정음 자유시'를 깊이 의식한 결과로도 보인다. 실제로 이하윤이 시 형식에 대한 본격적인 논설을 발표하기에 다이쇼기 구어 자유시론 내부의 분열과 가와지 류코의 신율격, 즉 '정음 자유시'의 논리를 거론했던 것은 바로 그 증거이다.[78] 어쨌든 이하윤의 이러한 논리와 번역, 창작을 통한 실천이 근본적으로 시의 음악화나 유행가요 가사 창작을 염두에 둔 것은 아니더라도, 결국 그의 유행가요 가사 창작의 과정에서도 유효했을 것이다. 앞서 인용한 이하윤의 번역시와 창작시의 형식 또한 음악화의 과정을 거치면 얼마든지 두 도막 형식의 가곡형식, 특히 유행가요의 형식으로 변용할 수 있는 가능성을 지니고 있기 때문이다.

이처럼 분명히 시 형식에 대한 분명한 입장을 지니고 있지 않았더라도,

시인으로서 자신의 작품을 음악화하거나 유행가요 가사를 창작하면서 쇼쿄쿠 풍의 형식에 준하여 작품을 창작했던 것은 지금까지 거론한 시인·작사자 대부분의 공통점이다. 특히 유행가요 가사 창작에 임하는 경우 그러한 형식의 선택이 시의 음악화를 위한 글쓰기의 최소한의 요건이었다. 환언하자면 그러한 글쓰기는 시인들의 신념이나 의도가 어떠하든, 그들이 시의 고유한 음악성을 음악의 박절과 형식, 특히 일본식 유행가요의 음악적 형식에 부합시켰다는 것을 의미한다. 그것은 그들이 음악과는 다른 예술장르인 시의 고유한 자율성을 양보하거나 혹은 폐기했다는 것을 의미한다. 예컨대 김형원은 〈그리운 강남〉(《별건곤》, 1929. 4) 이전, 홍사용은 〈나는 王이로소이다〉(《백조》, 1923. 9) 이전, 유도순은 「시혼의 독어」(《신생》, 1929. 9) 이전 자유시 혹은 산문시 형식을 폐기함으로써 비로소 유행시인의 위상을 차지할 수 있었던 것이다. 그러한 양상은 〈동방의 태양을 쏘라〉(《동아일보》 1934. 1. 1)나 〈거종(巨鐘)〉(《삼천리》, 1935. 12)과 같은 등단작 대신 유행소곡을 통해 유행시인으로서 거듭 나고자 했던 조영출이나 김종한의 경우도 마찬가지였다.

4. 전속 작사자의 위상, 음반 취입의 조건

그러나 시의 음악화, 유행가요 가사 창작을 위해서는 단지 시의 고유한 음악성을 유행가요의 음악적 형식의 차원만이 아니라, 내용의 측면에서도 유행가요 가사로서의 요건에 부합하지 않으면 안 된다. 김억, 유도순이 신민요 장르를 통해 괄목할 만한 역량을 발휘할 수 있었던 것은, 이미 음반회사 전속 작사자로서 활동하기 이전부터 서도잡가를 비롯한 구술문화는 물론 그 근저를 가로지르는 정서를 근대적인 시적 발화로 형상화하는 데에 남

다른 애착과 풍부한 창작 경험을 갖추고 있었기 때문이다. 유도순과 이하윤, 특히 이하윤이 유행가 장르를 통해 내로라할 만한 위상을 차지할 수 있었던 것도, 음반회사 전속 작사자나 문예부장으로 활동하기 이전부터, 이를테면 자연의 이법(理法)과 인생의 비의, 비련의 회한을 주조로 한 낭만주의 이후의 영미 서정시 번역 성과나, 역시 비련의 회한은 물론 사춘기의 상실감과 방황, 유년기의 회상과 귀향의 소망 등 인생에 대한 소박한 감상(感傷)을 주조로 하는 서정시 창작의 경험을 두루 갖추고 있었던 덕분이다.

당시 조선의 음반회사들은 설령 유명 시인의 작품이 음악화에 적합한 형식적 요건을 갖추었다고 하더라도, 또한 그 시인이 자신의 시를 음악화하는 것은 물론 유행가요 가사 창작에 대한 신념과 포부를 지니고 있었다고 하더라도, 유행가요의 감수성과 미감을 갖추지 못했다면 시인에게 작사를 맡기는 모험을 하고자 하지 않았다.[79] 음반회사 문예부가 시인들에게 원했던 것은 시적 수사와 의장을 통한 고도로 정제된 정서의 개성적 표현보다도, 눈물이나 울음 등 유행가요의 전형적인 제재로, 사랑의 황홀과 비련의 탄식, 그리움과 고독 등의 연성(軟性)의 감정을 동시대 청취자들의 보편적인 언어로 재현한 글쓰기였다. 김억, 유도순도 그러하거니와 특히 이하윤은 단지 음반회사의 전속 작사자로서만이 아니라 문예부장으로서, 그러한 음반회사의 요구를 누구보다도 분명히 인식하고 있었을 것이다.

바로 그러한 이유에서 일찍이 가장 열정적으로 시의 음악화와 음반취입에 앞장섰으며, 동시대 유행음악의 부상과 음반산업의 흥성을 늘 선망어린 시선으로 바라보고 있음에도 불구하고 김동환은 불과 7편의 작품만을 음반에 취입할 수밖에 없었다. 김동환은 자신의 시를 음악화하면서 자신의 문학적 신념과 목적의식을 고수하고자 했고, 그로 인해 〈종로네거리〉와 〈방아타령〉은 유행가요로서는 보기 드물게 '치안방해'를 이유로 금지 레코드 목록에 오르고 말았다. 김동환은 그것이 가사의 탓이 아니라, 지나치게 감상적인 악곡의 탓이라고 했다.[80] 하지만 이 작품의 발매금지 처분의 이유가 '풍속괴란(風俗壞亂)'이 아닌 '치안방해'였던 점, 더구나 당시 음반의 발매금지 처분이 음반회사로서는 상당한 손실이었던 점에서 음반회사로서는 좀처럼 그에게 기회를 주지 않았을 터이다.[81]

한편 이은상도 비록 뜻밖의 계기로 인해 발매금지 처분을 당하기는 했으나,[82] 〈순례자〉는 일본콜럼비아사에서 제법 야심차게 홍보했던 작품이었다.[83] 또한 이은상 자신도 이미 시인으로서 명망을 쌓고 있었음에도 불구하고 신춘문예현상모집의 창가 부문에 다시 응모할 만큼 시의 음악화와 음반 취입에 대한 열망이 있었다.[84] 그러나 조선가요협회 활동 당시 음반으로 취입된 작품들로 보건대, 시조 시인으로서 이은상의 고졸한 수사와 정서는, 역시 당시 음반산업이 요구하던 유행가요 가사로서의 요건과는 거리가 멀었다. 그래서 이은상의 작품은 유행가요에 사상, 예술, 심미성은 물론 사회교화의 기능까지 요구했던 당시 지식인들에게는 호응을 얻을 수 있었을지는 모르겠으나, 시인의 고상한 시를 음악화하여 취입하는 일은 시기상조라고 여기고 있던 음반업계의 입장에서는 이은상에게 유행가요의 작사를 선뜻 맡기기란 어려웠을 터이다.[85]

김억, 유도순, 이하윤과 같이 시인이자 음반회사의 전속 작사자이기도 했던 이들이, 비록 극단적인 경우이기는 하나 김동환처럼 검열의 화를 당하지 않고, 음반회사로부터 외면당하지 않으면서, 저마다 상당한 규모의 작품을 유행가요 음반으로 취입할 수 있었던 것은 무엇보다도 홍행을 본위로 삼았던 음반회사 문예부의 기획에 충실하게 따랐기 때문이다. 특히 당시 일본의 본사에서 발매하여 홍행에 성공한 작품을 부단히 의식하고 있던 조선지사로서는 일본 유행가요 경향에 준한 작품들을 제작하기 일쑤였다. 그리고 김억 등은 그러한 기획에 부합하는 작품을 창작하여 조선 유행가요의 전범을 형성해가는 데에 기여했다. 사실 당시 음반회사에서 작사자는 작곡자, 편곡자, 연주자와 더불어 유행가요 제작 메커니즘의 관계자 가운데 하나였으나, 그 위상은 연주자나 작곡자와 결코 동일하지 않았다. 작사자의 작품은 연주자의 성색(聲色)이나 작곡자의 악곡에 비할 만한 대접을 받지도 못했기 때문이다. 김억만 하더라도 애초에 음악화는 물론 유행가요로 취입할 의도 없이 창작했던 〈꽃을 잡고〉를 이면상이 적극 선택하지 않았더라면 음반에 취입할 수 없었을지도 모른다.[86]

> 왕수복(王壽福)이 평양 기생으로 세상을 놀내이는 대(大)가수가 되매, 콜롬비아 빅타—등 각 레코—드 회사의 가수 쟁탈전은 평양 기생들을 싸고 전개하였든 것입니다. 그 뒤 소화(昭和) 8년 느진 가을 일홈난 기생들은 거진 다 각레코—드회사에 종속된 때 우리는 조선 노래를 취입하겠다는 모 노(老)가수를 차저 평양에 갓든 것입니다. 그 때 그 노가수가 상대역으로 선택하였다는 세 기생 가온대 가장 나어리고 인기 없다는 선우일선(鮮于一扇)의 노래를 들어보고 나는, 다른 가수 가온대서는 도저히 차저 볼 수 없는 우리 조선 민요를 노래할 품가(品價)높은 목청을 발견하였든 것입니다. 그래 우리는 유행가수에 왕수복이 있고, 이제 바로 민요가수를 얻을녀든 터이라 곳 선우일선이를 민요가수로 결정하여, 상경식혀 김억(金億) 씨의 작사 「꽃을 잡고」를 이면상씨 작곡으로 한 겨을 연습식혀 이듬해인 소화 9년 봄에 취입식혔든 바 다른 가수들은 도저히 따를 수 없는 그 독특한 멜로듸는 듯는 자의 가슴을 약동(躍動)게 하였든 것입니다.[87]

일본폴리돌사 문예부장이었던 왕평의 회고에 따르면, 일본빅터사(1927년)와 일본콜럼비아사(1928년)에 비해 다소 늦게 조선에 진출했던 일본폴리돌사(1930년)로서는 회사를 대표하는 신민요 가수 발굴이 시급했다. 그 가운데 우연히 평양에서 발굴한 기생 선우일선을 왕수복에 맞서게 하고자 했는데, 선우일선의 '목청'에 꼭 맞는 신민요 작품을 제작하던 가운데 작곡자 이면상이 김억의 시 〈꽃을 잡고〉를 선택했다. 즉 연주자를 먼저 선정하고 그에 맞는 악곡과 가사가 결정되었던 셈이다. 이는 단지 일본폴리돌사만이 아니라 일본콜럼비아사도 마찬가지였는데, 그것은 이하윤의 〈애상곡〉을 둘러싼 창작 후일담을 통해서도 알 수 있다.

> 순서인즉 작사도 먼저 되고 그 다음 작곡이 되고 그 후에 노래를 불러주어야 옳을 터인데 이 애상곡(哀傷曲)은 아주 까꾸로 되었지요. 김복희(金福姬)의 목청을 듯고 그게 맞즐 곡을 지어주면서 이러이러한 의미에서 했으면 좋을 듯하고 하기에 내 생각해 보아야 아무레도 잘 나오지 안습니다. 첫재 김복희가 입사해서 세상에 처음 알리는 것인 만큼 독특한 것을 내려고 애를 쓴 것입니다. 그래서 구슬프게 가장 애상적인 그 목소리를 배합해서 짓노라고 매우 힘이 든 것이외다.[88]

이하윤은 가사가 먼저 지어지면 그에 따라 작곡이 이루어지고. 그리하여 연주와 취입이 이루어지는 것이 당연한 순서라고 여겼다. 하지만 일본콜럼비아사의 유행가요 제작 메커니즘은 신입 전속 가수 김복희의 '목청'과 그에 알맞은 악곡을 염두에 두고 이하윤에게 가사를 짓도록 했다. 작사자의 입장과 음반회사의 메커니즘 사이의 이러한 차이는 이하윤에게 상당한 희생과 노고를 요구했음에 틀림없으며, 이는 김억이라고 해서 예외는 아니었다.

1. 그대의 볼구리한 두 입술은 / 봄동산의 꼿송이든가 / 연분홍 아름다운 그 향긔에 / 녀슬 일코 이 가슴 쒸네//

2. 그대의 가무스런 눈동자는 / 동틀녁의 샛별이든가 / 빗나는 아름다운 그 광채에 / 녀슬 일코 이 가슴 쒸네//

3. 그대의 아름다운 그 자태는 / 밤하늘의 둥근 달인가 / 맘 속엔 어리여도 쌀길 업서/ 녀을 일코 이 가슴 쒸네//

〈그대를 생각하면〉

1. 눈물 흘러나려 / 옷깃을 적시니 서러운 내 가슴 / 쌔고 나면 한숨 / 노래 부르며 길을 가네//

2. 고향 그리워라 / 춤추는 이 밤엔 달빗도 처량해 / 가이업는 하눌 / 노래 부르며 길을 가네//

〈향수의 무희〉

1936년에 발표된 이 두 작품은 한 해에 6백여 곡 이상 발매될 만큼 유행가요가 가장 은성했던 그 시기 유행가요의 경향을 고스란히 드러낸다. 이 가운데 김억의 〈그대를 생각하면〉은 〈꼿을 잡고〉와 같이 글쓰기의 차원에서 창작시와 유행가요의 거리가 매우 가까웠던 작품들에 비하면 유례를 찾기 어려울 정도로 다른 품격을 나타낸다. 일단 타자에 대한 서정적 주체의 감정을 직설적으로 드러내는 "녀슬일코 이가슴 쒸네"와 같은 태도와 어조는 물론 타자의 '입술', '눈동자', '자태'에 대한 다소 상투적인 묘사, 단순한 구문의 반복에 의존하는 형식도 그러하다. 뿐만 아니라 그 악곡도 여느 김억의 작품에서는 좀처럼 보기 드문 재즈 풍으로 작곡 혹은 편곡되어 있다. 이 작품의 창작 과정이나 배경에 대해서는 알려진 바 없으나, 이 또한 연주자 강홍식의 중저음의 미성은 물론 바야흐로 유행가요의 한 장르로 부상하던 재즈 풍의 악곡이 이미 주어진 상황에서 김억이 지은 것임은 분명하다.

한편 이하윤의 〈향수의 무희〉, 같은 음반의 다른 면에 수록된 작품인 〈이태리의 정원〉(1936. 9)도 처음부터 무용가 최승희의 인기를 염두에 두고 기획되고 제작된 것으로 여겨진다. 그도 그럴 것이, 우선 이 두 작품이 수록된 음반이 발매된 시점은 최승희의 무용 공연과 함께 자전적인 영화인 〈반도의 무희〉가 경성에서 상영된 이후(1936년 4월 8일 경성 중앙관 개봉)였으며,[89] 최승희가 작곡한 〈향수의 무희〉는 이 영화의 삽입곡이기도 했다. 에르윈(R. Erwin)의 〈A Garden in Italy〉의 번안곡으로 알려진 〈이태리의 정원〉 또한 탱고 풍의 편곡으로 보건대, 카페나 댄스홀과 같은 유흥공간에서의 향유를 염두에 두고 기획되고 취입되었던 것으로 보인다. 특히 〈이태리의 정원〉의 경우 이미 연주자와 원곡이 주어진 상황에서 이하윤은 그저 그에 합당한 가사를 짓는 역할만 담당했을 터이다.

당시 유행가요의 제작 메커니즘에서 작사자와 그의 가사가 일찍이 시인들이 구상했던 것과 같이 결코 중심적인 지위를 차지하지 못했다면,[90] 시인이자 음반회사 전속 작사자였던 이들에게 필요한 자질이나 덕목은, 시인으로서의 최소한의 문재(文才)와 유행가의 전형적 문법에 대한 감각만으로도 충분했을 터이다. 음반회사의 문예부로서는 아무리 훌륭한 가사와 악곡이라고 하더라도 그것이 연주자에 적합한가, 또 흥행의 전망이 있는가가 가장 중요한 문제였기 때문이다. 다음의 한 좌담회를 보자.

함대훈 작사, 작곡, 노래-이 세 가지 가운데서 어떤 것이 제일 중요시됩니까.

구완회 글세올시다. 제가 보기에는 가사는 좀 떨어져도 작곡만 좋으면

괜찮다고 생각합니다.

박영호 작사도 잡지와 같이 계절을 따라서 하는데 잡지 편집자가 항상 느끼는 것과 같은 계절의 어그러짐을 느끼지요. 여름에도 겨울 노래를 지어야하고 엄한(嚴寒)에도 봄노래를 지어야 하니까요—그런데 어떤 사람은 곡을 먼저 지어놓고 거기다 적당한 가사를 써 넣는 사람이 있읍니다.

이면상 나는 가사없이 곡을 먼저 지어본 일은 없는데.

박영호 그건 이면상 씨만이지 내가 지금까지 대해 온 작곡가에는 하나 두 없었읍니다.

이면상 나는 시가 중요하다고 봅니다. 시가 평범하면 안 되지요. 시가 에쁘면 따라서 작곡도 잘되어지지요.

김래성 결국 대중의 비위에 맞는 에로티시즘이 있어야 성공하지 않습니까.

왕평 그렇지요. 에로가 유행가에 있어서 중대한 요소이지요.[91]

일본콜럼비아사 문예부장이었던 구완회도, 시에론사와 타이헤이사의 문예부장이었으며 유명 작사자이기도 했던 박영호도 한결같이 가사보다는 악곡이 우선이라고 한 데에서 작사자의 위상은 분명히 드러난다. 그러한 입장은 일본폴리돌사 문예부장으로서 작사와 연주까지 도맡기도 했던 왕평도 마찬가지였다. 일본폴리돌사 전속 가수 선우일선의 발굴 후일담을 통해서도 드러나지만, 이 좌담회에서 다른 주제를 두고 대화를 나누는 가운데에 왕평은 문예부장으로서 가장 고심하는 문제가 어떤 가수를 발굴할 것인가이고, 작곡과 작사는 그 다음이라고도 했다. 그래서 김억의 〈꽃을 잡고〉를 작곡했던 이면상이 도리어 가사의 미감과 중요성을 옹호했던 것은 역설적으

(1)　　　40704

째즈쏭
伊太利의 庭園

興河潤 作詩 (에로윈)
仁木他喜雄 編曲

伴奏 日本콜럼비아랑고빤드
崔承喜

四〇七〇四

맑은하눌에 새가울면
사랑의노래 부르면서
산넘고 물을건너
님오길 기다리는
이래리정원
어서와주서요

＊　＊　＊

저녁종소리 들려오면
세레나ー델 부르면서
사랑을 속삭이려
님오길 기다리는
이래리정원
어서와주서요

株式會社 日本蓄音器商會

〈이태리 정원〉 가사지

로 보이기까지 한다. 특히 왕평은 유행가요 가사의 주된 요소가 에로티시즘, 즉 사랑, 그리움, 슬픔, 외로움의 정서를 표현하는 것이라고 했다. 에로티시즘의 요소 없이 예술성만 현저한 유행가요가 청취자들로부터 환영받지 못했다는 것은 그 무렵 《조광》의 다른 좌담회를 통해서도 알 수 있으며,[92] 그것은 당시 유행가요 제작 메커니즘에서 작사자가 작품의 주제 선택과 관련해서도 자율성을 지니지 못했다는 것을 시사한다. 이하윤과 유도순은 그러한 환경과 조건에서 유행가의 문법에 충실한 가사를 쓸 수밖에 없었고, 김억 또한 〈그대를 생각하면〉과 같은 작품을 발표할 수밖에 없었다.

그러한 유행가요 제작 메커니즘에서 연주자들도 자연스럽게 가사의 함의나 미감을 이해하는 일보다도 악곡을 익히는 데 보다 열심이었다고 한다.[93] 그리고 그 가운데 흥행을 의식한 에로티시즘의 농도 짙은 가사는 가수들조차 연주하기 어색해하기도 했고, 심지어 이해하기도 공감하기도 어려운 가사에 대해 가수들은 작사자에게 직접 수정을 요구하기도 했다고 한다.[94] 일본콜럼비아사 전속 작사자였던 김억, 유도순, 이하윤도 그러한 요구에 응해야 했던가는 알 수 없다. 하지만 그들은 경우에 따라서는 공들여 창작한 자신의 작품을 온전히 음반에 취입할 수 없었던 경우도 비일비재했던 것으로 보인다. 김억의 경우 현존하는 육필원고로 보건대, 일본빅터사의 의뢰로 작품을 써 두고서도 결국 취입되지 못한 작품도 있었으며,[95] 그나마 음반으로 취입은 되었으나 그 가운데 작곡이나 편곡 혹은 연주나 취입의 과정에서 일부만 취입되기도 했다. 이를테면 앞서 몇 차례 인용한 김억의 〈꽃을 잡고〉의 경우 본래 총 3연의 작품 가운데 세 번째 연은 취입되지 못했으며, 그러한 사례는 김억만이 아니라 이하윤과 유도순에게서도 나타난다.

특히 신민요 〈청산만리〉(1936. 11)는 후렴구를 제외한 총 3절 가운데 1절만 실제로 취입되었거니와, 김억의 작품 가운데에서는 유례를 찾기 어려울 만큼 독특하다.[96] 일본콜럼비아사의 유행가요 작품 가운데에서 오늘날 가사지가 남아 있는 작품들은 총 922편인데, 그 가운데 미취입된 부분이 있는 작품은 총 41편이며, 그 중 유행가요 작품은 총 36편이다. 그런데 거기에는 김억(총 6편), 유도순(총 10편), 이하윤(총 6편)의 작품 21편이 포함되어 있다. 즉 일본콜럼비아사의 유행가요 중 미취입절이 있는 작품 대부분이 바로 이 전속 작사자 세 사람의 작품이었던 셈이다. 그리고 그 작품과 미취입절을 정리하면 [표5]와 같다.

〈청산만리〉의 가사지를 통해서도 알 수 있듯이, 당시 일본콜럼비아사를 비롯한 음반회사들은 사정상 취입하지 못한 부분에 대해서는 '미취입' 등의 문구로 분명히 표기해 두었으며, 경우에 따라서는 청취자들이 작품을 감상하거나 연주할 경우 미취입된 부분까지 염두에 둘 것을 주문하기도 했다. 이 작품들이 온전히 취입되지 못했던 것은, 검열과 같은 작품 혹은 음반제작의 외적 요인보다도 작곡이나 편곡 혹은 연주 등의 음반제작 내적 요인 때문인 것으로 보인다. 〈꽃을 잡고〉(M.M.♩=54)도, 〈청산만리〉(M.M.♩=65)도 근본적으로 유장한 악곡으로 작곡 혹은 편곡되었으며, 특히 조병기의 경우 전래 창법으로 연주한 까닭으로, 작품 전체를 유성기 음반 한 면에 취입할 수 없었던 것으로 보인다.

만약 작곡과 편곡의 결과 한 작품을 연주하는 데에 유성기 음반 재생 시간의 한계(최대 약 3분 30초)를 넘게 되면, 어쩔 수 없이 일부의 가사만을 취입할 수밖에 없었을 것이다. 그래서 김억 등의 작품 가운데 취입되지 못한 부분들은 대체로 마지막 절이었다. 〈꽃을 잡고〉나 〈청산만리〉는 모두 음악적으로는 유절형식(storphic form)을 취하고 있으므로, 작곡자와 편곡자, 음반 취입 과정의 관계자들 입장에서는 가사 가운데 하나의 절을 생략하더라도 무리는 없다고 판단했을 터이다. 그리고 그 과정에서 가사 내용의 내적

표5 | 미취입절 포함 작품 목록

작사자	번호	곡목	음반번호	발매일자	미취입절
김억	1	솟을 잡고	Po.19137A	1934. 6	제4절
	2	수부의 꿈	Co.40693A	1936. 8	제2절
	3	월야의 안성	Co.40711B	1936. 9	제4절
	4	한숨짓는 밤	Co.40722A	1936.11	제3절
	5	청산만리	Co.40722B	1936.11	제2, 3절
	6	이 마음 실고	Co.40737A	1937. ?	제3절
유도순	1	마의태자	Co.40530A	1934. 9	제4절
	2	금수강산	Co.40534B	1934.10	제4절
	3	고향을 차저가니	Co.40621B	1935. 7(?)	제4절
	4	갈가 보다	Co.40623A	1935. 7(?)	제6절
	5	비련의 노래	Co.40625A	1935. 8	제3절
	6	신영변가	Co.40630A	1935. 9	제3절
	7	기심노래	Co.40634A	1935. 9	제6절
	8	눈물의 일생	Co.40636A	1935.10	제3절
	9	사공의 안해	Co.40667B	1936. 4	제3절
	10	일허진 마음	Co.40686A	1936. ?	제4절
이하윤	1	적막한 쑴나라	Co.40559B	1934.11	제4절
	2	일야몽	Co.40649B	1935.12	제2절
	3	추억의 환영	Co.40661A	1936. 3	제3절
	4	산은 부른다	Co.40757A	1937. 5	제4절
	5	유랑의 곡예사	Co.40767B	1937. 7	제3절

구조나 전개 양상에 대한 고려는 없었다고 보아야 할 것이다.

일본콜럼비아사의 유행가요 가운데 일부만 취입된 작품 대부분이 하필이면 김억, 유도순, 이하윤의 작품이었던 이유는 무엇인가? 이와 관련해서 그러한 작품들이 대체로 일본콜럼비아사 본사의 일본인 작곡자들에 의해 편곡되었다는 점은 주목할 만하다. 물론 김억, 유도순, 이하윤의 작품뿐만 아니라 조선의 유행가요는 주로 조선인들이 작곡했지만,[97] 그 상당수는 일본 본사의 작곡자들에 의해 편곡되었다. 이를테면 김억의 경우 레이몬드 핫토리가, 유도순의 경우 에구치 요시(江口夜詩)와 오쿠야마 데이키치(奧山貞吉)가, 그리고 이하윤의 경우에도 역시 에구치 요시와 니키 타키오(仁木他喜雄), 오쿠야마 데이키치가 작품 제작 과정에서 가장 빈번히 참여했다.[98] 유행가요의 경우 제작 과정에서 편곡이 차지하는 큰 비중과 당시 유행가요 대부분이 일본에서 취입되었던 사정을 염두에 두고 보면, 당시 일본 유행음악계를 대표하는 작곡자들에 의해 김억 등의 작품의 성격이 결정되었을 것임은 어렵지 않게 짐작할 수 있다.

특히 김억의 〈청산만리〉는 레이몬드 핫토리가 편곡했으며, 〈수부의 꿈〉과 〈이 마음 실고〉도 역시 레이몬드 핫토리가 작곡과 편곡을 모두 맡았다는 점, 그리고 이하윤의 〈유랑의 곡예사〉도 사토 기치고로(佐藤吉五郎)가 작곡하고 아마치 요시오(天池芳雄)가 편곡한 작품이었다는 점은 결코 예사롭지 않다. 이를테면 이른바 '화제 재즈'라고도 불리었던 일본식 재즈를 본령으로 삼았던 레이몬드 핫토리가 조선의 전래민요의 선율이 지닌 미감을 충실히 드러내면서 그 가사까지 온전히 전달하기는 당연히 어려웠을 것이다. 이와 관련해서 일본빅터사가 초창기 조선 유행가요 제작에서 실패했던 원인 가운데 하나가 바로 일본인 관계자들이 조선어를 이해하지 못했기 때문이었던 것은 주목할 만하다.[99] 비록 그것은 김억, 유도순, 이하윤이 유행가요 작사자로서 본격적으로 활동하기 이전의 일이기는 하나, 그들의 작품의 제작 과정에 참여한 일본콜럼비아사의 일본인 작곡자들의 경우라고 해도 사정은 크게 다르지는 않았을 것이기 때문이다.

김억, 유도순, 이하윤 등의 유행가요는 이처럼 매우 복잡한 의사소통, 즉 음반회사 문예부장을 필두로 한 유행가요 음반제작 메커니즘의 다양한 관계자들 사이의 상호 절합의 소산이었다. 이들의 유행가요 가사는 그들이 창작한 것이었지만, 그 제재나 수사, 심지어 주제와 내용은 그들만이 아니라 문예부장을 비롯하여 작곡자, 편곡자, 심지어 연주자들도 나서서 고치고 가다듬으며 만들었던 것이다. 김억, 유도순, 이하윤, 김동환 등 이른바 '유행시인'을 꿈꾸었던 그와 같은 세대의 다른 문학인들에 비할 수 없을 만큼 많은 작품들을 음반으로 취입했던 것은, 김억 등 일본콜럼비아사 전속 작사자들이 바로 그러한 유행가요 제작 메커니즘에 나름대로 부합하여 주어진 역할도 제법 훌륭하게 해냈다는 것을, 또한 그로 인해 당시 청취자들에게 환영을 받았다는 것을 의미한다. 예컨대 당시 신문 광고를 보면 유도순의 작품은 김억이나 이하윤보다도 많은 작품이 특별 광고로 홍보되었다. 1935년과 1936년 일본콜럼비아사 특별 광고의 대부분은 유도순의 작품이었고, 그중 신민요 〈청춘타령〉(1935. 5〔?〕)은 총 47회, 유행가 〈희망의 종이 운다〉(1936. 1〔?〕)은 총 53회의 특별 광고가 게재되었다.[100]

　음반회사가 매월 정기적으로 게재하는 신보 광고 이외에 유도순의 작품이 이처럼 빈번히 특별 광고의 형태로 홍보되었던 것은, 일본콜럼비아사가 유도순의 작품들을 매우 의욕적으로 기획했을 뿐만 아니라, 유도순의 작품들을 청취자들이 가장 선호했기 때문이다. 그런 유도순의 작품 가운데 미취입절이 가장 많다는 사실은 결코 단순한 의미를 지닌다고 볼 수 없다. 이야말로 유행가요 제작 메커니즘에 참여했던 다양한 관계자들이 유도순의 작품을 가치 있는 문화상품으로 만들어냈음을, 그래서 유도순의 유행가요 가사는 결국 그 관계자들이 완성했다는 것을, 그리고 유도순이 유행가요 제작 메커니즘에 매우 잘 적응했음을 시사하기 때문이다. 정도의 차이는 있었지만, 그러한 사정은 김억이나 이하윤의 경우라고 해서 크게 다르지는 않았다.

40722　　　（2）

新民謠
青山萬里

曹秉驥

金岸曙 作詩
레이몬드服部 編曲

伴奏 바이올린·기타ー

四〇七二二

청산만리 먼ㅅ곳에 아하

그은님 어이지버시뇨

（후렴） 이세상백년이 요리도슬ㅅ하야

밤낫에눈물로만 님을그리누나

바라보면 하늘에는 아하

구름만 뭉겨떠돌고 （未吹込）

하늘나는 새드라면 아하

맘데로 차커가련만 （未吹込）

株式會社 日本蓄音器商會

〈청산만리〉 가사지

5. 유행시인으로서 얻은 것과 잃은 것

다국적 음반산업이 현지화 전략의 일환으로 유행가요를 제작하여 보급하기 시작한 1930년대 초반 적지 않은 시인들이 자신이 창작한 시를 음악화하여 유행가요로 취입하고자 했으나, 유독 그 가운데에서 김억, 유도순, 이하윤 등이 일찍부터 음반회사 전속 작사자로서 활약할 수 있었던 것은, 그들이 이미 유행가요 가사로 얼마든지 변용 가능한 주제와 형식에 따라 시를 창작하고 있었기 때문이다. 그리고 시인의 입장에서 그것을 정당화하는 논리마저 갖추고 있었기 때문이다.

김억은 1920년대가 저물 무렵까지도 순수한 조선어, 다기한 역사 가운데에도 항구한 조선혼(심), 민요를 전범으로 삼은 조선적 형식을 갖춘 국민시가의 창작 방법론을 분명하게 제시하지 못하다가, 조선가요협회 활동 이후 격조시형을 제안하고 모범적 창작의 사례를 제시하면서 그것을 시의 음악화와 유행가요 창작의 원리로 변용시켰다. 또한 유도순도 시단의 폐색 현상을 둘러싸고 적지 않은 문학인들이 암중모색을 거듭하고 있던 바로 그 무렵 향토적 색채를 지닌 취미 본위의 시 창작을 제안했으나,[101] 정작 그 방법과 사례는 제시하지 못하다가, 음반회사 전속 작사자로 나선 이후 유행가요를 통해 자신의 제안을 실천하기에 이르렀다. 한편 이들처럼 시단의 폐색을 시가 개량을 통해 극복해야 한다는 입장을 드러내지는 않았으나, 이하윤 또한 번역시와 창작시의 감수성과 시인으로서의 수완을 유행가요 제작 메커니즘을 통해 발휘했다.

특히 민요의 원시적 정서와 형식에 근간한 쇼쿄쿠 풍의 '격조시형'을 통해 세상의 모든 고뇌와 비참을 극복하는 생의 힘을 현현한다는 김억의 언설과 유행가요 가사 창작으로의 전회는,[102] 음반업계나 청취자들이 요구하던

〈콜럼비아 매월신보〉(1936. 6. 5면)

신민요와 유행가요의 예술적 가치를 정당화하는 적절하고도 훌륭한 미학적 논리라고도 할 수 있다. 이하윤이 유행가요 가사 또한 문학적 품격을 갖출 것을 제안한 이래, 일찍이 번역시와 창작시를 통해 선보인 쇼쿄쿠 풍의 형식에 따라 유행가요 가사 창작까지 했던 것도, 유도순이 자유시 대신 쇼쿄쿠 풍의 형식에 따라 민중예술로서의 시가 나아갈 길을 유행가요에서 찾았던 것도, 음반업계로서는 환영할 만한 일이었을 것이다.[103]

김억과 이하윤이 특히 그러했지만, 비록 당시 시의 형식에 관한 분명한 입장을 언표하지 않았다고 하더라도, 그들의 뒤를 따라 유행시인의 길로 나아가고자 했던 시인들도 한결같이 유행가요 가사 창작에 앞서 쇼쿄쿠 풍의 형식으로 전회했던 것은, 시의 음악성을 음악적 박절 형식에 일치시키는 일이었다는 점에서 중요하다. 우선 그것은 김억 등이 시적 발화의 기반인 서정적 주체의 내면의 자유 혹은 심미적 자율성을 스스로 외면하거나 폐기했다는 것을 의미한다. 하지만 근본적으로는 김억 등에 의해 서정적 주체의 내면의 시간이 음악적 시간과 유성기 음반이라는 매체의 물리적 시간과 결합하는 길을 열었다는 것을 의미하기도 한다. 즉 김억, 유도순, 이하윤 등의 유행가요 가사 창작을 위한 글쓰기의 형식적 결단으로 인해, 근대기 한국의 시적 발화가 음악 장르와 음향 매체에 절합하는 가운데 변용하고 확장되었던 것이다. 자유시의 이상과 가치를 상대화했다는 점에서 보자면 이들은 더 이상 근대의 시인이 아니었을지 모르나, 도리어 그럼으로써 이들은 당시 조선에서 시적 발화를 둘러싼 근대적 변화의 가장 극적인 징후를 드러냈다.

한편 이들이 유행가요를 통해 표상하고자 했던 것은, 정처 없는 방랑과 향수, 비련의 회한과 그리움, 청춘의 상실과 인생의 무상함 등 삶의 보편적이고도 본원적인 비애와 인간의 고독한 운명이라고 요약할 수 있다. 이 모두 김억의 표현을 빌자면 이른바 '동양의 마음'의 편영(片影)들이며, 그들은 이것을 통해 청취자들에게 '심적 황홀'의 체험을 제공하고자 했다. 이를 위해 그들은 한편으로는 서도잡가를 비롯한 전래시가와, 다른 한편으로는 일본 유행가요와의 상호텍스트성 속에서 자신의 글쓰기를 변주하며 지속해가는 가운데, 조선 유행가요 형성기에 유행가요의 보편적인 문법을 완성하고 또 확장하는 역할을 담당했다.

이들의 유행가요 가사는 분명히 서정시의 미학에 근접하는 것이었지만, 그들 이외 다른 작사자들과 결코 공유할 수 없는 시적 발화 주체의 사적이고도 고유한, 내면에 기반한 독창적인 작품들이라고 보기는 어려운 것도 사실이다. 그래서 김억과 김기림 사이의 대립 장면에서도 알 수 있듯이, 이들의 유행가요 가사 창작이나, 음반회사 전속 작사자로서의 활동은 동시대 문학계에서는 백안시되기 일쑤였다.[104] 심지어 언론계로부터는 비속한 돈벌이에 불과하다고 비난당하기도 했다.[105] 그러한 평가는 이들의 시가 문학계 내에서 그다지 좋은 대접을 받지 못했으며, 시인으로서의 위상도 좀처럼 인정받지 못했던 사정을 염두에 두면 일견 타당한 것처럼 볼 수도 있다. 이를테면 비록 시와 문학을 이념적 발화의 차원에서 사유하고, 특히 프롤레타리아 문예운동의 일환으로 여기고 있던 김기진의 비판이기는 했으나, 김억의 시는 평범한 '외물소감(外物所感)'에 불과하며,[106] 유도순의 시는 청명한 기품 이외 아무런 감격이 없는 시에 불과하다는 평가를 받았다.[107] 더구나 김억은 같은 동인지 세대 시인이었던 박종화나, 《조선문단》 이래 문학적 경향을 함께했던 이은상으로부터도 시인으로서의 창작 역량의 한계를 빈번하게 비판받기도 했으며,[108] 심지어 이하윤은 시인으로서의 재능을 전혀 인정받지 못했다.[109] 뿐만 아니라 이들의 신민요와 유행가 가사가 이미 웅변적으로 시사하는 바와 같이, 그들은 이미 연주자와 악곡 혹은 원곡은 물론 참조할 텍스트가 주어진 상황에서, 음반회사가 요구하는 대로 시인으로서 최소한의 수완만으로도 유행가요 가사를 얼마든지 쓸 수 있었다면, 그들에 대한 동시대의 어떠한 비판도 온당하지 않다고 할 수는 없을 터이다.

하지만 이들이 역설한 바와 같이, 이른바 인간의 원시적인 감정의 표현으로서,[110] 혹은 민중 속에서 싹튼 예술로서[111] 유행가요를 통해 현현했던 정서와 미감이나 청취자들에게 환기했던 '심적 황홀'의 체험마저 간단히 백안시하고 타기할 수는 없다. 한 언어공동체가 삶의 범박한 진리로부터 얻는 감동의 보편성이야말로 시든 유행가요든 훌륭한 운문이라면 반드시 갖추어야 할 자질이며, 그것만 갖추고 있다면 시와 유행가요를 굳이 구분할 필요가 없다는 김억 등의 입장도 분명히 일리가 있다. 하지만 이들의 유행가요 가사 창작이 이룬 성취는, 정작 그들의 글쓰기의 심미적 가치로만 판단할 수 없는 다른 차원에서 찾는 편이 타당하다. 이들의 유행가요 가사가 조선 유행가요 형성기에 유행가요의 보편적인 문법을 완성하고 또 확장하는 가운데 이루어낸 것은 당시 조선의 유행음악의 문화, 즉 감정의 구조이다.

김억 등이 창작한 유행가요 가운데 흥행에 성공한 사례들이 시사하는 바와 같이, 그 작품들은 유성기 음반은 물론 라디오 방송을 통해 신문이나 음반회사들의 홍보잡지 등을 통해 이루어진 당시 유행가요 청취자들과의 의사소통의 소산이다. 그것을 기반으로 김억, 유도순, 이하윤 등의 유행가요 작품들은 동시대 조선인들이 삶과 자연, 인간관계 등을 둘러싼 실제적인 인식과 감각을 형성하는 데에 기여했음은 분명하다.[112] 더구나 그 감정의 구조가 한편으로는 전래의 구술문화의 유산과의 지속적인 상호텍스트성 속에서, 다른 한편으로는 외래의 유행음악과의 상호텍스트성 속에서 형성되고 있었다는 사실은 중요하다. 그것은 바로 유행가요를 통한 김억 등의 문화적 실천이 당시 조선에서 이루어진 근대적 문화 형성의 동력학과 그 다면성, 다층성을 그대로 반영하기 때문이다.

그런데 이러한 성취는 오로지 이들의 창작 행위에 의해서만 이루어진 것이 아니며, 사실 유행가요 제작 메커니즘에 참여한 다양한 관계자들의 상호 절합의 소산이었다. 즉 스스로 문화적 실천의 주체로 자임했던 이들이, 정작 유행가요 제작 메커니즘에서는 단지 관계자의 한 사람으로서 한정적인 자율성을 지닐 수밖에 없었을 때, 이를테면 연주자와 악곡이 주어진 다음 가사를 써야 했던 상황에 아무런 거부감이 적응할 수 있었던가? 이하윤의 〈애상곡〉 창작 후일담으로 보건대 그는 그러한 상황에 불만이 있었던 것으로 보이나, 그 작품의 제작 과정에는 매우 적극적으로 참여했던 것으로 보인다.[113] 그러한 심정과 태도는 〈애상곡〉만이 아니라 〈향수의 무희〉를 발표하는 과정에서도 마찬가지였을 것이다. 그리고 유도순이 〈봉자의 노래〉를 발표하는 과정 또한 그러했을 터이다.

그것은 우선 이들이 당시 음반회사가 전속 작사자들에게 요구했던 에로티시즘과 센티멘털리즘의 요소가 농후한 선정적이고도 감각적인 가사를 쓰는 데에도 거리낌 없었다는 것으로도 볼 수 있다. 또한 그것은 일찍이 《별건곤》의 편집부가 '신유행소곡대현상모집' 과정에서 응모자들에게 요구했던 바와 같이, 시인의 심미적 감식안과 개성은 물론 작가로서의 자의식까지도 음반회사가 요구하는 대로 얼마든지 낮추었다는 것을 의미하기도 한다.[114] 그렇다고 하더라도 이들은 자신의 유행가요 가사 창작이 조선의 근대적 문화 창출에 기여한다고 믿어 의심치 않았음에도 불구하고, 온전한 자신의 창작이 아니라 동시대 일본 유행가요의 흥행작을 염두에 둔 에피고넨을 써야 했던 상황까지도 얼마든지 감수했던가?

이하윤의 회고에 따르면 이들은 일본 유행가요가 조선에 전파되어 향유되는 분위기에 따라 유행가요 가사 창작에 나서면서, 시적 발화의 주체가 아닌 번역과 번안의 전신자로서의 역할이라도 음반회사가 요구한다면 얼마든지 도맡았던 것으로 보인다.[115] 그래서 이하윤은 〈섬색시〉를 비롯하여 〈물새야 웨 우느냐〉, 〈종로행진곡〉 등을, 유도순은 〈사랑해 주세요〉를 발표했을 것이다. 그것은 비록 이하윤 등에 비해서는 과작(寡作)을 남겼으나 홍사용의 경우라고 해서 다르지 않았다. 요컨대 이들은 표면적으로는 음반회사의 기획에 철저하게 부합하면서, 직인으로서의 처지를 온전히 받아들이고 감내했다. 하지만 거의 같은 시기 일본콜럼비아사의 전속 작사자로 활동했음에도 불구하고 이들의 활약 시점이 서로 어긋난다는 점은 여러 모로 의미심장하다. 이를테면 김억은 1934년 한 해에 26편의 작품을 발표한 이래 두 번 다시 그토록 많은 작품을 음반에 취입하지 못했다. 한편 유도순은 1934년에는 33편, 1935년에는 39편의 작품을 발표했으며, 이하윤은 1936년에는 42편, 1937년에는 50편의 작품을 발표했다. 즉 김억은 다국적 음반산업의 유행가요 제작 초창기, 즉 신민요에 대한 음반업계와 청취자들의 요구가 드높았을 때 활약했던 반면, 이하윤은 유행가요의 흥행성과 예술성 가운데 음반업계와 청취자들이 오로지 흥행성만을 환영했던 시기 활약했던 것이다. 그리고 유도순은 유행가요의 경향이나 그것을 둘러싼 청취자들의 취향 변화에 제법 훌륭히 적응하면서 활약했던 것이다.

이것은 비록 상대적인 차이가 있기는 하지만 김억보다도 유도순과 이하윤이 당시 유행가요 제작 메커니즘에 훌륭하게 부합했다는 것을 시사한다. 또한 이것은 유도순과 이하윤에 비해 김억이 시인의 심미적 감식안, 개성, 작가로서의 자의식을 온전히 양보하지 못했다는 것을 의미하기도 한다. 이는 김억이 신민요든 유행가든 음반업계가 요구했던 에로티시즘이나 센티멘털리즘보다도 일관되게 서도의 지방성과 서도잡가의 정서와 미감에 대한 애착을 고수했던 것과 무관하지 않다. 그래서 김억의 〈그대를 생각하면〉은 그의 다른 유행가요 작품에 비해 완성도의 면에서도 현격한 차이를 드러낼 수밖에 없었으며, 또한 김억은 다른 이들과 달리 일본 유행가요의 에피고넨의 제작 과정에는 참여할 수 없었다. 결국 김억이 다른 이들처럼 전속 작사자로 오랫동안 활동할 수 없었던 것은 바로 그러한 이유들 때문이다.

고급문화로서의 문학이라는 차원으로 보자면, 이들은 분명히 시적 발화의 기반인 서정적 주체의 내면의 자유 혹은 심미적 자율성을 외면하고 폐기하며, 시인으로서의 심미적 감식안과 개성은 물론 자의식마저 재화로 맞바꾼 이들에 불과할 터이다. 그러나 이들이 설령 동시대 문학인들이나 지식인들로부터 비난을 면치 못한다고 하더라도, 또한 유행가요 제작 메커니즘의 직인에 불과한 처지를 감내하면서라도, 심지어 자신이 쓴 유행가요 가사가 온전히 음반으로 취입되지 못하더라도 얻고자 했던 것은, 고급문화로서의 문학이 얻을 수 없는 다른 차원의 가치였다. 그것은 자신의 시 혹은 노래가 의미 있는 의사소통의 매체로 거듭나는 성취감과 자부심, 즉 유행시인으로서의 성공과 명망이었다. 바로 그것이 시인이자 유행가요 작사자로 활약했던 이들 사이의 공통점이며, 또한 그 성취감과 자부심이야말로 이들로 하여금 유행가요 작사자로 지속적으로 활동하도록 이끌었던 힘이었다.

6장
유성기 시대의
유행가요
'청중'

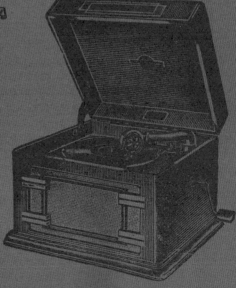

1. 유행시인의 비전과 성공의 시금석으로서 '대중'

유행가요 가사 따위는 결코 시라고 할 수 없다는 비난을 받으면서도, 제작과정에서 작곡자나 연주자로부터도 홀대를 받으면서도, 음반회사의 제작 메커니즘에 충실히 부합해야 하는 직인의 처지를 감수하면서도, 1930년대의 홍사용, 김억 등의 시인들이 유행가요 전문·전속 작사자로 활동했던 이유는 무엇이었던가? 그것은 무엇보다도 장르와 매체의 경계를 넘나들며 문식력 여부, 계층 혹은 그 외 어떠한 조건도 필요 없이 들을 귀가 있는 모든 조선인에게 민요와 같은 생명력과 호소력을 지니는 시를 쓰고자 했기 때문이다. 특히 문학계 내에서의 대립과 경쟁으로 인해, 혹은 문학계로부터 작가로서 인준을 얻지 못한 까닭으로 소외를 면치 못했던 주변적 시인들의 경우 유행시인의 삶에서 작가로서의 비전을 보았기 때문이다.

시인이라면 마땅히 추구해야 할 미학적 성취와 자율성을 저버리고서라도, 또한 예술가로서 당연히 지켜야 할 직분의 양심을 양보하고 음반산업의 요구와 기획에 철저하게 부합하는 직인의 처지를 감수하더라도, 그들이 결코 포기할 수 없었던 것은 바로 그들의 유행가요에 공감하고 감동할 언어 공동체의 수많은 청취자들이었다. 그래서 김억이 일찍이 노래를 짓는 목적은 단지 시인의 자기만족이 아니라, 그 노래를 들을 청취자들에게 감동을 주는 것이라고 했던 것이다.[1] 그러한 주장의 근저에는 조선어로 근대적인 시 혹은 운문을 창작하는 행위의 본령이 그것을 매개로 이루어지는 언어 공동체의 의사소통, 공감에 있다는 인식이 가로놓여 있다. 또한 그러한 인식은 조선가요협회 문학인 동인들이라고 해서 크게 다를 바는 없었다. 그들이 지향한 조선인의 심미적 취향의 개조 또한 근본적으로 그러한 의사소통과 공감을 기반으로 이루어질 터이기 때문이다.

그래서 조선가요협회가 발표한 작품 가운데 유독 〈그리운 강남〉만이 무려 네 차례나 음반으로 취입·발매되었던 점, 특히 신민요(Po.19133B, 1934. 5)로 편곡되었던 사정은 주목할 만하다. 김형원과 함께 조선가요협회에서 활동했던 김억에게 이러한 현상은 동시대 시인의 운문이 단지 몇몇 독자만이 아니라 모든 청취자와도 의사소통을 하고, 그들로부터 공감을 얻으며, 심지어 그들의 취향에 따라 적극적으로 변형하여 향유하는 장면이었다는 점에서 매우 특별한 경험이었기 때문이다. 그리고 지면의 고정된 텍스로서의 한 편의 시가 언어공동체에서 생명력과 호소력을 얻는 과정을 통해, 시 혹은 운문 창작 행위의 목적과 가치에 관한 인식을 본격적으로 수정하게 되는 계기가 되었다. 그리고 이러한 사정은 유행가요 가사 창작에 작가로서의 비전을 보았던 모든 이들에게 공통된다.

앞서 김억, 주요한과 김기림 사이의 대담을 통해서도 드러난 바와 같이, 김억과 주요한은 자신의 작품이 마치 민요와 같이 장구한 세월 속에서도 생명력을 잃지 않기를 바랐다.[2] 이를 위해 〈그리운 강남〉의 경우와 마찬가지로 무엇보다도 독자 혹은 청취자의 공감과 지속적인 향유가 무엇보다도 절실했다. 또한 김억을 비롯하여 유성기·유성기 음반을 통해 장르와 매체의 경계를 넘는 시 창작에 도전했던 조선 시인들이라면, 시의 음악화를 통해 조선인 보편 심성이나 공통감각을 개조하고자 했든, 혹은 문학계에서의 갈등이나 소외를 극복하고자 했든, 혹은 그저 내지 문단의 선례에 따랐을 뿐이든, 그 누구라도 그들의 작품에 영원한 생명을 불어넣을 이는 바로 청취자라는 것을 깊이 인식하고 있었다. 김억이 역설했듯이 그들이 창작한 유행가요를 듣고 청취자가 울고 웃어 주지 않으면 그 작품은 물론 그들의 시 창작 모험 또한 도로(徒勞)에 불과하게 되는 것이다.

1930년대 유행시인의 길로 나아갔던 시인들의 작품에 귀를 기울이고 공감하며 생명력을 부여하는 청취자들은 과연 누구였던가? 김기림과 같은 이는 이 청취자들에게 단지 '속중(俗衆)'이라는 낙인을 찍었다. 그러나 이들로부터 유행시인으로서의 인준을 얻고자 했던 조선의 시인들은 이들을 때로는 '민중'(조선가요협회)으로, 때로는 '민족' 혹은 '현대인'(김억·김종한)으로 명명하곤 했으며, 당시 음반업계에서는 '대중'이라고 명명하기도 했다. 어떠한 호명 행위라도 마찬가지일 터이나, 이 명칭 하나하나에는 호명하는 시인들 나름의 유행가요에 대한 이념, 신념 혹은 욕망을 담고 있다. 그들은 자신의 시로써 계급, 지역, 세대의 차이를 넘는 보편적 심성 혹은 공통감각을 지닌 조선인들을 소환하여 그들과 의사소통을 하고 공감을 얻고자 했다. 어쨌든 이 조선인들은 근본적으로 계급, 지역, 세대, 심지어 문식력까지 온갖 차이를 넘어서는, 그야말로 동시대 모든 조선인들이라는 것은 분명하다. 물론 그 이념, 신념, 욕망과 무관하게 그 조선인들은 유성기와 유성기 음반이라는 현대적인 음향매체를 통해 대량생산된 기술복제 예술인 유행가요를 자기만의 분명한 취향에 따라 향유할 수 있는 이들이어야 한다는 것은 두말할 나위도 없다.

만약 그러한 조건에 충분히 부합하는 조선인들이 있었다면, 그들은 근대적인 의미의 '대중'이라고 환언할 수도 있다. 그것은 흔히 "가능한 많은 사람들의 기호에 맞춘 통속적이고 대량생산된 예술상품으로서 '대중문화'를 향유하는 중산층 이하의 군중"이라는 '대중'의 정의를 두고 보더라도 그러하다.[3] 음반산업의 등장과 유행가요 제작 메커니즘, 그리고 이것을 통해 대량으로 생산된 음반이 등장하는 근대적인 현상은 1930년을 전후로 조선 사회에 점차 일상적으로 나타나고 있었다. 그 무렵 도쿄에서 흥행에 성공한 유행가요 경향에 따라 전래민요의 정서와 선율에 뿌리를 두며, 서양식 악곡과 반주를 가미한 '비빔밥'과 같은 신민요를 환영했던,[4] 그래서 신민요로 편곡된 〈그리운 강남〉를 즐길 만큼, 분명한 기호와 취향을 갖춘 조선인들도 점차 그 실체를 드러내고 있었다. 이러한 현상만을 두고 보면 그 조선인들을 범박하게나마 '대중'이라고 명명할 수도 있다. 그 조선인들은 이를테면 유도순의 〈조선타령〉을 수업시간에 제창했을 여학생들이기도, 이하윤의 〈향수의 무회〉를 경성 중앙관에서 들었을 〈반도의 무희〉의 관객이기도, 김억의 〈무심〉이나 〈이별 설어〉를 시집이 아닌 라디오를 통해서 들었을 청취자이기도 했다. 또한 〈꽃을 잡고〉에 환호했던 5만 명 정도의 조선인이기도 했다.

하지만 이 시인들이 창작한 유행가요를 향유했을 이 '대중'은 과연 "중산층 이하의 군중"이었던가? 그렇다면 이 집단은 당시 조선 사회에서 어느 정도의 비율을 차지하고 있었던가? 이 '대중'의 등장을 가능하게 한 서구 사회의 사정과 근대기 한국의 역사적 행정(行程)을 염두에 두고 보면, 다국적 음반회사의 진출에 따른 음반의 대량생산과 대량소비가 가능해진 이후, 음반·음반회사·연주자에 대한 다양한 홍보를 읽고 이해할 만큼이라도 보통교육의 기회를 누린 조선인들을 비로소 '대중'으로 인정할 수 있을 것이다.

조선 유행가요가 본격적으로 제작되었던 1934년경 조선총독부로부터 허가를 받은 단행본 총 1068종 가운데 총 321종의 문예물이 간행되었던 데에 비해,[5] 유성기 음반은 150만 매에서 200만 매가 발매되었으니,[6] 유성기·유성기 음반을 청취했던 조선인들을 '대중'이라고 칭해도 무방할 것이다. 그러나 1930년 초까지 공교육을 받은 조선인은 전 인구의 3.1퍼센트에 불과했고, 한글이나마 읽을 수 있었던 조선인은 전 인구의 15.7퍼센트에 불과했는데, 이 정도 비율의 집단을 '대중'이라고 명명할 수 있는가 의심하지 않을 수 없다. 시의 음악화에 음반 취입에 나섰던 1930년대 조선의 시인들에게 '대중'은 결코 전 인구 중 2퍼센트 남짓한 특수한 조선인만은 아닐 터이기 때문이다. 그렇지 않다면 이 시인들이 시도했던 장르와 매체의 경계를 넘는 글쓰기는 결코 그들의 구상대로 예술성·문학성과 함께 대중성도 갖춘 성공적인 문화사업이나 시대가 요구하는 예술이라고 보기 어렵다.[7]

한편 유성기·유성기 음반이라는 근대적인 음향매체를 통해, 자신의 분명한 취향에 따라 유행가를 사적으로 향유하는 행위 자체가 이미 청각적 근대성이라고 명명할 만한 현상임을 염두에 두고 본다면, 또한 그러한 행위의 주체야말로 근대적인 인간의 한 형상임을 염두에 두고 본다면,[8] 식민지 시기 조선에서 그러한 근대성의 징후나 근대적 인간의 형상은 아직 나타나지 않았다고 볼 수밖에 없다. 그럼에도 간과할 수 없는 것은 이 시인들로 하여금 유행시인의 비전을 제시했던 조선인들의 실상이다. 이들로 하여금 민요로써 함께 울고 웃으며, 위안을 주며, 다른 생명의 비전을 제시해주고 싶게 했던 그 조선인들은 설사 '대중'이라는 이름이 무색하더라도, 장르와 매체의 경계를 넘는 글쓰기를 가능하게 했을 뿐만 아니라, 그 성패를 가름하는 시금석이기도 했다. 또한 유행가요를 향유하는 행위 자체만 두고 보면, 언어공동체 구성원으로서 최소한의 교육 경험과 문식력조차 요구하지 않았다. 그러한 조선인들은 유성기·유성기 음반을 통해 유행가요를 향유했던 조선인들은 물론 그 외 다른 방법과 기회를 통해 유행가요를 향유했던 조선인들까지 포괄한다. 또한 시집의 독자는 물론 적어도 해마다 1만 5천 권의 잡가집을 소비했던 경향 각처의 노동자·농민·부녀자들을 포함하거나 상회하는 규모의 집단이어야 할 것이다. 하지만 이 모든 조건을 갖춘 조선인들, 유행시인의 삶에 비전을 보았던 시인들로 하여금 그들의 장르와 매체의 경계를 넘는 글쓰기의 성패를 결정했을 바로 그 조선인들의 상(像)은 좀처럼 드러나지 않는 것이 사실이다.

2. 유성기라는 신기한 박래품과 구경꾼들

조선가요협회가 창립되기 꼭 30년 전, 《황성신문》에는 한 광고가 거의 연일 게재되고 있었다. 이 광고에 따르면 봉상사 근방 어느 곳에서는 찾아오는 사람들이 일정한 요금을 내면 유성기의 소리를 들려주는 영업을 했던 것을 알 수 있다. 그곳은 '연극장'과 유사한 곳이라고 하니, 일종의 공연장이거나 그와 흡사한 곳이었던 듯하다. 하지만 구체적으로 어떠한 곳이었는지는 알 수 없다.[9] 또한 광고 속의 유성기도 당시 연대로 보건대, 평원반을 재생하는 베를리너(Emile Berliner) 식 그라모폰(grammophone)이 아닌 원통형 실린더를 재생하는 에디슨(Thomas Edison) 식 포노그라프(phongraph)였을 것으로 추정된다. 특히 재생된 소리가 '노래, 피리, 생황, 거문고 소리(歌笛笙瑟聲)'라고 하니 음악이었던 것으로 여겨진다. 한편 그 무렵 《독립신문》의 한 기사에 따르면, 외부(外部)에서 유성기를 구입하여 명창의 판소리와 진고개 패의 잡가를 녹음하여 잔치에서 재생했는데, 대신들 이하 사람들이 구름같이 모여들어 그 기이한 소리를 하루 종일 즐겼다고도 한다.[10]

따라서 그 무렵 아직 본격적으로 조선의 음악이 상업용 음반으로 취입된 바가 없으니, 봉상사 근방의 소리 또한 《독립신문》의 기사처럼 조선인이 연주한 조선 음악의 녹음이었거나, 그렇지 않으면 그 무렵 미국콜럼비아유성기회사가 발매했던 초기 상업용 실린더 레코드였던 것으로 보인다. 당시 실린더 레코드는 1분 남짓한 재생 시간에 맞추어 편곡한 행진곡이나 왈츠, 폴카와 같은 춤곡들을 수록한 것이었다.[11] 그런데 흥미롭게도 이런 곳은 당시 《황성신문》을 검토해 보건대 몇 군데 더 있었던 것으로 보인다.

"중서(中署) 징청방(澄淸坊) 주석동(朱錫洞) 제이십삼통(第二十三統) 십호 (十戶)(양지아문월편지전재가〔量地衙門越便紙廛在家〕 아릿집)에셔 일등(一 等) 유성기(留聲機)를 매치(買置)ᄒᆞ고 완유장(玩遊場)을 설(設)ᄒᆞ얏ᄂᆞᆫᄃᆡ 만곡청가(萬曲淸歌)가 일편신기(一片神機)로 종출(從出)ᄒᆞ니 첨군자(僉君 子)ᄂᆞᆫ 만이 들와셔 완청(玩聽)ᄒᆞ시오."[12]

"남서(南署) 광통교(廣通橋) 남천변(南川邊) 제일곡(第一谷) 서편(西便) 제 일가(第一家)에 유성기(留聲機) 처소(處所)를 신설(新設)ᄒᆞ엿ᄉᆞᆸᄂᆞᆫᄃᆡ 각색 (各色) 유명(有名)ᄒᆞᆫ 가곡생적성(歌曲笙笛聲이) 구비(具備)ᄒᆞ오니 첨군자 (僉君子)ᄂᆞᆫ 해처(該處)로 래임(來臨)ᄒᆞ오셔 완상(玩賞)ᄒᆞ시기를 망(望)ᄒᆞ�’ᆸ 나이라."[13]

"남서 광통교 남천변 첫골목 첫집에서 류성기 처소를 새로 설시하였는 데 각색 유명한 노래 곡조와 피리와 저 소리가 구비하니 첨군자는 그곳 으로 내임하오셔 구경하시기를 바라나이다"[14]

당시 이런 곳이 신문에 광고를 게재했던 3곳 이외 한양에 몇 군데나 있었는지, 구체적으로 누가 운영했는지, 어떤 곡을 연주했는지, 입장료가 있었다면 얼마였으며 또 얼마나 많은 사람들이 드나들었는지 지금으로서는 알기 어렵다. 하지만 이러한 곳에 드나들었던 사람들에게는 유성기라는 박래품을 구경하는 일이며 유성기의 음향을 듣는 일 모두 대단히 신기한 체험이었을 것이다. 그것은 이미 익숙하거나 혹은 새로운 음악 자체의 미감을 향유하는 일과는 거리가 멀었을 것이다. 그것은 이를테면 유성기가 최초로 발명된 미국과 독일에서조차도 발명가·기술자들은 이 새로운 음향기기를 통해 어떠한 음향을 기록하고 재생할 수 있을지에 대해 다양한 실험을 하고 있었고, 일반인들은 유성기를 통해 본격적인 의미의 음악을 감상하려고 하기보다는 그저 새롭고 신기한 소리에 매혹되어 한번 들어나 보자는 호기심으로 유성기를 바라보고 있었다. 그러니 당시 조선에서 유성기의 음향을 들으러 봉상사 부근 등을 오갔던 조선인들도, 《황성신문》과 같은 근대적인 인쇄매체를 읽을 문식력을 갖추고, 일용한 양식이 아닌 신기한 박래품의 구경에도 재화를 얼마든지 쓸 여유가 있었던 계층이었거나, 혹은 그저 호기심에 가득 찬 '구경꾼'에 불과한 이들이었다.

이러한 사정은 미국콜럼비아유성기회사가 관기 한인오와 최홍매의 잡가를 취입한 평원반 단면 음반이 조선에서도 발매되었던 1907년 무렵에도 크게 다르지 않았다. 조선의 음악을 최초로 취입한 이 상업 음반을 수입한 쓰지야(辻屋) 상점의 광고에 따르면, 유성기는 가정의 오락과 단란한 생활에 반드시 필요한 물건으로 소개하고 있다.[15] 수입원 쓰지야 상점이 이러한 문안으로 음반을 광고했던 것은, 음반이나 음반에 취입된 음향에 대한 정보만이 아니라 유성기라는 매체의 효용조차도 널리 알려야 할 만큼, 아직 조선에서는 유성기라는 매체와 음반이 구경거리의 차원을 넘어서 음악 감상의 중요한 수단으로 자리 잡지 못했던 것을 시사한다. 그 무렵 조선에서 유성기는 여전히 군중 연설회의 수단 이상은 아니었기 때문이다. 예컨대 어느 보통학교의 행사에서는 연설을 대신하여 학생들에게 유성기 음향을 듣게 했

쓰지야 광고(《만세보》, 1907. 11)

국시유세단만평(《대한민보》 1909. 9. 1)

고,[16] 어느 지역의 관리는 공립학교의 입학을 장려하기 위한 연설을 대신하여 군중에게 유성기 음향을 듣게 했으며,[17] 심지어 한일병합조약의 정당성을 선전했던 국시유세단은 유성기 음향으로 연설을 대신하기도 했다.[18]

설령 유성기를 통한 연설로 학교에 입학하는 사람들이 늘어났다거나, 한일병합조약의 정당성에 수긍하는 군중들이 있었다고 하더라도, 이러한 사례는 어디까지나 그 무렵 조선에서 유성기가 그 음향을 듣는 조선인들에게 신기한 박래품 이상의 의미는 지니지 못했다는 것을 시사한다. 이러한 사정은 극장의 관객에게 음악을 재생하는 수단으로 사용된 경우라고 하더라도 크게 다르지 않았다. 그 무렵 초기 사설 극장 가운데 하나인 동대문 부근 광무대(1898년경 개관)에서는 활동사진, 창극, 잡가, 가야금 연주와 승무 등을 공연했는데, 꼭두각시놀음을 하기 위해 무대를 설치하는 사이에 유성기로 음악을 들려주었다.[19] 이러한 유성기의 음악이 관객들에게 어느 정도 호응을 얻었는지는 알 수 없으나, 관객들에게 무대 설치 시간 동안의 지루함을 신기한 소리로 달래는 역할 이상은 못했을 것이다. 그러니까 그 짧은 시간만큼 극장에 모인 관객들도 단순한 구경꾼과 다를 바 없었다.

비록 몇몇 문헌을 통해서나마 조선에 유성기가 등장한 이래 약 10년 동안, 이 근대적인 음향 기기가 신기한 박래품의 차원을 넘어서지 못하고, 그 음향을 듣는 조선인들 또한 구경꾼의 차원에 머무를 수밖에 없었던 사정은 충분히 짐작할 수 있다. 그 원인은 당시 그라모폰이든 포노그라프든 유성기의 음질·음량이 저열하고 재생 시간이 짧았던 기술적 한계에 있다. 또한 유성기의 효용과 기능이 단순한 녹음과 재생에만 국한되어 있어, 심미적 감수성에 호소할 만한 내용을 충분히 담지 못했던 데에 있다. 그리고 유성기가 공연장과 같은 공적 장소에서 이용하는 매체가 아니라, 가정 혹은 그보다 협소한 공간에서 음향을 사적으로 향유하는 매체임에도 불구하고, 조선에서는 아직 그러한 용도로 이용하지 못했던 데에 있다.

그러나 무엇보다도 20세기 초까지도 조선에서 음악을 감상하는 행위는 전통적 공연이든 근대적 극장 공연이든 근본적으로 연주자와 청취자가 마주한 공연의 공간에서 이루어지는 것이라는 관념이 여전히 지배적이었던 데에 있다. 20세기 초까지, 즉 그 무렵까지 음악을 감상하는 일은 결코 공연의 공간을 떠나 음향재생 장치를 통해 이루어지는 고독한 행위가 아니었다. 하지만 그러한 사정은 1925년경, 즉 조선가요협회가 창립하기 4년여 전 일본 축음기상회와 일동축음기주식회사가 본격적으로 조선에서 음반산업을 일으키던 무렵부터 조금씩 달라지기 시작했던 것으로 보인다.

> 소리만 뎐하면 신긔하다는 시대를 멀니지내인 요사희 축음긔는 차차 육성에 갓갑은 소리를 넛겟다는 사명이 커지게 되자 모든 축음긔회사에셔는 압을 닷호며 재조를 다하야 축음긔판에 가장 완전한 소리와 가장 갑잇는 소리를 너흐랴할 째에 엄연히 리해 문데를 떠나 축음긔계의 한 혁명을 이룻키어 축음긔소리나 사람의 소리나 조금도 다를 것이 업다는 갈채를 밧게 이른 회사는 곳 일동축음긔회사이다. 동회사에셔는 우션 자긔 회사의 노력한 성적을 일반됴션사람에게 하소하고자 일곱시부터 본사 릭청각에셔 본사 후원으로 실연회를 개최하고 소리를 너흔 사람의 노릭와 축음긔판의 소리를 교대하야 드러가며 그 성적을 비판케되얏스니 실로히 「시간덕 예술」을 멀니 후세에까지 뎐하랴는 문화운동의 헌 가지로도 볼 수 잇는 것이니 (후략)[20]

당시 신문 기사에 따르면 이 두 회사는 저마다 음반의 홍보와 판촉을 위해 관람객들에게 무료로 이른바 '축음기대회' 혹은 '레코-드 실연대회'를 열었다. 이러한 행사는 주로 음반에 취입한 조선의 성악곡을 명창들이 직접 연주한 후에 곧이어 음반으로 같은 곡을 재생하여 비교하는 순서로 진행되었다.[21] 이 두 회사는 연흥사(1907년 개관) 이래 허다한 사설 극장의 흥행 산업을 통해 인기를 얻은 잡가·판소리 등의 예인·명창들을 전속 연주자로 삼고, 그들의 주요 레퍼토리들을 그대로 유성기 음반에 취입하여, 조선에서 본격적으로 음반산업을 시작했다.[22]

당시 유성기 음반은 마이크로폰 녹음 방식이 도입되기 이전의 나팔취입법(확성기 취입방식)으로 취입되었으므로, 그 음질은 인간의 육성에 비할 바는 아니었을 것이다. 실제로 연주자의 실연과 음반의 음향 사이에 차이가 없을 수 없다. 또한 아직 조선에 유성기가 폭넓게 보급되어 있었던 상황도 아니었으니, 음악을 감상하는 행위는 연주자와 청취자가 마주한 공연의 공간에서 이루어지는 것이라는 관념이 여전할 수밖에 없었다. 이 행사에 무료로 참석한 관람객 또한 본격적인 의미에서, 유성기를 통해 자신의 음악적 감수성이나 취향에 부합하는 음악을 사적인 공간에서 청취하고, 그러한 감수성이나 취향을 음반 구매를 통해 적극적으로 드러내는, 그야말로 근대적인 의미의 청취 공동체라고 보기 어려운 것이 사실이니, '구경꾼'의 차원에서 그다지 멀지 않은 존재였다고 해도 과언이 아니다.

그런데 이러한 연주회에서 주목할 만한 대목은, 연주자의 육성과 유성기 음반의 음향을 비교하는 장이었다는 것, 그래서 공연 공간에서 연주의 일회성이 지니는 아우라에 근간한 음악 청취의 체험이 연주자 육성의 기계적 모상(模像), 기술복제 매체로서의 유성기 음반 청취 체험과 등가에 놓이게 되었다는 것이다. 이것이야말로 음악 감상을 둘러싼 근대적 변환임은 물론 매체에 의한 음악 감상의 사회화, 근대적인 의미의 청취 공동체의 등장과 관련한 중요한 분기점이다.[23] 그래서 일본축음기상회와 일동축음기주식회사의 '축음기대회'나 '레코-드 실연대회'가 열린 1925년 무렵부터 1938년 무렵까지 비단 이러한 음반회사들만이 아니라 악기점, 각종 언론사, 종교단체가 추최한 이른바 '축음기 음악회' 혹은 '레코드 콘서트'라는 명칭의 유성기 음반 감상 행사가 꾸준히 열렸던 것은 주목할 만하다.[24] 물론 이러한 행사들 또한 유성기와 유성기 음반의 홍보·판촉만이 아니라 국시유세단의 경우와 같이, 주최 측의 특별한 목적 아래에서 이루어진 대체로 무료 행사들인 경우가 대부분이었다. 하지만 이러한 행사들을 통해서 대도시들을 중심으로 유성기 음향의 청취 기회가 점차 잦아지게 되고, 조선인들의 음악 청취 방법 또한 변화하는 계기가 마련되었던 것은 틀림없다.

이 '축음기대회'나 '레코-드 실연대회', '축음기 음악회' 혹은 '레코드 콘서트'에서 울려퍼진 노래들은 가곡과 판소리, 그리고 잡가 등의 전래음악이나 일본의 유행창가, 그리고 〈부모은덕〉, 〈학도가〉, 〈권학가〉와 같은 학교 창가나,[25] 윤극영의 〈반달〉과 같은 동요들, 혹은 〈순산을 향해 갑시다〉와 같은 찬송가였다.[26] 당시 간행된 허다한 잡가집을 통해서 알 수 있듯이, 조선인들의 절대적인 환영을 받았던 레퍼토리는 물론 전래음악이었으며, 이광수의 「예술과 인생」(1922)만 보더라도 일본의 유행창가 또한 조선인들의 환영을 받고 있었다.[27] 그래서 구경꾼과 같은 조선인들의 음악적 감수성이나 취향 또한 변해가고 있었고, 특히 잡가와 일본의 유행창가는 조선가요협회가 창립되었던 1929년경에는 문학인들과 음악인들이 나서서 퇴폐적 '악종가요'라고 매도하고 정화를 부르짖을 만큼 조선인의 취향에 깊숙이 뿌리내렸다.[28]

물론 '축음기 음악회', '레코드 콘서트' 등의 행사에 모여들었던 구경꾼과 같은 군중이 유성기·유성기 음반을 통해 유행음악을 일상적으로 듣거나, 분명한 취향에 따라 향유할 수 있는 능력을 갖춘 이들이 아닌 것은 분명하다. 당시 조선가요협회 동인들이 본 대로, 어쩌면 이 군중은 그저 퇴폐적이고 세기말적이고 현실도피적인 타락한 노래에 매료된, 그릇된 품성을 지닌 '속중(俗衆)'에 불과했는지도 모른다. 그럼에도 불구하고 경향 각처 남녀노소를 불문하고 〈장한몽가〉를 흥얼거릴 정도로 퇴폐적 '악종가요'는 인구에 회자되고 있었고,[29] 그 가운데에는 벌써 〈섬처녀〉, 〈도쿄행진곡〉, 〈술은 눈물일까 한숨일까〉와 같은 일본의 유행가요나 그 에피고넨을 듣는 이들도 생겨나고 있었다. 일본빅터사(1928년 진출)와 일본콜럼비아사(1929년 진출)의 뒤를 이어 일본포리돌사, 시에론사, 타이헤이사, 오케사 등이 조선에 앞 다투어 진출하여, 조선 유행가요 레퍼토리들을 제작하기 시작했던 것도 바로 그 무렵이었다. 그리고 그 가운데에서 발표된 김형원의 〈그리운 강남〉은 애초에는 그저 고상한 탓에 비속한 대중의 취향에 맞지 않는다는 정도의 평가만 받았지만, 점차 지속적인 인기를 누리게 되었다.[30] 그리고 〈그리운 강남〉의 지속적인 인기를 통해 김형원, 홍사용, 김억, 심지어 김동환까지도 이 '속중'으로부터 새로운 글쓰기와 문화적 실천의 가능성을 발견하여, 본격적으로 유행시인의 길로 나설 수 있었다.

3. '대중'의 조건과 현실, '문화사업'의 기반

한편 홍사용, 김억 등이 바야흐로 전문 작사자로서 활동할 수 있었던 기반을 제공한 다국적 음반회사들은 일본축음기상회나 일동축음기상회와는 달리 이른바 '전기녹음'(마이크 녹음방식)으로 음반을 취입하여 음질의 획기적인 혁신을 이루었을 뿐만 아니라, 일본축음기상회나 일동축음기주식회사의 전속 예술가, 레퍼토리, 전국적 유통망을 그대로 이어받았다. 그리고 이러한 기반에 더하여 영화 주제가였던 〈아리랑〉(1929. 2)이나 김억이 비난했

던 〈낙화유수〉, 그리고 홍사용, 김억 등이 본격적으로 유행가요 창작에 나서
게 된 계기를 제공했던 〈황성의 적〉의 선풍적 인기를 계기로 조선의 유행가
음반을 주력 상품으로 삼았다.[31] 당시 신문과 잡지에는 유성기와 유성기 음
반에 대한 지식,[32] 좋은 유성기와 유성기 음반을 구매하는 방법,[33] 유성기와
유성기 음반의 보관과 손질 방법 등이 빈번하게 소개되었다.[34] 또한 거리와
주택가의 유성기 소리로 괴로움을 호소하는 사람들로 인해 조선총독부가
밤 10시 이후에는 유성기를 사용하지 못하도록 하는 조치를 취한다는 기사
가 게재되기도 했으며,[35] 1930년대 후반 중일전쟁이 발발한 무렵에는 유성
기 품귀 현상이 기사거리가 되기도 했다.[36] 그런가 하면 음반업계의 동향이
나 후일담, 인기 가수의 순위조사 결과와 그들의 사생활 관련 내용은 잡지
의 주요한 내용을 차지하기도 했다.[37]

　　신문과 잡지의 이러한 기사로 보면, 유성기와 유성기 음반의 관리는 어
떻게 해야 하는가, 어떠한 음악가의 음반을 선택할 것인가 하는 문제는 당시
조선 가정의 일상에서 중요한 문제가 되고 있었던 것으로 보인다. 특히 신문
의 경우 이러한 기사가 '가정'란에 소개되었다는 점에서 그러하다. 또한 유
행음악계의 시시콜콜한 사정은 독자의 시선을 사로잡을 만큼 당시 조선인
들의 관심거리였던 것으로 보인다. 그렇게 유성기와 유성기 음반, 그리고 유
행가요가 식민지 시기 조선의 일상생활 가운데에서 심미적 취향을 결정하
는 당당한 위상을 차지해가고 있었다. 홍사용, 김억, 이하윤, 유도순이 다국
적 음반회사의 전문 작사자로서 성공했던 일도, 《별건곤》과 《조선일보》 등
이 유행가요 현상공모를 시작하여 그 인기가 백열화했던 일도 모두 이러한
분위기를 배경으로 일어났다. 그러니 김억이 김기림과의 대담 가운데 대중
과 함께 울고 웃을 수 있는 유행가요를 시인들도 더 이상 경시할 수 없다고
했던 것도, 나아가 시인의 유행가요 제작 참여가 문화사업일 수 있다고 했던

것도 결코 이해 못할 바는 아니다.

이처럼 다국적 음반회사의 진출과 유행가요 제작 메커니즘이 1930년경 조선에서 자리 잡기 시작하고, 비슷한 시기에 유성기·유성기 음반을 통해 음악을 감상하는 취미를 가진 조선인들이 등장한 것, 그리하여 유성기·유성기 음반이 조선의 일상생활에서 심미적 취향을 결정할 만한 위상을 차지하게 되었다는 것만큼은 분명하다. 그래서 홍사용, 김억 등이 이른바 문화사업에 나설 수 있었던 조건은 일단 충분했다고 할 수 있다. 하지만 신문을 통해 유성기·유성기 음반에 대한 각종 정보를 얻고, 잡지를 통해 최근 유행음악계의 동향을 눈여겨보며, 이웃에 방해가 될 만큼 심야까지 유성기 음반을 들었던 조선인들은 과연 이들이 호명하고자 했던, 계급, 지역, 세대, 심지어 문식력 등의 온갖 차이를 넘어서는 공동체였던가?

1930년대 조선에서는 대략 120만 매에서 200만 매 사이의 유성기 음반이 유통되었던 것으로 추정되는데, 그 가운데 60퍼센트 혹은 70퍼센트가 양악(洋樂) 음반과 일본악 음반이었으며, 나머지 30퍼센트 혹은 40퍼센트가 조선악 음반이었다고 한다.[38] 《삼천리》의 어느 기사에 따르면 조선에서 한 해 평균 3천만 매 이상의 유성기 음반이 유통되었다고 하나,[39] 그 무렵 조선에 거주했던 조선의 총인구가 2천만 명 정도(1935년 기준 20,256,563명)였던 사정을 염두에 두고 보면 신빙성이 없다.[40] 한편 일설에 따르면 1930년대 중반 조선 전역의 유성기 대수는 약 30만 대 정도였다고도 한다.[41] 그런데 《매일신보》의 어느 악기점을 취재한 기사에 따르면, 당시 유성기 음반 판매점의 고객들은 전래음악이나 홍사용, 김억 등이 창작했던 유행가, 신민요와 같은 새로운 유행가요와 같은 조선의 음악보다도 서양 고전음악을 더 선호했다고도 한다.[42] 1907년에서 1945년까지 발매된 조선악 음반 가운데 전래음악은 46.3퍼센트, 서양음악은 8.9퍼센트, 유행가요는 44.8퍼센트 정도의 비율을 차지했다고 하니,[43] 조선 유행가요 음반은 연평균 최소 16만 매에서 최대 35만 매가 유통되었다고 볼 수 있다.

비록 대략적인 산술에 근간한 추정이기는 하나, 이로써 이들의 유행가요를 유성기·유성기 음반을 통해 들을 수 있었던 조선인의 수는 추정할 수 있다. 물론 이 수치가 당시 조선 굴지의 대도시 인구를 상회하는 것이 사실이나, 김억, 이하윤 등의 기대에 훨씬 못 미치는 규모였다.[44] 또한《조선일보》의 어느 기사에 따르면 비록 라디오 프로그램 편성과 관련된 기사이기는 하나, 이른바 구세대가 전래음악을 선호하는 반면 신세대는 양악이나 유행가요를 선호했으며, 전래음악의 경우 지역에 따라서도 취향이 달랐다고 한다.[45] 이것은 당시 조선인들이 세대와 출신, 거주 지역에 따라서도 다양한 음악적 취향을 지니고 있었음을 시사한다. 그러니 김억의 표현을 빌자면 유행가요 가사를 듣고 함께 웃고 울어줄 수 있는 대중은 결코 지역과 세대의 경계를 넘어서지 못하는 일부의 조선인들에 불과했다.

그럼에도 불구하고 이 기사를 통해서 당시 조선악 음반 청취자들은 대단히 다양하고 복잡한 취향의 변화를 읽어낼 수 있다. 이를테면 일본 유행가요의 번안 작품으로부터 조선의 유행가를 거쳐 신민요로 옮겨가는 가운데, 잡가는 변함없는 인기를 구가하는 한편 예술가곡은 환영받지 못했다고 한다. 그 가운데 당시 중산층 가정에서는 유성기·유성기 음반이 유일한 오락 수단으로 정착하기 시작하여, 가정음악 레퍼토리나, 아동 교양 레퍼토리를 적극적으로 요구하기까지 했다고 한다.[46] 바로 그 일부의 조선인들이 당시 음반회사 문예부의 레퍼토리 결정 과정에도 상당한 영향을 미쳤으며, 당시 음반회사들은 조선 진출 초기부터 그러한 조선인의 음악적 감수성과 다양한 취향에 부합하고자 부단히 애썼다.[47] 앞서 인용한 조선악 음반 레퍼토리 비율은 그것을 반영하기에 충분하다. 특히 그 가운데 인기 가수의 유행가요 음반이 평균 8천 매 내외의 판매고를 올렸다고 한다. 그러니 신민요 〈처녀총각〉이 3만 매, 〈꼿을 잡고〉가 5만 매의 판매고를 올렸다고 하더라도 예외적인 사례였을 수도 있다.[48] 더구나 1930년대까지도 여전히 유행가요 음반의 적지 않은 양은 유흥업소에서 소비되었다는 회고를 보면 실제로 유행가요를 청취했던 이들은 더욱 적었을 것이다.[49]

한편 유성기와 유성기 음반의 판매 가격을 알 수 있는 최초의 문헌인 《매일신보》 1911년 9월 14일의 광고에 따르면, 유성기는 당시 가격으로 25원 정도였다. 이후 유행가요가 전성기를 구가하기 시작한 1935년경 유성기 한 대의 가격은 대체로 최저가 20원부터 최고가 300원까지 다양했다.[50] 홍난파에 따르면 1934년 당시 음반회사들의 가정 보급형 모델이 50원 정도였고, 그 이하 가격대의 모델은 권할 만한 것이 못 된다고 하는데,[51] 이 50원대 이하의 모델은 구형인 나팔형, 혹은 휴대가 가능한 무나팔형 유성기 같은 것이었다. 그러니까 당시 가정 보급형 유성기 한 대의 평균가는 대략 50원 정도였다. 또한 유성기 음반 1매의 가격은 음반회사에 따라, 또 보급반과 정규반의 차이에 따라서 다양했으나, 1910년도부터 1930년대까지 정규반 1매에 1원 50전, 보급반 1매에 1원 정도였다.[52] 그 무렵 한성도서주식회사에서 간행했던 시집의 정가가, 김억의 『안서시집』은 70전(錢), 『봄의 노래』(재판)는 60전, 주요한의 『아름다운 새벽』(재판)도 60전, 그리고 김소월의 『진달내꼿』(재판)은 1원으로, 대체로 1원 내외였다. 그러니 유성기 음반은 단순히 시집과 비교해보더라도 상대적으로 고가였는데, 이는 음반 1매에 유행가요의 경우 단 두 편만 취입할 수 있었기 때문에 그러하다.

당시 유행가요 음반과 유성기를 구매할 수 있는 곳은 대체로 악기점이나 음반회사 대리점이었는데, 《삼천리》의 어느 기사에 따르면 이러한 곳이 조선 전역에 무려 200여 군데나 있었다고 한다.[53] 이 수치가 과연 신뢰할

일본축음기상회 광고(《매일신보》, 1925. 8. 25. 4면)

콜럼비아축음기 광고(《동아일보》, 1935. 2. 21. 3면)

야마구치악기점 광고(《동아일보》, 1935. 6. 29. 5면)

빅터축음기 광고(《조선일보》, 1935. 9. 25. 1면)

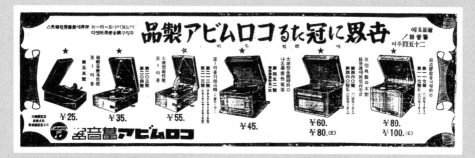

콜럼비아축음기 광고(《조선일보》, 1936. 1. 4. 2면)

만한 사실인지는 알 수 없으나, 오늘날 남아 있는 각종 문헌에 따르면 식민지 시기 조선 전역에 약 98군데가 있었으며, 그 가운데 절반가량인 50군데가 경성부에 집중되어 있었다.(부록: 「전국 유성기 음반 취급점 목록」 참조). 그 가운데에는 악기점이나 음반회사 대리점 이외에 서점이나 시계점도 포함되어 있으니, 실제로 유성기·유성기 음반을 취급한 곳은 그 이상이었을 것으로 짐작된다. 이에 비해 서점은 식민지 시기 조선 전역에 208군데가 있었고, 그 가운데 93군데가 경성부에 집중되어 있었다.[54] 그러니 유성기·유성기 음반을 취급한 곳이 훨씬 적었다는 것을 알 수 있다. 이것은 당시 조선인들이 유성기·유성기 음반을 직접 접하고 구매할 기회는 도서에 비해 상대적으로 제한적이었으며, 그것에 기반한 유행가요 향유의 취향도 경성을 비롯한 대도시 시민을 중심으로 형성되고 있었다는 것을 의미한다.

따라서 1930년대 조선에서 유성기와 유성기 음반이 대중적인 매체로서의 위상을 차지하고 있었다고 단언하기는 쉽지 않다. 당시 유성기·유성기 음반의 가격을 염두에 두고, 조선인들의 직업별 수입이나 생활비 지출 상황을 검토해보면 더욱 그러하다. 이를테면 당시 조선 사회의 계층은 0.3퍼센트의 지주, 0.7퍼센트의 전문직 봉급생활자, 33.8퍼센트의 자영업자, 13.8퍼센트의 비농업 노동자, 그리고 51.1퍼센트의 농업 노동자로 이루어져 있었다고 한다.[55] 한편 1927년 6월부터 《동아일보》에는 "나의 가정 1개월 예산"이, 1933년 10월부터 《매일신보》에는 "가계부공개: 생활개선의 제일보"가 연재되었는데, 이것을 통해 당시 직업별 평균 수입이나, 계층별 생활비의 실상에 보다 근접할 수 있다(부록: 「조선인 직업별 수입 정도」 참조).

물론 가정마다 형편은 제각각일 터이나, 경성 거주 5인 가족을 기준으로 월수입 40원, 혹은 6인 가족을 기준으로 월수입 85원 연수입 1천 원이면 중산층 생활의 하한선이었다고도 한다.[56] 또한 비록 1920년대 중반 신문 기

일본악기제조주식회사 경성출장소(본정 1정목)

금희악기점(종로 2정목)

선일악기점(종로 2정목)

조선축음기상회(종로 2정목)

경성의 악기점 정경(『대경성사진첩(大京城寫眞帖)』, 1937 소재)

사이기는 하나, 경성부 주민으로서의 월평균 소득이 15원에서 18원 정도이면 그야말로 "죽지 못해 사는" 정도의 빈민이었다고도 한다.[57] 이러한 기사들을 참조해보면, 의사·가수·회사원(은행원 포함)·기자·교원·목사 등 월수입 50원 이상, 신문·잡지·도서 등 읽을거리에도 고정적인 지출이 가능했던 이들이 당시 0.7퍼센트 중산층 이상 계층에 해당하는 것으로 추정된다. 즉 이들을 비롯한 일부 자영업자들이야말로 유성기·유성기 음반을 구매하여 홍사용·김억 등의 유행가요를 향유했을 조선인들이었다고 볼 수 있다. 또한 이들이 읽을거리에 지출했던 액수를 2원에서 6원 사이, 즉 평균 4원 내외로 보고 이것으로 오로지 음반만을 구매했다고 가정하면, 매월 평균 3매에서 4매 정도 구매할 수 있었을 것으로 추정할 수 있다.

이와 관련하여 1939년에 발표된 최영수의 단편소설은 흥미롭다. 소설의 주인공 '나'는 아내, 식모와 단출하게 사는 회사원이다. 이 부부는 180원이나 하는 유성기를 들여놓고 매달 20여 원씩 서양 고전음악 음반을 외상으로 사다가 듣는 것이 유일한 취미이다. 월급날이 되면 음반 값을 갚아 나가던 '나'는 회사의 파산으로 실직하게 되고, 그로 인해 집세와 유성기 음반 대금 체납에 시달리다가 끝내 유성기와 유성기 음반을 처분하게 된다. 이 소설에서 주목할 대목은 회사원으로서 유성기를 180원이나 들여서 구매한다든가, 매달 유성기 음반 구입에 20여 원이나 쓴다든가, 더구나 서양 고전음악을 듣는 일이 분수에 맞지 않는 사치인 양 묘사하는 작가의 태도이다.[58] 물론 그들이 즐겨 들었던 것이 유행가요 음반이 아닌 서양 고전음악 음반이기는 하나, 중산층 회사원의 생활상, 음반 구매력, 그리고 음악에 대한 취향과 관련한 추측을 어느 정도 뒷받침한다는 점에서는 충분히 주목할 만하다.

4. 음반회사 연주회와 유행가요 청중

통계나 소설에 묘사된 세태가 신뢰할 만큼 정확하다고는 할 수 없을 것이다. 하지만 이것만으로도 1930년대 유성기·유성기 음반 등을 통해 시인들의 유행가요를 감상했을 조선인들의 실상에 근접할 수 있는 근거가 된다. 그리고 이들이 호명하고자 했던, 유성기·유성기 음반을 통해 유행가요를 향유하는 조선인들은 적어도 월수입 50원 이상인 대도시 거주 전문직 봉급 생활자와 일부 자영업자, 그리고 지방 지주를 더한 일부 계층의 조선인이었다는 것을 시사한다. 당시 조선인들의 문식력과 학력으로 보건대, 신문·잡지를 통해 유성기와 음반의 제작원리나 구매와 관리의 요령을 이해하고, 음반업계의 동향이나 후일담을 읽고 자신이 선호하는 연예인에 대한 호기심을 충족시키며, 음반광고를 보고 자신의 심미적 감수성과 취향에 부합하는 음반을 선택·구매할 수 있는 조선인은, 아무리 폭넓게 헤아려도 전 조선인 가운데 20퍼센트 이하였다는 것을 알게 된다. 이처럼 한정된 조선인들 중에서 음악 감상을 둘러싼 이른바 구별짓기가 이루어지기 시작했으며, 그들은 저마다 계층에 따라 서로 다른 음악 감상의 성향(habitus)을 드러내기 시작했다. 따라서 조선가요협회 동인들과 홍사용·김억 등이 작가로서 명운을 걸었던 유성기 음반 청취자들은 시집을 비롯하여 신문·잡지를 통해 대면할 수 있었을 독자의 규모와도 크게 다르지 않았던 것이다. 그래서 이들이 구상하고 도전했던 장르와 매체의 경계를 넘는 시 창작의 이상은 당시 조선에서는 실현되기 어려웠다고도 할 수 있다.

그럼에도 불구하고 유성기와 유성기 음반을 통해 유행음악을 사적으로 감상할 처지가 못 되었던 조선인들에게도 유행가요 감상의 기회는 열려 있었으니, 바로 음반회사들이 경쟁적으로 개최했던 연주회였다. 이러한 연주회는 1920년대 이후 거의 매월 조선 도처에서 열린 전래음악을 중심으로 한 이른바 '명창대연주회'를 통해서 확산되었다. '축음기 음악회' 혹은 '레코드 콘서트'가 그러했듯이, 이 '명창대연주회'와 같은 행사에도 표현을 그대로 빌자면 "입추의 여지없이" '인산인해'의 관객이 몰려들었다고 한다.[59] 이 명창 연주회를 가득 메웠던 이들은 일찍이 협률사(1895년 개관)를 비롯하여 연흥사(1907년 개관) 이래 근대 초기 사설극장의 전통연희의 관객이기도 했고, 이러한 극장들이 영화관으로 전환되면서 명창 연주회로 옮겨간 전통연희의 관객이기도 했다. 이 사설극장 시대의 전래음악 연주자와 레퍼토리가 곧 일본축음기상회 이후 조선에 진출한 음반회사들의 중요한 전속 연주자 레퍼토리이기도 했으며, 이 연주자들과 그들의 레퍼토리를 중심으로 열린 명창 연주회의 주요한 후원자들 또한 이들 음반회사들이었다.[60]

그런데 1930년대 초부터 일본콜럼비아사를 필두로 한 음반회사들은 전속 가수를 동원하여 전국 순회 연주회를 열기 시작한다. 그 소식은 신문 기사와 광고를 통해 소개되기도 했는데, 연주회의 개최 횟수는 일일이 확인하기도 어려울 정도이다. 예컨대 1934년 10월 《매일신보》는 일본콜럼비아사 등의 후원으로 같은 달 20일 경성공회당에서 '유행가의 밤'이라는 행사를 개최한다는 광고와 출연자 소개 기사, 유성기 음반 추첨행사 관련 기사를 연일 게재한다.[61] 이 연주회의 출연자들은 김선초, 김복순, 임헌익, 안일파, 채규엽, 그리고 콜럼비아 재즈 밴드 등 일본콜럼비아사 전속 가수들과 연주자들이었다. 또한 이 연주회는 음반회사 연주회 관련 기사 가운데에서 유일하게 레퍼토리가 미리 공개되어 있거니와, 그 가운데 대부분은 연주회 이전이미 음반으로 취입·발매되었던 것들이 대부분이다.[62]

새로운 대중의 노래의 밤으로 □반의 기대와 감격으로 기달리우던 본사 주최의 『류행가의 밤』은 예정과 가티 이십(二十)일 오후 칠(七)시 반부터 장곡천정 공회당에서 성대히 막을 여럿다. 이날 정각전부터 모혀든 관중은 일(一)천여 명에 달하야 쟝내는 립추의 여지가 업섯고 화환으로 새로히 단장된 『스-테지』 압헤는 긴장된 음악 애호의 감정이 홍수갓티 흘럿다. 정각이 되여 개회사를 한 후 『콜럼비아 쌔쓰쌘드』의 특별 주악이 시작되매 이러나는 박수 소리는 폭풍우가티 폭발되엿다. 그 다음 김복순 양 ▫ 독창의 명랑한 『멜로듸』에 관중은 도취하야 『앵콜』을 요구하는 박수는 개회 첫머리부터 이러낫다. 김선초 림헌익 채규럽 제씨의 一부 순서가 긋나고 二부 순서에 드러가자 관중은 여광여취하야 『앵콜』을 거듭 하엿다. 이날 밤 채규럽 씨는 감기로 편도선이 부은 것을 무릅쓰고 억지로 출연을 하엿스나 그 비단폭을 펴는는 듯한 목소리는 관중 심금(心琴)을 울리여 크다란 감격을 비저내엇다. 순서가 긋난 뒤에 행한 축음긔와 『레코-트』추첨은 더 층 흥미를 이르켯고 이날 밤 十시 반에 동 음악회는 큰 수확을 가지고 막을 다덧다.[63]

이 기사는 당시 음반회사 연주회의 임장감 있는 정경만이 아니라 청중의 실상마저 엿볼 수 있는 대단히 희귀한 기록이다. 이 두 인용문으로 보건대 공연장소인 경성공회당은 공연이 시작되기 전부터 천여 명의 청중들이 그야말로 "입추의 여지없이" 자리를 잡고서는, 공연이 시작되기만을 기다릴 만큼 큰 기대를 품고 있었다. 또한 연주회 내내 흥분과 도취에서 벗어나지 못하다가, 연주가 끝나자마자 앙코르를 연호할 만큼 열렬한 환호를 아끼지 않았다. 그 청중들이 도취하고 환호했던 레퍼토리 가운데에는 〈희망의 북소래〉, 〈홍등야곡〉, 〈야강애곡〉 등 유도순의 작품이 포함되어 있다. 비록 이 연주회의 프로그램에는 포함되어 있지 않았으나, 김억, 이하윤이 주로 활동했던 일본콜럼비아사는 물론 일본빅터사나 일본폴리돌사 등의 연주회에서 그들의 작품도 당시 인기가수의 가성(歌聲)을 통해 공연장에 울려 퍼졌을 터이다.

당시 여러 광고들에 따르면 경성부 하세가와마치(長谷川町)의 경성공회당은 1930년대 초부터 음반회사들의 연주회 장소로 애용되었다. 그리고 그 경성공회당에 울려 퍼진 심야의 가성, 청중들의 박수와 환호 소리는 1930년대 말까지 끊이지 않았다. 이러한 연주회를 가장 먼저 시작한 것은 일본빅터사와 일본콜럼비아사가 시작했지만, 후발 회사인 오케사는 1933년 조선에 진출하자마자 가장 활발하게 전국 순회 연주회를 개최했다.[64] 특히 오케사는 조선에 진출하던 당시부터 '대중본위'를 표방하면서 저가 음반을 발매하는 한편, 활발한 전국 순회 연주회를 통해 일본콜럼비아사에 이어 두 번째로 많은 규모의 음반을 발매했다.[65]

시작이 오후 팔시(八時)라는대 자동차를 타고 속히 안 가면 만원이라 함으로 그러한 방면에 조곰도 경험이 없음으로 무얼 그럴 리가 있겠느냐 하고 거러서 천천히 가뜨니 칠시반(七時半)이 못 되여 초만원이다. 『야 이것 참 굉장하고나』하고 안질 자리를 찾어도 없다. 무리하게 좌석을 비여내어 둘이 안게 되였다. 기다리기 오래 전에 벌서 박수로 재촉이 심하고 뒤에서는 밀지 말라고 야단이고 경관(警官)은 정리하느라고 법석이었다. 정각이 되자 인사가 있었고 연하야 역자(役者)가 죽-나오는데 그럴 듯하였다 (…) 이난영(李蘭影) 양부터 인기가 자못 비등(沸騰)하였다. 성량(聲量)이 좀 넉넉하였고 음성도 아름다웠다. 아무 것도 모르는 필자로서도 꽤 잘하는구나 하고 속으로 생각하였었는데 마치자마자 야단이 낫다. 재청(再聽) 앙코루 앙코루하고 사방에서 떠든다.[66]

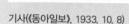

기사(《동아일보》, 1933. 10. 8)

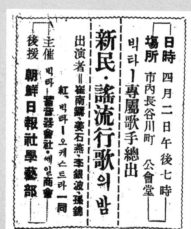

광고(《동아일보》, 1933. 10. 21)

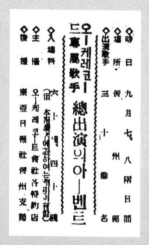

광고(《조선일보》, 1934. 4. 1)

광고(《동아일보》, 1935. 9. 6)

《사해공론》의 이 연주회 관람기의 '실연(實演)의 밤'은 1935년 4월 5일 오후 8시 역시 하세가와마치 공회당에서 열린 오케사의 연주회로 여겨진다.[67] 그리고 이 관람기에 나타난 음악회의 정경은 일견 앞서 검토한《매일신보》의 기사와 크게 다르지 않으나, 보다 사실적으로 묘사되었다. 이 글에 따르면 '실연의 밤' 연주회 또한 '유행가의 밤' 연주회와 마찬가지로 청중들은 인기 있는 가수나 작품에 대해 매우 열렬하게 호응했으며, 앙코르를 자연스럽게 연호할 만큼 자신의 기호를 적극적인 행동으로 드러낸다. 처음에는 이 연주회에 냉담했던 필자 '문불출생'도 공연 이후 여흥을 잊지 못했듯이, 청중들 또한 이 '실연의 밤' 혹은 '유행가의 밤'과 같은 연주회를 계기로, 유행가요를 둘러싼 공통의 기억은 물론 공통의 심성과 취향마저 형성했을 것이다.[68] 오늘날 남아 있는 여러 기록을 보건대 이러한 연주회는 단지 경성부만이 아니라 어느 지역에서든지 관객들로부터 큰 인기를 얻고 있었다.

김동환　여러분은 거리의 꾀꼬리로 몃 해를 두고 조선팔도 방방곡곡을 삿삿치 도라다녓슬 터이니　여러 지방 중 어디가 특별히 유행가를 잘 리해하고 또 흥행성적이 조왓서요.

왕평　울능도, 제주도, 두 곳만 빼어 노코 남북 삼천리를 가보지 못한 곳이 업는데 우리 포리돌 회사의 경험으로 보면 함경도 지방이 조터군요. 그 다음이 경상도라 할가요.

김용환　스테지에 올나가서 노래 부르면 앙콜 두 세 번 쯤 밧지 안코는 청중이 열광하는 것 갓지 안는데 함흥 갓슬 때 보니 원악 함경도 사람들이 서반아(西班牙) 사람 모양으로 격정적이 되어 그런지요. 정말 진정으로 환호(歡呼)해 주어서 군중과 연출자가 그만 의긔투합이 되어요.

유영국(빅타-회사판매부장)　그런 점에서 평양도 조와요. 마음에 들기만 하면

일본콜럼비아사 연주회 광고
《매일신보》, 1934. 10. 16)

일본콜럼비아사 연주회 홍보 기사
《매일신보》, 1934. 10. 19)

일본콜럼비아사 연주회 사진《매일신보》, 1934. 10. 22)

그냥 끌어안을드시 열열히 환영해 주니까요.[69]

함대훈 지방 순회를 하다가 무슨 봉변 당한 일은 없읍니까?

박단마 이년 전 극단에 따라 다닐 때 이런 일이 있었어요. 강경(江景)서 흥행을 하는 중 어느 노인 한 분이 흥분하야 무었이 들은 봉투를 들고 무대로 뛰여 올라오겠지요. 그래 그 봉투를 펴처 보니 돈이 들어 있어요 수고했다구 그러면서 자꾸 받으라구요 그래 받었지요. 무대에서 손님들에게 받는 돈은 모다 도구방(道具方 도-구가다)에게 주지요 나종에 그 노인이 무대 뒤로 찾어 와서 너무 귀엽구 그래서 그랬다구요

김래성 박향림 씨는 그런 이야기 없읍니까?

박향림 북선(北鮮) 순회 때 한번 있었어요. 고향 주을(朱乙)에서 흥행을 하게 되였는데 시간이 좀 늦었다고 관중들이 막 무대우로 뛰여 올라와서 빨리 시작하라고 발을 궁굴며 여간 흥분한 게 아니예요. 관중은 물론 환영의 의미로 그랬겠지만 결국 경찰에서 출동까지 하야 겨우 진정시켰읍니다.[70]

이러한 수기와 대담에 등장하는 조선인이 도대체 어떠한 이들이었는지 지금으로서는 자세히 알기 어렵다. 일단 앞서 인용한 글의 필자 '문불출생'의 경우, 그날의 연주회로 이끌고 함께 관람을 했다는 지인이 모 신문사 관계자라고 밝힌 데에서 알 수 있듯이, 상당한 계층에 속했던 사람이었을 것으로 추측할 수 있을 뿐이다. 참고로 어느 잡지의 기사에 따르면 당시 이른바 '유한자 인테리군'에 속하는 조선인들은 이러한 공연은커녕 그들이 음반으로 감상했던 양악 공연에도 절대로 나타나지 않았다고 한다.[71] 앞서 인용한 글의 문불출생 또한 처음에는 공연을 하찮게 여기고 있었던 것도 바로 그러한 이유 때문이라고 보아야 할 것이다. 어쨌든 이러한 부류의 사람들을

제외하더라도 당시 음반회사 연주회의 관객은 직업·계층·문식력 등 그 어떠한 기준으로도 구분하기 어려울 만큼 다양한 조선인들을 망라했을 것으로 추측할 수 있다. 물론 위의 관람기와 같이 경찰이 나서야 할 만큼 무질서하기도 했고, 어느 신문의 투고가 개탄했던 바와 같이 아직 문명한 예의와 태도를 갖추지 못한 측면도 있었다.[72] 그러나 이들이 일찍이 '축음기대회'나 '레코드 실연대회', '축음기음악회'나 '레코드 콘서트'에 모여들었던 구경꾼들과는 다른 근대적 청중의 원형임은 틀림없다.

　당시 음반회사들의 연주회는 음반회사가 단독으로 개최하는 경우도 있었지만, 흔히 신문사의 협찬으로 이루어지는 경우가 많았다. 그래서 한편으로는 음반홍보나 팬에 대한 사례, 다른 한편으로는 신문 독자에 대한 사례의 차원에서 이루어졌으므로, 유행가요 연주회의 청중들을 잠재적인 음반의 소비자로 포섭하고자 했던 행사였던 셈이다. 예컨대 '유행가의 밤' 연주회도 마지막 순서로 출연자의 음반을 추첨으로 증정하는 행사를 보더라도 알수 있다. 실제로 1930년대 음반회사들의 연주회는 그 자체로서도 중요한 흥행 사업이었다. 그도 그럴 것이 이러한 연주회가 음반회사와 연예인의 입장에서는 음반 판매보다도 훨씬 더 큰 금전적 이익을 안겨 주었기 때문이다.[73] 그래서 당시 이러한 연주회는 심지어 중일전쟁이 일어난 1937년 이후에도 거의 연일 전국에서 순회공연의 형태로 이루어졌다.[74] 그 가운데 유성기를 보유하고 유성기 음반의 구매력이 있는 청취자는 물론 그렇지 못한 이들까지 유행가요를 향유하는 일은 점차 확산되어 가고 있었던 것이다.

　그러나 1930년대 음반회사들의 전국 순회 연주회와 관련한 단편적인 기록들이나마 보다 면밀히 검토해보면, 그러한 행사들조차도 유성기와 유성기 음반에 대한 구매력은 물론 문식력 또한 변변히 갖추지 못한, 지방에 거주하는 조선인들에게 두루 관람의 기회를 제공하기는 쉽지 않았을 것이다.

일본콜럼비아사 '유행가의 밤' 행사는 경성을 비롯하여 심지어 진주에서도 개최되기는 했으나, 협찬사였던 동아일보사나 매일신보사의 기사와 광고를 통해 홍보되었던 만큼, 근본적으로 신문을 읽을 만한 문식력 있는 조선인들이 우선 연주회 관람의 기회를 누릴 수밖에 없었다. 또한 음반회사마다, 또 연주회마다 다소 차이가 있겠지만, 오케사 연주회의 경우 성인 관객들에게 40전에서 60전의 관람료를 받았다.[75] 이 정도의 관람료는 당시 명창 연주회보다도 고가(高價)였다. 이를테면 명창 연주회는 신문사가 주최한 무료 공연이나 신문 독자를 위한 할인 공연도 있었었고, 출연자에 따라 차이가 있기는 했으나, 성인 관객들에게는 대체로 30전(紅券)에서 40전(靑券), 미성년의 관객들에게는 20전의 관람료를 받았다.[76] 즉 당시 명창 연주회이든 음반회사 연주회이든 대체로 50전은 지불해야 공연을 관람할 수 있었다. 그런데 식민지 시기 유성기 음반의 가격이 대체로 정규반의 경우 1원 50전 선이었으므로, 이 공연 관람료도 음반 가격의 30퍼센트 정도, 그리고 대체로 시집 한 권 정도의 가격이었다는 것을 알 수 있다. 이 정도의 금액이면 당시 버스걸, 인력거꾼, 여자 직공, 두부장수 등 일용직 노동자의 일당에 해당하는 만큼, 전체 조선인 가운데 13.8퍼센트를 차지하는 비농업 노동자나, 51.1퍼센트를 차지하는 농업 노동자들에게는 부담스러운 액수이다.

요컨대 유성기·유성기 음반만이 아니라, 음반회사 연주회에서 유행가요를 향유했던 조선인들까지 모두 더해보면, 어쨌든 전 조선인 가운데 최대한 30퍼센트 정도가 유행가요 향유를 위해 적극적으로 재화를 쓸 수 있었던 것은 자명해진다. 더구나 그 가운데에서 이른바 '유한자 인테리군'을 제외하고 본다면 그 수는 더욱 줄어들 것이다. 이것이 바로 1930년대 중반까지 혹은 식민지 시기 조선에서 홍사용, 김억 등의 유행가요를 향유했을 조선인들의 일반적인 실상이다. 이 30퍼센트 미만의 조선인들이 바로 김형원, 홍사용, 김억, 김종한, 남궁랑 등이 작가로서 명운을 걸고자 했던 바로 그 청중들이었으며, 음반회사들의 전국 순회 연주회를 속속 성공으로 이끌었던 것이다. 심지어 그들은 중일전쟁 이후 태평양전쟁 기간에도 유행가요를 감상하기 위해 연주회로 발걸음을 옮기기도 했다. 그 성원에 힘입어 조선의 유행가요는 황금시대를 맞이했다. 특히 오케사 연주회의 주요 출연자들인 고복수, 계수남, 김정구, 남인수, 박향림, 이난영, 이화자, 장세정, 타이헤이사 연주회의 고운봉, 백년설, 진방남, 일본폴리돌사 연주회의 신카나리아 등의 가수들은, 그리하여 조선반도만이 아니라 일본과 만주 등에서도 지명도를 드높였다. 그리고 해방 이후에도 한국 대중음악을 대표하기도 했다.[77]

5. 환영(幻影)의 '대중', 유예된 유행시인의 이상

유성기·유성기 음반을 통해 유행가요를 향유했던 조선인들이 경성을 비롯한 대도시 거주 중산층 이상의 계층에 한정될 수밖에 없었던 사정은, 유행가요를 둘러싼 문화가 1930년대 조선에서는 사실상 고급문화였다는 것을 시사한다. 즉 의식주 이외 유성기·유성기 음반에도 재화를 쓸 수 있는 구매력과 공교육을 통한 일정 정도의 문식력을 갖추고 있으면서, 도회에 거주했던 일부 조선인들의 문화였던 것이다. 따라서 계층·지역·세대·문식력의 경계를 넘어 모든 조선인들이 향유할 유행가요 가사를 창작한다는 유행시인의 이상은 실현되기 어려웠던 것으로 보인다. 유성기·유성기 음반 대신 음반회사 연주회에 주목해보더라도 사정은 크게 달라지지 않는다. 대부분의 음반회사 연주회가 신문사의 후원으로 이루어졌고 독자 위문공연 형식을 띠고 있었으므로, 그 청중의 요건으로서의 문식력은 여전히 중요한 요소였다. 일단 통계만 두고 보면 문자 텍스트로서 시를 향유할 수 있었던 조선인들은 전 인구 중 최소 3.1퍼센트에서 최대 20퍼센트 사이였으니, 공연장에 가서라도 유행가요를 적극적으로 향유했을 조선인들의 최대 범위도 그 이상은 결코 넘지 않았을 것이다. 그러니 시의 독자나 유행가요 청취자나 실상은 같은 부류의 조선인이라고 보는 편이 타당하다.

매체를 불문하고 유행가요를 향유했을 '대중'이 이처럼 한정된 범위의 조선인일 수밖에 없었던 것은, 우선 근대기 조선에서 유행가요를 둘러싼 문화가 국경을 넘나드는 음반산업에 의해 추동되었던 사정과 깊은 관계가 있다. 식민지 시기 유성기와 유성기 음반은 조선에서 제작·생산하지 못하고 일본으로부터의 이입에 의존해야 했다. 조선의 현대식 녹음 스튜디오는 1930년대 후반에 가서야 한 군데 생겨났는데, 설립자가 오케사 조선지사의 대표였던 것으로 보아, 그 회사의 전용녹음시설이었던 것으로 추측된다.[78] 하지만 대부분의 음반회사들은 여전히 일본 본사까지 가서 음반을 취입·제작했다. 즉 근대기 조선에는 유행가요를 비롯하여 유성기·유성기 음반을 생산할 수 있는 기술적 하부구조가 없었다. 물론 1934년 중반 조선인이 설립한 '코리아 레코드상회'가 있기는 했다. 하지만 이 회사의 본사와 생산시설도 일본에 있었고, 그나마 경영난으로 인해 설립된 지 1년여 만에 경영권이 일본인에게 옮겨가고 말았고, 결국에는 가부키·영화 등의 예능사업으로 유명한 쇼지쿠(松竹)주식회사에 합병되었다.[79] 이처럼 조선의 음반업계는 타이완과 마찬가지로 기술·자본 등 모든 면에서 일본의 음반회사에 철저히 예속되어 있었다.[80] 또한 그 과정에서 소요되는 제작비용은 오로지 조선지사의 몫이었던 만큼, 식민지 시기 내내 음반의 가격은 도서의 가격이나 영화 관람료에 비해 고가일 수밖에 없었다. 그래서 유성기·유성기 음반을 통한 음악 감상 행위는 음반회사의 열띤 홍보·판촉 행사에도 불구하고 당시로서는 그야말로 온전한 의미의 대중적인 문화로 확산되기 어려웠다.

이처럼 1930년대 조선인들의 유성기·유성기 음반을 통한 시의 음악화, 유행가요 향유를 둘러싼 문화적 실천은 조선반도의 경계를 넘나드는 경제적·문화적 위계 가운데에서 형성되었다. 그 가운데에서 조선인들 사이에서 음악감상을 둘러싼 구별짓기가 이루어지고, 조선인들이 저마다 계층에 따른 음악 감상의 성향을 드러내기 시작했다. 유성기·유성기 음반을 구매하거나, 음반회사 음악회에 참석할 만한 재화도, 문식력도 지니지 못한 조선인에게 유행가요를 감상할 만한 기회는 좀처럼 주어지지 않았다. 그래서 유행 시인의 이상은 근원적인 한계가 있었다. 그러니 조선가요협회 회원들이라고 해서 그들의 기획이 온전히 성공하기는 더욱 어려웠을 것이다. 그들은 악보집도, 음악회도 아닌 유성기 음반을 선택했을 때 조선인의 문식력이라는 엄혹한 현실적 소여를 일거에 극복할 수 있으리라는 기대를 품었겠지만, 그들의 작품에 공명하고 호응할 조선인이 매우 한정될 수밖에 없다는 사실은 간과하고 있었을 것이다. 따라서 1920년대 국민문학론을 비롯하여 문학적 유파나 입장을 초월하여 조선 문학계의 공통된 의제였던 민중예술담론이나, 시가 개량의 담론 또한 근원적 한계를 지닐 수밖에 없다.

유행가요를 비롯하여 음악을 향유하는 일이 특별한 계급에게만 허용된 문화가 아니라, 유성기·유성기 음반과 같은 근대적인 기술복제 매체는 물론 연주회를 통해서 표면적으로나마 모든 조선인들에게 공평하게 허용되는 현상은 음악 감상을 둘러싼 사회화의 결과였다. 그것은 근대적인 의미의 '대중', '대중문화' 형성이나 청각적 근대성의 중요한 징후이다. 그런데 이와 관련하여 1930년대 조선의 음반회사들이 유성기 음반을 한 축으로, 공연을 다른 한 축으로 삼아 유행가요를 보급하고 있었다는 사실을 보다 면밀히 검토할 필요가 있다. 특히 1930년대 후반 전시 경제 정책으로 인한 음반

소비세의 증액이 음반 가격의 상승, 음반 발매량 감소로 이어지면서 음반회사들의 유행가요 보급 기반은 음반보다도 연주회로 기울었다.[81] 그로 인해 1930년대 조선에서 근대적인 음악 감상은, 그 일회적 체험의 아우라가 상실된 기술복제 매체보다도, 그 아우라가 현존하는 공연에 근간하여 이루어지고 있었다. 즉 당시 조선에서 유행가요는 온전한 의미에서 근대적인 기술복제 예술이라고만 볼 수 없었던 것이다. 이것은 유행가요를 중심으로 한 근대기 한국의 '대중', '대중문화' 형성 초창기의 특징적인 국면이다.

다시 말해서 그것은 근대 이전의 구술문화와는 구별되는 다른 구술문화의 양상이다. '문불출생'으로 하여금 '실연의 밤'을 관람하게 했던 것이, 음반을 통한 유행가요 감상의 체험이 아니라, 지인의 소개와 권유의 힘이었다는 것은 그래서 주목할 만하다. 또한 그 연주회의 경험이 비일상적인 것이었다고 해도, 동일한 시공간에서 이루어지는 음악 감상 체험으로 인해, 서로 같거나 다른 취향의 청중들 사이에서 유행가요를 둘러싼 보편적인 심성, 공통의 감각과 기억을 형성한다는 사실은 중요하다. 그렇다면 음반회사의 연주회야말로 조선가요협회 동인은 물론 홍사용, 김억 등이 품었던 유행시인의 이상을 가장 잘 실현할 수 있는 방법이었다고 할 수 있다.[82]

그런가 하면 음반회사의 연주회에 비할 바는 아니었으나, 경성 종로의 금희악기점, 선일악기점, 조선축음기상회 부근에서 유성기를 통해 울려 퍼지는 음악에 도취했던 조선인들 풍경 또한 간과할 수 없다. 식민지 시기 말에 이르면 이들뿐만 아니라, 심지어 카페의 여급들이나 자전거 배달인들, 호미 쥔 농부들, 심지어 중학생과 어린이들 또한 유행가요를 창화(唱和)하고 있었던 것이 사실이다.[83] 이처럼 유행가요는 유성기·유성기 음반을 구매하거나 음반회사 연주회를 관람할 어떠한 재화도, 문식력도 없는 조선인들의 일상 속에 보편적인 심성, 공통의 감각과 기억을 형성하는 위력을 지니게 되었던 것이다. 그러한 풍경 가운데 유행시인의 이상을 품었던 이들이 바라마지 않았던 대로, 그들의 시와 유행가요를 창화하는 조선인들이 삶의 궁경(窮境)으로부터 해방되는 순간, 그리고 그들의 시 혹은 가사가 당당한 예술로서 장구한 미래에도 마치 민요와 같은 생명력을 얻는 순간 또한 현현했을 것이다. 1930년대 장르와 매체의 경계를 넘는 모험에 나선 시인들의 이상은, 이처럼 소략한 통계나 편영들 가운데에서는 좀처럼 제 모습이나 제 목소리를 드러내지 않은 채 익명으로만 존재했던 조선인들을 통해 식민지 시기 말에 이르러서야 비로소 이루어지고 있었는지도 모른다.

말하자면 홍사용, 김억 이래 1930년대 조선에서 유행가요 가사를 본격적으로 창작했던 시인들이 품었던 유행시인의 이상이 실현되기 위해서는, 그리고 그들의 유행가요를 보다 폭넓은 계층·지역·세대의 조선인들이 향유할 수 있을 때까지는, 제법 오랜 시간이 필요했던 것이다. 그것은 이른바 "가능한 많은 사람들의 기호에 맞춘 통속적이고 대량생산된 예술상품으로서 '대중문화'를 향유하는 중산층 이하의 군중"으로서의 조선인 공동체가 등장하기까지, 홍사용, 김억 등의 유행시인의 이상은 유예될 수밖에 없었다는 것을 가리킨다. 더구나 대중성만이 아닌 문학성, 예술성을 두루 갖춘 작품들을 통해 궁경에 처한 조선인들의 삶을 구원하는 일은 더욱 요원한 일이었다. 하지만 김억, 유도순, 이하윤이 품었던 유행시인의 이상은 1930년대 후반 다른 이유로 인해 그 실현이 유예될 수밖에 없었다. 그것은 무엇보다도 1930년대 후반 식민지 조선을 휩쓴 역사의 가파른 굴곡 때문이었다.

Columbia
RECORDS

7장
관제가요와
유행시인의
좌절된 이상

1. 관제가요와 유행시인들

1937년에서 1938년을 지나면서 김억, 유도순, 이하윤은 예전만큼 유행가요 가사를 취입하지 못하고, 유행가요 작사로부터 멀어지게 되었다. 그 원인이나 계기는 저마다 다르겠지만, 일단 당시 음반회사 관계자들의 증언대로 중일전쟁과 전시 경제 정책으로 말미암은 음반업계의 침체와 관계가 있는 것은 분명하다.[1] 그 무렵 이들의 활동무대였던 일본콜럼비아사의 경우 1937년의 유행가요 음반 발매량이 1936년에 비해 무려 50퍼센트 정도 감소했고, 일본폴리돌사도 1938년까지 무려 71퍼센트까지, 타이헤이사의 경우에는 1937년과 1938년 사이 85퍼센트까지 감소했다.[2] 그러니 이들이 음반 취입의 기회를 점차 얻지 못한 것은 당연한 일이라 할 것이다.

그런데 일본빅터사와 오.케사의 경우 이 시기에도 유행가요 음반 발매량은 도리어 증가하고 있었다. 즉 이들의 발표 작품 수의 감소는 사실 유행가요의 경향 변화와 관계가 있었다. 1930년대 중반 이후 유행가요의 흥행은 박영호, 이부풍, 조영출 등이 사실상 주도했다. 그러한 분위기에서 음반회사로서는 김억 등 이른바 상대적으로 '고상한 가사'를 쓰는 '고명한 시인'들에게 예전만큼 창작의 기회를 주기 어려웠을 것이다.[3] 특히 당시 1930년대 후반 이후에는 유행가요의 경향 변화, 즉 재즈·블루스의 득세나 유행가요를 둘러싼 음반업계의 과열 경쟁에 따른 저급화 현상은 거스를 수 없는 추세였다고 하니, 1930년대 중반 이전 유행가와 신민요의 흥행을 이끌었던 김억 등의 입지는 더욱 협소해질 수밖에 없었다.[4]

이른바 전기녹음 시대(1928년 이후)를 열며 조선에 진출한 다국적 음반 회사들은 주로 신문 광고를 통해 매월 음반회사들이 발매하는 음반의 목록을 열거하는 방식으로 음반을 홍보했다. 그런데 유행가요가 전성기를 구가하기 시작한, 대체로 1935년 이후에는 인기 있는 가수가 취입한 작품이나 음반의 단독 광고를 여러 차례에 걸쳐 집중적으로 신문에 게재하는 방식으로 음반을 홍보했다. 이것은 곧 당시 흥행에 성공한 작품을 알 수 있는 표지이기도 하다. 그런데 1937년을 전후로 하여 적어도 5회 이상 신문 광고가 게재된 작품은, 17회의 광고가 게재된 재즈송 〈다이나〉, 11회의 광고가 게재된 유행가 〈상사구백리〉, 7회의 광고가 게재된 〈상여금만 타면〉, 그리고 무려 28회나 광고로 게재된 〈알뜰한 당신〉 정도를 꼽을 수 있다.[5]

이 가운데 김억 등이 창작한 작품이 단 한 편도 없지만, 일본에서 유행하던 화제 재즈와, 유행가요의 번안곡인 〈다이나〉와 〈상여금만 타면〉은 포함되어 있어 흥미롭다. 특히 〈다이나〉의 원곡은 1925년 미국에서 발표된 스윙 재즈 곡으로(작사 Sam M. Lewis·Joe Young, 작곡 Harry Akst), 일본에서는 1934년 일본콜럼비아사와 오케사가 같은 해에 발표하여 흥행에 성공한 이래 여러 차례 재취입·발매되었다.[6] 그리고 이러한 현상은 약 3년 후 조선에서도 꼭 같이 일어나고 있었다.[7] 그런가 하면 〈상여금만 타면〉의 경우 원곡 〈만약에 월급이 오른다면(若しも月給が上ったら)〉이[8] 일본에서 발매 직후부터 흥행에 성공하자 곧장 조선에서도 발매했던 작품이다. 물론 〈상여금만

《동아일보》(1936. 5. 25. 6면)

《동아일보》(1936. 5. 14. 7면)

《동아일보》(1937. 7. 1. 6면)

《동아일보》(1937. 12. 31. 3면)

《동아일보》(1937. 7. 17. 3면)

타면)의 경우 이용준이 작곡했다고는 하나, 가사의 내용이나 남녀 교환창의 가창 방식이 원곡과 흡사한 만큼, 사실상 원곡을 편곡한 작품으로 보인다.[9] 그런데 일본 체신성 직원들의 임금 인상 요구 파업을 제재로 한 일본의 원곡이 도회 서민의 소박한 소원과 애환을 담은 데에 비해, 조선의 번안곡은 소비를 통한 행복과 즐거움이 강조되어 있다는 점에서 차이가 있다.

이러한 분위기에서 김억의 경우 유행가요 음반을 통해 자신의 작품을 발표하기 위해서라면, 작품의 미학적 완결성이나 시인으로서의 자존감을 금전적 보상과 교환해야 하는 직인의 처지를 묵묵히 감수해야 하는 환멸을 더이상 견디기 어려웠는지도 모를 일이다. 그것은 앞서 거론한 바 있는 〈천리원정〉(1936. 12?)을 통해서도 짐작할 수 있다.

> 한양이 어듸메냐 천리원정 멀구나 / 하눌에 구름만 첩첩이라 /
> 어이 살거나 님 그려 요 세상 어이 살거나//
> 무심한 상사몽아 오락가락 말어라 / 운다고 그님이 알가 보냐 /
> 어이 살거나 님 그려 요 세상 어이 살거나//
> 아닌 밤 고요한데 잠 못드는 이 신세 / 한숨에 청춘이 자는 고나 /
> 어이 살거나 님 그려 요 세상 어이 살거나//
> 〈천리원정〉 전문

이 작품의 정서, 화법과 수사는 〈수심가〉류의 잡가는 물론 〈춘향전〉과도 상호텍스트성을 지닌다. 그리고 '千里遠情' 혹은 '千里遠程'을 둘러싼 수사와 정서의 상호텍스트성은 이 작품보다 먼저 발표된 두 편의 유행가요와 한 편의 넌센스라는 희극 양식을 통해서도 드러나며, 이후 다른 유행가요와 가요극의 창작을 가능하게 할 정도였다.[9] 적어도 유행가요의 측면에서만 보자면, 김억이 당시 신민요의 요건에 충실히 부합하는 작품을 썼던 것은 분명하다. 하지만 이러한 작품은 사랑과 그리움을 둘러싼 익숙한 정서, 화법, 수사를 반복·재생산하는 음반산업의 메커니즘에 일조했던 것 이상의 의미는 없다고 보아야 할 것이다. 냉정하게 말하자면 일찍이 〈꽃을 잡고〉를 통해 이루었던 성공은 두 번 다시 찾아오지 않았던 것이다.[10]

전문 작사자로서 발표 작품의 수효나 수준의 측면에서 저회를 면치 못하던 김억은 1937년 7월 10일 조선문예회의 신작 가요 발표회에서 이면상과 함께 창작한 〈복사꽃〉과 〈붉은 꽃송이〉를 발표했다. 그리고 뒤이어 〈정의의 사(師)여〉(1937. 11), 〈정의의 행진〉(1937. 12), 〈종군간호부의 노래〉(1937. 12) 등 이른바 '시국가요'를 발표했다. 그러한 사정은 이하윤도 마찬가지인데 김억의 〈정의의 행진〉이 수록된 음반에 〈총후의 기원〉(1937. 12)을, 또한 〈종군간호부의 노래〉가 수록된 음반에 〈승전의 쾌보〉(1937. 12)를 발표했다. 이 작품들은 음반 레이블을 비롯한 관련 문헌에 표기된 '시국가' 혹은 '시국가요'라는 장르명을 통해서도 알 수 있듯이, 일반적인 유행가요가 아닌 일종의 관제가요였다. 물론 이하윤는 이 작품들 이후에도 1940년까지 지속적으로 유행가요 작품을 발표하기는 했다. 하지만 김억은 사실상 이 세 작품을 마지막으로 더 이상 예전만큼 많은 작품을 취입하지 못하게 된다.[11]

이 '시국가요'는 후일 '국민가', '애국가', '신가요', '군국가요' 등으로도 명명되었던 가요곡으로, 주로 중일전쟁 이후 태평양전쟁 종전까지 전시체제 문화정책의 일환으로 정부 부처, 관변 단체가 주도하여 창작한 가요곡 가운데, 음반산업의 메커니즘을 통해 제작·유통된 것을 가리킨다.[12] 조선에서는 만주사변(1931) 이후 발표된 〈재만조선인행진곡〉을 그 효시로 볼 수 있는데, 이것은 조선총독부와 관동군이 1933년 5월에 공동으로 개최한 '재만조선동포행진곡현상모집'에 선발된 가사를 음악화하여 조선어와 일본어로 각각 연

주했던 작품이다.[13] 이 작품은 음반이 전하지 않아서 가사와 악곡이 어떠했
는지 알 수 없다. 하지만 '자력갱생', '민족협화', '진취적 기상'을 표현해야 한
다는 현상공모 관련한 기사로 보건대,[14] 여느 유행가요와는 전혀 다른 성격
의 가요곡이었다는 것을 짐작할 수 있다. 이러한 관제가요가 얼마나 발표되
었던가는 분명하지 않으나, 1937년 한 해에만 11편이 발표되었고, 특히 11월
과 12월에 집중적으로 발표되었다(부록: 「시인별 발매음반 목록」 참조).

이러한 일들은 분명 일본 정부와 조선총독부가 음반업계에 개입한 결과
이다. 예컨대 조선총독부의 학무국에서는 이미 1937년 6월부터 기존의 음
반 검열을 강화하여 음반에 대해 이른바 '인정규칙(認定規則)'을 조선총독부
령(令)으로 제정하고 있었다. 그 내용은 전쟁의 시국을 반영한 가요라고 하
더라도 전황을 애상적으로 표현한 것이나, 유행가요의 경우 퇴폐적인 내용
의 것은 사전에 발매를 금지하는 것을 골자로 한다.[15] 더욱이 1937년 8월 일
본 내무성은 일본 내 음반업계 대표자들을 두 차례나 불러들여, 유행가요
음반에 대한 사전 검열을 강화하여 전시 상황에 어울리는 건전·명랑·강건
한 노래를 적극 보급하겠다고 선언한 바 있다. 그리고 음반회사들로부터 음
반 제작 과정, 악곡 제재 선택, 곡조와 연주자 선정, 심지어 선전 방식에 이
르기까지 철저하게 관청에 협조하겠다는 다짐을 받아낸다. 그리하여 음반업
계는 이듬해 1월까지 집중적으로 시국가요를 발매했다.[16] 위의 11편의 작품
또한 당시 일본의 사정과 연동하여 창작된 것이 분명하다.

유행음악의 제작 메커니즘이 정부의 주도로 인해 자율성을 상실하는
현상도 흥미롭지만, 그보다도 유행음악이 전쟁에 동원되는 현상은 이후 근
현대 한국문화사에서 빈번하게 등장하는 유사한 장면들의 원형이라는 점에
서 더욱 의미심장하다. 김억, 이하윤을 비롯하여 심지어 유행가요와는 아무
런 인연도 없었던 최남선 등의 문학인들이 일본 내무성과 조선총독부에 의

해 동원되었던 것이다. 결국 시국가요의 창작은 장르와 매체의 경계를 넘는 시 창작과 문화사업의 기획이, 특히 김억의 경우 1920년대 이후 견지해온 시가 개량과 국민문학의 구상이 종언을 고하는 계기가, 또한 자의든 타의든 더 이상 작품을 음반으로 발표할 수 없게 된 계기가 된 것이다. 이하윤의 경우 시 창작에 대해 김억과 같은 입장을 표명한 바도 없고, 1937년 이후에도 한동안 유행가요를 발표하기도 했지만, 1937년 이후 유행가요를 둘러싼 변화를 겪으면서 그때까지 조선 유행가요의 역정을 '그른 길(邪路)'이라고 반성하고 고전적 유행가요로의 회귀를 역설했던 무렵,[17] 일찍이 그가 전문(속) 작사자로 나서면서 밝힌 바, 궁경에 빠진 민족의 진로 개척과 위안에 대한 이상은 점차 허상이 되어가고 있었다.[18] 요컨대 김억과 이하윤에게 유행시인의 길은 바야흐로 전쟁 협력이라는 막다른 길로 이어지고 있었던 것이다.

2. 조선문예회와 관 주도 가요개량

1937년경 발표된 시국가요 작품들 가운데 최소한 4편에서 6편 이상은 '조선문예회'라는 단체가 주도하여 창작·취입·발매한 것이다. 조선문예회는 조선총독부 학무국 사회교육과장 김대우가 주도하고 주로 교육계·언론계·음악계를 중심으로 여러 방면의 조선인과 재조선일본인들이 대거 참여하여, 1937년 5월 1일 경성호텔에서 '문화개발', '문화재건설'을 표방하며 설립된 단체였다.[19] 그리고 문예와 악무를 신흥 조선의 사회상에 알맞은 사회교화의 수단으로 재건설하고, 조선 문화 수준을 고도로 진전시키며 원만하고 윤택한 사회생활을 기한다는 취지의 '조선문예회 설립취의서'를 발표했다.[20]

이 조선문예회는 '설립취의서'를 통해 보건대, 1장에서 검토한 조선가요

협회나, 4장에서 검토한 《동아일보》의 유행가요 개량담론과 삼대가요특별공모와도 일맥상통하는, 식민지 조선에서 빈번하게 제창되고 이루어진 유행가요 개량 운동을 실천.목표로 하고 있었다. 특히 조선문예회 사무국이 설치되어 있던 조선총독부 학무국 사회교육과 산하 조선독서연맹의 기관지 《독서》에 따르면, 이 단체의 설립은 일본의 유행가요인 〈잊으면 싫어요(忘れちゃいやヨ)〉나 조선의 번안곡인 〈이즈시면 몰라요〉의 유행과 일본 내에서 원곡이 검열 결과 발매금지 처분을 받았던 사정과 관련이 있다고 한다.[21] 또한 이를 계기로 그동안 주로 사상과 풍속의 관점에서 부적절한 유행가요에 대해 행정처분만을 내리던 조선총독부는, 바야흐로 사회교화를 목적으로 가요의 창작·보급에 직접 개입하는 방식으로 문화통제를 실시하기로 방침을 바꾸기로 하고 조선문예회를 설립하고자 했던 것으로 보인다. 이 조선문예회가 향후 창작할 작품들을 두고 '신가요' 혹은 '신작가요'라고 명명했던 것은 바로 그러한 상황을 배경으로 한다.

그런데 조선문예회 회원들의 면면을 보다 면밀히 검토해보면, 일단 조선총독부 학무국이라는 관권이 아니면 도저히 한데 모일 수 없는 이들이 회원의 자격으로 참여했다는 것을 알 수 있다. 이들이 어떠한 계기로 회원으로서 활동하게 되었는지는 정확히 알려진 바는 없으나, 당시 신문 기사로 보건대 그들은 자발적인 참여가 아니라 조선총독부에 의해 동원되었던 것만큼은 분명하다.[22] 이미 조선문예회가 조선총독부의 문화통제 의지를 실천하기 위한 단체였던 만큼, 문화·예술계의 인사들만이 아니라 교육계, 언론계, 심지어 이왕직 아악부의 인사들마저 동원했다는 사실은 매우 흥미롭다. 이것은 조선문예회 설립을 구상한 조선총독부 학무국이 대단히 조직적이고도 철저하게 동시대 유행가요 개량을 기획했다는 것 이상의 사실을 의미한다. 이미 설립취의서를 통해서 알 수 있듯이, 그 유행가요 개량의 기획의 근저에

조선문예회 발회식 장면(《매일신보》 1937. 5. 2)

는 단지 문화예술에 대한 국가주의적인 입장만이 아니라, 근대 이전 중화세계 보편의 예악사상 혹은 예악정치의 관념이 가로지르고 있는 것이다.

> 유래(由來)로 예악(禮樂)은 사회규범의 근본적 요소이어서 동양에 잇서서는 정형(政刑) 이상으로 처우(處遇)되든 시대도 잇섯스니 고대에 잇서서의 사회인 양성 기관이든 태학(太學)갓흔 것은 교육의 중심을 전(專)혀 악(樂)에 두어 왔섯다. 문예(文藝)와 악무(樂舞)의 인심내부에 잇서서의 충동의 절실함과 기호(嗜好)의 보편함과 ㅆ다 라서 감화의 심각한 점을 생각하면 아등(我等)은 고대의 이 제도에 잇서서의 문화의식의 총명(聰明)과 투철에 다시금 감복치 안을 수 업다.[23]

이러한 관념에 따르면 문화예술은 단지 오락의 일종으로 동시대인의 보편적 심성과 세태를 반영할 뿐만 아니라, 이상적인 심성과 윤리, 세계의 질서를 정의하는 방법·제도이기도 하다. 이러한 조선문예회 혹은 조선총독부의 관념 혹은 입장은 조선문예회 설립을 비롯하여 그 활동을 가장 적극적으로 보도했던 《매일신보》에 조선문예회 설립취의서가 게재된 바로 다음날의 사설을 통해서도 거듭 강조되었다.[24] 뿐만 아니라 조선문예회와 조선총독부는 예악과 관련한 관념, 입장을 영친왕 어전 연주라는 퍼포먼스를 통해서 정당화하고자 했다.[25] 어쨌든 그 예악을 둘러싼 관념·입장이 조선총독부로 하여금 유행가요의 검열 차원을 넘어서서 개량에도 앞장서도록 한 동력이었다고 보면, 식민지 시기 후반 문화통제 논리의 구조는 자명해진다. 즉 중일전쟁 이후 전시통제와 문화·예술의 통제를 정당화하는 논리는 전근대의 예악 관념과 국가주의, 전체주의의 결합을 통해서 이루어졌던 것이다. 바로 그러한 사정에서 조선문예회가 영화나 연극보다도 유행가요의 개량과 음반취입을 첫 사업으로 선택했던 이유 또한 분명히 알 수 있다.

한편 자발적인 참여가 아닌 동원으로 인해 이 조선문예회 회원이 되었다고 하더라도, 또한 조선총독부와의 친연성 문제는 차치하더라도, 이광수를 비롯하여 최남선의 경우 문학에 대한 계몽주의적 입장으로 인해 특별한 거부감 없이 조선문예회에 가담할 수 있었을 것이다. 그런가 하면 이광수와 김억의 경우 일찍이 민중예술론의 입장에서 시가 개량과 국민문학의 구상을 조선가요협회를 통해 장르와 매체의 경계를 넘어서 실천하고자 한 바 있었으니, 적어도 조선문예회 설립 취지 자체에 공명 못할 바는 아니었을 것이다. 특히 김억의 경우 우선 조선에서 신문학을 개척한 상징적인 위상을 지니고 있고, 유행가요 제작 메커니즘에 깊이 관계하고 있을 뿐만 아니라, 당시 경성중앙방송국 편성계 직원이기도 했다는 점에서, 조선총독부로서는 조선문예회 회원으로서 누구보다도 충분한 자격이 있다고 여겼을 것이다.

그리하여 조선문예회는 설립 직후 곧장 작품 창작에 나서서, 6월 초에는 이미 최남선과 이종태, 이면상이 창작한 〈동산〉, 〈내일〉 두 작품을 완성하여, 회원 시연회(6일)와 영친왕 어전 시연회(14일)까지 마치고, 음반 취입을 위해 일본폴리돌사로 연주자인 현제명(테너)과 정훈모(소프라노)를 파견한다.[26] 그리고 7월 11일에는 경성부민관 대강당에서 '제1회 조선문예회 신작가요발표회'를 개최한다. 이 발표회에서 이미 음반으로 취입한 최남선의 〈동산〉, 〈내일〉과 〈서울〉, 〈가는 비〉(현제명 작곡), 그리고 김억의 〈복사꼿〉, 〈붉은 꼿송이〉(이면상 작곡)가 발표되었다.[27]

1. 복사꼿은 나의 맘 고흔 봉오리 / 자라 납니다 자라 납니다 / 새 봄볏이 조타고 자라 납니다//
2. 사운사운 실비에 물든 연분홍 / 눈을 뜹니다 눈을 뜹니다 / 송이송이 고요이 눈을 뜹니다//
3. 맑은 하늘 나비들 쌍쌍이 돌며 / 춤을 춥니다 춤을 춥니다 / 새 생명(生命)이 귀(貴)여워 춤을 춥니다//
〈복사꼿〉

1. 논틀 밧틀 흘으는 개울을 타고 / 너훌너훌 써가는 붉은 꼿송이 붉은 꼿송이//
2. 어느 뉘가 썩거서 던저 버렷나 / 너훌너훌 써가는 붉은 꼿송이 붉은 꼿송이//
3. 맑은 좁내 고흔 빗 지닌 그대로 / 너훌너훌 써가는 붉은 꼿송이 붉은 꼿송이//
4. 푸른 하늘 울연이 어리운 우로 / 너훌너훌 써가는 붉은 꼿송이 붉은 꼿송이//
5. 어듸로서 어듸를 흘으는 것가 / 너훌너훌 써가는 붉은 꼿송이 붉은 꼿송이//

〈붉은 꽃송이〉

　김억의 이 두 작품은 당시 소개 기사 대로 '소년 소녀를 상대로 한' 동요
이다. 이를테면 '복사꽃', '붉은 꽃송이'라는 향토적 소재 자체가 그러하거니
와, 첩어부사의 빈번한 사용이라든가 봄을 계절적 배경으로 하는 생명의 경
이를 발견하는 서정적 주체의 감개, 그리고 부유하는 낙화가 환기하는 가벼
운 애상의 정서 또한 그러하다. 한편 이면상은 단순한 주제 선율의 반복이
아닌 도입·전개·절정·결말의 각 단계가 분명한 선율 구조, 장조의 이른바
가족화음을 중심으로 한 비교적 평이한 선율을 기조로 하면서도, 이를테면
절정부 이후 4·5도 화음의 반복과 같은 기법으로 선율의 여운을 더하는 악
곡으로 동요풍의 가사에 서정성을 더했다. 이러한 가사와 악곡은 동시대 유
행가요와는 분명히 다르며, 일찍이 김억이 유행가요 가사 창작을 통한 '문화
사업'을 제창하면서 은연중에 상찬했던 윤극영의 〈반달〉과 같은 작풍에 가
깝다.[28] 특히 가사만 두고 보자면 김억이 조선문예회에서 발표한 이 작품들
은 일찍이 조선가요협회 회원으로서 발표했던 〈복송아꽃〉(안기영 작곡)과 흡
사하다.[29] 그런데 이러한 작품이 '소년 소녀를 상대로 한' 것을 전제로 했다
고 하더라도, 조선문예회 회원들과 조선총독부 학무국의 기획에 얼마나 부
합했던가? 이들과 같은 취지로 창작했을 다나카 하츠오(田中初夫)의 작품은
물론 최남선의 작품을 보면 그러한 의문을 던지지 않을 수 없다.

　　1. 오라 젊은이 자, 여기 와서 / 조선의 여명에 앞장서라 / 아아 우리들
　　조선청년 / 희망에 빛나는 태양을 받으며/ 여기에서 만든다 / 즐거운 향
　　토를 생활을//
　　2. 모여라 젊은이 자, 여기 모여서 / 황국(皇國)의 역사를 짊어져라 / 아

〈복사꼿〉〈붉은 꼿송이〉 악보 (《조선문예회발표 가곡집》 소재)

아 우리들 조선청년 / 조상(祖宗)의 정화(精華)를 이어받아 / 여기에서 찬양한다 / 아름다운 향토를 생활을//

3. 힘써라 젊은이 자, 힘써라 / 고향의 은혜로 살아가라 / 아아 우리들 조선청년 / 근로호애(勤勞好愛) 진지하게 / 여기에서 열어 간다 / 풍요로운 향토를 생활을//

4. 우러르라 젊은이 자, 우러르라 / 신들의 마음과 통하여라 / 아아 우리들 조선청년 / 밝게 바르게 건강하게 / 여기에서 만들어 간다 / 감사의 향토를 생활을//[30] (번역 필자)

〈조선청년가〉

1. 서산(西山)에 누엿누엿 넘는 저 해에 / 그대여 귀기우려 드를지이다 / 동해(東海)로 불끈 소슬 내일(來日)의 약속(約束) / 얼골을 붉히면서 외치는 소리//

2. 고요히 밤의 장막(帳幕) 나린 뒤에도 / 켜기를 그칠소냐 이상(理想)의 고치 / 저근듯 새벽 빗치 문(門) 두드릴 제 / 들고서 나서려는 새 북 새 부듸//

3. 나날이 한 자 한 자 짜가는 비단 / 올마다 불어 넛는 영혼(靈魂)의 숨낄 / 두렷한 한 필(疋)되여 펼치는 날의 / 감격(感激)을 닥아다가 가슴이 뛰네//

4. 커다란 어둠에서 커다란 빗치 / 우리 손끗츨 따라 피여 나오리 / 끗업는 생명(生命)의 길 창조(創造)의 거름 / 북바처 부루짓는 희망의 소래//[31]

〈내일〉

조선문예회 신작가요발표회의 첫 곡으로 연주된 다나카 하츠오 작시, 오바 유노스케(大場勇之助) 작곡의 이 작품은 무엇보다도 조선문예회의 설립취지를 대변하는 작품으로 볼 수 있다. 작품의 주조를 이루는 서정적 주체의 주된 호소, 특히 '조선의 여명'과, 앞으로 조선이 짊어져야 할 '황국의 역사', 그리고 조선인이 앞장서야 할 '근로호애(勤勞好愛)'의 덕목은, 조선총독부 혹은 대일본제국이 문화·예술을 통해 식민지 조선인들의 심성과 감각에 주조하고자 한 국가주의는 물론 '내선일체'의 이념과도 떼어 놓을 수 없기 때문이다. 이 작품을 염두에 두고 볼 때, 김억이 조선의 향토성을 현현하는 꽃, 특히 '복사꽃'을 통해 바라보았던 생명의 경이와 신생의 비전도, 어쩌면 조선문예회 신작가요발표회라는 문맥에서는 다나카 하츠오가 '조선의 여명'을 통해 바라보고자 했던 "즐거운 향토의 생활", "아름다운 향토의 생활", "풍요로운 향토의 생활". "감사하는 향토의 생활"로도 치환할 수 있을지도 모르겠다. 또한 '복사꽃'도 자연과 향토의 생활에 깃든 생명과 비전이면서, 바야흐로 대동아공영권의 신민으로서 새롭게 태어나는 조선 청년의 신생이자 제국의 여명을 상징하는 것으로 볼 수 있을지도 모른다.

하지만 그러한 독해는 최남선의 작품을 염두에 두고 보면 무색하지 않을 수 없다. 〈내일〉은 암야(闇夜)의 저회(低徊)로부터 벗어나 생명과 창조의 광명으로 나아가는 서정적 주체의 영혼의 감격을 노래한 것이다. 그리고 그 정서, 웅혼하고 단호한 서정적 주체의 어조는 정연한 형식, 특히 규칙적인 각운으로 인해 절제되어 있다. 더구나 〈조선청년기〉를 염두에 두고 보면 〈내일〉의 수사와 정서는 매우 중의적·상징적인 의미를 지니는 것으로 읽어 낼 수도 있다. 이를테면 1절의 경우 '서산'의 낙조가 '동해'의 여명으로부터 들리는 새로운 약속을 분명히 들으라는 서정적 주체의 선언은, 이 작품이 가로놓인 동시대 동양문화나 근대 초극을 둘러싼 담론과 떼어 놓고 생각할 수

朝鮮文藝會新作歌謠發表會順序

昭和十二年七月十一日　於京城府民館大講堂

		詩曲		頁		
1	朝　鮮　青　年　歌	詩 田中　初夫 曲 大場勇之助	4	山　縣　　　功 京城放送合唱團 伴奏指揮　大場勇之助
2 (イ)	勤　勞　歌	詩 杉本　長夫 曲 吉澤　實	5	山　中　幸　子 京城放送合唱團 伴奏指揮　大場勇之助
(ロ)	爽かなる朝鮮	詩 寺本　喜一 曲 大場勇之助	8	
3 (イ)	古　き　貝　殻	詩 上田　忠男 曲 安藤　芳亮	11	鈴　木　美　佐　保 ピアノ伴奏　安藤　芳亮
(ロ)	はなはしどひに 寄する結婚の詩	詩 田中　初夫 曲 安藤　芳亮	12	
4	僕　等　は　少　年	詩 上田　忠男 曲 李　鍾　泰	10	李　德　煥 鈴美會合唱團 伴奏指揮　李鍾泰
5 (イ)	서　　　울	詩 崔　南　善 曲 玄　濟　明	18	鄭　勳　謨 伴奏指揮　李晃相
(ロ)	동　　　산	詩 崔　南　善 曲 李　晃　相	7	
6 (イ)	북　사　꽃	詩 金　億 曲 李　晃　相	16	玄　濟　明 ピアノ伴奏　吉澤　實
(ロ)	붉은꽃종이	詩 金　億 曲 李　晃　相	17	
7 (イ)	漢　江　小　唄	詩 德田三十四 曲 大場勇之助	14	鈴　木　美　佐　保 伴奏指揮　大場勇之助
(ロ)	螢	詩 德田三十四 曲 吉澤　實	15	
(ハ)	なつかしき朝鮮	詩 田中　初夫 曲 李　鍾　泰	9	
8 (イ)	가　느　비	詩 崔　南　善 曲 玄　濟　明	19	玄　濟　明 伴奏指揮　李鍾泰
(ロ)	來　　　日	詩 崔　南　善 曲 李　鍾　泰	6	

管絃樂伴奏…………ＤＫ管絃樂團

조선문예회 신작가요발표회 순서(『조선문예회발표 가곡집』 소재)

없다. 특히 적막·암흑의 밤에 피어날 이상의 꽃, 그 가운데 우리가 영혼의 숨길로 피워낼 생명의 길이란 두말할 나위도 없이 대동아공영권의 찬란한 미래일 것이다. 이와 같은 이념의 직설적 표현이 아닌 상징적 표현은 조선문예회 신작가요발표회에서 연주된 그 어떤 작품보다도 뛰어나다.

그야말로 소년·소녀를 위한 동요로 창작했다고 하더라도, 조선문예회 나머지 회원들이 개화가 환기하는 경이와 기쁨, 낙화가 환기하는 애상의 정서를 첩어부사와 후렴의 반복을 통해 직정적이고도 간결하게 표현한 김억의 작품을 상대적으로 고평하기는 쉽지 않았을 것이다. 그래서인지 조선문예회에서는 최남선의 작품은 일본폴리돌사에서 취입했고, 다나카 하츠오와 오바 유노스케가 창작한 〈조선청년가〉, 그리고 스기모토 나가오(杉本長夫)와 요시자와 미노루(吉澤實)가 창작한 〈근로가〉도 일본콜럼비아사에서 음반으로 취입할 예정이었으나,[32] 김억의 작품을 취입하지 않았다. 물론 아무리 관주도 이벤트라고 하더라도, 조선문예회의 기획대로 모든 작품을 음반으로 취입·발매하기는 어려웠을 것이다. 그렇다고 하더라도 김억의 작품이 음반 취입의 기회를 얻지 못했던 것은, 최남선의 작품만큼 조선문예회의 기획에 충분히 부합하지 않았기 때문이라고 보아야 한다.

그래서 조선문예회가 설립된 당시의 김억은 그야말로 동시대 유행가의 '비속'과 '퇴폐', 즉 상업주의와의 대결과 극복에만 강조점을 두고 있었던 것으로 보인다. 그는 마치 조선문예회 활동을 통해 당시 유행가요의 상업주의를 넘어서 도리어 그가 '문화사업'을 구상했던 당시, 혹은 조선기요협회 창립 당시, 장르와 매체의 경계를 넘는 글쓰기를 통해 체현하고자 했던 신념을 새롭게 하고자 했던 것으로 보이기까지 한다. 사실 김억은 유행가요 작사자로서의 위상도 점차 왜소해지던 가운데, 불과 몇 년 전 〈샂을 잡고〉를 통해 이루었던 작품의 품가와 성공을 다시 이면상과 함께 〈복사샂〉, 〈붉은 샂송이〉

으로 재현하고자 했는지도 모르겠다.[33] 김억이 만약 그러했다면 조선문예회가 그러한 염원을 실현할 수 있는 장이 아니었다는 것을 동료 회원 작품들을 통해서 분명히 깨달았을 터이다. 다시 말하자면 김억은 조선총독부와 제국 일본의 정치적 선전 수단으로서 충실한 기능을 수행하지 못하는 정서와 표현 혹은 수사라면, 그것을 발화할 기회조차 얻을 수 없는 엄혹한 현실에 직면하고 있었던 것이다.

김억의 사례만 보더라도 조선문예회와 신작가요발표회는 흥미로운 사건이다. 그것은 조선가요협회 이후 조선의 문화계·언론계가 지속적으로 제안하고 시도했던 동시대 유행가요 개량의 담론과 기획이, 조선총독부를 중심으로 한 관 주도의 신(작)가요 창작·보급 운동으로 수렴되고 있기 때문이다. 일찍이 동아일보사의 삼대가요특별공모의 당선작들만 하더라도 실제로 음반 취입까지 이르지 못했고, 음반회사 또한 자신의 기획과 유행가요 청취자들의 취향을 거슬러 문학성·예술성을 겸비한 작품의 취입에 선뜻 나서지 않았다. 그러한 상황에서 조선총독부는 조선문예회를 앞세워 유행음악의 창작·보급·수용을 둘러싼 메커니즘을 이용하면서, 청취자의 신(작)가요 감상 방법 및 태도마저도 일방적으로 지도하고자 했던 것이다.

이렇게 최남선의 〈동산〉, 〈내일〉 두 작품은 일본폴리돌사에서 취입하여 음반으로 발매되었다. 이 음반의 실물은 오늘날 전하지 않으나, 그 광고로 보건대 음반회사는 이 작품에 'Polydor CL1'과 'Polydor CL2'라는 음반번호를 부여했다. 이 음반번호는 일반적으로 일본폴리돌사의 음반번호 체계가 정규반(黑盤)의 경우 Polydor19001(1932. 9)~19476(1938. 5), 보급반(赤盤)의 경우 Polydor X-501(1938. 12)~X-660(1940. 3), Polydor X-8001과 Polydor X-9001 이후(1940. 5~?)로 이루어져 있었음을 염두에 두고 보면, 독특한 음반번호이다.[34] 특히 'CL' 부분은 사실 조선문예회에서 발표한 음

신문 광고(《매일신보》, 1937. 7. 3)

악에만 부여한 코드로 보이는데, 일본빅터사에서 보급반으로 발매했던 〈총후의용〉과 〈정의의 사여〉의 레이블에도 '朝鮮文藝會○(CL－○)'라는 표기가 있다는 점, 음반 표면에도 '特'이라는 음각(陰刻)이 있다는 점을 통해서도 알 수 있다. 즉 일본폴리돌사는 특별반의 형태로 조선문예회의 작품을 발매했던 것이다.

'CL'이라는 이 일련번호는 이 4작품 이외에는 사용된 바가 없다. 일견 사소한 듯 보이는 이 번호는 조선총독부의 관권이 음반산업에 미친 영향을 보여주고 있다. 즉 조선총독부의 관권은 당시 유행가요가 유행가, 신민요, 민요, 재즈송 등의 하위 갈래로 이루어져 있던 상황에서 시국가 혹은 신(작)가요라는 새로운 갈래를 만들어 내고, 음반회사로 하여금 염가의 보급반으로 발매하도록 했다. 그리고 조선문예회 나름의 작품 번호체계를 서로 다른 음반회사의 음반 번호체계 안으로도 포함시켰다. 이 두 음반회사의 유행가요 제작 메커니즘과는 상관없이 조선총독부가 유행가요에 대한 특별한 의지를 이 같이 실천했다는 것은, 유행가요 개량을 포함하여 신(작)가요 확산에 대한 의지가 얼마나 확고했던가를 시사한다.

한편 조선문예회 신작가요발표회 이후 김억은 〈복사꽃〉과 〈붉은 꽃송이〉를 썼던 당시와는 달리, 오로지 자신의 문학적 편력이나 신념에만 근간하여 작품을 쓸 수는 없다는 것을 깨달았을 터이다. 그가 조선문예회 신작가요발표회를 계기로 바야흐로 전개될 글쓰기를 둘러싼 새로운 환경을, 자신의 작품이 정책가요로서 식민지 정책 선전에 기여하게 된 상황을 과연 어떻게 받아들이고 있었는지는 알 길이 없다. 하지만 조선문예회 신작가요발표회가 열리기 바로 며칠 전 일어난 북경의 노구교사건과 신작가요발표회 이후 일어난 상해사변으로 인해 중일전쟁을 둘러싼 사정이 급박하게 전개되면서, 김억은 그나마 〈복사꽃〉이나 〈붉은 꽃송이〉 같은 작품마저도 쓸 수 없는 처지에 놓이게 된다. 그 가운데 조선문예회는 물론 김억도 자신의 창작과 관련해서 중요한 결단을 해야 하는 순간에 직면한다.

3. 시국가요와 총후의 문장보국(文章報國)

1937년 8월경부터 조선문예회는 회원들을 총동원하여 이른바 애국시가 24편을 창작하게 하여 그 가운데 몇 편을 골라 음악화하기로 한다. 그리고 신작가요발표회의 경우와 마찬가지로 이왕직 아악부에서 일단 회원들끼리만 모여 시국가요 시연회를 개최하기로 결정한다. 실제로 그해 9월 15일 이왕직 아악부에서 개최된 시국가요 시연회에서는 16편의 일본어 작품, 5편의 조선어 작품이 발표되었다.[35] 이 작품들은 10월 3일 부민관에서 열린 '음악보국연주회'에서 공개되었다. 또한 이때 발표된 작품이 최남선의 〈정의의 개가〉(홍난파 작곡), 〈장성의 파수〉(현제명 작곡), 〈총후의용〉(이면상 작곡), 〈김소좌를 생각함〉, 〈방호단가〉(이종태 작곡), 그리고 김억의 〈정의의 사여〉, 〈종군간호부의 노래〉(이면상 작곡)였다.[36] 이 가운데 최남선의 〈총후의용〉, 김억의 〈종군간호부의 노래〉와 〈정의의 사여〉는 음반으로도 발매되었다. 이 음반에 수록된 작품들은 음반의 레이블과 가사지에 분명히 '조선문예회작품(朝鮮文藝會作品)'이라고 표기되어 있었고, 음반번호 가운데 'CL'이 명기되어 있으며, 장르명 또한 '시국가요'라고 표기되어 있다. 그러므로 '음악보국연주회'에서 발표된 조선문예회작품이 분명하다.

그런가 하면 1937년 11월 이후 조선에서는 본격적으로 시국가요 작품이 음반으로 발표되기 시작했는데, 이를테면 '애국가'라는 갈래명으로 발표된 〈반도의용대가〉(1937. 11), 〈남아의 의기〉(1937. 11), 〈제국결사대〉(1937. 11)와 같은 작품들이 그것이다. 그리고 〈종군간호부의 노래〉와 같은 음반에 수록된 이하윤의 〈승전의 쾌보〉(1937. 12[?]), 같은 시기에 발표된 김억의 〈정의의 행진〉과 이하윤의 〈총후의 기원〉도 조선문예회의 애국시가 발표를 전후로 하여 속속 발표되고 있었다. 이 작품들은 조선문예회와 관련된 표기가 없으므로 조선문예회와 직접적인 관계가 있다고 보기는 어렵다. 하지만 김억과 이하윤의 작품의 경우 일단 '시국가'라는 장르명이 그러하거니와, 당시 음반취입의 관행상 한꺼번에 몇 곡씩 일본 본사의 취입소에 가서 음반을 제작했던 만큼, 조선문예회와 관계가 있을 가능성도 배제할 수는 없다.[37] 어쨌든 1937년 말 이후 이러한 시국가요의 등장은 일본과 동시에 이루어졌으며, 그것이 이미 8월 이후 일본 내무성의 시책에 음반회사들이 충실히 따른 결과라는 것은 두말할 나위도 없다.

조선문예회 시국가요 시연회 정경(《매일신보》 1937. 9. 17)

1. 대포는 쾅 우뢰로 튀고 / 총알은 쌍 비ㅅ발로 난다 / 흰옷 입은 이 몸
은 붉은 십자의 / 자애에 피가 쒸는 간호부로다 / 전화에 흐트러진 엉성
한 들꽃 / 바람에 햇듯햇듯 넘노는 벌판/ 야전병원 천막에 해가 넘으면
/ 삭북천리 낫선 곳 버레가 우네//

2. 대포는 쾅 우뢰로 튀고 / 총알은 쌍 비ㅅ발로 난다 / 흰옷 입은 이 몸
은 붉은 십자의 / 자애에 피가 쒸는 간호부로다 / 쓸쓸한 갈바람은 천막
을 돌고 / 신음하든 용사들도 소리 업슬 제 / 하눌에는 반갑다 예전 보
든 달 / 둥그러히 이 한밤 밝혀를 주네//

〈종군간호부의 노래〉

1. 언덕에 마소 치는 아이들아 / 한포기 풀이라도 더 뜯기라 / 진땀을 흘
리면서 떠나는 이 / 그네만 고생하라 어찌 하리//

2. 뒤뜰에 ○○하는 ○○들아 / 한마디 피라도 더 먹이라 / 밤잠을 못자

면서 떠나는 이 / 그네만 애쓰라고 어찌 하리//

3. 농부는 사례 한 번 더 돌보고 / 각시는 아침 한 번 더 차리고 / 장사 는 ○○ 한 번 더 굴리며 / ○○는 ○○ 한 번 더 넘기라//

4. 갖가지 생산 조업 어느 것이 / 보국할 기회와 길 아니리요 / 전장(戰場)에 선이보담 지지 않게 / 총후의 모든 직분 더 힘쓰세//

(후렴) 제각금 앞에 당한 그 일 그 일로 / 의용봉공에 참여하세//

〈총후의용〉(저자 채록)

위의 작품들에서 볼 수 있듯이, 불과 반년이 채 못 되는 기간 김억의 작풍이 이토록 변화했던 데에는, 중일전쟁이 본격화된 '시국'의 상황과 밀접한 관계가 있었다.《매일신보》기사만 두고 보더라도, 조선문예회는 유행가요의 개량이라는 기존의 설립 취지보다 전시체제에서 국민의 자각, 총후의 열성 등의 시국 인식의 강화, 문장보국을 목적으로 하면서 활동 양상을 전혀 달리하기 때문이다. 그것은 동요는 물론이거니와 유행가요와는 전혀 다른 장르인 행진곡 풍의 합창곡이 대부분인 악곡의 성격을 통해서도 분명히 알 수 있다. 그러한 양상은 설령 조선문예회와 직접적인 관계가 분명하지 않다고 하더라도 다음의 이하윤과 김억의 작품이라고 해서 크게 다르지 않다.

1. 이기고 도라오라 나라를 위해 / 손잡고 도다주는 남아의 의기 / 래일 의 동양평화 짐을 젓스니 / 우렁찬 나발소리 거름을 마처//

(후렴) 나가라 나아가라 사적을 물니치려 / 아- 하눌 놉히 정의에 번득 이는 저 깃발 / 치라 나아가라 적진을 향해//

2. 천사람 바눌쥐여 비는 정성에 / 탄알을 헤처가며 돌진하는 양 / 총후 엔 남녀노소 거국일치에 / 가슴에 젊은 피가 쓸어 오른다//

時局歌　從軍看護婦의 노래

朝鮮文藝會作品
（金億作詩·李冕相作曲）
仁木他喜雄編曲

—四〇七九四—

金　安　羅

伴奏
콜럼비아女聲合唱團
콜럼비아管絃樂團

903

〈종군간호부의 노래〉 가사지

(합창) 달니는 말 등에서 장검 두르며 / 저 멀니 폭도들을 다시 응징코 /

날점은 이국 하눌 꿈은 고향에 / 이기고 도라오라 나라를 위해//

〈총후의 기원〉

1. 맑은하눌 울니는 우렁찬나팔 / 위풍이 당々할사 정의의사여 / 보조마

춰 웨치며 나가는길엔 / 초목조차 고요히 머리숙인다//

2. 불쏟솟는 동천의 빗나는햇발 / 어둠을 깨치고서 올나오는양 / 무운

장구 기상을 노래함이요 / 충의용감 붉은맘 저와갓구나//

3. 삭북만리 넓은들 아츰바람에 / 깃발이 번득々 번득이는곳 / 검은구

름 거치고 해볏은밝아 / 평화의빗 천지에 가득이찬다//

〈정의의 행진〉

인용한 이하윤의 작품에서도 알 수 있듯이, '동양평화', '승리', '사적(邪敵)과 폭도의 응징'과 같은 정치적 선전 구호나, "천사람 바눌쉬여 비는 정성," 즉 '센닌바리(千人針)'라는 낯선 풍속으로 상징되는 승전의 기원만이 전경화되어 있는 데에 비해, 앞서 조선문예회 신작가요발표회 조선어 작품들에는 그나마 남아 있던 일말의 서정성도 소거되어 있다. 한편 김억의 작품 또한 욱일승천의 이미지를 통해 대동아공영권의 비전을 표상하거나, 암운을 헤쳐 나온 광명의 이미지를 통해 동양 평화를 위한 전쟁의 숭고함을 표상하는 가운데, 앞서 〈종군간호부의 노래〉만 하더라도 여전히 마련해 두었던 서정성은 온전히 사라지고 없다. 최남선의 경우는 일단 차치하고 김억과 이하윤의 작품들만 두고 보더라도, 1937년 후반에 이르러 전문 작사자로서 이들이 겪게 된 극적 변화의 국면을 이해하기에 충분하다. 즉 이 무렵 상업음반을 통해 가요곡을 창작하는 일은 전쟁 협력과 정책 선전의 수단으로 일변하

（1）

時局歌　銃後의 祈願

異河潤 作詩
孫牧人 作曲
奧山貞吉 編曲

—四〇七九三—

朴世煥
鄭讚柱
伴奏 콜럼비아管絃樂團
콜럼비아合唱團

〈총후의 기원〉 가사지

고 말았던 것이다.

　이 극적이고도 낯선 광경은 조선문예회의 애국시가 창작과 보급, 그리고 일본 내무성의 문화예술 통제의 결과이다. 그 가운데 김억은 여느 작사자보다도 시국의 변화에 따른 작풍의 변화를 분명히 드러냈다. 〈복사꽃〉, 〈붉은 꽃송이〉로부터 〈종군간호부의 노래〉, 그리고 〈정의의 행진〉에 이르는 일련의 과정은, 당시 변화한 시국에 따라 유행시인의 비전과 이상 또한 점차 굴절되고 소실되어가는 과정이기도 하다. 김억에게 이러한 과정은 곧 서정성의 소거 혹은 폐기, 작가로서의 개성을 포기하는 산문화의 과정이기도 하다. 이를테면 〈종군간호부의 노래〉만 하더라도 전장에 선 종군간호부의 내면이나 감상이 중심적 위상을 차지하고 있으나, 〈정의의 행진〉에 이르면 그러한 내면이나 감상성 대신 조선총독부나 내무성의 생경한 구호가 중심적 위상을 차지하고 있다. 그것은 그들이 최남선의 〈내일〉이나 〈총후의용〉과 같은 조선문예회 동료 회원들의 창작을 참조한 결과로 여겨진다. 또한 그 무렵 일본의 국민가요 창작을 둘러싼 사정과도 밀접한 관계가 있다.

　1936년 4월부터 일본방송협회(NHK) 오사카중앙방송국은 《신가요곡》 프로그램을 중심으로 건전가요 보급 운동을 전개한 바 있는데, 조선문예회의 신작가요발표회 또한 그 운동을 적극 참조한 결과로 여겨진다. 이를테면 이 프로그램이 이미 동시대 유행가요 개량을 지향하고 있으며, 특히 선곡의 조건으로서 유행가요의 퇴폐성을 벗어난 청신하고 건강한 노래, 가정에서도 명랑하게 부를 노래, 현대인의 감각과 공명하는 유쾌한 노래를 꼽았던 것은, 조선문예회의 설립 취의와 일맥 상통하는 바가 있다.[38] 이러한 부류의 건전가요는 1937년 8월 이후 국민정신총동원운동의 전개에 따라 내무성이 국민의 교화와 동원, 전의의 앙양을 위해 '국민의 노래(國民の歌)'라는 명칭으로 시국가요를 선정하고 보급하는 가운데 급속히 수렴되어가는 가운데 전체주

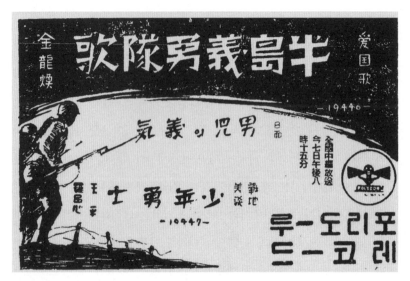

〈반도의용대가〉〈남아의 의기〉 신문 광고(《조선일보》, 1937. 11. 7)

의 혹은 군국주의의 이념을 표현하는 가요곡으로 변모해갔다.[39] 그러한 분
위기에서 〈노영의 노래(露營の歌)〉를 비롯하여 〈애국행진곡〉까지 적지 않은
군가, 시국가요가 현상공모를 통해 선정되어 음반으로 발매되었다.[40]

특히 〈애국행진곡〉은 음반 정보를 통해서도 드러나듯이 국민정신총동
원운동이 실시된 1937년 9월 내무성의 내각정보부가 직접 "국민이 영원히
애창할 수 있는 국민가", "아름답고 밝고, 씩씩한 행진곡 풍의 악곡", "일본
의 참된 모습을 찬양하고 제국의 영원한 생명과 이상을 나타내어, 국민정신
부흥에 이바지하기에 충분한 작품"을 조건으로 현상공모를 하고, 가와이 스
이메이(河合醉茗), 기타하라 하쿠슈, 시마자키 도송(島崎藤村) 등의 문학인들
이 선정하여 문부성이 검정한 작품이었다. 이 〈애국행진곡〉은 당시 국민가
요, 즉 관제가요의 효시이자 대표적인 작품으로, 1937년 12월 일반을 대상
으로 한 발표 연주회와 라디오 중계를 거쳐, 이듬해 2월에는 음반회사마다

동시에 음반으로 발매되었다. 이 음반은 당시 무려 1백만 매 가량 판매될 정도로 호응을 얻었을 뿐만 아니라, 요제프 괴벨스(Joseph Goebbels)와 국민교화선전성의 주도로 나치 독일에서도 라디오로 방송되기도 했다.[41]

조선문예회가 창작한 애국시가는 비록 〈애국행진곡〉과 같이 당시 조선에 진출한 모든 음반회사가 동시에 발매하거나 하지는 않았지만, 내각정보부가 현상공모 당시 내건 창작의 요강에 매우 부합한다. 이를테면 장조의 선율에 행진곡 풍의 합창곡이라는 악곡의 성격도 그러하거니와, 예컨대 〈총후의용〉의 경우 어린이를 비롯하여 농부, 촌부, 상인 등 그야말로 남녀노소, 필부필부가 모두 전선의 장병들 못지않게 생활의 현장에서 제 직분에 충실해야 한다는, 전시의 모범적인 국민의 생활과 사명을 주제로 했다는 점에서 그러하다. 또한 〈종군간호부의 노래〉의 경우 병사들과 함께 전장에 임하면서 모성으로 그들을 위무하는 일의 숭고함을 노래함으로써, 전시 국민의 사명을 환기하고자 했다는 점에서 그러하다. 더구나 이 〈종군간호부의 노래〉는 당시 일본에서 발표되던 시국가요의 주된 제재 및 주제 가운데 하나가 총후를 지키는 일본의 여성상(야마토 나네시코[大和撫子])이었던 사정을 염두에 두고 보면, 당시 일본의 국민가요의 경향에 매우 부합하는 작품이다.[42]

내무성이 직접 현상공모를 하여 보급했던 것들은 〈애국행진곡〉과 같은 국민가요였으며, 그 과정에서 시마자키 도송이나 기타하라 하쿠슈 등 근대시를 개척한 대표적인 시인들이 동원되어 국민가요 제작 과정에 참여하고 있었던 사실은 중요하다. 즉 당시 문학과 음악이 국가의 문화통제 혹은 정책 선전을 위해 동원되었을 뿐만 아니라, 그 과정에서 시의 존재나 시인의 사명과 관련하여 심대한 변화가 일어나고 있었음을 보여주기 때문이다. 또한 〈애국행진곡〉을 수록한 일본폴리돌사의 음반에 인쇄된 벚꽃 문양과 그 한가운데 '보국(報國)'이라는 두 글자 명기되어 있는 것도 간과할 수 없다. 그것은 내지 일본에서든 외지 조선에서든, 시국가요를 충실히 창작하는 일이야말로 전시라는 비상시국에 시와 시인이라면 마땅히 국가에 보답하는 길이라는 이념이 지배적이었던 상황을 드러낸다. 그리고 이러한 상황은 일찍이 유행시인의 비전을 따라 장르와 매체의 경계를 넘는 시 창작의 길에 나섰던 김억과 이하윤으로서는, 그들이 품었던 유행시인의 비전이나 이상이 결국 환영 혹은 허상이 되어버리고 말았다는 것을 의미한다. 또한 이러한 상황은 그들로 하여금 시인으로서든 작사자로서든 어떤 결단을 요구했을 것이다.

4. 비전의 소실, 이상의 좌절에 임하는 자세

조선문예회는 신작가요발표회와 애국시가발표회 이후 더 이상 어떠한 활동도 하지 못했다. 특히 최남선과 김억의 작품 이외에는 더 이상 조선문예회의 작품을 음반으로 취입하지도 못했다. 김억 역시 시국가요이든 유행가요이든 자신의 어떤 작품도 새로 음반으로 취입하지 못했다. 그런가 하면 시국가 혹은 시국가요라는 장르명의 음반도 더 이상 발매되지 않았다. 그 가운데 이하윤은 다시 예전과 마찬가지로 유행가요 작품을 속속 취입했다. 김억이 조선문예회에 가담하게 된 가장 큰 이유는 그의 편력이 조선총독부가 주도하는 유행가요 개량 운동에 부합했기 때문이었다. 그리고 〈복사꽃〉으로부터 〈정의의 행진〉에 이르는 과정으로 보건대, 김억 나름대로 조선문예회의 활동과 조선총독부의 요구에 매우 부합하고자 했다고 볼 수 있다. 더구나 1939년 시단의 경향을 전망하는 가운데 김억은 시국의 현실을 반영하고, 시대의 감정을 받아들여 그동안 연약하기만 했던 시단도 시국에 따라 군가 경향의 작품을 창작해야 할 것이라고 역설하기까지 했다.[43] 적어도 이 발화

〈정의의 사여〉 레이블

〈애국행진곡〉 레이블

가 온전히 김억의 신념에 근간한 것이라고 가정해본다면, 김억은 조선문예회를 통해 새로운 창작의 기회와 가능성을 기대했다고 볼 수 있다. 그럼에도 불구하고 김억이 더 이상 어떤 작품도 음반으로 취입하지 못했던 이유는 무엇인가? 그것은 무엇보다도 시국가요를 둘러싼 당시 음반회사의 입장과도 무관하지 않다.

> 함대훈　레코-드가 조선문화에 기여하논 바 영향이 적지 않다는 것은 더 말슴드릴 것도 없지오만은 대체로 보아서 사변(事變) 전후에 유행한 유행가와 그에 대한 판매 성적 같은데 대해서 구(具) 선생께서 좀 말슴해 주시면 좋겠읍니다.
>
> 구완회　사변 바루 전에는 말하자면 레코-드에 대하야 각 회사의 경쟁이 대단히 심했읍니다. 따라서 경쟁이 심하면 심할수록 맨드러저 나오는 레코-드는 거기에 정비례(正比例)하야 점점 저급헤 젔읍니다. 그래서 그때는 거이 개척할 길이 없겠다고 까지 비관하게끔 되였었는데 사변이 이러나자마자 레코-드계에 약간 활기가 보이였지요. 내지에서는 시국가(時局歌)가 상당히 산출되였고 또 판매 성적도 좋았지요. 그러나 조선서는 그렇게 좋은 성적은 보지 못하였읍니다. 하엿든 지금 와서는 사변 전의 저급에 比하야 웬만큼 고급한 것을 목표로 노력해 온 결과 사변 전보다는 성적이 좀 났다고 볼 수 있을 겝니다.
>
> 방희택　사변 이후에는 모다들 긴장해서 사변 전보다는 활기를 띠였다고 말할 수 있지요.
>
> 함대훈　특히 전시반(戰時盤) 같은 것은 없읍니까.
>
> 방희택　있읍니다.
>
> 김래성　전시반에 대한 성적은 어떻습니까. 보통반에 비하여 말슴입과다.

방희택 전시반이라고 있기는 있으나 성적이 그리 좋질 못합니다

왕평 사변 전후하야 폴리돌에서도 조선어반(盤)으로 애국가(愛國歌)를 냈었는데 판매 성적으로 보아서 그리 량호치는 못하였읍니다. 결국 유행가는 어디까지던지 유행가이니까 거리에서도 부르기 좋고 부르기 쉬운 그러한 성질의 것이 아니면 안 될 것이라고 생각합니다.

이훈구 총후미담(銃後美談)에 다소 감상적인 것을 섞어서 내보면 어떻습니까.

왕평 안 됩니다. 시국가(時局歌)는 철두철미 시국가래야 하지 거기에 무슨 감상적 기분을 섞으면 첫째로 검열이 통과가 안 됩니다.[44]

김억이 앞으로 시가는 군가 풍으로 창작해야 한다고 역설한 이후 당시 음반회사 문예부장들이 모인 한 좌담회 중의 한 풍경은, 시국가요에 대한 음반회사의 입장을 엿볼 수 있다. 특히 방희택(오케사)과 왕평(일본폴리돌사)의 발화를 통해서도 알 수 있듯이, 일본과 달리 조선에서 발매한 시국가요 음반은 검열 과정도 녹록치 않았을 뿐더러, 발매를 해도 흥행에 실패했다고 한다. 이 좌담회 가운데에서는 거론되지 않았으나, 당시 일본 내무성이 〈애국행진곡〉을 비롯한 이른바 '국민의 노래'를 찬정(撰定)하여 음반으로 취입하는 과정에서 대체로 음반 제작비용을 음반회사에게 떠안겼는데,[45] 최남선과 김억의 음반을 발매했던 일본폴리돌사나 일본빅터사로서는 흥행 실패를 이유로 더 이상 조선문예회의 작품을 발매하지 않았을 수도 있다. 그러한 사정은 구완회(일본콜럼비아사)의 다른 회고를 통해서 분명히 알 수 있다.

조선 레코-드계에서도 「정의의 행진」·「종군간호부의 노래」 등 군국조 (軍國調)의 레코-드를 제작하였으나 작곡의 졸렬로 인함인지 소기(所

期)의 성적을 내지 못하였었음은 유감이다. 그러나 시국이 점차 장기전으로 드러가자 레코-드계도 신중한 태도로 장구한 영업방침을 책립(策立)할 수 밖에 없었다. 군국조(軍歌調)만으로는 대중의 환심을 살 수 없고 그렇다고 사변 전의 「에로」 기분이나 또는 「센치」한 메로디-의 유행가로 환원하기에는 시국이 용서치 않는 바로 정(正)히 진퇴양난의 고경해 직면하고 마렀다. 이리하여 각 레코-드회사가 각々 그 국면 타개에 고심하고 있는 동안에 대중의 관심은 점차 양악(洋樂)으로 경향되어 각 사의 양악 레코-드의 판매량이 불지불식간에 놀나운 수자(數字)에 도달하였다.[46)]

인용한 구완회의 글에서 우선 주목할 부분은, 그가 일본콜럼비아사에서 발매했던 김억과 〈종군간호부의 노래〉와 〈정의의 행진〉을 직접 거명하면서, 작품의 졸렬함으로 인해 흥행에 성공할 수 없었다고 술회했던 대목이다. 물론 그는 그 '졸렬함'이 과연 작사자 김억의 탓인지, 그렇지 않으면 작곡자인 이면상과 전기현의 탓인지는 분명히 밝히지 않았다. 하지만 당시 음반회사 문예부장의 이러한 술회는, 김억이 조선문예회에서 기획한 음반을 통해서든 혹은 음반회사가 직접 기획한 음반을 통해서든 시국가요 작품을 더 이상 발표하지 못했던 이유를 분명히 시사한다. 더구나 1937년 이전 유행가요의 경향으로 되돌아갈 수도 없는 형국에서 도리어 서양 고전음악 음반의 판매고가 높아졌다는 대목에 이르러서는, 김억이 시국가요는 물론이거니와 유행가요 작품도 더 이상 발표하지 못했던 이유까지 알게 된다.

그러한 분위기는 1939년 연말 《조선일보》가 종로의 금희악기점을 취재한 기사를 통해서도 드러난다. 이 기사에 따르면 유행가요는 여전히 인기가 있으나 비속하고 야비한 작품은 예전과 같이 인기가 없고, 특히 1937년 이후 경음악과 서양 고전음악 음반이 인기가 있다고 한다. 그런데 시국가요 가운데에서도 〈애국행진곡〉 음반이 제법 인기가 있었다는 대목이 있어서 흥미롭다.[47] 과연 어떤 고객이 이 〈애국행진곡〉 음반을 구매했던가는 이 기사만으로는 알 수 없다. 그러나 적어도 유성기와 유성기 음반을 구매하여 음악 감상을 할 만한 조선인 가운데 시국가요, 특히 일본음반으로 시국가요를 향유했던 청취자들이 있었다는 사실은 여러 모로 의미심장하다.[48] 이와 관련이 있는지는 분명하지 않으나, 《조선일보》보다 앞서 1939년 정초 《매일신보》 또한 악기점 관계자의 입을 빌어 시국가요 음반의 판매 경향을 소개하는 기사를 게재한 바 있다. 그런데 이 기사에 따르면 제목과 달리 조선의 일반 청취자들에게 시국가요 음반이 어느 정도 팔리기는 했으나 손해를 본 것도 아니고 이익도 본 것도 아닌 정도였다고 한다.[49] 《매일신보》의 이 기사가 공교롭게도 김억의 「시가는 군가적 경향」과 같은 일자의 신문에 게재되었다는 점에서, 일견 매일신보사 편집부나 조선총독부의 특별한 입장을 반영하는 것일지도 모른다는 의구심을 남긴다. 그럼에도 불구하고 김억이 1939년의 시가를 전망하는 가운데 당시 음반 청취자들의 취향이나 경향까지 염두에 두고 있었을 가능성 또한 온전히 배제하기는 어렵다.

그렇다고 해도 앞서 구완회가 지적한 바와 같이 김억이 창작한 시국가요의 작품성이 흥행의 성공을 저해하는 요인이었다면, 그가 더 이상 시국가요 작품을 음반으로 취입하지 못했던 이유는 더욱 자명해진다. 즉 김억은 유행가요로든 시국가요로든 동시대 음반 청취자와 음반업계로부터 작품성을 이유로 외면당했던 것이다. 그렇게 조선문예회 회원으로 활동하기 이전 이미 음반업계로부터 소원해진 김억으로서는, 더 이상 유행시인의 비전을 실현할 기회를 얻을 수 없게 되고 말았다. 따라서 김억에게 유행시인의 비전이나 이상이 환영 혹은 허상이 되어버릴 수밖에 없었던 것은, 단지 시인으로서의 자율성이나 개성을 포기하고 문장보국의 사명을 다해야 했던 시국 때문만이 아니라, 음반업계는 물론 동시대 청취자들마저도 반기지 않았던 현실 때문이었다고 볼 수 있다. 그러한 현실과 자신의 처지를 김억이 얼마나 냉정하게 바라보고 있었는지 알 길은 없다. 그는 한동안 몸담았던 일본콜럼비아사를 떠난 이후 다른 음반회사에서 새로운 기회를 얻지도 못했다. 결국 그는 유행가요로부터, 음반업계로부터 떠나고 말았다.

이러한 김억의 영락은 그와 함께 〈총후의 기원〉과 〈전승의 쾌보〉를 발표했던 이하윤에 대해서도 돌이켜 보게 한다. 이하윤이 이 두 편의 시국가요를 창작했던 것은 내무성의 정책과 일본콜럼비아사 본사의 기획 때문이었다. 특히 구완회 이전의 문예부장이 이하윤이었음을 고려해보면, 그 또한 시국에 따라 다른 음반회사들과 보조를 맞추는 차원에서 스스로 시국가요 창작에 임했다고 보아야 할 것이다. 심지어 그가 위의 두 작품을 발표한 이후 〈총후의 기원〉을 재발매한(1942. 8?) 이외에 시국가요가 아닌 유행가요를 28편이나 발표했는데, 이하윤에게 시국가요는 어쩌면 당시 유성기·유성기 음반과 그 부속품을 사려면 반드시 지불해야 했던 '물품특별세'와 같은 것이었다고도 볼 수 있다.

그렇다고 하더라도 이하윤이 일찍이 유행가요 작사자로 나설 무렵 유성기 음반과 라디오라는 근대적인 매체와 유행가요라는 기술복제 예술을 통해 궁경에 빠진 민족의 새 진로를 개척하고 새로운 위안을 구해보자고 역설했던 바는 새삼 돌이켜 볼 필요가 있다.[50] 만약 이하윤이 시국가요 가사를 창작할 무렵까지도 이러한 신념을 지키고 있었다면, 1937년 중일전쟁을 계기로 시국가요를 창작하게 된 것도 한편으로는 문장보국의 길이자, 식민지 조선인의 새 진로를 개척하고 그들에게 새로운 위안을 주고자 한 것이었다고 이해할 수도 있다. 그렇다면 그에게 시국가요 또한 신념과 결단의 소산이라고 할 수 있다. 그러나 다음의 작품을 보면 반드시 그렇지만은 않았다는 것을 알게 된다.

> 1. 사랑을 일흔지라 쓴세상을 버리고 / 흐르고 쏘 흘러서 / 정처업시 가오니 / 울지나 말아다오 / 만주 하눌 저 달아//
>
> 2. 다시는 안 맛나리 맛날 생각 업서도 / 못 맛나 압흔 가슴 / 안소 새는 내 신세/ 울시나 말아다오/ 만주 하눌 저 달아//
>
> 3. 사랑은 덧업서라 오늘밤도 긴 한숨 / 외로운 눈물 속에 / 넷 노래를 부른다 / 울지나 말아다오 / 만주 하눌 저 달아//
>
> 〈만주의 달〉

> 1. 아— 외로워 오늘밤도 / 잠 못 자는 내 신세 / 머나먼 북방으로 / 오 가신님이 / 그립습니다//
>
> 2. 아— 가실 쌔 손목잡고 / 남겨 두신 그 언약 / 눈물을 흘니면서 / 오 기다리는 / 이 몸이되다//
>
> 3. 아— 기러기 철이 되면 / 오고가고 하건만 / 한번 간 우리 님은 / 오 소식조차 / 아득합니다//
>
> 〈북방소식〉

이 두 작품에서 주목해야 할 대목은 제목이 시사하는 바와 같이, '만주' 혹은 '북방'이라는 전쟁의 공간이 오로지 실연 혹은 이별과 그리움의 비애, 고독과 회한의 정서를 환기하는 장소로 표상되고 있는 점이다. 이러한 양상은 인용한 두 편 이외 〈북만주황야〉의 경우에도 마찬가지이다. 이러한 작품들은 이하윤에게 시국가요가 결코 문장보국을 위한 결단의 실천이 아니었다는 것을 분명히 시사한다. 즉 그에게 중일전쟁과 비상시국은 단지 당시 유행가요가 처한 '진퇴양난의 고경(苦境)'에서 선택할 수 있는 새로운 소재 차원에 불과했던 것이다. 그럼에도 불구하고 이하윤이 이처럼 전쟁과 '만주' 혹은 '북방'이라는 전장을 낭만화했던 보다 근원적인 이유는 무엇인가?

이러한 경향의 작품들은 중일전쟁을 전후로 일본에서도 붐을 이루었던, 전쟁과 전장 중국을 낭만적 공간으로 표상했던 이른바 '대륙물', '상해물', '남경물', '남방물' 등속의 유행가요의 영향을 반영한다.[51] 이하윤에게 〈만주의 달〉, 〈북방소식〉은, 일찍이 1차 상해사변(1932) 이후 발표된 〈상해의 일야〉 등 총 10편의 상해 소재 작품을 비롯하여,[52] 〈북경의 밤〉 등 6편의 중국 소재의 작품들과 함께,[53] '대륙물' 등속의 판본들 가운데 하나였다. 당시 조선에서도 이러한 부류의 작품들은 제법 흥행에 성공했던 것으로 보인다. 이를테면 〈만주의 달〉, 〈북방소식〉과 같은 소재를 다루는 작품들의 경우 확인된 것만 해도 각각 11편에 이른다.[54] 또한 이와 흡사한 '국경'을 소재로 한 작품도 유도순의 〈국경의 부두〉 외 24편이나 있다.

한편 이러한 작품들은 당시 중일전쟁에 대한 음반업계와 조선총독부 혹은 일본 정부와의 분명한 입장의 차이를 나타내기에 충분하다. 조선총독부의 입장에서는 이 전쟁과 그로 인한 비상시국이 국민정신총동원을 위한 중요한 계기였으나, 음반업계의 입장에서는 그야말로 경색된 유행가요에 새로운 소재를 제공해줄 계기였다. 그리고 음반업계의 이러한 입장은 중일전쟁과 태평양전쟁 기간 내내 일관되었다. 그 근저를 가로지르는 것은 음반산업의 유행가요 제작 메커니즘을 둘러싼 상업주의라고 보아야 할 것이다. 따라서 적어도 조선에서 조선문예회와 조선총독부가 주도한 유행가요 개량의 기획, 김억과 이하윤 등의 전문작사자에게 요구했던 문장보국의 사명은 사실상 실패했다고 볼 수 있다. 그중에서 이하윤은 오로지 음반산업의 기획과 요구에 충실히 부합하는 직인으로서 작품을 창작했던 것이다. 그러나 그 무렵 이하윤은 음반산업의 기획과 요구, 조선총독부와 내무성의 시책에 따른 창작만 하고 있던 직인으로서의 자신의 처지나 유행가요 자체에 대해서 어떤 한계를 절감하고 있었다. 김억이 1939년의 시가의 경향을 진단한 이후 이하윤은 다음과 같은 논설을 발표했기 때문이다.

> 우리가 지금까지 거러온 그른 길(邪路)를 버리고 올바른 길로 다시 말하면 우리 정통(傳統) 아레 시대의 향기를 도다 우리의 나갈 길을 찾는 것이 가장 당연한 노릇이 아닌가 한다. 유행가요가 그 시대 그 사회 그 대중을 반영(反映)하는 것이라면 작금의 군가(軍歌)와 시국가요(時局歌謠)의 제창(齊唱)은 일반 민중의 긴장(緊張)된 기분을 명랑케 해 주고 잇스며 오늘과 갓흔 국가비상시국(國歌非常時局)에 처해 잇는 우리들에게 퇴폐적 가요는 당분간 의식적으로라도 금물(禁物)이 되지 안흘 수 업는 일이다. 이러한 뜻에서 나는 대중가요의 고전(古典)으로의 복구(復舊)를 이 기회에 부르짓고 십다.[55]

위의 인용문은 표면적으로는 동시대 조선 유행가요에 대한 이하윤 나름의 비판과 제안을 드러내고 있으나, 그 근저에는 유행가요 작사자로서의 자기반성과 위기의식이 가로지르고 있다. 당시 이하윤은 조선총독부와 내무성의 음반검열 강화로 인해 음반 발매량 자체가 줄어들고 작품 발표 기회도 줄어들었던 상황에서, 유행가요를 저열하게 한 사랑의 신열과 도취, 이별의 비애와 환멸, 청춘의 환희와 인생의 무상 등의 소재와 정서만을 반복할 수도 없고, 그렇다고 청중도 냉담한 전쟁 찬양이나 당국의 허락을 얻기 어려운 전쟁의 낭만화만 계속할 수도 없는 진퇴양난에 빠져 있었다. 즉 1939년

6월 경 이하윤은 더 이상 유행가요 가사를 쓸 수 없는 한계에 이르렀다. 짐작컨대 이하윤은 관제가요의 등장 전후의 상황에서, 일찍이 그가 표명했던 유행가요를 통한 민족 정서의 위안, 민족 진로의 개척이라는 이상이 좌절되고 말았다는 것을 깨달았던 것으로 보인다. 이하윤이 위의 논설을 발표한 바로 무렵 발표했던 다음 작품은 여러 모로 의미심장하다.

> 1. 밝아 오는 동녁 하눌 둘이 서서 바라보면 / 넘처나는 희망 속에 피가 끌는 이 가슴 / 흥겨운 새소리 나븨는 춤추고 / 부러 오는 바람결에 천하 만물 우슴 짓네//
> 2. 그리워라 꿈속으로 멀리멀리 끝도 없이 / 이 산 넘고 저 산 넘어 아득하다 저 바다 / 비 오는 아츰도 눈 오는 저녁도 / 희망의 저 등불은 이 마음을 빛어 추네//
> 3. 어께서로 견우고서 처다 보는 푸른 하눌 / 황야의 끝 어디라도 둘이 같이 산다면 / 뛰노는 이 마음 빛나는 그 동자 / 넘처나는 노래 소리 즐거웁게 들여오네//
> 〈동트는 대지〉

묘사한 풍경 속의 동녁 하늘의 여명이나, 그 풍경 속의 두 인물의 내면에 충일한 희망과 동경의 정서는, 분명히 욱일승천하는 대동아공영권의 미래도 아니고, 동양 평화의 이상도 아닐 것이다. 이 작품의 제재와 정서는 이하윤이 일찍이 발표했던 〈젊은 날 꿈이여〉(1936. 8)나 〈청춘일기〉(1936. 9)와 흡사하며, 특히 그가 「유행가요에 대하야」를 통해 역설했던 〈그리운 강남〉 같은 유행가요의 고전과 상통하는 바가 있다. 이하윤은 이러한 작품을 통해 스스로 천명한 유행가요의 고전으로 회귀하고자 했던 것으로 보인다. 이 작품에서 주목해야 할 대목은, 시국가요와 동일한 제재와 정서를 작품의 근간으로 삼으면서도, 또한 유행가요의 관습적 정서나 의장에 빠지지 않으면서도 다른 세상의 비전과 인간관계를 제시하려는 이하윤의 자세이다. 그는 이 작품을 통해서 마치 비상시국에서 유행가요 작사자이기 이전에 한 사람의 시인으로서의 사명이 단지 문장보국의 이념만이 아니라, 다른 데에 있다고 역설하고자 하는 것으로 읽힌다.

이하윤이 청취자들과 함께 바라보고자 했을지도 모를 다른 세계와 삶의 비전이란 무엇이었던가? 그리고 희망과 동경의 정서를 통해서 동시대 청취자들과 어떻게 소통하고자 했던가? 과연 그것은 유행가요로 가능한 일이기는 했던가? 이 〈동트는 대지〉가 환기하는 이러한 의문에 이하윤조차도 쉽게 대답할 수는 없었을 것이다. 어쨌든 이 작품은 이하윤이 유행가요 제작 메커니즘에 철저히 종속된 직인이었다고 하더라도, 궁경에 빠진 민족의 새로운 진로 개척, 새로운 위안을 유행가요로 제공할 수 있다는 지난날의 신념을 저버리지는 못하고 있다.[56] 그래서 〈동트는 대지〉를 발표한 이듬해 이하윤이 발표한 연재 수필 「영춘쇄담」(1940) 가운데 '가요의 정화'와 관련한 한 대목은 주목할 만하다. 이 글에서 그는 가요가 심금에서 우러나온 정서를 근간으로 한 시와 노래인 만큼, 대중이 공감하여 창화(唱和)할 수 있는 보편성을 절대적인 조건으로 해야 한다고 새삼스럽게 역설한다. 그리고 인위적인 가요의 정화나, 국민가요와 같은 관제가요로써 유행가요의 힘을 앗으려 하는 일은 애초부터 실패할 수밖에 없는 그릇된 시도라고 역설한다.[57]

이하윤은 분명히 언표하지 않았으나 〈동트는 대지〉야 말로 가요의 절대적 조건인 '보편성'을 갖춘 작품이라고 믿었을 것이다. 하지만 당시 음반업계는 이하윤이 비판했던 유행가요의 매너리즘에 안주해 있었으므로, 그의 주장이나 창작을 달갑게 여기지는 않았을 것이다. 음반회사들은 이른바 '대륙물' 부류의 흥행 성공으로 인해 그 소재를 점차 확대시키고 있었을 뿐만 아니라, 예컨대 조영출의 〈만주아가씨〉(1939. 10)처럼 이국 처녀를 제재로 유행가요의 관습적 정서를 드러내는 작품들도 양산하고 있었다.[58] 그리고 설령 〈그리운 강남〉과 같은 유행가요의 고전으로 돌아간다고 해도 청취자들의 감수성과 취향이 이미 예전과 달라져버렸던 것이다. 그렇다면 이하윤에게 도대체 무엇이 가능했던가? 그것은 유행가요 작사자로서 처한 시국·환경, 음반회사의 기획, 청취자들의 감수성·취향에 충실히 따르는 직인으로서의 길뿐이었을 것이다. 그래서인지 이하윤은 이 작품 이후에도 그가 유행가요의 '그른 길'이라고 했던, 방랑·항구·이별·비련과 같은 정서의 반복·재생산으로부터 결코 자유롭지 못했다. 이하윤의 개인적인 의지와 무관하게 그가 구상했던 유행가요 고전으로의 회귀는, 당시 음반업계 문예부장들의 술회나 악기점 관계자들의 발화를 통해서도 짐작할 수 있듯이, 이미 당시로서는 청취자들도 음반업계 관계자들에게도 그다지 환영받을 만한 대안이 아니었기 때문이다. 더구나 조선문예회의 성패와 무관하게 「영춘쇄담」이 발표된 1940년이 지나면 국민정신총동원연맹과 조선총독부는 《매일신보》를 중심으로 허다한 관제가요 현상공모를 개최하고, 이로써 조선문예회 이후 가요를 통한 문장보국의 이념을 보다 적극적으로 실천하고자 했기 때문이다.[59] 그러한 창작의 임계점, 유행가요를 둘러싼 분위기에서 이하윤은 결국 관습화된 유행가요 제작 메커니즘과 상업주의에서 벗어나지 못한 채, 1940년 〈포구의 여자〉와 〈청춘항로〉를 발표하고 유행가요와 음반업계에서 영원히 떠났다.

그런데 이하윤이 거론한 유행가요 고전으로의 회귀라는 측면에서 보자면 1937년 이후 유도순의 경우 또한 예사롭지 않다. 앞서 거론한 바와 같이 그 무렵 유도순 또한 김억과 마찬가지로 음반업계로부터 소외를 면치 못하고 있었다. 그는 〈수양버들〉(1936. 8)을 마지막으로 오랫동안 몸담았던 일본 콜럼비아사를 떠나 타이헤이사에서 〈천리이별〉(1939. 8)을 발표한 1939년까지 3년 동안 단 한 편의 유행가요 가사 작품도 발표하지 못했다. 그가 일본 콜럼비아사를 떠난 이유나, 3년 동안 어떠한 작품도 발표할 수 없었던 이유는 알려진 바 없다.[60] 하지만 〈수양버들〉의 가사로 보건대,[61] 그 또한 김억과 마찬가지로 1930년대 후반 이후 유행가요의 경향 변화에 충분히 부응하지 못했기 때문이었나고 여겨진다. 어쨌든 일찍이 신민요의 득세와 함께 전문 작사자로서 활약했던 그로서는 오랜 침묵 끝에 1942년 다시 자신의 득의의 갈래를 통해 일본콜럼비아사로 돌아온다.

> 1. 백두산(白頭山) 정기(精氣)품고 흐른 삼천리 / 뱃노래 구룡포(九龍浦)에 장한(長閑)하구나 / 해동문(海東門) 옆에 끼고 백마산(白馬山)보면 / 의주(義州)라 통군정(統軍亭)은 웃둑히 섯네//
> 2. 취승당(取勝堂) 그 옛뜰에 두견화(杜鵑化)피고 / 아츰과 지는 해에 종(鍾)이우는데 / 북천앙(北天仰) 적은 절에 염불성(念佛聲)나니 / 의주라 통군정은 정회(情懷)깊구나
> 3. 구연성(九連城) 바라보며 섯는 충혼비(忠魂碑) / 압록강(鴨綠江) 건너 서서 이긴 싸흠에 / 대동아(大東亞) 아츰 해가 떠올랐으니 / 의주라 통군정은 장엄(莊嚴)도하네//
> 〈통군정 노래〉

신민요 갈래의 득세에 따라 전문 작사자로서 활약했던 유도순의 이 〈통군정 노래〉야말로, 어쩌면 이하윤이 결코 포기하지 못했던 신민요 풍의 작품을 통한 유행가요 개량·개조의 이상의 귀결점을 여실히 드러내는 사례이

다. 이 '통군정'은 관서팔경 중 하나로, 3절을 제외한 부분만 보면 일단 이 작품은 통군정의 승경, 그곳에 얽힌 사연과 감개를 담담히 풀어낸 범박한 신민요 풍의 가사라는 것을 알 수 있다. 하지만 3연의 예컨대 "압록강 건너서서 이긴싸흠"과 "구련성 바라보며 섯는 충혼비"라는 구절에 이르면, 이 '통군정'이 고려시대 이래 군사적 요충지로서의 서도의 역사성 혹은 문화적 정체성으로부터 박리(剝離)되어, 도리어 러일전쟁 이후 일본의 대륙진출의 역사, 대동아공영권 건설의 역사 속에 자리 잡고 있다는 것을 알게 된다. 즉 유도순은 '통군정'을 통해 대동아공영권 건설의 역사를 회고하면서, 그 정당성을 부여하는 노래를 썼던 것이다. 그러한 사정은 〈통군정 노래〉 음반의 가사지에 수록된 '작사자의 말'과 '통군정 노래 추천'을 통해서도 알 수 있다.

작사자의 말

(…) 내가 작사의 부탁받고 사무(社務)에 분망중(奔忙中)에도 현지를 답사하고 기타 자료를 수집하는 등, 정열적으로 작사에 착수한 것은 이 명(名)기획에 먼저 공명(共鳴)하였기 때문이다. 일로전쟁(日露戰爭)의 전승지(勝戰地)요, 관서팔경(關西八景)의 하나로 유명한 의주 통군정을 작시(作詩)하는 데 있어 첫째, 회고적인 것이 아니고, 장중숭고(莊重崇高)한 기분을 잃지 않으려고 재삼(再三) 퇴고를 하였다. (…)

〈통군정노래〉 추천

일로전역(日露戰役)의 승전지로 통군정의 존재의의는 실로 중대하다. 이뿐만 아니라 관서팔경의 하나로 명승지로도 그 명성은 자못 높다. 이러한 통군정이 처음으로 '콜럼비아레코-드'를 통하야 반도 대중 앞에 재현되는 것은 문화조선의 일면을 보는 것으로 보존회는 추천하기를 마지

않는 바이다. 소화(昭和) 십칠년(十七年) 팔월(八月) 의주통군정보존회

백(白)

〈통군정 노래〉를 둘러싼 기획이 정확하게 어떤 것이었는지는 정확히 알기 어렵다. 하지만 그 기획의 주체는 일단 일본콜럼비아사이겠지만, 보다 근본적으로는 중일전쟁 이후의 '시국', 조선총독부와 내무성이 조성한 '긴장된 분위기'가 이러한 작품을 창작하도록 요구했다고 보아야 한다. 어쨌든 이 기획 과정에서 발탁 혹은 동원된 유도순은, 누구보다도 이 기획의 적임자이며, 〈통군정 노래〉에 앞서 그가 발표했던 〈잘있거라 인풍루〉(1942. 2[?])는 이러한 음반회사의 판단에 설득력을 실어주었을 것이다.

　　(一) 만포선(滿浦線) 천리(千里)길에 기적(汽笛)이우니 / 인풍루(仁風樓) 옛 자최에 정회(情懷) 깊구나 / 잘막령 지는 해에 날이 저물고 / 자북사(子北寺) 우는 종에 눈물 흐르네//
　　(二) 독봉(獨峯)의 진달내에 잔체 베풀고 / 독노강(禿魯江) 힌돛아래 노닐던 옛일 / 남산(南山)의 송림(松林)에선 두견(杜鵑)만 울고 / 뗏목도 말없으니 찾을 길 없네//
　　(三) 만포선 천리길은 정회의 산길 / 돌고개 이별에서 젖은 옷자락 / 구현령(狗峴嶺) 넘어서도 아니마르네 / 인풍루 잘 있거라 갓다 오리라//
　　〈잘 있거라 인풍루〉

이 '인풍루' 역시 관서팔경 중 하나이고, 통군정과 마찬가지로 서도의 역사성, 문화적 정체성을 표상하는 제재이다. 만주의 집안(集安)까지 연결되는 만포선에 올라, '인풍루'를 둘러싼 감회에 옷자락이 젖는 서정적 주체의

심정을 통해 유도순이 발화하고자 한 바는, 〈통군정 노래〉의 정서와 분명히 다르다. 서정적 주체가 당시로서는 폐허였을 이 '인풍루'를 만주로 이어지는 철도선상에서 바라보았을 때의 심정은, 만주 경영, 그리고 전쟁으로 이어지는 근대의 체험 속에서 사라지는 역사와 문화의 잔영에 대한 회한이라고 할 수 있다. 그것은 그가 일찍이 〈조선타령〉을 통해 축복해 마지않을 향토라고 예찬했던 조선이 대동아전쟁의 암운 한가운데 놓이게 된 운명에 대한 회한이기도 할 것이다. 이러한 유도순의 자민족의 역사·문화 혹은 향토성에 대한 감수성이 〈통군정 노래〉의 기획으로 수렴되었던 것은, 그의 감수성마저도 전쟁이라는 비상시국에서는 제국 일본의 대동아공영권 경영의 역사성을 정당화하는 방식으로만 발화될 수밖에 없는 한계상황 때문이었다. 그래서 유도순의 두 작품은 이하윤이 모색한 유행가요 고전으로의 회귀가 1940년대 조선에서는 단지 음반회사의 기획의 차원에서만이 아니라, 식민지의 한계상황으로 인해 불가능했다는 것을 나타낸다.

어쨌든 유도순이 이 〈통군정 노래〉의 기획에 동원되고 공명했던 순간, 그가 일찍이 유행가요 전문 작사자로 전신하기에 앞서, 자신의 시를 인정해 주지 않는 김기진 등의 문학인들을 비판하면서 "사회와 국가라는 것에 속아 개성의 지대한 행복은 망각한 사람들"과[63] 다를 바 없는 처지가 되어, 자가당착의 상황, 즉 유행시인의 비전과 이상을 전쟁이라는 비상시국에서 스스로 폐기할 수밖에 없는 파국을 맞이했다. 어떤 점에서 유도순의 파국은, 그가 일본콜럼비아사를 떠나 타이헤이사로 옮겨갔던 무렵 이미 시작되었다. 그가 타이헤이사에서 1939년경 발표한 작품들이 '대륙물류'의 유행가요로 보이는 〈국경의 부두〉와 〈아들의 하소〉와 같은 작품들이었다는 점에서 그러하다. 일찍이 「시혼의 독어(獨語)」(1929)를 발표한 이래 스스로 문학계와 절연해 버렸던 그로서는, 유행시인의 비전과 이상을 실현할 기회가 더 이상 주어지지 않았던 1937년 이후에는, 작품을 창작할 기회만 주어진다면 그것이 음반회사의 요구이든, 비상시국의 요구이든 충실한 직인으로서 그것에 적응하는 길밖에 없었을 것이다. 하지만 그러한 삶도 〈제삼유랑극단〉을 발표한 1943년 이후 조선의 음반산업의 종언과 함께 더 이상 지속할 수 없었다.

5. 시신(詩神)에 대한 배반, 고전으로의 망명

1937년 이후 김억, 이하윤, 유도순의 편력은 우선 그 무렵 조선의 유행가요와 음반산업이 겪었던 부침을 그대로 반영한다. 특히 그 과정에서 한편으로는 제국 일본의 식민지로서, 음반산업의 시장으로서 조선이라는 이중의 지방성(locality)이 동시에 드러난다는 점은 주목할 만하다. 그 가운데에서 김억 등은 한편으로는 식민지의 신민으로서, 다른 한편으로는 음반산업의 직인으로서의 이중의 정체성이 결국 자기 분열 혹은 자가당착으로 귀결되는 체험을 했다. 이들이 1937년 이후 일찍이 저마다 품었던 유행시인의 비전과 이상이 이처럼 환영과 허상으로 귀결되는 파국을 맞이할 수밖에 없었던 근원적인 이유는 무엇인가? 그것은 무엇보다도 그들이 시만이 아니라 가요곡의 가사도 의뢰받았던 무렵과 마찬가지로 시가 아닌 가요곡의 가사를 창작할 수 있었던 이들이었고, 1937년 혹은 그 이후에도 조선의 음반업계에서 활동했기 때문이다. 더구나 김억을 비롯하여 유행가요 가사 창작에 명운을 걸었던 조선의 시인들에게 훌륭한 참조의 대상이 되었던 사이조 야소만 하더라도 〈동기의 벚꽃(同期の櫻)〉 등의 군가를 발표한 바도 있거니와,[64] 대표적인 모더니즘 시인인 하기와라 사쿠다로(萩原朔太郎)마저도 동시대 문학인들에게 우국지성의 열정에서 비롯한 문학적 성취도 높은 '애국시'의 창작

을 요구하기도 했다.[65] 그래서 김억은 군가적 경향의 시가의 등장을 당당히 전망할 수 있었고, 심지어 조영출은 명백히 시국가요로 분류될 법한 작품들을 무려 30편이나 창작할 수 있었다.[66]

하지만 그와 같은 상황 논리나 직업의 논리만으로 그 이유를 설명할 수는 없다. 적어도 김억의 경우 조선문예회가 설립되기 불과 몇 개월 전 《삼천리》의 설문 "조선문단에 파시즘 문학이 서지겠는가"는 설문에 대해, 세계정세나 정치적 이념의 풍향 변화와 상관없이 작가로서 자신의 개성과 신념에 근간을 둔 창작에 임하겠다고 한 바 있다.[67] 그러한 김억이 조선문예회 회원으로서 관제가요 창작에 본격적으로 임하게 되었던 데에는 어떤 중대한 결단이 계기가 되었다. 그 또한 중일전쟁을 계기로 적지 않은 조선의 문학인들이 그러했던 것처럼, 이른바 현실·정치·파시즘과의 제휴를 식민지 문화 발전의 제2차의 길로 믿어 의심치 않았는지도 모르겠다.[68] 김억 스스로도 후일 시국의 현실을 반영하고, 시대의 감정을 받아들여 그동안 연약하기만 했던 시단도 시국에 따라 군가의 경향에 따라 창작해야 할 것이라고 했던 것은 바로 그러한 결단에서 비롯한 발화이다.[69] 짐작컨대 김억은 시인으로서 명운을 걸었던 유행가요 가사 창작의 기회를 잃게 되자, 관제가요로라도 작가로서의 잃어버린 위신을 회복하고자 했던 것으로 보인다.

그것이 식민지 문화 발전의 길이기도 했다면, 관제가요를 창작하기로 결단하는 일은 그다지 어렵지 않았을 수도 있다. 그래서 일찍이 김억이 조선문학처럼 자민족의 언어 이외 다른 언어로 번역될 기회를 얻을 수 없는 비서구 식민지의 문학은 오로지 에스페란토와 같은 세계어 번역 혹은 창작을 통해서만 세계문학의 위상을 차지할 수 있다고 역설했던 일을 돌이켜 볼 필요가 있다.[70] 이러한 주장을 염두에 두고 보면, 김억은 중일전쟁을 계기로 관제가요를 통해 굳이 제국의 언어로 번역하지 않더라도 조선의 시가가 대동아공영권 국민가요의 위상을 차지하는 길을 찾았다고 볼 수도 있다. 실제로 김억의 〈종군간호부의 노래〉는 물론 일본콜럼비아사에서 발매한 관제가요 혹은 시국가요 가사지에는 음반가격과 더불어 "만주, 기타 외지는 특정가격에 의함"이라고 명기되어 있으며, 1937년 이후 발매된 일본콜럼비아사 음반들은 단지 조선만이 아니라 일본의 식민지들에서도 유통되기도 했다.

김억이 조선문예회 회원으로서 자신의 작풍을 그토록 극적으로 변화시킬 수 있었던 것도, 그가 일찍이 시가 개량·국민문학의 논리를 천명하던 당시 역설했던, 이른바 시인으로서 마땅히 해야 '지도편달'의 사명에 충실했기 때문이었다고 볼 수 있다. 이를테면 1937년 노구교사건을 전후로 그가 바라보았던 산문적인 문명의 현실이, 이른바 '에로'와 '센치'로 미만한 유행가요의 비속함이거나, 근대 서구 문명이 초래한 '혼돈(混沌)한 세계', '실행의 세계', '무반성의 세계', '몰비판의 세계', '잇는 그대로의 세계'였다면,[71] 김억에게 조선문예회 활동은 단지 동원에 의한 '물품소비세' 납부 차원으로 환원될 수 없는, 신념에 따른 실천이라고 할 수 있다. 이를테면 시가를 통해서 세상을 교화한다는 발상이야말로 단지 계몽주의, 민중예술론의 차원 이전 근대 이전의 풍교론적 시가관이나, 예악사상·예악정치의 관념과 언제든지 제휴할 수 있는 것이기 때문이다.

김억의 그러한 결단이 나름대로 정당성을 지니고 있다 해도, 조선문예회 활동과 관제가요 창작이 그가 오랫동안 염원했던 문학적 이상의 실현, 즉 시가 개량과 국민문학의 구상이 비로소 구현되는 계기였다고 볼 수는 없다. 그것은 일찍이 그가 조선의 참다운 근대적인 의미의 시라면 반드시 "모든 고뇌와 비참을 뚫코 나아가는 생과 힘"인 조선혼·조선심을 재현해야 한다고 스스로 공언했던 바를 철회하고 말았기 때문이다.[72] 그래서 김억으로 하여금 일찍이 장르와 매체의 경계를 넘는 시 창작을 결단하게 했던 시가 개량·국민문학의 이상도 결국 좌절되었기 때문이다. 그 가운데 조선의 향토성, 조선인 심성의 고유성·개별성은 대동아공영권의 보편성으로 수렴되고, 소멸되고 말았다. 이처럼 김억의 조선문예회 참여와 관제가요 창작은 근대기 조선의 우파 민족주의 작가들의 이념적 공소함을 여실히 드러내는 사례였다. 하지만 무엇보다도 김억이 관제가요 창작 과정에서 조선문예회와 조선총독부, 그리고 제국의 국민정신총동원운동이 요구하는 산문화·구호화한 가사의 서술을 위해 부단히 자신의 개성과 최소한의 시적 자율성을 유보했던 것은, 그가 일찍이 시가 개량과 국민문학의 구상을 체현하기 위해 선택했던 일련의 도전들이 직면했던 실패 가운데에서도 가장 참담하다.

그러한 형국은 이하윤, 유도순이라고 해서 결코 예외가 아니었다. 특히 이하윤은 「유행가요에 대하야」(1939. 6)을 발표한 무렵 그의 창작 시는 물론 '가요시'라고 명명한 유행가요 작품들을 수습하여 시집 『물네방아』(1939)를 간행했는데, 그 발문(跋文)에서 이른바 가요시편을 두고 시신(詩神)을 배반한 몇 년 생활의 부산물이라고 했다.[73] 이하윤은 「유행가요에 대하야」와 『물네방아』 발표를 계기로 1937년 이후 전대미문의 세월을 지내는 동안, 일찍이 유행가요 창작을 통해 모색했던 문학적·문화적 실천이 온전히 실패로 귀결되고 말았음을 절감했던 것으로 보인다. 물론 그 또한 「유행가요에 대하야」에서 시국의 변화를 단지 사회상의 변화, 그에 따른 감수성의 변화의 차원에서 언급했던 것도 사실이다. 그것이 이른바 비상시국과 문예물에 대한 검열의 엄혹함을 의식한 발화라는 것은 분명하다. 그런데 「영춘쇄담」(1940. 3)에 이르러서는 그러한 자기검열조차도 없이, 인위적인 유행가요 정화의 무망함을 대담하게 비판했던 것은 흥미롭다.[74] 이른바 국가총동원의 시기에 어떻게 그러한 발화가 가능했던가는 의문으로 남을 뿐이다. 어쨌든 이하윤의 이러한 발화는 시가 혹은 가요의 본질을 반성적으로 사유하는 가운데 이루어졌다는 점에서 의미심장하다. 그리고 자기반성과 자기환멸에서 비롯했을 이하윤의 이러한 비판은 당연히 자신에 대한 것이면서, 다른 한편으로는 김억을 비롯하여 조선문예회에 참여했던 조선인 작가들 가운데 특히 이광수와 최남선을 향한 것이라고 보아야 한다.

그렇다면 김억은 과연 이하윤처럼 1937년 이후 그야말로 자신의 문학적·문화적 실천이 실패로 귀결되고 말았다는 것, 그것이 결국 시신을 배반하는 일이었다는 것을 온전히 인식하고 있었던가? 이하윤처럼 솔직한 내면을 드러낸 바 없는 김억이고 보면, 그가 공변된 발화를 통해서 자신의 실패를 분명히 인정한 적은 없다. 더욱이 김억에게 조선문예회 참여와 관제가요 창작이 시인으로서든 전문·전속 작사자로서든 위신을 회복하고자 했던 욕망과도 밀접한 관계가 있었고, 그래서 오랫동안 한결같게 역설했던 문학적 신념과 이상을 위화감 없이 폐기해버렸으니, 적어도 1937년 무렵에는 자신의 결단이 초래할 작가로서의 실패를 예감하지 못했을 것이다. 더구나 조선문예회는 비록 내지가 아닌 재조선 일본인들과 조선인들이 제휴하는 형식의 단체이기는 했으나, 그 자체로 내선일체 혹은 대동아공영권의 이념이 실현되는 장이었다는 상징성도 있었다. 그러므로 김억으로서는 자신의 문학적 신념, 이상, 실천은 물론 식민지 작가로서 현실적 소여를 일거에 초월할 수 있는 계기로 여겼을 것이다.

그러나 조선문예회의 관제가요나 음반이 음반업계로부터 외면당하고, 동시대 청취자들 또한 〈애국행진곡〉 같은 내지의 관제가요에 호응했던 상황에서, 김억 또한 작가로서 자신의 도정에 대해 반성적으로 사유하게 되었던 것은 분명하다. 사실 그러한 조짐은 「시가는 군가적 경향」(1939. 1)에서 이미 나타난다. 그는 이 글에서 한편으로는 1939년의 시단의 경향을 전망하면서, 한편으로는 군가 경향의 창작을 거론하면서, 한편으로는 다음과 같이 거론한 바 있다.

저 서양시(西洋詩)의 정화섭취(精華攝取)도 조치 아니한 것은 아니거니
와 그보다도 급한 것은 한시(漢詩)의 섭취외다. 우리에게는 고전이라고
할 것은 업지는 아니외다. 그러나 이것들의 대부분이 한시에서 나온 것
으로 보아 우리는 쫌더 한시에 대한 관심을 가지고 그 연구와 감상을 거
듭하야 그 정화(精華)를 가저다가 우리의 문화기본을 삼는 것이 훨신 쌀
은 길인 줄 압니다. 웨 그런고 하니 감정으로 보아서 한시는 해득하기 쉬
울 샏 아니라 우리와는 가장 가깝기 째문에 거리가 먼 양시(洋詩)보다는
이것을 가저 오는 것이 대단이 편하기 째문이다. 풍부한 고전을 소유치
못한 우리 시단(詩壇)이외다. 쌀리 업는 나무에 쏫이 피면 무슨 볼만한
쏫이 필 것이며 또 핀다면 그 목슴이 엇더케 오래기를 기악할 수가 잇겟
습닛까.[75]

이하윤이 유행가요 고전으로의 회귀를 역설했던 데에 비해, 김억이 한
시로의 회귀를 역설했던 것은 참으로 흥미롭다. 이 시점에서 김억은 마치 장
르와 매체의 경계를 넘는 시 창작의 실천을 온전히 포기한 것으로 보이기까
지 한다. 그 대신 김억은 일찍이 격조시형으로 시도했던 한시 번역시집 『망
우초』(1934)를 염두에 두고, 한시를 통해서 조선에서 시 창작의 새로운 비전
을 발견하고자 했다. 그런가 하면 이듬해 발표한 장문의 논설인 「문법과 언
어」(1940. 4)와 「한글문법에 대한 의문 몇 가지」(1940. 5)에서는 조선어의 고
유한 어법과 어조와 감동을 충실히 표현할 수 있는 문법적 규범의 필요성에
대해 역설했다.[76] 이 무렵 김억은 한시를 통해, 서정적 주체의 정념을 근간으
로 한 서정적 주체와 타자로서 독자 사이의 의사소통의 가능성을 본령으로

하는 시적 발화의 본질에 대해서 다시 묻고 있었다. 이를테면 「문법과 언어」 등의 논설을 통해 김억은 오로지 발화 주체의 감각과 정서의 온전한 재현과 의사소통의 문제만을 지리할 정도로 강조하고 있다. 그리하여 김억은 『금잔듸』(1944. 4. 10), 『야광주』(1944. 12. 31), 『꽃다발』(1944. 4. 20), 『지나명시선(二)』(1944. 8. 28) 등, 태평양전쟁이 정점에 이르렀던 1944년 한 해에만 네 권의 한시 번역시집을 발표하면서 고전의 세계로 망명하고 말았다. 이 네 권의 한시 번역시집은 작가로서 김억이 마지막으로 혼신을 다해 시신으로 회귀하고자 했던 탕자의 고단한 역정을 드러낸 것처럼 보인다.

한편 김억, 이하윤, 유도순의 장르와 매체의 경계를 넘는 시 창작의 비전은 물론 조선문예회, 조선총독부 나아가 일본 내무성의 이념과 기획을 오랜 시간 기다릴 필요도 없이 곧장 실패한 것으로 증명했던 것이 바로 음반산업의 메커니즘이었다는 사실 또한 매우 의미심장하다. 음반검열과 물품 특별세의 부과, 조선어 관제가요 발매 강요에도 불구하고 전쟁으로 인한 비상시국을 도리어 레퍼토리 확장의 기회로 삼았던 것은, 바로 음반산업과 그 자본의 힘이었다. 그래서 중일전쟁 이후 내지와 외지에서 거의 동시에 이루어진 관제가요 창작, 음반 보급의 기획과 그 실패를 둘러싼 사정은, 제국 일본이 치렀던 전쟁이 사실은 문화와 자본, 그리고 근대(성)을 상대로 한 것이었다는 사실을 여실히 드러낸다. 그것은 보이지 않는 적과의 전쟁이었다고 해도 무방하다. 그 전쟁에서 조선총독부와 일본 내무성이 새로운 세계 질서와 공동체의 보편심성·공통감각을 정의하는 정치적 방법과 제도로 삼고지 했던 가요는, 그늘의 구상이나 의도를 순순히 받아들이지 않는 유행가요 제작 메커니즘과 청취자들 앞에서 무력할 따름이었다.

제국과 식민지를 넘나드는 음반산업과 자본의 힘은 일개 시인은 말할 나위도 없고, 그 어떤 관변단체나 정부기관의 유행가요 개량의 기획과 실천이라도 일거에 상대화할 수 있었으며, 그래서 결코 손쉽게 이용·동원할 수 있는 손쉬운 상대가 아니었다. 그래서 김억, 이하윤, 유도순 등도 기술복제 시대의 전위적 시인이기는커녕 한낱 음반산업 시스템과 상품예술 제작 메커니즘의 직인에 불과할 수밖에 없었다. 그러한 형국이 중일전쟁을 계기로 자명해졌으며, 그로 인해 김억, 이하윤은 이후 전쟁협력의 길로 나아간 여느 시인들과는 전혀 다른 차원에서 작가로서 파산을 경험했다.

이들의 파산과 무관하게 식민지 조선의 음반산업은 검열과 음반 가격의 상승, 음반 발매량의 축소라는 비상시국의 불리한 여건 속에서도 여전히 고유한 동력으로 '비속한' 유행가요를 창작하여 보급했다. 그 가운데 조영출은 앞서 거론한 〈알뜰한 당신〉(1938. 1)을 발표한 이후, 도리어 김억, 이하윤, 유도순의 퇴조 이후 오케사 문예부 직원이자 전문 작사자로서 활약했으며, 그 무렵 그가 창작한 대부분의 흥행 작품들은 오늘날까지도 적지 않은 한국인들이 기억하는 근대기 대중가요의 명곡들이기도 하다.[77]

반면에 김소월과 김억이 이룬 시적 성취를 염두에 두고, 기계복제 시대 상품예술로서 현대인들에게 '영원에 대한 향수'를 환기하는, 예술성과 대중성을 겸비한 신민요 창작을 지향했던 김종한에게는,[78] 전문 작사자로서의 그의 편력을 통해서도 알 수 있듯이,[79] 1938년 2월에 개최된 《조선일보》의 '유행가요현상공모'에 당선되고 난 후에도, 김억, 이하윤, 유도순과 같이 전속 작사자로 활동할 기회를 주지 않았다.[80] 즉 새삼스럽게 "유행가요 정화의 봉화" 운운하는 저널리즘의 유행가요 개량론이나, 그것을 구실삼아 유행가요에 자신의 문학적 신념을 투영하고자 하는 시인의 주장은 아랑곳하지 않고,[81] 문학적 이념이나 비상한 시국의 풍향 변화와 무관하게 혹은 초월하여 오로지 상업적 요구와 기획에 철저히 부합하는 흥행작의 생산에만 역점을 두고 있었다.

"제1회 전조선 창작작곡발표 대음악제"《동아일보》, 1939. 5. 17. 2면)

하지만 태평양전쟁이 막바지에 이른 1940년대 초반 이후 식민지 조선의 음반산업 또한 더 이상 예전과 같은 영화를 누리지 못하게 된다. 중일전쟁 이후 일본 정부가 부과한 물품소비세로 인해 내지와 외지를 막론하고 유성기와 유성기 음반 가격이 치솟고, 1938년부터는 철강 소비의 통제로 인해 유성기 생산 대수가 현격히 줄어들었으며, 유성기 바늘은 생산조차 할 수 없게 되었다. 그 결과 1942년 일본의 유성기 생산대수는 1936년에 비해 2퍼센트 수준에 그치고 말았다. 그런가 하면 유성기 음반의 원재료인 셸락(shellac), 카본 블랙(carbon black), 코펄 검(copal gum)도 군수품 제조에 전용되었을 뿐만 아니라, 원산지인 동남아시아에서의 전황이 일본에 불리하게 되면서 수입량도 급감하고 말았다. 그러한 상황에서 일본음반협회가 나서서 음반회사마다 원재료를 배급하기에 이르렀다. 그 결과 1942년 일본의 유성기 음반 발매규모는 1936년에 비해 절반 수준에 그치고 말았다.

더구나 1942년부터 일본 정부는 음반회사들을 통폐합하여 군수품을 생산하도록 유도했고, 일본콜럼비아사와 일본폴리돌사를 합병하고자 했다. 또한 적성국가 언어 사용 금지의 여파로 전자는 '일축(닛치쿠[日蓄])'으로, 후자는 '대동아축음기주식회사'로 회사 명칭을 바꾸게 되었다. 이러한 일련의 과정을 거치며 1942년 이후 일본의 음반회사들은 군가류의 음반들을 제작하거나 군수품을 제조하기에 이르렀고, 내지는 물론 외지의 유행가요도 제작할 수 없게 되었다.[82] 이로써 식민지 조선에서의 음반산업도 1943년을 전후로 하여 완전히 막을 내리고 만다. 그와 더불어 약 10여 년 전 전기녹음 시대와 더불어 본격적으로 등장한 유행가요와 더불어 홍사용을 비롯한 시인들의 장르와 매체의 경계를 넘는 시적 모험 또한 종언을 고하고 만다.

에필로그: 시의 근대, 시의 자유를 다시 물으며

1939년 5월 13일 《동아일보》에는 그해 6월 8일과 9일 양일간 개최할 '제 1회 전조선 창작작곡발표 대음악제'를 알리는 기사가 게재된다. "우리 악단의 중진 총동원," "음악사상에 획기적 위업!" "우리 정서 담은 작곡으로 노래하는 악단의 성사(盛事)" 등의 문구를 앞세워 동아일보사가 의욕적으로 기획한 이 음악제는, 조선 전통 예술의 정신, 감정, 정서를 조선의 작곡가가 음악화하고, 조선의 성악가와 연주자가 연주하여 완성한 조선의 음악을 일반 대중에게 발표하는 것을 목적으로 했다.[1] 당시 동아일보사는 이 음악제와 관련한 기사를 6월 10일까지 거의 연일 게재했다. 그리고 이 음악제가 끝난 후에는 후기까지 게재했다. 《동아일보》에 게재된 이 음악회의 광고에 따르면, 프로그램은 크게 성악곡(독창, 합창)과 기악곡(피아노, 바이올린, 관현악)으로 구성되었다.[2]

이 음악회를 통해 발표된 성악곡 대부분이 한국의 예술가곡 가운데에서 오늘날에도 향유되는 명작들이라는 점에서, 동아일보사의 이 기획과 음악회는 한국근대음악사에서도 두고두고 기억할 만하다. 그것은 일찍이 조선문예회와 조선총독부의 가요개량 기획은 물론 '제1회 조선문예회 신작가요

발표회'(1937. 7. 11)와 '음악보국연주회'(1937. 10. 3)를 의식한 결과로도 보인다는 점에서 더욱 그러하다. 그도 그럴 것이 동아일보사의 이 음악회는 4장에서 거론한 바와 같이 일찍이 이 신문사가 대중계몽을 염두에 두고 주최했던 '조선의 놀애' 현상모집(1930. 12~1931. 1)이나 '삼대가요특별공모'(1934. 11~1935. 1)의 연장선에서 이루어진 것이기 때문이다. 더구나 동아일보사의 이 음악회에서 발표된 가곡의 경우, 그 가사와 악곡에 대한 해설도 기사로 게재되었는데,[3] 그 작품들 대부분이 조선가요협회 동인들의 작품들을 비롯하여 정지용과 김광섭 등 조선 문학계를 대표하는 시인들의 작품들이었다.[4] 그래서 동아일보사의 이 음악회는 마치 일찍이 미완으로 그치고 말았던 조선가요협회의 이상을 재현하는 것처럼 보이기도 한다.

그런데 이 음악회의 프로그램 가운데에는 김억의 〈영구차〉도 포함되어 있었다. 이 작품은 본래 김억이 유행가요 작사에 본격적으로 나서기에 앞서 이른바 '격조시형'의 실험작으로 발표했던 것이다.[5] 이 작품이 이 음악제에 포함된 경위를 정확히 알 수는 없으나, 아마도 작곡자 박경호 개인의 선택 덕분이었을 것으로 보인다. 박경호는 이 작품을 선택하면서 김억이 문학계에서 차지하고 있던 위상, 특히 그의 시가 갖춘 형식적 요건을 염두에 두고 있었을 가능성이 크다. 오늘날의 관점으로 보더라도 이 〈영구차〉가 함께 발표된 다른 작품들에 비해 서정성의 순도나 작품성의 측면에서 월등히 뛰어난 작품은 아니다. 또한 이미 대동아공영권의 신민으로서 신생과 제국의 찬란한 여명을 구가했던 김억이고 보면, 하필 그의 작품이 조선 전통 예술의 정신, 감정 혹은 정서에 기반한 조선의 음악을 창조하여 일반에게 보급한다는 음악회에서 연주되었다는 것은 다소 어색하기도 하다. 더구나 이 〈영구차〉에 묘사된 늙은이와 그가 당한 희극적 상황은, 이 음악회가 열린 시점에서는 마치 시인으로서 낙백(落魄)한 김억과 그의 처지를 암시하는 것처럼 보이기도 한다.

1939년 6월 8일 혹은 9일 경성부민관의 한 객석에서 이 음악회를 관람했거나, 혹은 신문지상을 통해 이 음악회를 둘러싼 기사들을 읽었을 김억 등의 시인·작사자들은 이 이 음악회를 어떤 심정으로 바라보고 있었던가? 자작시 해설집이기도 했던 「격조시형론소고」(1930)에서도 김억은, 이 〈영구차〉의 원작인 〈길까에서〉를 거론한 바 없을 뿐만 아니라, 『안서시초』(1941)에도 『민요시집』(1948)에노 수록하지 않았다. 그러니 스스로 버리다시피 한 이 작품이 음악회에서 연주되는 데에 당혹감과 자괴감을 느꼈을지도 모르겠다. 그런가 하면 〈수양버들〉(1936. 8) 이후 사실상 유행가요로부터 멀어졌을 뿐만 아니라, 매일신보사 평안북도 지사장으로 발령받아(1939. 6. 1) 경성을 떠나 있던 유도순은,[6] 이 연주회의 소식이 그저 자신과는 무연한 풍문에 지나지 않았을 것이다. 그러나 적어도 이하윤만은 이들과 달랐다.

> 귀사(貴社)의 금번 계획은 근래 희유(稀有)의 장거(壯擧)이라 하지 안을 수 없습니다. 이러한 계획을 좀더 일즉 시작하엿드면 지금쯤은 조선음악계의 수준이 만히 향상되는데 만시지탄(晩時之歎)이 불무(不無)합니다. 곡이 모다 점잔코 우아하야 듣는 사람으로 하여금 고상미(高尙味)를 느끼게 하엿슴이 다른 음악회의 서양곡보다 리-드한 점이엿습니다. 앞으로 더욱 조선 고유한 음악의 계몽을 위하야 진췌(盡瘁)해 주기를 바라마지 않습니다.[7]

다소 의례적인 찬사의 이면에 시인으로서 또 유행가요 작사자로서 이하윤의 선망과 감탄이 스며있다는 것을 어렵지 않게 읽어낼 수 있다. 이 무렵 이하윤은 일찍이 유성기 음반과 라디오의 힘을 빌어 〈그리운 강남〉이 이룬 성취를 재현하고자 결국 음반회사 전속 작사자의 길로 들어섰지만,[8] 어느덧 자신이 쓴 유행가요 가사는 그저 "시신(詩神)을 배반한 몇 년 생활의 부산물"에 불과하다는 자괴감에 빠져 있었다.[9] 어쩌면 이하윤은 이 무렵 유행가요 제작 메커니즘이 아닌, 이를테면 조선가요협회나 이 동아일보사의 기획과 같은 방법으로 자신의 시를 음악화했더라면 어떠했을까 상상하고 있었는지도 모르겠다.

어쨌든 이하윤이 이 무렵 자신의 작품은 물론 동시대 유행가요에 대해서도 반성적으로 되돌아보고 있었던 것은 분명하다. 그래서 이하윤은 「유행가요에 대하야」(1939. 6)에 이어 「영춘쇄담」(1940. 3. 19)」에서도 〈그리운 강남〉을 유행가요의 고전이라면서, 그와 같은 작품으로의 회귀를 바라마지 않았다.[10] 그리고 〈동트는 대지〉를 발표하면서도 이 작품이 〈그리운 강남〉의 성취를 재현하기를 기대했을 것이다. 이하윤의 〈동트는 대지〉는 당시 신문 광고만 두고 보면 나름대로 호평을 얻기도 했던 것으로 보이나,[11] 〈그리운 강남〉에 비견할 정도의 환영을 받지는 못했다. 더구나 그나마 〈동트는 대지〉와 같은 작품을 발표할 기회도 좀처럼 다시 오지 않았다. 음반업계는 예전과 같은 영화(榮華)를 더 이상 누리지 못했고, 그렇다고 해서 김억, 유도순, 이하윤 등의 뒤를 이어 오케사 전속 작사자로서 선배 세대와는 비교할 수 없을 정도로 활약했던 조영출 같은 이들도 이하윤의 제안에 화답하지는 않았다. 그러한 가운데 1943년을 전후로 하여 조선의 음반산업이 종언을 고하면서, 유행가를 통해 장르와 매체의 경계를 넘는 시를 창작했던 김억, 유도순, 이하윤 등의 모험도 끝나고 말았다.

대략 10여년의 세월 동안 이루어진, 김억을 비롯한 일군의 시인들의 모험을 어떻게 평가해야 할 것인가? 저마다 누린 영욕의 기간은 달랐지만, 분명히 그들은 유행시인으로서 근대기 조선에서 한 시대를 풍미했던 것은 분명하다. 비록 정확한 대상도, 규모도 알 수 없을 뿐만 아니라 그 취향도 변덕스럽기만 했지만, 자신의 작품이 허다한 조선인들에게 환영을 받고 애창되는 가운데 여느 시인들이 경험할 수 없는 성취감을 얻기도 했다. 그리고 전업 시인으로서 안정된 삶을 허락받기도 했다. 그 가운데 김억 등은 국민문학으로서, 민중예술로서 혹은 기술복제 시대의 예술로서 시의 존재 방식이나 시인이 나아갈 길을 몸소 증명했다고 자부했을 것이다.

이들 유행시인들의 모험은 동료 문학인들로부터는 '속중(俗衆)'에 아첨하는 일이라고 외면당하기 일쑤였으며, 또한 사회로부터는 비루한 돈벌이에 불과하다고 비난당했다. 그런가 하면 이들에게 모험을 허락했던 음반업계에서는 문화적 실천의 주체로서 품었던 신념과 포부, 시인으로서의 심미적 감식안과 개성, 심지어 작가로서의 자의식까지도 양보할 것을 요구받기도 했다. 더구나 전쟁 시기에는 제국의 신민으로 동원되어 총후의 봉공을 강요당하기도 했다. 이처럼 이들 유행시인들이 대중과 함께 울고 웃는 시를 창작하면서 치러야 했던 대가는 그들이 얻은 것만큼이나, 어쩌면 그보다 훨씬 더 컸다. 그럼에도 불구하고 그들이 위안을 삼을 수 있었다면, 자신이 유행가요로 발표한 작품들이 민요처럼 세월의 풍상에도 불구하고 언어와 문화공동체의 삶과 영혼에 깊이 뿌리내려, 그 공동체로 하여금 세상의 모든 고뇌와 비참을 극복하는 힘을 불어넣는 시 혹은 노래가 될 수 있다는 굳은 신념이었을 것이다.

그러나 이들이 선택한 유성기 음반이나 유행가요는 그들의 신념을 온전히 실천할 수 있는 것이 아니었다. 유성기 음반이라는 매체 자체는 물리적으로 30회전 이상 재생하기 힘든 것이었고, 유행가요 또한 그야말로 흘러왔다 떠나가는 노래, 즉 탄생과 동시에 머지않아 휘발하고 소멸할 텍스트에 불과했다. 오늘날 이들의 유행가요 작품 대부분이 한국어 공동체로부터 망각되었을 뿐만 아니라, 그 음원과 관련 기록조차도 애써 찾지 않는 한 접할 기회도 없다는 것이 바로 그 증거이다. 그들이 창작한 유행가요 가사, 특히 음향 텍스트로만 남긴 시의 생명은, 그들의 기대와 달리 문자 텍스트로 남긴 시에 비해 짧기만 했다. 이처럼 음반산업, 특히 다국적 음반산업의 문화상품으로서의 조선의 유행가요는 그들이 기대어린 시선으로 바라보았던 대로 기술복제 시대의 새로운 예술임에는 틀림없었으나, 결코 온전히 대중 속에서 싹튼 대중예술일 수도, 전래의 민요와 마찬가지로 세월의 풍상을 가로질러 몇 세기에 걸친 생명력을 지닐 수도 없었다.

더구나 유행가요의 향유 양상도 다른 문화상품들과 마찬가지로 그것을 둘러싼 의사소통의 구조 속에서 궁극적으로는 청중이 자신의 기호나 취향에 따라 결정하는 만큼, 그들은 자신들이 바라던 대로 결코 감동할 수도(김억), 위로받을 수도(이하윤), 치유될 수도(유도순) 없었다. 이 유행시인들은 일찍이 유행가요 가사 창작의 당위와 정당성을 역설했던 논설들로도 알 수 있듯이, 자신들이 선택한 유행가요가 이미 제작되는 순간부터 청중의 취향 변화에 따라 소비되고 또 폐기될 수밖에 없는 문화상품이라는 것을 철저히 인식하고 있지는 못했다. 또한 음반산업의 시스템과 유행가요 제작 메커니즘를 둘러싼 의사소통의 구조에서 유행시인의 위상과 역할도 한정적이고도 한시적일 수밖에 없다는 것도 뒤늦게 깨달았다.

이처럼 '시인'으로서든 음반회사의 '전속 작사자'로서든, 장르와 매체의 경계를 넘는 모험은, 그들의 신념과 포부와 달리 결국 실패로 끝나고 말았다. 그렇다고 하더라도 그들의 실패가 동시대 문학계 혹은 문화장에서의 비난이나, 오늘날 한국근대시 연구의 홀대를 정당화하지는 않는다. 이들이 유행시인의 길로 나아갔던 근본적인 이유는, 당시 그들이 감내해야 했던 근대 서구의 언어예술 장르로서의 시를 둘러싼 척박한 환경 때문이었다. 언제나

높기만 했던 문맹률, 시인들의 신념과 포부와 길항하는 운문 장르에 대한 동시대의 기대 지평과 사회적 보상 등은, 유행시인의 이상을 품었던 이들로 하여금 장르와 매체의 경계를 넘는 모험을 감행하도록 이끌었다. 그런데 근대기의 허다한 시인들 가운데에서 특히 신문학 초창기 세대의 시인들이 이 모험을 감행했던 것은, 그들이 근대 자유시의 선구자임을 자처한 이후부터 시의 음악화를 통한 문화적 실천의 주체임을 자임할 때까지도, 개인의 차원에 시든 세대의 차원에서든 모국어의 고유한 자질에 근거한 근대적 시적 발화의 방법, 그것을 통해 재현하는 삶과 세계의 근원적 의미를 온전히 정의하지 못했던 사정과 깊은 관계가 있다.

이른바 신문학 초창기부터 김억을 비롯한 그 세대의 시인들은 시가 무엇인가라는 물음에 대해 항상 특정한 사조, 이념의 시적 발화의 의의나, 혹은 시적 발화의 갈래나 형식에 대한 상식적이고도 원론적인 수준의 답변만을 할 수밖에 없었다. 특히 시가 다른 장르와 구분되는 본질이 율격에 있다는 것은 알고 있으면서도, 정작 신시의 형식과 관련해서는 모국어의 고유한 자질에 근간을 둔 리듬을 궁리하기보다는, 서구나 일본의 선례를 따르는 정도에서 만족했을 따름이었다.[12] 일찍이 양주동은 바로 그러한 한계 혹은 결여가 초래할 결과에 대해 짐작이라도 한 듯이 우려한 바 있다. 그는 동인지 《금성》을 야심차게 창간한 이후, 시가 무엇인가를 묻는 동시대 문학청년에게 답하는 가운데, 시와 음악의 관계, 시의 음악화가 초래할 수도 있는 문제를 거론한 바 있다. 양주동은 프랑스 상징주의 시인들의 사례들 들어 시를 음악화하더라도 예술상의 가치는 전혀 변하지 않는다고 했다. 그러면서도 시의 음악화로 인해 시적 발화 주체의 내면의 자율성이나 개성의 표현 대신 시구의 조탁을 일삼는 일을 경계하는 일을 잊지 않았다.[13] 이러한 양주동의 당부는 마치 후일 이들 유행시인의 글쓰기를 예견이라도 한 것 같다는 점에서 흥미롭다.

　비록 소박한 수준이기는 하나, 양주동의 우려 섞인 이러한 진술 속에는, 시의 음악화가 단순이 시의 음악성을 음악의 박절 형식에 일치시키는 정도여서는 안 되며, 시적 발화 주체의 심미적 자율성과 모국어 공동체의 보편적 심성, 공통감각이 조화를 이루면서, 그 주체 내면의 주관적 리듬과 언어와 음악의 객관적 리듬이 조화를 이루어야 한다는 사고가 가로놓여 있다. 매우 역설적이면서도 너무나 거창한 이 주장과 사고는 물론 양주동만이 아니라, 1920년대 후반 적지 않은 시인들도 피상적으로나마 하고 있었던 것은 주지의 사실이다. 하지만 양주동 자신을 포함하여 당시의 시인 대부분은 이 모든 요건을 두루 갖춘 시를 완미하게 창작할 만한 역량을 갖추고 있지 못했고, 당시 조선인 대다수는 그들의 창작을 온전히 인정하고 이해하며 공감하지도 못했고, 그럴 만한 여건도 갖추지 못했다. 그러한 가운데 양수동과 김억을 비롯한 일군의 시인들은 일찍이 스스로 천명한 근대 자유시의 가치도, 개인의 내면의 언어와 리듬으로 재현하는 시적 발화 주체의 심미적 자율성과 그 이상마저도 손쉽게 상대화해버리고 말았다.

　양주동의 이러한 주장과 사고에 비추어 보자면, 이들 유행시인의 이상이 결국 허상으로 끝나버리고 말았던 원인은 근본적으로 그들 자신에게 있었다고 할 수밖에 없다. 하지만 시의 위기, 시단의 폐색이 오로지 독자와 사회의 무지, 동시대 문학인들의 몰이해 탓이라고만 여겨 정작 자신의 글쓰기를 반성적으로 되돌아볼 수 없었고, 시와 시인의 존재 증명의 길이 오로지 모국어 공동체의 보편적 공감뿐이라고 여기고 있었던 이들에게 양주동의 주장이나 당부는 그다지 설득력이 없었을 것이다. 특히 김억과 이하윤, 그리고 그들의 뒤를 따라 유행시인의 길에 나선 김종한으로서는 기술복제시대의 매체와 대중예술에 대한 매혹과 기대에 한껏 고무되어 있었던 만큼 더욱

《동아일보》기사(1940. 1. 6)

그러했을 터이다. 양주동의 논설이 발표된 후 10년여 간 시는 이념과 정신의 재현이나 표상, 자족적이고도 자율적인 예술의 영역으로부터 이미 끌려나와, 매체와 자본에 의해 부단히 변용되고 소비되는 문화상품이 되어가고 있었다. 그 가운데 세계의 입법자나 민족의 교사임을 자처했던 시인은 글쓰기 능력을 재화로 교환해야 하는 직업인의 삶을 살 수밖에 없었던 것이다.

어쨌든 시적 발화 주체의 심미적 자율성과 그 이상의 상대화는 조선가요협회 이후 근대기 한국 시인들이 기술복제 시대의 대중예술과 매체에 대한 매혹과 기대에 의해 가속화되었다. 그리고 서구와 비서구, 제국과 식민지의 경계를 넘나드는 다국적 음반산업의 기술과 자본은 물론 그것이 산출한 문화상품까지도, 근대기 한국에서 시적 발화의 매체, 시적 발화의 형식·방법·이상, 직업인으로서 시인의 삶과 작가 재생산 시스템 등, 시적 발화를 둘러싼 근대기 한국의 의사소통 구조 전반에 깊은 영향을 미쳤다. 이 가운데 신문학 초기 세대 시인들의 시는 물론 근대기 한국에서 시는 동시대 문화장에서 유행음악과도 제휴하거나 결합하는 과정에서 다른 장르의 예술로 변용되고 있었다. 또한 그런 일에 무관심하거나, 심지어 주저 없이 비난했던 시인들의 시도 유행음악과의 치열한 경쟁을 통해서 고유한 영역을 형성해갔다. 그것이 바로 지난 세기 초 한국의 시와 시인이 경험한 근대(성)이었다. 이처럼 근대기 한국에서 시의 자유, 즉 근대 자유시의 심미적 자율성과 그 이상을 실현하는 일은 오늘날 한국근대시 연구의 상식과는 달리 결코 순탄하지만은 않았다.

한편 조선가요협회의 일부 동인들의 시는 음반산업이나 유행가요 제작 메커니즘과는 전혀 다른 제도를 통해 음악화되기도 했다. '제1회 전조선 창작작곡발표 대음악제' 이후 1940년 동아일보사는 본격적으로 '신춘현상문예모집'을 통해 '작곡' 부문을 두었으며,[14] 그 첫 당선 작품이 바로 나운영(羅運榮)이 작곡한 김억의 〈가랴나〉였다.[15] 이 작품에 뒤를 이어 김억의 〈동심초〉(김성태 작곡, 1946), 〈물레〉(김순애 작곡, 1951) 등은 주지하는 바와 같이 해방 이후 한국의 대표적인 예술가곡 가운데 한 자리를 차지했다. 그런가 하면 유행가요를 통해서 유행시인의 열망을 이루지 못했던 김동환과 이은상의 작품들, 예컨대 김동환의 〈배노래〉(1943. 2)와 〈수로천리(水路千里)〉(1943. 2), 이은상의 〈사우(思友)〉(1942. 2)는 김형원의 〈그리운 강남〉(1943. 2)과 더불어 일본빅터사에서 발매했던 '가요곡대표작집(歌謠曲代表作集)' 전집에도 포함되어 있었으며, 그외 허다한 작품들이 오늘날 한국 예술가곡의 정전으로 자리 잡았다.[16]

이 또한 근대 이후 한국에서 예술가곡이라는 장르의 등장과 문화장 내에서의 제도적 기반 형성을 둘러싼 맥락을 다면적으로 검토하는 가운데 평가해야 할 문제이기는 하다. 어쨌든 김억 등이 유행가요로 발표하지 않았던 작품들이 예술가곡으로 현전한다는 것은, 한편으로는 그들의 장르와 매체의 경계를 넘는 시적 모험이 헛되지만은 않았다는 것을 시사한다. 또한 다른 한편으로는 이들의 그 모험이 성공하기 위해서는, 사반세기 가량의 세월이 필요했다는 것을 의미하기도 한다. 다만 그들이 시를 음악화하면서, 유행가요와 예술가곡 가운데 어느 쪽을 선택하는 편이 옳았던가를 따지는 일은 오늘날의 사후적인 판단에 불과하다. 오히려 그보다 중요한 것은 근대기 한국에서 시는, 당시 일부 시인들의 신념이나 오늘날 한국근대시 연구의 상식과 무관하게 음악과 결코 명백하게 분리되지 않았으며, 부단히 서로를 요구하고 호출했었다는 사실이다. 이 또한 한국의 시와 시인이 경험한 근대(성)이었다.

요컨대 1920년대 후반 이래 일군의 시인들이 감행한 장르와 매체의 경계를 넘는 시적 모험은, 근대기 한국에서 시의 처소는 어디였던가, 시가 모국어 공동체에서 보편적인 공감을 얻을 발화의 형식과 방법이란 무엇이었던가, 과연 그 공감만이 시의 가치는 물론 시와 시인의 존재 의의를 증명하는 길이었던가 하는 의문을 던진다. 그래서 설령 그 모험이 결국 실패로 끝났기 때문이 아니라, 또한 그 성공이 유예되었기 때문이 아니라, 이러한 의문에 대한 답을 얻기 위해서라도 유행시인으로서의 삶을 선택하지 않았던 시인들의 도정(道程)을 되돌아보지 않을 수 없다. 그것을 통해 근대기 한국의 시가 처해 있던 현실의 다면적 조건과 환경을 보다 온전하게 이해할 수 있고, 또한 근대의 시가 아닌 시의 근대, 자유시가 아닌 시의 자유를 새롭게 논의할 수 있을 것이다.

1920년대 후반과는 비교할 수 없지만, 오늘날 시적 발화를 둘러싼 의사소통의 구조는 여전히 취약하고, 더욱이 문학의 위상은 문화장 안팎으로 천변만화하는 음향매체와 영상매체에 비견할 수 없을 정도로 초라해졌다. 여전히 시란 과연 무엇이며, 무엇이어야 하는가라는 원론적인 문제를 대면하고 있다. 근대기 한국 시인들의 장르와 매체의 경계를 넘는 시적 모험은 여전히 현재적인 문제인 것이다.

부록

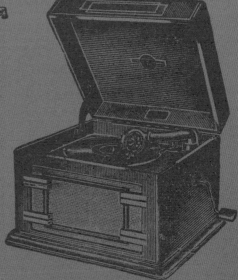

부록 1: 시인별 발매 음반 목록

1. 이 목록은 동국대학교 한국음반아카이브연구소가 펴낸 『한국유성기음반』, 전5권(한걸음더, 2011)과 디지털아카이브(http://sparchive.dgu.edu)에 구축된 데이터베이스를 토대로 작성했다.
2. 항목 중 '가사'와 '음원'은 위 연구소 디지털아카이브에 구축된 음원 및 위 연구소장 배연형 교수 컬렉션(소장자기호: KAB), 『한국유성기음반』에 소재가 밝혀진 것을 포함한다.
3. 이 목록에서 축약된 음반번호를 해설하면 다음과 같다.
   · Vi.49228B: Victor49228-B, 즉 일본빅터축음기주식회사에서 발매한 49228번 음반의 B면.
   그리고 각 음반회사 음반번호의 약호를 설명하면 다음과 같다.
   · Co.:Columbia, Ch.:Chieron, Ni.:Nipponophon, Ok.:Okeh, Po.:Polydor, Re.:Regal(Columbia 보급반), Ta.:Taihei, Vi.:Victor

1. 조선가요협회 관련 음반(총 13면, 11편)

번호	음반번호	곡명	장르	작사	작곡	편곡	연주	반주	발매일자	가사	음원
1	Co.40160B	麻衣太子	테너-獨唱	李殷相	安基永		安基永	콜럼비아管絃樂團	1931. 3	○	○
2	Co.40161B	우리 아기 날	獨唱	李光洙	安基永		金顯順	콜럼비아管絃樂團	1931. 3		○
3	Co.40177A	그리운 江南	混聲合唱	金石松	安基永		聾友會	日本콜럼비아管絃樂團	1931. 5		○
	Co.40298B	그리운 江南	테너-獨唱	金石松	安基永		安基永	日本콜럼비아管絃樂團	1932. 2		○
	Po.19133B	그리운 江南	民謠				金龍煥 尹鍵燮 王壽福		1934. 5		○
	Vi.49512B	그리운 江南		金石松	安基永	小村三十三	金天愛	日本빅터-管絃樂團	1943. 2	○	
4	Co.40177B	春詞	混聲合唱	李殷相	安基永		聾友會	日本콜럼비아管絃樂團	1931. 5		○

번호	음반번호	곡명	장르	작사	작시	작곡	편곡	연주	반주	발매일자	가사	음원
5	Co.40208B	오날도 조약돌을			李殷相	安基永		金顯順	日本콜럼비아管絃樂團	1931.7	○	○
6	Co.40225B	벗사공의 인해	테너·獨唱	金東煥		安基永		安基永	콜럼비아管絃樂團	1931.8	○	○
7	Co.40270A	鐘路네거리	流行小曲	金東煥		鄭淳哲	杉田良造	蔡奎燁	콜럼비아管絃樂團	1932.1	○	○
8	Co.40298A	삼구숏·물새	테너·獨唱	金岸曙		安基永		安基永	콜럼비아管絃樂團	1933.2		
9	Vi.49119A	어머니와 아들		朱耀翰 譯詞		安基永		安基永	管絃樂伴奏	1932.4		○
10	Vi.49119B	새 나라로			李光洙	全壽麟		李愛利秀	빅타-管絃樂團	1932.4		○

2. 고마부(총 39편, 35편)

번호	음반번호	곡명	장르	작사	작시	작곡	편곡	연주	반주	발매일자	가사	음원
1	Ok.1607A	新江南	新民謠		高馬夫	吳樂榮		李蘭影		1933.12	○	
2	Vi.49282B	내버려 두서요	流行歌	高馬夫		鄭士仁		崔南鏞		1934.6		
3	Vi.49305B	베짜는 處女	新民謠	高馬夫		全壽麟		李銀波	日本빅타-管絃樂伴奏	1934.9	○	
4	Vi.KJ1170A	베짜는 處女	新民謠	高馬夫		全壽麟		李銀波	日本빅타-管絃樂伴奏	?		○
5	Vi.49321B	말업는 淚水	獨唱		高馬夫	玄東一		安輔承	管絃樂伴奏	1934.12		
6	Ch.217B	나도 몰나요	流行歌					金聲波 金ㅅ心		1934.12		
7	Vi.49372B	파이푸의 연기	째즈송	高馬夫		全壽麟		金海	日本빅타-管絃樂伴奏	1935.9		
8	Vi.49374A	마음의 큰애기	新民謠	高馬夫		安明玉		安明玉	日本빅타-管絃樂伴奏	1935.10		
9	Vi.49378B	異域의 밤	流行歌	高馬夫		全壽麟		金海	日本빅타-管絃樂伴奏	1935.10		

No.	음반번호	제목	장르					반주	발매	
10	Vi.49409A	봄노래	流行歌	高馬夫	全壽麟		李圭南	管絃樂伴奏	1936. 5	
11	Vi.49409B	나그네 사랑	流行歌	高馬夫	全壽麟		李圭南	管絃樂伴奏	1936. 5	
12	Vi.KJ1298A	봄노래	流行歌	高馬夫	全壽麟		李圭南		1939. 9	○
13	Ok.1895A	甲板의 小夜曲	流行歌	高馬夫	孫牧人		李蘭影		1936. 6	○
14	Vi.49414A	五月端午	新民謠	高馬夫	羅素雲		李福本	日本빅타-管絃樂伴奏	1936. 6	
15	Vi.49414B	봄이 왓네	새스승	高馬夫	羅素雲		李福本	日本빅타-管絃樂伴奏	1936. 6	
16	Vi.49416B	明朗한 하날 아래	流行歌	高馬夫	全壽麟		李圭南	日本빅타-管絃樂伴奏	1936. 7	
17	Vi.49419B	酒店의 음바	流行歌	高馬夫	구놋ㅌ		李圭南	日本빅타-管絃樂伴奏	1936. 7	
18	Vi.49429B	0'즈시면 몰라요	流行歌	高馬夫	細田義勝		金福姬	빅타-管絃樂伴奏	1936. 7	○
19	Vi.49425B	梧桐秋夜	新民謠	高馬夫	全壽麟		李福姬	日本빅타-管絃樂伴奏	1936. 9	
20	Vi.49426B	집잇거리 漢陽아	流行歌	高馬夫	全壽麟		白羽扇	日本빅타-管絃樂伴奏	1936. 9	
21	Vi.49430B	無情의 꿈	流行歌	高馬夫	佐佐木俊一		金福姬	日本빅타-管絃樂伴奏	1936.11	○
22	Vi.KJ1167A	無情의 꿈	流行歌	高馬夫	佐佐木俊一		金福姬	日本빅타-管絃樂伴奏	?	
23	Vi.KJ1172A	無情의 꿈	流行歌	高馬夫	佐佐木俊一		金福姬	日本빅타-管絃樂團	?	○
24	Vi.KJ1172B	니즈시면 몰라요	流行歌	高馬夫	細田義勝		金福姬	日本빅타-管絃樂團	?	○
25	Vi.49435A	마음의 白鳥	流行歌	高馬夫	李誠賓		金福姬	日本빅타-管絃樂伴奏	1936.11	
26	Vi.49435B	처량한 멜로듸	流行歌	高馬夫	李誠賓		金福姬	日本빅타-管絃樂伴奏	1936.11	
27	Vi.49483B	달녀라 호로마차	流行歌	高馬夫	李基英		薛道植	日本빅타-管絃樂伴奏	1937. 9	
28	Vi.49484B	豊年歌	新民謠	高馬夫	林明鶴		李圭南	日本빅타-管絃樂伴奏	1937.10	○
29	Co.40786B	六大鳥打鈴	新民謠	高馬夫	洪秀一	奥山貞吉	姜弘植	콜럼비아1管絃樂團	1937.11	○

번호	음반번호	곡명	장르	작사	작시	작곡	편곡	연주	반주	발매일자	가사	음원
30	Re.C417A	青春十字路	流行歌		高馬夫	孫牧人	服部良一	林園 미스·리-강	리-강管絃樂團	1937. 11	○	○
31	Re.C436B	산이 조와 물 조와	流行歌	高馬夫		劉一	仁木他喜雄	金紅梅	리-강管絃樂團	1938. 4	○	○
32	Co.40828A	쏭산지 서울	漫謠	高馬夫		鄭珍奎	仁木他喜雄	劉鍾燮	콜럼비아管絃樂團	1938. 9	○	○
35	Vi.KJ1324B	伽倻琴夜曲	新民謠		高馬夫	李冕相		朴丹馬		1939. 6		○
37	Po.X642B	바닷가의 追憶	流行歌		高馬夫	蔡奎燁		蔡奎燁	폴리도-루管絃樂團	1940. 1	○	
33	Po.X643A	달려라 도로이가	流行歌		高馬夫	최상근		玄正男		1940. 1		○
34	Re.C429A	신접사리 風景	流行歌	高馬夫		劉一	大村能章	미스·리-강	리-강管絃樂團	?	○	○
36	Re.C454A	날개치는 青春	新民謠	高馬夫		鄭珍奎		柳星葉	리-강管絃樂團	?	○	○
37	Vi.KA3023?	牧童의 草苗			高馬夫	李冕相		黃琴心	日本빅타-管絃樂團	?	○	
38	Vi.KA3028A	물레에 시름얹고			高馬夫	李冕相		趙白鳥		?		
39	Vi.KA3036?	파랑새 우는 언덕			高馬夫	文湖月		金鳳鳴	日本빅타-管絃樂團	?	○	○

3. 김억(총 67편, 61편)

번호	음반번호	곡명	장르	작사	작시	작곡	편곡	연주	반주	발매일자	가사	음원
1	Vi.49228B	水夫의 노래	流行歌	金岸曙		金敎聲		姜弘植		1933. ?	○	○
2	Vi.49233A	三水甲山	流行歌		金岸曙	金敎聲		姜弘植		1933. ?	○	○
3	Co.40298A	삼구女	티너-獨唱	金岸曙		安基永		安基永	콜럼비아管絃樂團	1933. 2	○	○
4	Vi.49249A	오시마든 님	流行歌		金岸曙	金敎聲		姜弘植		1933. 12		○

				作詞		作曲	編曲	歌手	伴奏	發賣日		
5	Vi.49251B	서른 신세	流行歌	金岸曙		佐佐木俊一		姜石燕	管絃樂伴奏	1933. 12	○	○
6	Vi.49252B	눈물에 지친 낮	流行歌	金岸曙		金敎聲		姜石燕	管絃樂伴奏	1933. 12		○
7	Vi.49257A	강 바람은 산들산들	流行歌	金岸曙		全壽麟		全景希 姜石燕	管絃樂伴奏	1934. 1(?)	○	
8	Vi.49257B	들고지고	流行歌	金岸曙		金敎聲		姜弘植 全景希 全玉 孫錦紅	管絃樂伴奏	1934. 1(?)	○	
9	Vi.49258B	낮이 필세	流行歌	金岸曙		金敎聲			管絃樂伴奏	1934. 1(?)	○	
10	Vi.49259B	아서라 이 女性아	流行歌	金岸曙	金岸曙	橋本國彦		姜石燕	管絃樂伴奏	1934. 1(?)	○	
11	Vi.49265B	내가 우노라	流行歌	金岸曙		全壽麟		崔南鏞	管絃樂伴奏	1934. 2	○	
12	Vi.49268B	서울小夜曲	流行歌	金岸曙		張翼軫		崔南鏞	管絃樂伴奏	1934. 2	○	
13	Co.40480B	술노래	流行歌	金岸曙		洪秀一	中野定吉	姜弘植	日本콜럼비아·셰즈쎌드	1934. 2	○	○
14	Co.40491A	이 잔을 들고	流行歌	金岸曙		申進	古關裕而	姜弘植	日本콜럼비아 管絃樂團	1934. 3	○	○
15	Co.40493A	우는 낮	流行歌	金岸曙		朴龍洙	天池芳雄	尹玉仙	日本콜럼비아 管絃樂團	1934. 3	○	○
16	Co.40493B	無心	流行歌	金岸曙		金興山	奧山貞吉	金仙草	日本콜럼비아 管絃樂團	1934. 3	○	○
17	Co.40501A	배따래기	新民謠	金岸曙		洪秀一	古關裕而	姜弘植	日本콜럼비아 管絃樂團	1934. 4	○	○
18	Vi.49275A	산으로 바다로	流行歌	金岸曙	金岸曙	全壽麟		崔南鏞	管絃樂伴奏	1934. 4	○	○

No.	음반번호	제목	장르						반주	발매일		
19	Co.40507B	離別 설어	流行歌	金岸曙		金駿泳	奧山貞吉	趙錦子	日本콜럼비아管絃樂團	1934. 5	○	
20	Co.40508B	紅淚怨	流行歌	金岸曙		江口夜詩	江口夜詩	蔡奎燁	日本콜럼비아管絃樂團	1934. 5	○	○
21	Po.19137A	엿을 잡고	新民謠	金岸曙		李冕相		鮮于一扇	日本포리도-루 調和樂團	1934. 6	○	○
22	Co.40512B	지화자 조타	新民謠	金岸曙		金駿泳	仁木他喜雄	姜弘植 全玉	日本콜럼비아管絃樂團	1934. 6	○	
23	Re.C197A	넷 넘을 그면서	流行歌	金億		劉一	劉一	張一枝紅	管絃樂伴奏	1934. 7	○	○
24	Vi.49287B	아서라 이바람아	流行歌		金岸曙	金教聲				1934. 7		
25	Vi.49301B	가시나야	流行歌	金岸曙		金教聲		孫錦紅 全景希	클라리넷·탐부린·杖鼓入	1934. 8		
26	Re.C210B	뭇나저 원수라고	流行歌	金岸曙		朴龍洙	中野定吉	崔月香	리-갈管絃樂團	1934. 8	○	○
27	Vi.49307A	綾羅島打鈴	俗謠		金岸曙			金玉真	管絃樂伴奏	1934. 9	○	○
28	Vi.49307B	오막살이	俗謠	金岸曙				金玉真	管絃樂伴奏	1934. 9		○
29	Co.40559A	탄식는 실버들	流行歌	金岸曙		金駿泳	奧山貞吉	全玉	日本콜럼비아管絃樂團	1934. 11	○	
30	Vi.49320B	외로운 가을밤	流行歌	金岸曙		金教聲		孫錦紅		1934. 11		
31	Vi.49319B	아득한 힌 돗	流行歌		金岸曙	全壽麟	레이몬드 服部		管絃樂伴奏	1934. 11		
32	Co.40566B	思鄉	流行歌	金岸曙		全基玹	레이몬드 服部	全玉	日本콜럼비아管絃樂團	1934. 12	○	
33	Co.40567B	無心한 그대야	流行歌	金岸曙		金駿泳	奧山貞吉	金仙草	日本콜럼비아管絃樂團	1934. 12	○	○
34	Re.C297B	紅淚怨	流行歌		金岸曙	江口夜詩	江口夜詩			1935. 1	○	○

35	Vi.49330B	匹節歌	俗謠	金岸曙			金玉眞	日本빅타-管絃樂團	1935. 1	○	
36	Po.19167A	行舟曲	流行歌	金岸曙	李冕相		尹鍵榮		1935. 1		○
37	Co.40581B	아득타 記憶은	流行歌	金岸曙	李冕相	奧山貞吉	金仙草	日本콜럼비아管絃樂團	1935. 2	○	○
38	Co.40584A	아가씨여	流行歌	金岸曙	全基玹	全基玹	金仙草	日本콜럼비아管絃樂團	1935. 2	○	○
39	Co.40585A	빗생각	新民謠	金岸曙	全基玹	仁木他喜雄	石金星	日本콜럼비아管絃樂團	1935. 2	○	○
40	Co.40618A	지는 해에	流行歌	金岸曙	레이몬드服部	레이몬드服部	安一波	日本콜럼비아管絃樂團	1935. 7	○	○
41	Vi.49373B	水夫의 嘆息	流行歌	金岸曙		빅타-朝鮮文藝部	李一男	日本빅타-管絃樂團	1935. 9		
42	Co.40676A	紅淚怨	샌쓰무직					콜럼비아째즈밴드	1936. 5		○
43	Co.40677B	놀고지고	流行歌	金岸曙	洪秀一		姜弘植 / 全玉	콜럼비아管絃樂團	1936. 6	○	○
44	Co.40679B	이내 人生	新民謠	金岸曙		金駿泳	曹賮織	鮮洋合奏團	1936. 6	○	○
45	Co.40685B	두 사람의 사랑은	流行歌	金岸曙	레이몬드服部	레이몬드服部	姜弘植	日本콜럼비아管絃樂團	1936. 6	○	○
46	Co.40687A	그대를 생각하면	流行歌	金岸曙	洪秀一	大村能章	蔣玉祚	日本콜럼비아管絃樂團	1936. 6(?)	○	○
47	Co.40693A	水夫의 심	流行歌	金岸曙	레이몬드服部	레이몬드服部	姜弘植	日本콜럼비아管絃樂團	1936. 8		○
48	Re.C354A	紅淚怨	器樂					리-갈 앙상블	1936. 8		○

No.	음반번호	제목	갈래						발매		
49	Co.40706B	둥둥 내 사랑	新民謠	金岸曙		金駿泳	曹秉驤	콜럼비아 管絃樂團	1936. 9	○	○
50	Co.40711B	月夜의 雁聲	流行歌	金岸曙	洪秀一	古關裕而	曹秉驤	日本콜럼비아 管絃樂團	1936. 9	○	○
51	Vi.49426A	외로운 사랑	流行歌	金岸曙	白羽扇 羅素雲		白羽扇	日本빅타- 管絃樂團	1936. 9		○
52	Co.40718A	빗 山城	歌謠曲	金岸曙	李冕相	仁木他喜雄	姜弘植	日本콜럼비아 管絃樂團	1936. 11	○	○
53	Co.40721A	님 그리는 눈물	流行歌	金岸曙	洪秀一	中野定吉	林憲翼	日本콜럼비아 管絃樂團	1936. 11	○	○
54	Co.40721B	二八 아가씨	流行歌	金岸曙	金駿泳	레이몬드 服部	姜弘植	日本콜럼비아 管絃樂團	1936. 11	○	○
55	Co.40722A	한숨 짓는 밤	新民謠	金岸曙	鄭士仁	全基玹	尹惠仙	日本콜럼비아 管絃樂團	1936. 11	○	○
56	Co.40722B	青山萬里	新民謠	金岸曙	레이몬드 服部	레이몬드 服部	曹秉驤	바이올린. 기타-	1936. 11	○	○
57	Co.40729A	李道令의 노래	新民謠	金岸曙	全基玹		曹秉驤	日本콜럼비아 管絃樂團	1937. ?		○
58	Co.40729B	千里遠情	流行歌	金岸曙	全基玹		曹秉驤	日本콜럼비아 管絃樂團	1937. ?		○
59	Co.40737A	이 마음 싣고	新民謠	金岸曙	레이몬드 服部	레이몬드 服部	曹秉驤	日本콜럼비아 管絃樂團	1937. ?	○	○
60	Co.40738A	東海金剛	新民謠	金岸曙		金駿泳	曹秉驤	日本콜럼비아 管絃樂團	1937. ?		○
61	Co.40738B	정일이다	新民謠	金岸曙	레이몬드 服部	레이몬드 服部	曹秉驤	日本콜럼비아 管絃樂團	1937. ?		○

번호	음반번호	곡명	장르	작사	작곡	편곡	연주	반주	발매일자	가사	음원
62	Vi.KS-2025B	正義의 師여	時局歌謠	金億	李冕相		林東浩	스타-管絃樂團	1937.11	○	○
63	Co.40793B	正義의 行進	時局歌謠	金億	全基玹	奧山貞吉	曺東讚	콜럼비아管絃樂團	1937.12	○	○
64	Co.40794A	從軍看護婦의 노래	時局歌謠	金億	李冕相	仁木他喜雄	鄭讚柱	콜럼비아管絃樂團	1938.1		○
65	Vi.KJ1166B	서른신세	流行歌	金岸曙	佐佐木俊一		姜石燕	日本빅타-管絃樂團	1938.4(?)		
66	Vi.KJ1167B	四節歌	俗謠	金岸曙		빅타-朝鮮文藝部	金玉眞	日本빅타-管絃樂團	1938.5(?)		○
67	Re.C392B	綠愁	流行歌	金岸曙	劉一		李貞媛	리-갈管絃樂團	1938.4(?)		
68	Po.X511B	꽃을 집고	新民謠				鮮于一扇		1939.2	○	
69	Co.40889B	從軍看護婦의 노래	時局歌謠	金億	李冕相	仁木他喜雄	金安羅	콜럼비아管絃樂團	1942.8(?)		○

4. 김동환(총 7면, 7편)

번호	음반번호	곡명	장르	작사	작시	작곡	편곡	연주	연주	반주	발매일자	가사	음원
1	Co.40225B	빗사공의 안해	테너-獨唱	金東煥		安基永		安基永		콜럼비아管絃樂團	1931.8	○	○
2	Co.40270A	鐘路네거리	流行小曲	金東煥		鄭淳哲	杉田良造	蔡奎燁		콜럼비아管絃樂團	1932.1	○	○
3	Ok.1520A	섬색시	流行小曲	金東煥		文湖月		尹白丹		오케-씨룬스트라	1933.5		
4	Ok.30017A	자장가		金東煥		李興烈	朴慶浩	鄭勳模		오케-交響樂團	1935.11	○	
5	Vi.49100A	芳娥打鈴	映畵主題歌	金東煥		安基永		姜石燕		管絃樂伴奏	?		○

번호	음반번호	곡명	장르	작사	작곡	편곡	연주	반주	발매일자	가사	음원
6	Vi.49513A	배노래			金東煥	葉松昭□	李仁範	日本빅타-管絃樂團	1943. 2?		○
7	Vi.49513B	水路千里			金東煥	伊藤翁介	李仁範	日本빅타-管絃樂團	1943. 2?		○

5. 김종한(총 6면, 6편)

번호	음반번호	곡명	장르	작사	작곡	편곡	연주	반주	발매일자	가사	음원
1	Po.19232A	눈물의 부두	流行歌	乙巴素	金雲灘		王壽福		1936. 1		
2	Co.40790B	가버군人造絹을	新民謠		鄭珍奎	奧山貞吉	柳善元	콜럼비아管絃樂團	1937.12	○	○
3	Co.40796B	남어지 한밤	流行歌	乙巴素	鄭珍奎	大村能章	金淑賢	콜럼비아管絃樂團	1938. 1	○	○
4	Co.40817A	아루江 處女	新民謠	乙巴素	金松奎	奧山貞吉	南一燕	콜럼비아管絃樂團	1938. 7	○	
5	Co.40915B	義州에 님을 두고	新歌謠		韓相基	奧山貞吉	金英椿 日蓄合唱團	日蓄管絃樂團	1943. 8	○	
6	Re.C461B	천만에 말슴이오	流行歌	乙巴素	全基玟		金精姬	리-갈管絃樂團	1939		○

6. 김형원(총 4면, 1편)

번호	음반번호	곡명	장르	작사	작곡	편곡	연주	반주	발매일자	가사	음원
1	Co.40177A	그리운 江南	混聲合唱	金石松	安基永		聲友會	日本콜럼비아管絃樂團	1931. 5	○	○
2	Co.40298B	그리운 江南	테너-獨唱	金石松	安基永		安基永	日本콜럼비아管絃樂團	1932. 2	○	

번호	음반번호	곡명	장르	작사	작곡	편곡	연주	반주	발매일자	가사	음원
3	Po.19133B	그리운 江南	新民謠	金石松		安基永			1934. 5	○	○
4	Co.40177A	그리운 江南	混聲合唱		金石松	安基永 小村三十三	金龍煥 尹鑛榮 王壽福 金天愛	日本빅타-管絃樂團	1943. 2	○	○

7. 노자영(총 4면, 4편)

번호	음반번호	곡명	장르	작사	작곡	편곡	연주	반주	발매일자	가사	음원
1	Re.C260A	남성각	流行歌	盧子泳	劉一	天池芳雄	申가나리야	리-갈管絃樂團	1935. 3	○	○
2	Co.40626A	사랑의노래	流行歌	盧春城	全基玹	仁木他喜雄	石金星	日本콜럼비아管絃樂團	1935. 8	○	
3	Re.C320B	哀願	流行歌	盧春城	劉一	中野定吉	金玉卿	리-갈管絃樂團	?	○	○
4	Re.C374B	相思夢	流行歌	盧春城	劉英一	仁木他喜雄	李員媛	리-갈管絃樂團	?	○	○

8. 유도순(총 97면, 93편)

번호	음반번호	곡명	장르	작사	작곡	편곡	연주	반주	발매일자	가사	음원
1	Co.40475A	希望의 북소리	流行歌	劉道順	古賀政男		蔡奎燁	指揮安益祚 慶應大學 맨도리團	1934. 1	○	
2	Co.40475B	夜江哀曲	流行歌	劉道順	近藤政二郎		安一波	日本콜럼비아 管絃樂團	1934. 1	○	

번호	음반번호	제목	장르	작사	작곡	편곡	가수	반주	발매일		
3	Co.40488B	娘子의 노래(女給)	流行歌	劉道順	李冕相	中野定吉	蔡奎燁	日本콜럼비아 管絃樂團	1934. 1	○	○
4	Co.40481A	섬밤	流行歌	劉道順	劉一	天地芳雄	全玉	日本콜럼비아 셰즈쎈드	1934. 2	○	○
5	Co.40482A	님의 무덤	流行歌	劉道順	鄭士仁	杉田良造	崔明珠	日本콜럼비아 셰즈쎈드	1934. 2	○	○
6	Co.40482B	열여덜살의 봄	流行歌	劉道順	劉一	天地芳雄	尹玉仙	日本콜럼비아 셰즈쎈드	1934. 2	○	○
7	Co.40483A	진달래의 哀心曲	流行歌	劉道順	劉一	天地芳雄	金仙草	日本콜럼비아 셰즈쎈드	1934. 2	○	○
8	Co.40484A	少女戀心曲	流行歌	劉道順	劉一	杉田良造	金鮮英	日本콜럼비아 셰즈쎈드	1934. 2	○	○
9	Co.40484B	눈오는 밤	流行歌	劉道順	劉一	古關裕而	金鮮英	日本콜럼비아 셰즈쎈드	1934. 2	○	○
10	Co.40490B	외로운 마음	流行歌	劉道順	朴龍洙	中野定吉	崔明珠	日本콜럼비아 管絃樂團	1934. 2	○	○
11	Co.40492B	카페의 밤	流行歌	劉道順	朴龍洙	角田孝	崔明珠	日本콜럼비아 管絃樂團	1934. 3	○	○
12	Co.40494B	사라지는 그림자	流行歌	劉道順	金駿泳	角田孝	金鮮英	日本콜럼비아 管絃樂團	1934. 3		○
13	Co.40495A	오돌독	新民謠	劉道順	文藝部採編		石金星	日本콜럼비아 셰즈쎈드	1934. 3	○	○
14	Co.40495B	흥타령	新民謠	劉道順	文藝部採編		石金星	日本콜럼비아 셰즈쎈드	1934. 3	○	○
15	Co.40499A	물길 千里	流行歌	劉道順	劉一	杉田良造	全玉	日本콜럼비아 管絃樂團	1934. 4	○	○

No.	音盤번호	제목	장르	劉道順			全玉	반주	발매일		
16	Co.40499B	水夫의 안해	流行歌	劉道順	李冕相	杉田良造	全玉	日本콜럼비아管絃樂團	1934. 4	○	
17	Co.40500B	서름 만흔 靑春	流行歌	劉道順	金駿泳	大村能章	崔明珠	日本콜럼비아管絃樂團	1934. 4	○	○
18	Co.40501B	處女사랑	新民謠	劉道順	金駿泳	杉田良造	崔明珠	日本콜럼비아管絃樂團	1934. 4	○	○
19	Co.40512A	豆滿江의 悲曲	流行歌	劉道順	朴龍洙	中野定吉	崔明珠	日本콜럼비아管絃樂團	1934. 6	○	
20	Co.40513A	사랑歌	民謠	劉道順	文藝部採編		石金星	日本콜럼비아管絃樂團	1934. 6	○	○
21	Re.C196B	외로운 나그네	流行歌	劉道順	金基邦	金基邦	金貞淑	管絃樂伴奏	1934. 7	○	○
22	Co.40517B	사랑의 이음인개	流行歌	劉道順	金駿泳	奧山貞吉	金仙草	日本콜럼비아管絃樂團	1934. 7	○	○
23	Ok.1689B	어머니에!	詩朗讀	劉道順	申不出				1934. 8	○	
24	Co.40530A	麻衣太子	流行歌	劉道順	金駿泳	杉田良造	미스·코리아	콜럼비아 오-케스트라	1934. 9	○	○
25	Co.40530B	오-내 사랑	流行歌	劉道順	金駿泳	杉田良造	미스·코리아	콜럼비아 오-케스트라	1934. 9	○	○
26	Re.C210A	눈물지는 비	流行歌	劉道順	金基邦	仁木他喜雄	崔月香	리-갈 管絃樂團	1934. 9	○	○
27	Co.40534A	金剛山이 조흘시고	新民謠	劉道順	金駿泳	金駿泳	미스·코리아	日本콜럼비아管絃樂團	1934.10	○	○
28	Co.40534B	錦繡江山	新民謠	劉道順	金駿泳	金駿泳	미스·코리아	日本콜럼비아管絃樂團	1934.10	○	○
29	Co.40558A	가시옵소서	流行歌	劉道順	全基玟	奧山貞吉	姜弘植	日本콜럼비아管絃樂團	1934.11	○	

30	Co.40565A	朝鮮打鈴	新民謠	劉道順		全基玟	奧山貞吉	姜弘植	日本콜럼비아管絃樂團	1934.11	○	○
31	Co.40565B	豊年마지	新民謠	劉道順		全基玟	奧山貞吉	姜弘植 趙錦子	日本콜럼비아管絃樂團	1934. 11	○	○
32	Co.40567A	님의 배	流行歌	劉道順		李冕相	仁木他喜雄	金仙草	日本콜럼비아管絃樂團	1934. 12	○	○
33	Re.C229A	원수의 고개	流行歌	劉道順		劉一	中野定吉	申카나리아	리ー갈管絃樂團	1934. 12(?)	○	○
34	Co.40630A	新鴨綠邊歌	西道雜歌	劉道順				柳開東 金泰運	大笒 金桂善 細笛 高載德 長鼓 閔完植	1935. 1		○
35	Co.40574B	달마중기차	新民謠	劉道順		全基玟	中野定吉	石金星	日本콜럼비아管絃樂團	1935. 1(?)	○	○
36	Co.40574A	어이가리	新民謠	劉道順		全基玟	中野定吉	石金星	日本콜럼비아管絃樂團	1935. 1(?)	○	○
37	Co.40582A	인해의 무덤 안고	流行歌	劉道順		全基玟	奧山貞吉	姜弘植	日本콜럼비아管絃樂團	1935. 2(?)	○	○
38	Co.40583B	離別	流行歌	劉道順		金駿泳	奧山貞吉	林憲翼	日本콜럼비아管絃樂團	1935. 2(?)	○	○
39	Co.40593B	수집은 처녀	流行歌	劉道順		金基邦	레이몬드服部	全玉	日本콜럼비아管絃樂團	1935. 3(?)	○	○
40	Co.40599B	流浪의 哀愁	流行歌	劉道順		竹岡信幸	竹岡信幸	蔡奎燁	日本콜럼비아管絃樂團	1935. 4	○	○

41	Co.40600B	기드름의 셜음	流行歌	劉道順		金基邦	레이몬드服部	金仙草	日本콜럼비아管絃樂團	1935. 4		○
42	Co.40605A	鴨綠江 벗사공	新民謠		劉道順	金駿泳	仁木他喜雄	姜弘植	日本콜럼비아管絃樂團	1935. 5	○	○
43	Co.40610A	靑春打鈴	新民謠	劉道順		金駿泳	奧山貞吉	姜弘植	日本콜럼비아管絃樂團	1935. 5(?)	○	○
44	Co.40606B	수집은 쏨	流行歌		劉道順	金駿泳	金駿泳		日本콜럼비아管絃樂團	1935. 5(?)	○	○
45	Co.40611B	老怨曲	新民謠	劉道順		金衡璂	金駿泳		日本콜럼비아管絃樂團	1935. 6(?)		○
46	Co.40612B	못 부치는 편지	流行歌	劉道順		江口夜詩	江口夜詩		日本콜럼비아管絃樂團	1935. 6(?)	○	○
47	Co.40616B	울지 마러요	流行歌	劉道順		金駿泳	南良介		日本콜럼비아管絃樂團	1935. 7(?)	○	○
48	Co.40621A	이득한 千里길	流行歌	劉道順		江口夜詩	江口夜詩	蔡奎燁 콜럼비아·리즘·씨이스	日本콜럼비아管絃樂團	1935. 7(?)	○	○
49	Co.40621B	故鄕을 쳐지가니	流行歌	劉道順		金駿泳	南良介	姜弘植 콜럼비아·리즘·씨이스	日本콜럼비아管絃樂團	1935. 7(?)		○
50	Co.40623A	갈가 보다	民謠	劉道順			金駿泳	高一心	세ㅅ베드	1935. 7(?)	○	○
51	Co.40624A	녹쓰른 비녀	流行歌	劉道順		江口夜詩	江口夜詩	蔡奎燁	日本콜럼비아管絃樂團	1935. 8(?)		○

52	Co.40624B	비단길 사랑	流行歌	劉道順	全基玹	奧山貞吉	全玉	日本콜럼비아管絃樂團	1935. 8(?)		○
53	Co.40625A	悲戀의 노래	流行歌	劉道順	金駿泳	奧山貞吉	權承傑	日本콜럼비아管絃樂團	1935. 8		○
54	Co.40625B	사랑해 주세요	流行歌	劉道順	金駿泳	仁木他喜雄	趙錦子	日本콜럼비아管絃樂團	1935. 8		○
55	Co.40626B	넘의 넉	新民謠	劉道順	全基玹	仁木他喜雄	石金星	日本콜럼비아管絃樂團	1935. 8		○
56	Co.40628A	외로운 길손	流行歌	劉道順	古賀政男	仁木他喜雄	蔡奎燁	日本콜럼비아管絃樂團	1935. 8(?)	○	○
57	Co.40628B	웃 잇는 섬	流行歌	劉道順	江口夜詩	江口夜詩	蔡奎燁	日本콜럼비아管絃樂團	1935. 8(?)		○
58	Co.40629B	鐘路의 달밤	流行歌	劉道順	江口夜詩	江口夜詩	全玉	日本콜럼비아管絃樂團	1935. 9	○	○
59	Co.40634A	기심노래	新民謠	劉道順		金駿泳	丁春達 콜럼비아合唱團	콜럼비아鮮洋樂團	1935. 9		○
60	Co.40634B	쾌지나칭칭	新民謠	劉道順		全基玹	丁春達 콜럼비아合唱團	콜럼비아鮮洋樂團	1935. 9		○
61	Co.40635A	織婦歌	新民謠	劉道順		全基玹	曹秉鑌 張慶順	콜럼비아鮮洋樂團	1935. 9	○	○
62	Co.40635B	纂婦歌	新民謠	劉道順		全基玹	曹秉鑌 張慶順	콜럼비아鮮洋樂團	1935. 9	○	○
63	Co.40636A	눈물의 一生	流行歌	劉道順	全基玹	全基玹	崔英姬	콜럼비아管絃樂團	1935. 10	○	○

No.	음반번호	제목	분류	作詞	作詞	作曲	編曲	歌手	伴奏	발매일		
64	Co.40636B	숨어서 우는 우름	流行歌	劉道順		古賀政男	金駿泳	崔英姬	콜럼비아管絃樂團	1935. 10	○	○
65	Co.40637A	울지 안을래요	流行歌	劉道順		江口夜詩	金駿泳	金玉仙	콜럼비아管絃樂團	1935. 10	○	○
66	Co.40637B	일허진 첫사랑	流行歌	劉道順		全基玹	全基玹	金玉仙	콜럼비아管絃樂團	1935. 10	○	○
67	Co.40644A	荒野의 孤客	流行歌	劉道順		江口夜詩	全基玹	盧銀紅／姜弘植	콜럼비아管絃樂團	1935. 11(?)	○	
68	Co.40644B	情花	流行歌		劉道順	江口夜詩	全基玹	盧銀紅	콜럼비아管絃樂團	1935. 11(?)	○	
69	Re.C297A	사랑은 구슬히	流行歌		劉道順	古賀政男	安益祚			1935. 11(?)	○	○
70	Re.C297A	인해의 무덤 안고	流行歌		劉道順	全基玹	奥山貞吉			1935. 11(?)	○	○
71	Re.C297A	섬밤	流行歌		劉道順	劉一	天池芳雄			1935. 11(?)	○	○
72	Re.C297B	峯子의 노래	流行歌		劉道順	李冕相	中野定吉			1935. 11(?)	○	○
73	Co.40650B	그립다 자장가	流行歌		劉道順	江口夜詩	全基玹	金玉仙		1935. 12(?)	○	○
74	Co.40653A	落花岩의 千年夢	新民謠		劉道順	全基玹	奥山貞吉	姜弘植		1936. 1(?)		○
75	Co.40654A	希望의 鍾이 운다	流行歌		劉道順	全基玹	奥山貞吉	蔡奎熀		1936. 1(?)	○	○
76	Co.40662A	七仙女	流行歌		劉道順	金駿泳	奥山貞吉	姜弘植		1936. 3(?)	○	○
77	Co.40662B	화려한 저녁	流行歌		劉道順	金駿泳	仁木他喜雄	趙錦子		1936. 3(?)	○	○
78	Co.40666A	두 목숨의 지승길	流行歌		劉道順	金駿泳	奥山貞吉	蔡奎熀		1936. 4	○	○
79	Co.40667B	사공의 인해	流行歌		劉道順	全基玹	奥山貞吉	全玉		1936. 4	○	○
80	Co.40668A	님이 은다	新民謠		劉道順	金駿泳		高一心	高一心	1936. 4		○
81	Co.40668B	에헤루 누구시오	新民謠		劉道順	金駿泳		高一心	高一心	1936. 4	○	○

번호	음반번호	제목	劉道順	流行歌	劉道順	明本京靜	中野定吉	蔡奎燁	蔡奎燁	발매	복각
82	Co.40672A	서러운 지최	劉道順	流行歌	劉道順	全基玹	中野定吉	蔡奎燁	蔡奎燁	1936. 5	○
83	Co.40672B	가여운 여자	劉道順	流行歌		全基玹		趙錦子	趙錦子	1936. 5	○
84	Co.40677A	流浪의 歌手	劉道順	流行歌		安一波	千振勘二	蔡奎燁	蔡奎燁	1936. 6	○
85	Co.40686A	일러진 마음	劉道順	流行歌	劉道順	江口夜詩	江口夜詩	金安羅	金安羅	1936. ?	○
86	Co.40686B	처녀의 시절	劉道順	流行歌	劉道順	全基玹	杉田良造	全玉	全玉	1936. ?	○
87	Co.40694B	수양버들	劉道順	流行歌	劉道順	全基玹		宋樂天	宋樂天	1936. 8	○
88	Ta.8637A	千里離別	劉道順	流行歌	劉道順	全基玹		宋樂天	宋樂天	1939. 8	
89	Ta.8637B	네 고향 내 고향	劉道順	流行歌	劉道順	全基玹		高雲峰	高雲峰	1939. 8	
90	Ta.8640A	국경의 부두(埠)	劉道順		劉道順	全基玹		高雲峰	高雲峰	1939. 8	○
91	Ta.8640B	아들의 하소	劉道順	流行歌	劉道順	全基玹		金英椿	金英椿	1939. 8	○
92	Co.40882A	잊엇거라 仁風樓	劉道順	新歌謠	劉道順	河英琅	金駿泳	李海燕	李海燕	1942. 2(?)	○
93	Co.40884A	드러지 純情	劉道順	新歌謠	劉道順	河英琅	奧山貞吉	李海燕	李海燕	1942. 2(?)	○
94	Co.40895B	멧목 二千里	劉道順	新歌謠	劉道順	孫牧人	奧山貞吉	高雲峰	高雲峰	1942. 11	○
95	Co.40895B	銃후亭 노래	劉道順	新歌謠	劉道順	韓相基	奧山貞吉	白年雪	白年雪	1942. 11	○
96	Ta.2003A	春靑花月	劉道順	流行歌	劉道順	全基玹		白年雪	白年雪	1943. 3	○
96	Ta.2003B	第三流浪劇團	劉道順	流行歌	劉道順	全基玹				1943. 3	○
97	Re.C307B	가서음소서	劉道順	流行歌	劉道順	全基玹	奧山貞吉			?	○

번호	음반번호	곡명	장르	작사	작곡	편곡	연주	반주	발매일자	가사	음원
1	Co.40161B	우리 아기 날	獨唱	李光洙	安基永		金顯順	콜럼비아管絃樂團	1931. 3	○	○
2	Vi.49119B	새나라로		李光洙	全壽麟		李愛利秀	빅타-管絃樂團	1932. 4	○	
3	Vi.49177A	슬허진 젊은 넋	流行歌	李光洙	全壽麟		安基永	管絃樂伴奏	1932. 12	○	
4	Vi.49196B	오동꽃	流行歌	李春園	全壽麟		李愛利秀	빅타-管絃樂團	1935. 2		○

번호	음반번호	곡명	장르	작사	작곡	편곡	연주	반주	발매일자	가사	음원
1	Co.40160B	麻衣太子	테너-獨唱	李殷相	安基永		安基永	日本콜럼비아管絃樂團	1931. 3	○	○
2	Co.40177B	春詞	混聲合唱	李殷相	安基永		聲友會	日本콜럼비아管絃樂團	1931. 5	○	○
3	Co.40208B	오넘도 조아둘을		李殷相	安基永		金顯順	日本콜럼비아管絃樂團	1931. 7	○	○
4	Co.40298A	물새	테너-獨唱	李殷相	安基永		安基永	日本콜럼비아管絃樂團	1932. 2	○	
5	Co.40398B	巡禮者	流行小曲	李殷相	朴泰俊		金樂天	日本콜럼비아管絃樂團	1933. 3		○
6	Co.40450A	朝鮮의노래	四重唱	李殷相	玄濟明		延禧專門四重唱團	日本콜럼비아管絃樂團	1933. 9	○	○

11. 이하윤(총 158편, 154편)

번호	음반번호	곡명	장르	작사	작시	작곡	편곡	연주	반주	발매일자	가사	음원
1	Co.40506A	處女 열여덟엔	流行歌	千羽鶴		李冕相	仁木他喜雄	鄭日敬	日本콜럼비아管絃樂團	1934. 5	○	○
2	Co.40506B	섬색시	流行歌	異河潤		金駿泳	仁木他喜雄	鄭日敬	日本콜럼비아管絃樂團	1934. 5	○	○
3	Po.19133A	朝鮮打鈴	新民謠	異河潤				金龍煥 王壽福 尹鍵榮 外 合唱		1934. 5		
4	Vi.49283A	님마지배	流行歌	李河潤		金敎聲		孫錦紅	日本빅타-管絃樂團	1934. 6		○
5	Vi.49286B	가슴만 타지요	流行歌	異河潤		金敎聲		崔南鏞 姜石燕	日本빅타-管絃樂團	1934. 7		
6	Vi.49288A	이즈시엿나	流行歌		異河潤	金敎聲		孫錦紅	日本빅타-管絃樂團	1934. 7		
7	Vi.49288B	비나리는 밤	流行歌		異河潤	金敎聲		李銀波	日本빅타-管絃樂團	1934. 7	○	
8	Vi.49303A	울지마오	流行歌		異河潤	金敎聲		李銀波	日本빅타-管絃樂團	1934. 8		
9	Co.40528A	울음의 벗	新民謠	異河潤		全基玹	라이몬드 服部	全玉	日本콜럼비아管絃樂團	1934. 8	○	○
10	Vi.49304A	哀傷曲	流行歌		異河潤	全壽麟		金福姬	日本빅타-管絃樂團	1934. 9	○	

No.	번호	제목	장르			作曲	作詞	歌手	회사	발매일		
11	Vi.49312A	우리의 가을	流行歌	異河潤		金敎聲		崔南鏞 金福姬 李銀波 孫錦紅	日本빅타- 管絃樂團	1934. 10		
12	Co.40559B	적막한 섬나라	流行歌	異河潤		朴龍洙	中野定吉	尹玉仙	日本콜럼비아 管絃樂團	1934. 11		○
13	Co.40560A	산넘어 그리운 님	流行歌	異河潤		李冕相		林憲翼	日本콜럼비아 管絃樂團	1934.11		○
14	Re.C229B	눈오는 밤	流行歌	異河潤		劉一	奧山定吉	宋英愛	리-갈 管絃樂團	1934. 11(?)	○	○
15	Vi.49323A	잊었는 追憶	流行歌		異河潤	李景洲		崔南鏞	日本빅타- 管絃樂團	1934. 12		○
16	Vi.49323B	鐘路行進曲	流行歌		異河潤	全壽麟		姜石燕	日本빅타- 管絃樂團	1934. 12		
17	Vi.49324A	미안하외다	漫謠	異河潤		金敎聲		崔南鏞 姜石燕	日本빅타- 管絃樂團	1934. 12		
18	Vi.49329B	孤島의 嘆息	流行歌		異河潤	全壽麟		姜石燕		1935. 1		
19	Po.19166A	그 曲調	流行歌	異河潤		林碧溪		金龍煥		1935. 1		○
20	Co.40575B	嘆息하는 밤	流行歌	異河潤		全基玹	레이몬드 服部	全玉	日本콜럼비아 管絃樂團	1935. 1	○	○
21	Co.40581A	울음은 한이 업네	流行歌	異河潤		全基玹	奧山貞吉	趙錦子	日本콜럼비아 管絃樂團	1935. 2	○	○
22	Co.40583A	孤鳥의 追憶	流行歌	異河潤		全基玹	仁木他喜雄	林憲翼	日本콜럼비아 管絃樂團	1935. 2	○	○
23	Co.40584B	일흔진 靑春	流行歌	異河潤		安一波	레이몬드服 部	金仙草	日本콜럼비아 管絃樂團	1935. 2	○	○

24	Re.C244A	눈물의 편지	流行歌	千羽鶴		李常春	天池芳雄	宋英愛	리-갈管絃樂團	1935. 2(?)	○	○
25	Re.C253B	虛空에 지친 몸	流行歌	千羽鶴		劉一	中野定吉	申카나리아	리-갈管絃樂團	1935. 3(?)	○	○
26	Re.C266A	流浪의 마음	流行歌		千羽鶴	金基邦	中野定吉	宋英愛	리-갈管絃樂團	1935. 5(?)	○	○
27	Co.40618B	港口의 離別	流行歌	異河潤		레이몬드服部	레이몬드服部	安一波	日本콜럼비아管絃樂團	1935. 7	○	○
28	Vi.49352B	斷腸怨(曲?)	流行歌	異河潤		全壽麟		金福姬	日本빅타-管絃樂團	1935. 9	○	○
29	Vi.49374B	애닯은 피리	流行歌		異河潤	李景洲		崔南鏞	日本빅타-管絃樂團	1935. 9		○
30	Vi.49376B	고향 일흠 길매기	新民謠		異河潤	田宇樂			日本빅타-管絃樂團	1935. 10		
31	Vi.49378A	님의 香氣	流行歌		異河潤	羅素雲		孫錦紅	日本빅타-管絃樂團	1935. 10		
32	Re.C297B	울음은 한이 엄네	流行歌		異河潤	全基玹	奧山貞吉			1935. 11(?)	○	○
33	Co.40649B	一夜夢	流行歌		異河潤	全基玹	仁木他喜雄	全玉	日本콜럼비아管絃樂團	1935. 12	○	○
33	Co.40654B	故鄉에 님을 두고	流行歌		異河潤	原野爲二	仁木他喜雄	蔡奎燁	日本콜럼비아管絃樂團	1936. 1	○	○
34	Co.40661A	追憶의 幻影	流行歌		異河潤	江口夜詩	江口夜詩	蔡奎燁	日本콜럼비아管絃樂團	1936. 3	○	○
35	Co.40666B	동무의 追憶 -女學生들의 노래	流行歌		異河潤	가-틈	奧山貞吉	金安羅 (合唱附)	日本콜럼비아管絃樂團	1936. 4	○	○

번호	음반번호	곡명	갈래	作詞	作曲	編曲	歌手	伴奏	발매		
36	Co.40671A	浦口의 懷抱	流行歌	異河潤	卓星祿	奧山貞吉	蔡奎燁	日本콜럼비아管絃樂團	1936. 5	○	○
37	Co.40679A	遊覽打鈴	新民謠	金白鳥		金駿泳	曹基讓	日本콜럼비아管絃樂團	1936. 6	○	○
38	Co.40685A	물새야 웨우느냐	流行歌	異河潤	竹岡信幸	奧山貞吉	蔡奎燁	日本콜럼비아管絃樂團	1936. 6	○	○
39	Co.40687B	哀愁의 海邊	流行歌	異河潤		레이몬드服部	蔣玉咋	日本콜럼비아管絃樂團	1936. 6(?)	○	○
40	Co.40688B	가시면 언제 오시랴	新民謠	異河潤	洪秀一	金駿泳	安明玉	日本콜럼비아管絃樂團	1936. 6(?)	○	○
41	Co.40693B	배ㅅ길 千里	新民謠	金白鳥	李升學	金基玟	蔣玉咋	日本콜럼비아管絃樂團	1936. 8		○
42	Co.40695A	첫사랑의 섬	流行歌	金白鳥	金駿泳	金駿泳	姜弘植 蔣玉咋	日本콜럼비아管絃樂團	1936. 8		○
43	Co.40695B	달밝은 沙漠	流行歌	異河潤	江口夜詩	江口夜詩	蔡奎燁	日本콜럼비아管絃樂團	1936. 8		○
44	Co.40696B	그리운 月桂花	流行歌	金白鳥	李升學	金駿泳	金仁淑	日本콜럼비아管絃樂團	1936. 8		○
45	Re.C350B	젊은날 섬이여	流行歌	異河潤	레이몬드服部	레이몬드服部	미스·리-갈	리-갈管絃樂團	1936. 8		○
46	Co.40702A	港口의 哀愁	流行歌	金白鳥	金駿泳	金駿泳	姜弘植	日本콜럼비아管絃樂團	1936. ?		○
47	Co.40702B	沙漠의 눈물	流行歌	金白鳥	金駿泳	金駿泳	金楚雲	日本콜럼비아管絃樂團	1936. ?		○
48	Co.40703A	曠野의 담밤	流行歌	異河潤	卓星祿	레이몬드服部	劉鐘燮	日本콜럼비아管絃樂團	1936. 9		○

49	Co.40703B	十年이 어젠 듯	流行歌	異河潤	金基玟	金基玟	蔣玉咋	日本콜럼비아 管絃樂團	1936. 9	○
50	Co.40704A	伊太利의 庭園	새즈쏭	異河潤	에르윈	仁木他喜雄	崔承喜	日本콜럼비아 탕고밴드	1936. 9	○
51	Co.40704B	鄕愁의 舞姬	새즈쏭	異河潤	崔承喜	仁木他喜雄	崔承喜	日本콜럼비아 새즈밴드	1936. 9	
52	Co.40705B	울어라 푸른 하늘	流行歌	金白鳥	金駿泳	金駿泳	金仁淑	日本콜럼비아 새즈밴드	1936. 9	○
53	Co.40710A	靑春日記	流行歌	異河潤	竹岡信幸	竹岡信幸	미스티·콜럼비아	日本콜럼비아	1936. 9	○
54	Co.40710B	우슴짓는 希望	流行歌	異河潤	江口夜詩	江口夜詩	미스티·콜럼비아	日本콜럼비아	1936. 9	○
55	Co.40711A	追憶의 不眠鳥	流行歌	異河潤	全基玟	全基玟	姜弘植	日本콜럼비아 管絃樂團	1936. 9	○
56	Co.40712A	못 오실 님	流行歌	異河潤	全基玟	全基玟	安明玉	日本콜럼비아 管絃樂團	1936. ?	○
57	Co.40712B	울면서 기다리며	流行歌	金白鳥	太白山	레기몬드 服部	全英吉	日本콜럼비아 管絃樂團	1936. ?	○
58	Co.40713A	내 갈길 어디메냐	流行歌	金白鳥	卓星祿	金駿泳	劉鐘燮	日本콜럼비아 管絃樂團	1936. ?	
59	Co.40718A	섬을 실흔 배	歌謠曲	金白鳥	金駿泳	合英吉	全英吉	日本콜럼비아 管絃樂團	1936. 11	○
60	Co.40719A	歡樂의 農村	新民謠	金白鳥	金駿泳	金駿泳	姜弘植	日本콜럼비아 管絃樂團	1936. 11	○
61	Co.40719B	버드나무 그늘자에	新民謠	金白鳥	金駿泳	金駿泳	金楚雲	日本콜럼비아 管絃樂團	1936. 11	○

62	Co.40720A	放浪哀曲	流行歌		異河潤	李英根	레이몬드服部	劉鍾燮	日本콜럼비아管絃樂團	1936. 11	○	○
63	Co.40720B	사랑을 맛지마라	流行歌		金白鳥	金駿泳	金駿泳	金仁淑	日本콜럼비아管絃樂團	1936. 11	○	○
64	Co.40725A	물새야 웨우느냐	流行歌	異河潤			金駿泳	蔡奎燁	日本콜럼비아키타-尺八四重奏團	1936. 11		○
65	Co.40726A	눈물의 술잔	流行歌		金白鳥	金駿泳	奥山貞吉	姜弘植	日本콜럼비아키타-尺八四重奏團	1936. 11		○
66	Co.40727A	男子의 사랑	流行歌		異河潤	池田不二男	奥山貞吉	蔡奎燁	日本콜럼비아管絃樂團	1936. 12		○
67	Co.40727B	시달닌 가슴	流行歌		異河潤	古關裕而	金駿泳	蔡奎燁	日本콜럼비아管絃樂團	1936. 12		○
68	Co.40728A	追憶의 손	流行歌		金白鳥	太白山	金駿泳	全英吉	日本콜럼비아管絃樂團	1936. 12(?)		○
69	Co.40728B	닛고 마세요	流行歌		金白鳥	李珺雄	레이몬드服部	金仁淑	日本콜럼비아管絃樂團	1936. 12(?)		○
70	Re.C307B	울음의 벗	流行歌	異河潤		全基玹	中野定吉			1936(?)	○	○
71	Re.C308A	님의 그림자	流行歌		千河鶴	劉一	레이몬드服部	金玉卿	리-갈管絃樂團	1936(?)	○	○
72	Re.C355A	아리랑 우지마라	新民謠		異河潤	레이몬드服部	레이몬드服部	張一朵紅	리-갈管絃樂團	1936. ?	○	○
73	Re.C355B	남모르는 도라지	新民謠		異河潤	레이몬드服部	全基玹	張一朵紅	리-갈管絃樂團	1936. ?	○	○

74	Co.40734B	그리운 노래		異河潤	李英根	竹岡信幸	金仁淑	日本콜럼비아管絃樂團	1937. 1(?)		○
75	Co.40735A	情熱의 嘆息	流行歌	異河潤	竹岡信幸	江口夜詩	蔡奎燁	日本콜럼비아管絃樂團	1937. 1	○	○
76	Co.40735B	滿洲의 달	流行歌	異河潤	江口夜詩	江口夜詩	蔡奎燁	日本콜럼비아管絃樂團	1937. 1	○	○
77	Co.40736A	사랑의 트로이카	流行歌	異河潤	江口夜詩	金駿泳	蔡奎燁	日本콜럼비아管絃樂團	1937. 1	○	○
78	Co.40736B	가슴에 타는 불꽃	流行歌	金白鳥	金駿泳	金駿泳	金楚雲	日本콜럼비아管絃樂團	1937. 1	○	○
79	Co.40737B	낫지는 안으시겟소	流行歌	金悅雲	金駿泳	金駿泳	安明玉	日本콜럼비아管絃樂團	1937. ?	○	○
80	Co.40742A	마음의 故鄕	流行歌	異河潤	金駿泳	金駿泳	姜弘植	日本콜럼비아管絃樂團	1937. ?	○	○
81	Co.40743A	鄕愁	流行歌	金白鳥	大白山	全基玹	全英吉	日本콜럼비아管絃樂團	1937. ?	○	○
82	Co.40743B	離別의 눈물	流行歌	金白鳥	全基玹	江口夜詩	安明玉	日本콜럼비아管絃樂團	1937. ?	○	○
83	Co.40744A	曠野의 黃昏	流行歌	異河潤	江口夜詩	大村能章	蔡奎燁	日本콜럼비아管絃樂團	1937. 2	○	○
84	Co.40744B	北方消息	流行歌	異河潤	大村能章	奥山貞吉	金仁淑	日本콜럼비아管絃樂團	1937. 2	○	○
85	Co.40747A	가슴에 지는 꽃	新民謠	異河潤	全基玹	江口夜詩	金仁淑	日本콜럼비아管絃樂團	1937. 2		○
86	Co.40747B	哀傷의 靑春	流行歌	異河潤	江口夜詩	奥山貞吉	蔡奎燁 金仁淑	日本콜럼비아管絃樂團	1937. 2		○

87	Co.40748A	失戀悲歌	流行歌	異河潤	明本京靜	레이몬드服部	蔡奎燁	日本콜럼비아管絃樂團	1937.?	○	
88	Co.40748B	사랑의 달	流行歌	異河潤	레이몬드服部	奧山貞吉	姜弘植	日本콜럼비아管絃樂團	1937.?	○	
89	Co.40752A	눈물어린 燈台	流行歌	異河潤	古關裕而	全基玹	蔡奎燁	日本콜럼비아管絃樂團	1937.4	○	○
90	Co.40752B	江山의 新綠	流行歌	異河潤	全基玹	奧山貞吉	姜弘植	日本콜럼비아管絃樂團	1937.4	○	○
91	Co.40757A	山은 부른다	流行歌	異河潤	佐藤吉五郎	江口夜詩	蔡奎燁	日本콜럼비아管絃樂團	1937.5	○	○
92	Co.40757B	구여운 눈동자	流行歌	異河潤	江口夜詩	奧山貞吉	金仁淑	日本콜럼비아管絃樂團	1937.5	○	○
93	Co.40760A	斷腸哀曲	流行歌	異河潤	竹岡信幸	奧山貞吉	劉鍾燮	日本콜럼비아管絃樂團	1937.7	○	
94	Co.40760B	雨中行人	流行歌	異河潤	竹岡信幸	奧山貞吉	劉鍾燮	日本콜럼비아管絃樂團	1937.7	○	
95	Co.40761A	이러케 되엇담니다	流行歌	異河潤	竹岡信幸	仁木他喜雄	劉鍾燮 咸玲愛	日本콜럼비아管絃樂團	1937.5	○	
96	Co.40761B	당신은 나의 男便	流行歌	異河潤	江口夜詩	金駿泳	咸玲愛	日本콜럼비아管絃樂團	1937.5	○	
97	Co.40762A	名勝의 四季	新民謠	異河潤	金駿泳	天池芳雄	姜弘植 金楚雲	日本콜럼비아管絃樂團	1937.?	○	
98	Co.40762B	닞지나 말지	流行歌	異河潤	全基玹	天池芳雄	金仁淑	日本콜럼비아管絃樂團	1937.?	○	
99	Co.40765B	피거든 드리지오	流行歌	異河潤	池田不二男	仁木他喜雄	劉鍾燮	日本콜럼비아管絃樂團	1937.7	○	○

100	Co.40766A	過去夢	流行歌	異河潤	江口夜詩	天池芳雄	咸玲愛	日本콜럼비아管絃樂團	1937. 7	○
101	Co.40767	流浪의 曲藝師	流行歌	異河潤	卓星祿	文藝部編	劉鍾燮	日本콜럼비아管絃樂團	1937. 7	○ ○
102	Co.40770	故鄕하늘	流行歌	異河潤		仁木他喜雄	金仁淑	日本콜럼비아管絃樂團	1937. 7	○ ○
103	Co.40771	哀愁의 浦口	流行歌	異河潤	卓星祿	服部良一	金仁淑	日本콜럼비아管絃樂團	1937. ?	○
104	Co.40772	즐거우라 이내 靑春	流行歌	異河潤	李英根	仁木他喜雄	劉鍾燮	日本콜럼비아管絃樂團	1937. ?	○
105	Co.40773	서울의 밤	流行歌	異河潤	江口夜詩	天池芳雄	劉鍾燮	日本콜럼비아管絃樂團	1937. ?	○
106	Co.40773	港口의 未練	流行歌	異河潤	金駿泳	服部良一	金仁淑	日本콜럼비아管絃樂團	1937. ?	○
107	Co.40776	放浪의 一夜夢	流行歌	異河潤	李英根	文藝部編	劉鍾燮	日本콜럼비아管絃樂團	1937. ?	○ ○
108	Co.40777	靑春의 凱歌	流行歌	異河潤		文藝部編	朴世煥(미스타·콜럼비아)	日本콜럼비아管絃樂團	1937. ?	○ ○
109	Co.40778	靑天綠原	流行歌	異河潤		文藝部編	劉鍾燮	日本콜럼비아管絃樂團	1937. ?	○
110	Co.40781	離別의 港口	流行歌	異河潤		文藝部編	朴世煥(미스타·콜럼비아)	日本콜럼비아管絃樂團	1937. 8	○
111	Co.40781	함석 가자우	流行歌	異河潤	卓星祿	天池芳雄	鄭讚柱	日本콜럼비아管絃樂團	1937. 8	○
112	Co.40782	洛東江의 哀想曲	新民謠	異河潤		服部良一	劉鍾燮	日本콜럼비아管絃樂團	1937. 10	○ ○

번호	번호	제목	장르	작사	작곡	편곡	노래	반주	발매일		
113	Co.40783	戀愛設計圖	流行歌		孫牧人	奧山貞吉	朴世煥	日本콜럼비아管絃樂團	1937. 10	○	
114	Co.40783	離別의 處女	流行歌	異河潤	田祐三	文藝部編	柳善元	日本콜럼비아管絃樂團	1937. 10	○	
115	Co.40784	街頭의 피에로	流行歌	異河潤		文藝部編	鄭讚柱	日本콜럼비아管絃樂團	1937. 10(?)	○	
116	Co.40787	曠野行馬車	流行歌	異河潤		仁木他喜雄	劉鍾燮	日本콜럼비아管絃樂團	1937. 11	○	
117	Co.40787	青春明朗譜	流行歌	異河潤	全基玹	文藝部編	柳善元	日本콜럼비아管絃樂團	1937. 11	○	
118	Co.40788	蒼空의 별들	流行歌	異河潤		文藝部編	朴世煥	日本콜럼비아管絃樂團	1937. 11	○	
119	Co.40791	겨울은 조흔 시절	流行歌	異河潤		文藝部編	朴世煥	日本콜럼비아管絃樂團	1937. 12	○	
120	Co.40791B	北滿洲流野	流行歌	異河潤	全基玹	仁木他喜雄	金仁淑	日本콜럼비아管絃樂團	1937. 12	○	
121	Co.40792A	눈물의 港口	流行歌	異河潤	卓星祿	奧山貞吉	劉鍾燮	日本콜럼비아管絃樂團	1937. 12(?)	○	
122	Co.40793A	銃後의 祈願	時局歌	李河潤	孫牧人	奧山貞吉	朴世煥 鄭讚柱 콜럼비아야합唱團	日本콜럼비아管絃樂團	1937. 12	○	○
123	Co.40794B	勝戰의 快報	時局歌	異河潤	鄭珍奎	天池芳雄	朴世煥 鄭讚柱	日本콜럼비아管絃樂團	1937. 12(?)	○	○
124	Co.40795B	浦口에 우는 女子	流行歌	異河潤	全基玹	服部良一	柳善元	日本콜럼비아管絃樂團	1938. 1(?)	○	

No.	음반번호	제목	갈래				가수	음반사	발매일		
125	Co.40796A	男子의 눈물	流行歌	異河潤	全基玹	文藝部編	朴世煥	日本콜럼비아管絃樂團	1938. 1(?)	○	○
126	Co.40798A	덧없는 青春	流行歌	異河潤		服部良一	朴世煥	日本콜럼비아管絃樂團	1938. ?	○	○
127	Co.40798B	처량한 기타 소리	流行歌	異河潤	孫牧人	天池芳雄	柳華元	日本콜럼비아管絃樂團	1938. ?	○	○
128	Re.C432B	애닯은 파리소리	流行歌	千羽鶴	孫牧人	文藝部編	林園	리-갈管絃樂團	1938. 3	○	○
129	Co.40809B	비에 젓는 情話	流行歌	異河潤		文藝部編	劉鍾燮	日本콜럼비아管絃樂團	1938. 5	○	○
130	Co.40818B	南海의 黃昏	流行歌	異河潤		天池芳雄	蔡奎燁	日本콜럼비아管絃樂團	1938. 7	○	○
131	Co.40819B	港口는 슯허요	流行歌	異河潤	刑實基	文藝部編	金仁淑	日本콜럼비아管絃樂團	1938. 7	○	○
132	Co.40827B	문허진 烏鵲橋	流行歌	異河潤		天池芳雄	蔡奎燁	日本콜럼비아管絃樂團	1938. 9	○	○
133	Re.C439B	외로운 곰	流行歌	千羽鶴	劉一	服部良一	咸菊心	리-갈管絃樂團	1938. ?	○	○
134	Re.C442B	가세요 가세요	流行歌	千羽鶴	李英根	奧山貞吉	咸菊心	리-갈管絃樂團	1938. ?	○	○
135	Co.40842B	넘도 곰이 런가	流行歌	異河潤	全基玹		李玉蘭	日本콜럼비아管絃樂團	1939. 1	○	○
136	Re.C459B	탄식하는 캐래반	流行歌	千羽鶴	全基玹	仁木他喜雄	金椿姬	리-갈管絃樂團	1939. 1	○	○
137	Re.C464B	농속의 새라도	流行歌	千羽鶴	江口夜詩	仁木他喜雄	金椿姬	리-갈管絃樂團	1939. 4	○	○

번호	音盤番號	曲名	장르		作詞	作曲	編曲	歌手	伴奏	發賣年月		
138	Re.C469A	사람은 바람타고	流行歌		千羽鶴	江口夜詩	服部良一	咸菊節	리-갼管絃樂團	1939. 5	○	○
139	Re.C469B	열녀진 便紙	流行歌		千羽鶴	孫牧人	仁木他喜雄	柳星葉	리-갼管絃樂團	1939. 5	○	○
140	Co.40856B	無情한 님	流行歌		異河潤	李龍俊	天池芳雄	南一鷰	日本콜럼비아管絃樂團	1939. 6	○	○
141	Co.40857A	동트는 大地	流行歌		異河潤	江口夜詩	仁木他喜雄	金英椿	日本콜럼비아管絃樂團	1939. 6	○	○
142	Co.40858A	말없이 간님	流行歌		異河潤	李龍俊	仁木他喜雄	南一鷰	日本콜럼비아管絃樂團	1939. 6		○
143	Co.40860B	비오는 밤	부루-스		異河潤	李龍俊	文藝部作	姜南丹	日本콜럼비아管絃樂團	1939. 7	○	○
144	Co.40862A	靑春馬車	流行歌		異河潤	李龍俊		金英椿	日本콜럼비아管絃樂團	1939. 8		○
145	Co.40866A	哀愁의 旅路	流行歌		異河潤			南一鷰 姜南丹	日本콜럼비아管絃樂團	1939. 9		○
146	Co.40866B	희미한 달빛	流行歌		異河潤	李龍俊		金英椿	日本콜럼비아管絃樂團	1939. 9		○
147	Co.40869B	長長秋夜	流行歌		異河潤	李龍俊		金英椿	日本콜럼비아管絃樂團	1939. 10		○
148	Co.40870A	鄕愁千里	流行歌		異河潤	李龍俊	仁木他喜雄	金英椿	日本콜럼비아管絃樂團	1939. 11		○
149	Co.40876B	浦口의 女子	新歌謠	異河潤		南○春	仁木他喜雄	金英椿	日本콜럼비아管絃樂團	1940. ?	○	○
150	Co.40879B	靑春航路	新歌謠	異河潤		尹南洋	奧山貞吉	金英椿	日本콜럼비아管絃樂團	1940. ?	○	○

번호	음반번호	곡명	장르	작사	작사	작곡	편곡	연주	반주	발매일자	가사	음원
151	Co.40889A	銃後의 祈願	時局歌	異河潤		孫牧人	奧山貞吉	朴世煥 鄭讚柱	日本콜럼비아管絃樂團	1942. 8(?)	○	○
152	Re.C382A	處女行進曲	流行歌		千羽鶴	劉一	金基邦	李貞媛	리-갈管絃樂團	?	○	○
153	Re.C387A	내 눈물 가엽서	流行歌			金基邦	레이몬드服部	李貞媛	리-갈管絃樂團	?	○	○
154	Re.C389A	울지 말고 가세요	流行歌		千羽鶴	高關裕而	仁木他喜雄	미스·리-갈	리-갈管絃樂團	?	○	○
155	Re.C402A	守一과 順愛	流行歌		千羽鶴	江口夜詩	天池芳雄	朴允善 韓花姸	리-갈管絃樂團	?	○	○
156	Re.C406A	情든 浦口	流行歌		千羽鶴	卓星祿	奧山貞吉	韓花姸	리-갈管絃樂團	?	○	○
157	Re.C406B	어디로 가샛느냐	流行歌		千羽鶴	劉一	仁木他喜雄	韓花姸	리-갈管絃樂團	?	○	○
158	Re.C409A	新婚風景	流行歌		千羽鶴	江口夜詩		朴允善	리-갈管絃樂團	?	○	○

12. 조영출(총 154면, 145편)

번호	음반번호	곡명	장르	작사	작사	작곡	편곡	연주	반주	발매일자	가사	음원
1	Co.40508A	개작 서울노래	流行歌	趙鳴岩		安一波	仁木他喜雄	蔡奎燁	日本콜럼비아管絃樂團	1934. 5	○	○
2	Ok.1695B	붉은 薔薇	流行歌		趙靈出	孫牧人		高福壽 李蘭影 江南香		1934. 8		

No.	음반번호	곡명	장르	작사	작사	작곡	편곡	가수	반주	발매일		
3	Po.19166B	王昭君의 노래	流行歌	趙靈出		金範洛		王壽福	포리돌管絃樂團	1935. 1		
4	Po.19172B	바다의 靑春	流行歌	趙靈出		金冕均		尹鍵榮	포리돌제즈밴드	1935. 1	○	
5	Po.19173B	高原의 새벽	재즈송	趙靈出		朴碧溪	山田榮一	金龍煥		1935. 2	○	○
6	Ok.1760A	섬색시	新民謠	趙鳴岩		孫牧人		金連月		1935. 3	○	○
7	Co.40606A	追憶의 小夜曲	流行歌		趙鳴岩	金駿泳	奧山貞吉	林憲翼	日本콜럼비아管絃樂團	1935. 5(?)	○	○
8	Co.40612A	눈물의 埠頭	流行歌		趙鳴岩	金駿泳	仁木他喜雄	蔡奎燁	日本콜럼비아管絃樂團	1935. 6	○	○
9	Co.40629A	님이여 잘있거라	流行歌		趙鳴岩	金駿泳	千振勘二	姜弘植	日本콜럼비아管絃樂團	1935. 9	○	○
10	Co.40649A	酒幕의 하로밤	流行歌		趙鳴岩	金駿泳	仁木他喜雄	姜弘植	日本콜럼비아管絃樂團	1935. 12	○	○
11	Co.40705A	荒野에 해가 접으러	流行歌		趙鳴岩	金駿泳	金駿泳	姜弘植 / 金楚雲	콜럼비아管絃樂團	1936. 8	○	
12	Co.40726B	有情無情	流行歌		趙鳴岩	金駿泳	金駿泳	安明玉	콜럼비아管絃樂團	1936. 11	○	
13	Ok.1943B	追憶의 燈臺	流行歌		趙鳴岩	孫牧人		李蘭影		1937. 1		
14	Co.40734A	春夢	流行歌		趙鳴岩	金駿泳	金駿泳	姜弘植	콜럼비아管絃樂團	1937. 1(?)	○	
15	Ok.1998A	無情曲	流行歌		趙鳴岩	朴是春		張世貞	오케-管絃樂團	1937. 6	○	
16	Co.40742B	가서면 못 오시나	流行歌		趙鳴岩	金駿泳	金駿泳	金楚雲	콜럼비아管絃樂團	1937. ?	○	○
17	Co.40823A	落花의 꿈	流行歌		趙鳴岩	鄭珍圭	奧山貞吉	柳鍾燮	콜럼비아管絃樂團	1937. ?	○	
18	Vi.KJ1132A	얼뜯한 당신	流行歌		趙鳴岩	全壽麟		黃琴心	日本빅타管絃樂團	1938. 1?	○	○
19	Vi.KJ1132B	漢陽은 千里遠程	新民謠		趙鳴岩	李冕相		黃琴心	日本빅타管絃樂團	1938. 1?	○	○
20	Ok.12110A	트러진 눈물	流行歌	趙鳴岩		楊想浦	楊想浦	張世貞		1938. 3?	○	○
21	Ok.12110B	꼬집힌 풋사랑	流行歌	趙鳴岩		朴是春	朴是春	南仁樹		1938. 3?	○	○
22	Ok.12135B	新作靑春歌	新民謠	趙鳴岩				張曉鶴仙	朝鮮樂	1938. ?	○	○

		번호	음반번호	곡목	갈래					노래	반주	발매
○		23	Ok.12140A	바다의 交響詩	流行歌		趙鳴岩	孫牧人		金貞九外 코-러스		1938. 8
○		24	Ok.12145A	新作노래가락	京畿雜歌	趙鳴岩				張鶴仙	朝鮮樂	1938. ?
○		25	Ok.12145B	新作청춘타령	新民謠	趙鳴岩				張鶴仙	朝鮮樂	1938. ?
○		26	Ok.12147A	꽃피는 浦口	流行歌		趙鳴岩	孫牧人	孫牧人	李銀波 李蘭影	오케-管絃樂團	1938. 6
○		27	Ok.12147B	總角情書	流行歌		趙鳴岩	朴是春	朴是春	金貞九	오케-管絃樂團	1938. 6
○		28	Ok.12155A	갈세를 마오	流行歌		趙鳴岩	朴是春	朴是春	李蘭影	끼타- 朴是春	1938. 9
○		29	Ok.12155B	感激의 언덕	流行歌		趙鳴岩	古賀政男	孫牧人	南仁樹	오케-管絃樂團	1938. 9
○		30	Ok.12165A	신점사리風景	流行歌		趙鳴岩	大久保德二郎	孫牧人	南仁樹 李蘭影	오케-管絃樂團	1938. 9
○		31	Ok.12165B	男裝美人	流行歌		趙鳴岩	朴是春	朴是春	張世貞	오케-管絃樂團	1938. 9
○		32	Ok.12135A	新作興打鈴	新民謠	趙鳴岩				張鶴仙	朝鮮樂	1938. ?
	○	33	Ok.12190B	남前 화무리	新民謠	趙鳴岩		金玲波	孫牧人	李花子	오케-管絃樂團	1938. 12
	○	34	Ok.12190A	꼴망태收童	新民謠	趙鳴岩		金玲波	孫牧人	李花子	오케-管絃樂團	1938. 12
○		35	Re.C452B	青春海峽	流行歌		趙鳴岩	鄭珍奎	朴是春	金椿姬	리갈管絃樂團	1938. 12?
		36	Ok.12193A	無情海峽	流行歌	趙鳴岩			孫牧人	金南紅		1939. 1
		37	Ok.12193B	눈물의 信號燈	流行歌	趙鳴岩		朴是春	孫牧人	金貞九	오케-管絃樂團	1939. 1
	○	38	Ok.12272A	서울루-스	流行歌		趙鳴岩		孫牧人	李寅權		1939. 10
	○	39	Ok.12272B	滿洲아가씨	流行歌		趙鳴岩	朴是春		金綾子		1939. 10
○	○	40	Ok.12282A	茶房의 무른 君	流行歌		趙鳴岩	金海松	金海松	李蘭影	오케-오-케스트라	1939. 11

41	Ok.12282B	그리운 그대	流行歌		趙鳴岩	朴是春	朴是春	金綾子		1939. 11	○	○
42	Ok.12292B	馬車의 銀방울	流行歌		趙鳴岩	孫牧人	孫牧人	金貞九		1939. 12		○
43	Ok.12295B	닛드는 舟橋	流行歌		趙鳴岩	孫牧人	孫牧人	李寅權	오케-오오게스트라	1939. 12	○	○
44	Ok.12212A	美女圖	新民謠	趙鳴岩		金玲波	朴是春	李花子	오케-管絃樂團	1939. 2	○	○
45	Ok.12212B	어머님前上白	新民謠	趙鳴岩		金玲波	朴是春	李花子	오케-管絃樂團	1939. 2	○	○
46	Ok.12236A	山深夜深	新民謠		趙鳴岩	金玲波	朴是春	李花子	오케-管絃樂團	1939. 4		○
47	Ok.12236B	福德장사	漫謠		趙鳴岩	金玲波	朴是春	金貞九	오케-管絃樂團	1939. 4		○
48	Ok.12240A	꽃時節	流行歌		趙鳴岩	金龍煥	朴是春	金貞九		1939. 6		○
49	Ok.12245A	草家三間	新民謠		趙鳴岩	金龍煥	朴是春	李花子		1939. 6	○	○
50	Ok.12247A	悲戀의 出發	流行歌		趙鳴岩	孫牧人	孫牧人	李寅權	오케-管絃樂團	1939. 7	○	
51	Ok.12247B	南行列車	流行歌		趙鳴岩	朴是春		李蘭影		1939. 7		
52	Ok.12256A	일허버린 아버지	流行歌		趙鳴岩	孫牧人	孫牧人	李蘭影	오케-오-게스트라	1939. 7		○
53	Ok.12246A	沙漠의 지정歌	流行歌		趙鳴岩	朴是春	朴是春	南仁樹		1939. 8		
54	Ok.12246B	마음의 太陽	流行歌		趙鳴岩	朴是春	朴是春	張世貞 / 金貞九		1939. 8		
55	Ok.20051A	新作노들강변	新民謠		趙鳴岩	文藝部	文藝部	李花子	오케-鮮洋管絃樂團	1940. 11?		
56	Ok.31003A	불어라 썽고동	流行歌	趙鳴岩		金海松		南仁樹		1940. 1?		
57	Ok.20006A	울며 헤어진 釜山港	流行歌		趙鳴岩	朴是春	朴是春	南仁樹		1940. 1?		○
58	Ok.20006B	無情告白	流行歌		趙鳴岩	金海松	金海松	朴響林		1940. 1?		○
59	Ok.20011B	英子야 가거라	流行歌		趙鳴岩	朴是春	朴是春	李寅權	오케-오-게스트라	1940. 2	○	
60	Ok.20003B	純情特急	流行歌		趙鳴岩	金海松	金海松	朴響林	오케-오케스트라	1940. 3		○

61	Ok.20003A	크스모스 歎息	流行歌		趙鳴岩	金海松	金海松	朴響林	오케-오케스트라	1940. 3	○
62	Ok.20004B	담배집 處女	流行歌		趙鳴岩	孫牧人	孫牧人	李蘭影	오케-오케스트라	1940. 3?	○
63	Ok.20018B	北京의 밤	流行歌		趙鳴岩	孫牧人	孫牧人	金貞九	오케-오케스트라	1940. 3?	○
64	Ok.20024A	花柳春夢	流行歌		趙鳴岩	金海松	金海松	李花子	金海松(기타)	1940. 4?	○
65	Ok.20024B	火輪船아 가거라	流行歌		趙鳴岩	金海松	金海松	李花子	오케-오케스트라	1940. 4?	○
66	Ok.20025A	鄕愁列車	流行歌		趙鳴岩	朴是春	朴是春	李寅權	오케-오케스트라	1940. 4?	○
67	Ok.20025B	港口야 울지마라	流行歌		趙鳴岩	朴是春	朴是春	李蘭影	오케-오케스트라	1940. 4?	○
68	Ok.20026A	愉快한 봄소식	流行歌		趙鳴岩	蔡奎燁	金海松	金貞九	오케-오케스트라	1940. 4?	○
69	Ok.20026B	설음春風	流行歌		趙鳴岩	朴是春	朴是春	李花子	오케-오케스트라	1940. 4?	○
70	Ok.31052A	志願兵의 어머니	歌謠曲	趙鳴岩		古賀政男	徐永德	張世貞	오케-管絃樂團	1941. 10	
71	Ok.31052B	집 없는 天使	流行歌	趙鳴岩		朴是春	朴是春	南仁樹	오케-管絃樂團	1941. 10	
72	Ok.31065A	浦口의 인사	流行歌	趙鳴岩		李鳳龍		南仁樹		1941. 10	
73	Ok.31005A	좋았거라 斷髪嶺	流行歌		趙鳴岩	朴是春	朴是春	張世貞	오케-管絃樂團	1941. 3	
74	Ok.31016A	驛馬車	流行歌		趙鳴岩	金海松	金海松	張世貞	오케-管絃樂團	1941. 3	○
75	Ok.31016B	진달래 詩帖	流行歌		趙鳴岩	李鳳龍	金海松	李蘭影	오케-管絃樂團	1941. 3	○
76	Ok.31018A	요즈음 茶房	流行歌	趙鳴岩		朴是春	金海松	朴響林		1941. 3	
77	Ok.31034A	신얼룸	新民謠	趙鳴岩				李花子		1941. 5	○
78	Ok.31034B	江原道아리랑	新民謠	趙鳴岩				李花子		1941. 5	○
79	Ok.31039A	無情千里	流行歌	趙鳴岩		朴是春	朴是春	南仁樹	오케-管絃樂團	1941. 6	○
80	Ok.31039B	靑春港口	流行歌	趙鳴岩		朴是春	朴是春	南仁樹	朴春(기타)	1941. 6	○
81	Ok.31093A	이름의 血書	流行歌	趙鳴岩		朴是春	朴是春	白年雪	오케-管絃樂團	1942. 3	○

82	Ok.31093B	牡丹고편지	流行歌	趙鳴岩	朴是春	朴是春	李花子	오케-管絃樂團	1942. 3	○	○
83	Ok.31106A	南洋通信	流行歌	趙鳴岩	朴是春	朴是春	白年雪		1942. 6		
84	Ok.31108A	방가로의 담	流行歌	趙鳴岩	金華榮	李鳳龍	최병호		1942. 6		
85	Ok.31110A	男妹	歌謠曲	趙鳴岩	李鳳龍	李鳳龍	南仁樹	오케-管絃樂團	1942. 6		○
86	Ok.31110B	落花流水	歌謠曲	趙鳴岩	李鳳龍	李鳳龍	南仁樹	李鳳龍	1942. 6		○
87	Ok.31121A	이 몸이 죽고 죽어	流行歌	趙鳴岩	金海松	金海松	白年雪	오케-管絃樂團	1942. 8?		○
88	Ok.31121B	내 故鄕	流行歌	趙鳴岩	朴是春	朴是春	白年雪	朴是春(기타)	1942. 8?		○
89	Ok.31126A	마지막 筆跡	流行歌	趙鳴岩	李鳳龍	李鳳龍	李花子	朴是春(기타)	1942. 12?		
90	Ok.31139A	누님의 사랑	流行歌	趙鳴岩	朴是春	朴是春	白年雪		1943. 1?		○
91	Ok.31139B	母子相逢	流行歌	趙鳴岩	能樂八郞	徐永德	白年雪		1943. 1?		○
92	Ok.31144A	木花를 따며	流行歌	趙鳴岩	金海松	金海松	張世貞 李蘭影	오케-管絃樂團	1943. 2		○
93	Ok.31144B	半島의 處女들	流行歌	趙鳴岩	金海松	金海松	李花子 오케-코러스단	오케-管絃樂團	1943. 2		○
94	Ok.31145B	決死隊의 아내	流行歌	趙鳴岩	朴是春	朴是春	李花子	오케-管絃樂團	1943. 2		○
95	Ok.31146A	어머님 안심하소서	流行歌		金海松	金海松	南仁樹	오케-管絃樂團	1943. 2		○
96	Ok.31146B	丹心玉心	流行歌		李鳳龍	李鳳龍	張世貞	오케-管絃樂團	1943. 2		○
97	Ok.31147A	菊花一片	流行歌	趙鳴岩	金海松		李蘭影		1943. 2		○
98	Ok.31157A	情든 담	歌謠曲	趙鳴岩	李鳳龍	李鳳龍	白年雪	오케-管絃樂團	1943. 2		○
99	Ok.31157B	일썽及第	歌謠曲	趙鳴岩	李鳳龍	李鳳龍	白年雪	오케-管絃樂團	1943. 2		○
100	Ok.31158A	男兒一生	流行歌	趙鳴岩	李鳳龍	李鳳龍	南仁樹		1943. 2		

	음반번호	곡명	갈래						반주	발매		
101	Ok.31158B	아가씨 慰問	流行歌	趙鳴岩	李鳳龍	李鳳龍	張世貞		오케-管絃樂團	1943. 2	○	
102	Ok.31159A	묵토끼 忠誠	流行歌	趙鳴岩	李鳳龍	李鳳龍	白年雪			1943. 2	○	
103	Ok.31159B	圖門江 아가씨	流行歌	趙鳴岩	李鳳龍	李鳳龍	朴響林		오케-管絃樂團	1943. 2	○	
104	Ok.31160A	복수염낭	新民謠	趙鳴岩	朴是春	朴是春	李花子		오케-管絃樂團	1943. 2	○	
105	Ok.31160B	玉통소 우는 밤	新民謠	趙鳴岩	朴是春	朴是春	李花子		오케-管絃樂團	1943. 2	○	
106	Ok.31165A	山 千里 물 千里	流行歌	趙鳴岩	李鳳龍	李鳳龍	최병호		오케-管絃樂團	1943. 2	○	
107	Ok.31165B	黃布뭇대	流行歌	趙鳴岩	朴是春	朴是春	최병호		오케-管絃樂團	1943. 2	○	
108	Ok.31166A	陽山道	新民謠	趙鳴岩		宋熙善	李花子		오케-管絃樂團	1943. 2	○	
109	Ok.31166B	放我打鈴	新民謠	趙鳴岩		宋熙善	李花子		오케-管絃樂團	1943. 2	○	
110	Ok.31172A	父母離別	新歌謠	趙鳴岩	金海松		白年雪		오케-管絃樂團	1943. 9	○	
111	Ok.31182A	故鄕消息	新歌謠	趙鳴岩	李村生		白年雪			1943. 9		
112	Ok.31182B	移動天幕	新歌謠	趙鳴岩	李村生		白年雪			1943. 9		
113	Ok.31006B	마지막 금열	新民謠		朴是春	朴是春	李花子		오케-오-게스트라	?	○	
114	Ok.31009A	紅薔薇	流行歌		朴是春	朴是春	李黃權		오케-管絃樂團	?		○
115	Ok.31009B	國境의 茶房	流行歌	趙鳴岩	李鳳龍	李鳳龍	李黃權		李鳳龍(기타)	?		○
116	Ok.31012A	포장친 異國歌	流行歌	趙鳴岩	金玲波		朴響林			?		
117	Ok.31013A	嗚呼라 父主前	流行歌	趙鳴岩	金玲波		李花子		오케-管絃樂團	?		
118	Ok.31013B	南山꼴 茶房꼴	流行歌	趙鳴岩	金玲波	朴是春	李花子		오케-管絃樂團	?		
119	Ok.31017A	노랑저고리	新民謠	趙鳴岩	金玲波	宋熙善	李花子		오케-管絃樂團	?	○	
120	Ok.31017B	아리랑 三千里	新民謠		金玲波	宋熙善	李花子		오케-管絃樂團	?	○	
121	Ok.31035B	櫻花春	流行歌	趙鳴岩		朴是春	金貞九		오케-管絃樂團	?		○

No.	음반번호	곡명	장르	작사	작곡	편곡	노래	반주			
122	Ok.30036B	女人行路	流行歌	李昌根 趙鳴岩	朴是春	朴是春	南仁樹	오케-管絃樂團	?	○	
123	Ok.31071A	인해의 倫理	主題歌	趙鳴岩	金海松	金海松	李蘭影		?		○
124	Ok.31084A	落花三千	歌謠曲	趙鳴岩	金海松	金海松	金貞九	오케-管絃樂團	?		○
125	Ok.31084B	그대와 나	歌謠曲	趙鳴岩	金海松	金海松	南仁樹 張世貞	오케-管絃樂團	?		
126	Ok.31096A	京畿나그네	流行歌	趙鳴岩	金海松		白年雪		?		
127	Ok.31097A	病院船	流行歌	趙鳴岩	朴是春		南仁樹		?		
128	Ok.31098A	春風曲	流行歌	趙鳴岩			李花子	李鳳龍	?		
129	Ok.31122A	남쪽의 달밤	流行歌	趙鳴岩	朴是春	朴是春	南仁樹	朴是春(기타)	?	○	
130	Ok.31122B	紅桃	流行歌	趙鳴岩	山下五郎	徐永德	李蘭影	오케-管絃樂團	?	○	○
131	Ok.31125A	新作아리랑	新民謠	趙鳴岩		徐永德	李花子	오케-管絃樂團	?	○	○
132	Ok.31125B	新作도라지	新民謠	趙鳴岩		徐永德	李花子	오케-管絃樂團	?	○	○
133	Ok.31135A	一字上書	流行歌	趙鳴岩	金海松	金海松	南仁樹	오케-管絃樂團	?		○
134	Ok.31135B	바다의 半平生	流行歌	趙鳴岩	南芳春	徐永德	南仁樹	오케-管絃樂團	?		
135	Ok.31184A	雙頭馬車	미상	趙鳴岩	金海松	金海松	朴響林	오케-管絃樂團	?	○	
136	Ok.31184B	感激의 水平線	미상	趙鳴岩	朴是春	朴是春	南仁樹	오케-管絃樂團	?	○	
137	Ok.31193A	三千五百萬感激	歌謠曲	趙鳴岩	金海松	金海松	南仁樹	李蘭影(조곡)	?	○	
138	Ok.31193B	血書支援	歌謠曲	趙鳴岩	朴是春	朴是春	白年雪 朴響林 南仁樹		?	○	
139	Ok.31211A	一家親戚	歌謠曲	趙鳴岩	李鳳龍	李鳳龍	南仁樹	李鳳龍(기타)	?		○

번호	음반번호	곡명	장르	작사	작곡	편곡	연주	반주	발매일자	음원
140	Ok.31211B	志願兵의 집	歌謠曲		朴是春		張世貞	管絃樂伴奏	?	○
141	Ok.K5001A	흥빈旅愁	流行歌	趙鳴岩	姜海人	金海松	金鮮英	오케-오케스트라	?	○
142	Ok.K5003A	江南에 울었소	流行歌	趙鳴岩	林根植	林根植	沈遠	오케-오-케스트라	?	○
143	Ok.K5003B	사나이 悲戀	流行歌	趙鳴岩	朴是春	朴是春	峯一	오케-오-케스트라	?	○
144	Ok.K5036A	슿쉬는 간데라	流行歌		金玲波	朴是春	李蘭影	오케-管絃樂團	?	○
145	Ok.K5036B	幸福의 남짜	流行歌	趙鳴岩	朴是春	朴是春	成一	오케-管絃樂團	?	○

13. 주요한(총 1편, 1편)

번호	음반번호	곡명	장르	역사	작사	작곡	편곡	연주	반주	발매일자	가사	음원
1	Vi.49119A	어머니와 아들		朱耀翰 譯詞		安基永		安基永	管絃樂伴奏	1932. 4	○	

14. 최남선(총 3편, 3편)

번호	음반번호	곡명	장르	작사	작곡	편곡	연주	반주	발매일자	가사	음원
1	Po.CL1A	來日		崔南善	李鍾泰		玄濟明		1937. 7	○	
2	Po.CL1B	동산		崔南善	李冕相		鄭勳謨		1937. 7	○	
3	Vi.KS2025A	銃後義勇	時局歌謠	崔南善	李冕相		林東浩, 스타-合唱團	스타-管絃樂團	1937. 11		○

15. 홍사용(총 9면, 9편)

번호	음반번호	곡명	장르	작사	작시	작곡	편곡	연주	반주	발매일자	가사	음원
1	Co.40269A	댓소-오-케-(THAT,S O.K.)	流行小曲	洪露雀譯詞		古賀政男		蔡奎燁 姜石燕	콜럼비아管絃樂團	1932. 1		○
2	Co.40269B	달빛 여읜 물가	流行小曲	洪露雀譯詞		古賀政男		金仙草	콜럼비아管絃樂團	1932. 1		○
3	Co.40284A	이가씨 마음	流行小曲	洪露雀譯詞		古賀政男		姜石燕	絃樂四重奏	1932. 2		○
4	Co.40284B	古都의밤	流行小曲	洪露雀		古賀政男		姜石燕	콜럼비아管絃樂團	1932. 2		○
5	Co.40325A	自轉車(大長安主題歌)		譯詞			杉田良造	姜石燕		1932. 7		
6	Co.40325B	이름		洪露雀			杉田良造	姜石燕		1932. 7		
7	일측K8인29A	港口의 노래	流行小曲	洪露雀			杉田良造	金仙草	管絃樂伴奏	1932. 11		
8	일측K8인29B	가페의 노래	流行小曲	洪露雀			杉田良造	金仙草	管絃樂伴奏	1932. 11		
9	Ch.108A	銀杏나무	新民謠	洪露雀	洪露雀	尹昌淳		申泰鳳		1933. 7		

16. 1937년 발매 관제가요 목록(총 11면, 11편)

번호	음반번호	곡명	장르	작사	작곡	편곡	연주	반주	발매일자	가사	음원
1	Po.CL1A	來日		崔南善	李鍾泰		玄濟明		1937.7	○	
2	Po.CL1B	동산		崔南善	李冕相		鄭勳謨		1937.7	○	
3	Po.19446A	半島義勇隊歌	愛國歌	李園	金駿泳		金龍煥		1937.11		
4	Po.19446B	男兒의 義氣	愛國歌	李園	金駿泳		金龍煥		1937.11		

	음반번호	제목	갈래	작사	작곡	편곡	노래	반주	발매일		
5	Ta.8333A	帝國決死隊	愛國歌				鬱金香		1937. 11		
6	Vi.KS2025A	銃後義勇	時局歌謠	崔南善	李冕相		林東浩, 스타-合唱團	스타-管絃樂團	1937. 11	○	
7	Vi.KS2025B	正義의 師어	時局歌謠	金億	李冕相		林東浩	스타-管絃樂團	1937. 11		○
8	Co.40794A	從軍看護婦의 노래	時局歌	金億	李冕相	仁木他喜雄	鄭讚柱	콜럼비아管絃樂團	1938. 1		○
9	Co.40793A	銃後의 祈願	時局歌	李河潤	孫牧人	奧山貞吉	朴世煥 鄭讚柱 콜럼비아合唱團	日本콜럼비아管絃樂團	1937. 12	○	○
10	Co.40793B	正義의 行進	時局歌	金億	全基玹	奧山貞吉	曹秉驥	콜럼비아管絃樂團	1937. 12	○	○
11	Co.40794B	勝戰의 快報	時局歌	異河潤	鄭珍奎	奧山貞吉	朴世煥 鄭讚柱	日本콜럼비아管絃樂團	1937. 12(?)	○	○

부록 2: 각종 악보집 소재 가사

1. 이 작품들은 원전의 표기를 그대로 따르고 있다.
2. 작품 가운데 ' / ' 표시는 시의 행 단위가 아닌 악보상의 소절 단위를 나타낸다.
   또한 ' // ' 표시는 시의 연 단위가 아닌 절 단위를 나타낸다

1. 《안기영작곡집》 제1집

(1)　　〈山고개〉(金岸曙 作歌, 安基永 作曲)

　　　　살악눈 오는 밤에 나와 맛나려 / 고개고개 뒤넘어 그대가 왔고 /
　　　　자즌닭 쇠쇠울제 나는 그대를 / 산고개 바라주며 잘 가라 햇소 /
　　　　눈오는 밤이 되면 그 째의 일이/ 아나나 닛치우고 다시금 설워//

(2)　　〈오날도 조약돌을〉(李殷相 作歌, 安基永 作曲)

　　　　넷날엔 내 마음에 산성 우헤다 / 탑으로 세윗든 나의 그대가 /
　　　　이 날엔 긔억의 산비탈 밋헤 / 산산히 부서진 조약돌일다 /
　　　　눈바래 처불어도 세운 그대로 / 억만년 무궁무궁 웃둑하더라 /
　　　　밋엇든 그 마음 바털 길 업서 / 오날도 조약돌을 주서 모흐네//

(3)　　〈조선의 꼿〉(李殷相 作歌, 安基永 作曲)

　　　　1. 거츤 산등승이 골작이로 / 봄비츤 우리를 차저오네 / 아가는 엄트는 됴
　　　　　 선의 꼿 / 아가는 엄트는 됴선의 꼿//
　　　　2. 오날은 이동산 쑤며 노코 / 래일은 이 짜에 향내 퍼질 / 아가는 봉오리
　　　　　 됴선의 꼿/ 아가는 봉오리 됴선의 꼿//
　　　　3. 들녁에 비바람 불어처서 / 산 우헤 나무들 넘어져도 / 아가는 피어가는
　　　　　 됴선의 꼿 / 아가는 피어가는 됴선의 꼿//

(4)　〈뜻〉(朱耀翰 作歌, 安基永 作曲)

1. 나는 조고만 봉사씨외다 / 싸만 몸 홀노 튀여 굴너서 / 검은 흙속에 썩
   히는 쯧은 / 봄에 고흔싹 나렴이외다//

2. 나는 풀닙헤 이슬 한 방울 / 해빗 찬란한 아츰 써나서 / 어둔 돌틈에
   슬어지는 쯧 / 넓은 바라도 가렴이외다//

3. 나는 됴선의 어린이외다 / 몸과 정성을 앗김 업시 / 하로 쏘 하로 배우
   는 쯧은 됴선을 다시 보렴이외다//

(5)　〈진달내꼿〉(金素月 作歌, 安基永 作曲)

나 보기가 역겨워 가실 쌔는 / 말업시 고히 보내 들이오리다 /

녕변에 약산 진달내 꼿 아름싸다 가실길에 쑤리우리다 /

가시는 거름거름 노힌 그 꼿츨 / 삽분히 즈려밟고 가시옵소서 /

나 보기가 역겨워 가실 쌔는 / 죽어도 아니 눈물 흘니우리나//

(6)　〈물새〉(李殷相 作歌, 安基永 作曲)

1. 합포라 바다가에 물새를 보면 / 쌍쌍이 이리날고 뎌리도 날아 / 바위틈
   에 숨엇다 모래판 우헤 / 모래판에 나왓다 물속에 숨네//

2. 숨으면 차저내고 차즈면 숨고 / 비비쎄 노래하며 날아단닐 쌔 / 나홀로
   돌우헤 올나안저서 / 아름다운 짠 세상 바다를 보네//

(7)　〈南山에 올아〉(李殷相 作歌, 安基永 作曲)

1. 서울이라 남산에 나리는 비는 / 천 줄기라 만 줄기 구억만 줄기 / 풀을
   은 솔밧헤는 앳구즌 비가 / 장충단 헌 집웅엔 구슲흔 빌세//

2. 바라보면 노들벌 십리다 먼길 / 모래판에 오는 비 강에 오는 비 / 가다
   가 되오는 배 사공이 넌고 / 쌈저즌 배작삼이 다시 저즈리//

3. 굽어 보면 장안엔 아모도 업시 / 주룩주룩 오는비 쓸쓸도 하이 / 사십
   리 넓을 쎄라 이 큰 장안에 / 주인은 어대 가고 비만 오는고//

(8)　〈漢江의 노래〉(李殷相 作歌, 安基永 作曲)

1. 은빗의 가을달은 고요히 졸며 / 흘으는 한강에는 물결이 잠잘 째 / 창
　　백한 물의 녀신 긴 한숨 쉬며 / 흰 달을 울어 보면서 이 갓치 말햇네 /
　　천 년 전 넷날에는 이 반도 우헤는 / 평화의 노래 소래 내 우해 흘넛네 /
　　그러나 오늘날엔 이 싸는 변코 / 나 홀노 길게 흘너서 한양을 두르네//

2. 반도의 긴긴 력사 내 맑은 품에 / 애타는 젊은이의 가슴에 잇건만 / 맹
　　렬한 비바람에 시달니여서 / 황막한 들에 쫏기여 고닯히 자노라 / 흘으
　　고 길게 흘너 영원한 락토에 / 어린이 쮜여 노는 그 나라 차져서 / 자유
　　의 깃븐 노래 가벼운 춤에 / 마음썻 즐겨함으로 네 몸을 쉬여라//

(9)　〈우리 아기 날〉(李春園 作歌, 安基永 作曲)

1. 어제 날 됴흔 날 우리 아기 날 / 나무리 구십 리 일점 풍 업네 / 오날밤
　　수리재 눈바래 치나 / 우리 아기 한양에 평안히 쉬네//

2. 우리 아기 가는데 봄바람 불고 / 우리 아기 잠잘 째 물결도 자네 / 복만
　　흔 우리 아기 가는 곳 마다 / 세상에 화평과 깃븜을 주네//

(10)　〈그리운 江南〉(金石松 作歌, 安基永 作曲)

1. 정이월 다가고 삼월이라네 / 강남 갓든 제비가 도라오면은 / 이 쌍에도
　　쏘다시 봄이 온다네//

2. 三月도 初하로 당해 오면은 / 갓득이나 들석한 이 내 가슴에 / 제비 쎄
　　날러와 지저귄다네//

3. 江南이 어댄지 누가 알니요 / 맘 홀노 그린 지 열도 두 해에 / 가 본 적
　　업스니 제비만 안다네//

4. 집집에 옹달샘 저절노 솟고 / 가시보시 맛잡아 즐겨 살으니 / 천년이 하
　　로라 평화하다네//

5. 저마다 일하야 제살이 하고 / 이웃과 이웃이 서로 믿으니 / 쌔앗고 다
　　툼이 애적에 업다네//

6. 하날이 풀으면 나가 일하고 / 별 아래 모히면 노래 부르니 / 이 나라 일홈이 강남이라네//

7. 그리운 더 강남 두고 못감은 / 삼천리 물길이 어려움인가 / 이 발목 상한 지 오램이라네//

8. 그리운 저 江南 언제나 갈가 / 구월도 구일은 해마다 와도 / 제비가 갈 제는 혼자만가네//

9. 그리운 더 강남 건너 가랴면 / 제비떼 뭉치듯 서로 뭉치세 / 상해도 발이니 가면 간다네//

(후렴) 아리랑 아리랑 아라리요 / 아리랑 강남을 어서가세//

(11) 〈春詞〉(李殷相 作歌, 安基永 作曲)

1. 쌕국이 놀다갈 소나무 놉흔 가지엔 / 어제도 오날도 연달아 실바람이 비질합니다 / 창문 밧게서 지저귀는 새소래도 / 겨을 하날에서 울던 그 곡됴가 아니오이다 /

2. 보서요 버드나무도 가지마다 / 쇠꼴이 안즐 풀은 방석을 짜나감내다 / 물 충충 흐르는 저 강 우해 / 오가는 조각배도 날오는 듯 써단니는 봄이 오이다 /

(후렴) 말은 남게도 물올은다는 봄이 아니옵니가 / 병든 제비도 물차고 날아드는 째가 왓사옵내다 / 슯으기 넷곡됴를 울님가튼 이 마음도 / 그대 위해 날 위해 새단장하고 나설 봄이오이다.

2. 《안기영작곡집》 제2집

(1) 〈새나라로〉(李光洙 作歌, 安基永 作曲)

어야드야 어허허리 어기엿차 닷 감아라 /
옛 나라야 잘있거라 나는 가네 새나라로//

(2) 〈어머니와 아들〉(朱耀翰 譯歌, 安基永 作曲)

1. 사랑하는 나의 아들 / 너 간 곳이 어드메냐 / 죽엇느냐 살앗느냐 / 잘 되엿나 못 되엿나 / 찰하리 죽엇다면 / 나의 맘도 편할 것을 / 너도 고생 더 안 할 걸//

2. 끼를 굼고 망신해 / 히망좃아 없드라도 / 가슴 앞아 하지 말고 / 어머니를 찾어 오렴 / 세상의 영화재물 / 속임 많고 헛된 것을 / 이 제비도 알 앗노라//

3. 무거운 옥문 속에 / 몹쓸 매에 못 오는가 / 넓은 사막 사자굴에 / 빳이 어서 못오는가 / 풀은 바다 깊은 속에 / 동모 함끠 잠들어서 / 영원다시 못오는가//

4. 귀신이 잇단말도 / 내게는 거짓말이 / 혼이라도 있다 하면 / 꿈에나마 뵈련만은 / 밤낮으로 그런 아들 / 사랑하는 내아들아 / 웨 안 오나 웨 안 오나//

(3) 〈滿月臺〉(金岸曙 作歌, 安基永 作曲)

1. 가울비는 보슬보슬 풀닢에 맺어지고 / 난데없는 가마귀떼 휘돌며 우누나 / 만월대라 올나서니 쓸쓸한 비인터 / 설업어라 지낸 꿈은 볼 길도 없든가//

2. 가을비는 보슬보슬 풀끝에 맺어지고 / 난데없는 가마귀떼 휘돌며 우누나 / 만월대라 올나서니 쓸쓸한 비인터 / 설업어라 지낸 꿈은 볼 길도 없든가//

(4) 〈麻衣太子〉(李殷相 作歌, 安基永 作曲)

1. 그 나라 망하니 뵈옷을 감으시고 / 그 영화 바리니 풀뿌리 맛보셧네 / 애닯다 우리 태자 그 마음 뉘 알고 / 풍악산 험한 골에 한 품은 그 자최 / 지나는 길손마다 눈물을 지우네//

2. 태자성 옛 터엔 새들이 지저귀고 / 거하신 궁들은 터 좇아 몰은노다 /

슳어라 우리 태자 어대로 가신고 / 황천강 깊은 물에 뿌리신 눈물만 /

곱곱이 여흘되여 만고에 흘으네//

(5)   〈붓그러움〉(朱耀翰 作歌, 安基永 作曲)

뒤동산에 꽃캐러 언니딸어 갓더니 /

솔가지에 걸니여 당홍치마 찌젓슴네 /

누가 행여 볼가 하야 즈름길로 왓더니 /

오날딸아 새베는 님이 즈름길로 나왓슴네 /

뽕밭 옆에 김 안 매고 새 베려 나왓슴네//

(6)   〈배사공의 안해〉(金東煥 作歌, 安基永 作曲)

물결좇아 사나운 저 바다가에 / 부서진 배조각 주서뫃으는 /

저 안악네 풍랑에 남편을 잃고 / 지난밤을 얼마나 울며 새엇나 /

타신 배는 바서저도 돌아오것만 / 한번 가신 그 분은 올 길이 없구나 /

오날도 바다가에 외로히 서서 / 한 옛날의 생각에 울다가 가네 /

빨은 것은 세월이라 삼년이 되니 / 어느새 유복자 키워다리고 /

바다가에 일으러 타일느는 말/ 어서커서 아버지 원수갚어라//

(7)   〈복송아꽃〉(金岸曙 作歌, 安基永 作曲)

1. 눈을 뜨니 연분홍은 이 내 맘이라 / 지낸 밤은 가는 비는 얼마나 왓노

   / 봄바람은 하늘하늘 닢을 흔들고 / 벌나비는 오락가락 송이를 돈다//

2. 수집다고 말을 할가 그도 수집고 / 이내 심사 연분홍을 무어라 하노 /

   생각일랑 말자해도 말길이 없고 / 벌나비는 오락가락 송이를 돈다//

3. 풀은 하늘 고은 맘을 어이 맡고 / 떠돌다간 검은 구름 비가 되는 걸 /

   많은 사람 네거리를 밀려들어도 / 어이하랴 이내 맘을 난 몰으겟네//

(8)　〈밀밭〉(金岸曙 作歌, 安基永 作曲)

1. 지낸 가을 들어서 뿌린 밀알은 / 파릇파릇 새움이 돋아납니다//

2. 돌난 움만 보아도 생각 새로워 / 닞지 못할 그날이 송송이 뵈네//

(9)　〈金剛飯露〉(李殷相 作歌, 安基永 作曲)

1. 금강이 엇더트뇨 돌이요 물일러라 / 돌이요 물일러니 안개요 구름일러라 / 안개요 구름이어니 있고 없고 하여라//

2. 금강이 어드메뇨 동해의 가이로다 / 갈제는 거길러니 올제는 흉중에 있네 / 라라라 이대로 직혀 함씌 늙자 하노라//

(10)　〈살아지다〉(李光洙 作歌, 安基永 作曲)

1. 살아지다 살아지다 억년이나 살아지다 / 백자천손 엉키엉키 십만 리나 퍼저지다 / 잘 살고 잘 퍼지도록 일생 힘을 쓰과저//

2. 쓰라 주신 손톱 발톱 그저 두기 황송해라 / 큰일 맡은 머리와 입 묵일 줄이 있오리까 / 울기나 웃기낫 간에 실컷 맘것 하리라//

3. 《안기영작곡집》 제3집

(1)　〈힘〉(朱耀翰 作歌, 安基永 作曲)

바람아 몰리어 오라 눈비야 쏘다지어라 /
내 손에 힘 올으고 내 가슴에 피 끌으니 /
한겨울 놉쓴 치위를 마다 아니 하리라//

(2)　〈방아타령〉(金東煥 作歌, 安基永 作曲)

1. 돌밭에 해당화 빨가케 필 때 / 우리네 가슴도 빨가케 탄다 / 이 강산 좋은 강산 떠나지 마라 / 하날에 뜬 구름도 달 두고 간다//

2. 앞내 강변 수양버들 누가 심엇나 / 바람 불 제 가루오루 서로 얼킨다 /

　　　갈은 방아 발짓하는 우리들도 / 강바람에 서로얼린 두 가닥 버들//

　　　(후렴) 에헤야 좋구나 방아로구나 / 이 강산 좋은 강산 떠나지 마자//

(3)　〈하소연〉(李殷相 作歌, 安基永 作曲)

　　　1. 이 한 밤 숲속을 나는 웨 거니나 / 나무가지 사이로 달은 새여 흘으난

　　　데 / 고개들고 우르니 저 달 아니 그댄가 / 나러가서 안으랴 그대 나오

　　　려나//

　　　2. 이 한 밤 숲속을 나는 웨 거니나 / 바위 넘어 길 넘어 내물 소래 들니난

　　　데 / 눈을 감고 들으니 그대 음성 아닌가 / 허위허위 찾어가 도라갈 줄

　　　모르네//

(4)　〈봄비〉(朱耀翰 作歌, 安基永 作曲)

　　　1. 봄비에 바람치어 실같이 휘날닌다 / 종일 두고 뿌리어도 끊일 줄 몰으

　　　노네 / 묵은 밭 새옷 입으리니 오실대로 오시라//

　　　2. 개구리 감깨여라 버들개치 너드오라 / 나비도 꿀벌도 온갓 생물 다나

　　　오라 / 단 봄비 조선에 오나니 마중하려 갈거나//

4. 《조선문예회발표 가곡집》 제1집

(1)　〈來日〉(崔南善 詩, 李鍾泰 曲)

　　　1. 西山에 누엿누엿 넘는저해에 / 그대여 귀기우려 드를지이다 / 東海로

　　　불끈소슬 來日의約束 / 얼골을 붉히면서 외치는소리//

　　　2. 고요히 밤의帳幕 나린뒤에도 / 켜기를 그칠소냐 理想의고치 / 저근듯

　　　새벽빗치 門두드릴제 / 들고서 나서려는 새북새부듸//

　　　3. 나날이 한자한자 짜가는비단 / 올마다 불어넛는 靈魂의숨길 / 두렷한

한긔되여 펼치는날의 / 感激을 닥아다가 가슴이뛰네//

4. 커다란 어둠에서 커다란빗치 / 우리손 끗츨따라 피여나오리 / 끗업는
生命의길 創造의거름 / 북바처 부루짓는 희망의소래//

(2)　　〈동산〉(崔南善 詩, 李冕相 曲)

1. 더운볏 한나절의 나무닙 / 얏바람 간지럼에 못니겨 / 金비눌 銀비눌을
번득여 / 깃븜을 물껼치며 춤추네//

2. 은근히 다녀가는 저나뷔 / 무엇을 속삭이려 노앗기 / 뾰루퉁 성내엿든
찔레꼿 / 붉은뺨 방긋하게 뻐그나//

3. 멋대로 다퇴우는 새소리 / 마초아 제장단만 녀겨서 / 숩혜선 뫼뛰기가
경둥둥 / 샘에선 선드람이 뱅뱅뱅//

4. 어느덧 연못가에 왓든가 / 물에서 마조웃는 내얼골 / 한가한 이속에도
밧븐빗 / 하늘에 구름가는 그림자//

(3)　　〈가는 비〉(崔南善 詩, 玄濟明 曲)

1. 가는비 솔솔솔 실토리처럼 / 풀려서 풀려서 긋치업네 / 감을에 말라서
시드른목숨 / 골고로 축이려네 축이고말려네//

2. 가는비 솔솔솔 썩가루처럼/ 날려서 날려서 數가업네 / 이러나 긔펴고
크라는긔별 / 제각금 傳하려네 傳한다 서두네//

3. 가는비 솔솔솔 소리도업시 / 아츰서 낫까지 쉬지안네 / 이긔척 저자최
다몰랏건만 / 나무새 생긔나고 새암물 부럿네//

(4)　　〈서울〉(崔南善 詩, 玄濟明 曲)

1. 하늘을 버틔고도 힘이남는 三角山 / 바다를 당긔고도 量안차는 漢江水
/ 쩌안고 밧드러서 길러가는 서울城 / 언제고 든든할사 久遠의 젊은빗//

2. 흐르는 歲月속에 놉고나즌 물껼이 / 詩人을 爲해잇는 꿈자최라 마러라
/ 한層에 또한層을 언저가는 黃金塔 / 팔쭉에 새힘올라 뛰노는 脈搏을//

3. 각사람 가슴속에 품겨잇는 화초씨 / 여긔를 내여노코 또어듸다 샏리리 / 아버지 한아버지 방울방울 흘린짬 / 심여서 거러진것 이溫床 培養土//
4. 峨嵯山 아츰볏과 幸州金浦 저녁놀 / 돌려서 그려내는 아름다운 冕旒冠 / 한줌흙 한알모래 저마다의 榮光이 / 손긋헤 만저지네 발압헤 노혓네//

(5)   〈복사꼿〉(金億 詩, 李冕相 曲)
1. 복사꼿은 나의맘 고흔봉오리/ 자라납니다 자라납니다 / 새봄볏이 조타고 자라납니다//
2. 사운사운 실비에 물든 연분홍 / 눈을 뜹니다 눈을 뜹니다 / 송이송이 고요이 눈을뜹니다//
3. 맑은하늘 나비들 쌍쌍이돌며 / 춤을 춥니다 춤을 춥니다 / 새生命이 貴여워 춤을춥니다//

(6)   〈붉은 꼿송이〉(金億 詩, 李冕相 曲)
1. 논틀밧틀 흘으는 개울을타고 / 너훌너훌 써가는 붉은꼿송이 붉은꼿송이//
2. 어느뉘가 썩거서 던저버렷나 / 너훌너훌 써가는 붉은꼿송이 붉은꼿송이//
3. 맑은香내 고흔빗 지닌그대로 / 너훌너훌 써가는 붉은꼿송이 붉은꼿송이//
4. 프른하늘 울연이 어리운우로 / 너훌너훌 써가는 붉은꼿송이 붉은꼿송이//
5. 어듸로서 어듸를 흘으는것가 / 너훌너훌 써가는 붉은꼿송이 붉은꼿송이//

부록 3: 전국 유성기음반 취급점 목록

1. 이 목록은 다음의 서지를 바탕으로 작성한 것이다. 종요도 순서에 따라 열거하면 다음과 같다.
   - 中村資郎, 『朝鮮銀行會社要錄』(東亞經濟時報社, 1921~1925. 격년간) 및 『朝鮮銀行會社組合要錄』(東亞經濟時報社, 1927~1942. 격년간) * 이하 '요록'으로 약칭한다.
   - 京城商業會議所, 『京城商工名錄』(京城商業會議所, 1923~39. 년간) * 이하 '명록'으로 약칭한다.
   - 釜山府, 『釜山商工案內』(釜山府, 1932~1935 년간 부정기) * 이하 '안내'로 약칭한다.
   - 山田勇雄, 『大京城寫眞帖(中央情報鮮滿支社, 1937) * 이하 '대경성'으로 약칭한다.
   - 『인세트』『매일신보』『동아일보』『조선일보』소재 기사 및 광고 * 이하 '신문'으로 약칭한다.
   - 《클럼비아매월신보》《빅터매월신보》《프리돔매월신보》《시에론매월신보》《오케매월신보》《태평매월신보》* 이하 '일보'으로 약칭한다.
   - 《음악과 축음기(音樂と蓄音器》조선음악호(東京: 音樂と蓄音器社, 1921. 5) * 이하 '축음기'로 약칭한다.
   - 음반 '자켓'으로 약칭한다.

2. 이 목록은 유성기음반 취급 점포를 중심으로 작성했으며, 직접 음반을 판매하기도 한 것으로 보이는 '일본축음기상회', '제일상회(일본빅터축음기주식회사와 음반 판매화사)'와 '일본콜럼비아축음기조선판매'도 추가했다.

3. 이 외 유성기·유성기음반 취급했으나는 분명하지 않은 악기점, 음반 취급점은 아니나 악기를 취급했던 점포, 시계점으로서 악기를 취급했던 점포는 별도로 표로 정리했다.

4. 이 목록에서 '확인시기'는 '요록'의 경우 격년 단위로, '신문'의 경우 매월 소재가 확인된 시점을 말한다. 설립일자보다 확인시기가 앞서는 경우가 있다. 소재지가 변경될 경우에는 상호가 같더라도 구분했다.

1. 전국 유성기음반 취급점 목록

전국 유성기음반 취급점 목록: 98개소

지역	번호	상호	소재지	설립연도	확인시기	출전
경성 (50)	1	日本樂器製造株式會社	京城府 本町 1町目 18	1888	1935. 5~1939. 9	명록 대경성

No.	상호	주소	개업일	광고게재	출처
2	辻屋商店	京城府 本町 3丁目	미상	1907. 11	신문
		京城府 本町 2丁目		1908. 5.19~13. 5. 6	
	日本蓄音器商會 京城支店(도)	京城府 本町 5丁目	1911. 9.	1911. 9~1913. 6	요록
		京城府 本町 2丁目 219		1921. 5	명록
		京城府 本町 2丁目 29		1923. 4	축음기
		京城府 黃金町 1丁目		1926. 9~1928.9	
		京城府 長谷川町 111		1931.9~1938.9	
		京城府 櫻田町 1-31		1939. 9	
4	熊平商店	京城府 本町 1丁目	미상	1913. 5~6	신문
		京城府 本町 3丁目		1913. 9	
5	五福商店	京城府 南大門通 廣橋 川邊	미상	1912. 7	신문
		京城府 鐘路通		1913. 5~6	
6	西村樂器店	京城府 永樂町	미상	1913. 5~6	신문
7	天眞堂商店	京城府 漢江通	미상	1913. 5	신문
8	蒲原商店	京城府 漢江通	미상	1913. 5	
9	琴喜樂器店	京城府 鐘路 2丁目 78	1921. 5		명록 대경성 신문 별보
10	明時堂	京城府 南大門通 2丁目 29	미상	1923. 4	요록
		京城府 南大門通 3丁目 12	1921. 11. 01	1923. 8~1929. 3	명록
		京城府 南大門通 5丁目 56	1930. 10. 30	1931. 3~1942. 9	신문

번호	이름	주소			출처
11	皆東	京城府 南大門通 4丁目 76	1924. 4. 20	1925. 8-1927. 6	요록 신문
12	株式會社 以文堂(서점)	京城府 寬勤町 13	1925	1937. 10	대경성 신문
13	勢山(セヤマ)樂器店	京城府 本町 1町目 18	1927. 5. 4	1926. 5-1926. 8 1929. 3-1934. 5	요록 신문
		京城府 鐘路 2町目 76		1933. 4-1942. 9	
14	十字屋樂器店	京城府 若草町 37	1925. 12.06	1927. 6-1942. 9	요록
15	株式會社 세일商會(ロ)	京城府	미상	1928. 6	신문
16	朝鮮蓄音器商會	京城府 鐘洞 塔洞 公園 正門前		1926. 7-1936. 11	명록 대경성 신문
		京城府 鐘路 2町目 파고다공원 앞		1935. 3	
		京城府 鐘路 2町目 49	1926.7	1936. 10-1937. 5	신문 월보
		京城府 鐘路 2町目 24		1937. ?	
		京城府 鐘路 4町目 24		1938. 9	
17	山口樂器店	京城府 本町 2町目 11	미상	1929. 3-1939. 9	명록 신문
18	山口樂器店 鐘路支店	京城府 鐘路 2町目 81 永保빌딩	미상	1935. 1-1939. 11	신문 월보
19	金剛蓄音機	京城府 鐘路通 2丁目 71	1929. 8. 25	1931. 3-1942. 9	요록 신문
20	扇屋樂器店	京城府 南大門通 5丁目 26	1929. 12. 16	1931. 3-1942. 9	요록 신문
21	朝日(アサヒ)樂器店	京城府 本町 1町目	미상	1932. 3-1939. 10	신문 월보
		京城府 本町 1町目 21	미상	1935. 9-1938. 9	명록

번호	상호	주소			
22	日本콜럼비蓄音器朝鮮販賣(三)	京城府 本町 1丁目 18-3	1930. 8. 10	1931. 3	요록
	日本콜럼비蓄音販賣(三)	京城府 黃金町 2丁目 96		1933. 4	명록
23	이글蓄音器朝鮮配給所(三)	京城府 本町 2丁目 30	1936. 5. 28	1937. 4-1939. 9	요록
24	福森商店	京城府 太平通 2丁目 58	1930. 11. 01	1931. 3	요록
25	伊藤商會	京城府 西小門町 74	1931. 4. 28	1933. 4-1935. 4	요록
26	明治樂器店	京城府 本町 2丁目 11	1932. 10. 20	1933. 4-1935. 4	명록 월보
27	서울(ソウル)蓄音器商會	京城府 南大門通 2丁目 151	미상	1933. 7-1935. 9	월보
		京城府 西大門町 1丁目 11	미상	1934. 5-1935. 10	신문
28	京城樂器商會	京城府 鐘路 2町目(靑年會館下層)	미상	1934. 7-1937. 5	명록
		京城府 鐘路 2町目 9	미상	1935. 10	요록
29	日比商店	京城府 黃金町 3丁目 241	1933. 3. 20	1935. 4	신문
30	村木時計店	京城府 本町 2丁目	미상	1934. 7	명록
31	鮮一樂器店	京城府 鐘路 2町目 韓書빌딩	미상	1935. 7-1937. 4	명록 대경성월보
		京城府 鐘路 2町目 100		1936. 1-1938. 9	요록 신문
32	靑木商會	京城府 古市町 19	1938. 1. 15	1935. 9-1942. 9	명록
33	미상(朴南奎)	京城府 竹添町 1丁目 18	미상	1935. 9	명록
34	미상(大橋次郎)	京城府 黃金町 2丁目 96	미상	1935. 9	명록

번호	상호	주소	설립일	운영기간	출처
35	釘本樂器店	京城府 本町 2丁目 29		1923. 4	명록
36	코리아蓄音器	京城府 本町 2丁目 58	1936. 12. 1	1937. 4-1939. 9	요록 / 명록
37	시에론蓄音器商會	京城府 光化門通 210	1935. 6. 05	1937. 4-1942. 9	요록
38	半島樂器店	京城府 本町 2丁目 3	1935. 6. 10	1937. 4	요록
39	壽午堂	京城府 橋南町 17	1936. 1. 31	1937. 4-1942. 9	요록
40	和信商會 樂器部	京城府 西大門町 2丁目 1	1936.7.9	1937. 4-1942. 9	신문 / 명록 / 월보
		京城府 鐘路 2丁目 3	1931. 9. 15	1937. 10-1939. 11	
41	日本비타蓄音器株式會社 京城營業所(도)	京城府 長谷川町 112	미상	1937. ?-1939. 9	명록
42	大日本蓄音器株式會社 朝鮮營業所(도)	京城府 鐘路 6丁目 276	1935. 11. 1	1937. ?-1939. 9	명록
43	오케蓄音器商會(도) 帝國蓄音器株式會社 朝鮮配給所(도)	京城府 南大門通 1丁目 104	미상	1937. ?-1938. 9	명록
44	테오(데-오-)商店 (朴南奎)	京城府 西大門町 2丁目 1-22	미상	1939. 9	명록
45	丸菱商店	京城府 漢江通 13	미상	1937. ?-1938. 9	명록
		京城府 漢江通 13丁目 40		1937. ?-1938. 9	명록
46	미상(吳漢錫)	京城府 鐘路通 2丁目 5	미상	1939. 9	명록
47	미상(鈴木作次)	京城府 本町 2丁目 106		1937. ?	명록

		주소			유형
	48	米村樂器店	京城府 本町 2丁目 18	1937. 3. 25	1937. ?	요록
	49	國華堂	京城府 本町 4丁目 131	미상	1939. 3	명록
	50	美聲堂樂器店	京城府 橋南町 17	미상	1939. 9	월보
부산 (8)	1	福樂商店	釜山府 辨天町	미상	1939. 12-1940. 6	신문
	2	株式會社 쎄일商會	釜山府	미상	1913. 5	신문
	3	柴崎時計店	釜山府 大倉町 3丁目 2	1931. 10. 10	1928. 6	요록
	4	釜山洋品店 樂器部	釜山府		1933. 4-1937. 4	
	5	三宅樂器部	釜山府 驛前	미상	1933. 9-1933. 11	신문
	6	山長	釜山府 幸町 1丁目 30	1934. 7. 25	1937. 4	요록
	7	미상(重枝佳吉)	釜山府 辨天町 3町目 4		1932. 11-1934. 11	안내
	8	미상(澤田仁太郎)	釜山府 本町 5町目 44		1934. 11	안내
평양 (5)	1	丸吉商店	平壤府 大和町	미상	1913. 5-6	신문
	2	村上樂器店	平壤府 壽町 143	1926. 10. 15	1927. 6	요록
			平壤府 大和町 15	1932. 3. 20	1933. 4 / 1933. 4	
	3	天寶堂時計店 레코드부	平壤府 西門町	미상	1930. 7	월보
	4	常信樂器店	平壤府 南門通 2町目	미상	1933. 12-	신문
	5	日本굴巴販賣所	平壤府 旭町 12	1939. 6. 10	1935. 8	요록

지역		상호	주소			
대구 (4)	1	丸嶋商店	大邱府 田町	미상	1913.5	신문
	2	國華堂	大邱府 田町 26	1933. 11. 20	1935. 4-1937. 4	요록
	3	大邱電氣器具商會	大邱府 本町 1丁目 23	1931. 10. 1	1933. 4	요록
	4	振興堂	大邱府 京町 1丁目 32	1936. 5. 21	1937. 4-1939. 3	요록
목포 (3)	1	入江商店	미상	미상	1913. 5	신문
	2	東洋蓄音機商會	木浦府 竹洞 20	1934. 11. 20	1935. 4-1942. 9	요록
	3	木浦東洋	木浦府 大成洞 109	1932. 7. 12	1935. 4-1942. 9	요록
인천 (3)	1	明治屋商店	仁川府 宮町	미상	1913. 5	신문
	2	糸岐商店	仁川府 仲町 1丁目	미상	1913. 5	신문
	3	德善樂器店	미상	미상	1937. 12	신문
진주 (3)	1	日韓商會	城外	미상	1913. 5	신문
	2	禹季樂器店	慶尚南道 晋州府		1933. 10	요록
	3	江南樂器店	慶尚南道 晋州府		1937. 7-1940. 7	신문
함흥 (3)	1	瀧本商店	咸興府 本町	미상	1913. 5	신문
	2	咸興電業	咸興府 大和町 1丁目 4	1939. 2. 21	1942. 9	요록
	3	東邦電氣土木企業	咸興府 大和町 2丁目 49	1940. 12. 27	1942. 9	요록
안주 (2)	1	福田商會	平安南道 安州郡 城外	미상	1913. 5	신문
	2	大洋商會	平安南道 安州郡 安州邑 七星里 44	1937. 8. 14	1939. 3	요록
원산 (2)	1	飯山商店	元山府 元町	미상	1913. 5	신문
	2	鮮滿電機	元山府 本町 5丁目 118	1941. 11. 25	1942. 9	요록

		상점명	주소			출처
여수	1	光海堂樂器店	麗水港	미상	미상	자켓
(2)	2	三光商會	全羅南道 麗水	미상	미상	자켓
이리	1	高見商店	全羅北道 裡里邑 二里 628	1933. 5. 10	1937. 4	요록
(2)	2	廣信堂	全羅北道 裡里邑 二里 628	1933. 5. 10	1939. 3-1942. 9	요록
청진	1	山田弘隆	淸津府	미상	1913. 5	신문
(2)	2	株式會社 쎄일商會	淸津府	미상	1928. 6	신문
거창		三星堂	慶尙南道 居昌	미상	미상	자켓
군산		水川商店	群山府 全州通	미상	1913. 5	신문
나남		太陽堂樂器店	咸鏡北道 鏡城郡 羅南邑 生駒町	1929. 3. 01	1931. 3	요록
통영		太陽時計店 樂器部	慶尙南道 統營 敷島町	미상	미상	자켓
울산		新羅堂樂器店	慶尙南道 蔚山郡	미상	1935. 9-1937. 7	신문
전주		栗屋商店	全羅北道 全州郡	미상	1913. 5	신문
진남포		大同時計店	平安南道 鎭南浦府 龍井里 53	1936. 8. 10	1937. 4	요록
기타		三信堂時計店	미상	미상	1933. 3	월보
		高井蓄音器商會	新世界 大山館前	미상	1942. 6	월보

2. 기타 악기점 목록: 20개소

지역	번호	상호	소재지	설립연도	확인시기	출전
경성 (9)	1	松音堂	京城府 本町 3丁目 102		1935. 9	명록
		土出松音堂		미상	1937. ?-1939. 9	명록
	2	朝鮮貿易組合	京城府 長谷川町 111	미상	1923. 4	명록
	3	高田商會京城出張所	京城府 太平通 2町目 102	미상	1923. 4	명록
	4	三公商會	京城府 永樂町 2町目	1935. 8. 3	1937. 4-1942. 9	요록
	5	三中井	京城府 本町 1丁目 45	1922. 1. 4	1935. 4-1939. 3	요록
	6	三重出版社	京城府 南大門 5町目 8	1936. 2. 3	1937. 4-1942. 9	요록
	7	森川商店	京城府 北米倉町 148	1931. 2. 6	1931. 3	요록
	8	清水商店	京城府 寬鐵洞 79	1924. 0. 5	1925. 8-1931. 3	요록
	9	神屋商會	京城府 漢江通 16-35	1931. 5. 3	1933. 4-1942. 9	요록
부산 (9)	1	上田樂器店(上田四郎)	釜山府 辨天町 2町目 45-2		1932.3-1935.9	안내
	2	미상(重枝佳吉)	釜山府 辨天町 3町目 4		1932.11-1934.11	안내
	3	미상(鹽田光二郎)	釜山府 幸町 1町目 5		1932.11-1934.11	안내
	4	미상(荒木禧豊)	釜山府 幸町 1町目 40		1932.11-1932.11	안내
		미상(荒木佑田加)				
	5	미상(安藤アサ・安藤淺子)	釜山府 幸町 1町目 39		1932.11-1934.11	안내
	6	미상(直畦 武)	釜山府 寶水町 1町目 136		1934.11	안내
	7	미상(藤田愼三郎)	釜山府 辨天町 1町目 12		1934.11	안내
	8	미상(宮永龜牟)	釜山府 幸町 1町目 43		1934.11	안내

	9	미상(下村芳子)	釜山府 西町 3丁目 6		1934.11	안내
대구	1	長光商會	大邱府 元町 1丁目 3	1923.3.1	1923.8-1933.4	요록
(2)	2	岩井快堂	大邱府 東城町 2丁目 43	1932.2.1	1933.4-1939.3	요록

3. 악기 취급 시계점 목록: 2개소

지역	번호	상호	소재지	설립연도	확인시기	출전
인천	1	大王時計商店	仁川府 宮町 21	1923. 5. 1	1923. 8-1942. 9	요록
평양	1	丸天時計店	平壤府 大和町 17	1925. 12. 1	1927. 6-1933. 4	요록

부록 4: 조선인 직업별 수입 정도

이 목록은 다음의 서지를 바탕으로 작성한 것이다. 중요도 순서에 따라 열거하면 다음과 같다.

1. 《東亞日報》의 "나의 家庭一個月豫算" 연재 기사
   "夫婦와 아이 넷에 一個月 七十圓豫算"(1927. 6. 7)
   "月收四百五十圓 精米所經營家計 食口九人 貯金七十四圓"(1927. 5. 27)
   "간단한 夫婦살림, 젖먹이 하나 하야 세 식구 一個月收入 七十圓 豫算"(1927. 6. 9)
   "月收二十五圓 自作自給하는 農家"(1927. 6. 10)
   "家族 여섯 食口 一個月收入 一百五十圓 그 중에서 十四圓은 貯金"(1927. 6. 21)
   "月收 百二十一圓 子女 다섯을 공부식혀 가며 아홉 食口가 넉넉히 살어가"(1927. 6. 28)
   "月給 七十圓에 家族 닐곱 사람 雜收入까지 十八圓으로 七人家計"(1927. 6. 30)
   "小作農家의 家計 불과 三十圓 五十錢으로 근근한 生活을 維持해간다"(1927. 7. 1)
   "三十五圓으로 十二家眷生計 職工生活로 근근히 生計"(1927. 7. 2)
   "月收五十圓 窮村의 敎員生活"(1927. 7. 4)
   "月收三十二圓 自作農家의 生計"(1927. 7. 5)
   "아이 둘 합 네 식구의 三十원 살림은 이러해"(1931. 1. 13)
   "간식을 하고 시플 때는 다른 비용에서 떼어 쓴다 四十三원의 교원생활"(1931. 1. 20)
   "주판과 씨름하는 은행원의 살림, 五十六원 四十전을 바다"(1931. 1. 23)
   "현금은 안해가 마타, 사지 안는 주의로 일곱 식구 六十원으로"(1931. 1. 27)
   "땀방울 매친 돈이라 술한잔 안먹고 어데까지 절제생활로 수입과 지출은…"(1931. 1. 28)
   "용을 주릴대로 주리고 교육예금을 해, 예산생활은 할스록 재미나"(1931. 2. 3)
   "우리 가정에 슬로간은 「한푼에 떨자」 수입에 오분지 일은 저금"(1931. 2. 14)
   "돈 쓸 줄을 알게 되니 저금이 날로 늘뿐, 월급을 우선 나누어 가진다"(1931. 2. 25) 각3면.

2. 《每日申報》의 "家計簿公開: 生活改善의 第一步" 연재 기사
   "月收入五十圓의 官廳雇員의 家計 新婚夫婦의 生活"(1933. 10. 13)
   "月俸五十六圓의 看護婦長의 家計簿 다섯 食口가 사러갑니다"(1933. 10. 14)
   "三十圓으로 세 食口 사는 女百貨店員의 家計 失職男便과 싀어머니"(1933. 10. 15)
   "여섯食口에 八十五圓 高普敎諭의 家計 족하의 學費로 十圓"(1933. 10. 17)
   "月俸 三十五圓의 保險社會守衛의 家計 어린 쌀 둘의 네 食口"(1933. 10. 19)
   "母女 두 食口사는 普校女訓導의 家計 月俸 四拾圓으로"(1933. 10. 20)
   "月收入 平均 四十圓의 카페 女給의 生計 病든 오라버니를 데불고"(1933. 10. 21) 각3면.

3. 기타 잡지 기사
   南一, 「月給쟁이의 哲學」, 《彗星》 第1卷 第5號, 開闢社, 1931. 8.
   기사, 「都市의 生活戰線」, 《第一線》 第2年 第6號, 開闢社, 1932. 7.
   宋玉璇, 「理想的 家計簿」, 《新家庭》, 東亞日報社, 1934. 9.
   ____, 「内外情勢」 現代 쌀라리맨 收入調」, 《三千里》 第8卷 第1號, 1936. 1.
   李達男, 「非常時模範的 家庭經濟」 月收七十圓의 家計表」, 《女性》 第2卷 第12號, 朝鮮日報社, 1937. 12.
   설문, 「우리 家庭의 戰時 生活家計簿 公開"」, 《三千里》, 第14卷 第1號, 三千里社, 1942. 1.

직업	수입(원)		도서·신문·잡지(원)	비고
	월급	일급		
정미소 경영자	450		5.20	
자영업	150		2.00	상업
의사	75		?	병원 의사
	300		?	개업 의사
가수	60~100		3	음반회사전속
회사원	60~90		2.00~6.00	
은행원	56~70		3	
간호사	56		2	부장급
신문기자	50~70		?	
잡지사기자	50		?	
목사	50~60		?	
교원	85		5	高普, 3.00(오락비)
	30~65		0.80~6	普通, 0.40(영화비)
관청지원	50		0	
카페 여급	40	3~4원	3	
운전수	38		?	
순사	36		?	
기능공	35		2	직공
경비원	35		1.50	회사수위
학생용돈	30		0	高普
서기	27		1.60	면사무소
농민	25~37		0~8.8	자영 및 소작
백화점 여점원	25~30		1	
전차차장		1.30	?	
버스걸		0.75	?	
인력거꾼		0.50	?	
여자직공		0.45	?	
두부장수		0.30~0.40	?	

주석

프롤로그: 한국근대시에 대한 상식과 편견을 넘어서

1) 이 책에서 '유성기'란 에밀 베를리너(Emile Berliner)가 1887년 발명한 평원
    반(平原盤) 재생 음향기기(Grammophone)를 가리키는 것으로서, 흔히 축음
    기(蓄音機)라고도 한다. 또한 '유성기 음반'이란 '유성기'로 재생하는 평원반
    을 가리키는 것으로서 일본에서는 축음기(蓄音器)라고도 한다. 이 유성기
    음반의 크기는 보통 직경 10인치, 1분간 회전수는 77 혹은 78회전(Standard
    Playing), 재생 시간은 한 면에 3분 정도이다. 《독립신문》 1899년 4월 20일
    기사 이후 흔히 재생 음향기기는 '류셩긔(留聲機)', 음반은 '류셩긔(留聲器)'
    로 표기되었다. 이에 따라 이 책에서는 재생 음향기기는 '유성기', 음반은
    '유성기 음반'이라고 표기하기로 한다.

2) 대표적인 것으로는 다음과 같은 전집들을 들 수 있다. 《유성기로 듣던 불
    멸의 명가수》(SYNCD-123), 신나라레코드, 1996; 《유성기로 듣던 가요사
    (1925~1945)》(SYNCD-00152), 신나라뮤직, 2002.

3) 그나마 일본콜럼비아사 조선 음반의 금속원반(Master stamper) 전부가 일
    본국립민족학박물관(日本國立民族學博物館)에 소장되어 있으며, 일부 목록
    은 몇 년 전 정리된 바 있다(人間文化硏究機構連携硏究 編集·發行, 『日本コロ
    ムビア外地錄音ディスコグラフィ ― 朝鮮編』, 大坂: 日本民族學博物館, 2008). 한
    편 일본빅타사 조선 음반의 금속원반 일부는 한국의 로엔(Loen)엔터테인먼

트주식회사가 소장하고 있으며, 그 목록은 동국대학교 한국음반아카이브 연구소가 몇 년 전 정리한 바 있다(동국대학교 한국음반아카이브연구단, 『한국유성기음반』 제5권, 한걸음더, 2011).

4) 피종호, 『아름다운 독일연가곡』, 자작나무, 1999. 로레인 고렐(Lorraine Gorrell), 심송학 역, 『19세기 독일가곡(The Nineteenth-Century German Lied)』, 음악춘추사, 2005.

5) 이유선, 『증보판 한국양악백년사』, 음악춘추사, 1985; 김점덕, 『한국가곡사』, 과학사, 1989; 민경찬 외, 『동아시아와 서양음악의 수용』, 음악세계, 2008.

6) 이러한 사정에 대해서는 다음의 서지를 참조할 것. 구인모, 『한국근대시의 이상과 허상』, 소명출판, 2008.

7) 오세영, 「II. 민요시에의 지향」, 『한국 낭만주의 시 연구』, 일지사, 1980; 「III. 20年代 한국민족주의문학」, 『20세기한국시연구』, 새문사, 1989; 박혜숙, 「III. 민요시의 형성배경과 전개양상」, 『한국민요시 연구』, 형설출판사, 1992; 장부일, 「민요와 민요조 서정시」, 한국현대문학연구회, 『한국현대시론사』(한국의 현대문학 2), 모음사, 1992; 임재서, 「민요시론 대두의 의미」, 한계전 외, 『한국현대시론사 연구』, 문학과지성사, 1998; 박경수, 「제2부 민요시론의 양상과 성격」, 『한국근대민요시 연구』, 한국문화사, 1998; 정우택, 「한국 근대시 형성과정의 쟁점과 그 향방」, 민족문학사연구소, 『새 민족문학사 강좌02』, 창비, 2009.

8) 최동호, 「3장 근대시의 전개(1919년~1931년)」, 오세영 외, 『한국현대시사』, 민음사, 2007.

9) 이동순, 『민족시의 정신사』, 창작과비평사, 1996. 이동순은 이 연장선에서 근대기에 가장 많은 유행가요 가사를 창작한 조영출의 작품을 수습하여 전집을 간행하는가 하면(이동순 편, 『조명암시전집』, 선, 2003), 그 문학사적 의미를 역설하기도 했다(『잃어버린 문학사 복원과 현장』, 소명출판, 2005). 그의 연구는 근대기 유행가요를 한국 근대시 연구의 대상으로 삼았다는 점

에서는 선구적인 의의가 있다. 하지만 이동순의 연구에 한국 근대시 연구가 깊이 공감하고 화답한 것은 아니었다.

10) 朴燦鎬, 『韓国歌謡史: 1895–1945』, 東京: 晶文社, 1987(안동림 역, 『한국가요사』, 미지북스, 2009); 송방송, 『한국근대음악사연구』, 민속원, 2003; 장유정, 『오빠는 풍각쟁이야―대중가요로 본 근대의 풍경』, 민음IN, 2006.

11) 이 책에서 거론하는 '의사소통의 구조'와 관련해서는 스튜어트 홀(Stuart Hall)에 의지한 바가 크다. 스튜어트 홀, 임영호 역, 「제3부 미디어와 이데올로기: 기호화(Encoding)와 기호해독(Decoding)」, 『스튜어트 홀의 문화이론』, 한나래, 1996; 제임스 프록터(James Procter), 손유경 역, 「03 미디어와 이데올로기: 기호 해독의 세 가지 입장」, 『지금 스튜어트 홀』, 앨피, 2006.

제1장 장르와 매체의 경계를 넘는 시의 등장

1) 기사, "頹廢的 歌謠排擊코저 朝鮮歌謠協會創立", 《朝鮮日報》, 朝鮮日報社, 1929. 2. 24; "頹廢歌謠 버리고 進取的 놀애를, 시단과 악단 일류를 망라, 朝鮮歌謠協會 創立", 《東亞日報》, 東亞日報社, 1929. 2. 25.

2) 이들 음악인과 관련해서는 다음의 서지를 참조할 것. 이유선, 「제2장 서양음악과 신문학의 태동」, 「제3장 일제수난기의 음악활동」, 『증보판 한국양악백년사』, 음악춘추사, 1985; 김점덕, 『한국가곡사』, 과학사, 1989; 한국예술종합학교 한국예술연구소, 『한국작곡가사전』, 시공사, 2006.

3) 오희숙, 「안기영」, 《음악과 민족》 제28호, 민족음악학회, 2004; 진정임, 「작곡가 안기영의 향토가극 연구」, 『음악과 민족』 제30호, 민족음악학회, 2005.

4) 기사, "朝鮮歌謠協會, 作品收集 報告", 《東亞日報》, 東亞日報社, 1929. 4. 18; "朝鮮歌謠協會 作曲部 鑑賞會", 《東亞日報》, 東亞日報社, 1929. 5. 27; "歌謠

作品, 第1回 公開, 不遠間하고자, 協會에서 準備中", 《中外日報》, 中外日報社, 1929. 5. 27.

5) 광고, "歌謠協會歌曲選", 《三千里》第6號, 三千里社 1929. 5.

6) 김형원, 「그리운 강남은 나의 애인, 그를 작사하든 시절의 추억」, 『김형원시집』, 삼희사, 1979, 275쪽.

7) 김형원, 앞의 글, 앞의 책. 安基永, "春園 石松노래의 作曲과 나의 苦心", 《三千里》第7號, 三千里社, 1930. 7. 55쪽. 그의 귀국과 관련한 사항은 다음의 기사를 참조할 수 있다. 기사, "聲樂家 安基永氏 歸國", 《東亞日報》, 東亞日報社, 1928. 6. 28. 3면.

8) 安基永, 《安基永作曲集 第壹集》, 樂揚社出版部, 1929; 《安基永作曲集 第二集》, 音樂社, 1931; 《安基永作曲集 第三輯》, 音樂社, 1936.

9) 편집부, 《계몽기가요선곡집》, 평양: 문학예술종합출판사, 2001.

10) "지난 팔월 삼십일 정동 리화녀학교사 교실에서 개최한 안긔영 씨 작곡발표회는 성황리에 끗을 마추엇는데 십여 인의 문단 제씨도 래참하엿고 긔타 내외 명사들이 출석하엿스며 안긔영 씨와 김현순 양 외에 남녀 제씨의 찬조출연도 잇서서 조선가요(歌謠)운동에 적지 안케 파급됨이 잇스리라 하겠다"(기사, "安基永氏 作曲發表會", 《朝鮮日報》, 朝鮮日報社, 1931. 9. 2면).

11) 김석송, 「그리운 강남은 나의 애인, 그를 작사하든 시절의 추억」, 앞의 책, 275쪽.

12) "캅프 解散하라. 鄕等의 任은 이미 完了됨을 이것는가. 無實한 虛器를 擁하고 「이놈들 뿔조아文士야」式의 洞喝은 이제는 苦笑거리 以外의 아모것도 아니다. 劇藝術協會 亦 解散하라. 大衆과 流離된 學生劇의 延長가튼 近業, 淸算의 機會오지 안엇는가. 九人會 亦 解散하라. 무엇보다 文壇에 黨派性을 培養한다는 意味에서 吾人은 避하고 십다. 分立된 諸團體는 一切로, 歌謠協會 亦 餘皆倣此 解散할 일. 그런뒤 모-든文人이 한데 뭉처 큰덩어리 이루자. 朝鮮의 全面的 文藝運動을 이르키기 爲하야 一元的의 또 絶對的의 큰 文學團體를 結成하자. 民族文學의 大旗幟下에"(권점 필자). 草兵丁, 「文壇歸去來」, 《三千里》第

6권 第9號, 三千里社, 1934. 9. 224쪽.

13) 조선가요협회 활동 무렵 안기영의 작곡 연주회와 관련한 기사는《동아일보》만 두고 보더라도, "安基永氏의 作曲披露, 卅一밤에"(1931. 9. 1. 4면), "安基永獨唱會 十九일 평양서"(1932. 3. 17. 3면) 외 무려 14건이나 게재되었다.

14) 김형원 작사·안기영 작곡, 〈그리운 강남〉,《臨時中等音樂敎本》, 國際音樂文化社, 1946, 18~19쪽. 46쪽.

15) 작사 김석송·작곡 안기영, 〈그리운 강남〉, 편집부 편,《계몽기가요선곡집》, 평양: 문학예술종합출판사, 2001, 61쪽. 이 작품 이외에도 이 책에는 다음 작품들이 수록되어 있어 주목할 만하다. 〈눈오는 아침〉(김려수 작사·윤극영 작곡), 〈조선의 꽃〉(리은상 작사·안기영 작곡), 〈뜻〉(주요한 작사·안기영 작곡)(이상 '동요편'에 수록). 〈만월대〉(김안서 작사·안기영 작곡) 〈배사공의 안해〉(김동환 작사·안기영 작곡)(이상 '예술가요'편에 수록).

16) 〈아리랑〉(음반번호 Columbia40002·40003-A/B, 映畵說明, 연주 劉慶伊, 설명 成東鎬, 반주 朝鮮劇場管絃樂團·光月團朝鮮樂部, 발매 1929. 2). 이보형, 「아리랑소리의 근원과 그 변천에 관한 음악적 연구」,《한국민요학》제5집, 한국민요학회, 1997;「아리랑소리의 생성문화 유형과 변동」,《한국민요학》제26집, 한국민요학회, 2009.

17) ①-1 〈卵卵打領 아릉렁고기덩거당ㅁ고〉(닙보노홍 K137-A, 연주 柳雲仙·李柳色, 발매년도 미상), ①-2 〈卵卵打領 만경청파거기둥둥쓴빅아〉(닙보노홍 K137-B, 연주 柳雲仙·李柳色, 발매년도 미상), ②-1 〈卵卵打領 아줏가루동빅아여지마라〉(닙보노홍 K158-A, 연주 李柳色·柳雲仙·朴菜仙, 발매년도 미상), ②-2 〈卵卵打領 네가잘나일싁이냐〉(닙보노홍 K158-B, 연주 李柳色·柳雲仙·朴菜仙, 발매년도 미상), ③-1 〈우리父母가날길너서〉(닙보노홍 K159-A, 연주 李柳色·柳雲仙·朴菜仙, 발매년도 미상), ③-2 〈아서라마러라러사람에괄세를〉(닙보노홍 K159-B 연주 李柳色·柳雲仙·朴菜仙, 발매년도 미상), ④〈아르렁타령〉(일츅죠션소리반 K192-A, 연주 趙牧丹·金連玉, 발매일자 미상), ⑤〈新高山托領신고산타령〉(일츅죠션소리반 K509-B, 연주 崔蟾紅·李眞鳳·孫眞紅, 발

매 1925. 8), ⑥〈南道雜歌 미랑아라니량〉(일츅죠션소리반 K588-B, 연주 大邱
金錦花, 반주 長鼓 朴春載, 발매 1926. 10), ⑦〈正樂 아리랑타령·장긔타령〉
(일츅조선소리판 K658-A, 연주 朝鮮樂團, 발매, 1927. 9), ⑧〈映畵說明 鄕土悲
劇 아리랑〉(Columbia40002-40003, 해설 成東鎬, 반주 朝劇管絃樂團·光月團
朝鮮樂部, 노래 劉慶伊, 발매 1929. 2), ⑨〈流行歌 아리랑〉(Columbia40070-B,
연주 蔡東園, 반주 콜럼비아管絃樂團, 발매 1930. 2).

18) 나머지 부분은 다음과 같다. "집집에 옹달샘 저절로솟고 / 가시보시맛잡아
질겨살으니 / 千年이 하루라 平和하다네// 저마다 일하야 제사리하고 / 이
웃과 이웃이 서로미드니 / 쎄앗고 다툼이 애적에업네// 하늘이 푸르면 나가
일하고 / 별아래 모히면 노래부르니 / 이나라 일홈이 江南이라네// 아리랑
아리랑 아라리요 / 아리랑 江南을 어서가세// 그리운 저江南 두고못감은 /
三千里 물길이 어려움인가 / 이발목 상한지 오램이라네// 그리운 저江南 언
제나갈가 / 九月도 九日은 해마다와노 / 제비가 갈세는 혼자만가네//그리운
저江南 건너가랴면 / 제비떼 뭉치듯 서로뭉치세 / 상해도 발이니 가면간다
네// 아리랑 아리랑 아라리요 / 아리랑 江南을 어서가세(아리랑別調)" 金石
松, 「江南曲-그리운 江南」, 《別乾坤》 第20號, 開闢社, 1929. 4. 2~4쪽.

19) "「그리운 江曲」의 작곡은 몬저 「아리랑 아리랑 아라리요」하는 후렴부터 생
각하여 지엇든 것이외다. 그 동기는 나는 내 집이 서대문밧 애오개 넘어에
잇는데 학교에서 일을 다 마치고 석양을 등지고 하로는 무심히 그 고개를
훨훨 너머가다가 「라라라…하는 詞를 생각하고서 한참 그 고개에 안져 소
리를 내어 불너 보앗지요. 그랫드니 자신이 醉하리 만치 맬로듸-가 생겨 집
데다. 그 길로 곳 집에 가서 曲譜를 써 두어서 지은 것이 이것엇습니다." 安
基永, 「春園 石松노래의 作曲과 나의 苦心」, 앞의 책, 같은 쪽.

20) "문호길을써나여 역포숙진지를얼는지나 평양가마여울에이를째 밀물을바
다서 올나를가서 죽은사람동리에다배를대니 四十여명의부모동생이며 처
자권속이마주를나와 영좌님과화장양애인은 천양만양으로달아왓거니와
우리그애아버지는 물결을좃차서 죽엇다나 (…) 나나간삼년상마즈막날이

라 조희압혜 온갓제물을버려를놋코 장손이모진제지내다가 와르ᄰ쒸여서달

녀를들여 가장의손을잡고 울며불며통곡한다 일후엘랑은 밥을빌어다죽을

쑤어먹을지라도 제발덕분에 뱃사공노릇은그만두소〉〈西道雜歌 배싸라기〉

(RegalC407, 연주 金七星, 반주 長鼓 朴明花, 발매년도 미상).

21) 金東煥 作歌·安基永 作曲,〈배사공의 안해〉,《安基永作曲集 第二集》, 音樂社,

1931. 한편 원래 시는 다음과 같다. "一. 물결조차 사나운 저바다싸에 /

부－서진 배쏘각 주서모으는 / 저안악네 풍랑에 남편을인코 / 지난밤을 얼

마나 울며새엇나// 二. 타신배는 바서서도 도라오건만 / 한번가신 그분은

올길업구나 / 오－늘도 바다싸에 외로히서서 / 한넷날의 생각에 울다가

네// 三. 쌔른것은 세월이라 삼년이되니 / 어느새에 유복자 키워다리고 / 바

다싸에 니르러 타일느는말 / 어셔커서 아버지 원수갑허라//"(金東煥,「뱃사

공의 안해」,『詩歌集』, 三千里社, 1928, 188쪽).

22) 기사,「엇더한『레코－드』가 禁止를 當하나」,《三千里》第8卷 第4號, 三千里社,

1936. 4. 269쪽. 272~3쪽.

23) 〈荒城의 跡〉(Victor49125-A, 抒情小曲, 작곡 全秀麟, 편곡 빅타－文藝部, 연주

李愛利秀, 반주 管絃樂伴奏, 1932. 4).

24) 京西學人,「藝術과 人生―新世界와 朝鮮民族의 使命」,《開闢》第19號, 開闢社,

1922. 1.

25) 李尙俊 編,〈第4章 카쥬샤〉〈第8章 長恨夢歌〉〈第23章 漂泊歌〉,《新流行唱歌

集》, 三誠社, 1929. 이 책은 원래 1922년에 초판이 발행되었으나, 사실상 서

론격인 저자의「凡例」에 따르면 "독자들의 요구"로 인해 1923년과 1929년

두 차례나 판을 거듭하여 간행되었다. 민경찬,「李尙俊이 편찬한『新流行唱

歌集』」,《낭만음악》제12권 제2호(통권46호), 낭만음악사, 2000. 봄.

26) 이광수가 언급한〈갓쥬샤〉의 원곡으로 추정되는 곡의 가장 이른 음반

의 기록은〈カチューシャ替歌〉(ニッポのホン83, 연주 神長瞭月, 발매 1910년

대 추정)이나, 이 곡은 노래가사를 바꾸어 부른 것으로서 실제로는〈カチ

ューシャ可愛や〉(メノフォン1569, 연주 神長瞭月, 발매 1920년대 추정)으로 보

아야 할 것이다. 그리고 전기녹음시대 기록으로서는 〈カチューシャの唄〉
(Victor52393-B, 작사 島村抱月·相馬御風, 작곡 中山晋平, 연주 佐藤千夜子, 반
주 ミラノ·グラモホンorchestra, 1929. 6)를 꼽을 수 있다. 또한 〈沈順愛歌〉의
경우 〈金色夜叉〉(オリエント1453-B, 작사 宮島郁芳, 작곡 後藤紫雲, 연주 鹽原秩
峰, 발매 1918. 10)를 꼽을 수 있다.

27) 양승국, 「3. 1910년대 한국 신파극의 레퍼터리」, 『한국신연극연구』, 연극
과인간, 2001; 최태원, 「번안소설·미디어·대중성」, 사에구사 도시카쓰 외,
『한국근대문학과 일본』, 소명출판, 2003; 권정희, 「언어의 전환과 서사의
분기」, 《대동문화연구》 제64집, 성균관대학교 동아시아학술원 대동문화연
구원, 2008.

28) "此는 西洋 집시(Gypsy)들이 불으는 唱歌니라"(CDE樂友會 編, 〈漂泊歌〉, 《世
界流行名曲集》, 永昌書館, 1925, 48쪽).

29) 이러한 사정에 대해서는 다음의 서지를 참조할 것. 永嶺重敏, 『流行歌の誕
生—「カチューシャの唄」とその時代』, 東京: 吉川弘文館, 2010.

30) 〈さすらひの唄〉(Nipponophon2529-A, 작사 北原白秋, 작곡 中山晋平, 연주 松
井須摩子, 1917. 10); 〈漂泊歌〉(일츅죠션소리반K592-A, 流行歌, 연주 金錦花,
발매일자 미상); 李尙俊 編, 「第23章 漂泊歌」, 앞의 책.

31) 특히 일본 소설 『不如歸』와 『金色夜叉』가 조선에서 번역(안) 소설, 신파극,
그리고 유성기 음반의 영화극으로 변용하는 특징적 국면에 대해서는 다음
의 서지를 참조할 것. 구인모, 「지역·장르·매체의 경계를 넘는 서사의 역
정」, 《사이間SAI》 제6호, 국제한국문학문화학회, 2009.

32) 世昌 編, 《二十世紀 新舊流行唱歌》, 世界書林, 1923; 姜範馨, 《新式流行二八靑春
唱歌集》, 時潮社, 1925; CDE樂友會 編, 앞의 책, 1931; 李尙俊 編, 《朝鮮新舊
雜歌》, 博文書館, 발매년도 미상; 〈長恨夢歌〉(일츅죠션소리반K549-B, 新流行
歌, 연주 都月色·金山月, 반주 長鼓 李桂月, 1925. 11); 〈長恨夢歌〉(제비표조선
레코드B146-B, 연주 都月色, 1927. 7); 〈漂泊歌〉(일츅죠션소리반K592-A, 新流
行歌, 연주 金錦花, 발매일자 미상); 배연형, 「창가 음반의 유통」, 《한국어문

학연구》제51집, 한국어문학연구학회, 2008.

33) 李光洙, 「民謠小考(1)」, 《朝鮮文壇》第2號, 朝鮮文壇社, 1924. 11, 28～31쪽.

34) 朱耀翰, 「노래를 지으시려는 이에게(2)」, 《朝鮮文壇》第2號, 朝鮮文壇社, 1924. 11, 49쪽.

35) 朱耀翰, 「책끗헤」, 『아름다운 새벽』, 朝鮮文壇社, 1924, 168～169쪽.

36) 金岸曙, "밝아질 朝鮮詩壇의 길(上)·(下)", 《東亞日報》, 東亞日報社, 1927. 1. 2～3면.

37) 구인모, 「제1장 1920년대 한국문학과 전통의 발견」;「제5장 『朝鮮民謠の研究』와 그 이후, 국민문학론의 전도(顚倒)」, 『한국 근대시의 이상과 허상』, 소명출판, 2008, 32～49; 166～176쪽.

38) 金東煥, 「亡國的歌謠掃滅策」, 《朝鮮之光》, 朝鮮之光社, 1927. 8.

39) 고은지, 「20세기 전반 소통 매체의 다양화와 잡가의 존재 양상」, 《고전문학연구》제32집, 한국고전문학회, 2007.

40) 배연형, 「日蓄朝鮮소리반(NIPPONOPHONE) 硏究(1)」, 《한국음반학》창간호, 한국고음반연구회, 1991. 11;「빅타(Victor) 레코드의 한국 음반 연구」, 《한국음반학》제4호, 한국고음반연구회, 1994. 11;「해제」, 『한국유성기음반』제5권, 한걸음더, 2011; 권도희, 「제2부 음악계의 팽창과 음악인의 생존―제3장 조선 대중음악의 형성과 그 특징」, 『한국근대음악사회사』, 민속원, 2004; 장유정, 「일제시대 유성기 음반 곡종의 실제와 분류」, 《한국민요학》제21집, 한국민요학회, 2007.

41) 金東煥, "愛國文學에 對하야(2)", 《東亞日報》, 東亞日報社, 1927. 5. 13. "愛國文學에 對하야(6)", 《東亞日報》, 東亞日報社, 1927. 5. 17.

42) 方仁根, 「編輯者가 본 朝鮮文壇側面史: 文學運動의 中樞 『朝鮮文壇』 時節」, 《朝光》第4卷 第6號, 朝鮮日報社出版部, 1938. 6.

43) 大杉榮, 「新しき世界の爲の新しき藝術」, 《早稻田文學》, 東京: 早稻田文學會, 1917. 10; 遠藤祐·祖父江昭二, 『近代文學評論大系―大正期(II)』第5卷, 東京: 角川書店, 1982, 28～29쪽.

44) 川路柳虹,「民衆及び民衆藝術の意義」,《雄辯》, 1918, 3, 遠藤祐·祖父江昭二, 위의 책, 49~50쪽.

45) 川路柳虹, 앞의 글, 앞의 책, 49~50쪽; 坪內逍遙,「社會改造と演劇」,《改造》第2卷 第8號, 1919. 8; エレン·ケイ(Ellen K. S. Key), 本間久雄 譯,「更新的修養論」,『エレンケイ論文集』, 東京: 玄同社, 1922; 曾田秀彥,「ゆがんだ鏡—最初の民衆藝術論」,『民衆劇場—もう一つの大正デモクラシー』(明治大學人文科學硏究所叢書), 東京: 象山社, 1995, 84~93쪽.

46) 白鳥省吾,「民衆詩の起源と發達」,『現代詩の硏究』, 東京: 新潮社, 1924, 215~216쪽.

47) 白鳥省吾,「民族の詩、鄕土の詩」,『土の藝術を語る』, 東京: 聚英閣, 1925.

48) 白鳥省吾,「第一編 詩と農民生活」,『詩と農民生活』(農民文藝雙書 第1編), 東京: 春陽堂, 1926, 7쪽.

49) 白鳥省吾,「民衆詩の起源と發達」,『現代詩の硏究』, 東京: 新潮社, 1924, 222~223쪽.

50) 乙骨明夫,「白鳥省吾論」,『現代詩人群像—民衆派とその周邊』, 東京: 笠間書院, 1991; 松浦壽輝,「不能と滯留—口語自由詩の成立をめぐる一視點—近代的起源とジャンル」,《文學》第9卷 第4號, 東京: 岩波書店, 1998.

51) 구인모,「제6장 메이지·다이쇼기 일본의 구어자유시론과 조선문학」, 앞의 책, 224~225쪽.

52 金石松,「民主文藝小論」,《生長》第5號, 生長社, 1925, 5, 56~61쪽.

53) 白鳥省吾,『ホイツトマン詩集』, 東京: 新潮社, 1919.

54) 휘트먼에 대한 김형원의 평가와 휘트먼 시의 번역은 다음의 서지를 참조할 것. 金石松,「世界傑作名篇—「草葉集」에서」,《開闢》第25號, 開闢社, 1922. 7. 19~28쪽.

55) 김형원과 시라토리 세이고의 관계와 관련해서는 다음의 서지를 참조할 것. 白鳥省吾,『民主的文芸の先驅』, 新潮社, 東京: 新潮社, 1919.

56) "春園의 詩集이란 참말 驚異다 (…) 그 崇高莊嚴하고 哀婉淸純한 노래는 全朝

鮮民衆의 心琴을 몹시 울려노으리라 (…) 쏘「아름다운 새벽」에서 朝鮮詩歌
의 最高峰을 보여주든 朱耀翰氏의 近作 全部와 그밧게 金東煥氏의 分까지 合
하야 모다 二百餘篇의 新詩, 民謠, 時調, 俗謠 等을 此集에 모앗삽고 (…)"(광
고,《三千里》第2號, 三千里社, 1929. 9. 110쪽);"靑春아, 노래 부르자! 놉히 놉
히 우리의 노래 부르자! 우스며 노래를 부를 수 업거든 울면서라도 노래 부
르자! 소리를 내어 부를 수 업거든 마음속으로라도 부르자! 때는 봄, 쌍은
조선, 몸은 靑春, 이 아니 노래 부를 것인가?"(광고,《三千里》第6號, 三千里
社, 1930. 5. 344쪽).

57) 安基永,「朝鮮民謠와 그 樂譜化」,《東光》第21號, 東光社, 1931. 5.

58) 기사, "朝鮮文壇社一週年紀念 文藝大講演會, 今明兩日 밤마다 中央禮拜堂에
서: 文學의 存在理由와 效果(李光洙), 朝鮮思想의 淵源(崔南善)",《東亞日報》,
東亞日報社, 1925. 11. 5; "嘲罵者七名檢束, 조선문단긔념강연장에서",《時代
日報》, 時代日報社, 1925. 11. 7; "三名을 說論 放還, 그 외는 모다 일주일 구
류",《時代日報》, 時代日報社, 1925. 11. 8. 京城鐘路警察署長 발신·京城地方法
院檢事正 수신,「講演會報告」(문서번호: 京鍾警高秘第12408號ノ1), 발송 1925.
11. 6, 수신 1925. 11. 7. 이러한 사정에 대해서는 다음의 논문을 참조할 것.
이경훈,「《조선문단》과 이광수」,《사이間SAI》제10호, 국제한국문학문화학
회, 2011.

59) 洪鍾仁,「半島樂壇人漫評」,《東光》第22號, 東光社, 1931. 6, 38쪽.

60) 蔡奎燁,「人氣音樂家언파레-트」,《三千里》第4卷 第7號, 三千里社, 1932. 5.
36쪽.

61) 李瑞求,「朝鮮의 流行歌」,《三千里》第4卷 第10號, 三千里社, 1932. 10. 86쪽.

62) 異河潤 외,「新春에는 엇는 노래 流行할가―조선사람 心琴을 울니는 노래」,
《三千里》第8卷 第2號, 三千里社, 1936. 2.

63) 일동축음기주식회사 축음기대회에 출연한 음악인들이 이 무렵 취입한 음
반은 다음과 같다. 〈女唱 界樂·編〉(제비표조선레코드B10, 연주 玄梅紅, 반주
大笒 崔鶴鳳·長鼓 金昌根·咶琴 金化汝·短簫 楊又石, 1925. 9); 〈노릭 搔聳 上·

半葉 下〉(제비표조선레코드B38, 연주 河圭一, 반주 大笒 崔鶴鳳·長鼓 金昌根·
玄琴 金化汝, 1926. 2); 〈노릐 詩調〉(제비표조선레코드B42, 연주 朴月庭, 반주
伽倻琴 沈相健·長鼓 韓成俊, 1926. 2); 배연형, 「제비표 조선레코드(NITTO
RECORD) 연구」, 《한국음반학》 제3호, 한국고음반연구회, 1993.

64) 기사, "레코-드와 肉聲比較 朝鮮樂大家의 實演大會 今日", 《每日申報》, 每日申
報社, 1925. 9. 13. 2면.

65) 김석송, 「그리운 강남은 나의 애인, 그를 작사하든 시절의 추억」, 앞의 책,
275쪽.

66) 안기영은 제자 김현순과 1932년부터 1936년까지 약 4년간 애정 도피행
각으로 조선을 떠나 지냈다고 한다. 기사, 「金源珠氏의 上海行」「三千里 壁
新聞」, 《三千里》 第5卷 第9號, 三千里社, 1933. 9; 기사, 「담배 한 대 피어 물
고ー安基永씨의 歸鄕意思」, 《三千里》 第7卷 第1號, 三千里社, 1935. 1; 一記者,
「査問會, 安基永·金顯順 戀愛事件」, 《三千里》 第8卷 第6號, 三千里社, 1936. 6;
기사, "망향의 두 歌人", 《朝鮮中央日報》, 朝鮮中央日報社, 1934. 10. 10. 2면;
기사, "安基永, 金顯順 양인 소식. 조롱벗은 『樂界의 靑鳥』는 상해 『스위트
홈』에", 《朝鮮日報》, 朝鮮日報社, 1933. 7. 19. 2면; "금단의 과실을 딴 安基永,
金顯順 양인 비련 4년의 고백기", 《朝鮮日報》, 朝鮮日報社, 1936. 4. 3. 3면;
"무대에서 실격된 도색 가인의 수탄 양가인 음악회를 경찰도 불허", 《朝鮮日
報》, 朝鮮日報社, 1936. 4. 12. 2면.

67) 김석송, 앞의 글, 앞의 책, 276쪽.

제2장 1920년대 후반 문학계와 매체를 둘러싼 환경 변화

1) 기사, "모-던風聞錄 三二年獵奇的流行(一): 갓쓰고 茶마시는 時代色에 물
든 서울 味覺散步를 당신네는 아심니까 飮食物에 依한 生活의 國際化도"

(1932. 12. 10. 2면); "모-던 風聞錄 三二年 獵奇的流行(三): 인테리 靑年의 交錯
的歡樂境 바와 카풰의 急發展"(1932. 12. 12. 2면); "모-던風聞錄 三二年獵奇
的流行(四): 時代의 感情담은 哀愁의 流行歌 『레코드』가 流行中心"(1932. 12.
13. 2면); "모-던風聞錄 三二年獵奇的流行(五): 戀愛와 思想上 明朗을 차저 映
畵館에 大衆集散"(1932. 12. 14. 2면); "모-던風聞錄 三二年獵奇的流行(六): 流
行語에 실린 時代的尖端 國際化된 言語의 社交性"(1932. 12. 16. 2면); "모-던
風聞錄 玉突과 쎄비꼴푸 娛樂物의 寵兒 명낭을 찾는 新人의 感覺(八)"(1932.
12. 19. 2면).

2) 기사, "모-던風聞錄 三二年獵奇的流行(四): 時代의 感情담은 哀愁의 流行歌
『레코드』가 流行中心", 위의 책, 같은 면; 〈슬허진 젊은 쑴〉(Victor49177-A,
流行歌, 작사 李光洙, 작곡 全壽麟, 연주 李愛利秀, 반주 빅타-管絃樂團, 1932.
12).

3) 광고, "빅타 十二月新盤", 《東亞日報》, 東亞日報社, 1932. 12. 1. 2면; 《東亞日
報》, 東亞日報社. 1932. 12. 6. 4면. "1. 그날이 덧업다 바람 갓하다 / 젊은 쑴
의 날이 피쓸턴 날이 / 센머리 세여 보면서 / 그리운 지난 길 더듬고 우네.//
2. 저달의 가는곳 내마음간곳 / 달보낸 비인쓸에 몸만호을로 / 이가슴 타
는빗 저녁노을빗 / 님의마음 그빗테 물드리고저// 〔후렴〕 그날의 장한 쑷 어
대로 가고 / 아름다운 청춘 다 지나갓네 / 한 일이 그 무엇이냐 / 남은것 힘
쌔진 병든몸 하나 / 가을의 긴 밤이 천년 갓고나 / 지난 한 세상 일 되푸리
할제 / 찬바람 자리에 슴여 / 싸늘이 식은 몸 만지고 우네.//" 단 이 작품의
가사지 말미에 "第二節은 吹込되지아니하얏스나 함께 불러주십시요"라는
문구가 명기되어 있는 것으로 보건대, 제2절은 실제로 취입되지 못했던 것
으로 여겨진다.

4) 具仁謨, 「韓国近代詩におけるメディア越境の体験」, 《朝鮮学報》, 第280輯, 天理:
朝鮮学会, 2011.

5) 金岸曙, "『朝鮮詩人選集』을 읽고서(五)", 《東亞日報》, 東亞日報社, 1926. 12.
22. 3면; 梁柱東, "詩壇의 回顧(四)", 《東亞日報》, 東亞日報社, 1926. 12. 1.

3면.

6) 조영복, 「1930년대 신문 학예면과 문인기자 집단」,《한국현대문학연구》제 12집, 한국현대문학회, 2002.

7) 金岸曙, 위의 글, 위의 책, 같은 면.

8) 김동인, 「文壇三十年」, 『김동인문학전집』(12), 대중서관, 1983, 284, 304쪽.

9) 金東仁, "續文壇回顧(九)·(十)",《每日申報》, 每日申報社, 1931. 11. 21~22; 方仁根, 「編輯者가 본 朝鮮文壇側面史: 文學運動의 中樞 『朝鮮文壇』 時節」,《朝光》第4卷 第6號, 朝鮮日報社出版部, 1938. 6.

10) 金岸曙, "『朝鮮詩人選集』을 읽고서(三)"《東亞日報》, 東亞日報社, 1926. 12. 20. 3면; 梁柱東, "詩壇의 回顧(四)·(七)",《東亞日報》, 東亞日報社, 1926. 12. 1·4. 3면; 김동인, 「文壇三十年」, 앞의 책, 275~279, 283~284쪽.

11) 金岸曙, "『朝鮮詩人選集』을 읽고서(五)", 앞의 책, 같은 면. 梁柱東, 위의 글, 위의 책, 같은 면.

12) 金岸曙, 위의 글, 위의 책, 같은 면.

13) 김석송, 「그리운 강남은 나의 애인, 그를 작사하든 시절의 추억」, 『김형원시집』, 삼희사, 1979, 275쪽.

14) 梁柱東, 「丙寅文壇槪觀: 評壇 詩壇 小說壇의 鳥瞰圖 ― 朝鮮文學完成이 우리의 目標」,《東光》第9號, 東光社, 1927. 1. 6쪽.

15) 金岸曙, "『朝鮮時形에 關하야』를 듣고서"(총 4회),《朝鮮日報》, 朝鮮日報社, 1928. 10. 18~21. 각3면.

16) 八峰, "文藝時事感(二)",《東亞日報》, 東亞日報社, 1928. 10. 28. 3면.

17) 金石松, 「路傍雜草」,《三千里》第3卷 第10號, 三千里社, 1931. 10. 95~96쪽.

18) 하동호, 「한국근대시집총림서지정리」,《한국학보》제8집, 일지사, 1982.

19) 천정환, 「3. 1920~30년대 책 읽기 문화의 변화」, 『근대의 책읽기』, 푸른역사, 2003, 186~191쪽.

20) 尹芝炳, 「十年間 朝鮮의 變遷 ― 讀書界十年」,《別乾坤》第25號, 開闢社, 1930. 1. 5~6쪽.

21) 기사, "讀書傾向 —最高는 小說 第三次 印刷職工", 《東亞日報》, 東亞日報社, 1931. 3. 2. 4면.

22) 기사, "讀書傾向 —最高는 小說 第一次 女學生界", 앞의 책, 4면.

23) 尹芝炳, 위의 글, 위의 책.

24) 천정환, 위의 글, 위의 책, 191쪽.

25) 본문에서 언급한 문예물과 그 종수는 다음과 같다. '구소설'(총 65종), '신소설'(총 123종), '시가'(총 8종), '문예'(총 62종), '동화'(총 6종), '동요'(총 4종), '음악'(총 27종), '연극'(총 2종). 「第二章 朝鮮内に於ける新聞紙・雜誌並其の他の出版物の発行状況」, 『朝鮮に於ける出版物の概要』, 朝鮮総督府警務局, 1934. 이 가운데 신문학의 시집은 '시가' 부분에 포함되어 있는지 혹은 '문예' 부분에 포함되어 있는지는 분명히 알 수 없다. 하동호의 조사에 따르면 1933년에 간행된 창작시집과 번역시집은 총 11종, 1934년에 간행된 것은 총 6종인데, 이 조사 결과와 조선총독부의 '시가' 부분의 종수와는 다소 차이가 있기 때문이다.

26) 천정환, 「4. 독자층의 형성과 분화」, 위의 책, 294~295쪽. 특히 『오뇌의 무도』와 관련한 사항은 당시 다음과 같은 기사를 통해서 분명히 알 수 있다. 丁東奎, "己未以後十五年間 朝鮮文讀者의 動態 店頭에서 본 讀書傾向의 變遷", 《東亞日報》, 東亞日報社, 1933. 9. 2. 3면.

27) 그 시집들은 다음과 같다. 김억의 『해파리의 노래』(1923), 『봄의 노래』(1925), 『岸曙詩集』(1929), 변영로의 『朝鮮의 마음』(1924), 주요한의 『아름다운 새벽』(1924), 김동환의 『國境의 밤』, 『昇天하는 靑春』(1925), 김소월의 『진달뇌꽃』(1925).

28) 洪思容, 「六號雜記(三)」, 《白潮》 第3號, 文化社, 1923. 9.

29) 金乙漢, "人生雜記(四): 京釜線 車안", 《朝鮮日報》, 朝鮮日報社, 1926. 8. 12.

30) 기사, "朝鮮通信中學館趣旨書", 《每日申報》, 每日申報社, 1921. 7. 26. 1면. 31) 李如星・金世鎔 共著, 「第4章 朝鮮의 文盲과 新文化의 要求」, 『數字朝鮮研究』 第4輯, 世光社, 1933. 110~112쪽; 朝鮮總督府, 『昭和五年 朝鮮國稅調査報

告 全鮮篇 第一卷 結果標』, 朝鮮總督府, 1934. 72～119쪽; 「第十章 讀み書き
の程度」, 『昭和五年 朝鮮國稅調査報告 全鮮篇 第二卷 記述報文』, 朝鮮總督府,
1935. 273～332쪽. 그런가 하면 1930년대 중반 조선인 농민의 문맹률이 약
60퍼센트였다는 문헌이 있기도 하다. 李勳求, 「第九節 社會的狀況: 第二十表
四十八郡內二四九戶, 七三六六人의 農業者文盲率調査表」, 『朝鮮農業論』, 漢城圖
書株式會社, 1935. 106～107쪽.

32) 金乙漢, 위의 글, 위의 책, 같은 쪽; 김기림, 「貞操問題의 新展開」, 『김기림전
집(6)』, 심설당, 1988, 18쪽.

33) 기사, "形形色色의 京城 學生相", 《開闢》第58號, 開闢社, 1925. 4. 39쪽.

34) 기사, "보는 대로 듯는 대로 생각나는 대로", 《東亞日報》, 東亞日報社, 1926.
8. 8. 5면.

35) 八峰, 위의 글, 위의 책.

36) 하동호, 「부록: 음악서지고」, 『근대서지고류총』, 탑출판사, 1987; 한국예술
종합학교 한국예술연구소 편, 「제1장 창가집 목록」, 『한국창가의 색인과 해
제』, 한국예술종합학교 한국예술연구소, 1997.

37) 일본축음기상회주식회사가 'Nipponophone', '닙보노홍'이나 '일츅죠션소
리반' 시리즈로 발매한 음반 가운데 두 차례 이상 발매된 레퍼토리의 첫
번째 곡명(음반번호)과 발매 매수만 열거해 보면 다음과 같다. ① 〈시드른
芳草(枯れすすき)〉(일츅죠션소리반 K632-B) 외 3매(《사랑의수건》[일츅죠션소리
반 K568-B] 〈명주수건〉[일츅죠션소리반K649-A] 포함), ② 〈長恨夢(金色夜
叉)〉(일츅죠션소리반 K632-B) 외 1매, ③ 〈이 풍진 歲月〉(닙보노홍 K116-A)
외 1매, ④ 〈戀之鳥〉(닙보노홍 K547-B) 외 1매(《사랑의싀戀の鳥》[닙보노홍
K613-A] 포함), ⑤ 〈鴨綠江節〉(닙보노홍 K549-A) 외 1매. 이러한 사정에 대
해서는 다음의 서지를 참조할 것. 배연형, 「창가 음반의 유통」, 《한국어문학
연구》 제51집, 한국어문학연구학회, 2008.

38) 朴達成, 「京城兄弟에게 嘆願합니다! ─大京城을 建設키 爲하야」, 《開闢》 第
21號, 開闢社, 1922. 3. 46쪽.

39) 기사, 「三千里 機密室 The Korean Black chamber」, 《三千里》 第7卷 第5號, 三千里社, 1935. 6. 30쪽.

40) 고은지, 「20세기 전반 소통 매체의 다양화와 잡가의 존재 양상」, 《고전문학연구》 제32집, 한국고전문학회, 2007, 103~4쪽; 배연형, 「서도소리 유성기 음반 연구」, 《한국음반학》 제14호, 한국고음반연구회, 2004; 배연형, 「잡가집의 장르 분류 체계와 음반 현실」, 《한국음반학》 제19호, 한국고음반연구회, 2009.

41) 李光洙, 「文學이란 何오」, 『李光洙全集』, 第1卷, 三中堂, 1968; 岸曙 生, 「詩形의 音律과 呼吸」, 《泰西文藝新報》第14號, 廣益書鋪, 1919. 1. 13.

42) 李光洙, 「文學講話(1)」, 《朝鮮文壇》 創刊號, 朝鮮文壇社, 1924. 10. 56쪽.

43) 일본축음기상회주식회사가 발매한 〈수심가〉류의 잡가들은 〈愁心歌슈심가〉 (음반번호 NIPPONOPHONE6001, 연주 朴春載·文永洙, 발매 1912. 7)를 비롯하여 〈愁心歌〉(음반번호 일축죠선소리반 K654-A, 연주 張錦花·白牡丹, 1927. 9); 〈역금愁心歌〉(음반번호 일축죠선소리반 K654-B, 연주 張錦花·白牡丹, 1927. 9)에 이르기까지 무려 26차례나 취입·발매되었다.

44) 기사, "頹廢的 歌謠排擊코저 朝鮮歌謠協會創立", 《朝鮮日報》, 朝鮮日報社, 1929. 2. 24; "頹廢歌謠 버리고 進取的 놀애를, 시단과 악단 일류를 망라, 朝鮮歌謠協會 創立", 《東亞日報》, 東亞日報社, 1929. 2. 25.

45) 배연형, 「서도소리 유성기 음반 연구」, 앞의 책; 「창가 음반의 유통」, 앞의 책.

46) 김형원, 앞의 글, 앞의 책, 275~6쪽.

47) 金岸曙, "辛未年詩壇―그 不振과 新詩人"(총 7회), 《東亞日報》, 東亞日報社, 1931. 12. 10~19.

48) 八峰, "文藝時事感(二)", 《東亞日報》, 東亞日報社, 1928. 10. 28. 3면.

49) 朱耀翰, 「노래를 지으시려는 이에게(2)」, 《朝鮮文壇》 第2號, 朝鮮文壇社, 1924. 11. 49면; 金岸曙, "밟아질 朝鮮詩壇의 길(上)·(下)", 《東亞日報》, 東亞日報社, 1927. 1. 2~3면.

50) 金東煥·金起林·金岸曙 외, 「最近의 外國文壇」座談會", 《三千里》第6卷 第9號, 三千里社, 1934. 9. 219~220쪽.

51) 素月, 「金잔듸(小曲) 外」, 《開闢》第19號, 開闢社, 1922. 1; 卞榮魯, 「小曲」, 《東明》第5號, 東明社, 1922. 10. 梁柱東, 「小曲」, 《東明》第35號, 東明社, 1923. 4; 岸曙, 「小曲 外」, 《開闢》第45號, 開闢社, 1924. 3; 巴人, 「江南제비(小曲)", 《三千里》第13號, 三千里社, 1931. 3; 金億, 『懊惱의 舞蹈』, 廣益書館, 1921. 李光洙·朱耀翰·金東煥, 『詩歌集』, 三千里社, 1929.

52) 李殷相, "三月의 詩歌"(총 6회), 《東亞日報》, 東亞日報社, 1927. 4. 9~14. 각 3면.

53) 이러한 사정에 대해서는 다음의 서지를 참조할 것. 구인모, 「제1장 1920년대 한국문학과 전통의 발견」·「제6장 메이지·다이쇼기 일본의 구어자유시론과 조선문학」, 『한국근대시의 이상과 허상』, 소명출판, 2008, 44; 209쪽.

54) 生田春月, 「小曲の本質と創作の実際」, 生田春月先生 外, 『現代詩の作り方研究』, 東京:近代文藝社, 1928, 175~214쪽.

55) 北原白秋, 『抒情小曲集 思ひ出』, 東京: 東雲堂, 1911; 『白秋小唄集』, 東京: アルス, 1919. 三木露風, 『生と恋』, 東京: アルス, 1920. 西條八十, 『抒情小詩 静かなる眉』, 東京: 尚文堂, 1920; 『抒情小曲集 海辺の墓』, 東京: 稲門堂書店, 1922; 人見東明, 『抒情小曲 愛のゆくえ』, 東京: 尚文堂書店, 1921; 正富汪洋, 『恋愛小曲集』, 東京: 金星堂, 1921; 堀口大学, 『抒情小曲 月夜の園』, 東京: 玄文社, 1922; 室生犀星, 『抒情小曲 青き魚を釣る人』, 東京: アルス, 1923; 川路柳虹, 『はつ恋』, 東京: 新潮社, 1925; 生田春月, 『抒情小曲集』, 東京: 新潮社, 1929; 福田正夫, 『抒情小曲集 海の瞳』, 東京: 新詩壇社, 1924.

56) 岩野泡鳴, 『悲恋悲歌』, 東京: 日高有倫堂, 1905; 与謝野寛, 『槲之葉』, 東京: 博文館, 1910; 『鴉と雨』, 東京: 東京新詩社, 1915; 山村暮鳥, 『三人の処女』, 東京: 新声社, 1913; 平井晩村, 『野葡萄』, 東京: 国民書院, 1915; 与謝野晶子, 『舞ごろも』, 東京: 天弦堂, 1916; 生田春月, 『春月小曲集』, 東京: 新潮社, 1919; 『自然の恵み』, 東京: 新潮社, 1925; 千家元麿, 『新生の悦び詩集』, 東京: 芸術社, 1921;

『詩集』, 野方村: 宮坂栄一, 1923; 野口米次郎, 『二重国籍者の詩』, 東京: 玄文社
詩歌部, 1921; 福田正夫, 『高原の処女 長編叙事詩』, 東京: 新潮社, 1922; 川路
柳虹, 『預言』, 東京: 新潮社, 1922; 百田宗治, 『風車』, 東京: 新潮社, 1922; 蒲原
有明, 『有明詩集』, 東京: アルス, 1922.

57) "小唄は「思ひ出」以来私の詩風の基調を成すものである。今日に於て純日本的な新
しい民謡が必ず生まれて来なければならない機会にある。江戸時代の俚謡が真の第
二の万葉であつた事に気がつくならば、現代に於ても、この現代のわが民族の言葉を
決して粗末にしてはならないのである。私は今後も更に新しい民謡を作るであろう、
一つは自分のため、一つはわが民衆のために、さうなければならない。この集は、その
第一集であるとみていたゞきたい。"(北原白秋,「覚え書」, 『白秋小唄集』, 東京: アル
ス, 1919).

58) 벌笑,「日本近代詩抄(2)」,《創造》第2號, 東京: 創造社, 1919. 3.

59) 京西學人,「藝術과 人生―新世界와 朝鮮民族의 使命」,《開闢》第19號, 開闢社,
1922. 1.

60) 福井久蔵,「第62章 小曲」, 『日本新詩史』, 東京: 立川書店, 1924, 423~427쪽;
児山信一,「9. 近代詩」, 『日本詩歌の体系』(国文学研究叢書 第3編), 東京: 至文堂,
1925, 472~475쪽.

61) 구인모,「제6장 메이지·다이쇼기 일본의 구어자유시론과 조선문학」, 앞의
책, 226~229쪽.

62) 김억·박경수 편,「肉筆遺稿詩篇」, 『岸曙金億全集(1)―創作詩集』, 한국문화사,
1987.

63) 金岸曙, "『朝鮮詩人選集』을 읽고서(五)", 위의 책 같은 면; "辛未年詩壇―그
不振과 新詩人(二)", 위의 책, 같은 면; 梁柱東, "詩壇의 回顧(七)", 앞의 책 같
은 면;「丙寅文壇槪觀: 評壇 詩壇 小說壇의 鳥瞰圖―朝鮮文學完成이 우리의
目標」, 앞의 책, 같은 쪽; 李殷相, "十年間의 朝鮮詩壇總觀(四)",《東亞日報》, 東
亞日報社, 1929. 1. 16. 3면.

64) 岸曙, "辛未年詩壇―그 不振과 新詩人"(총 7회),《東亞日報》, 東亞日報社, 1931.

12. 10～19.

65) 李殷相, 위의 글, 위의 책; 泊太苑, 「初夏創作評(五)」, 《東亞日報》, 東亞日報社, 1929. 6. 16. 4면.

66) 朱耀翰, "朝鮮語의 哀傷的 韻響—岸曙의 詩를 읽고", 《東亞日報》, 東亞日報社, 1929. 9. 28. 4면; 鄭蘆風, "己巳詩壇展望(一)", 《東亞日報》, 東亞日報社, 1929. 12. 7. 4면; 李光洙, "近讀二三", 《東亞日報》, 東亞日報社, 1929. 12. 14. 4면.

67) 金基鎭, 「現詩壇의 詩人」, 《開闢》第57·58號, 開闢社, 1925. 3·4.

68) 朴月灘, 「抗議 갓지 안흔 抗議者에게」, 《開闢》第35號, 開闢社, 1923. 2; 「文人印象互記」, 《開闢》第44號, 開闢社, 1924. 2. 100～101쪽; 李殷相, 앞의 글, 앞의 책; 泊太苑, 앞의 글, 앞의 책.

69) 金岸曙, 「詩壇의 一年」, 《開闢》第42號, 開闢社, 1923. 12.

70) "그러나 지금의 나로서는 시를 쓸 수도 업고 詩를 논할 여유도 업습니다 (…) 나다려 詩글 쓰라고 줄느는 대신에 나의 생활로 하야금 시를 읊조리게 하도록 願祝하여 주시기 바랍니다"(金石松, 「路傍雜草」, 《三千里》第3卷 第10號, 三千里社, 1931. 10. 95～96쪽.

71) 梁柱東, 「丙寅文壇槪觀: 評壇 詩壇 小說壇의 鳥瞰圖—朝鮮文學完成이 우리의 目標」, 앞의 책, 6쪽.

72) 기사, 「將來十年에 자랄 生命!!, 言論界, 教育界 等」, 《三千里》第4號, 1930. 1; 草兵丁, 「文壇歸去來」, 《三千里》第6卷 第9號, 1934. 9.

73) 乙骨明夫, 「「詩話会」についての考察」, 《白百合女子大学研究紀要》第6号, 東京: 白百合女子大学, 1970; 竹本寛秋, 「虚構としての〈詩〉—明治·大正の詩の歴史, その形成の力学(9) 「詩壇」の成立—「詩話会」前後」, 《詩学》第59卷 第2号, 東京: 詩学社, 2004. 46～49쪽.

74) 服部嘉香, 『口語詩小史—日本自由詩前史』, 東京: 昭森社, 1963; 吉田煕生, 「文語定型詩から口語自由詩へ」, 《国文学: 解釈と教材の研究》第19卷 第12号, 1974. 10; 乙骨明夫, 『現代詩人群像—民衆派とその周邊』, 東京: 笠間書院, 1991; 坪井秀人, 「第一章〈声〉と〈書くこと〉」, 『声の祝祭−日本近代詩と戦争』, 名古屋: 名古屋大学出版会, 1997: 松浦壽輝, 「不能と滞留 —口語自由詩の成立をめぐる一視點 — 近代的起源とジャンル」, 《文學》第9卷 第4號, 岩波書店, 1998. 10: 安智史, 「論争する民衆詩派」, 《日本近代文学》第67集, 東京: 日本近代文学会, 2002: 勝原晴希 編, 『『日本詩人』と大正詩 —〈口語共同体〉の誕生』, 東京: 森話社, 2006: 佐藤伸宏, 「おわりに: 大正末期 —口語自由詩をめぐる新たな状況」, 『詩のありか —口語自由詩をめぐる問い』, 東京: 笠間書院, 2011.

75) 三木卓, 「第十一章 歌謡の展開」・「第十二章 『水墨集』より「日光」へ」, 『北原白秋』, 東京: 岩波書店, 2005, 293・321等.

76) 北原白秋, 「読む民謡とは何か」, 『白秋全集』第18卷, 東京: 岩波書店, 1985.

77) 川路柳虹, 「新律格の提唱」, 《日本詩人》第5卷 第3號, 東京: 新潮社, 1925. 3; 「民謠的精神の更生」, 《明星》, 東京: 明星發行所, 1925. 5; 「詩における内容律の否定」, 《日本詩人》第6卷 第8號, 東京: 新潮社, 1926. 8; 「II. 詩形の概念」, 『詩の本質・形式』, 東京: 金星社, 1932. 「形式の發生と轉向」, 『詩學』, 東京: 耕進社, 1935.

78) 茂田信男 外, 「I. 歴史編」, 『日本流行歌史(戰前編)』, 東京: 社會思想社, 1980, 85~87等.

79) 村直己, 「西條八十・佐藤惣之助における詩から歌謡への移行について」, 《日本歌謡研究》第18号, 東京: 日本歌謡学会, 1979. 4. 25~30等: 筒井清忠, 「西條八十の歌謡観 —「うた」の岐路としての現代」, 《國文學: 解釈と教材の研究》第51卷 第9号, 東京: 學燈社, 2006. 8. 6~13等; 鈴木暁世, 「西條八十・その創作の転換期 —詩歌と外国文学翻訳・研究との関わり」, 《日本近代文学》第83号, 東京:日本近代文学会, 2010. 11. 17~32等.

80) 北原白秋 外, 『童謠及民謠研究』(現代詩創作講座 第6卷), 東京:金星堂, 1930.

81) 광고, "株式會社 日本蓄音器商會", 《每日申報》, 每日申報社, 1912. 7. 12. 4면; "朝鮮新音譜賣出 第一回", 《每日申報》, 每日申報社, 1912. 7. 12. 4면; 배연형, 「日蓄朝鮮소리盤(NIPPONOPHONE) 研究(1)」, 《한국음반학》 창간호, 한국고음반연구회, 1991; 「日蓄朝鮮소리盤(닙보노홍) 研究(2)」, 《한국음반학》 제

2호, 한국고음반연구회, 1992; 「일축조선소리반 관련자료와 재발매 음반 고찰」,《한국음반학》제17호, 한국고음반연구회, 2007.

82) "今回 朝鮮 第一流의 演奏者 數十名을 過般 東京 本社에 出張ᄒᆞ야 朝鮮 古有의 銘曲을 吹込ᄒᆞᆫ 最新 音譜中 數十種을 第一回 賣出ᄒᆞ오니…"(광고, "朝鮮新音譜 到着",《每日申報》, 每日申報社, 1913. 6. 3. 1면)

83) "朝鮮滿洲一手賣捌元 株式會社 日本蓄音器商會"("急告",《每日申報》, 每日申報 社, 1911. 10. 14. 3면)

84) 광고, "謹告",《萬歲報》第210號, 1907. 11. 4면. 이 음반은 〈遊山歌〉(columbia phonograph co.2775, corean song韓歌, 연주 韓寅五·官妓 崔紅梅 외 3명, 반주 鼓·笛·胡弓·瑟, 녹음 日本 大阪, 1907. 3. 19)였다. 이 음반은 동국대학교 한 국음반아카이브연구소에서《한국의 첫 음반 1907(한국유성기 음반 복원시 리즈 1)》(예술기획 탑, 2007. 3)으로 복각한 바 있다.

85) 배연형, 「빅타(Vitor) 레코드의 한국 음반 연구」,《한국음반학》제4호, 한국 고음반연구회, 1994, 284~288쪽.

86) 배연형, 「日蓄朝鮮소리盤(NIPPONOPHONE) 硏究(1)」, 앞의 책, 97쪽. 당 시 각종 신문 광고에 의하면 일본축음기상회주식회사·일동축음기주식회 사의 대리점은 경성 8개소, 평양 1개소, 부산 1개소, 인천 2개소, 원산 2개 소, 함흥 1개소, 청진 1개소, 안주(安州) 1개소, 대구 1개소, 진주 1개소, 목 포 1개소 이상 20개소가 확인된다.

87) 기사, "日蓄賣渡 米國에셔",《每日申報》, 1927. 5. 20. 3면; 「雜音업는 新蓄音機 던긔로 취입",《每日申報》, 1928. 6. 12. 3면; 倉田喜弘, 「V. 音의 大衆化 ― 新 世紀電気吹込み」, 『日本レコード文化史』, 東京: 岩波書店, 2006, 167~170 쪽; Curt Riess, 佐藤牧夫 訳, 「第三部 一九二〇年代: 第十章 新しい調べ」·「第三部 一九二〇年代: 第十三章 レコードからユダヤ人排斥」, 『レコードの文化史(Knaurs Weltgeschichite der Schallplatte)』, 東京: 音楽之友社, 1969.

88) 草兵丁, 「大亂戰中의 東亞日報對朝鮮日報 新聞戰 ―六大會社 레코-드 戰」, 《三千里》第5卷 第10號, 三千里社, 1933. 10; 號外生, 「레코-드의 熱狂時代 競

爭의 한토막 이약이」,《別乾坤》第67號, 開闢社, 1933. 11; 기사, "빅터支社에
文藝部 新設",《朝鮮日報》,朝鮮日報社, 1934. 2. 21; 부록 2면. 배연형,「빅타
(Vivtor) 레코드의 한국 음반 연구」,《한국음반학》제4호, 한국고음반연구
회, 1994. 11;「3. 유성기 음반의 전성기(나팔통 녹음 1907~1927)」,『한국
유성기음반』제5권, 한걸음더, 2011, 81~108쪽; 山口龜之助,『レコード文化
發達史』第壹卷(明治大正時代 初篇), 大阪: 錄音文献協會, 1936, 113~116쪽.

89) 草兵丁, 앞의 글, 앞의 책; 號外生, 앞의 글, 앞의 책; 배연형,「콜럼비아
(Columbia) 레코드의 한국 음반 연구」,《한국음반학》제5호, 한국고음반연
구회, 1995. 10;「4. 유성기 음반의 전성기(전기녹음 1928~1945)」,『한국유
성기음반』제5권, 한걸음더, 2011, 70~73쪽.

90) 기사, "「포리도루」會社 朝鮮音譜吹入, 名妓名唱을 불러",《東亞日報》,東亞日
報社, 1932. 6. 25. 2면; 草兵丁, 앞의 글, 앞의 책; 中村資郎,『朝鮮銀行會社組
合要錄』, 東亞經濟時報社, 1933; 배연형,「포리돌(Polydor) 레코드의 한국음
반 연구」,《한국음반학》, 제7호, 한국고음반연구회, 1997.

91) 배연형,「콜럼비아(Columbia) 레코드의 한국 음반 연구」, 위의 책;「4. 유성
기 음반의 전성기(전기녹음 1928~1945)」, 앞의 책, 70~73쪽.

92) 일본콜럼비아사 조선지사가〈마의태자〉와 함께 발매한 1931년 3월 신보
(新譜)들은 다음과 같다. ①〈春香傳〉(Columbia40146~7, 劇, 연주 金永
煥·李애리스·尹赫·朴綠珠), ②〈皐々天邊〉(Columbia40148-A, 雜歌, 연주
金昌煥), ③〈離別歌〉(Columbia40148-B, 雜歌, 연주 金昌煥), ④〈사랑가·
돈타령〉(Columbia40149-A, 名唱調, 연주 金昌龍), ⑤〈水晶宮들어가는데〉
(Columbia40149-B, 沈淸傳, 연주 金昌龍), ⑥〈三顧草廬〉(Columbia40150~
1, 二國誌, 연주 金楚香, 반주 鼓 韓成俊), ⑦〈蘆花月〉(Columbia40152-A, 伽
倻琴並唱, 연주 沈相健), ⑧〈靑石嶺〉(Columbia40152-B, 伽倻琴並唱, 연주 沈
相健), ⑨〈念佛〉(Columbia40153-A, 短簫洋琴, 연주 短簫 趙東奭·洋琴 金相
淳)〈平調會像〉(Columbia40153-B, 短簫洋琴, 연주 短簫 趙東奭·洋琴 金相淳),
⑩〈平調〉(Columbia40154-A, 詩調, 연주 唱 朴月庭, 반주 저 金桂善·해금 池

龍九), ⑪ 〈女唱지름〉(Columbia40154-B, 詩調, 연주 唱 朴月庭, 반주 저 金桂善·해금 池龍九), ⑫ 〈想思別曲〉(Columbia40155-A, 歌詞, 연주 唱 李蘭香, 반주 저 金桂善·長鼓 金一宇), ⑬ 〈白鷗詞〉(Columbia40155-B, 歌詞, 연주 唱 李蘭香, 반주 저 金桂善·長鼓 金一宇), ⑭ 〈아리랑集〉(Columbia40156, 漫曲, 연주 朴月庭·金仁淑), ⑮ 〈梨花타령〉(Columbia40157-A, 雜歌, 연주 李暎山紅·金玉葉), ⑯ 〈諺文푸리〉(Columbia40157-B, 雜歌, 연주 李暎山紅·金玉葉), ⑰ 〈飛行機〉(Columbia40158-A, 연주 李貞淑, 반주 콜럼비아오-케스튜라團), ⑱ 〈귓드람이〉(Columbia40158-B, 연주 李貞淑, 반주 콜럼비아오-케스튜라團), ⑲ 〈방아씻는색시의노래〉(Columbia40159-A, 新民謠齊唱, 작사 金水卿, 작곡 洪蘭坡, 연주 崔命淑·李景淑·徐錦榮, 반주 管絃樂), ⑳ 〈녹쓴가락지〉(Columbia40159-B, 新民謠齊唱, 작사 金水卿, 작곡 洪蘭坡, 연주 崔命淑·李景淑·徐錦榮, 반주 管絃樂).

93) ① 〈내 사랑아(Oh! My Darling Clementine)〉(일츅쇼션소리반K530-A, 연주 安基永, 반주 피아노 Appenzellar, 1925. 10), ② 〈주 만난 자들의 견고한 터(How Firm & Foundation)〉(일츅죠션소리반K531-A, 安基永, 반주 피아노 趙英淑, 1925. 10), ③ 〈하날 가는 밝은 길이(Annie Laurie)〉(일츅죠션소리반K531-B, 安基永, 반주 피아노 趙英淑, 1925. 10), ④ 〈내 고향을 리별하고(Farewell to Home)〉(닙보노홍-K548-A, 男聲獨唱, 연주 安基永, 반주 피아노 아팬재라아, 1925. 11), ⑤ 〈제비들은 강남에(When the Swallows Homeward Fry)〉(닙보노홍-K548-B, 男聲獨唱, 연주 安基永, 반주 피아노 아팬재라아, 1925. 11), ⑥ 〈너 집 貴한 집〉(일츅죠션소리반K550-A, 연주 安基永, 반주 피아노 아펜셜나, 발매일자 미상), ⑦〈 부러라 봄바람〉(일츅죠션소리반K550-B, 연주 安基永, 반주 피아노 아펜셜나, 발매일자 미상), ⑧ 〈순산을 향해 갑시다〉(일츅죠션소리반K579-A, 男聲四部合唱, 연주 崔東俊·金仁湜·安基永·鄭聖采, 반주 피아노 미라아, 발매일자 미상), ⑨ 〈쑤나(Duna)〉(Columbia40000-A, 테너-獨唱, 작곡 McGill, 연주 安基永, 반주 피아노 金恩實, 1929. 3), ⑩ 〈리골렛토(여자의 마음)〉(Columbia40000-B, 테너-獨唱,

작곡 Verdi, 연주 安基永, 반주 피아노 金恩實, 1929. 3), ⑪ 〈二八靑春歌·도라지타령〉(Columbia40014-A, 合唱, 지휘 安基永, 연주 梨花專門合唱團, 1929. 4), ⑫ 〈방아타령〉(Columbia40014-B, 合唱, 지휘 安基永, 연주 梨花專門合唱團, 1929. 4), ⑬ 〈거룩한 셩(HOLYCITY)〉(Columbia40036-A, 테너-獨唱, 연주 安基永, 반주 피아노 金恩實, 1929. 8), ⑭ 〈만세반셕(ROCKOFAGES)〉(Columbia40036-B, 테너-獨唱, 安基永, 반주 피아노 金恩實, 1929. 8), ⑮ 〈마르타〉(Columbia40067-A, 테너-獨唱, 연주 安基永, 반주 피아노 金恩實, 1930. 2), ⑯ 〈아라비아노래〉(Columbia40067-B, 테너-獨唱, 연주 安基永, 반주 피아노 金恩實, 1930. 2), ⑰ 〈오, 잠, 웨 나를 바리나〉(Columbia40113-A, 테너-獨唱, 연주 安基永, 1930. 8), ⑱ 〈잘 자라 내 아기〉(Columbia40113-B, 테너-獨唱, 연주 安基永, 1930. 8).

94) 기사, "「콜럼비아」會社 朝鮮歌曲吹込", 《東亞日報》, 1928. 11. 15. 3면; "콜럼비아會社서 새로 朝鮮歌曲 吹込", 《東亞日報》, 1929. 11. 9. 5면; "컬럼비아社의 朝鮮音樂吹込 朝鮮藝人諸氏 京城驛出發", 《朝鮮日報》, 1929. 11. 14. 6면; "無名名唱찾는 「콜럼비아레코드」 會社", 《朝鮮日報》, 1930. 9. 1. 2면; 「컬럼비아 音樂大會 來二十四日 市內 長谷川町公會堂에서", 《朝鮮日報》, 1929. 12. 22. 5면. 기사, "新舊名曲을 레코-드에 吹込", 《朝鮮日報》, 1931. 9. 3. 5면; 「콜롬비아 朝鮮 歌謠 新吹込. 10餘名의 名人들로서", 《朝鮮日報》, 1931. 9. 4. 5면; "「콜럼비아」 一行 吹込次로 出發", 《朝鮮日報》, 1933. 12. 21. 4면; "音樂家의 登龍門 콜럼비아會社에서 選拔한다 10個地에서 豫選", 《朝鮮日報》, 1933. 9. 14. 2면; 李瑞求, 「봄과 □와 레코드", 《別乾坤》第72號, 開闢社, 1934. 4. 8쪽.

95) 일본과 미국의 음악(반)산업이 동아시아 지역의 음악을 상품화한 구체적 역사와 그 의의를 심도 있게 고찰한 연구성과로서는 다음의 서지를 참조하기를 권한다. 야마우치 후미다카(山內文登), 「일제시기 한국 녹음문화의 역사민족지 ― 제국질서와 미시정치」, 한국학중앙연구원 한국학대학원 박사학위논문, 2009. 그리고 일본콜럼비아사가 식민지 지역에서 발매한 음반의 실상은 다음의 서지를 통해서 부분적으로나마 엿볼 수 있다. 人間文化研究

機構連携研究 編集・發行, 『日本コロムビア外地錄音ディスコグラフィ ―臺灣編』, 大坂: 日本民族學博物館, 2007; 『日本コロムビア外地錄音ディスコグラフィ ―朝鮮編』, 大坂: 日本民族學博物館, 2008; 『日本コロムビア外地錄音ディスコグラフィ ―上海編』, 大坂: 日本民族學博物館, 2008.

96) 金億, "朝鮮心을 背景삼아-詩壇의 新年을 마즈며", 《東亞日報》, 東亞日報社, 1924. 1. 1. 2면.

97) 구인모, 「제5장 『朝鮮民謠の研究』와 그 이후, 국민문학론의 전도(顚倒)」·「제6장 메이지·다이쇼기 일본의 구어자유시론과 조선문학」, 앞의 책, 147～165쪽; 211～220쪽.

98) 오세영, 「II. 민요시에의 지향」·「IV. 결어」, 『한국낭만주의시연구』, 일지사, 1980; 「III. 20년대 한국 민족주의문학」, 『20세기한국시연구』, 새문사, 1989; 임재서, 「민요시론 대두의 의미」, 한계전 외, 『한국현대시론사연구』, 문학과지성사, 1998; 박경수, 「제2부 민요시론의 양상과 성격」, 『한국근대민요시연구』, 한국문화사, 1998.

99) 구인모, 「서론」, 「결론」, 앞의 책.

제3장 전문 작사자로서 근대기 한국의 시인들

1) 이 외에도 홍사용은 당시 흔히 '스케치'로 일컬었던 극 양식의 서사 〈北行列車〉(Columbia40380A·B, 스켓취, 작 洪露雀, 연주 沈影·朴齊行·金鮮英, 반주 管絃樂伴奏, 1934. 2)를 창작하여 음반에 취입한 바 있기도 하다.

2) 기사, "朴勝喜氏等 劇團大長安 近近頃에 創立", 《東亞日報》, 1931. 5. 22. 4면.

3) 야마우치 후미타카, 「일제시대 음반제작에 참여한 일본인에 관한 시론」, 《한국음악사학보》 제30집, 한국음악사학회, 2003, 785～787쪽; 古茂田信男 外, 「I. 歷史編」, 『日本流行歌史(戰前編)』, 東京: 社會思想社, 1980, 93～94쪽.

4) 〈ザッツ・オーケーThat's OK〉(Columbia25933-A, 작사 多蛾谷素一, 작곡 コロ
    ムビア文藝部〔奥山貞吉〕 연주 河原喜久恵, 반주 コロムビアジャズ·バンド, 1930.
    4). 이 곡의 가사는 다음과 같다. "1. 만나지 않고는 못 견디겠는 걸요 / 사
    모해 온 두 사람이면 / 내일이라도 기다릴 수 있어요 / 그런 마음으로 헤어
    져요 / 〔후렴〕 좋지요? 좋지요? 맹세해 줘요 / 오케이, 오케이, 댓츠 오케
    이.// 2. 어떤 거짓말이라도 해 봐요 / 당신의 사람이에요 이대로라면요 / 슬
    프게 하지는 말아 줘요 / 꿈속에서 만날 날을 언제까지나 / 〔후렴〕// 3. 실
    컷 울린 뒤에 / 비위 맞추는 게 버릇이에요 / 조바심 나 등불에 몸을 기대
    는 / 흔들리는 거울에 웃는 얼굴 / 〔후렴〕// 4. 까닭도 모르게 누군가 또 /
    소문내려 해도 듣지 않을 일 / 믿을 수 없는 세상에 단 하나 / 두 사람의 사
    랑만이 의지가 되어요 / 〔후렴〕//"("1. だって逢わずにゃいられない / 思いいでくる
    ふたりなら / 明日という日も待ちかねる / そんな心で別れましょう 〔후렴〕 いいの
    ね、いいのね、誓ってね / オーケー、オーケー、ザッツ・オーケー。// 2. なんの嘘など
    つきましょう / 貴方のものよこうなれば / 悲しいことにゃさせないで / 夢に見る日を
    いつまでも / 〔후렴〕// 3. たんと泣かせたその後で / 機嫌とるのがくせなのよ / じ
    れて灯影に身を寄せりゃ / ゆれる鏡に笑う顔 / 〔후렴〕// 4. 訳も知らずに誰がまた
    / 噂立てよと聞かぬこと / あてのない世にただ一つ / 二人の恋はあてなのよ / 〔후
    렴〕//")(저자 역) 古茂田信男 外, 「II. 歌詞編」, 앞의 책, 281쪽.

5) 森本敏克, 「歌の夜明け」, 『音盤歌謡史 ─ 歌と映画とレコードと』, 東京: 白川書院,
    1975, 38쪽.

6) 〈月の浜辺〉(Columbia26325-B, 작사 島田芳文, 작곡 古賀政男, 연주 河原喜久
    恵, 반주 ギター 古賀政男, 1931. 6); 〈博多小夜曲〉(Columbia26373, 작사 西岡
    水朗, 작곡 古賀政男, 반주 明大マンドリンOrchestra, 발매년도미상). 〈月の浜
    辺〉의 가사는 다음과 같다. "1. 달그림사 흰 물결 위에 / 두 사람만 듣는 곡
    조 / 말하렴 물세야 / 그 모습 어디에 저 두 사람 / 아, 괴로운 여름 밤 / 이
    별의 마음이라네// 2. 달은 일찍 저물고 바람은 일지 않아 / 홀로 흐느껴 우
    는 바닷가 / 말하렴 바람아 / 그 모습 어디에 저 두 사람 / 아, 미칠 듯한 여

름 밤 / 영원한 이별///(1. 月影白き波の上 / ただひとり聞く調べ / 告げよ千鳥 / 姿
いずこかの人 / ああ悩ましの夏の夜 / こころなの別れ// 2. 月早やかげり風立ちぬ /
われ啜り泣く浜辺 / 語れ風よ / 姿いずこかの人 / ああ狂おしの夏の夜 / とこしえの
別れ//)", 古茂田信男 外 編, 앞의 글, 앞의 책, 288쪽.

7) 森本敏克, 「歌はふるさと」, 앞의 책, 38쪽. 茂木大輔, 「第6章」, 『誰が故郷
を…—素顔の古賀政男』, 東京: 講談社, 1979, 84〜85쪽; 古賀政男, 「キャンプ
小唄と月の浜辺」, 『自伝 わが心の歌』, 東京: 展望社, 2001, 104〜105쪽; 菊池清
麿, 「第III部 苦悩する古賀政男」, 『評伝 古賀政男 —青春よ永遠に』, 東京: アテネ
書房, 2004, 151〜152쪽.

8) 〈술은 눈물일가 한숨이랄가〉(Columbia40300-A, 流行小曲, 작곡 古賀政男,
연주 蔡奎燁, 반주 바이올린·첼로-·씨타-·우구레레, 1932. 3), 〈希望의 고개
로〉(Columbia40300-B, 流行小曲, 작곡 古賀政男作曲, 연주 蔡奎燁, 반주 明治
大學맨돌린오-게스츄라, 1932. 3).

9) 朴月灘, 「文壇의 一年을 追憶하야 現狀과 作品을 槪評하노라」, 《開闢》第31號,
開闢社, 1923. 1, 10쪽; 金岸曙, 「詩壇의 一年」, 《開闢》第42號, 開闢社, 1923.
12, 46쪽; 金基鎭, 「現 詩壇의 詩人(前承)」, 《開闢》第58號, 開闢社, 1925. 4,
27쪽.

10) 露雀, 「民謠자랑-둘도 업는 寶物, 特色잇는 藝術, 朝鮮은 메나리 나라」, 《別
乾坤》第12·13號, 開闢社, 1928. 5.

11) 구인모, 「홍사용과 구술문화 전통의 의미」, 《한국어문학연구》제56집, 한
국어문학연구학회, 2011.

12) 李基世, 「結婚式날 밤 李愛利秀의 獨唱—名歌手를 엇더케 發見하엿든나」,
《三千里》第8卷 第11號, 三千里社, 1936. 11. 185쪽.

13) 최동현·김만수, 「1930년대 유성기 음반에 수록된 만담·넌센스·스케치 연
구」, 《한국극예술연구》제7집, 한국극예술학회, 1997. 6.

14) 〈山고개〉, 〈살구꽃〉, 〈해당화〉(이상 《安基永作曲集 第壹集》, 樂揚社出版部,
1929에 수록); 〈밀밭〉, 〈滿月臺〉, 〈복숭아꽃〉(이상 《安基永作曲集 第二集》, 音樂

社, 1931에 수록); 〈살구꽃·물새〉(Columbia40298-A, 테너-獨唱, 작사 金億·
李殷相, 작곡 安基永, 연주 安基永, 반주 콜럼비아管絃樂團, 1932. 2).

15) 장유정은 김억이 본명과 '김안서(金岸曙)'라는 필명 이외에도 '김포몽(金浦
     夢)'이라는 필명으로도 발표한 작품까지 더하여 총 81편을 창작했다고 한
     다(장유정, 「2. 유성기 음반과 대중가요의 형성」, 『오빠는 풍각쟁이야—대중
     가요로 본 근대의 풍경』, 민음in, 2006, 65면). 그러나 '김포몽'이 김안서와 동
     일인이라고 비정(批正)할 수 있는 명백한 근거가 아직은 부족하므로, 이 책
     에서 김억의 작품은 그의 본명과 '김안서'로 발표한 것만을 인정하기로 한
     다. 그런가 하면 일찍이 《삼천리》에는 "岸曙 레코-드를 통한 流行歌界로 躍
     進 벌서 140餘種 지어 市場에 내노타"(「文人奇話」, 《三千里》第6卷 第7號, 三千
     里社, 1934. 6)라는 기사가 게재된 바 있거니와, 이에 따르면 김억은 1934년
     5월 경 이미 상당한 규모의 유행가요 가사를 음반으로 취입했다고도 볼 수
     있다. 그러나 이 또한 정확한 근거가 없어서 신뢰하기 어렵다.

16) 〈落花流水〉(Columbia40016-A, 流行唱歌, 작사·작곡 金曙汀, 연주 李貞淑, 반
     주 日本콜럼비아管絃樂團, 1929. 4), 〈枯木歌시드른방초〉(닙보노홍K547-A, 新
     流行歌, 연주 金山月·都月色, 반주 長鼓 李桂月, 1925. 11), 〈반달〉(제비표조선
     레코드B-임34, 尹心悳 伴奏 尹聖德, 1926. 2)

17) 金岸曙, 「詩人으로서의 關心—流行歌와 各界關心」, 《新家庭》第1卷 第2號, 東
     亞日報社, 1933. 2.

18) 金岸曙, "流行歌詞管見(1)·(2)", 《每日申報》, 每日申報社, 1933. 10. 15〜17. 각
     3면.

19) "乙巴素의 「가기는 가오리다」 「남어지 한밤」 가튼 것은 流行歌외다. 이러한
     것은 貴社에서 레코트 會社에 이약기하야 「마스크」를 통케 하는 것이 조흘
     이라 합니다." 金岸曙, 「諸家推薦 新人作品集—金岸曙 薦, 巨鍾」, 《三千里》第
     7卷 第11號, 三千里社, 1935. 12. 201쪽.

20) 金岸曙, "流行歌詞管見(3)", 《每日申報》, 每日申報社, 1933. 10. 19. 3면.

21) 金岸曙, "밟아질 朝鮮詩壇의 길(上)·(下)", 《東亞日報》, 東亞日報社, 1927. 1.

2~3.

22) 金岸曙, "「詩歌集」을 읽고서, 春園 요한 巴人 三人詩歌集(2)",《東亞日報》, 東亞
日報社, 1929. 11. 21. 4면.

23) 김억·박경수 편, 「육필유고시편」, 『안서김억전집(1) — 창작시집』, 한국문화
사, 1987.

24) 金岸曙, 「「거리의 꾀꼬리」인 十大歌手를 내보낸 作曲·作詞者의 苦心記 — 鮮于
一扇의 「꽃을 잡고」를 作詞하고서」,《三千里》第7卷 第10號, 三千里社, 1935.
11. 152쪽; 王平, 「妓席一曲으로 鮮于一扇을 發見 — 名歌手를 엇더케 發見하
엿든나」,《三千里》第8卷 第11號, 三千里社, 1936. 11. 187쪽. 실제로 이 〈꽃
을 잡고〉가 수록된 음반 관련 광고는《동아일보》만 두고 보더라도, 1934년
5월 30일, 1934년 7월 6일, 1935년 1월 24일 세 차례에 걸쳐 게재되었다.
그 가운데 1935년 1월 24일 게재된 〈꽃을 잡고〉의 단독광고 제호가 "品切
盤入荷"였던 것을 보면 그러한 사정을 충분히 짐작할 수 있다. 또한 일본폴
리돌사 조선지사의《매월신보(每月新譜)》의 경우, 1934년 8월, 9월 11월, 그
리고 1935년 8월 이상 네 차례에 걸쳐 이 음반의 광고를 게재했다.

25) 北原白秋, 「覚え書」, 『白秋小唄集』, 東京: アルス, 1919.

26) 金岸曙, 앞의 글, 앞의 책, 152쪽.

27) 王平, 앞의 글, 앞의 책, 187쪽.

28) 박찬호, 안동림 옮김, 「제4부 가요곡의 황금시대」, 『한국가요사1(1894~
1945년)』, 미지북스, 2009; 배연형, 「해제 — 4. 유성기 음반의 전성기(전기
녹음, 1928~1945)」, 『한국유성기음반』 제5권, 한걸음더, 2011.

29) 具沅會 외, 「레코-드界의 內幕을 듣는 座談會」,《朝光》第5卷 第3號, 朝鮮日報
社出版部, 1939. 3. 314~315쪽.

30) 박찬호, 안동림 옮김, 「제5부 암흑기의 가요곡」, 위의 책; 이영미, 「III. 일제
시대, 트로트와 신민요의 양립」, 『한국대중가요사』, 민속원, 2006, 105~
110쪽; 장유정, 「4. 대중 정서의 문학적 구현 양상」, 『오빠는 풍각쟁이
야 — 대중가요로 본 근대의 풍경』, 민음in, 2006, 333~345; 구인모, 「최남

선의 '시국가요'와 식민지의 정치의 미학화」,《국제어문》제42호, 국제어문학회, 2008. 4.

31) 李瑞求,「流行歌手今昔回想」,《三千里》第10卷 第8號, 三千里社, 1938. 8.

32) 이하윤은 본명 이외에도 '金白鳥', '金悅雲', '千羽鶴'이라는 필명으로도 유행가요 가사를 발표했다. 이하윤의 『물네방아』(1939) 소재 「歌謠詩抄」 총 60편의 작품들 가운데에는 이러한 필명으로 음반에 취입한 작품들이 있었던 바, 이를 근거로 비정할 수 있다. 물론 158편이라는 전체 작품 규모는 아직도 유보적이다. 「歌謠詩抄」 총 60편 가운데 음반취입이 확인된 작품은 22편에 불과하다. 나머지 38편의 작품은 다른 필명으로 발표했을 가능성도 있다.

33) 이하윤,「나의 문단회고」,《신천지》제5권 제6호, 서울신문사출판국, 1950. 6. 187~188쪽. 이밖에도 『이하윤선집(평론·수필)』(한샘, 1982)에는 24편의 회고문이 실려 있는데, 그 가운데 「나와 「해외문학」시대」, 「나의 기자시절」, 「나의 방송시절」이 실려 있으나, 「나의 문단회고」를 비롯하여, 유행가 작사와 관련된 그 어떤 글도 실려 있지 않다.

34) 이하윤,「나와 「해외문학」시대」, 「나의 기자시절」, 「나의 방송시절」, 서울대학교 사범대학 국어과동창회 편, 『이하윤선집(평론·수필)』, 도서출판 한샘, 1982; 기사,「三千里機密室」,《三千里》第7卷 第9號, 三千里社, 1935. 10. 22쪽. 이하윤은 1935년 9월 경 경성방송국을 퇴사하여 일본콜럼비아사 조선지사로 이직한 것으로 보인다.

35) 쉬-·제-·핸드포-드 발행,《콜럼비아 레코-드》, 日本蓄音器商會朝鮮支社文藝部, 1934. 5. 1쪽.

36) 異河潤, "流行歌作詞問題一考(上)",《東亞日報》, 東亞日報社, 1933. 9. 20.

37) 異河潤, "流行歌作詞問題一考(下)",《東亞日報》, 東亞日報社, 1933. 9. 24.

38) 異河潤, "流行歌謠曲의 製作問題",《東亞日報》, 東亞日報社, 1934. 4. 2~5.

39) 異河潤,「近讀短評」,《三千里》第6卷 第9號, 三千里社, 1934. 9. 250쪽.

40) 異河潤, "流行歌作詞問題一考(下)",《東亞日報》, 東亞日報社, 1933. 9. 24.

41) 異河潤, 앞의 글, 앞의 책. 「레코드와 라듸오考」, 《中央》第3卷 第3號, 朝鮮中央日報社, 1935. 3.

42) 異河潤, "流行歌謠曲의 製作問題(下)", 《東亞日報》, 東亞日報社, 1934. 4. 5.

43) "今夜 J.O.D.K 人氣白熱化 콜럼비아當選藝術家 鄭日敬孃· 趙錦子孃 處女吹込을 맛추고 七大名曲을 今夜(三月十三日)午後 八時 半에 放送 伴奏 콜럼비아 京城支店 管絃樂團", 《東亞日報》, 東亞日報社, 1934. 3. 13. 2면. "明夜 J.O.D.K 人氣白熱化 콜럼비아 當選藝術家 鄭日敬孃 趙錦子孃 處女吹込을 맛추고 七大名曲을 明夜(三月十三日) 午後 八時半에 放送!!" 《東亞日報》, 東亞日報社, 1934. 4. 20. 2면. 이외에도 일본콜럼비아사는 《매일신보》 1934년 3월 13일 제7면과 1934년 4월 29일 제7면에 각2회, 《조선일보》 3월 13일 제2면과 1934년 4월 22일 제1면에 각2회, 총 5회에 걸쳐 광고를 게재했다.

44) 이승희, 「극예술연구회의 성립─해외문학파의 욕망과 문화정치」, 《한국극예술연구》 제25집, 한국극예술연구회, 2007. 4; 서재길, 「드라마, 라디오, 레코드─극예술연구회의 미디어 연극 연구」, 《한국극예술연구》 제26집, 한국극예술연구회, 2007. 10; 이혜령, 「《동아일보》와 외국문학, 해외문학파와 미디어」, 《한국문학연구》 제34집, 동국대학교 한국문학연구소, 2008. 6.

45) 〈島の娘〉(Victor52533-A, 작사 長田幹彦, 작곡 佐々木俊一, 연주 小唄勝太郎, 반주 日本ビクター・オーケストラ, 1932. 12).

46) 기사, 「流言蜚語」, 《三千里》 第5卷 第9號, 三千里社, 1933. 9; 草兵丁, 「大亂戰中의 東亞日報對朝鮮日報 新聞戰─六大會社레코-드戰」, 《三千里》 第5卷 第10號, 三千里社, 1933. 10.

47) 好聲生, 「朝 「鮮우일손」의 稱있는 鮮于一扇과 國一館」, 《四海公論》, 第2號, 四海公論社, 1935. 6.

48) 異河潤, 「朝鮮流行歌의 變遷─大衆歌謠小考」, 《四海公論》 第4卷 第9號, 四海公論社, 1938. 9; 〈孤島의 情恨〉(Polydor19086-A, 流行歌, 작사 靑海, 작곡 全基玹, 편곡 佐藤靑葉, 연주 王壽福, 반주포리도-루管絃樂團, 1933. 10).

49) 〈섬처녀〉의 가사는 다음과 같다. "1. 아, 섬에서 나고 자란 / 처녀 열여섯 님 그리운 마음 / 남몰래 / 님과 하룻밤 덧없는 사랑// 2. 아, 먼 바다는 거친 바다 / 불어온 높새바람 이별의 바람 / 님은 뱃사람 / 이제는 못 돌아올 파도 저 아래// 3. 아, 님은 춥겠지 / 밤이면 밤마다 물결을 베개 삼아 / 눈은 흩날리는데 / 울며 밤새는 물떼새//(1. ハアー島で育てば / 娘十六、恋ごころ / 人目忍んで / 主と一夜の仇なさけ// 2. ハアー沖は荒海 / 吹いた東風が別れ風 / 主は船乗り / 今じゃ帰らぬ 波の底// 3. ハアー主は寒かろう / 夜ごと夜ごとの波まくら / 雪はちらちら / 鳴いて夜明かす磯千鳥//)"(저자 역).

50) 사이조 야소에 대해서는 다음의 서지를 참조할 것. 西條八十, 『西條八十 ― 唄の自叙伝』(人間の記録29), 東京: 日本図書センター, 1997; 上村直己, 『西條八十とその周辺』, 東京: 近代文芸社, 2003; 筒井清忠, 『西條八十と昭和の時代』, 東京: ウェッジ, 2005; 『西條八十』(中公叢書), 東京: 中央公論新社, 2005. 吉川 潮, 『流行歌 ― 西條八十物語』, 東京: 新潮社, 2004.

51) 〈東京行進曲〉(Victor50755-A, 작사 西條八十, 작곡 中山晋平, 연주 佐藤千夜子, 1929. 5) 광고, 「빅터 레코드 10월 신보", 《東亞日報》, 東亞日報社, 1932. 9. 20. 1면.

52) 〈新東京行進曲〉(Victor51406-A, 작사 西條八十, 작곡 中山晋平, 연주 四家文子, 반주 日本ビクター·オーケストラ, 발매일자 미상) 혹은 (ColumbiaA1580-A, 작사 西條八十, 작곡 古賀政男, 편곡 松尾健司, 연주 藤山一郎·奈良光枝, 반주 日本コロムビア·オーケストラ, 발매일자 미상) 광고, 「빅터 레코드 11월 신보", 《東亞日報》, 東亞日報社, 1930. 12. 21. 5면.

53) 〈東京音頭〉(Victor52793-A·B, 작사 西條八十, 작곡 中山晋平, 연주 勝太郎·三島一声, 반주 千代菊·千代, 1933. 6) 광고, "빅터 레코드 7월 신보", 《東亞日報》, 東亞日報社, 1933. 7. 20. 3면, 8. 20. 1면.

54) 〈銀座の柳〉(Victor52172-A, 작사 西條八十, 작곡 中山晋平, 연주 四家文子, 반주 日本ビクター·オーケストラ, 1932. 3) 광고, "빅터 레코드 5월 신보", 《東亞日報》, 東亞日報社, 1932. 4. 20. 3면, 5. 22. 5면, 6. 20. 3면, 1932. 9. 20. 1면.

55) 광고, "콜럼비아 레코드 8월 신보",《東亞日報》, 東亞日報社, 1932. 8. 18. 4면.

56) 〈佐渡を思へば〉(Victor52963-A, 작시 西條八十, 작곡 佐々木俊一, 연주 小唄勝
太郎, 반주 日本ビクター·サロン·オーケストラ, 1933. 12) 광고, "佐渡を思へば",
《東亞日報》, 東亞日報社, 1933. 12. 24. 2면.

57) 〈가나리야〉(Victor49108-B, 童謠, 연주 金順任, 반주 安炳昭(바이올린)·피아
노·실로폰, 녹음 1931. 11. 2). 이 음반의 서지사항 가운데 작사자와 관련
된 정보는 없다. 그러나 오늘날 남아 있는 가사지의 1절이 "노래를 이저버
린 가나리야는 / 뒷동산 언덕우에 내다버릴가 / 아- 서라 그것은 안될말
이다//"이고, 사이조 야소의 가사 1절인 "唄を忘れた金糸雀は / 後の山に棄て
ましょうか / いえいえそれはなりませぬ//"의 번역으로 보이는 만큼, 사이조 야
소 작품의 번역 혹은 번안 작품으로 보는 편이 타당하다.

58) 〈迎春花〉(Columbia40902-A, 新歌謠, 작사 南麗星·白文會·西條八十詞 작·편
곡 古賀政男, 연주 李海燕·李香蘭, 반주 콜럼비아管絃樂團, 1943. 1).

59) 〈あだなさけ〉(Victor52419-A, 流行歌, 작시 西條八十, 작곡 全壽麟, 연주 李
アリス, 반주 ビクター·サロン·オーケストラ, 발매일자 미상). 〈いとしさけむり〉
(Victor52419-B, 流行歌, 작시 西條八十, 작곡 金敎聲, 연주 姜石燕, 반주 ビクタ
ー·サロン·オーケストラ, 발매일자 미상).

60) 이하윤이 직접 작사한 작품은 〈鐘路行進曲〉(Victor49323-B, 流行歌, 작시 異
河潤, 작곡 全壽麟, 연주 姜石燕, 반주 管絃樂伴奏, 1934. 12)이다. 한편 1931년
『京城日報』는 〈京城行進曲〉이라는 지정된 작품명으로 현상공모를 했던 것
으로 보이는데, 사이조 야소는 심사자의 자격으로 경성에 방문한 적도 있
다(기사, "民擾詩人巨匠 西條八十氏 來城",《每日申報》, 每日申報社, 1931. 8. 31.
2면.

61) 森本敏克, 「歌の夜明け」, 『音盤歌謠史』, 東京: 白川書院, 1975. 古茂田信男 外,
「I. 歷史編―昭和時代初期」, 『日本流行歌史(戰前編)』, 東京: 社会思想社, 1994.

62) 異河潤, 「流行歌謠에 對하야―邪路에서 彷徨하는 大衆歌謠」,《家庭之友》第
21號, 朝鮮金融聯合會, 1939. 6. 19~20쪽.

63) 李瑞求,「流行歌手今昔回想」,《三千里》第10卷 第8號, 三千里社, 1938. 8; 具沅會 외,「레코-드界의 內幕을 듣는 座談會」,《朝光》第5卷 第3號, 朝鮮日報社出版部, 1939. 3.

64) 異河潤, "迎春瑣談(四)―歌謠의 淨化",《東亞日報》, 東亞日報社, 1940. 3. 19.

65) 異河潤, "流行歌作詞問題一考(下)",《東亞日報》, 東亞日報社, 1933. 9. 24.

66) 異河潤,「조선사람 心琴을 울니는 노래―新春에는 엇든 노래 流行할가」,《三千里》第8卷 第2號, 三千里社, 1936. 2. 123쪽.

67) 장유성, 앞의 글, 앞의 책. 구인모, 앞의 글, 앞의 책.

68) 흔히 많은 연구자들이 유도순은 본명 이외에도 '凡吾·帆吾'라는 호(號) 혹은 필명으로도 유행가요 가사를 창작했던 것으로 여기고 있다. 하지만 최근 박찬호도 고쳐 쓴 바와 같이 유도순과 범오가 동일인인지는 분명하지 않다. 유도순은 알려진 바와 같이 '月洋', '月野', '幼初' 등의 호를 썼던 것으로 알려져 있고, 그의〈숨어서 우는 우름〉(Columbia40636-B, 1935. 10)의 가사지와 1935년 10월《콜럼비아매월신보》의 음반발매목록을 대조해 보면 '紅初'라는 호도 썼던 것으로 보인다. 동국대학교 한국음반아카이브연구단의『한국유성기음반』에 따르면 이 '홍초'라는 호는 단 한 차례만 등장한다. 그러나 이 '홍초' 또한 사실은 원래《콜럼비아매월신보》가 간행될 당시 빚어진 '유초'의 오식(誤植)인 것으로 보인다. 따라서 이 책에서 유도순의 작품은 그의 본명으로 발표한 작품만을 인정하기로 한다. 박찬호, 안동림 옮김,「제4부 가요곡의 황금시대」,『한국가요사1(1894~1945년)』, 미지북스, 2009, 291쪽.

69) 오세영,『한국낭만주의시연구』, 일지사, 1980; 박혜숙,『한국민요시 연구』, 형설출판사, 1992; 박경수,『한국근대민요시연구』, 한국문화사, 1998; 조성국,「유도순시연구―현실반영과 전통의 지속」,《서강어문》제7집, 서강어문학회, 1990. 7; 서범석,「유도순 시의 리듬」,《국제어문》제22집, 국제어문학회, 2000.

70) "「血痕의 黙華」(詩集) 大正 15年 3月 2日「靑鳥社」에서 初版 發行 昭和 6年「永

昌書院」에서 再版 發行"(설문, 「作家作品年代表」, 《三千里》第9卷 第1號, 三千里社, 1937. 1. 230쪽). 유도순의 전기적 사실과 발표한 작품의 전모와 관련해서는 앞서 인용한 조성국의 논문을 일독하기를 권한다. 다만 이 논문에서 조성국은 유도순의 사망년도를 1938년 혹은 1939년으로 추정하고 있으나, 1945년까지도 유도순은 유행가요 가사를 발표했던 것으로 보건대, 이 추정은 타당하지 않다고 보아야 할 것이다. 그도 그럴 것이 다음 기사에 따르면 유도순은 1938년 7월부터 1939년 11월까지 매일신보사 신의주지사장으로 재직했던 것으로 확인된다. 社告, "各道에 支社設置 七月一日부터 新制實施", 《每日新報》, 每日新報社, 1938. 7. 1. 1면; "人事", 《每日新報》, 每日新報社, 1939. 6. 1. 1면. 그런가 하면 다음 기사에 따르면 그는 1945년 매일신보사 평안북도지사장으로 재직 중 소련군에 의해 학살되었다고 한다. 기사, "韓國新聞百人의 얼굴(7)", 《東亞日報》, 東亞日報社, 1964. 4. 20. 3면.

71) 〈峯子의 노래(女給)〉는 일본 콜럼비아사의 보급반 리갈(Regal) 레이블로도 발매되었거니와(Re.C297B, 1935. 11〔?〕), 이처럼 정규반으로 발매된 이후 다시 보급반으로도 발매된 작품은 〈섬밤〉(Co.40481A, 1934. 2; Re.C297A, 1935. 11〔?〕), 〈가시옵소서〉(Co.40558A, 1934. 11; Re.C307B, 발매일자 미상), 〈안해의 무덤 안고〉(Co.40582A, 1935. 2〔?〕; Re.C297A, 1935. 11〔?〕) 이상 3편이다. 그런가 하면 당시 흔히 일간지에 게재된 신보(新譜) 광고 이외에도 별도로 게재된 단독 광고, 그리고 음반회사의 홍보책자를 통해서 흥행의 정도를 짐작할 수 있는 작품은 〈金剛山이 조흘시고〉, 〈朝鮮打鈴〉, 그리고 〈鴨綠江 뱃사공〉(Co.40605A, 1935. 5) 등이다. 이를테면 "專屬作曲家 流行歌 作曲으로 斯界의 獨步인 우리의 全基玹氏는 벌서 數만흔 傑作을 내여 움즉일나야 움직일 수 업는 堅固한 地磐과 囑望을 밧고 잇습니다. 氏의 作品은 그 雅淡한 性格과 갓치 아름답고도 센치하여 우리의 心靈까지 울녀주고야 맘니다. 氏의 第一傑作으로는 …(중략)… 弊社에 入社後로 傑作名曲 『朝鮮打鈴』은 오날것 秘藏하엿다 近々特別新譜로 發賣케 되엿습니다"(《콜럼비아매월신보》, 1934. 10. 1면)와 같은 홍보책자의 한 대목은 좋은 예일 터이다. 또

한 당시 회고나 기사를 통해 흥행의 정도를 짐작할 수 있거니와, 예컨대 "이와 같이 (채규엽은) 일약 名家수로되자 帝蓄에서 쟁탈전을 하여 一時는 그곳에도 잇다가 다시 콜럼비아專屬으로 指定되었다 이때야말노 우리 채 君의 黃金時代라 할 수 잇스니 그때 吹込한 잘 팔닌 것을 주서 보면 다음 갓다 (…) 希望의 북수래 (…) 流浪의 哀愁 (…) 峰子의 노래 (…) 等으로서 만은 것은 二十萬枚 적은 것은 二三萬으로 팔렷스니 刮目할 만하다"(一記者, 「人氣歌手 蔡奎燁 沒落哀史 화려한 舞臺도 一場春夢 그는 웨 監獄으로 갓든가」, 《四海公論》第4卷 第9號, 四海公論社, 1938. 9)나, "지난해에 잇서서 우리 회사에서 제일 만히 판매성적을 내인 판은 어떠한 종류의 것들이엿든가 (…) 新民謠인데 신인 車秉驥氏의 『織婦歌』『寡婦歌』 등으로서 다음가게 만히 팔니게 되엿습니다"와 같은 기사가 그러하다.(異河潤, 「조선사람 心琴을 울니는 노래―新春에는 엇든 노래 流行할가」, 《三千里》第8卷 第2號, 三千里社, 1936. 2. 123면).

72) 劉道順, "春宵片想―現代人의 藝術", 《東亞日報》, 東亞日報社, 1925. 4. 30. 4면. 이 글은 구리야가와 하쿠손의 다음의 서지에 대한 독서 메모처럼 읽힌다. 厨川白村, 「第一. 創作論」, 『苦悶의 象徵』, 東京: 改造社, 1924.

73) 劉道順, "新舊藝術의 交涉", 《朝鮮日報》, 朝鮮日報社, 1927. 4. 13~5. 5. 이 글의 제15회 마지막 단락에서 유도순은 이 글이 아리시마 다케오의 다음의 서지를 요약하여 번역한 것이라고 밝혔다. 有島武郎, 『新旧芸術의 交渉』(世界パンフレット通信 114), 東京: 世界思潮硏究会, 1922.

74) 劉道順, "金東煥君의 「藥山東臺歌」를 읽고", 《東亞日報》, 東亞日報社, 1927. 11. 13~16.

75) 요한, 「詩選後感」, 《朝鮮文壇》第5號, 朝鮮文壇社, 1925. 2. 170쪽; 金基鎭, 「文壇最近의 一傾向―六月의 創作을 보고서」, 《開闢》第61號, 開闢社, 1925. 7. 128쪽.

76) 道順, 「詩魂의 獨語(散文詩)」, 《新生》第2卷 第9號, 新生社, 1929. 9. 24~25쪽.

77) 劉道順, 「民謠 님의 배」, 《別乾坤》第15號, 開闢社, 1928. 8; 「진달래꽃」, 《別乾坤》第20號, 開闢社, 1929. 4; 「小曲: 진달래의 哀心曲」, 《湖南評論》第1卷 第2號, 1935. 5; 「鴨綠江뱃사공」, 《朝鮮文壇》第4卷 第3號, 朝鮮文壇社, 1935. 5. 〈님의 배〉(Co.40567A, 1934. 12), 〈진달래의 哀心曲〉(Co.40483A, 1934. 2), 〈鴨綠江 뱃사공〉(Co.40605A, 1935. 5).

78) 기사, "紅燈에 隱身活動中 秘密에 殉死한 密使, 연애관게로 친해진 동무에게서 중대 사명 마타서 활동 중에 발각, 自殺한 金峯子 過去", "綠酒紅燈의 그늘에 숨어 秘密通信하든 女闘士 事實發覺 憂慮 끝에 生命을 끊은 듯, 重大秘密 품고 漢江投身", 《東亞日報》, 東亞日報社, 1933. 9. 28. 2면; "哀傷의 漢江波에 青年醫師 盧炳雲氏 投身, 자살한 金峯子를 따라간다고 妻子에게 遺書 두고", 《東亞日報》, 東亞日報社, 1933. 9. 29; 기사, "金甲順의 뒤를 이어 情男조차 行方不明, 突然 親友에게 書信을 쓰고 간 곳 없어, 疑雲에 싸힌 失踪事件", 《朝鮮中央日報》, 朝鮮中央日報社, 1933. 9. 29. 2면; "金甲順 뒤를 따른 盧炳雲 屍體發見, 遺書도 昨日午後에 發見 妻子에게 보낸 哀切한 편지", 《朝鮮中央日報》, 朝鮮中央日報社, 1933. 9. 30. 2면; 기사, "믿든 愛人은 妻子가 있고 그 愛人의 妻는 侮辱까지 거긔다 警察은 女給이라고 干涉 鐵橋에 슬어진 峯子哀話", 《朝鮮日報》, 朝鮮日報社, 1933. 9. 28. 2면; "愛人峯子의 뒤싸라 盧氏도 漢江에 投身" "疑問의 投身屍는 盧炳雲氏로 判明 漢江 人道橋下에서 發見" "「노라」의 제일보는 「나이팅겔」의 생활로—金峯子와 盧炳雲의 悲戀哀話(1)", 《朝鮮日報》, 朝鮮日報社, 1933. 9. 29. 2면; "은근히 슬리고 슬을은 自己네도 모른 情緒—金峯子와 盧炳雲의 悲戀哀話(終)", 《朝鮮日報》, 朝鮮日報社, 1933. 9. 30. 2면.

79) 강명화의 정사가 당시 신문 가사에 의해 서사화해간 사정과 관련해서는 다음의 서지를 참조할 것. 권보드래, 「연애의 죽음과 생」, 『연애의 시대—1920년대 초반 문화와 유행』, 현실문화연구, 2003; 김영애, 「강명화 이야기의 소설적 변용」, 《한국문학이론과 비평》 제50집, 한국문학이론과 비평학회, 2011. 3.

80) 〈(醫師)炳雲의 노래〉(Co.40490A, 1934. 2), 〈情死哀話 저승에 맺는 사랑〉
(Co.40498A·B, 1934. 3), 〈峯子의 죽엄〉(Re.C192A·B, 1934. 7), 〈峯子의 노
래: 流行歌傑作集(下)〉(Re.C297B, 1935. ?).

81) 劉道順, 「新聞記者手帖秘記, 親母가 媤母되여, 엇던 싀골 富豪家庭의 秘密事實
秘話」, 《別乾坤》第15號, 開闢社, 1928. 8;「海外에 잇는 朝鮮人의 生活相: 多
淚多恨한 間島朝鮮人生活內幕」, 《別乾坤》第16·17號, 開闢社, 1928. 12;「實
話二題, 告訴狀까지 紛失된 任氏家門의 百萬圓事件」, 《別乾坤》第37號, 開闢
社, 1931. 2;「女子生埋의 怪事件」, 《彗星》第1卷 第1號, 開闢社, 1931. 3;「水
銀造金 十萬大金 詐欺事件」, 《彗星》第1卷 第3號, 開闢社, 1931. 5;「名探偵과
新聞記者 競爭記: 朝鮮疑獄事件의 寫眞 1枚의 探偵的 競爭」, 《三千里》第3卷 第
10號, 三千里社, 1931. 10;「大事件과 新聞記者-崔養玉에게 꾸지람 듯든 일」,
《第一線》第2卷 第5號, 開闢社, 1932. 5;「「호텔東洋」의 兩美人 慘殺騷動事件」,
《別乾坤》第52號, 開闢社, 1932. 6;「新聞에 안낸 이야기, 新聞記者手帖秘記,
親母가 媤母된 이야기, 事實秘話(2)」, 《別乾坤》第70號, 開闢社, 1934. 2.

82) 異河潤·李基世·金陵人, 「新春에는 엇든 노래 流行할가」, 위의 책.

83) 全基玹, 「姜弘植氏의 부른 「朝鮮타령」—「거리의 꾀꼬리」인 十大歌手를 내보
낸 作曲·作詞者의 苦心記」, 《三千里》第7卷 第10號, 三千里社, 1935. 11. 156〜
7쪽.

84) 岸曙 외, 「名作流行歌謠選」, 《三千里》第7卷 第1號, 三千里社, 1935. 1; 劉道順
외, 「노래의 페지」, 《朝鮮文壇》第4卷 第2號, 朝鮮文壇社, 1935. 2.

85) "金樂天 氏는 콜럼비아 流行藝術家 中에도 가장 무거운 曲의 特出한 技巧를
보히는 바리톤 歌手입니다. 李殷相 氏 作詞에 朴泰俊 氏 作曲인 以上 더 바랄
수 업는 逸品입니다. 『巡禮者』의 淸淨한 마음 그 神秘로운 周圍 哀想의 追憶
을 고대로 그려낸 曲을 金樂天 씨가 훌융히 表現햇슴니다"(쒸-·제-·핸드
포-드 발행, 《콜럼비아 레코-드 昭和8年 三月新譜》, 日本蓄音器商會朝鮮支社
文藝部, 1933. 3. 9쪽).

86) 이 작품에 대한 음반회사의 홍보 문안은 다음과 같다. "朝鮮의 쇠꼬리 姜石

薦 孃의 魅力잇는 流行曲은 어느 째나 白熱的 歡迎을 밧는 바 今月 新譜는 特히 孃의 特技를 充分히 發揮한『우리네의노래』는 極히 輕快한 멜로듸-요 쏘 젊은이의 勇躍하는 活氣를 그대로 象徵식이는 李光俊 氏 作曲임니다"(쒸-ㆍ제-ㆍ핸드포-드 발행, 위의 책, 9쪽) 또한 이 작품의 금지곡 판정 여부는 다음의 서지를 통해서 알 수 있다. 기사,「엇더한『레코-드』가 禁止를 當하나」,《三千里》第8卷 第4號, 三千里社, 1936. 4.

87) 「三千里뉴-쓰」(1932. 12),「流言蜚語」(1933. 9),「六大會社레코-드戰」(1933. 10),「歌手의 哀話(「포리톨」歌手 崔昌善孃)」(1934. 6),「文人奇話」(1934. 6),「레코-트販賣店과 六百萬圓」(1934. 8),「레코드街 散步」(1934. 9),「樂壇메리-그라운드」(1934. 9),「放送夜話」(1934. 11),「男女歌手 結婚 與否記」(1935. 8),「三千里機密室」(1935. 10),「레코-드 歌手 人氣投票」(1935. 10),「年四十萬枚 팔니는 레코-드界」(1936. 1),「엇더한『레코-드』가 禁止를 當하나」(1936. 4),「平壤出生名妓로서의 레코-드 歌手들」(1936. 8),「海棠花混戰, 포리돌과 콜럼비아 레코드 兩社 鮮于一扇과 蔡奎燁」(1937. 10),「朝鮮「文化及産業」博覽會, 誌上 朝鮮文化及産業博覽會 總目錄」(1940. 5),「朝鮮文化及産業博覽會, 映畵篇」(1940. 5),「滿洲演藝協會」(1940. 12).

88) 露雀,「民謠자랑-둘도 업는 寶物, 特色잇는 藝術, 朝鮮은 메나리 나라」, 앞의 책, 173~4쪽.

89) 구인모,「홍사용과 구술문화 전통의 의미」, 앞의 책.

90) 異河潤, "新民謠와 民謠詩人",《東亞日報》, 東亞日報社, 1934. 8. 10. 3면.

91) 金岸曙,「제고장서 듯는 民謠 情調-愁心歌 들닐제」,《三千里》第8卷 第8號, 三千里社, 1936. 8.

92) 金億, "朝鮮心을 背景삼아-詩壇의 新年을 마즈며",《東亞日報》, 東亞日報社, 1924. 1. 1. 2면.

93) 劉道順, "金東煥君의 藥山東臺歌를 읽고(1)~(4)",《東亞日報》, 東亞日報社, 1927. 11. 13~16;「藥山東坮의 눈」,《別乾坤》第10號, 開闢社, 1927. 12.

94) 異河潤 외,「新春에는 엇든 노래 流行할가」,《三千里》第8卷 第2號, 三千里社,

1936. 2.

95) 金億, 「詩論」(2), 《大潮》第4號, 大潮社, 1930. 7.

96) 道順, 「詩魂의 獨語(散文詩)」, 앞의 책, 24~25쪽.

97) 金岸曙, "流行歌詞管見(3)", 《每日申報》, 每日申報社, 1933. 10. 19. 3면.

제4장 유행가요 창작을 둘러싼 풍경, 시선 그리고 욕망

1) 동국대학교 한국음반아카이브연구단의 『한국유성기음반』(2011)에 수록된 '유행소곡'은 〈放浪歌〉(Columbia40138-A, 流行小曲, 연주 姜石燕, 반주 콜럼비아管絃樂團, 1931. 1)외 70편, '서정소곡'은 〈荒城의 跡〉(Victor49125-A, 抒情小曲, 작사 王平, 작곡 全壽麟, 편곡 빅타-文藝部, 연주 李愛利秀, 반주 管絃樂, 1932. 4)외 15곡이다.

2) 〈鐘路네거리〉(Co.40270A, 1931. 1), 〈港口노래〉(일축K8임29A, 1932. 11), 〈巡禮者〉(Co.40398B, 1933. 3) 등.

3) 기사, 「第一回 當選流行小曲」, 《別乾坤》第70號, 開闢社, 1934. 2; 「第一回 當選流行小曲發表」, 《別乾坤》第70號, 開闢社, 1934. 3; 「流行小曲 第二回 當選發表」, 《別乾坤》第72號, 開闢社, 1934. 4; 「第五回 新流行小曲 大懸常募集」, 《別乾坤》第72號, 開闢社, 1934. 5.

4) 倉田喜弘, 「V. 音の大衆化―三. 花ひらくレコード時代」, 『日本レコード文化史』, 東京: 岩波書店, 2006, 188~189쪽.

5) 社告, 「流行小曲 第二回 當選發表」, 《別乾坤》第72號, 開闢社, 1934. 4.

6) 〈눈물 지어요〉(Chieron212-A, 流行歌, 작시 康承翰, 작곡 金曙汀, 연주 金聲波, 1934. 11) 〈임자 업는 나룻배〉(Chieron218-A, 流行歌, 연주 金聲波·金允心, 1934. 12) 〈베짜는 處女(「別乾坤」懸賞募集一等當選詩)〉(Victor49305-B, 新民謠, 작사 高馬夫, 작곡 全壽麟, 연주 李銀波, 반주 日本빅타-管絃樂團, 1934.

9; VictorKJ-1170-A, 新民謠, 작사 高馬夫, 작곡 全壽麟, 연주 李銀波, 반주 日本빅타-管絃樂團, 발매일자 미상) 〈나도 몰나요〉(Chieron218-B, 流行歌, 연주 金聲波·金允心, 1934. 12) 〈靑春曲〉(Victor49329-A, 新民謠, 작사 趙靈出, 작곡 金敎聲, 연주 金福姬, 1935. 1)

7) 記事, 「開城의 綠波會」, 《開闢》第35號, 開闢社, 1923. 5. 高漢容, 「따따이슴」, 《開闢》第51號, 開闢社, 1924. 9; 「서울 왔든 따따이스트의 이약이」, 《開闢》第51號, 開闢社, 1924. 10. 高따따, "DADA", 《東亞日報》, 東亞日報社, 1924. 11. 17. 6면; "잘못안 「따따」, 金基鎭君에게", 《東亞日報》, 東亞日報社, 1924. 12. 1. 4면. 박정선, 「식민지 근대와 1920년대 다다이즘의 미적 저항」, 《어문론총》제37호, 한국문학언어학회, 2002; 사나다 히로코(眞田博子), 「고한용(高漢容)과 일본시인들」, 《한국시학연구》제29호, 한국시학회, 2010.

8) 趙靈出, "밤", 《朝鮮日報》, 朝鮮日報社, 1932. 5. 4. 4면; 趙鳴巖, "東方의 太陽을 쏘라", 《東亞日報》, 東亞日報社, 1934. 1. 1. 3면; 鳴巖, "서울노래", 《東亞日報》, 東亞日報社, 1934. 1. 3. 4면.

9) 강승한의 전기적 사실과 관련하여 다음의 서지를 참조할 것. 김동윤, 「강승한 서사시 「한나산」 연구」, 《지역문학연구》제13호, 경남부산지역문학회, 2006.

10) 具王三, "이내별", 《東亞日報》, 東亞日報社, 1928. 8. 2. 3면.

11) 鄭熙喆 謠·具王三 作曲, "보스랑눈", 《東亞日報》, 東亞日報社, 1934. 1. 13. 6면.

12) 具王三, "Book Review 梨專音樂과 刊行 民謠合唱曲集", 《朝鮮日報》, 朝鮮日報社, 1931. 8. 10. 3면. 漢陽花郞, 「樂壇메리-그라운드」, 《三千里》第6卷 第9號, 三千里社, 1934. 9.

13) 具王三, "寫眞의 「리얼리즘」問題 作品의 理論樹立을 위하여", 《東亞日報》, 東亞日報社, 1955. 2. 17. 4면 등; "學生 寫眞의 進路", 《朝鮮日報》, 朝鮮日報社, 1955. 3. 16. 4면.

14) 이혜령, 「1920년대 《동아일보》 학예면의 형성과정과 문학의 위치」, 《대동문

화연구》제52집, 성균관대학교 대동문화연구원, 2005. 12. 박지영, 「1920년대 근대 창작동요의 발흥과 장르 정착 과정」,《상허학보》제18집, 상허학회, 2006.

15) 大畑耕一, 「大正·昭和初期童謡の考察: 「赤い鳥」·「金の船·金の星」を中心に」,《藤女子大学·藤女子短期大学紀要 第II部》第31号, 1993. 12; 笹本正樹, 「北原白秋の童謡」,《国文学解釈と鑑賞(特集 北原白秋の世界)》第69卷 第5号, 東京: 至文堂, 2004. 5; 竹本寛秋, 「虚構としての〈詩〉—明治·大正の詩の歴史, その形成の力学(11)「詩的内面」の形成—大正期「民謡」·「童謡」論をめぐって」,《詩学》第59卷 第4号, 東京: 詩学社, 2004. 4; 小浦啓子, 「大正期「自由詩·童謡詩論争」の検討: 「童謡」と「児童自由詩」の混在」,《人文科教育研究》第34号, 茨城: 人文科教育学会, 2007. 8.

16) 박지영, 위의 글, 위의 책, 238쪽. 高仁淑, 「尹克栄の創作童謡運動とその背景—「ダリア会」によるノレ(歌)普及活動を中心に」,《アジア教育史研究》第10号, 東京: アジア教育史学会, 2001. 3; 茶谷十六, 「民族の心を伝える—金素雲『朝鮮民謡選』·『朝鮮童謡選』の世界」,《日本歌謡研究》第46号, 東京: 日本歌謡学会, 2006. 12; 大竹聖美, 「金素雲の子ども観—朝鮮の「おさなごころ」と「民族」, 『朝鮮童謡選』と郷土の子どもたちへの想い」,《白百合女子大学児童文化研究センター研究論文集》第11号, 東京: 白百合女子大学児童文化研究センター, 2008. 3.

17) 〈가나리야〉(Victor49108-B, 장르 童謡, 연주 金順任, 반주 安炳昭(바이올린)·피아노·실로폰, 녹음 1931. 11. 2) 이 음반의 서지사항 가운데 작사자와 관련된 정보는 없다. 그러나 오늘날 남아 있는 가사지의 제1절이 "노래를 이저버린 가나리야는 / 뒷동산 언덕우에 내다버릴가 / 아—서라 그것은 안될말이다//"이고, 사이조 야소의 가사 제1절인 "唄を忘れた金糸雀は / 後の山に棄てましょうか / いえいえそれはなりませぬ//"의 번역으로 보이는 만큼, 사이조 야소 작품의 번역 혹은 번안 작품으로 보는 편이 타당하다. 西條八十, 「かなりや」, 与田準一 編, 『日本童謡集』, 東京: 岩波書店, 2005, 27쪽.

18) 적어도 1945년 이전 유성기 음반을 통해 발매된 동요는 〈배노리〉(일츅죠선

소리반K622-B, 童謠, 연주 李貞淑, 피아노 徐龍雲, 파이오린 林健舜, 발매일자 미상) 외 215곡에 이른다. 그리고 일본의 사정에 대해서는 다음의 서지를 참조할 것. 高木あきこ, 「子どもの歌—レコード「日本童謠史」」,《日本児童文学》 第28卷 第5号, 東京: 日本児童文学者協会, 1982. 5.

19) 기사, "兒童藝術研究會創立",《東亞日報》, 東亞日報社, 1927. 11. 19. 3면; "新興兒童藝術研究會創立",《東亞日報》, 東亞日報社, 1931. 9. 17. 4면; "兒童文藝의 새로운 建設 朝鮮兒童藝術研究會를 組織",《東亞日報》, 東亞日報社, 1933. 11. 26. 2면. 아동예술연구회가 발표한 음반은 다음과 같다. 〈孝女입분이〉(Columbia40015-A·B, 唱歌劇, 지휘 申仲鉉, 연주 兒童藝術研究會ノ員, 반주 管絃樂, 1929. 4), 〈봄제비〉(Columbia40035-A, 童謠合唱, 연주 兒童藝術研究會會員·李貞世, 1929. 8), 〈반달〉(Columbia40035-A, 童謠合唱, 연주 兒童藝術研究會會員·李貞世, 1929. 8), 〈숨박잡기〉(일츅조선소리판K808-A·B, 童劇, 연주 兒童藝術研究會會員, 반주 管絃樂, 1929. 10; RegalC143-A·B, 童謠劇, 연주 兒童藝術研究會會員, 반주 管絃樂, 1934. 7). 〈반달〉(제비표조선레코드B-임34-B, 洋曲 獨唱, 연주 尹心得, 반주 尹聖德, 1926. 2; Columbia40035-B, 연주 兒童藝術研究會會員 李貞世, 1929. 8)

20) 〈靑春曲〉(Victor49329-A, 新民謠, 작사 趙靈出, 작곡 金敎聲, 연주 金福姬, 1935. 1) 외 4편, 〈改作 서울노래(東亞日報當選歌詞)〉(Columbia40508-A, 流行歌, 작사 趙鳴岩, 작곡 安一波, 편곡 仁木他喜雄, 연주 蔡奎燁, 반주 日本콜럼비아管絃樂團, 1935. 5) 외 161편, 총 167편의 작품을 음반에 취입한 것으로 확인된다. 물론 연구자에 따라 조영출이 필명인 조명암 이외에도 금운탄(金雲灘), 이가실(李嘉實)이라는 필명으로도 유행가요 가사를 발표했다고 하기는 하나, 이를 비정할 근거가 아직은 부족한 것이 사실이다. 따라서 이 책에서는 본명인 '조영출'과 가장 널리 알려진 필명 '조명암'으로 발표한 작품만을 한정하여 거론하기로 한다. 또한 조영출의 생애와 작품의 면모는 일단 다음의 서지를 참조할 것. 이동순 편, 『조명암시전집』, 선, 2003.

21) "乙巴素의 「가기는 가오리다」 「남어지 한밤」 가튼 것은 流行歌외다. 이러한

것은 貴社에서 레코트 會社에 이약기하야 「마스크」를 통케 하는 것이 조흘 이라 합니다." 金岸曙, 「諸家推薦 新人作品集 — 金岸曙 薦, 巨鍾」, 《三千里》第 7卷 第11號, 三千里社, 1935. 12. 201쪽.

22) 기사, "新春文藝 當選者 紹介(五) 民謠 「望鄉曲」 金鍾漢", 《東亞日報》, 東亞日報 社, 1936. 1. 14. 5면. 이 기사에 따르면 김종한은 "岸曙의 知遇를 받아 詩歌 修業에 다시 立志하엿다"고 한다.

23) 記事, "本社主催懸賞募集 流行歌當選發表"; 乙巴素, "얄루강 처녀", 《朝鮮日報》 1938. 3. 29. 6면.

24) 乙巴素, "新民謠의 精神과 形態(1)〜(3)", 《朝鮮日報》, 朝鮮日報社, 1937. 2. 6 ·7 ·13. 5면.

25) 社告, "新春文藝懸賞募集", 《東亞日報》, 東亞日報社, 1927. 11. 10. 3면; "新春 文藝懸賞募集", 《東亞日報》, 東亞日報社, 1933. 12. 1. 6면; "新春文藝懸賞募集", 《東亞日報》, 東亞日報社, 1934. 11. 14. 3면. 특히 1935년 신춘문예현상모집 에 당선된 조영출의 작품은 음반으로도 취입된 바 있다. 〈改作 서울노래(東 亞日報當選歌詞)〉(Columbia40508-A, 流行歌, 작사 趙鳴岩, 작곡 安一波, 편곡 仁木他喜雄, 연주 蔡奎燁, 반주 日本콜럼비아管絃樂團, 1934. 5)

26) 社告, "新春懸賞募集 明日限", 《東亞日報》, 東亞日報社, 1930. 12. 25. 4면; "當 選唱歌 朝鮮의 놀애", 《東亞日報》, 東亞日報社, 1931. 1. 13. 4면; 蔡東鮮 曲, 〈朝鮮의 노래〉, 《東亞日報》, 東亞日報社, 1932. 4. 3. 4면; 鶯叫, 〈朝鮮의 노래〉, 《東亞日報》, 東亞日報社, 1932. 7. 30. 5면; 기사, "本社懸賞當選 朝鮮의 노래 레코드에 吹込", 《東亞日報》, 東亞日報社, 1933. 8. 22. 3면. 그리고 이 기사에 서 소개한 음반은 다음과 같다. 〈朝鮮의 노래〉(Columbia40450-A, 四重唱, 작사 李殷相, 작곡 玄濟明, 연주 延禧專門四重唱團, 반주 日本콜럼비아管絃樂 團, 1933. 9)

27) 社告, "本社懸賞當選歌謠發表 音樂會는 明夜로 迫到", 《東亞日報》, 東亞日報社, 1934. 4. 21. 6면.

28) 社告, "三大歌謠特別公募", 《東亞日報》, 東亞日報社, 1934. 11. 14. 3면.

29) 社告, "어린이날 노래 懸賞募集, 朝鮮少年聯合會에서"(1928. 1. 17); "文盲退治歌懸賞募集, 東亞日報社에서"(1928. 3. 17); "童謠 懸賞募集, 市內硏學會에서"(1928. 6. 20); "體育獎勵歌와 標語 懸賞募集 朝鮮體育會理事會의 決議"(1929. 2. 16); "懸賞童話大募集, 大同郡 斧山面 中二里矯風會에서"(1929. 3. 12); "在滿朝鮮同胞行進曲懸賞募集"(1933. 5. 5).

30) 洋兒, 〈朝鮮學生의 노래(本社 新春懸賞當選歌謠)〉(1935. 1. 1); 큰무게, 〈學生의 노래〉(1935. 1. 3); 田植, 〈朝鮮靑年의 노래(本社 新春公募 當選歌謠)〉(1935. 1. 3); 劉秉宇, 〈朝鮮家庭의 노래(當選作)〉(1935. 1. 3); 鄭敬玉, 〈朝鮮家庭의 노래(佳作)〉(1935. 1. 4); 張仁均, 〈朝鮮靑年의 노래(選外佳作)〉(1935. 1. 9); 崔雲峯, 〈朝鮮靑年의 노래(選外佳作)〉(1935. 1. 11)

31) 社告, "少年自祝日歌 懸賞募集. 來月二日까지"(1928. 1. 10); 「어린이날 노래」懸賞募集"(1928. 2. 7); 「少年歌」「마크」懸賞募集 朝鮮少年總同盟主催로"(1928. 3. 31); 李順珠, "懸賞募集 文字普及歌"(1931. 1. 1. 12).

32) 社告, "新春文藝懸賞募集",《朝鮮日報》, 朝鮮日報社, 1934. 12. 2. 1면.

33) 社告, "流行歌爭化의 烽火 流行歌懸賞募集",《朝鮮日報》, 朝鮮日報社, 1938. 2. 15. 6면.

34) 社告, "白熱의 人氣를 끄으는 本社 主催 顯賞 流行歌—切迫한 應募期日과 山積한 作品",《朝鮮日報》, 朝鮮日報社, 1938. 2. 24. 6면.

35) 社告, "咸興府歌 懸賞募集"(1931. 3. 20); "廿四回記念 祝賀懸賞募集 咸南金組聯會에서"(1931. 5. 8); "府章府歌募集 咸興府에서 懸賞으로"(1931. 5. 11); "江原道林業歌 懸賞募集"(1933. 7. 28); "鐵原消防歌"(1933. 9. 3. 5면); "學童作品 童謠"(1935. 9. 1); "忠南振興靑年團歌 懸賞募集"(1936. 1. 12); "釜山府歌懸賞募集"(1936. 5. 7); "全南靑年團歌와 마크 懸賞募集"(1936. 8. 2); "禁酒報國歌 縣賞募集"(1940. 2. 9); "大東亞征戰歌—聯盟서 縣賞募集"(1942. 1. 27); "國民總力朝鮮聯盟에서 國民歌謠縣賞募集"(1942. 1. 31); "增産歌를 縣賞募集"(1943. 1. 31); "半島皆兵의 노래 縣賞募集"(1943. 2. 26); "感激에 넘치는 皆兵반도—本社에서 懸賞募集"(1943. 2. 26); "米英擊滅의 歌謠—聯盟에서 縣賞募集"(1943.

5. 14); "仕奉增産歌懸賞募集"(1943. 11. 19 ·26); "歌詞懸賞募集"(1944. 7. 28).

36) 기사, "新民謠懸賞募集",《每日申報》, 每日申報社, 1934. 7. 6. 7면; "JODK懸
     賞 民謠當選作 三篇",《朝鮮日報》, 朝鮮日報社, 1934. 12. 2. 1면; "放送局서 歌
     謠募集",《東亞日報》, 東亞日報社, 1935. 6. 12. 2면.

37) 조영복, 「1930년대 신문 학예면과 문인기자 집단」,《한국현대문학연구》제
     12집, 한국현대문학회, 2002.

38) 김석봉, 「식민지시기 조선일보 신춘문예 제도화 양상 연구」,《한국현대문
     학 연구》제16집, 한국현대문학회, 2004; 「식민지시기《동아일보》문인 재
     생산 구조에 관한 연구」,《민족문학사연구》제32호, 민족문학사연구소,
     2006.

39) "우리는 기쁜 때에 그 기쁨을 더하게 할 노래와 슬픈 때에 그 슬픔을 덜어
     줄 노래를 가저야 하겟다. 노래는 그러한 힘을 가진 것이다. 한 사람이 부르
     면 열 사람이 和하야 어느덧 어우러저 手舞足蹈하게 될 그러한 노래—希望
     과 歡喜에 찬 씩씩하고 明朗한 노래를 가지고 싶다. 이 노래의 作者는 우리
     民族詩人으로서의 榮譽에 値할 者이니…(권점 필자)" 社告, "三大歌謠特別公
     募",《東亞日報》, 東亞日報社, 1934. 11. 14. 3면.

40) 金岸曙, 「作詩法(7)」,《朝鮮文壇》第12號, 朝鮮文壇社, 1925. 10. 143~4쪽. 金
     東煥, 「朝鮮民謠의 特徵과 其 將來」,《朝鮮之光》第82號, 朝鮮之光社, 1929. 1.
     72~3쪽; 76쪽.

41) 사설, "「레코ー드」와 流行歌謠 그 淨化를 期하라",《東亞日報》, 東亞日報社,
     1934. 4. 23. 1면.

42) 사설, "朝鮮歌謠協會創立, 그 主義, 主張에 徹底하라",《東亞日報》, 東亞日報社,
     1929. 2. 26. 1면.

43) 기사, "流行歌와 家庭—자녀교육에 유의하시요",《東亞日報》, 東亞日報社,
     1934. 4. 25. 6면; "비속한 류행가 문제—먼저 야비한 노래를 가정에서 내
     여 쫏자",《朝鮮日報》, 朝鮮日報社, 1934. 8. 7. 1면; "아이들 입단속보다 먼저
     소리판 선택",《朝鮮日報》, 朝鮮日報社, 1935. 3. 3. 3면; "流行歌와 民謠",《朝

鮮日報》, 朝鮮日報社, 1935. 4. 27. 4면. 논설, "流行歌謠에 대하야 諸氏의 意
見(1)",《朝鮮日報》, 朝鮮日報社, 1929. 10. 12. 5면. 長白山人, "一事一言 流行
歌",《朝鮮日報》, 朝鮮日報社, 1934. 4. 19. 1면. 徐載鎬, "流行歌曲과 樂團諸氏
에게 드리는 말슴",《朝鮮日報》, 朝鮮日報社, 1935. 2. 1. 4면. 池大連, "墮落一
路인 朝鮮의 流行歌(1)",《朝鮮中央日報》, 朝鮮中央日報社, 1935. 4. 18. 3면. 嘲
風生, "流行歌의 淨化",《朝鮮日報》, 朝鮮日報社, 1937. 4. 6. 5면.

44) 尹福鎭, "朝鮮레코-드 音樂槪評(3)",《朝鮮日報》, 朝鮮日報社, 1934. 2. 2. 2면.

45) 〈朝鮮의 노래〉(Co.40450A, 1933. 9), 〈改作 서울노래(東亞日報當選歌詞)〉
(Columbia40508-A, 流行歌, 작사 趙鳴岩, 작곡 安一波, 편곡 仁木他喜雄, 연주
蔡奎燁, 반주 日本콜럼비아管絃樂團, 1934. 5). 이 가운데 〈朝鮮의 노래〉의 경
우《동아일보》에 채동선이 작곡한 악보가 게재된 바 있으나(「蔡東鮮 曲, 〈朝
鮮의 노래〉, 1932. 4. 3), 실제 음반으로 취입될 때에는 현제명이 작곡한 곡
으로 취입되었다. 또한《동아일보》의 당선작 발표 당시 익명의 작품으로 소
개되었으나(「當選唱歌 朝鮮의 놀애」, 1931. 1. 13), 실제 취입된 음반과 관련
된 정보에 따르면 이은상의 작품으로 명기되어 있다. "一九三一년 본사에서
조선 사람이 다 가치 부를 「조선의 노래」를 현상모집한 때에 一등으로 당
선한 匿名氏의 작을 玄濟明 씨 작곡으로 延專四重唱團이 레코드에 취입하야
근일부터 콜럼비아 축음기상회에서 발매하기로 되엇다."("本社懸賞當選 朝鮮
의 노래 레코드에 吹込",《東亞日報》, 東亞日報社, 1933. 8. 22)

46) 〈洛東江七百里〉(Victor49405-B, 流行歌, 작사 李香葉, 작곡·편곡 미상, 연주
金福姬, 1936. 4)

47) 社告, "새해에 첫 노래 부를 淸鳥 같은 歌姬 本社 顯賞當選 流行歌를 吹込할 各
會社의 스타들"(1934. 1. 2. 2면); "本社懸賞에 當選된 流行歌와 民謠 레코-드
化"(1934. 2. 17. 3면); "新春 顯賞 流行歌 安義民謠와 귀여운 아기야 오케에서
吹込"(1934. 2. 23. 3면); "本社懸賞流行歌 방아찟는 색시 세른盤으로 十日에
發賣"(1934. 3. 6. 3면).

48) ① 〈방아찟는 색시〉(Chieron165-A, 작사 南宮琅, 작곡 金月新, 연주 南宮

仙, 반주 시에론管絃樂團, 1934. 4), ② 〈우리 아가〉(Okeh1655-A, 育兒歌, 작시 吳斌作, 작곡 廉錫鼎, 연주 李宥善, 반주 오케–管絃樂團, 1934. 4), ③ 〈동백꽃〉(Columbia40507-A, 流行歌, 작사 尹赤道, 작곡 金駿泳, 편곡 天池芳雄, 연주 趙錦子, 반주 日本콜럼비아管絃樂團, 1934. 5), ④ 〈豆滿江뱃사공〉(Polydor19134-A, 新民謠, 작사 李元亨, 작곡 林碧溪, 연주 金龍煥, 1934. 6), ⑤ 〈야루江 處女〉(Columbia40817-A, 新民謠, 작시 乙巴素, 작곡 金松奎, 편곡 奧山貞吉, 연주 南一燕, 반주 콜럼비아管絃樂團, 1938. 7), ⑥ 〈꿈꾸는 행주치마〉(Columbia40817-B, 流行歌, 작시 任知賢, 작곡 金松奎, 편곡 海原松男, 연주 朴響林, 반주 콜럼비아管絃樂團, 1938. 7), ⑦ 〈도리깨 朴總角〉(Columbia40828-B, 新民謠, 작시 文宵羊, 작곡 金松奎, 편곡 仁木他喜雄, 연주 金海松, 반주 콜럼비아管絃樂團, 1939. 9), ⑧ 〈지경다지는노래〉(Polydor19157-B, 新民謠, 작사 金德在, 작곡 鄭士仁, 연주 尹鍵榮·金龍煥·鮮于一扇·崔昌仙, 반주 포리도–루調和樂團, 1934. 10), ⑨ 〈처녀 열여덟은〉(Polydor19393-B, 流行歌, 작사 金正好, 작곡 李冕相, 연주 王壽福, 1937. 3).

49) SK, 「歌手의 哀話―「포리톨」 歌手 崔昌善 孃」, 《三千里》 第6卷 第7號, 三千里社, 1934. 7; 기사제목 「레코드街 散步」, 《三千里》 第6卷 第9號, 三千里社, 1934. 9; 如山, 「人氣歌手의 生活과 藝術·戀愛」, 《三千里》 第7卷 第6~9號, 三千里社, 1935. 7~10; 「레코―드 歌手 人氣投票」, 《三千里》 第7卷 第9號, 三千里社, 1935. 10; 기사, 「「거리의 꾀꼬리」인 十大歌手를 내보낸 作曲·作詞者의 苦心記」, 《三千里》 第7卷 第10號, 1935. 11; 「人氣歌手座談會」, 《三千里》 第8卷 第1號, 三千里社, 1936. 1. 기사, 「藝苑에 피는 꽃들: 申一仙·崔承喜·羅仙嬌·金蓮實·李蘭影·全玉·王壽福·姜石燕」(총 7회), 《中央》 第2卷 第2~9號, 朝鮮中央日報社, 1934. 2~9; 대담, 「人氣者一問一答記―漫文家 李瑞求君과 歌手 王壽福孃의 一問一答」, 《中央》 第2권 第11號, 朝鮮中央日報社, 1934. 11.

50) 金岸曙, 「詩人으로서의 關心―流行歌와 各界關心」, 《新家庭》 第1卷 第2號, 東亞日報社, 1933. 2; 金岸曙, "流行歌詞管見(1)·(2)", 《每日申報》, 每日申報社, 1933. 10. 15~17. 각3면; 異河潤, "流行歌作詞問題一考(上)·(下)", 《東亞日報》,

東亞日報社, 1933. 9. 20 ·24 : "流行歌謠曲의 製作問題", 《東亞日報》, 東亞日報社, 1934. 4. 2～5 ; 「레코드와 라듸오考」, 《中央》 第3卷 第3號, 朝鮮中央日報社, 1935. 3.

51) 1920, 30년대 유성기 음반 감상 행사 개최와 관련된 기사는, 《동아일보》의 경우 "納凉蓄音器會, 今日밤 재동공보에서, 조선녀자 청년회주최"(1924. 8. 18) 외 7건, 《시대일보》의 경우 "신여성사 주최, 「레코드」음악회, 금일하오 7시반에"(1924. 9. 14) 외 1건, 《조선중앙일보》의 경우 "청년회 소년부 레코드 음악회, 25일 밤에"(1933. 3. 26) 외 4건, 《조선일보》의 경우 "留聲器大會 京城三友俱樂部主催 釘本악기점 後援으로 今日 宗橋禮拜堂에서"(1924. 6. 28) 외 13건, 《중외일보》의 경우 "독자 위안 레코드 대회"(1929. 6. 9) 외 1건, 이상 모두 31건이나 게재되었다.

52) 남궁랑(南宮琅)은 1934년 《조선일보》 신춘문예 유행가 부문에 투고, 당선되었던 당시에는 '남궁인(南宮人)'이라는 이름을 썼던 것으로 보인다.("신춘 현상당선 유행가 (3)방아찟는 색시 南宮人 作", 1934. 1. 11) 그리고 실제로 그 작품은 시에론사에서 음반으로 발매될 때에는 음반관련 정보에 모두 '남궁랑 작사'로 명기되어 있다.(《방아찟는 색시》[Chieron165-A, 작사 南宮琅, 작곡 金月新, 연주 南宮仙, 반주 시에론管絃樂團, 1934. 4]) 또한 이 음반의 취입과 발매를 알리는 《조선일보》의 기사에도 분명히 '남궁랑'의 작품이라고 명기되어 있다.("本社 懸賞 流行歌 방아찟는 색시 새 音盤으로 十日에 發表"(1934. 3. 6. 3면) 그런가하면 《조선일보》를 중심으로 《동아일보》나 《중외일보》 등에도 비슷한 시기에 '南宮琅'과 마찬가지로 동요를 중심으로 한 아동문학 작품을 빈번히 발표했던 '南宮浪'이라는 이가 있었다. '南宮琅'과 '南宮浪'이 동일인이었는지 알 수 있는 분명한 근거는 없으나, 여러 가지 정황상 동일인일 가능성이 높다.

53) 우선 《동아일보》를 통해 발표한 작품들은 다음과 같다. 「또루루」(1929. 9. 4), 「사공의 놀애」(1929. 9. 21), 「영감님」(1930. 2. 14), 「울지안 는 종」(1930. 9. 29), 「코끼리의 눈」(1930. 3. 5～6) 이상 5편. 다음으로 《조선일보》를 통해

발표한 작품들은 다음과 같다. 「漁夫의 아들」(1929. 10. 15), 「樵童의 노래」(1929. 10. 19), 「대장쟁이의 노래」(1929. 10. 22), 「누나」(1929. 10. 26), 「바다가에서」(1929. 11. 9), 「빈밀굴의 괴인 곳」(1929. 11. 11~4), 「바눌구멍」(1929. 11. 24), 「아리랑고개」(1929. 11. 26), 「논두럭에 허제비」(1929. 11. 29), 「밤에 부르는 노래」(1929. 12. 1), 「눈싸홈·넷생각」(1929. 12. 21), 「農村 아들의 行進曲」(1930. 5. 28), 「工場간 엄마」(1930. 5. 31), 「쏙쏙 숨으세요(1930. 6. 4), 「시집가는 누나야」(1930. 6. 22~7. 6), 「누나로 부터」(1930. 7. 12), 「무지개 다리」(1930. 7. 24), 「부엉할멈」(1930. 8. 1), 「서울의 밤」(1930. 8. 10), 「녀름밤: 싀골의 밤」(1930. 8. 12), 「불상치 안흘가요 주인마나님!」(1930. 8. 31), 「귓쑬 귓쑬 슯은노래 불녀듸리자」(1930. 9. 5), 「자장가」(1930. 9. 9), 「추석날 밤에」(1930. 10), 「工場굴둑」(1930. 12. 17) 등 총 24편. 또한 『중외일보사』를 통해 발표한 작품들은 다음과 같다. 「奴隸톰」(全4回)(1928. 11. 24~9), 「밤엿장수」(1929. 4. 3), 「어미개고리(번역)」(1930. 5. 2), 「종소래」(1930. 5. 13)등 총 4편. 그런가하면 '南宮浪'이 발표한 작품들은 다음과 같다. 우선 《동아일보》의 경우 「朝鮮少年行進曲(1930. 2. 20), 「할머니는 바보」(1930. 2. 27), 「자장가」(1930. 4. 2), 「풀벌레의 노래」(1930. 10. 29), 「문 열어줘요」(1930. 11. 10), 「허수아비」(1930. 12. 9~12), 「영감님」(1931. 1. 15), 「자장가」(1931. 2. 26), 「당나귀(1931. 7. 16) 총 9편. 《조선일보》의 경우 「童謠評者 態度問題」(1930. 12. 24) 1편. 그가 작곡한 「이삿길」(全鳳濟 作謠·南宮浪 作曲, 1930. 10. 25), 「물방아」(全鳳濟 作謠·南宮浪 作曲, 1930. 12. 2)는 《동아일보》에 발표되었다.

54) 社告, "當選唱歌 朝鮮의 놀애", 《東亞日報》, 東亞日報社, 1931. 1. 13. 4면.

55) 朱耀翰 외, 「「最近의 外國文壇」 座談會」, 《三千里》第6卷 第9號, 三千里社, 1934. 9. 219~220쪽.

56) 金億, 「序文代身에」, 박경수 편, 『岸曙金億全集』(②-1), 한국문화사, 1987, 453쪽.

57) 알파, "流行歌와 詩人", 《東亞日報》, 東亞日報社, 1935. 7. 4. 3면.

58) 異河潤 외, 「新春에는 엇든 노래 流行할가」, 《三千里》第8卷 第2號, 三千里社,

1936. 2. 126~128쪽.

59) 座談, 「朝鮮文化의 再建을 爲하야」, 《四海公論》 第2卷 第12號, 四海公論社, 1936. 12.

60) 참고로 이 곡의 가사는 다음과 같다. "1. 그 옛날 그리운 긴자의 버들 / 원망스런 여인네 그 누가 알랴 / 재즈에 춤추고 술로 밤새며 / 깨어보니 댄서의 빗줄기 눈물// 2. 사랑의 마루빌딩 저 창 근처에 / 울면서 편지 쓰는 사람도 있네 / 러시아워에 주운 장미를 / 그녀의 추억에라도 건내랴// 3. 넓디 넓은 도쿄이지만 사랑 있어 좁아라 / 가자 아사쿠사로 남몰래 만나러 / 너는 지하철 나는 버스타고서 / 사랑의 스톱은 맘대로는 안 되네// 4. 시네마 보러갈까, 차 마시러 갈까 / 아니면 오다큐 선 타고 도망을 갈까 / 변하는 신주쿠, 저 무사시노의 / 달도 백화점 지붕에서 뜨네// (1. 昔恋しい銀座の柳 / 仇な年増を誰が知ろ / ジャズで踊って、リキュルで更けて、 / あけりゃダンサーの涙雨// 2. 恋の丸ビル、あの窓あたり / 泣いて文かく人もある / ラッシュアワーに拾ったばらを / せめてあの娘の思い出に// 3. 広い東京、恋ゆえせまい / いきな浅草忍び逢い / あなた地下鉄私はバスよ / 恋のストップままならぬ// 4. シネマ見ましょうか、お茶のみましょうか / いっそ小田急で、逃げましょうか / 変る新宿、あの武蔵野の / 月もデパートの屋根に出る//)"(저자 역)(《東京行進曲》〔Victor50755-A, 작사 西條八十, 작곡 中山晋平, 연주 佐藤千夜子, 1929. 5〕)

61) 倉田喜弘, 「第四章 メディアと大衆化」, 『『はやり歌』の考古学 — 開国から戦後復興まで』, 東京: 文春新書, 2001, 165~170쪽.

62) 朴響林 외, 「流行歌手와 映畫女優座談會」, 《朝光》 第4卷 第9號, 朝鮮日報社出版部, 1938. 9. 250쪽.

63) 金岸曙 「詩人으로서의 關心 — 流行歌와 各界關心」, 《新家庭》 第1卷 第2號, 東亞日報社, 1933. 2. 異河潤, "流行歌作詞問題一考(下)", 《東亞日報》, 東亞日報社, 1933. 9. 24; "流行歌謠의 製作問題(下)", 《東亞日報》, 東亞日報社, 1934. 4. 5.

64) 伊庭孝 外, 「レコードと蓄音器の座談会」, 『レコード』 創刊號, 東京: 音楽世界社, 1930. 5. 12~17.

65) 異河潤 외, 「新春에는 엇든 노래 流行할가」, 앞의 책, 124, 128쪽.

66) 具沅會, 「後繼者에게 告함: 流行歌手 志望者에게 보내는 글」, 《朝光》第5卷 第5號, 朝鮮日報社出版部, 1939. 5. 310쪽.

67) 西條八十, 「小唄流行時代」, 北原白秋 外, 『童謠及民謠硏究』(現代詩創作講座 第6卷), 東京: 金星堂, 1930, 22~27쪽. 특히 이 글에서 사이조 야소가 신민요를 비롯한 유행가요가 설사 퇴폐적으로 보일지라도 그것은 작사자·작곡자의 책임이 아니라 대중의 요구에 부합한 것일 뿐이리고 항변했던 것은 흥미롭다.

68) 乙巴素, "新民謠의 精神과 形態(1)~(3)", 《朝鮮日報》, 朝鮮日報社, 1937. 2. 6·7·13. 5면.

69) 金岸曙, "『朝鮮詩人選集』을 읽고서(五)", 《東亞日報》, 東亞日報社, 1926. 12. 22. 3면; "辛未年詩壇―그 不振과 新詩人(二)", 《東亞日報》, 東亞日報社, 1931. 12. 11. 5면; 梁柱東, "詩壇의 回顧(七)", 《東亞日報》, 東亞日報社, 1926. 12. 1·4; 「丙寅文壇槪觀: 評壇 詩壇 小說壇의 鳥瞰圖―朝鮮文學完成이 우리의 目標」, 《東光》第9號, 東光社, 1927. 1. 6쪽; 李殷相, "十年間의 朝鮮詩壇總觀(四)", 《東亞日報》, 東亞日報社, 1929. 1. 16. 3면.

70) "어렷을 때는 漢文만을 배우다가 늦게야 東林公普를 卒業하고는 農事에 從事하엿다. 그리하야 느낀 바 잇어 夜學을 設立하고 啓蒙運動에 努力하는 한便 農村少年文藝를 硏究하엿다. 昨年까지 二年間은 三省學院에서 敎鞭을 잡앗다가 지금을 그도 벗어버리고 業으로는 養鷄를 經營한다. 年歷은 二十三歲". 기사, "歌謠當選者紹介 朝鮮靑年의 노래 田植", 《東亞日報》, 東亞日報社, 1935. 1. 15. 3면.

71) "開城松都高等普通學校卒業. 故鄕과 開城, 昌道 等地에서 多年間 敎員生活을 하며 早稻田大學文學講義를 마치고 現在엔 亦是 鐵原에서 敎員生活을 하는 一便 兒童文學과 小說 詩文 方面에 硏究 創作에 努力中". 기사, "懸賞當選者紹介 朝鮮學生의 노래 洋兒", 《東亞日報》, 東亞日報社, 1935. 1. 8. 4면.

72) 기사, "申瑩澈 田植童謠集 京城文化書館發行", 《東亞日報》, 東亞日報社, 1934. 9.

18. 3면; 「田植作 田植童謠集 宣川호무社發行", 《東亞日報》, 東亞日報社, 1935.
3. 30. 3면.

73) 盧良根, "그립든 情", 《東亞日報》, 東亞日報社, 1926. 5. 12. 3면; 社告, "童話,
童謠 及 馬의 傳說 佳作 發表", 《中外日報》, 中外日報社, 1930. 1. 1. 11면; 社告,
"當選童謠(少年少女 新春文藝 發表 其二)", 《東亞日報》, 東亞日報社, 1931. 1. 3.
5면; "當選童話(少年少女 新春文藝發表 其三)", 《東亞日報》, 東亞日報社, 1931.
1. 4. 5면; 盧良根, "참새와 구렝이(上·下)(童話選外佳作)", 《東亞日報》, 東亞日
報社, 1931. 1. 13, 2. 3. 각3면; 盧良根, "宣言(詩)", 《東亞日報》, 東亞日報社,
1935. 2. 19. 3면; 社告, "新春文藝當選者紹介(三)", 《東亞日報》, 東亞日報社,
1936. 1. 6. 3면; 기사, "吳世億 李淑謨兩氏 結婚記念出版 朝鮮記念圖書出版館
推薦으로 盧良根氏 童話集을", 《東亞日報》, 東亞日報社, 1938. 11. 27. 2면.

74) (1) 〈홋터진 사랑〉(Victor49266-A, 流行歌, 작시 南宮琅, 작곡 全壽麟, 연주 全
玉, 반주 管絃樂伴奏, 1934. 4), (2) 〈夢想의 봄노래〉(Polydor19153-A, 流行歌,
작사 南宮琅, 작곡 朴龍洙, 연주 王壽福, 반주 포리도-루管絃樂團, 1934. 9),
(3) 〈물네방아〉(Polydor19160-B, 流行歌, 南宮琅, 작곡 金冕均, 연주 崔昌仙,
1934. 11), (4) 〈봄이 오면은〉(Polydor19179-B, 流行歌, 작사 南宮琅, 작곡 朴龍
洙, 연주 崔昌仙, 1935. 3), (5) 〈바다의 處女〉(Polydor19180-B, 流行歌, 작사 南
宮琅, 작곡 朴龍洙, 연주 王壽福, 1935. 3), (6) 〈靑春悲歌〉(Polydor19226(임)-
A, 流行歌, 작사 南宮琅, 작곡 朴龍洙, 연주 王壽福, 1935. 11), (7) 〈오늘도
울엇다오〉(Polydor19228-A, 流行歌, 작사 南宮琅, 작곡 朴龍洙, 연주 王壽福,
1935. 12), (8) 〈방아씻는 색시〉(Chieron165-A, 작사 南宮琅, 작곡 金月新, 연
주 南宮仙, 반주 시에론管絃樂團, 1934. 4)

75) 社告, 「第4回 「新流行小曲」 大懸賞募集!!」, 《別乾坤》第72號, 開闢社, 1934. 4.
23쪽; 「第5回 「新流行小曲」 大懸賞募集!!」, 《別乾坤》第73號, 開闢社, 1934. 6.
25쪽.

76) 八峰, "文藝時事感(二)", 《東亞日報》, 東亞日報社, 1928. 10. 28. 3면.

77) 社告, 「第4回 「新流行小曲」 大懸賞募集!!", 《別乾坤》第72號, 開闢社, 1934. 4.

23쪽; 「第5回「新流行小曲」大懸賞募集!!」, 《別乾坤》第73號, 開闢社, 1934. 6. 25쪽.

78) 알파, "流行歌와 詩人", 《東亞日報》, 東亞日報社, 1935. 7. 4. 3면.

79) 記事, "文藝家協會創立", 《東亞日報》, 東亞日報社, 1926. 12. 20. 2면; "文藝家 協會創立總會", 《東亞日報》, 東亞日報社, 1927. 1. 7. 7면; "文人의 生의 絶叫! 原稿料制定運動", 《每日申報》, 每日申報社, 1927. 1. 8. 4면; "橫說竪說", 《東亞 日報》, 東亞日報社, 1927. 1. 10. 1면; "寄稿拒絕決議 문예가협회서", 《東亞日 報》, 東亞日報社, 1927. 3. 19. 2면; "稿料問題로 文藝家協會 奮起", 《朝鮮日報》, 朝鮮日報社, 1927. 3. 19. 2면; "文藝漫談", 《東亞日報》, 東亞日報社, 1927. 4. 17. 3면. 특히 다음의 기사는 주목할 만하다. "◇雜誌原稿 用紙 二十四行 十行 一枚에 五十錢. 小說, 評論, 詩劇, 以上 創作에 限하며 飜譯으로서의 小說, 評 論, 詩劇에는 創作 五十錢에서 二割을 減함 詩는 一篇에 三圓(長短不問) 飜譯 은 上同. 雜文(感想─隨筆─紀行) 用紙 同上 一枚 二十五錢. ◇單行本印稅 一 段 (千部爲限)에 定價의 一割, 再版時는 定價의 一割五分. 板權賣渡에 關하야 各自 의 自由에 一任함. ◇文藝自體 …(중략)… 五. 新聞及雜誌의 記者에는 協 會의 規定을 適用치 못함. 七. 本協會 會員에게 本協會의 規定대로 施行치 아 니하는 新聞, 雜誌社에 對하야는 會員全部가 原稿請求에 拒絕하기로 함."(記 事, "文人決議 원고료금 제뎡", 《東亞日報》, 東亞日報社, 1927. 1. 10. 2면)

80) 草兵丁, 「原稿料에 厚한 朝鮮」, 《三千里》第9卷 第4號, 1937. 5. 50쪽.

81) 金東仁 외, 「三千里社 主催 文士座談會(前號續)」, 《三千里》第4卷 第7號, 三千里 社, 1932. 5. 15. 82쪽.

82) 기사, 「都市의 生活戰線」, 《第一線》第2年 第6號, 開闢社, 1932. 7.

83) 宋玉璇, 「理想的 家計簿」, 《新家庭》, 東亞日報社, 1934. 9. 李達男, 「非常時模範 的 家庭經濟─月收七十圓의 家計表」, 《女性》第2卷 第12號, 1937. 12. 559쪽.

84) 金億, 「詩와 술」, 『岸曙詩集』, 漢城圖書株式會社, 1929, 109~110쪽.

85) 金岸曙, 「詩人으로서의 關心─流行歌와 各界關心」, 《新家庭》第1卷 第2號, 東 亞日報社, 1933. 2.

86) 기사, 「交叉點」, 《三千里》第4卷 第3號, 三千里社, 1932. 3. 47쪽; 「金岸曙의 아파-트 生活」, 《三千里》第5卷 第9號, 三千里社, 1933. 9. 71쪽; 「城北洞의 文人村」, 《三千里》第5卷 第10號, 三千里社, 1933. 10. 119쪽; 「서울 오서서 몃 번이나 移舍하섯습니까」, 《三千里》第6卷 第7號, 三千里社, 1934. 6. 137쪽.

87) 기사, 「文壇春秋」, 《三千里》第5卷 第9號, 三千里社, 1933. 9. 113쪽; 「三千里 機密室 The Korean Black chamber」, 《三千里》第7卷 第5號, 三千里社, 1935. 6; 「三千里機密室 The Korean Black chamber」, 《三千里》第7卷 第8號, 三千里社, 1935. 9. 21쪽; 「三千里機密室 The Korean Black Chamber」, 《三千里》第7卷 第9號, 三千里社, 1935. 10. 22쪽.

88) 당시 일부 잡지 기사에 따르면 김억은 마작(麻雀)과 경마로 며칠 사이에 몇 백 원의 거액을 탕진하기도 했던 것으로 보인다. 그리고 그가 한동안 금광 채굴로 분주한 세월을 보냈던 것도 도박벽이나 혹은 생활고 때문이었던 것으로 보인다. 기사, 「文壇雜話」, 《三千里》第3卷 第9號, 三千里社, 1931. 9. 84쪽; 「文人奇話」, 《三千里》第6卷 第7號, 三千里社, 1934. 6. 250쪽; 「萬華鏡: 金億氏의 黃金沙汰」, 《別乾坤》第62號, 開闢社, 1933. 4. 250쪽.

89) 기사, 「文人奇話」, 《三千里》第6卷 第8號, 三千里社, 1934. 8. 164쪽; 「閑談室」, 《三千里》第6卷 第8號, 三千里社, 1934년 08. 185쪽; 「文士들의 洋服, 구두, 帽子」, 《三千里》第7卷 第3號, 三千里社, 1935. 3. 151쪽. 설문, 「「藝術」이나 「死」 냐, 文士心境」, 《三千里》第8卷 第12號, 三千里社, 1936. 12. 193쪽.

90) 具沇會 외, 「레코-드界의 內幕을 듣는 座談會」, 《朝光》第5卷 第3號, 朝鮮日報 社出版部, 1939. 3. 314~315쪽.

91) 西條八十, 「七. ビクター専属となる」, 『西條八十―唄の自叙伝』(人間の記録29), 東 京: 日本図書センター, 1997, 59쪽.

92) 李瑞求, 「봄과 ㅁ와 레코드」, 《別乾坤》第72號, 開闢社, 1934. 4. 8쪽.

93) "岸曙 레코-드를 통한 流行歌界로 躍進 벌서 140餘種 지어 市場에 내노타. 盛哉."(기사, 「文人奇話」, 《三千里》제6권 제7호, 1934. 6. 251쪽)

94) 漢陽學人, 「新聞記者團 언파레-트」, 《三千里》第17號, 三千里社, 1931. 7; 洪鐘

仁 외, 「名探偵과 新聞記者 競爭記」, 《三千里》第3권 第10號, 三千里社, 1931. 10; 기사, 「三新聞의 陣營」, 《東光》第28號, 東光社, 1931. 12. 85쪽; 劉道順, 「大事件과 新聞記者-崔養玉에게 꾸지람 듣는 일」, 《第一線》第2卷 第5號, 開闢社, 1932. 6; 기사, 「文壇春秋」, 《三千里》第5권 第9號, 三千里社, 1933. 9. 113쪽.

95) 유도순은 1938년 7월 1일부로 매일신보사 신의주지사장으로 임명되어, 이후 1945년 소련군에 의해 피살될 때까지 재직했던 것으로 보인다. 社告, "各道에 支社設置 七月一日부터 新制實施", 《每日新報》, 每日新報社, 1938. 7. 1. 1면. 기사, "韓國新聞百人의 얼굴(7)", 《東亞日報》, 東亞日報社, 1964. 4. 20. 3면.

96) 이하윤, 「III. 문단과 교단: 나의 기자시절」, 서울대학교 사범대학 국어과동창회 편, 『이하윤선집(평론·수필)』, 도서출판 한샘, 1982, 200~201쪽.

97) 설문, 「近讀短評」, 《三千里》第6卷 第9號, 三千里社, 1934. 9. 250쪽.

98) 號外生, 「레코-드의 熱狂時代 競爭의 한 토막 이야이」, 《別乾坤》第67號, 開闢社, 1933. 11. 30쪽.

99) 기사, "本社主催懸賞募集 流行歌當選發表", 《朝鮮日報》, 朝鮮日報社, 1938. 3. 29. 6면.

100) 조영출의 생애와 관련해서는 다음의 서지를 참조할 수 있다. 김효정, 『조영출 시 연구』, 영남대학교 대학원 국어국문학과 석사학위논문, 2003, 60~61쪽. 이동순 편, 「부록: 제3장 시인연보」, 앞의 책. 이동순이 편찬한 『조명암시전집』에는 "일본제국축음기주식회사 문예부 조명암"이라고 명기된 명함 사진이 수록되어 있다. 이로써 보건대 조영출은 당시 그 회사 문예부원으로 재직했던 것으로 보인다.

101) 社告, 「流行小曲 第二回 當選發表」, 《別乾坤》第72號, 開闢社, 1934. 4. 37쪽.

102) 음반회사별 취입·발매작품을 정리해 보면 다음과 같다. (1) 시에론사: 〈방아씻는 색시〉(Ch.165A, 작사 南宮琅, 1934. 4), (2) 오케사: 〈우리 아가〉(Ok.1655A, 작시 吳斌作, 1934. 4), (3) 일본빅터사: 〈洛東江七百里〉

(Vi.49405B, 1936. 4), (4) 일본폴리돌사 ① 〈豆滿江뱃사공〉(Po.19134A, 작사 李元亨, 1934. 6), ② 〈지경다지는노래〉(Po.19157B, 작사 金德在, 1934. 10), ③ 〈처녀 열여덟은〉(Po19393B, 작사 金正好, 1937. 3), (5) 일본콜럼비아샤: ① 〈동백꽃〉(Co40507A, 작사 尹赤도, 1934. 5), ② 〈야루江 處女〉(Co.40817A, 작시 乙巴素, 1938. 7), ③ 〈꿈꾸는 행주치마〉(Co.40817B, 작시 任知賢, 1938. 7), ④ 〈도리깨 朴總角〉(Co.40828B, 작시 文宵羊, 1939. 9)

103) 李瑞求,「봄과 ㅁ와 레코드」,《別乾坤》第72號, 開闢社, 1934. 4. 8쪽.

104) 일본축음기상회가 'Nipponophone', '닙보노홍'이나 '일축죠션소리반' 시리즈로 발매한 음반들, 일동축음기주식회사(日東蓄音器株式會社)가 '제비표조선레코드' 시리즈로 발매한 음반들 가운데 두 차례 이상 발매된 레퍼토리를 정리해 보면 다음과 같다. ① 〈籠속에든싀(籠の鳥)〉(일축죠션소리반 K525-B, 流行歌, 연주 都月色·金山月·李桂月, 1927. 2); 〈농속에 든 새(籠之鳥)〉(일축죠션소리반K650-B, 流行歌, 연주 都月色·金山月, 반주 長鼓 李桂月, 1927. 10) ② 〈枯木歌시드른방초(枯れすすき)〉(닙보노홍K547-A, 新流行歌, 연주 金山月·都月色 반주 長鼓 李桂月, 1925. 8); 〈시들은 방초〉(제비표조선레코드B146-A, 연주 都月色, 1927. 7) ③ 〈國境警備歌〉(일축죠션소리반K525-A, 流行, 연주 都月色·金山月·李桂月, 1927. 2); 〈國境警備歌(수파람伴奏)〉(일축죠션소리반K650-A, 流行歌, 연주 都月色·金山月, 반주 長鼓 李桂月, 1927. 10) ④ 〈磯節(이소부시)〉(일축조선소리반K647-A, 流行歌, 연주 都月色, 반주 三味線·피아노·바이올린, 1927. 7); 〈磯節·安來節〉(제비표조선레코드B130-B, 연주 鄭銀姬, 1927. 7) ⑤ 〈너와 나와 살가 되며는及홋도쌘루〉(닙보노홍K116-A, 新式唱歌, 연주 朴菜仙·李柳色) ⑥ 〈단조늬부시〉(일축죠션소리반K593-B, 新流行歌, 연주 朝鮮券番 李蘭香, 반주 三味線, 발매일자 미상) ⑦ 〈명주수건〉(일축죠션소리반K649-A, 流行歌, 연주 李南史, 반주 피아노·바이올린, 1927. 9); 〈사랑의 수건〉(일축죠션소리반K568-B, 新流行歌, 연주 都月色, 반주 長鼓 李桂月, 발매일자 미상) ⑧ 〈사랑의 싀(戀の鳥)〉(일축죠션소리반K592-B, 流行, 연주 金錦花, 발매일자 미상); 〈사랑의 싀(戀の鳥)〉(일축조선소리반K613-A, 日本流

行, 연주 都月色, 반주 피아노·바이올린, 발매일자 미상) ⑨〈小唄集〉(일츅조선
소리반K591-A, 新流行歌, 연주 朴在國, 반주 바이오린, 1926. 10) ⑩〈슷돈돈
부시〉(일츅조선소리반K593-A, 新流行歌, 연주 朝鮮券番 李蘭香, 반주 三味線,
발매일자 미상) ⑪〈失敗의 恨嘆긴한숨나는눈물〉(닙보노홍K130-B, 新式唱
歌, 연주 趙菊香);〈失敗의 恨嘆맑은바람밝은달아릭〉(닙보노홍K130-A, 新式
唱歌, 연주 趙菊香) ⑫〈雙玉淚〉(일츅조선소리반K649-B, 流行歌, 연주 李南史,
반주 피아노·바이올린, 1927. 9) ⑬〈磯節·安來節〉(제비표조선레코드B130-B,
연주 鄭銀姬, 1927. 7);〈安來節〉(제비표조선레코드B156-B, 연주 都月色, 1927.
11);〈安來節〉(제비표조선레코드B67-B, 연주 전매홍, 발매일자 미상) ⑭〈鴨綠
江節(詩入)〉(일츅조선소리반K613-B, 日本流行, 연주 都月色, 반주 피아노·바이
올린, 발매일자 미상);〈鴨綠江節〉(닙보노홍K549-A, 新流行歌, 연주 金山月·
都月色 반주 長鼓 李桂月, 1925. 11);〈鴨綠江節〉(제비표조선레코드B130-A, 연
주 鄭銀姬, 1927. 7);〈鴨綠江節〉(제비표조선레코드B156-A, 연주 都月色, 1927.
11);〈鴨綠江節〉(제비표조선레코드B67-A, 연주 전매홍, 발매일자 미상) ⑮〈玉
淚別曲〉(일츅조선소리반K647-B, 流行歌, 연주 都月色, 반주 三味線·피아노·바
이올린, 1927. 7) ⑯〈이 풍진 歲月(蕩子警戒歌)〉(닙보노홍K116-B, 新式唱歌,
연주 朴菜仙·李柳色);〈이 풍진 세상을戀之鳥(戀の鳥)〉(닙보노홍K547-B, 新
流行歌, 연주 金山月·都月色 반주 長鼓 李桂月, 1925. 8);〈이 풍진 세상을〉(제
비표조선레코드B30-B, 合奏 揚琴 鄭葳庭·短簫 楊又石, 1925. 10) ⑰〈長恨夢
장한몽가〉(닙보노홍K549-B, 新流行歌, 연주 金山月·都月色 반주 長鼓 李桂月,
1925. 11);〈長恨夢歌〉(제비표조선레코드B146-B, 연주 都月色, 1927. 7) ⑱〈漂
泊歌〉(일츅죠선소리반K592-A, 新流行歌, 연주 金錦花, 발매일자 미상) ⑲〈이
팔청춘가〉(제비표조선레코드B30-A, 合奏 揚琴 鄭葳庭·短簫 楊又石, 1925. 10)
⑳〈허영의 우슴(虛榮의笑) 산보를 갑시다〉(일츅조선소리반K591-B, 新流行
歌, 연주 張錫煥, 반주 바이오린, 1926. 10)

105) 기사, 「流言蜚語」, 《三千里》 第5卷 第9號, 三千里社, 1933. 9. 43쪽; 草兵丁,
「大亂戰中의 東亞日報對朝鮮日報 新聞戰」, 《三千里》 第5卷 第10號, 三千里社,

1933. 10. 36쪽. 그러한 인기 덕분인지 고우타 가쓰다로를 비롯한 일본빅
터사 일본인 전속가수들이 경성에서 공연을 하기도 했다. "『빅타-專屬歌手
京城에 來演", 《每日申報》, 每日申報社, 1936. 5. 19. 3면.

106) 異河潤 외, 「新春에는 엇든 노래 流行할가—조선사람 心琴을 울니는 노래」,
《三千里》第8卷 第2號, 三千里社, 1936. 2. 124, 128쪽.

107) 金岸曙, "流行歌詞管見(2)", 《每日申報》, 每日申報社, 1933. 10. 17; 異河潤, "流
行歌作詞問題一考(下)", 《東亞日報》, 東亞日報社, 1933. 9. 24.

제5장 장르와 매체의 경계를 넘는 방법과 조건

1)   기사, 「「거리의 꾀꼬리」인 十大歌手를 내보낸 作曲·作詞者의 苦心記」, 《三千
里》第7卷 第10號, 三千里社, 1935. 11.

2)   社告, 「레코-드 歌手 人氣投票」, 《三千里》第6卷 第11號, 三千里社, 1934. 11;
「레코-드 歌手 人氣投票 第一回 豫選發表」, 《三千里》第7卷 第1號, 三千里社,
1935. 1; 「레코-드 歌手 人氣投票 第四回 發表」, 《三千里》第7卷 第3號, 三千
里社, 1935. 3; 「레코-드 歌手 人氣投票 第八回 發表」, 《三千里》第7卷 第9號,
三千里社, 1935. 10.

3)   이러한 사정은 연도별 유행가요 발매 현황을 통해서 알 수 있다.(『유성기음
반총람자료집』, [2000] 기준)

연도	1929	1930	1931	1932	1933	1934	1935	1936
곡수	1	23	51	146	314	336	501	607
연도	1937	1938	1939	1940	1941	1942	1943	총계
곡수	479	434	495	351	247	199	87	4271

4)   전선아, 「일제강점기 신민요 연구」, 강릉대학교 석사학위논문, 1998; 정서

은, 「일제강점기 신민요의 음악사학적 접근」, 《한국음악사학보》 제30집, 한
국음악사학회, 2003. 6; 정은진, 「일제강점기 신민요 명칭고」, 《한국음악사
학보》 제31집, 한국음악사학회, 2003. 12, 305~306쪽. 이영미, 「3 일제시
대, 트로트와 신민요의 양립」, 『한국대중가요사』, 민속원, 2006.

5)   이진원, 「신민요 연구(1)」, 《한국음반학》 제7호, 한국고음반연구회, 1997,
368쪽. 야스다 히로시(安田寬), 「일본 근대 양악사 개론」, 민경찬 외, 『동아
시아와 서양음악의 수용』, 음악세계, 2008, 217~218쪽. 古茂田信男 外, 「I.
歷史編」, 『日本流行歌史(戰前編)』, 東京: 社會思想社, 1980, 85~87쪽. 森田哲
至, 「「昭和歌謠」成立の系譜と黎明期の展開」, 《日本橋学研究》 第3號, 東京: 日本
橋学館大学, 2010; 「新民謠運動と鶯芸者による「昭和歌謠」の成立と発展」, 《日本
橋学研究》 第4號, 東京: 日本橋学館大学, 2011. 増田周子, 「日本新民謠運動の隆
盛と植民地台湾との文化交渉」, 《東アジア文化交渉研究》 第1號, 大阪: 関西大学,
2008.

6)   異河潤 외, 「新春에는 엇든 노래 流行할가」, 《三千里》 第8卷 第2號, 三千里社,
1936. 2.

7)   金億, 「詩壇의 一年」, 《開闢》 第42號, 開闢社, 1923. 12. 41쪽; "朝鮮心을 背景
삼아-詩壇의 新年을 마즈며", 《東亞日報》, 東亞日報社, 1924. 1. 1. 2면; 「詩
壇散策」, 《開闢》 第46號, 開闢社, 1924. 4. 41쪽.

8)   金岸曙, 「사로지니·나이두의 抒情詩(1)」, 《靈臺》 第4號, 靈臺社, 1924. 12.
234~235쪽.

9)   구인모, 「제7장 국민문학론의 문학적 실천과 그 수준」, 『한국근대시의 이상
과 허상』, 소명출판, 2008. 246쪽.

10) 광고, "포리도-루 레코-드", 《朝鮮日報》, 朝鮮日報社, 1934. 5. 17. 2면. 광
고, "六月 新譜發賣! 新民謠 꼿을 잡고 鮮于一扇 포리도-루레코-드", 《東亞日
報》, 東亞日報社, 1934. 5. 30. 2면; 《朝鮮日報》, 朝鮮日報社, 1934. 7. 1. 5면.
광고, "포리도-루 꼿을 잡고(一九一三七) 鮮于一扇", 《東亞日報》, 東亞日報社,
1934. 7. 6 · 10 · 12. 각 2면; 《朝鮮日報》, 朝鮮日報社, 1934. 7. 5 · 7 · 11. 각 3면.

광고, "포리도-루 레코-드 新民謠 꼿을 잡고 鮮于一扇(19157)",《東亞日報》,
東亞日報社, 1934. 9. 19. 2면;《朝鮮日報》, 朝鮮日報社, 1934. 9. 21. 1면. 광고,
"포리도-루 品切盤 今日 入荷 注文殺到로 入荷不足 一九一三七 꼿을 잡고 鮮
于一扇",《東亞日報》, 東亞日報社, 1935. 1. 24·25. 5면·1면;《朝鮮日報》, 朝鮮
日報社, 1935. 1. 24·26. 각 2면.

11) 광고, "大好評!! 民謠와流行歌 꼿을 잡고 鮮于一扇",《포리도-루 레코-드 八
月新譜》, 日本포리도-루 朝鮮支店 文藝部, 1934. 8. 6면. 광고, "新民謠 꼿을
잡고 金岸曙 作詞 李冕相 作曲 鮮于一扇",《포리도-루 레코-드 九月新譜》, 日
本포리도-루 朝鮮支店 文藝部, 1934. 9. 9면. 광고, "旣發賣總目錄: 流行歌·
歌劇·民謠 一九一三七 꼿을 잡고 鮮于一扇",《포리도-루 레코-드 十月新譜》,
日本포리도-루 朝鮮支店 文藝部, 1934. 10. 7면;《포리도-루 레코-드 十一
月新譜》, 日本포리도-루 朝鮮支店 文藝部, 1934. 11. 8면;《포리도-루 레코-
드 八月新譜》, 日本포리도-루 朝鮮支店 文藝部, 1935. 8. 8면;《포리도-루 레
코-드 九月新譜》, 日本포리도-루 朝鮮支店 文藝部, 1935. 9. 9면.

12) 一記者,「流行歌에 對한 一問一答—鮮于一扇과 崔南鏞」,《三千里》第10卷 第
8號, 三千里社, 1938. 8.

13) 編輯部,「레코드歌手人氣投票」,《三千里》第7卷 第9號, 京城:三千里社, 1935.
10.

14) 金岸曙,「제고장서 듯는 民謠 情調—愁心歌 들닐제」,《三千里》第8卷 第8號,
三千里社, 1936. 8.

15) 〈별수심가라〉,『增補新舊雜歌』, 博文書館, 1915, 153쪽; 〈슈심가〉〈평양슈심
가〉,『新撰古今雜歌』, 德興書林, 1916, 32쪽; 〈평양수심가〉,『無雙新舊雜歌』,
唯一書店, 1916, 49쪽; 〈평양수심가〉,『新訂增補海東雜歌』, 新明書林, 1917,
11쪽; 〈수심가라〉,『新訂增補新舊雜歌』, 京城書館, 1922, 87쪽.

16) 〈수심가라(愁心歌)〉,『訂正增補新舊雜歌』, 平壤: 光文冊肆, 1915, 111쪽; 〈별수
심가라〉, 위의 책, 157쪽; 〈슈심가〉,『新撰古今雜歌』, 德興書林, 1916, 33쪽;
〈愁心歌〉,『特別大增補新舊雜歌』, 唯一書店, 1916, 42쪽; 〈愁心歌〉,『歌曲寶鑑』,

箕城券番, 1928, 97쪽.

17) 〈역금이라〉, 『訂正增補新舊雜歌』, 光文冊肆, 1915, 114쪽; 〈역금수심가〉, 『特別大增補新舊雜歌』, 唯一書店, 1916, 28쪽; 〈수심가라〉, 『新訂增補新舊雜歌』, 京城書館, 1922, 99쪽.

18) 〈수심가라(愁心歌)〉, 위의 책, 108쪽; 〈별수심가라〉, 위의 책, 153쪽; 〈평양수심가〉, 『無雙新舊雜歌』, 唯一書店, 1916, 49쪽; 〈愁心歌〉, 『特別大增補新舊雜歌』, 唯一書店, 1916, 40쪽; 〈수심가라〉, 위의 책, 86쪽; 〈愁心歌〉, 위의 책, 87쪽.

19) 김억의 신민요 작품을 연주한 주요 연주자들은 다음과 같다. 조병기(〈이내 人生〉[Co.40679B, 1936. 6] 등 총 7편), 김옥진(〈綾羅島打鈴〉[Vi.49307A, 1934. 9] 등 총 3편), 강홍식(〈배따라기〉[Co.40501A, 1934. 4] 등 총 2편), 석금성(〈녯 생각〉[Co.40585A, 1935. 2]), 선우일선(〈꼿을 잡고〉[Po.19137A, 1934. 6]), 윤혜선(〈한숨짓는 밤〉[Co.40722A, 1936. 11]).

20) 李基世, 「新春에는 엇든 노래 流行할가—『民謠』와 『新民謠』의 中間의 것」, 《三千里》第8卷 第2號, 三千里社, 1936. 2, 125쪽.

21) 乙巴素, "新民謠의 精神과 形態(1)~(3)", 《朝鮮日報》, 朝鮮日報社, 1937. 2. 6·7·13. 5면.

22) 金億, "朝鮮心을 背景삼아–詩壇의 新年을 마즈며", 위의 책, 같은 면.

23) 劉道順, 「진달래꽃」, 《別乾坤》第20號, 開闢社, 1929. 4; 〈진달래의 哀心曲〉 (Co.40483A, 1934. 2), 「小曲: 진달래의 哀心曲」, 《湖南評論》第1卷 第2號, 1935. 5.

24) 〈약산동디〉, 『古今雜歌篇』, 東明書館, 1915; 〈寧邊歌〉, 『新舊流行雜歌』, 新明書林, 1915; 〈녕변가〉, 『朝鮮俗歌』, 傳文書館, 1921. 〈平安道上下唱寧邊歌〉 (Ni.6085, 1912. 7) 외 48면.

25) 劉道順, "藥山六景—天柱望月·吹笛樓月·暮鍾東坮", 《東亞日報》, 東亞日報社, 1925. 5. 25. 2면; "藥山六景—第一望海·鶴歸瀑布·法堂佛像", 《東亞日報》東亞日報社, 1925. 5. 31. 4면. 劉道順, 「藥山東坮의 눈」, 《別乾坤》第10號, 開闢

社, 1927. 12;「꽃과 예 記憶 - 진달래와 追憶」,《彗星》第1卷 第2號, 開闢社, 1931. 4.

26) 〈寡婦歌〉,『新舊雜歌』, 宋基和商店, 1914;〈과부가寡婦歌〉,『精選朝鮮歌曲』, 新舊書林, 1914;〈寡婦歌〉,『訂正增補新舊雜歌』, 廣文冊肆, 1915;〈寡婦歌〉,『新舊流行雜歌』, 新明書林, 1915;〈寡婦歌〉,『特別大增補 新舊雜歌』, 唯一書館, 1916;〈寡婦歌〉,『新舊雜歌』, 京城書館, 1922;〈寡婦歌〉,『大增補 無雙流行 新舊雜歌附歌曲選』, 永昌書舘, 1925.〈靑春寡婦曲〉,『新撰古今雜歌附歌詞』, 德興書林, 1916.

27) "만천하에 들이는 인사 말슴!! 저이가 금반 콜럼비아레코-드에『직부가』와 『과부가』를 취입하엿든 바 구월신보로 발매하자 제일회 제이회 입하품(入荷品)이 모다 매진되엿고 지금 각처에서 주문이 쇄도한다 하오니 각위의 절대지지와 성원에 대하와 실로 감격 밧게는 없읍니다 압흐로 더욱 분발하여 여러분의 기대에 어그러심이 없도록 노력하려하오니 배전의 성원과 편달을 바라옵나이다. 더욱 매절(賣切)되엿든 저의 레코-드가 오날 대량입하(大量入荷) 되엿다고 하오니 한번 시청하여 주시옵기를 바라옵고 이것으로 감사의 뜻과 인사를 대신합니다."(광고, "第一回吹込 콜럼비아레코-드",《東亞日報》, 東亞日報社, 1935. 8. 24. 2면;《東亞日報》, 東亞日報社, 1935. 8. 31, 9. 9, 각 1면;《朝鮮日報》, 朝鮮日報社, 1935. 8. 24. 2면;《每日申報》, 每日申報社, 1935. 8. 30. 5면;《每日申報》, 每日申報社, 1935. 9. 10. 5면.)

28) 광고, "新民謠界의 巨彈!! (四〇六三五) 織婦歌 曹秉驥"(《朝鮮日報》: 1935. 9. 28~10. 26. 총 6회,《每日申報》: 1935. 9. 30~10. 25. 총 5회,《東亞日報》: 1935. 10. 1~10. 28. 총 5회)

29) 경서도민요:〈水夫의 안해〉(Co.40499B, 1934. 4)〈사공의 안해〉(Co.40677B, 1936. 4)〈님이 온다〉(Co.40668A, 1936. 4)〔[배따라기] 계열〕〈사발가〉(Co.40513A, 1934. 6)〈新寧邊歌〉(Co.40630A, 1935. 1), 남도민요:〈흥타령〉(Co.40495B, 1934. 3)〈쾌지나칭칭〉(Co.40634B, 1935. 9), 제주민요:〈오돌독〉(Co.40495A, 1934. 3), 기타:〈갈가보다〉(Co.40623A, 1935. 7?),〈기심노

래〉(Co.40634A, 1935. 9) 등.

30) 李基世, 위의 글, 위의 책, 같은 쪽.

31) "조선타령이 시인 劉道順씨에 力作인데 그야말로 유감없이 조선에 정기를
그린 劉道順씨의 일대 걸작이외다 …(중략)… 지금 시내 모 여학교에서도
배우고 있는 것은 유행가로서의 姜弘植씨에 조선타령 뿐일 것입니다. 그 구
절구절 마디마디 넘어갈 때에 억개춤이 절로 나며 우렁찬 목소리로 청산유
수와 같이 시원시원하게 부른 노래는 과연 힘을 주고 蘇生을 줄 노래의 하
나입니다."(全基玹,「거리의 꾀꼬리」인 十大歌手를 내보낸 作曲·作詞者의 苦心
記一「姜弘植 氏의 부른「朝鮮타령」, 위의 책, 156~7쪽.)

32) 참고로 〈금강산이 조흘시고〉의 가사 제1절은 다음과 같다. "1. 금강산이 조
흘시고 금강산이 조흘시고 / 동해씨고 소슨 산이 일만이천 봉오리를 / 그림
갓치 벌녓으니 천하명산 그 아닌가//" 또한 〈금수강산〉의 가사 제1절과 제
2절은 다음과 같다. "산과 물 한데 노혀 그림을 그려스니 / 평양은 금수강
산 일홈은 오랠러라// 2. 대동강 구비へ 푸른 물 흘럿는데 / 능라도 버들 숩
에 물새가 숨어드네//"

33) 특히 "죽장망혜 단표자 명승고적이 어듸へ"와 흡사한 구절은 다음과 같은
작품들의 상투구이기도 하다. 〈유산가遊山歌〉〈사친가思親歌〉,『新舊時行雜
歌』, 新舊書林, 1914; 〈류산가遊山歌〉〈령변가寧邊歌〉〈사친가思親歌〉〈추풍
감별곡秋風感別曲〉〈사친ㅅ思親詞〉『新舊流行雜歌』, 新明書林, 1915; 〈유산
가遊山歌〉〈안빈락도가安貧樂道歌〉〈압산타령〉〈쳐ㅅ가處士歌〉,『新撰古今雜
歌附歌辭』, 德興書林, 1916; 〈유산가遊山歌〉〈안빈락도가安貧樂道歌〉,『신구
시힝잡가』, 新舊書林, 1916; 〈셩주풀이〉〈진양됴〉〈영산가〉〈유산가〉〈츄풍감
별곡〉『朝鮮俗歌』, 博文書館, 1921; 〈유산가遊山歌〉〈압산타령〉〈셩주풀이〉
〈안빈락도가(安貧樂道歌)〉〈영산가(令山歌)〉〈진양됴(其二)〉『大增補無雙流
行新舊雜歌』, 永昌書館, 1925; 〈處士歌(쳐사가)〉〈遊山歌(유산가)〉〈大觀江山〉
〈竹杖芒鞋(죽장망혜)〉〈萬古江山(만고강산)〉〈달거리〉『精選朝鮮歌謠集』, 朝鮮
歌謠研究社, 1931.

34) 異河潤, 「新春에는 엇든 노래 流行할가―조선사람 心琴을 울니는 노래」, 《三千里》第8卷 第2號, 三千里社, 1936. 2, 123쪽.

35) 그러한 이유 때문인지는 분명하지 않으나, 이 작품이 리갈 레이블로 재발매되었을 때에는 장르명이 '유행가'로 바뀌었다. 〈울음의 벗〉(Re.C297B, 1936〔?〕).

36) 異河潤, "新民謠와 民謠詩人", 《東亞日報》, 東亞日報社, 1934. 8. 10. 3면.

37) 그 작품들은 다음과 같다. 〈고향 일흔 갈매기〉(Vi.49376B, 1935. 10) 〈유람타령〉(Co.40679A, 1936. 6) 〈가시면 언제 오시랴〉(Co.40688B, 1936. 6?) 〈배ㅅ길 千里〉(Co.40693B, 1936. 8) 〈아리랑 우지마라〉(Re.C355A, 1936. ?) 〈남모르는 도라지〉(Re.C355B, 1936. ?) 이상 6편.

38) 권혜경, 「한국 대중가요에 나타난 일본음계의 고찰―미야꼬부시(都節) 음계를 중심으로」; 박경자, 「한국 대중가요에 나타난 일본음계의 고찰―요나누끼음계를 중심으로」, 《한국음악학논집》 제2호, 한국음악사학회, 1994. 송방송, 「제2편 음악사회사적 관점에서 본 근대음악사의 양상들―제8장 1930년대 유행가의 음악사회사적 접근」, 『한국근대음악사연구』, 민속원, 2003.

39) 김광해·윤여탁·김만수, 『일제강점기 대중가요 연구』, 박이정, 1999. 김희정, 「일제 강점기 한일 유행가에 나타나는 고빈도 어휘 연구」, 《일본어문학》 제41집, 일본어문학회, 2008; 「한일 유행가의 주제별 어휘 고찰」, 《일본연구》 제35호, 한국외국어대학교 일본연구소, 2008.

40) 이 2매의 음반에 수록된 작품들은 다음과 같다. 〈유행가걸작집〉: 〈紅淚怨〉 (김억) 〈섬 밤〉 〈안해의 무덤 안고〉 〈峰子의 노래〉(유도순) 〈울음은 한이 업네〉(이하윤). 〈속유행가걸작집〉: 〈가시옵소서〉(유도순) 〈울음의 벗〉(이하윤).

41) 이 2매의 음반에 수록된 작품들의 정규반들은 다음과 같다. 〈홍루원〉 (Co.40508B, 1934. 5; Co.40676A, 1936. 5; Re.C354A, 1936. 8) 〈섬밤〉 (Co.40481A, 1934. 2) 〈안해의 무덤 안고〉(1935. 2〔?〕) 〈峰子의 노래〉 (Co.40488B, 1934. 1) 〈울음은 한이 업네〉(Co.40581A, 1935. 2). 〈가시옵소

서〉(Co.40558A, 1934. 11) 〈울음의 벗〉(Co.40528A, 1934. 8).

42) "유정이면은 불가망이오 무정이면은 불상ᄉ로다 샹ᄉ불견ᄒ든 님이 간 곳
이 업구나 …… 잔 들고 권ᄒ리 업스니 슯허 ᄒ노라"(〈별수심가라〉, 『增補新
舊雜歌』, 博文書館, 1915, 159쪽)

43) 〈女給の唄〉(Victor51533-A, 작시 西條八十, 작곡 塩尻精八, 연주 羽衣歌子,
1931. 1) 이 작품의 가사는 다음과 같다. "1. 나는야 밤에 피는 술집의 꽃이
네 / 빨간 입술연지 비단 옷소매 / 네온 불빛에 떠서 춤추다 / 깨어나면 쓸
쓸한 눈물 꽃// 2. 나는야 서글픈 술집의 꽃이네 / 밤에는 아가씨요 낮에는
엄마네 / 옛날에 감춘 눈물 옷소매 / 밤 깊어 무거운 건 이슬이 아니네// 3.
연약한 여자를 속이고 버리며 / 그것이 덧없는 남자의 자랑 / 가여워라 여
자는 그저 체념하고서 / 괴로운 뜬 세상에 빨갛게 피네// 비가 내리네 내리
네 오늘밤도 비가 / 밤 깊어 쓸쓸한 긴자 거리에 / 눈물 떨궈도 그리운 그
옛날 / 생각하면 할수록 비가 내리네// 5. 여급 장사 깨끗이 끝내고 / 귀여
운 이 아이와 두 사람 살림 / 엄마답게 안아 재우고 / 그나마 불러주는 하
룻밤의 자장가//(1. わたしゃ夜さく酒場の花よ / 赤い口紅, 錦紗のたもと / ネオン
ライトで浮かれておどり / さめてさみしい涙花 / 2. わたしゃ悲しい酒場の花よ / 夜
は乙女よ, 昼間は母よ / 昔かくした涙のたもと / 更けて重いは露じゃない// 3. 弱い
女をだまして棄てて / それがはかない男の手柄 / 女可愛しや, ただ諦めて / 辛い浮
世に赤く咲く / 4. 雨が降る降る 今夜も雨が / 更けてさみしい銀座の街に / 涙落ち
ても恋しいむかし / 偲べ偲べと雨が降る// 5. 女給商売 サラリと止めて / 可愛いこ
の子と 二人の暮らし / 抱いて寝かせて 母さんらしく / せめて一夜の 子守り唄//)"
이 작품에 묘사된 여급의 삶은 김봉자의 실제 삶과도 닮아 있어 흥미롭다.

44) 기사, 「레코-드 歌手 人氣投票 第一回 豫選發表」, 위의 책; 「레코-드 人
氣投票 第四回 發表」, 위의 책.

45) 유도순의 '유행가' 작품을 연주한 여성 가수는 총 20명(총 55편), 남성 가수
는 총 12명(총 23편)이다. 그 가운데에서 가장 많은 작품을 연주한 여성 가
수는 전옥(全玉, 총 8편)과 최명주(崔明珠, 총 6편)이다.

구분 / 작사자	여성가수			남성가수			비고
	연인원	곡수	최다연주자 (곡수)	연인원	곡수	최다연주자 (곡수)	
김억	17 (60.7%)	35 (51.4%)	강성연(5) 전옥(5)	11 (39.3%)	33 (48.6%)	강홍식 (12)	중복 포함
유도순	20 (62.5%)	55 (70.5)	전옥(5)	12 (37.5%)	23 (29.5%)	채규엽 (12)	
이하윤	31 (64.6%)	82 (48%)	김인숙(15)	17 (35.4%)	89 (52%)	채규엽 (12)	

46) 〈사랑해 주세요(愛して頂戴)〉(Victor50901-A, 작시 西條八十, 작곡 中山晋平, 연주 佐藤千夜子, 1929. 8) 이 작품의 가사는 다음과 같다. "1. 살짝 본 그때 좋아졌어요 / 뭐가 뭔지 모르겠어요 / 날 저물면 눈물이 나요 / 나도 모르게 울음이 나요// 2. 만날 때에는 아무 말도 못해요 / 뒷모습에 그저 울기만 해요 / 여자 마음은 산속의 벚꽃이에요 / 남몰래 빨갛게 피어요// 3. 깊은 밤 당신이 눈을 뜨면 / 그건 내가 부르는 목소리에요 / 그리운 마음이 바람이 되어요 / 날 저물면 방 창문을 두드려요// 후렴 저기요, 저기요, 사랑해 주세요//(1. 一目見た時 好きになったのよ / 何が何だか わからないのよ / 日暮れになると 涙が出るのよ / 知らず知らずに 泣けてくるのよ// 2. 逢った時には 何にも云えずよ / うしろ姿に ただ泣くのよ / 女心は 深山のさくらよ / 人に知られず 赤く咲くのよ// 3. よふけあなたの お目がさめたら / それは私が 呼んだ声よ / 思う心が 風になってよ / ふけてお部屋の 窓をうつのよ// 後렴 ねえねえ 愛して頂戴ね / ねえねえ 愛して頂戴ね//)"(저자 역)

47) 森本敏克, 「歌の夜明け」, 『音盤歌謠史 ― 歌と映画とレコードと』, 東京: 白川書院, 1975, 35쪽. 西條八十, 「愛して頂戴と赤城山」, 『西條八十 ― 唄の自叙伝』, 東京: 日本図書センター, 1997.

48) 〈사랑해 주세요〉 이외에도 '―주세요' 류의 유행가요는 1938년까지 지속적으로 제작, 발표되었거니와, 그 제목을 소개하면 다음과 같다. ① 〈돌려 주세요 그 마음〉(Columbia40327-B, 流行歌, 연주 金仙草, 申카나리야, 콜럼비아管絃樂, 1932. 8) ② 〈네네 그래주서요〉(Okeh1633-A, 漫謠, 연주 李蘭影,

1934. 3) ③ 〈다려가 주세요〉(Victor49432-B, 流行歌, 연주 李福姬 반주 管絃樂, 1936. 10) ④ 〈사랑해 주서요〉(Victor49448-A, 流行歌, 연주 金福姬, 1937. 1) ⑤ 〈알어 주세요〉(Polydor19406-A, 流行歌, 王壽福, 1937. 5) ⑥ 〈무러 주세요〉(Okeh12064-B, 流行歌, 연주 金賢淑, 1937. 11) ⑦ 〈아라 주세요〉(Taihei8277-A, 流行歌, 羅善嬌, 1937. ?) ⑧ 〈우서 주세요〉(RegalC436-A, 流行歌, 작시 金浦夢, 작곡 李英根, 편곡 天池芳雄, 연주 미스 리-갈, 반주 리-갈管絃樂團, 1938. 4) ⑨ 〈내 마음 알아 주세요〉(VictorKJ1156-A, 流行歌, 작사 趙碧雲, 작곡 邢奭基, 연주 金福姬, 1938. 4) ⑩ 〈알녀 주세요〉(VictorKJ1197-A, 뿔루-스, 연주 黃琴心, 1938. 6) ⑪ 〈대답 좀 해 주세요〉(VictorKJ1255-A, 流行歌, 연주 朴丹馬 1938. 12) 이 가운데 가사가 남아 있는 〈우서 주세요〉의 제1절은 다음과 같다. "나비도 너훌너훌 꼿을차자 나는데 / 당신은 어이하야 설어합닛까 / 울면은 실허요 울지말아요 네네 님이어/ 우서주셔요 햇쪽웃어요".

49) 이 작품과 관련한 신문 광고는 다음과 같다. ① "蓄音器提供!! 懸賞, 懸賞問課題― 一, 世界一의蓄音器, 레코-드의名稱 二, 『물새야웨우느냐』의 歌手는 누구인가 쏘 어느 會社의 專屬인가 三, 同上 레코-드의 番號는 몃番인가 賞品―嚴正推薦한 後 左記한 賞品을 贈呈함 一等 콜럼비아携帶用蓄音器(第五五號定價二十五圓) 一台式 五名, 二等 新型電氣라이타 一個式 十名, 三等 콜럼비아레코-드 一枚式 八十五名 …(중략)… 六月 新譜發賣 特別發賣 流行歌 물새야 웨 우느냐"(기사, 《東亞日報》, 東亞日報社, 1936. 6. 2 ·24. 3면 ·1면; 《每日申報》, 每日申報社, 1936. 6. 3. 6면; 《朝鮮日報》, 朝鮮日報社, 1936. 5. 30. 7면, 6. 18. 2면), ② "特別發賣 流行歌 물새야 웨 우느냐 콜럼비아 六月 新譜는 傑作만을 網羅하엿습니다 近處特約店에서 試聽하야십주시오"(광고, 《東亞日報》, 東亞日報社, 1936. 6. 10. 1면; 《朝鮮日報》, 朝鮮日報社, 1936. 6. 8 ·26. 각 1면), ③ "斷然人氣沸騰 懸賞레코-드 물새야 웨 우느냐 期限 六月 三十日로 臨泊!!"《東亞日報》, 東亞日報社, 1936. 6. 12 ·21. 6면 ·3면; 《朝鮮日報》, 朝鮮日報社, 1936. 6. 13 ·17 ·23, 2면 ·7면 ·2면), ④ "巨彈連發 七月 一日 一齊發賣 流行歌 물새야 웨

우느냐 蔡奎燁"(광고,《東亞日報》, 東亞日報社, 1936. 7. 7. 1면;《每日申報》, 每日申報社, 1936. 7. 7. 2면;《朝鮮日報》, 朝鮮日報社, 1936. 7. 3·11, 각 2면), ⑤ "蔡奎燁의 流行歌 물새야 웨 우느냐 번개와 가치 팔닌다 流行한다"(광고,《東亞日報》, 東亞日報社, 1936. 8. 23·25. 각 3면;《每日申報》, 每日申報社, 1936. 8. 3. 7면;《朝鮮日報》, 朝鮮日報社, 1936, 8, 23·30. 1면·6면), "콜럼비아 特作 流行歌 물새야 웨 우느냐 蔡奎燁"(《朝鮮日報》, 朝鮮日報社, 1936. 9. 2·15. 각 1면).

50) 〈涙の渡り鳥〉(Victor52462-A, 작시 西條八十, 작곡 佐々木俊一, 연주 小林千代子, 1932. 10) 이 작품의 가사는 다음과 같다. "1. 비오는 날도 바람부는 날도 물며 지내네 / 나는야 뜬세상의 철새 / 우는 게 아니예요 울지 않아요 / 울면 날개도 마음대로 안 되네// 2. 저 꿈도 이 꿈도 모두 흩어져 / 나는야 눈물의 떠돌이 새 / 우는 게 아니예요 울지 않아요 / 운다고 어제가 돌아오지 않아요// 3. 그리운 고향의 하늘은 머네 / 나는야 기약 없는 떠돌이 새 / 우는 게 아니예요 울지 않아요. / 내일도 넘어가요 저 산을//(1. 雨の日も風の日も 泣いて暮らす / わたしゃ浮世の 渡り鳥 / 泣くのじゃないよ 泣くじゃないよ / 泣けば翼も ままならぬ// 2. あの夢もこの夢も みんなちりぢり / わたしゃ涙の 旅の鳥 / 泣くのじゃないよ 泣くじゃないよ / 泣いて昨日が 来るじゃなし// 3. 懐かしい 故郷の 空は遠い / わたしゃあてない 旅の鳥 / 泣くのじゃないよ 泣くじゃないよ / 明日も越えましょ あの山を//)"(저자 역)

51) 근대기 유행가요의 대표작을 엄선한《유성기로 듣던 불멸의 명가수》(SYNCD-123, 신나라레코드, 1996) 전집에 수록된 작품(총 437편)의 제재와 주제를 분류한 선행 연구의 결과에 따르면, 가장 많은 분포를 나타내는 '사랑과 이별'을 주제로 한 작품은 총 148편으로서 33.9퍼센트의 비율을 차지하며, '고향과 타향살이'를 주제로 한 작품은 총 71편으로서 16.2퍼센트의 비율을 차지한다. 그런가하면 그 전집에 수록된 유행가요 가사의 주요 어휘의 빈도 분포를 보더라도 수위(首位)를 차지하는 어휘는 바로 '눈물(총 158편)'과 '울음(총 213편)'이었다. 김광해·윤여탁·김만수, 「I.통계적 양상」, 「II. 문학적 양상」, 위의 책, 13면, 31면.

52) 이러한 작품들은 다음과 같다. ① 〈울지 마오〉(Vi.49303A, 1934. 8) ② 〈눈물의 편지〉(Re.C244A, 1935. 2〔?〕) ③ 〈울어라 푸른 하늘〉(Co.40705B, 1936. 9) ④ 〈沙漠의 눈물〉(Co.40702B, 1936. ?) ⑤ 〈울면서 기다리며〉(Co.40712B, 1936. ?) ⑥ 〈아리랑 우지마라〉(Re.C355A, 1936. ?) ⑦ 〈눈물어린 燈台〉(Co.40752A, 1937. 4) ⑧ 〈離別의 눈물〉(Co.40743B, 1937. ?) ⑨ 〈눈물의 港口〉(Co.40792A, 1937. 12〔?〕) ⑩ 〈浦口에 우는 女子〉(Co.40795B, 1938. 1〔?〕) ⑪ 〈男子의 눈물〉(Co.40796A, 1938. 1〔?〕) ⑫ 〈얼룩진 便紙〉(Re.C469B, 1939. 5) ⑬ 〈울지 말고 가세요〉(Re.C389A, ?) ⑭ 〈내 눈물 가엽서〉(Re.C387A, ?)

53) 이러한 작품들은 다음과 같다. ① 〈港口의 離別〉(Co.40618B, 1935. 7) ② 〈浦口의 懷抱〉(Co.40671A, 1936. 5) ③ 〈哀愁의 海邊〉(Co.40687B, 1936. 6〔?〕) ④ 〈港口의 哀愁〉(Co.40702A, 1936. ?) ⑤ 〈哀愁의 浦口〉(Co.40771B, 1937. ?) ⑥ 〈港口의 未練〉(Co.40773B, 1937. ?) ⑦ 〈離別의 港口〉(Co.40781A, 1937. 8) ⑧ 〈눈물의 港口〉(Co.40792A, 1937.12〔?〕) ⑨ 〈浦口에 우는 女子〉(Co.40795B, 1938. 1〔?〕) ⑩ 〈港口는 슲허요〉(Co.40819B, 1938. 7) ⑪ 〈浦口의 女子〉(Co.40876B, 1940. ?) ⑫ 〈情든 浦口〉(Re.C406A, ?)

54) 異河潤, "新民謠와 民謠詩人", 위의 책; "流行歌作詞問題一考(下)", 《東亞日報》, 東亞日報社, 1933. 9. 24.

55) 異河潤, 「朝鮮流行歌의 變遷─大衆歌謠小考」, 《四海公論》 第4卷 第9號, 四海公論社, 1938. 9.

56) 〈東京行進曲〉(Victor50755-A, 작시 西條八十, 작곡 中山晋平, 연주 佐藤千夜子, 1929. 6) 일본빅터사는 이 작품을 조선에서도 발매했으며, 신문 광고를 통해 홍보하기도 했다.("빅터 레코드 10월 신보", 《東亞日報》, 東亞日報社, 1932. 9. 20. 1면)

57) 이 작품이 조선에 발매된 이래(광고, "빅터 레코드 11月 新譜", 《東亞日報》, 東亞日報社, 1930. 12. 21. 5면), 조선에서도 이 작품을 의식한 에피고넨들이 앞 다투어 발매되었다. 이하윤의 작품을 제외한 나머지 작품을 소개하면 다음과 같다. ① 〈鐘路行進曲〉(Co.40071A, 째즈송, 연주 卜

惠淑, 반주 콜럼비아·째즈쌘드, 1930. 1) ② 〈서울行進曲〉(Vi.49157A, 流行曲, 작사 李賢卿, 작곡 金敎聲, 연주 姜石燕, 반주 빅타-管絃樂團, 1932. 9) ③ 〈京城行進曲〉(Co.40437A, 유행가, 연주 金樂天·姜明淑, 발매 1933. 7) ④ 〈京城行進曲〉(Po.19419A, 流行歌, 연주 尹鍵榮, 발매 1937. 6) ⑤ 〈朝鮮行進曲〉(Chieron77B, 流行歌, 연주 金安羅, 발매 1933. 1), ⑥ 〈平壤行進曲〉(Ok.1808(K90)A, 流行歌, 작시 金相龍(?), 작곡 文湖月, 연주 高福壽, 반주 오케-패미리뮤직, 1935. 9) 그런가하면 김동환의 〈종로 네거리〉(Co.40270A, 1932. 1)도 사실 이러한 부류의 작품이라고 여겨진다.

58) 異河潤, "流行歌謠曲의 製作問題(上·下)",《東亞日報》, 東亞日報社, 1934. 4. 2~5.

59) 異河潤, "流行歌作詞問題一考(下)", 위의 책;「레코드와 라듸오考」,《中央》第3卷 第3號, 朝鮮中央日報社, 1935. 3.

60) 異河潤, "流行歌謠曲의 製作問題(下)",《東亞日報》, 東亞日報社, 1934. 4. 5.

61) 음악구조에서 가장 기본적인 단위는 동기(motive)인데, 이것은 신율, 화성, 박자의 모든 측면에서 독립된 특징을 갖추고 있다. 흔히 두 개의 동기(2마디)가 모여 한 개의 악구(4마디)를 이루고, 두 개의 악구가 모여 한 개의 악절(8마디)을 이룬다. 이 8마디의 악절로 이루어진 음악의 형식을 한 도막 형식(one part form)이라고 하는데, 이 한 개의 악절 구조가 음악적으로는 하나의 의미가 완성되는 가장 기본적인 단위이다. 이러한 구성을 통해 비로소 하나의 독립된 선율이 이루어지는 것이다. 나운영,「제1강 선율론」,『작곡법』, 세광출판사, 1982.

62) "1934年을 리-드할「新流行小曲」大懸常募集!! 當選作은 卽時 作曲―本誌上과 레코-드에 吹込宣傳!!"(《別乾坤》第69號, 開闢社, 1934. 1. 37쪽)

63) 巴人 외,「創作民謠十七篇(民謠 五作家 作品集)」,《三千里》第6卷 第7號, 三千里社, 1934. 6.

64) 金東煥,「亡國的歌謠掃滅策」,《朝鮮之光》, 朝鮮之光社, 1927. 8.

65) 김동환의 시 가운데 예술가곡의 가사로 쓰인 작품은, 한 편의 시에 서로 다

른 작곡가가 작곡한 다른 악곡의 경우까지 포함하면 무려 62편에 이른다. 이 가운데에서 대표작만 열거해 보면 다음과 같다. 〈산 넘어 남촌에는〉(총 12곡) 〈송화강 뱃노래〉(총 8곡) 〈강이 풀리면〉(총 6곡) 〈봄이 오면〉(총 3곡) 〈아무도 모르라고〉(총 3곡) 〈자장가〉(총 2곡) 〈참대밭〉(총 2곡) 〈웃은 죄〉(총 2곡) 〈청노새〉(총 2곡), 〈해당화〉(총 2곡) 민경찬, 「파인 김동환 작사 가곡연구」, 《낭만음악》 제14권 제1호, 낭만음악사, 2001. 겨울.

66) 金岸曙, "『朝鮮時形에 關하야』를 듣고서(전 4회)", 《朝鮮日報》, 朝鮮日報社, 1928. 10. 18~21. 각3면.

67) 岩野泡鳴, 「音律總論」, 『新體詩의 作法』, 東京: 修文館, 1907. 土居光知, 「詩形論」, 『再訂 文學序說』, 東京: 岩波書店, 1927. 특히 이와노 호메이의 음수율 분석은 김억만이 아니라 일찍이 양주동에게도 깊은 감화를 주었던 것으로 보이는데, 이를테면 양주동의 다음 논설이 바로 그 예이다. 梁柱東, 「詩와 韻律」, 《金星》 第3號, 金星社, 1924. 2. 그런가하면 오늘날 전하지 않는 주요한의 강연문 「조선시형에 관하야」 또한 김억과 사정은 크게 다르지 않았을 것으로 짐작된다.

68) 金岸曙, "格調詩形論小考(전 14회)", 《東亞日報》, 東亞日報社, 1929. 12. 7~30. 1. 30. 각 4면; "詩形·言語·押韻(전 10회)", 《每日申報》, 每日申報社, 1930. 7. 31~8. 10. 각 5면.

69) 川路柳虹, 「新律格의 提唱」, 《日本詩人》 第5卷 第3號, 東京: 新潮社, 1925. 3; 「詩における內容律의 否定」, 《日本詩人》 第6卷 第8號, 東京: 新潮社, 1926. 8; 川路柳虹, 『詩의 本質·形式』, 東京: 金星社, 1932; 『詩學』, 東京: 耕進社, 1935.

70) 이러한 사정에 대해서는 다음의 서지를 참조할 것. 구인모, 「제5장 『朝鮮民謠의 研究』와 그 이후, 국민문학론의 전도(顚倒)」, 「제6장 메이지·다이쇼기 일본의 구어자유시론과 조선문학」, 위의 책.

71) 金億, "朝鮮心을 背景삼아 — 詩壇의 新年을 마즈며", 《東亞日報》, 東亞日報社, 1924. 1. 1. 14면; 金岸曙, 「作詩法(전7회)」, 《朝鮮文壇》 第7~13號, 朝鮮文壇社, 1925. 4~10.

72) A. E. 하우스먼(Housman), 異河潤 역, 「아름다운 나무 벗나문 지금 (Loveliest of Trees, the Cherry Now)」, 『失香의 花園』, 詩文學社, 1933, 41면. 원문은 다음과 같다. "Loveliest of trees, the cherry now / Is hung with bloom along the bough, / And stands about the woodland ride / Wearing white for Eastertide.// Now, of my threescore years and ten, / Twenty will not come again, / And take from seventy springs a score, / It only leaves me fifty more.// And since to look at things in bloom / Fifty springs are little room, / About the woodlands I will go / To see the cherry hung with snow.//", *Collected Poems of A. E. Houseman(Wordsworth Poetry Library)*, Kent:Wordsworth Editions Ltd., 1999, 26쪽.

73) 異河潤, 「님 무덤 앞에서」, 『물네방아』, 靑色紙社, 1939, 86쪽.

74) 異河潤, 「序」, 『失香의 花園』, 詩文學社, 1933, 3쪽.

75) 異河潤, "形式과 內容 韻文과 散文·詩歌의 韻律(四)", 《東亞日報》, 東亞日報社, 1928. 7. 3.

76) 異河潤, "形式과 內容 韻文과 散文·詩歌의 韻律(三)", 《東亞日報》, 東亞日報社, 1928. 7. 2.

77) 梁柱東, 위의 글, 위의 책. 金岸曙, 「作詩法(四)」, 《朝鮮文壇》第10號, 朝鮮文壇社, 1925. 7.

78) 異河潤, "形式과 內容 韻文과 散文·詩歌의 韻律(一)", 《東亞日報》, 東亞日報社, 1928. 6. 30.

79) 座談, 「朝鮮文化의 再建을 爲하야」, 《四海公論》第2卷 第12號, 四海公論社, 1936. 12.

80) 기사, 「엇더한 『레코-드』가 禁止를 當하나」, 《三千里》第8卷 第4號, 三千里社, 1936. 4. 269쪽.

81) 당시 이서구의 글에 따르면 유행가요 음반 1매에 최소한 2백 원의 제작비가 소요되었다고 하므로, 김동환은 일본콜럼비아사와 일본빅터사에 적어도 4백 원의 손실을 끼쳤던 셈이다. 李瑞求, 「봄과 口와 레코드」, 《別乾坤》第

72號, 開闢社, 1934. 4. 8쪽.

82) 기사, 「엇더한『레코-드』가 禁止를 當하나」, 위의 책.

83) "李殷相 氏 作詞에 朴泰俊 氏 作曲인 以上 더 바랄 수 업는 逸品입니다. 『巡禮者』의 淸淨한 마음 그 神秘로운 周圍 哀想의 追憶을 고대로 그려낸 曲을 金樂天 씨가 홀융히 表現했습니다."(㈜-·제-·핸드포-드 發行, 《콜럼비아 레코-드 昭和8年 三月新譜》, 日本蓄音器商會朝鮮支社文藝部, 1933. 3. 9쪽)

84) 社告, "新春懸賞募集 明日限", 《東亞日報》, 東亞日報社, 1930. 12. 25. 4면; "當選唱歌 朝鮮의 놀애", 《東亞日報》, 東亞日報社, 1931. 1. 13. 4면. 기사, "本社懸賞當選 朝鮮의 노래 레코드에 吹込", 《東亞日報》, 東亞日報社, 1933. 8. 22. 3면. 이 기사에서 소개한 음반은 바로 〈朝鮮의 노래〉(Co.40450A, 1933. 9)였으며, 이로써 이은상은 1931년 신춘문예현상모집에 응모했다는 것을 추정할 수 있다.

85) 座談, 「朝鮮文化의 再建을 爲하야」, 위의 책.

86) "詩가 아니요. 가사로 지었든 것을 李冕相씨가 와서 보고 자미있다면서 가저갔습니다. 가저다가 작곡하야 된 것이 지금 말하는 「꽃을 잡고」외다. 꽃을 잡고의 노래를 누구에게 작곡시키고 누구에게 불리우려고 쓴 것이 아니외다. 그러나 우연히 그렇게 되어서 세상에 알게된 것이외다."(金岸曙, 「「거리의 꾀꼬리」인 十大歌手를 내보낸 作曲·作詞者의 苦心記―鮮于一扇의 「꽃을 잡고」를 作詞하고서」, 위의 책, 154쪽)

87) 王平, 「名歌手를 엇더케 發見하얏든나―妓席一曲으로 鮮于一扇을 發見」, 《三千里》第8卷 第11號, 三千里社, 1936. 11. 187쪽.

88) 異河潤, 「「거리의 꾀꼬리」인 十大歌手를 내보낸 作曲·作詞者의 苦心記―金福姬 氏 부른 「哀傷曲」을 지을 때」, 위의 책, 154쪽.

89) 기사, "半島의 봄을 裝飾할 崔承喜 舞踊公演 四月 三·四日 府民館에서", "半島의 舞姬 四月 八日부터 上映", 《朝鮮中央日報》, 朝鮮中央日報社, 1936. 3. 31. 2면.

90) 金岸曙, "流行歌詞管見(1)·(2)", 《每日申報》, 每日申報社, 1933. 10. 15~17. 각

3면. 異河潤, "流行歌謠曲의 製作問題(上·下)", 위의 책.

91) 座談, 「레코-드의 內幕을 듣는 座談會」, 《朝光》第5卷 第3號, 朝鮮日報社出版部, 1939. 3.

92) 朴響林 외, 「流行歌手와 映畵女優座談會」, 《朝光》第4卷 第9號, 朝鮮日報社出版部, 1938. 9. 250면.

93) 金東煥 외, 「人氣歌手座談會」, 《三千里》第8卷 第1號, 三千里社, 1936. 1. 132쪽.

94) 미스 시에론(Chieron)이라는 예명으로도 활동했던 나선교(羅仙嬌)는 영화 〈아름다운 희생(犧牲)〉의 주제가 〈웃는 영혼〉(원제 〈아름다운 犧牲 웃는 靈魂〉[Chieron100-B, 영화주제가, 작시 李孤帆, 작곡 白七鉉, 연주 미스·시에론, 1933. 6)) 취입 당시 작사자 이서구에게 "피도 못할 사랑의 하소연보다"라는 구절 가운데 '사랑의 하소연'이라는 표현은 입에 담기 싫다는 이유로 개사를 요구했다고 한다. 그리하여 이서구는 결국 "피도 못할 꽃닙의 넉두리보다"로 수정했다고 한다. 참고로 이 작품의 원래 가사는 다음과 같다. "피도 못할 사랑의 하소연보다 / 얼크러진 마음에 비옵는 바는 / 해 저므는 거리에 등불과 같이 / 복되소서 이 강산 절문 일군아"(C記者, 「藝苑에 피는 꽃들(其三)-羅仙嬌 篇」, 《中央》第2卷 第4號, 朝鮮中央日報社, 1934. 4.)

95) 김억·박경수 편, 「육필유고시편」, 『안서김억전집(1) ─ 창작시집』, 한국문화사, 1987.

96) 군이 유행가요 가운데에서 유례를 찾자면 비록 본래 예술가곡으로 창작되었으나, 유행가요로도 취입된 바 있는 김형원의 〈그리운 강남〉이 가장 주목할 만한 사례일 것이다. 이 작품은 《안기영작곡집 제일집》(1929) 소재 악보에 따르면 전 9연 모두 연주하도록 되어 있다. 그런데 《정선조선가요집》(1931)에 수록된 악보로 보건대, 안기영이 예술가곡으로 취입한 음반(Co.40177A, 1931. 5)의 경우에도 원작 가운데 제1·6·9연만 취입되었던 것으로 보이고, 또한 김천애가 예술가곡으로 연주한 음반(Vi.49512B, 1943. 2)의 경우에도 제1·2·6·7연만 취입되었다. 그러한 사정은 유행가요로 연주한 경우에도 다르지 않은데, 김용환 등이 연주한 음반(Po19133B, 1934.

5)의 경우에도 제1·6·7·9연만 취입했던 것이다.

97) 예컨대 일본콜럼비아사 전속작사자였던 김억, 유도순, 이하윤의 작품을 가장 많이 작곡한 이들을 살펴보면 다음과 같다("부록1: 시인별 발매 음반 목록" 참조). 김억: ① 김교성(金敎聲) 〈水夫의 노래〉(Vi.49228B, 1933. ?) 등 총 9편, ② 전기현(全基玹) 〈思鄕〉(Co.40566B, 1934. 12) 등 총 6편, ③ 이면상 〈꽃을 잡고〉(Po.19137A, 1934. 6) 등 총 6편, ④ 홍수일(洪秀一) 〈술노래〉(Co.40480B, 1934. 2) 등 총 6편, ⑤ 김준영(金駿泳) 〈離別 설어〉(Co.40507B, 1934. 5) 등 총 5편, ⑥ 레이몬드 핫토리(レイモンド·服部) 〈지는 해에〉(Co.40618A, 1935. 7) 총 5편. 유도순: ① 전기현 〈가시옵소서〉(Co.40558A, 1934. 11) 등 총 24편, ② 김준영 〈사라지는 그림자〉(Co.40494B, 1934. 3) 등 총 21편, ③ 에구치 요시(江口夜詩) 〈못 부치는 편지〉(Co.40612B, 1935. 6〔?〕) 등 총 10편. 이하윤: ① 전기현 〈울음의 벗〉(Co.40528A, 1934. 8) 등 총 19편, ② 에구치 요시 〈追憶의 幻影〉(Co.40661A, 1936. 3) 등 총 16편, ③ 김준영 〈섬색시〉(Co.40506B, 1934. 5) 등 총 15편. 이 가운데 전기현이 총 49편으로 가장 많은 작품을 작곡했고, 총 41편을 작곡한 김준영, 총 26편을 작곡한 에구치 요시가 그에 버금갈 만큼의 작품을 작곡했다. 특히 전기현과 김준영은 일본콜럼비아사를 대표하는 전속작곡가이기도 했다.

98) 김억, 유도순, 이하윤의 경우만 살펴보더라도 다음과 같다("부록1: 시인별 발매 음반 목록" 참조). 김억: ① 작곡자-레이몬드 핫토리(レイモンド·服部, 총 5편) 등 총 4명 총 9편. ② 편곡자-레이몬드 핫토리(レイモンド·服部, 총 8편) 등 총 8명 총 30편. 유도순: ① 작곡자-에구치 요시(江口夜詩, 총 10편) 등 총 5명 총 17편. ② 편곡자-오쿠야마 데이키치(奧山貞吉, 총 19편) 등 총 12명 총 60편. 이하윤: ① 작곡자-에구치 요시(江口夜詩, 총 16편) 등 총 9명 총 36편. ② 편곡자-니키 타키오(仁木他喜雄, 총 22편), 오쿠야마 데이키치(奧山貞吉, 총 22편) 등 총 9명 총 92편. 특히 조선의 유행가요 제작 과정에 참여한 일본인 작곡자 및 편곡자에 관해서는 다음의 서지를 참조할

것. 야마우치 후미다카(山內文登), 「일제시대 음반제작에 참여한 일본인에
관한 시론」, 《한국음악사학보》 제30집, 한국음악사학회, 2003. 6.

99) 李基世, 「名歌手를 엇더케 發見하엿든나―結婚式날 밤 李愛利秀의 獨唱」, 위
의 책, 184쪽.

100) 외에도 유도순의 작품들 중 특별 광고로 게재되었던 사례는 다음과 같다.
① 〈가시옵소서〉(Co.40558A, 1934. 11): "새로운 모―드로 불은…… (四○
五五八) 가시옵소서 姜弘植"(《每日申報》, 每日申報社, 1934. 10. 25. 7면) 등
25회. ② 〈朝鮮打令〉: "最初의大衆舞踊레코―드 朝鮮타령 姜弘植 즐거운 노
래!! 興에 넘치는 춤!!"(《東亞日報》, 東亞日報社, 1934. 11. 25. 2면) 등 17회.
③ 〈靑春打令〉: "一枚로 二大傑作 꽁꽁打鈴 高一心 靑春打鈴 姜弘植 人氣白熱
化!!"(《東亞日報》, 東亞日報社, 1935. 4. 18. 4면) 등 47회. ④ 〈녹쓰른 비녀〉
(Co.40624A, 1935. 8[?]): "劉道順 作詩 江口夜詩 作曲 流行歌 녹쓰른 비녀 蔡
奎燁"(《東亞日報》, 東亞日報社, 1935. 7. 26. 5면) 등 33회. ⑤ 〈希望의 鍾이 운
다〉: "新春三大傑作盤 流行歌 希望의 鍾이 운다 蔡奎燁"(《東亞日報》, 東亞日報
社, 1936. 1. 1. 2면) 등 53회.

101) 설문, 「文壇沈滯의 原因과 그 對策」, 《朝鮮文壇》 第4卷 第1號, 朝鮮文壇社,
1927. 1; "文壇諸家의 見解", 《中外日報》, 中外日報社, 1928. 7. 2. 3면.

102) 金岸曙, "格調詩形論小考", 《東亞日報》, 東亞日報社, 1930. 1. 16~26, 28~30;
「詩論」(2), 《大潮》 第4號, 大潮社, 1930. 7.

103) 具沅會, 「後繼者에게 告함: 流行歌手 志望者에게 보내는 글」, 《朝光》 第5卷 第
5號, 朝鮮日報社出版部, 1939. 5.

104) 朱耀翰 외, 「「最近의 外國文壇」 座談會」, 《三千里》 第6卷 第9號, 三千里社,
1934. 9. 219~220쪽.

105) 알파, "流行歌와 詩人", 《東亞日報》, 東亞日報社, 1935. 7. 4. 3면.

106) 金基鎭, 「現詩壇의 詩人」, 《開闢》 第57·58號, 開闢社, 1925. 3·4.

107) 金基鎭, 「文壇最近의 一傾向―六月의 創作을 보고서」, 《開闢》 第61號, 開闢社,
1925. 7. 128쪽.

108) 朴月灘,「文人印象互記」,《開闢》第44號, 開闢社, 1924. 2. 100~101쪽; 李殷相, "十年間의 朝鮮詩壇總觀(四)",《東亞日報》, 東亞日報社, 1929. 1. 16. 3면; 泊太苑, "初夏創作評(五)",《東亞日報》, 東亞日報社, 1929. 6. 16. 4면.

109) 啞然子,「文士記者側面觀」,《東光》第26號, 東光社, 1931. 10. 69쪽.

110) 金岸曙,「作詩法(1)」,《朝鮮文壇》第7號, 朝鮮文壇社, 1925. 4. 23쪽.

111) 劉道順, "新舊藝術의 交涉",《朝鮮日報》, 朝鮮日報社, 1927. 4. 13~5. 5; "金東煥君의「藥山東臺歌」를 읽고",《東亞日報》, 東亞日報社, 1927. 11. 13~16.

112) 특히 한 시대의 문화를 감정의 구조의 차원에서 바라보는 관점과 관련해서는 다음의 서지를 참조할 것. 레이먼드 윌리엄스(Raymond Williams), 성은애 옮김,「제1부 2. 문화의 분석」,『기나긴 혁명』, 문학동네, 2007.

113) 異河潤,「「거리의 꾀꼬리」인 十大歌手를 내보낸 作曲·作詞者의 苦心記—金福姬 氏 부른「哀傷曲」을 지을 때」, 위의 책, 154쪽.

114) 기사,「流行小曲 第二回 當選發表」,《別乾坤》第72號, 開闢社, 1934. 4.

115) 異河潤,「朝鮮流行歌의 變遷—大衆歌謠小考」,《四海公論》第4卷 第9號, 四海公論社, 1938. 9.

제6장 유행시인의 이상과 근대기 '대중'의 실상

1) 金岸曙,「詩人으로서의 關心—流行歌와 各界關心」,《新家庭》第1卷 第2號, 東亞日報社, 1933. 2.

2) 朱耀翰 외,「「最近의 外國文壇」座談會」,《三千里》第6卷 第9號, 三千里社, 1934. 9.

3) 레이먼드 윌리엄스(Raymond williams), 나영균 옮김,「결론」,『문화와 사회: 1780-1950』, 이화여자대학교 출판부, 1988; 椎名美智 외 譯,「the masses 大衆」,『完譯 キーワード(Keyword)辭典』, 東京: 平凡社, 2002, 190~196쪽.

4) 異河潤 외, 「新春에는 엇든 노래 流行할가―조선사람 心琴을 울니는 노래」, 《三千里》第8卷 第2號, 三千里社, 1936. 2. 124, 128면.

5) 본문에서 언급한 문예물과 그 종수는 다음과 같다. '구소설'(총 65종), '신소설'(총 123종), '시가'(총 8종), '문예'(총 62종), '동화'(총 6종), '동요'(총 4종), '음악'(총 27종), '연극'(총 2종). 「第二章 朝鮮內に於ける新聞紙・雜誌並其の他の出版物の発行状況」, 『朝鮮に於ける出版物の概要』, 朝鮮総督府警務局, 1934.

6) 기사, "『레코-드』販賣 年二百萬枚 風俗壞亂과 治安妨害 等 取締規則制定中", 《朝鮮中央日報》, 朝鮮中央日報社, 1933. 5. 10. 2면; "『레코-드』輸入 百五十萬枚 一年間의 全朝鮮統計", 《朝鮮中央日報》, 朝鮮中央日報社, 1935. 7. 19. 2면.

7) 金岸曙, 「詩人으로서의 關心―流行歌와 各界關心」, 《新家庭》第1卷 第2號, 東亞日報社, 1933. 2; 乙巴素, "新民謠의 精神과 形態(1)～(3)", 《朝鮮日報》, 朝鮮日報社, 1937. 2. 6～13. 5면.

8) Friedrich Kitter, 石光泰夫・石光輝子 譯, 「導入」, 『グラモフォン・フィルム・タイプライター(Grammophon・Film・Typewriter)』(上), 東京: ちくま書房, 2006.

9) "西洋格致家에서 發明한 留聲機를 買來하야 西署奉常司前一百十三統九戶에 置하얏는디 其中으로 歌笛笙瑟聲이 運機하는디로 出하야 完然히 演劇場과 如하니 僉君子는 該處로 來臨玩賞하시오"("廣告", 《皇城新聞》第51號, 1899. 3. 10. 4면)

10) 기사, "만고절창", 《독립신문》제4권 제86호, 1899. 4. 20. 3면.

11) 19세기 말 유성기가 발명된 이래 미국을 비롯한 유럽의 사정에 대해서는 다음의 서지를 참조할 것. Curt Ries, 佐藤牧夫 譯, 「第1部 奇蹟」, 『レコードの文化史(Knaurs weltgeschichte der schallplatte)』, 東京: 音樂之友社, 1969.

12) 광고, 《皇城新聞》第91號 1899. 4. 26. 4면.

13) 광고, 《皇城新聞》第92號 1899. 4. 27. 4면.

14) 광고, 《獨立新聞》, 獨立新聞社, 1899. 4. 28. 4면.

15) "大抵 蓄音機(留聲器)는 家庭娛樂하는디 用하고 쏘 一家團欒하는 樂에도 仲媒가 되미 第一必要한 거슨 임의 大韓國 上下의 一般認許하신 빅오며…(이하 생

략)."("謹告",《萬歲報》第210號, 1907. 11. 4면)

16) "校洞官立普通學校에셔 今番 開國紀元節休暇中에 慶祝式을 行흔 後 白晝幻燈
    會를 設行ᄒ랴다가 雨天을 因ᄒ야 太陽의 光線을 得치 못홈으로 使用치 못
    ᄒ고 留聲器로 講話會를 設行ᄒ얏다더라"("雜報: 留聲講話",《皇城新聞》第
    3152號, 1909. 8. 17. 2면)

17) "平南觀察使ᄂ 管下官公立各學校에 入學者 零星홈을 憂嘆하야 焦心研究흔 結
    果로 地方費로 留聲機와 幻燈器具等을 購入하야 平壤公立普通學校에 幻燈會
    를 開하고 日夜로 多數人士를 會同演說 하더니 今番에 該普通學校에 男生徒
    百四十名女生徒五十三名이 增加하얏다더라"("雜報: 幻燈留聲機의 効力",《皇城
    新聞》第3419號, 1910. 7. 12. 2면)

18) 기사, "宣諭委員派送",《大韓每日申報》, 1909. 7. 29. 2면; "遊說가 留聲인가 留
    聲이 遊說인가 聽者ᄂ 何故掩鼻而退오"(《大韓民報》第68號, 1909. 9. 1. 1면);
    통감부문서,「國是遊說團卜大韓民報卜ノ小爭」(문서번호 憲機第一七一○號),
    1909. 9. 3.

19) "一動一靜이 觀覽者의 喝采를 供ᄒ며 傀儡가 換出홀 時間에ᄂ 留聲器로 歌曲
    을 迭奏ᄒ니"("演劇奇觀",《萬歲報》第269號, 1907. 5. 30. 4면)

20) 기사, "레코-드와 肉聲比較 朝鮮樂大家의 實演大會 今日",《每日申報》, 每日申
    報社, 1925. 9. 13. 2면.

21) 기사, "朝鮮歌曲의 蓄音器大會開催 明夜本社樓上에셔",《每日申報》, 每日申報
    社, 1925. 9. 11. 2면.

22) 배연형,「日蓄朝鮮소리반(NIPPONOPHONE) 硏究(1)」,《한국음반학》 창간
    호, 한국고음반연구회, 1991. 11;「제비標 朝鮮레코드(NITTO RECROD)
    연구」,《한국음반학》 제3호, 한국고음반연구회, 1993. 10.

23) 渡辺裕,「II. 近代的聽衆の動揺」,『聽衆の誕生——のポストモダンの音楽』, 東京:
    春秋社, 2004, 70-73쪽.

24) 1920, 30년대 유성기 음반 감상 행사 개최와 관련된 기사는 다음과 같다.
    《동아일보》의 경우 "納凉蓄音器會, 今日밤 재동공보에서, 조선녀자 청년회주

최"(1924. 8. 18. 2면) 외 7건, 《시대일보》의 경우 "신여성사 주최, 「레코드」

음악회, 금일하오 7시반에"(1924. 9. 14. 1면) 외 1건, 《조선중앙일보》의 경

우 "청년회 소년부 레코드 음악회, 25일 밤에"(1933. 3. 26. 2면) 외 4건, 《조

선일보》의 경우 "留聲器大會 京城三友俱樂部主催 釘本악기점 後援으로 今日

宗橋禮拜堂에서"(1924. 6. 28. 3면) 외 13건, 《중외일보》의 경우 "독자 위안

레코드 대회"(1929. 6. 9. 3면) 외 1건, 이상 모두 31건이다.

25) 〈父母恩德〉(NIPPONOPHONE6216, 연주 基督敎靑年會員, 발매일자 미상)
〈學徒歌及勸學歌〉(NIPPONOPHONE6217, 연주 基督敎靑年會員, 발매일자
미상)

26) 〈순산을 향해 갑시다〉(일축죠선소리반K579-A, 연주 崔東俊·金仁湜·安基永·
鄭聖采, 반주 피아노 미라아, 1926?)

27) 京西學人, 「藝術과 人生─新世界와 朝鮮民族의 使命」, 《開闢》第19號, 開闢社,
1922. 1.

28) "'가레스스끼'와 '가고노도리'라는 일본 노래도 상당히 류행하얏거니와 최
근에는 '야스끼부시' '나니와부시'가 전성이다. 그중에도 '압록강절(鴨綠江
節)'이라는 노래가 대전성이다 …(중략)… 이 노래를 조선 기생이 부른다. 그
리고 조선 손님들이 듯는다."(忙中閑人, 「보는대로 듯는대로 생각나는대로」,
《東亞日報》, 東亞日報社, 1926. 8. 8. 5면)

29) 기사, 「귀 아푼 아리랑 타령─新流行! 怪流行!」, 《別乾坤》第16·17號, 開闢
社, 1928. 12. 151쪽.

30) 蔡奎燁, 「人氣音樂家언파레-트」, 《三千里》第4卷 第7號, 三千里社, 1932. 5.
36쪽; 李瑞求, 「朝鮮의 流行歌」, 《三千里》第4卷 第10號, 三千里社, 1932. 10.
86쪽.

31) 〈아리랑〉(Columbia40002·40003-A/B, 映畵說明, 연주 劉慶伊, 설명 成東鎬·,
반주 朝鮮劇場管絃樂團·光月團朝鮮樂部, 1929. 2) 이러한 사정에 대해서는 다
음의 서지를 참조할 것. 기사, "日本蓄音器會社 「코럼비아」와 提携, 「레코드」
갑도 헐해지고 청취긔도 새로히 발명", 《東亞日報》, 東亞日報社, 1927. 7. 20.

2면. 빅타-文藝部長 李基世, 「結婚式날 밤 李愛利秀의 獨唱—名歌手를 엇더케 發見하엿든냐」, 《三千里》第8卷 第11號, 三千里社, 1936. 11. 권도희, 「제2부 음악계의 팽창과 음악가의 생존—제3장 조선 대중음악의 형성과 그 특징」, 『한국근대음악사회사』, 민속원, 2004, 281~282쪽.

32) 기사, "발명 五十五주년을 마지하는 축음긔의 원리와 변천", 《東亞日報》, 東亞日報社, 1932. 7. 2. 5면; "축음기에 대한 지식, 나팔식과 전기식 취입법과의 차이", 《東亞日報》, 東亞日報社, 1933. 10 11·13. 각6면.

33) 기사, "가정과학, 축음기 사는 법, 회사마다 다른 특색, 소리판은 싸서 둘 것", 《中外日報》, 中外日報社, 1930. 5. 1. 3면; "축음기 살 때는 이런 점을 살핍시오", 《朝鮮日報》, 朝鮮日報社, 1937. 12. 21. 2면.

34) 《東亞日報》: 기사, "축음긔와 「레코드」의 보존하는 법, 태엽 풀어두고 기름을 너흐라", 《1928. 9. 9. 3면); "축음긔간직"(1932. 3. 29. 4면); "음력설에 만히 쓰일 축음기의 손질, 일년에 한번은 소제를"(1935. 2. 1. 4면); "축음기 바늘 이용법"(1935. 4. 3. 6면); "겨울에 고장 나기 쉬운 축음기 보존법"(1935. 12. 11. 4면); "여름 더위를 몹시 타는 「레코드」손질법"(1937. 7. 31. 3면); "못 쓰는 축음기 바늘—主婦常識"(1938. 11. 21. 3면). 《朝鮮日報》: "축음기와 레코드의 보존. 장마철에 곰팡이을 막는법 흰것을 간단히 펴는 법"(1931. 2. 10·12. 25면); "습기와 일광에 탈이 잘 납니다. 레코드와 축음기 간수"(1938. 6. 24. 2면). 《朝鮮中央日報》: "레코드 보존법"(1933. 4. 30. 3면); "삼복 지경의 레코드 취급은 이렇게 합시다"(1934. 7. 22. 4면); "주부노트, 레코드 보관법"(1934. 11. 21. 4면; 1935. 2. 23. 4면)

35) 기사, "本町通街路에 蓄音機織口令", 《東亞日報》, 東亞日報社, 1933. 9. 26. 2면; "擴聲蓄音器 오후 十時以後 禁止", 《東亞日報》, 東亞日報社, 1934. 7. 1. 3면; 任貞爀, 「이웃집 이야기: 流行歌 레코-드」, 《朝光》第2卷 第1號, 朝鮮日報社出版部, 1936. 1.

36) 기사, "귀금속, 사진기는 일제히 2할 인상", 《朝鮮日報》, 朝鮮日報社, 1937. 8. 13. 2면; "물가 혼란시대. 축음기와 사진기", 《朝鮮日報》, 朝鮮日報社, 1937. 9.

8. 2면.

37) 기사, "人氣歌手의 生活과 藝術·戀愛", 《三千里》第7卷 第6~9號, 三千里社, 1935. 7~10; 「레코-드 歌手 人氣投票", 《三千里》第7卷 第9號, 三千里社, 1935. 10; 七方人生, 「朝鮮레코-드 製作內面」, 《朝光》第1卷 第1號, 朝鮮日報 社出版部, 1936. 1; 「名歌手를 엇더케 發見하엿든나", 《三千里》第8卷 第11號, 三千里社, 1936. 11; 具沇會 외, 「레코-드界의 內幕을 듣는 座談會」, 《朝光》 第5卷 第3號, 朝鮮日報社出版部, 1939. 3.

38) 金東煥 외, 「人氣歌手座談會」, 《三千里》第8卷 第1號, 三千里社, 1936. 8. 130쪽; 기사, "『레코-드』販賣 年二百萬枚 風俗壞亂과 治安妨害 等 取締規則 制定中", 《朝鮮中央日報》, 朝鮮中央日報社, 1933. 5. 10. 2면; "『레코-드』輸入 百五十萬枚 一年間의 全朝鮮統計", 《朝鮮中央日報》, 朝鮮中央日報社, 1935. 7. 19. 2면; 全基玹 외, 「「거리의 꾀꼬리」인 十大歌手를 내보낸 作曲·作詞者의 苦 心記」, 《三千里》第7卷 第10號, 三千里社, 1935. 11; 金東煥 외, 앞의 글, 앞의 책, 같은 쪽; 京城地法檢事局 編, 「附表－蓄音機レコード移入狀況表」, 『治安情 況: 昭和十三年九月 京畿道』, 京城地法檢事局, 1938. 9.

39) "여섯 회사에서 한 달에 600種의 신보가 나오는데 1種 5,000매 1개월 300만매 1년 3,600만매에 달하는데 한 장에 1원씩이라 하여도 3,600만원 의 큰 市場占奪戰이다. 경쟁이 白熱化하지 안을 수 업겟다."(草兵丁, 「六大會社 레코-드戰」, 《三千里》第5卷 第10號, 三千里社, 1933. 10. 36쪽); 기사, 「三千里 機密室(The Korean Black chamber)」, 《三千里》第7卷 第10號, 三千里社, 1934. 8.

40) 京城日報社·每日申報社 編, 「土地·氣象·人口」, 『朝鮮年鑑』第3卷, 京城日報社, 1935, 80~81쪽. 이러한 수치는 그 전년도와 후년도를 비교해 보더라도 큰 차이는 없다. 李如星·金世鎔 共著, 「第1章 朝鮮人의 人口問題及人口現象」, 『數 字朝鮮研究』第4輯, 世光社, 1933, 8~12쪽. 朝鮮總督府, 「3. 戶口－24. 現住 戶口」, 『朝鮮總督府統計年報(1936年)』, 朝鮮總督府, 1938. 1, 24~25쪽.

41) 이상만, 「現代音樂－大衆音樂」, 고려대학교 민족문화연구소 편, 『한국현대

문화사대계』 제1권, 고려대학교 민족문화연구소 출판부, 1975.

42) 기사, "寒燈夜話─노래뒤에 숨은 설음",《每日申報》, 每日申報社, 1930. 11. 28. 2면.

43) 장유정, 「일제시대 유성기 음반 곡종의 실제와 분류」,《한국민요학》 제 21집, 한국민요학회, 2007.

44) 참고로 1935년 경성부(京城府) 인구는 총 279,003명, 평양부(平壤府) 인구 는 총 136,715명, 부산부(釜山府) 인구는 총 110,275명이었다. 京城日報社 · 每日申報社 編, 위의 글, 위의 책, 84~86쪽.

45) 기사, "過渡期 放送의 交響樂─新舊 사상이 『안테나』에서 충돌",《朝鮮日報》, 朝鮮日報社, 1933. 12. 17. 2면.

46) 草兵丁, 앞의 글, 앞의 책, 35쪽; 異河潤 외, 「新春에는 엇든 노래 流行할가」, 《三千里》第8卷 第2號, 三千里社, 1936. 2. 127쪽.

47) 異河潤 외, 앞의 글, 앞의 책, 126~128쪽.

48) 〈처녀총각〉(Columbia40489-A 民謠, 작사 凡吾, 작곡 金駿泳, 편곡 奧山貞吉, 연주 姜弘植, 반주 日本콜럼비아管絃樂團, 1934. 2) 기사, 「半島의 꾀꼴새 ─流行歌手座談會」,《新人文學》第3號, 靑鳥社, 1934. 12, 93쪽. 金東煥 외, 앞의 글, 앞의 책, 135~136쪽; 草兵丁, 앞의 글, 앞의 책, 36쪽; 기사, 「鮮于一扇과 崔南鏞-流行歌에 對한 一問一答」,《三千里》第10卷 第8號, 三千里社, 1938. 8; 具浣會 외, 「레코-드界의 內幕을 듣는 座談會」,《朝光》第5卷 第3號, 朝鮮日報出版部, 1939. 3. 318쪽.

49) 草兵丁, 앞의 글, 앞의 책, 35쪽; 異河潤 외, 앞의 글, 앞의 책, 127쪽; 朴響林 외, 「流行歌手 · 映畵女優座談會」,《朝光》第4卷 第9號, 朝鮮日報社出版部, 1938. 9. 250쪽.

50) 기사, "蓄音機와 레코드의 保存하는 法",《東亞日報》, 東亞日報社, 1928. 3.

51) 洪蘭波, 「家庭音樂에 對하야」, 『新家庭』, 東亞日報社, 1934. 12.

52) 광고, "株式會社 日本蓄音機商會 電話一二八三番 ⊙器械 金二五圓 音譜 金一圓五十錢",《每日申報》, 每日申報社, 1911. 9. 14. 2면. 기사 "蓄音機와 레코드

의 保存하는 法",《東亞日報》, 東亞日報社, 1928. 3.

53) 기사, 「三千里機密室(The Korean Black chamber): 레코-드 販賣店과 六百
萬圓」, 위의 책, 14쪽.

54) 방효순, 「일제시대 민간 서적발행활동의 구조적 특성에 관한 연구」, 이화여
자대학교 박사학위논문, 2000, 191~196; 197.

55) 길인성, 「일제하 계층구성과 소득 분배에 관한 소고」,《서강경제학논집》제
29집 제2호, 서강대학교 경제연구소, 2000.

56) 기사, 「都市의 生活戰線」,《第一線》第2年 第6號, 開闢社, 1932. 7; 宋玉璇,
「理想的 家計簿」,《新家庭》, 東亞日報社, 1934. 9; 李達男, 「非常時模範的 家
庭經濟―月收七十圓의 家計表」,《女性》第2卷 第12號, 朝鮮日報社, 1937. 12.
559쪽; 설문, 「우리 家庭의 戰時 生活家計簿 公開」,《三千里》第14卷 第1號,
三千里社, 1942. 1.

57) 기사, "貧民村探訪記(1)―五錢으로 一日生活" "貧民村探訪記(2)―죽지 못해
살아",《東亞日報》, 東亞日報社, 1924. 11. 7·8. 각2면.

58) 崔永秀, 「유-모어 小說 電氣蓄音機」,《朝光》第5卷 第1號, 朝鮮日報社出版部,
1939. 10.

59) 기사, "朝鮮名唱大會, 명 십이일 밤부터 京城公會堂에서",《東亞日報》, 東亞日
報社, 1927. 6. 11. 3면 외.《동아일보》만 두고 보면, 1927년 6월 12일 경성
의 명창대회이래 1940년 7월 15일 광천의 명창대회까지(기사, "廣川名唱大
會開催",《東亞日報》1940. 7. 11. 4면) 모두 86회의 명창대회가 열렸다.

60) 권도희, 「제1부 근대적 음악사회의 성립과 분화―제2장 근대적 음악사회
의 형성」, 위의 책, 105~126쪽. 유선영, 「근대적 대중의 형성과 문화의 전
환」,《언론과 사회》제17권 제1호, 성곡언론문화재단, 2009, 56~58쪽.

61) "心靈에 慰勞를 드리려 이바지하는 하로밤 코럼비아 一流歌手를 招聘 流行歌
의 밤 開催"(1933. 10. 14. 2면) "流行歌의 밤 前記(一): 오늘의 地盤은 刻苦勤
勞의 成果 本社主催 流行歌의 밤에 出演歌手 林憲翼 君" "流行歌의 밤 푸로그
람에 置重 出演 歌手 選定 當日 立場者에 抽籤券 진정 蓄音器懸賞抽籤"(1933.

10. 15. 2면), "流行歌의 밤 前記(二): 杏林界를 써나 音樂界에 轉身 성대의 악단을 四년간 지휘 出演歌手 安一波 君"(1934. 10. 16. 2면) "流行歌의 밤 前記(三): 花形女優이며 歌謠界의 至寶 만난과 싸워 오날을 마지한 出演歌手 金仙草 孃"(1934. 10. 16. 2면) "流行歌의 밤 前記(四): 天眞한 姿態와 明朗한 그 노래 금춘녀자상업학교를 나온 出演歌手 金福順孃"(1933. 10. 18. 2면), "流行歌의 밤 前記(五): 東洋的歌手로 斯界에 一人者 내지인측에서도 굴지하는 出演歌手 蔡奎燁 君"(1933. 10. 19. 2면), "流行歌의 밤 迫到 人氣全市에 漲溢 남녀가수는 매일 연습에 열중 充實한 當夜 푸로" "蓄音器懸賞 抽籤으로 贈呈"(1933. 10. 20. 2면) "今夜 待望턴 流行歌의밤 午後 七時半 於公會堂"(1933. 10. 21. 2면) "聽衆滿堂『流行歌의 밤』盛況"·「心琴 울니는『멜로듸』에 滿堂聽衆은 陶醉"(1934. 10. 22. 2면).

62) 이 연주회 레퍼토리와 관련한 음반서지사항은 다음과 같다. ① 〈님 실은 물결〉(Columbia40439-B, 歌謠曲, 작사·작곡·편곡 미상, 연주 金仙草, 반주 日本콜럼비아管絃樂團, 1933. 8) ② 〈悲戀의 夜曲〉(Columbia40527-B, 流行歌, 작사 李一海, 작곡 古賀政男, 연주 金仙草, 반주 日本콜럼비아管絃樂團, 1934. 8) ③ 〈나루의 어둠을 째〉(Columbia40440-A, 新民謠, 작곡 全基玹, 연주 金鮮英, 반주 日本콜롬비아管絃樂團, 1933. 8) ④ 〈夜江哀曲〉(Columbia40475-B, 流行歌 작사 劉道順, 작곡 近藤政二郎, 연주 安一波, 반주 日本콜럼비아管絃樂團, 1933. 12) ⑤ 〈흘너가는 물〉(Columbia40439-A, 歌謠曲, 작사·작곡·편곡 미상, 연주 林憲翼, 반주 日本콜럼비아管絃樂團, 1933. 8) ⑥ 〈黃昏 맛는 農村〉(Columbia40452-A, 新民謠, 작곡 林一春, 연주 林憲翼, 1933. 10), ⑦ 〈짜스·맥이〉(Columbia40460-A, 流行歌, 편곡 中野定吉, 연주 林憲翼 반주 日本콜럼비아管絃樂團, 1933. 11) ⑧ 〈봄노래 부르자〉(Columbia40087-B, 流行歌, 작사 徐秀美禮, 작곡 金曙汀, 연주 蔡奎燁, 1930. 4) ⑨ 〈술은 눈물일가 한숨이랄가〉(Columbia40300-A, 流行小曲, 작곡 古賀政男, 연주 蔡奎燁, 반주 바이올린·첼로-·끼타-·우구레레, 1932. 3) ⑩ 〈님 자최 차자서〉(Columbia40332-A, 獨唱 작곡 古賀政男, 연주 蔡奎燁, 반주 끼타-古賀政男, 1932. 9) ⑪ 〈비오

는 浦口〉(Columbia40434-A, 流行歌, 작곡 江口夜詩, 연주 蔡奎燁, 반주 콜럼
비아管絃樂團, 1933. 5) ⑫〈처량한 밤〉(Columbia40434-B, 流行歌, 작곡 江
口夜詩, 연주 蔡奎燁, 반주 콜럼비아管絃樂團, 1933. 5) ⑬〈希望의 북소래〉
(Columbia40445-A, 流行歌, 작사 劉道順, 작곡 江口夜詩, 연주 蔡奎燁, 지휘
安益祚, 반주 慶應大學맨도린團·日本콜럼비아管絃樂團, 1933. 9) ⑭〈紅燈夜
曲〉(Columbia40445-B, 流行歌, 작사 劉道順, 작곡 江口夜詩, 연주 蔡奎燁, 반
주 日本콜럼비아管絃樂團, 1933. 9)

63) 기사, "心琴을 울니는 『멜로듸』에 滿堂聽衆은 陶醉", 《每日申報》, 1934. 10.
22. 2면.

64) 오케사의 연주회 관련 기사는 1930년대 《동아일보》만 한정해 보더라도 "歲
暮慈善演藝 — 오케蓄音器商會 專屬 藝術家 總動員"(《東亞日報》, 東亞日報社,
1933. 12. 23. 2면) 외 48건이 게재되었다.

65) 동국대학교 한국음반아카이브연구단 편, 「4. 오케蓄音器商會(帝國蓄音器 株
式會社) 音盤」, 『한국유성기음반』 제3권, 한걸음더, 2011, 311쪽.

66) 門不出生, 「오-케·레코-드吹込 藝術家 實演의 밤을 求景하고」, 《四海公論》
第2號, 四海公論社, 1935. 6. 19~20쪽.

67) 기사, "「實演의 밤」 — 「오케」蓄音器商會에서", 《東亞日報》, 東亞日報社, 1935.
4. 6. 2면.

68) 특히 공연장에서의 음악 감상 체험의 양가성과 관련해서는 다음의 서지를
참조할 것. Anthony Stoor, "The Solitary Listener", *Music and Mind*(New
York: Ballantine Books, 1992), pp.108~110.

69) 金東煥 외, 앞의 글, 위의 책, 136쪽.

70) 朴響林 외, 「流行歌手와 映畵女優의 座談會」, 《朝光》 第4卷 第9號, 朝鮮日報出
版部, 1938. 9. 244~246쪽.

71) "그들은 절대적으로 음악회에 얼골을 내놋치 아니한다. 今日과 같이 실력
없는 음악회에 高價의 입장료를 지출하면서 시간을 허비하기를 싫여한다.
그들은 레코-트에 의하야 음악을 감상하고 이해하려 든다. 그들은 발서 음

악 존재의 기초관념을 음악회보담 기계에 移轉하고 있다."(具王三, 「樂壇雜觀」, 《三千里》第11卷 第7號, 三千里社, 1939. 6. 189쪽)

72) 朴慶浩, "音樂會에서 狂態를 짓는 兄弟들에게(一)·(二)", 《東亞日報》, 東亞日報社, 1928. 3. 7·8, 각3면.

73) 金星欽(오-케-레코드會社 支配人), 「巡廻演奏의 特效: 一流商家의 致富秘訣 第一次公開 宣傳과 廣告術」, 《三千里》第7卷 第11號, 三千里社, 1935. 12; 金東煥 외, 위의 글, 위의 책, 136쪽. 1942년 『조선연감』에 따르면 이러한 연주회는 '기타 흥행'의 범주에 속할 터인데, 이 '기타 흥행'의 흥행 일수는 총 4316일, 입장 인원은 총 3,461,362명, 입장 수입은 총 20,908,864원이라고 한다. 京城日報社·每日申報社, 「興行」, 『朝鮮年鑑』第7卷, 京城日報社, 1942, 579쪽.

74) 광고, "콜럼비아 專屬歌手 蔡奎燁演奏會", 《東亞日報》, 東亞日報社, 1936. 5. 13. 2면; "오케 大演奏會", 《東亞日報》, 東亞日報社, 1937. 6. 9. 1면; "빅타-大實演會", 《東亞日報》, 東亞日報社, 1938. 4. 10. 3면; "포리도-루 大實演會", 《東亞日報》, 東亞日報社, 1938. 7. 19. 2면; "革新豪華陣容 태평레코-드", 《東亞日報》, 東亞日報社, 1938. 11. 16. 7면 등.

75) "入場料 六十錢, 四十錢(但 本報 愛讀者에 限하여는 割引이 有함)" "오-케레코-드 專屬歌手 總出演의 아-벤트", 《東亞日報》, 東亞日報社, 1935. 9. 6. 3면. "會費 一般에 五十錢"("大衆演藝大會 째쓰·舞踊·劇의 밤 오케-專屬藝術家 CMC째쓰빤드 動員", 《東亞日報》, 東亞日報社, 1938. 4. 21. 2면)

76) "회비는 다음과 갓다고 上層 四十錢 下層 三十錢 小人 二十錢"("仁川 男女名唱大會", 《東亞日報》, 東亞日報社, 1928. 3. 7. 3면)

77) 박찬호, 안동림 옮김, 「제4부 가요곡의 황금시대—오케그랜드쇼와 이철」, 『한국가요사1(1894~1945년)』, 미지북스, 1992.

78) 이 현대식 스튜디오는 물론 확성기를 이용한 나팔취입법 녹음방식이 아닌 마이크를 이용한 전기녹음방식의 녹음실을 가리킨다. 오케사의 이철(李哲)은 1938년 1월 경성부 종로 6정목(町目)에 자본금 6만 원을 들여 "축음기

레코드취입 녹음 기타 그것에 관한 일체의 업무 및 부대사업"을 목적으로
하는 '朝鮮錄音株式會社'를 설립했다.(中村資良 編, 『朝鮮銀行會社組合要錄』,
東亞經濟時報社, 1939)

79) 동국대학교 한국음반아카이브연구단, 「12. 群小 會社 音盤」, 『한국유성기음
반』 제4권, 한걸음더, 2011, 1195쪽.

80) 倉田喜弘, 「V. 音の大衆化 ― 新世紀電気吹込み」, 『日本レコード文化史』, 東京:
東西選書, 1992.

81) 具浣會 외, 앞의 글, 앞의 책, 314~315쪽.

82) 매체에 대한 이러한 입장과 관련해서는 비록 중세 유럽의 사정을 중심으로
한 것이나, 다음의 서지를 참조할 것. 베르너 파울슈티히(Werner Faulstich),
황대현 역, 「서론: 시초부터 중세 말까지의 매체의 역사」, 『근대초기 매체의
역사(Die bürgerliche Mediengesellschaft 1700-1830)』, 지식의풍경, 2007.

83) 楊薰, 「人氣流行歌手群像」, 《朝光》 第9卷 第5號, 朝鮮日報社出版部, 1945. 8.
89쪽.

제7장 역사의 가파른 굴곡, 좌절된 유행시인의 이상

1) 당시 일본 정부와 조선총독부는 중일전쟁을 위한 증세 차원에서 카메라,
유성기와 유성기 음반 및 관련 부품, 보석 및 귀금속에 대해서 특별 소비
세를 신설했다. 기사, "「물품특별세」로 갑시 오른 물건", 《朝鮮日報》, 朝鮮日
報社, 1937. 8. 13. 4면. 李瑞求, 「流行歌手今昔回想」, 《三千里》 第10卷 第8號,
三千里社, 1938. 8.

2) 이 수치는 음반회사들의 발매년도별 목록을 정리한 다음의 서지에 따른 것
이다. 김점도 편, 『유성기음반총람자료집』, 신나라뮤직, 2000. 다만 근대기
유성기 음반의 경우 음반은 물론 관련 문헌만으로 발매일자를 특정할 수

없는 경우가 대부분이고, 더구나 이 서지 자체가 음반번호를 비롯하여 작품명, 인명 등 여러 면에서 오류가 적지 않으므로, 이 수치 또한 잠정적일 수밖에 없다는 것을 알려 둔다.

3) 座談, 「朝鮮文化의 再建을 爲하야」, 《四海公論》第2卷 第12號, 四海公論社, 1936. 12 ; 朴響林 외, 「流行歌手와 映畵女優座談會」, 《朝光》第4卷 第9號, 朝鮮日報社出版部, 1938. 9.

4) 具沆會 외, 「레코-드界의 內幕을 듣는 座談會」, 《朝光》第5卷 第3號, 朝鮮日報社出版部, 1939. 3. 314~315쪽.

5) 〈다이나〉(Columbia40680-A, 째즈쏭 작사 凡吾, 편곡 服部逸郎, 연주 姜弘植·安明玉, 반주 콜럼비아째즈밴드, 1936. 6) 〈相思九百里〉(Vi.ctor49475-B, 流行歌, 작사 李扶風, 작곡 全壽麟, 연주 朴丹馬, 1937. 7) 〈賞與金만 타면〉(Taihei8310-B, 流行歌, 작시 朴英鎬, 작곡 李龍俊, 연주 盧碧花·崔南鏞, 1937. 8) 〈알뜰한 당신〉(VictorKJ-1132-B, 流行歌, 작시 趙鳴岩, 작곡 全壽麟, 연주 黃琴心 반주 日本빅타-管絃樂團, 1938. 1)

6) 〈ダイナ〉(Columbia27826-A, 작시 中野忠晴, 작곡 Harry Akst, 편곡 奧山貞吉, 연주 中野忠晴·コロムビア·リズムボーイズ, 반주 コロムビア·ジャズバンド, 1934. 5) ; 〈ダイナ(Dinah)〉(Teichiku50164-A, 작사 三根德一, 작곡 Harry Akst, 편곡 미상, 연주 ディック·ミネ, 반주 キング·エンド·ヒズ·フロリダリズムエーセス, 1934. 12) 이외 일본콜럼비아사 정규반(Columbia28493-B, 작시 中野忠晴, 작곡 Harry Akst, 편곡 角田孝, 연주 リキー宮川, 반주 コロムビア·ジャズバンド, 발매년도 미상)과 리갈 보급반(Regal67555-A, 작사 柏木晴夫, 작곡 Harry Akst, 연주 テッド木村, 반주 リーガル·ジャズバンド, 발매년도 미상)으로도 발매된 바 있다.

7) 조선에서도 발매된 〈다이나〉 음반은 다음과 같다. ① 〈다이나〉(Okeh1761-A, 쌴스뮤직, 작시 李松, 연주 三又悅, 반주 오케-管絃樂團, 1935. 3) ; ② 〈다이나〉(Columbia40680-A, 째즈쏭 작사 凡吾, 편곡 服部逸郎, 연주 姜弘植·安明玉, 반주 콜럼비아째즈밴드, 1936. 6) ; ③ 〈다이나 〉

(Columbia40725-B, 기타-尺八四重奏, 콜럼비아기타-尺八四重奏團, 1936.
11). ④ 〈짜이나〉(Polydor19306-A, 쨔즈송, 연주 姜德月, 반주 裴龜子樂劇團,
1936. 6), ⑤ 〈따이나〉(Okeh12206-A, 쨰스쏭, 작사 金雲河, 편곡 徐永德, 연주
金繸子, 반주 오케-쩨스밴드, 1939. 2).

8) 〈若しも月給が上ったら〉(キング10136-A, 작사 山野三郎, 작곡 北村輝, 편곡 細川
潤一, 연주 林伊佐緒·新橋みどり, 반주 キング管絃楽団, 1937. 7)

9) 원곡의 제1절의 가사는 다음과 같다. "(여)만약에 월급이 오른다면 / 저는
양산을 사고 싶어요 / (남)나는 모자랑 양복이야 / (여)오르면 좋겠죠? (남)
오르고말고 / (여)언제 올라요? 언제요? / (남)그것만 알면 고생 안 하지//"
(もしも月給が上ったら / わたしはパラソル買いたいわ / 僕は帽子と洋服だ / 上ると
いいわね上るとも / いつ頃上るのいつ頃よ / そいつがわかれば苦労はない//") 그
런가하면 번안곡 2절은 다음과 같다. "상여금만 타량이면 영감 마누라 엇
더케 쓸기 / 맨고 모자 새 넥타이 그거 엇덧소 홍 그거 조쿤 / 그것조치 우
리들은 명랑합니다//" 이 곡을 둘러싼 당시 일본의 사징과 관련해서는 다
음의 서지를 참조할 것. 古茂田信男 外, 「I. 歷史編—昭和時代初期」, 『日本流行
歌史(戰前編)』, 東京: 社会思想社, 1994.

10) ① 〈千里遠程〉(Polydor19037-A·B, 장르 넌센스, 작사 미상, 작곡 미상, 편곡 미
상, 연주 王平·金龍煥·李景雪, 반주 포리도-루管絃樂團, 1933. 1) ② 〈春香再
逢〉(Columbia40386-B, 장르 春香傳, 연주 金素姬, 반주 鼓 韓成俊, 1933. 2)
③ 〈千里遠程〉(Victor49404-A, 流行歌, 작사 미상, 작곡 미상, 편곡 미상, 연
주 金福姬, 반주 미상, 1936. 4) ④ 〈千里遠程〉(Taihei8243-B, 流行歌, 작사 미
상, 작곡 미상, 편곡 미상, 연주 盧碧花·崔南鏞, 1936. 11) ⑤ 〈漢陽은 千里遠程〉
(VictorKJ-1132-B, 新民謠, 작시 趙鳴岩, 작곡 李冕相, 연주 黃琴心, 반주 日本
빅타-管絃樂團, 1938.1) ⑥ 〈春香傳〉(Okeh31116~31120, 장르 歌謠劇, 연주
劉桂仙·朴昌煥·姜貞愛·南仁樹·李花子, 설명 李白水, 1942. 9).

11) 金岸曙, 「「거리의 꾀꼬리」인 十大歌手를 내보낸 作曲·作詞者의 苦心記—鮮于
一扇의 「꽃을 잡고」를 作詞하고서」, 《三千里》 第7卷 第10號, 三千里社, 1935.

11. 152쪽; 王平, 「妓席一曲으로 鮮干一扇을 發見─名歌手를 엇더케 發見하엿든나」, 《三千里》第8卷 第11號, 三千里社, 1936. 11. 187쪽.

12) 물론 〈從軍看護婦의 노래〉는 이후 재발매된 바 있다.(Co.40889B, 1942. ?) 이때 B면에 수록된 작품은 역시 이하윤의 〈勝戰의 快報〉인 것으로 보건대 재취입 후 발매한 것으로는 보이지 않는다.

13) 이준희는 이러한 부류의 가요를 '군국가요'라고 명명한 바 있다. 후술하겠지만 조선문예회의 작품만 하더라도 그 갈래가 다양할 뿐만 아니라, 중일전쟁 이후 태평양전쟁시기까지 시국을 배경으로, 전쟁을 소재로 한 가요에도 다양한 편차가 있는 것이 사실이다. 따라서 이 책에서는 명백히 조선총독부나 관변단체가 주도하여 창작한 작품은 '관제가요'로, 그 외 전쟁을 배경으로 하거나 소재로 삼은 작품은 가능한 음반과 관련 문헌에 표기된 바에 가깝게 '시국가요'라고 명명하기로 한다. 이준희, 「일제시대 군국가요 연구」, 《한국문화》제46집, 서울대학교 규장각 한국학연구원, 2009, 141쪽. 戸の下達也, 「近代日本の歩みと「音楽」: 戦争時代とうた」, 『「国民歌」を唱和した時代─昭和の大衆歌謡』, 東京: 吉川弘文館, 2010, 22쪽.

14) 〈在滿朝鮮人行進曲〉(Victor49253-A, 行進曲, 작사 關東軍參謀部撰, 작곡 大場勇之助, 연주 崔南鏞·姜石燕, 반주 管絃樂伴奏, 1933. 12; Victor49253-B, 行進曲, 작사 關東軍參謀部撰, 작곡 大場勇之助, 연주 三島一聲, 반주 管絃樂伴奏, 1933. 12).

15) 기사, "在滿同胞의 進路를 알니는 行進曲 總督府 派遣員 事務室에서 懸賞으로 歌詞募集", 《每日申報》, 每日申報社, 1933. 4. 29. 2면; "在滿朝鮮同胞 行進曲懸賞募集", 《東亞日報》, 東亞日報社, 1933. 5. 5. 2면; "滿洲朝鮮人의 行進曲을 公募", 《東亞日報》, 東亞日報社, 1933. 5. 11. 2면.

16) 기사, ""필림"과 "레코-드" 認定規則公布豫想", 《每日申報》, 每日申報社, 1937. 6. 23. 3면; "레코-드의 新取締方針", 《朝鮮日報》, 朝鮮日報社, 1938. 1. 27. 6면.

17) 戸の下達也, 「第二章 音楽界の一元化」, 『音楽を動員せよ』, 東京: 青弓社, 2008,

55쪽. 더구나 이러한 사정은 당시 조선의 신문에도 보도된 바 있다. 기사, "映畵, 레코-드業者와 時局對策懇談會",《朝鮮日報》, 朝鮮日報社, 1937. 8. 30. 2면.

18) 異河潤,「流行歌謠에 對하야—邪路에서 彷徨하는 大衆歌謠」,《家庭之友》第21號, 朝鮮金融聯合會, 1939. 6. 19~20쪽.

19) 異河潤, "流行歌謠曲의 製作問題(下)",《東亞日報》, 東亞日報社, 1934. 4. 5.

20) 기사, "朝鮮文藝會發會式 각 방면의 권위자를 망라하야 二日 京城 "호텔"서 結成",《每日申報》, 每日申報社, 1937. 5. 2. 3면. 이 기사에 수록된 출석자 명단은 다음과 같다. 鎌田澤一郎, 高木市之助·佐藤淸(京城帝國大學), 高本千鷹(京城女子高等普通學校), 高田矩一郎(京城日報社), 宮原眞太·吉澤實(京城師範學校), 金泳煥(淑明女子高等普通學校), 大場勇之助(第一高等女學校), 德田三十四·李鍾泰·咸和鎭(李王職), 鈴木操(眞明女子高等普通學校), 朴慶浩·尹聖德(梨花女子專門學校), 朴榮喆(商業銀行), 方應謨(朝鮮日報社), 保坂久松·金億(京城中央放送局), 杉本長雄(法學專門學校), 石森久彌(朝鮮新聞社), 阿宮儀一(龍山中學校), 安藤芳亮(京城女子師範學校), 梁柱東(崇實專門學校), 李相協(每日申報社), 崔南善, 萩山秀雄·田中初夫(朝鮮總督府圖書館), 土生米作(元町小學校), 河圭一(正樂傳習所), 玄濟明(延禧專門學校), 洪永厚.(가나다순) 이 외 이광수, 심우섭(沈友燮), 김소운(金素雲)도 조선문예회 회원으로 가담했던 것으로 보인다. 또한 이 조선문예회는 재조선일본인 인사들로 구성된 제1부, 조선인 인사들로 구성된 제2부로 이루어져 있었다고 한다. 기사, "社會風敎를 바로잡고 文化水準의 昂揚에 중대책무 지고 출산되려는 官民協同 朝鮮文藝會",《每日申報》, 每日申報社, 1937. 4. 9. 2면; 기사,「朝鮮文藝會」,《讀書》第1卷 第3號, 朝鮮讀書聯盟, 1937. 5. 7쪽.

21) 기사, "健全한 文藝의 振興을 爲한『朝鮮文藝會』創立",《每日申報》, 每日申報社, 1937. 5. 5. 1면.

22) 기사,「朝鮮文藝會と文化統制」,《讀書》第1卷 第3號, 朝鮮讀書聯盟, 1937. 5. 10쪽. 〈忘れちやいやヨ〉(Victor53663-A, 流行歌, 작사 最上洋, 작곡·편곡 細田

義勝, 반주 日本ビクター管絃樂團, 1936. 4; Victor53928-A, 流行歌, 작사 最上洋, 작곡·편곡 細田義勝, 반주 日本ビクター管絃樂團, 1937. 2), 〈이즈시면 몰라요〉(Victor49429-B, 流行歌, 작시 高馬夫, 작곡 細田義勝, 연주 金福姬, 반주 빅타-管絃樂團, 1936. 7). 森本敏克, 「歌は花ざかり」, 『音盤歌謡史 —歌と映画とレコードと』, 東京: 白川書院, 1975, 100∼101쪽; 古茂田信男 外, 「I. 歴史編: 昭和時代中期」, 『日本流行歌史(戰前編)』, 東京: 社會思想社, 1980, 119∼120쪽; 戸の下達也, 앞의 글, 앞의 책, 54쪽; 「唱和すべき「国民歌」とは: 「戦争の時代」の文化統制」, 『「国民歌」を唱和した時代 —昭和の大衆歌謡』, 東京: 吉川弘文館, 2010, 47∼49쪽;

23) 기사, "朝鮮文藝會新作歌謠發表會", 《每日申報》, 每日申報社, 1937. 7. 12. 2면.

24) 기사, "健全한 文藝의 振興을 爲한『朝鮮文藝會』創立", 《每日申報》, 每日申報社, 1937. 5. 5. 1쪽.

25) 사설, "朝鮮文藝會設立", 《每日申報》, 每日申報社, 1937. 5. 6. 2면.

26) 기사, "朝鮮文藝會의 榮光 李王同妃兩殿下 歌謠를 御試聽", 《每日申報》, 每日申報社, 1937. 6. 15. 2면.

27) 기사, "朝鮮文藝會 첫 事業 위선『레코-드』吹込 소년소녀를 상대로 한 것부터 歌謠淨化에 큰 도움", 《每日申報》, 每日申報社, 1937. 6. 2. 3면; "朝鮮文藝會에서 歌謠 二篇을 完成", 《每日申報》, 每日申報社, 1937. 6. 10. 1면. 그리고 최남선의 음반과 관련해서는 다음의 서지를 참조할 것. 구인모, 「최남선의 '시국가요'와 식민지 정치의 미학화」, 《국제어문》 제42집, 국제어문학회, 2008.

28) 朝鮮文藝會 編, 「朝鮮文藝會新作歌謠發表會順序」, 『朝鮮文藝會發表 歌曲集』第1輯, 朝鮮文藝會, 1937. 7. 11. 기사, "朝鮮文藝會新作歌謠發表會", 《每日申報》, 每日申報社, 1937. 7. 12. 2면.

29) 金岸曙, 「詩人으로서의 關心—流行歌와 各界關心」, 《新家庭》第1卷 第2號, 東亞日報社, 1933. 2.

30) 그 가사는 다음과 같다. "1. 눈을 뜨니 연분홍은 이 내 맘이라 / 지낸 밤은 가는 비는 얼마나 왓노 / 봄바람은 하늘하늘 닢을 흔들고 / 벌나비는 오락

가락 송이를 돈다// 2. 수집다고 말을 할가 그도 수집고 / 이내 심사 연분홍을 무어라 하노 / 생각일랑 말자해도 말길이 없고 / 벌나비는 오락가락 송이를 돈다// 3. 풀은 하늘 고은 맘을 어이 맡을고 / 떠돌다간 검은 구름 비가 되는 걸 / 많은 사람 네거리를 밀려들어도 / 어이하랴 이내 맘을 난 몰으겟네//"(金岸曙 作歌·安基永 作曲, 〈복송아꽃〉, 『安基永作曲集 第二集』, 音樂社, 1931)

31) 〈1. 朝鮮靑年歌〉, 『朝鮮文藝會發表 歌曲集』 第1輯, 朝鮮文藝會, 1937. 7. 11. 4쪽; 「朝鮮文藝會發表作曲集」, 《讀書》 第1卷 第4號, 京城:朝鮮讀書聯盟, 1937. 8. 20. 14쪽.

32) 〈3. 來日〉, 『朝鮮文藝會發表 歌曲集』 第1輯, 朝鮮文藝會, 1937. 7. 11. 6쪽.

33) 〈1. 朝鮮靑年歌〉 〈2. 勤勞歌〉, 위의 책, 4~5쪽. 이 두 작품의 악보 하단에는 일본콜럼비아사에서 취입할 예정이라고 명기되어 있으나, 최남선의 작품의 경우와 같이 'CL-○'이라는 음반번호 혹은 작품의 일련번호는 명기되어 있지는 않다. 그리고 조선문예회 관련 신문기사 가운데에도 이 두 작품이 음반으로 취입되었다는 사항은 없다.

34) 金岸曙, 「「거리의 꾀꼬리」인 十大歌手를 내보낸 作曲·作詞者의 苦心記 ─鮮于一扇의 「꽃을 잡고」를 作詞하고서」, 《三千里》 第7卷 第10號, 三千里社, 1935. 11. 152쪽.

35) 배연형, 「포리돌(Polydor) 레코드의 한국음반 연구」, 《한국음반학》 제7호, 한국고음반연구회, 1997. 7.

36) 기사, "文士들의 文章報國 愛國詩歌完成 그 중에서 수편을 작곡하여 近日中 一般에 發表", 《每日申報》, 每日申報社, 1937. 9. 9. 3면; "朝鮮文藝會 時局歌謠 試演會開催", 《每日申報》, 每日申報社, 1937. 9. 12. 2면.

37) 기사, "本社主催 渾然至誠의 大交響樂 愛國歌謠大會(卅日)", 《每日申報》, 每日申報社, 1937. 9. 29. 3면; "音樂報國演奏會, 十月三日 府民館에서", 《東亞日報》, 東亞日報社, 1937. 9. 29. 2면; 「樂壇一流總出의 "音樂報國"演奏 高等音樂學院 主催」, 《每日申報》, 每日申報社, 1937. 9. 30. 6면. 이 작품들은 田中初夫가 편

찬한 《支那事變愛國歌謠集》(朝鮮文藝會發表 歌曲集 第二輯, 1937. 10. 4)에 수록되었다고 한다. 그리고 이 가곡집의 내용에 대해서는 다음의 서지를 참조할 수 있다. 하동호, 「부록: 한국음악서지고」, 『근대사지고류총』, 탑출판사, 1987, 287~288쪽; 노동은, 「일제하 음악인들의 친일논리와 단체」, 《음악과 민족》 제25호, 민족음악학회, 2003.

38) 李瑞求, 「봄과 ㅁ와 레코드」, 《別乾坤》 第72號, 開闢社, 1934. 4. 8쪽.

39) 戶の下達也, 「第3場 電波に乗った歌声」, 『音楽を動員せよ』, 東京: 青弓社, 2008, 122쪽.

40) 기사, "映畵, 레코-드業者와 時局對策懇談會", 앞의 책. 森本敏克, 「歌は世につれ―: 時局歌謠曲のはらん」, 앞의 책, 170~173; 古茂田信男 外, 「I. 歷史編―昭和時代初期」, 앞의 책, 111~3쪽; 戶の下達也, 「日中戦争時期の「国民歌」: 盧溝橋事件と「歌」」, 『「国民歌」を唱和した時代―昭和の大衆歌謠』, 東京: 吉川弘文館, 2010, 79쪽. 戶の下達也, 「第3場 電波に乗った歌声」, 『音楽を動員せよ』, 東京: 青弓社, 2008, 122~123쪽.

41) 〈露営の歌〉(Columbia29530-B, 軍歌, 작사 藪内喜一郎, 작곡 古関裕而, 편곡 奧山貞吉, 연주 中野忠晴·松平晃 외, 반주 コロムビア·オーケストラ, 1937. 8). 이 작품을 선정하고 제목을 붙인 것은 바로 기타하라 하쿠슈(北原白秋)와 기구치 칸(菊池寬)이었다. 〈愛國行進曲〉(Columbia30001-A, 齊唱, 작사·작곡 內閣情報部撰定, 편곡 奧山貞吉, 연주 中野忠晴·松平晃 외, 반주 コロムビア吹奏樂團, 1938. 2; King21112-A, 國民歌, 작사·작곡 內閣情報部撰定, 편곡 大村能章, 연주 三門順子, 반주 キング和洋合奏團, 1938. 2; Polydor2573-A, 國民歌, 작사·작곡 內閣情報部撰定, 편곡 大日本帝國軍樂隊, 연주 東海林太郎·奧田良三·上原敏 외, 반주 帝國海軍軍樂隊, 1938. 2; Teichiku2074-A, 国民歌, 작사 森川幸雄, 작곡 瀬戸口藤吉, 편곡 古賀政男, 연주 藤山一郎·テイチク合唱團, 반주 テイチク·オーケストラ, 1938. 2; VictorA-2, 国民歌, 작사 森川幸雄, 작곡 瀬戸口藤吉, 연주 平山美代子·日本ビクター児童合唱団, 반주 日本ビクター交響樂團, 1938. 2). 戶の下達也, 「第2場 音楽界の一元化」, 『「国民歌」を唱和した時代―昭和の大衆歌

謠』, 東京: 吉川弘文館, 2010, 54～55쪽.

42) 倉田喜弘, 「第5章 政府の介入」, 『「はやり歌」の考古学 ― 開国から戦後復興まで』, 東京: 文藝春秋, 2001, 208～209.

43) 戸ノ下達也, 「近代日本の歩みと「音楽」:「戦争の時代」とうた」, 『「国民歌」を唱和した時代 ― 昭和の大衆歌謡』, 東京: 吉川弘文館, 2010, 24～28쪽;「第3場 電波に乗った歌声」, 『音楽を動員せよ』, 東京: 青弓社, 2008, 125～127쪽.

44) 金億, "詩歌는 軍歌的 傾向(下)", 《每日申報》, 每日申報社, 1939. 1. 6. 5쪽.

45) 具沅會 외, 「레코-드界의 內幕을 듣는 座談會」, 《朝光》第5卷 第3號, 朝鮮日報社出版部, 1939. 3.

46) 倉田喜弘, 앞의 글, 앞의 책, 209～210.

47) 具沅會, 「戰時下의 레코-드界 現狀」, 《朝光》第6卷 第4號, 朝鮮日報社出版部, 1940. 4.

48) 기사, ""레코 트"에 비취 時代色 明朗한 音樂으로 轉換 卑俗한 流行歌는 쓸쓸히 退陣", 《朝鮮日報》, 朝鮮日報社, 1939. 11. 12. 4면.

49) 이 〈애국행진곡〉의 가사는 다음과 같다. "1. 보라 동해 하늘 헤치고 / 떠오르는 해 드높이 빛나니 / 천지의 정기는 발랄하고 / 희망은 춤춘다 일본 열도에 / 오, 맑고 밝은 아침 구름에 / 높이 솟은 후지산 자태야 말로 / 든든하고 흠 없고 흔들림 없이 / 우리 일본의 자랑이로다// 2. 일어나 만세일계 천황 폐하를 / 햇볕처럼 영원히 떠받들고서 / 신민된 우리들 모두 다 함께 / 폐하의 위광(威光)에 따르는 큰 사명 / 가라, 온 세상을 제 집으로 삼아 / 세상 모든 사람들을 이끌고서 / 바르게 평화를 굳건히 세워라 / 이상은 꽃 피어 향기롭도다// 3. 지금 몇 번이나 우리 위로 / 시련의 폭풍이 휘몰아쳐도 / 단호히 지켜라 그 정의를 / 나아가는 길은 오직 하나 뿐 / 아, 아득히 먼 신대로부터 / 울려퍼지는 발걸음 이어 받아서 / 크게 행진해 가는 저 편에 / 황국은 언제나 번영하여라//(1. 見よ東海の空明けて / 旭日高く輝けば / 天地の正気溌溂 / 希望は踊る大八洲 / おお晴朗の朝雲に / 聳ゆる富士の姿こそ / 金甌無欠揺るぎなき / わが日本の誇りなれ// 2. 起て一系の大君を / 光と永久に頂き

て／臣民我等皆共に／御稜威に副はむ大使命／往け八紘を宇となし／四海の人を導きて／正しき平和打ち立てむ／理想は花と咲き薫る//3. 今幾度か我が上に／試練の嵐哮るとも／断乎と守れその正義／進まむ道は一つのみ／嗚呼悠遠の神代より／轟く歩調受け継ぎて／大行進の行く彼方／皇国常に栄えあれ//)"(번역 필자)

50) 金大淵, "流行歌 물러가라 軍歌 愛國歌 登場 損害업는 蓄音機商", 《每日申報》, 每日申報社, 1939. 1. 6. 7면.

51) 異河潤, "流行歌謠曲의 製作問題(下)", 《東亞日報》, 東亞日報社, 1934. 4. 5; 「레코드와 라듸오考」, 《中央》第3卷 第3號, 朝鮮中央日報社, 1935. 3.

52) 이러한 부류의 일본 유행가요에 대해서는 다음의 서지를 참조할 것. 戸の下達也, 「近代日本の歩みと「音楽」: 「戦争の時代」とうた」, 위의 책, 24쪽. 또한 조선의 사정에 대해서는 다음의 서지를 참조할 것. 이영미, 「III. 일제시대 트로트와 민요의 양립」, 『한국대중가요사』, 민속원, 2006, 105~108.

53) 〈上海의 一夜〉(Columbia40476-B, 流行歌, 작사 미상, 작곡 柳波, 편곡 仁木他喜雄, 연주 林憲翼, 반주 日本콜럼비아管絃樂團, 반주, 1934. 1)

54) 〈北京의 밤〉(Okeh20018-B, 流行歌, 작시 趙鳴岩, 작곡·편곡 孫牧人, 연주 金貞九, 반주 오케-오-케스트라, 1940. 3). 이러한 부류의 작품 가운데에는 〈蘇州뱃沙工〉(Columbia40890-B, 新歌謠, 작사 李嘉實, 작곡 孫牧人, 편곡 服部良一, 연주 李海燕, 반주 콜럼비아管絃樂團, 1942. 8), 〈新京가는 洋車〉(Okeh31023-B, 장르·작사·작곡·편곡·반주 미상, 연주 金貞九, 1941. 3)과 같은 작품도 포함되어 있다.

55) 이 가운데 조영출의 〈滿洲아가씨〉라는 작품도 있어서 눈길을 끈다. 그 가사는 다음과 같다. "나는요 열여섯 滿洲아가씨 꽃피는 三月이 도라오면은 연-지요 곤지요 粉을 바르고 아이구나 붓그러워 시집을가요 王서방 기다려 주서요 네"(Okeh12272-B, 流行歌, 작시 趙鳴岩, 작곡 朴是春, 연주 金綾子, 1939. 10)

56) 異河潤, 「流行歌謠에 對하야―邪路에서 彷徨하는 大衆歌謠」, 《家庭之友》第21號, 朝鮮金融聯合會, 1939. 6. 19~20쪽.

57) 異河潤, "流行歌謠曲의 製作問題(下)", 《東亞日報》, 東亞日報社, 1934. 4. 5; 「레코드와 라듸오考」, 《中央》第3卷 第3號, 朝鮮中央日報社, 1935. 3.

58) 異河潤, "迎春瑣談(四) ─ 歌謠의 淨化", 《東亞日報》, 東亞日報社, 1940. 3. 19.

59) 이러한 부류의 작품은 조영출의 〈滿洲아가씨〉(Okeh12272-B, 流行歌, 작시 趙鳴岩, 작곡 朴是春, 연주 金綾子, 1939. 10) 외 〈南洋아가씨〉(Okeh12293-A, 1939. 12), 〈中國아가씨〉(Okeh20010-A, 1940. 2) 등 모두 10편 정도가 확인된다.

60) 그러한 사정은 《매일신보》의 다음과 같은 기사들을 통해서 충분히 엿볼 수 있다. 기사, "大東亞征戰歌 ─ 聯盟서 縣賞募集"(1942. 1. 27. 2면); "國民總力朝鮮聯盟에서 國民歌謠縣賞募集"(1942. 1. 31. 4면); "增産歌를 縣賞募集"(1943. 1. 31. 3면); "半島皆兵의 노래 縣賞募集"(1943. 2. 26. 1면); "感激에 넘치는 皆兵 반도 ─ 本社에서 懸賞募集"(1943. 2. 26. 3면); "米英擊滅의 歌謠 ─ 聯盟에서 縣賞募集"(1943. 5. 14. 2면); "仕奉增産歌懸賞募集"(1943. 11. 19·26. 3면); "歌詞懸賞募集"(1944. 7. 28. 3면).

61) 유도순은 1937년 11월 1일부로 매일신보사 평안북도특파원겸 신의주지국장으로 발령받았고, 이듬해 7월에는 매일신보사 신의주지사장으로 승진발령을 받아 경성을 떠났던 것으로 보인다. 더구나 1939년 3월부터 6월 사이에는 신병(身病)으로 인해 신의주와 경성을 오가며 입원과 퇴원을 반복했던 것으로 보인다. 이러한 사정으로 유행가요 창작으로부터 멀어졌던 것으로 여겨진다. 社告, "本社社令", 《每日申報》, 每日申報社, 1935. 11. 6. 1면; "各道에 支社設置 七月一日부터 新制實施", 《每日申報》, 每日新報社, 1938. 7. 1. 1면; "人事", 《每日申報》, 每日新報社, 1939. 3. 3. 1면; "人事", 《每日申報》, 每日新報社, 1939. 5. 21. 1면; "人事", 《每日申報》, 每日新報社, 1939. 6. 1. 1면.

62) 〈수양버들〉의 가사는 다음과 같다. "1. 물소리 싸라서 시냇가오니 / 버들닙 고요히 물우에지네 / 지는버들 밧아서 입에물으니 / 님그리는 곡조가 늣겨울어요// 2. 버들닙지오니 내맘도지리 / 올해의기약도 쏘헛되구나 / 수양버들 느러진 그가지속에 / 님그리는 이마음 걸어둘래요// 3. 버들닙 물우에

써서흘으니 / 내설음 무쳐서 멀니보내리 / 버들두고 맛낫다 헤여진그라 /
수양버들 못닛는 신세이얘요//"

63) 劉道順, "金東煥君의 「藥山東臺歌」를 읽고", 《東亞日報》, 東亞日報社, 1927. 11.
13~16.

64) 劉道順, 「詩魂의 獨語(散文詩)」, 《新生》 第2卷 第9號, 新生社, 1929. 9. 24~
25쪽.

65) 吉川 潮, 「第2部 同期の桜」, 『流行歌―西條八十物語』, 東京: 新潮社, 2004. 筒
井清忠, 「太平洋戦争と八十」, 『西條八十』, 東京: 中央公論新社, 2005; 「第1部 西
條八十の生涯」, 『西條八十と昭和の時代』, 東京: ウェッジ, 2005.

66) 萩原朔太郎, 「軍歌その他の音楽について」, 《新日本》 1巻 3号, 東京: 小山書店,
1938. 3.

67) 이준희, 앞의 글, 앞의 책, 159~160쪽.

68) 설문, 「緊急討議 朝鮮文壇에 파시즘文學이 서지겠는가」, 《三千里》 第8卷 第
6號, 三千里社, 1936. 6. 243쪽.

69) 白鐵, "時代的 偶然의 受理―事實에 대한 精神의 態度"(총 5회), 《朝鮮日報》,
朝鮮日報社, 1938. 12. 2~7.

70) 金億, 앞의 글, 앞의 책, 같은 쪽.

71) 金岸曙, "에쓰페란토 文學(五)", 《東亞日報》, 東亞日報社, 1930. 4. 12. 그리고
이와 관련한 사정은 다음의 서지를 참조할 것. 구인모, 「절대적 보편과 형
상에 대한 신념: 김억의 언어인식과 시학」, 《현대문학의 연구》 제45호, 한
국문학연구학회, 2011.

72) 金億, 「詩論」(2), 《大潮》 第4號, 大潮社, 1930. 7.

73) 金億, "朝鮮心을 背景삼아―詩壇의 新年을 마즈며", 《東亞日報》, 東亞日報社,
1924. 1. 1. 2면; 「詩論」(2), 위의 책. 그리고 이와 관련한 사정은 다음의 서
지를 참조할 것. 구인모, 『한국근대시의 이상과 허상』, 소명출판, 2008.

74) "내가 詩神을 거의 背反한지 五年, 文學을 겨을니 해온지 三年, 報贖의 義務는
全혀 업시 나도 모르게 十五年 前後의 舊詩稿를 모아보고 싶은 衝動이 자못

커젓다. 附錄 歌謠詩抄는 한동안 거러온 내 生活의 副産物의 一部다.'(異河潤, 「跋」, 『물네방아』, 靑色紙社, 1939, 153쪽)

75) 異河潤, 앞의 글, 앞의 책, 같은 쪽; "迎春瑣談(四)—歌謠의 淨化", 《東亞日報》, 東亞日報社, 1940. 3. 19.

76) 金億, 앞의 글, 앞의 책, 5쪽.

77) 金岸曙, "文法과 言語", 《每日申報》, 每日申報社, 1940. 4. 10~16; "한글文法에 對한 疑問 몃 가지", 《每日申報》, 每日申報社, 1940. 5. 12~17. 구인모, 앞의 글, 앞의 책.

78) 〈알뜰한 당신〉(VictorKJ-1132-B, 流行歌, 작시 趙鳴岩, 작곡 全壽麟, 연주 黃琴心 반주 日本빅타-管絃樂團, 1938. 1) 〈바다의 交響詩〉(Okeh12140-A, 流行歌, 작시 趙鳴岩, 작곡 孫牧人, 연주 金貞九 外 코-러스, 1938. 8) 〈南行列車〉(Okeh12247-B, 流行歌, 趙鳴岩, 작곡 孫牧人, 연주 李蘭影, 1939. 7) 〈茶房의 푸른 꿈〉(Okeh12282-A, 流行歌, 작시 趙鳴岩, 작곡 金海松, 연주 李蘭影, 반주 오케-오-게스트라, 1939. 11) 〈꿈꾸는 白馬江〉(Okeh31001-B, 流行歌, 작시 趙鳴岩, 작곡 林根植, 독창 李寅權, 1940. 11) 〈船艙〉(Okeh31055-A, 流行歌, 작사 趙鳴岩, 작곡 金海松, 연주 高雲峰, 1941. 7?)

79) 乙巴素, "新民謠의 精神과 形態(1)~(3)", 《朝鮮日報》, 朝鮮日報社, 1937. 2. 6·7·13. 5면.

80) 〈눈물의 부두〉(Po.19232A, 1936. 1) 〈가벼운 人造絹을〉(Co.40790B, 1937. 12) 〈남어지 한밤〉(Co.40796B, 1938. 1) 이러한 사정으로써 김종한에게 유행가요 취입은 1년에 한 번 정도로 이루어졌다는 것을 알 수 있다.

81) 〈야루江 處女〉(Co.40817A, 1938. 7) 〈義州에 님을 두고〉(Co.40915B, 1943. 8)

82) 社告, "流行歌謠 淨化의 烽火: 流行歌謠 懸賞募集", 《朝鮮日報》, 朝鮮日報社, 1938. 2. 15. 6면; 기사, "本社主催懸賞募集 流行歌當選發表"; 乙巴素, "얄루강 처녀", 《朝鮮日報》, 朝鮮日報社, 1938. 3. 29. 6면.

83) 倉田喜弘, 「VI. 破局への道」, 『日本レコード文化史』, 東京: 岩波書店, 2006, 227~240.

에필로그: 시의 근대, 시의 자유를 다시 물으며

1) 기사, "本社主催 第一回 創作作曲發表 大音樂祭", 《東亞日報》, 東亞日報社, 1939. 5. 13. 2면.

2) 사고, "第一回 全朝鮮 創作作曲發表 大音樂祭, 《東亞日報》, 東亞日報社, 1939. 5. 17~6. 4.

3) 一記者, "作曲發表會音樂祭 歌辭集㈠", 《東亞日報》, 東亞日報社, 1939. 6. 1. 3면; "作曲發表會音樂祭 歌辭集㈡", 《東亞日報》, 東亞日報社, 1939. 6. 2. 3면; "作曲發表會音樂祭 歌辭集㈢", 《東亞日報》, 東亞日報社, 1939. 6. 4. 3면; "作曲發表會音樂祭 歌辭集㈣", 《東亞日報》, 東亞日報社, 1939. 6. 6. 4. 기사, "曲想解題㈠─朴慶浩 作品編, 李興烈 作品編", 《東亞日報》, 東亞日報社, 1939. 5. 30. 3면; "曲想解題㈡─金載勳 作品編", 《東亞日報》, 東亞日報社, 1939. 5. 31. 5면; "曲想解題㈢─安基永 作品編", 《東亞日報》, 東亞日報社, 1939. 6. 2. 3면; "曲想解題㈣─洪蘭坡 作品編", 《東亞日報》, 東亞日報社, 1939. 6. 4. 3면; "曲想解題㈤─任東爀 作品編", 《東亞日報》, 東亞日報社, 1939. 6. 6. 4면; "曲想解題㈥─金메리 作品編", 《東亞日報》, 東亞日報社, 1939. 6. 7. 4면.

4) (1)작곡발표회 음악제 가사집 ①: 〈湖面〉(작시 鄭芝溶, 작곡 金聖泰, 독창 金昌洛) 〈바다〉(작시 鄭芝溶, 작곡 金聖泰, 독창 金昌洛) 〈산넘어 저쪽〉(작시 鄭芝溶, 작곡 金聖泰, 독창 金昌洛). (2)작곡발표회 음악제 가사집 ②: 〈부끄러움〉(작시 朱耀翰, 작곡 安基永, 독창 李觀玉). (3)작곡발표회 음악제 가사집 ③: 〈고향생각〉〈옛 동산에 올라〉〈입 닫은 꽃봉오리〉〈사랑〉〈관덕정(觀德亭)〉〈그리움〉〈金剛에 살으리랏다〉(작시 李殷相, 작곡 洪蘭坡, 독창 崔愚殷). 〈靈柩車〉(작사 金億, 작곡 朴慶浩, 독창 吳敬心). (4)작곡발표회 음악제 가사집 ④: 〈傳說〉(작시 金珖燮, 작곡 任東爀, 독창 任祥姬) (5)곡상해제 ①: 〈바우고개〉〈봄이 오면〉〈자장가〉(작시 金東煥, 작곡 李興烈, 연주 蔡善葉)

5) 김억의 이 작품은 다음과 같다. "길거리에 고단히 쉬던 늙은이 / 요란켤래 들보니 자동차 오네 / 저차를 탈 맘로야 서울 五百里 / 단숨결에 갈 것을 돈

이 원수라 / 車타고 가시지오 車도 뷔엇오 / 운전수 고마워라 은근한 말에 / 늙으니 하도 기뻐 올르고 보니 / 기맥혀라 이 사람 영구차라네//"(「作曲發表會音樂祭 歌辭集㈢」, 위의 책) 그리고 김억은 일찍이 《삼천리》에 「길가에서」라는 제목으로 발표한 바 있다.(「橋衣詞 외 2편」, 《三千里》第3卷 第10號, 三千里社, 1931. 10)

6) 社告, "人事", 《每日新報》, 每日新報社, 1939. 6. 1. 1면.

7) 異河潤, "아름다운 言語音響을 우리에게 如實히 實證─稀有의 壯擧", 《東亞日報》, 東亞日報社, 1939. 6. 10. 5면.

8) 異河潤, "流行歌作詞問題一考(下)", 《東亞日報》, 東亞日報社, 1933. 9. 24.

9) 異河潤, 「跋」, 『물네방아』, 靑色紙社, 1939, 153쪽.

10) 異河潤, 「流行歌謠에 對하야─邪路에서 彷徨하는 大衆歌謠」, 《家庭之友》第21號, 朝鮮金融聯合會, 1939. 6. 19~20쪽; "迎春瑣談(四)─歌謠의 淨化", 《東亞日報》, 東亞日報社, 1940. 3. 19.

11) ① "콜럼비아 (40857) 流行歌 동트는 大地 金英椿", 《東亞日報》, 東亞日報社, 1939. 5. 29, 6. 2·9·14; 《每日申報》, 每日申報社, 1939. 5. 31, 6. 6·19; 《朝鮮日報》, 朝鮮日報社, 1939. 5. 29, 6. 9·19. 총 10회. ② "旣發賣 동트는 大地 金英椿 콜럼비아레코-드", 《東亞日報》, 東亞日報社, 1939. 6. 29, 7. 9; 《每日申報》, 每日申報社, 1939. 7. 8·22; 《朝鮮日報》, 朝鮮日報社, 1939. 7. 7·21. 총 6회. ③ "콜럼비아레코-드 業界를 風靡하고 잇는 콜럼비아의 三大힛트!! 40857 明朗謠 동트는大地 金英椿", 《東亞日報》, 東亞日報社, 1939. 7. 12·18·26; 《每日申報》, 每日申報社, 1939. 7. 10·16·25; 《朝鮮日報》, 朝鮮日報社, 1939. 7. 8·15·24. 총 6회.

12) 具仁謨, 「近代期朝鮮における新槪念としての「詩」と言語橫斷的実践」, 《朝鮮學報》第227輯, 天理: 朝鮮學會, 2013. 4.

13) 梁柱東, 「詩란 엇더한 것인가?」, 《金星》第2號, 金星社, 1924. 1. 107쪽.

14) 社告, "新春懸賞文藝募集", 《東亞日報》, 東亞日報社, 1939. 11. 12~30. 3면.

15) 기사, "作曲專攻의 길에 作曲 當選者 羅運榮 君 談"; 一選者, "新春顯賞作曲選

後感",《東亞日報》, 東亞日報社, 1940. 1. 26. 5면.

16) 민경찬, 「파인 김동환 작사 가곡연구」,《낭만음악》제14권 제1호, 낭만음악
     사, 2001. 겨울. 오문석, 「한국 근대가곡의 성립과 그 성격」,《현대문학의 연
     구》제46호, 한국문학연구학회, 2012.

참고문헌

자료

《유성기로 듣던 여명의 한국동요(1924-1945)》(SYNCD-056~057), 킹레코드, 1993.

《30년대 신민요(빅터유성기원반시리즈 가요2)》(SRCD-1232), 서울음반, 1994.

《30년대 유행가(빅터유성기원반시리즈 가요3)》(SRCD-1233), 서울음반, 1994.

《유성기로 듣던 북(北)으로 간 가수들》, 신나라뮤직, 1994.

《유성기로 듣던 불멸의 명가수》(SYNCD-123), 신나라레코드, 1996.

《유성기로 듣던 여명의 한국가곡사(1906-1960)》(NSSRCD-008), 신나라뮤직, 1999.

《유성기로 듣던 가요사(1925-1945)》(SYNCD-00152), 신나라뮤직, 2002.

동국대학교 한국음반아카이브연구소, 『한국유성기 음반(전 5권)』, 한걸음더, 2011.

CDE樂友會 編, 『世界流行名曲集』, 永昌書館, 1925.

姜範馨, 『新式流行二八靑春唱歌集』, 時潮社, 1925.

安基永, 『安基永作曲集 第壹集』, 樂揚社出版部, 1929.

_____, 『安基永作曲集 第二集』, 音樂社, 1931.

_____, 『安基永作曲集 第三輯』, 音樂社, 1936.

王世昌 編, 『二十世紀 新舊流行唱歌』, 世界書林, 1923.

李尙俊 編, 『新流行唱歌集』, 三誠社, 1929.

_____, 『朝鮮新舊雜歌』, 博文書館, 발매년도미상.

편집부, 『계몽기가요선곡집』, 평양: 문학예술종합출판사, 2001.

편집부, 『臨時中等音樂教本』, 國際音樂文化社, 1946.

김기림, 『김기림전집(6)』, 심설당, 1988.

김동인, 『김동인문학전집』(12), 대중서관, 1983.

김억, 박경수 편, 『안서김억전집(1)』, 한국문화사, 1987.

_____, 『안서김억전집(2)-1』, 한국문화사, 1987.

김형원, 『김형원시집』, 삼희사, 1979.

서울대학교 사범대학 국어과동창회 편, 『이하윤선집(평론·수필)』, 도서출판 한샘,
        1982.

이동순 편, 『조명암시전집』, 선, 2003.

이하윤, 『물네방아』, 靑色紙社, 1939.

京城日報社·每日申報社 編, 『朝鮮年鑑』第3卷, 京城日報社, 1935.

李如星·金世鎔 共著, 『數字朝鮮研究』第4輯, 世光社, 1933.

李勳求, 『朝鮮農業論』, 漢城圖書株式會社, 1935.

朝鮮文藝會 編, 『朝鮮文藝會發表 歌曲集』第1輯, 朝鮮文藝會, 1937. 7. 11.

朝鮮總督府, 『昭和五年 朝鮮國稅調查報告 全鮮篇 第一卷 結果標』, 朝鮮總督府, 1934.

_____, 『昭和五年 朝鮮國稅調查報告 全鮮篇 第二卷 記述報文』, 朝鮮總督府, 1935.

_____, 『朝鮮總督府統計年報(1936年)』, 朝鮮總督府, 1938.

朝鮮総督府警務局, 『朝鮮に於ける出版物の槪要』, 朝鮮総督府警務局, 1934.

中村資良 編, 『朝鮮銀行會社組合要錄』(1921~1942), 東亞經濟時報社, 1923~1942.

北原白秋 外, 『童謠及民謠研究』(現代詩創作講座 第6卷), 東京: 金星堂, 1930.

山口龜之助, 『レコード文化發達史』第壹卷(明治大正時代 初篇), 大阪: 錄音文献協會,
        1936.

生田春月先生 外, 『現代詩の作り方研究』, 東京: 近代文藝社, 1928.

西條八十,『西條八十―唄の自叙伝』(人間の記録29), 東京: 日本図書センター, 1997.

昭和館,『SPレコード60,000曲總目錄』, 東京: アテネ書房, 2003.

岩野泡鳴,「音律總論」,『新體詩の作法』, 東京: 修文館, 1907.

遠藤祐・祖父江昭二,『近代文學評論大系―大正期(II)』第5卷, 東京: 角川書店, 1982.

人間文化研究機構連携研究 編集・發行,『日本コロムビア外地錄音ディスコグラフィ―臺灣編』, 大坂: 日本民族學博物館, 2007.

_____,『日本コロムビア外地錄音ディスコグラフィ―上海編』, 大坂: 日本民族學博物館, 2008.

_____,『日本コロムビア外地錄音ディスコグラフィ―朝鮮編』, 大坂: 日本民族學博物館, 2008.

古賀政男,『自伝 わが心の歌』, 東京: 展望社, 2001.

西條八十,『西條八十―唄の自敍傳』(人間の記録29), 東京: 日本圖書センター, 1997.

與田準一 編,『日本童謠集』, 東京: 岩波書店, 2005.

논문

고봉준,「'동양'의 발견과 국민문학」,《한국문학이론과 비평》제35호, 한국문학이론과비평학회, 2007.

고은지,「20세기 유성기 음반에 나타난 대중가요의 장르 분화 양상과 문화적 의미」,《한국시가연구》제21호, 한국시가학회, 2006.

_____,「20세기 전반 소통 매체의 다양화와 잡가의 존재 양상」,《고전문학연구》제32집, 한국고전문학회, 2007.

_____,「20세기 초 시가의 새로운 소통 매체 출현과 그 의미」,《어문논집》제55호, 민족어문학회, 2007.

구인모,「가사체 형식의 창가화에 대하여」,《한국어문학연구》제51호, 한국어문학연구학회, 2008.

_____,「최남선의 '시국가요'와 식민지 정치의 미학화」,《국제어문》제42집, 국제어문학회, 2008.

_____, 「지역·장르·매체의 경계를 넘는 서사의 역정」,《사이間SAI》제6호, 국제 한국문학문화학회, 2009.

권도희, 「20세기 초 서울음악계의 성격과 대중음악 형성에 관한 연구」,《서울학연 구》, 서울시립대학교 부설 서울학연구소, 2004.

권정희, 「언어의 전환과 서사의 분기」,《대동문화연구》제64집, 성균관대학교 동 아시아학술원 대동문화연구원, 2008.

권혜경, 「한국 대중가요에 나타난 일본음계의 고찰—미야꼬부시(都節) 음계를 중 심으로」,《한국음악학논집》제2호, 한국음악사학회, 1994.

길인성, 「일제하 계층구성과 소득 분배에 관한 소고」,《서강경제학논집》제29집 제2호, 서강대학교 경제연구소, 2000.

김동윤, 「강승한 서사시 「한나산」 연구」,《지역문학연구》제13호, 경남부산지역문 학회, 2006.

김병오, 「유성기 복각 음반의 음정과 회전수」,《한국음반학》제12호, 한국고음반 연구회, 2002.

김석봉, 「식민지시기 조선일보 신춘문예 제도화 양상 연구」,《한국현대문학 연구》 제16집, 한국현대문학회, 2004.

_____, 「식민지시기《동아일보》문인 재생산 구조에 관한 연구」,《민족문학사연 구》제32호, 민족문학사연구소, 2006.

김영애, 「강명화 이야기의 소설적 변용」,《한국문학이론과 비평》제50집, 한국문 학이론과 비평학회, 2011. 3.

김종진, 「잡가·민요·가사의 경계에 대한 탐색」,《한국어문학연구》제50호, 한국 어문학연구학회, 2008.

김진희, 「김억의 유행가 가사의 장르적 특성과 문학사적 위상」,《한국언어문학》 제65호, 한국언어문학회, 2008.

김혜정, 「민요의 개념과 범주에 대한 음악학적 논의」,《한국민요학》제7호, 한국 민요학회, 1999.

김효정, 『조영출 시 연구』, 영남대학교 대학원 국어국문학과 석사학위논문, 2003,

김희정, 「일제 강점기 한일 유행가에 나타나는 고빈도 어휘 연구」, 《일본어문학》 제41호, 일본어문학회, 2008.

_____, 「한일 유행가의 주제별 어휘 고찰」, 《일본연구》 제35호, 한국외국어대학교 일본연구소, 2008.

_____, 「한일 유행가 언어형식의 비교고찰」, 《일본어문학》 제37호, 한국일본어문학회, 2008.

_____, 「한일 유행가에 나타나는 고빈도 어휘 연구」, 《일본학연구》 제24호, 단국대학교 일본연구소, 2008.

노동은, 「일제하 음악인들의 친일논리와 단체」, 《음악과 민족》 제25호, 민족음악학회, 2003.

노영택, 「일제시기의 문맹률 추이」, 《국사관논총》 제51집, 국사편찬위원회, 1994.

문경연, 「1920~30년대 대중문화와 『신여성』」, 《여성문학연구》 제12호, 한국여성문학힉회, 2004.

민경찬, 「李尙俊이 편찬한 『新流行唱歌集』」, 《낭만음악》 제12권 제2호(통권46호), 낭만음악사, 2000. 봄.

_____, 「파인 김동환 작사 가곡연구」, 《낭만음악》 제14권 제1호, 낭만음악사, 2001. 겨울.

박경자, 「한국 대중가요에 나타난 일본음계의 고찰―요나누끼음계를 중심으로」, 《한국음악학논집》 제2호, 한국음악사학회, 1994.

박명진, 「1930년대 경성의 시청각 환경과 극장문화」, 《한국극예술연구》 제27호, 한국극예술학회, 2008.

박정선, 「식민지 근대와 1920년대 다다이즘의 미적 저항」, 《어문론총》 제37호, 한국문학언어학회, 2002.

박지애, 「20세기 전반기 잡가의 라디오 방송 현황과 특징」, 《어문학》 제103호, 한국어문학회, 2009.

박지영, 「1920년대 근대 창작동요의 발흥과 장르 정착 과정」, 《상허학보》 제18집, 상허학회, 2006.

박호영, 「김종한 연구」, 《한중인문과학연구》 제18호, 한중인문학회, 2006.

방효순, 「일제시대 민간 서적발행활동의 구조적 특성에 관한 연구」, 이화여자대학교 박사학위논문, 2000.

배연형, 「日蓄朝鮮소리盤(NIPPONOPHONE) 研究(1)」, 《한국음반학》 창간호, 한국고음반연구회, 1991.

_____, 「日蓄朝鮮소리盤(닙보노홍) 研究(2)」, 《한국음반학》 제2호, 한국고음반연구회, 1992.

_____, 「제비표 조선레코드(NITTO RECORD) 연구」, 《한국음반학》 제3호, 한국고음반연구회, 1993.

_____, 「빅타(Victor) 레코드의 한국 음반 연구」, 《한국음반학》 제4호, 한국고음반연구회, 1994.

_____, 「포리돌(Polydor) 레코드의 한국음반 연구」, 《한국음반학》 제7호, 한국고음반연구회, 1997.

_____, 「서도소리 유성기 음반 연구」, 《한국음반학》 제14호, 한국고음반연구회, 2004.

_____, 「일축조선소리반 관련자료와 재발매 음반 고찰」, 《한국음반학》 제17호, 한국고음반연구회, 2007.

_____, 「잡가집의 장르 분류 체계와 음반 현실」, 《한국음반학》 제19호, 한국고음반연구회, 2009.

_____, 「창가 음반의 유통」, 《한국어문학연구》 제51집, 한국어문학연구학회, 2008.

_____, 「콜럼비아(Columbia) 레코드의 한국 음반 연구」, 《한국음반학》 제5호, 한국고음반연구회, 1995. 10.

사나다 히로코(眞田博子), 「고한용(高漢容)과 일본시인들」, 《한국시학연구》 제29호, 한국시학회, 2010.

서범석, 「유도순 시의 리듬」, 《국제어문》 제22집, 국제어문학회, 2000.

서재길, 「드라마, 라디오, 레코드―극예술연구회의 미디어 연극 연구」, 《한국극예술연구》제26집, 한국극예술연구회, 2007. 10.

서희원, 「한국유성기 음반 자료와 DB구축의 방법론」, 《한국음반학》제17호, 한국고음반연구회, 2007.

손태도, 「1910~20년대의 잡가에 대한 시각」, 《고전문학과 교육》제2호, 청관고전문학회, 2000.

송방송, 「근현대음악사의 총체적 시각」, 《한국학보》제27호, 일지사, 2001.

_____, 「신민요가수의 음악사회적 조명」, 《낭만음악》, 낭만음악사, 2002.

_____, 「일제강점기 전통음악인의 공연양상」, 《한국전통음악학》제2호, 한국전통음악학회, 2001.

_____, 「한국근대양악사의 편린에 대하여」, 《음악과 민족》제20호, 민족음악학회, 2000.

신설령, 「식민지 근대의 동요와 매스미디어」, 《음악과 민족》제37호, 한국전통음악학회, 2009.

심원섭, 「김종한의 초기 문학수업 시대에 대하여」, 《한국문학논총》제46호, 한국문학회, 2007.

야마우치 후미타카(山內文登), 「일제시대 음반제작에 참여한 일본인에 관한 시론」, 《한국음악사학보》제30집, 한국음악사학회, 2003.

_____, 「일제시기 한국 녹음문화의 역사민족지: 제국질서와 미시정치」, 한국학중앙연구원 한국학대학원 박사학위논문, 2009.

엄현섭, 「식민지 한일 대중문화지 비교연구」, 《인문과학》제40호, 성균관대학교 인문과학연구소, 2007.

오희숙, 「안기영」, 《음악과 민족》제28호, 민족음악학회, 2004.

유선영, 「근대적 대중의 형성과 문화의 전환」, 《언론과 사회》제17권 제1호, 성곡언론문화재단, 2009.

이경훈, 「《조선문단》과 이광수」, 《사이間SAI》제10호, 국제한국문학문화학회, 2011.

이동순, 「일제하 '유행가' 노랫말에 나타난 현실의식」, 《인문연구》제15호, 영남대학교 인문과학연구소, 1993.

_____, 「일제강점기 가요시 장르의 문학사적 가치」,《인문연구》제60호, 영남대
학교 인문과학연구소, 2010.

이상만, 「현대음악―대중음악」, 고려대학교 민족문화연구소 편, 『한국현대문화
사대계』 제1권, 고려대학교 민족문화연구소 출판부, 1975.

_____, 「한국 대중가요의 예술사회학적 연구」,《정신문화연구》제23호, 한국학중
앙연구원, 1984.

이소영, 「1930년대 신민요의 화성 전개 양상」,《한국음반학》제16호, 한국고음반
연구회, 2006.

_____, 「일제강점기 신민요의 혼종성」,《낭만음악》제19호, 낭만음악사, 2007.

_____, 「'조선적인 것'의 음악적 표상-'비빔밥식 노래'」,《낭만음악》제22호, 낭만
음악사, 2009.

이승희, 「극예술연구회의 성립―해외문학파의 욕망과 문화정치」,《한국극예술연
구》제25집, 한국극예술연구회, 2007. 4.

이유기, 「1930년대 대중가요의 문법과 어휘」,《한국사상과 문화》제38호, 한국사
상문화학회, 2007.

_____, 「유성기 음반 대중가요의 음운 현상」,《한민족문화연구》제23호, 한민족
문화학회, 2007.

이재옥, 「1930년대 기생의 음악활동 고찰」,《한국음악사학보》제30호, 한국음악
사학회, 2003.

이준희, 「일제시대 군국가요 연구」,《한국문화》제46집, 서울대학교 규장각 한국
학연구원, 2009.

이진원, 「유성기 음반의 구성 성분」,《한국음반학》, 한국고음반연구회, 1993.

_____, 「신민요 연구(1)」,《한국음반학》, 한국고음반연구회, 1997.

_____, 「신민요 연구(3)」,《한국음반학》, 한국고음반연구회, 2006.

이혜령, 「1920년대《동아일보》학예면의 형성과정과 문학의 위치」,《대동문화연
구》제52집, 성균관대학교 대동문화연구원, 2005. 12.

_____, 「《동아일보》와 외국문학, 해외문학파와 미디어」, 《한국문학연구》 제34집, 동국대학교 한국문학연구소, 2008. 6.

장유정, 「1930년대 기생의 음악활동 일고찰」, 《민족문화논총》 제30호, 영남대학교 민족문화연구소, 2004.

_____, 「1930년대 신민요에 대한 당대의 인식과 수용」, 《한국민요학》 제12호, 한국민요학회, 2003. _____, 「갈래를 통해 본 20세기 초 한국 가요의 전개 양상」, 《국문학연구》 제10호, 국문학회, 2003.

_____, 「대중매체의 출현과 전통가요 텍스트의 변화 양상 고찰」, 《고전문학연구》 제30호, 한국고전문학회, 2006.

_____, 「일제시대 유성기 음반 곡종의 실제와 분류」, 《한국민요학》 제21집, 한국민요학회, 2007.

_____, 「현대 트로트의 특성 고찰」, 《구비문학연구》 제20호, 한국구비문학회, 2005.

전선아, 「일제강점기 신민요 연구」, 강릉대학교 석사학위논문, 1998.

정서은, 「민요의 이명과 범위에 관한 시론」, 《학술대회 자료집》, 한국예술종합학교 전통예술원 한국예술학과, 2000.

_____, 「일제강점기 신민요의 음악사학적 접근」, 《한국음악사학보》 제30호, 한국음악사학회, 2003.

정영진, 「일제강점기 유행가의 음악사회학적 연구: 폴리돌(Polydor)음반을 중심으로」, 《음악과 민족》 제21회, 민족음악학회, 2001.

정은진, 「일제강점기 신민요 명칭고」, 《한국음악사학보》 제31호, 한국음악사학회, 2003.

조규일, 「1930년대 유행가 가사 고찰」, 《인문과학》 제31호, 성균관대학교 인문과학연구소, 2001.

조성국, 「유도순시연구―현실반영과 전통의 지속」, 《서강어문》 제7집, 서강어문학회, 1990. 7.

조영복, 「1930년대 신문 학예면과 문인기자 집단」, 《한국현대문학연구》 제12집,

한국현대문학회, 2002.

진정임, 「작곡가 안기영의 향토가극 연구」, 《음악과 민족》 제30호, 민족음악학회, 2005.

최동현·김만수, 「1930년대 유성기 음반에 수록된 만담·넌센스·스케치 연구」, 《한국극예술연구》 제7집, 한국극예술학회, 1997. 6.

최유준, 「1930년대 한국 도시 음악 문화의 식민적 근대성과 월드뮤직 퍼스펙티브」, 《음악학》 제16호, 한국음악학학회, 2008.

최은숙, 「20세기 전반기 대중가요 담론의 쟁점과 의의」, 《한국민요학》 제21호, 한국민요학회, 2007.

_____, 「20세기 전반기 대중가요계의 '대중성' 담론과 민요수용 문제」, 《어문학》 제101호, 한국어문학회, 2008.

_____, 「20세기 전반기 대중가요에 나타난 '타국'인식과 형상화 방식」, 《한국민요학》 제23호, 한국민요학회, 2008.

최현재, 「20세기 전반기 잡가의 변모양상과 그 의미」, 《한국문학논총》 제46호, 한국문학회, 2007.

하동호, 「한국근대시집총림서지정리」, 《한국학보》 제8집, 일지사, 1982.

高木あきこ, 「子どもの歌 ― レコード「日本童謡史」」, 《日本児童文学》 第28巻 第5号, 東京: 日本児童文学者協会, 1982. 5.

高仁淑, 「尹克栄の創作童謡運動とその背景 ―「ダリア会」によるノレ(歌)普及活動を中心に」, 《アジア教育史研究》 第10号, 東京: アジア教育史学会, 2001. 3.

吉田熙生, 「文語定型詩から口語自由詩へ」, 《国文学: 解釈と教材の研究》 第19巻 第12号, 1974. 10.

茶谷十六, 「民族の心を伝える ― 金素雲『朝鮮民謡選』·『朝鮮童謡選』の世界」, 《日本歌謡研究》 第46号, 東京: 日本歌謡学会, 2006. 12.

大畑耕一, 「大正·昭和初期童謡の考察: 「赤い鳥」·「金の船·金の星」を中心に」, 《藤女子大学·藤女子短期大学紀要 第II部》 第31号, 1993. 12.

大竹聖美,「金素雲の子ども観 — 朝鮮の「おさなごころ」と「民族」,『朝鮮童謡選』と郷土の子どもたちへの想い」,《白百合女子大学児童文化研究センター研究論文集》第11号,東京: 白百合女子大学児童文化研究センター, 2008. 3.

鈴木暁世,「西條八十·その創作の転換期 — 詩歌と外国文学翻訳·研究との関わり」,《日本近代文学》第83号, 東京:日 本近代文学会, 2010. 11.

森田哲至,「「昭和歌謡」成立の系譜と黎明期の展開」,《日本橋学研究》第3號, 東京: 日本橋学館大学, 2010.

_____,「新民謡運動と鶯芸者による「昭和歌謡」の成立と発展」,《日本橋学研究》第4號, 東京: 日本橋学館大学, 2011.

上村直己,「西條八十·佐藤惣之助における詩から歌謡への移行について」,《日本歌謡研究》第18号, 東京: 日本歌謡学会, 1979. 4.

笹本正樹,「北原白秋の童謡」,《国文学解釈と鑑賞(特集 北原白秋の世界)》第69巻 第5号,東京: 至文堂, 2004. 5.

小浦啓子,「大正期「自由詩·童謡詩論争」の検討:「童謡」と「児童自由詩」の混在」,《人文科教育研究》第34号, 茨城: 人文科教育学会, 2007. 8.

松浦壽輝,「不能と滞留 — 口語自由詩の成立をめぐる一視點 − 近代的起源とジャンル」,《文學》第9巻 第4號, 岩波書店, 1998. 10.

安智史,「論争する民衆詩派」,《日本近代文学》第67集, 東京: 日本近代文学会, 2002.

乙骨明夫,「「詩話会」についての考察」,《白百合女子大学研究紀要》第6号, 東京: 白百合女子大学, 1970.

竹本寛秋,「虚構としての〈詩〉 — 明治·大正の詩の歴史, その形成の力学(9) 「詩壇」の成立 —「詩話会」前後」,《詩学》第59巻 第2号, 東京: 詩学社, 2004.

_____,「虚構としての〈詩〉 — 明治·大正の詩の歴史, その形成の力学(11)「詩的内面」の形成 — 大正期「民謡」·「童謡」論をめぐって」,《詩学》第59巻 第4号, 東京: 詩学社, 2004. 4.

増田周子,「日本新民謡運動の隆盛と植民地台湾との文化交渉」,《東アジア文化交渉研究》第1號, 大阪: 関西大学, 2008.

真鍋昌弘, 「日本民謡における類型表現の諸相」, 《한국민요학》 제23호, 한국민요학회, 2008.

筒井清忠, 「西條八十の歌謡観—「うた」の岐路としての現代」, 《國文學: 解釈と教材の研究》 第51卷 第9号, 東京: 學燈社, 2006. 8.

板垣竜太, 「植民地期朝鮮における識字調査」, 『アジア・アフリカ言語文化研究』 第58号, 東京: 東京外国語大学アジア・アフリカ言語文化研究所, 1999.

저서

구인모, 『한국근대시의 이상과 허상』, 소명출판, 2008.

권도희, 『한국근대음악사회사』, 민속원, 2004.

권보드래, 『연애의 시대—1920년대 초반 문화와 유행』, 현실문화연구, 2003.

김광해·윤여탁·김만수, 『일제강점기 대중가요 연구』, 박이정, 1999.

김점덕, 『한국가곡사』, 과학사, 1989.

나운영, 『작곡법』, 세광출판사, 1982.

민경찬 외, 『동아시아와 서양음악의 수용』, 음악세계, 2008.

민족문학사연구소, 『새 민족문학사 강좌02』, 창비, 2009.

박경수, 『한국근대민요시연구』, 한국문화사, 1998.

박찬호, 안동림 옮김, 『한국가요사1(1894~1945년)』, 미지북스, 2009.

박혜숙, 『한국민요시 연구』, 형설출판사, 1992.

사에구사 도시카쓰 외, 『한국근대문학과 일본』, 소명출판, 2003.

송방송, 『한국근대음악사연구』, 민속원, 2003.

양승국, 『한국신연극연구』, 연극과인간, 2001.

오세영 외, 『한국현대시사』, 민음사, 2007.

_____, 『20세기한국시연구』, 새문사, 1989.

_____, 『한국낭만주의시연구』, 일지사, 1980.

이동순 편, 『조명암시전집』, 선, 2003.

_____, 『민족시의 정신사』, 창작과비평사, 1996.

_____, 『잃어버린 문학사 복원과 현장』, 소명출판, 2005.

이영미, 『한국대중가요사』, 민속원, 2006.

이유선, 『증보판 한국양악백년사』, 음악춘추사, 1985.

장유정, 『오빠는 풍각쟁이야―대중가요로 본 근대의 풍경』, 민음in, 2006.

천정환, 『근대의 책읽기』, 푸른역사, 2003.

피종호, 『아름다운 독일연가곡』, 자작나무, 1999.

하동호, 『근대서지고류총』, 탑출판사, 1987.

한계전·홍정선·윤여탁·신범순 외, 『한국현대시론사연구』, 문학과지성사, 1998.

한국예술종합학교 한국예술연구소 편, 『한국창가의 색인과 해제』, 한국예술종합
    학교 한국예술연구소, 1997.

한국예술종합학교 한국예술연구소, 『한국작곡가사전』, 시공사, 2006.

한국현대문학연구회, 『한국현대시론사』(한국의 현대문학 2), 모음사, 1992.

古茂田信男 外, 『日本流行歌史(戰前編)』, 東京: 社會思想社, 1980.

菊池清麿, 『評伝 古賀政男―青春よ永遠に』, 東京: アテネ書房, 2004.

吉川 潮, 『流行歌―西條八十物語』, 東京: 新潮社, 2004.

茂木大輔, 『誰が故郷を…―素顔の古賀政男』, 東京: 講談社, 1979.

福井久蔵, 『日本新詩史』, 東京: 立川書店, 1924.

三木卓, 『北原白秋』, 東京: 岩波書店, 2005.

森本敏克, 『音盤歌謠史―歌と映画とレコードと』, 東京: 白川書院, 1975.

上村直己, 『西條八十とその周辺』, 東京: 近代文芸社, 2003.

勝原晴希 編, 『『日本詩人』と大正詩―〈口語共同体〉の誕生』, 東京: 森話社, 2006.

児山信一, 『日本詩歌の体系』(国文学研究叢書 第3編), 東京: 至文堂, 1925.

乙骨明夫, 『現代詩人群像―民衆派とその周邊』, 東京: 笠間書院, 1991.

朴燦鎬, 『韓国歌謠史: 1895-1945』, 東京: 晶文社, 1987.

服部嘉香, 『口語詩小史―日本自由詩前史』, 東京: 昭森社, 1963.

佐藤伸宏, 『詩のありか―口語自由詩をめぐる問い』, 東京: 笠間書院, 2011.

曾田秀彦, 『民衆劇場 ― もう一つの大正デモクラシー』(明治大学人文科学研究所叢書), 東京: 象山社, 1995.

倉田喜弘, 『日本レコード文化史』, 東京: 東西選書, 1992.

_____, 『日本レコード文化史』, 東京: 岩波書店, 2006.

_____, 『「はやり歌」の考古学 ― 開国から戦後復興まで』, 東京: 文藝春秋, 2001.

筒井清忠, 『西條八十と昭和の時代』, 東京: ウェッジ, 2005.

_____, 『西條八十』(中公叢書), 東京: 中央公論新社, 2005.

坪井秀人, 『声の祝祭 ― 日本近代詩と戦争』, 名古屋: 名古屋大学出版会, 1997.

_____, 『感覚の近代 ― 声・身体・表象』, 名古屋: 名古屋大学出版会, 2006.

戸ノ下達也, 『音楽を動員せよ』, 東京: 青弓社, 2008.

_____, 『「国民歌」を唱和した時代 ― 昭和の大衆歌謡』, 東京: 吉川弘文館, 2010.

古茂田信男 外, 『日本流行歌史(戦前編)』, 東京: 社会思想社, 1994.

菊池清麿, 『評伝 古賀政男 ― 青春よ永遠に』, 東京: アテネ書房, 2004.

吉川 潮, 『流行歌 ― 西條八十物語』, 東京: 新潮社, 2004.

渡辺 裕, 『聴衆の誕生 ― のポストモダンの音楽』, 東京: 春秋社, 2004.

服部嘉香, 『口語詩小史 ― 日本自由詩前史』, 東京: 昭森社, 1963.

三木卓, 『北原白秋』, 東京: 岩波書店, 2005.

森本敏克, 『音盤歌謡史 ― 歌と映画とレコードと』, 東京: 白川書院, 1975.

上村直己, 『西條八十とその周辺』, 東京: 近代文芸社, 2003.

勝原晴希 編, 『『日本詩人』と大正詩 ―〈口語共同体〉の誕生』, 東京: 森話社, 2006.

永嶺重敏, 『流行歌の誕生 ―「カチューシャの唄」とその時代』, 東京: 吉川弘文館, 2010.

土居光知, 『再訂 文學序說』, 東京: 岩波書店, 1927.

Anthony Stoor, Music and Mind, New York: Ballantine Books, 1992.

Curt Ries, 佐藤牧夫 譯, 『レコードの文化史(Knaurs weltgeschichte der schallplatte)』, 東京: 音樂之友社, 1969.

Friedrich Kitter, 石光泰夫・石光輝子 譯, 『グラモフォン・フィルム・タイプライター

(Grammophon · Film · Typewriter)』(上·下), 東京: ちくま書房, 2006.

제임스 프록터(James Procter), 손유경 역, 『지금 스튜어트 홀』, 앨피, 2006.

조너선 스턴(Jonathan Sterne), 윤원화 역, 『청취의 과거: 청각적 근대성의 기원들 (The Audible Past: Cultural Origins of Sound Reproduction)』, 현실문화, 2010.

레이먼드 윌리엄스(Raymond williams), 나영균 옮김, 『문화와 사회: 1780-1950』, 이화여자대학교 출판부, 1988.

_____, 椎名美智 외 譯, 『完譯 キーワード(Keyword)辭典』, 東京: 平凡社, 2002.

_____, 성은애 옮김, 『기나긴 혁명』, 문학동네, 2007.

로레인 고렐(Lorraine Gorrell), 심송학 역, 『19세기 독일가곡(The Nineteenth-Century German Lied)』, 음악춘추사, 2005.

베르너 파울슈티히(Werner Faulstich), 황대현 역, 『근대초기 매체의 역사(Die bürgerliche Mediengesellschaft 1700-1830)』, 지식의풍경, 2007.

스튜어트 홀(Stuart Hall), 임영호 역, 『스튜어트 홀의 문화이론』, 한나래, 1996.

저자 후기

몇 년 전 나는 『한국근대시의 이상과 허상』(2008)이라는 책을 낸 적이 있다. 그 책에서 나는 1910년대 한국근대시의 서구지향, 자유시지향이 불과 10년이 채 되지 않아 조선회귀, 정형시지향으로 표변하게 된 사정을 나름대로 다양한 차원에서 분석하고 해명했다. 그 가운데 그 표변의 계기, 원인과 배경 그리고 그 결과까지 조망하고자 했다. 그 책의 제목이 그러하듯이 결국 나는 그 책에서 1930년대가 저물기도 전에 이미 한국에서 근대시를 향한 이상은 허상으로 귀결되었으며, 그것이 식민지에서 근대문학의 가능성을 구상했던 이들의 운명이었다는 결론을 내렸다. 그리고 이 책은 몇 년 전 먼저 낸 나의 책의 속편에 해당한다.

이 책은 내가 박사학위논문을 마무리 짓던 무렵 나에게 일어난 한 사건를 계기로 이후 바뀌게 된 내 공부의 중간 결산이다. 그 무렵 나는 동국대학교 도서관에서 『한국유성기음반가사집』(1990~2000) 전집을 꺼내 들었고, 공교롭게도 김억이 발표했던 몇 편의 '시'가 유행가요 가사로 수록된 것을 보았다. 그 때의 놀라움과 당혹스러움은 무어라 표현해야 할 지 모를 정도였다. 당시 나로서는 그 사실을 어떻게 이해하고 설명해야 할지 알 수 없었지만, 그것이 박사학위논문을 쓰는 과정에서 미처 다루지 못한, 하지만 내가 언젠가는 반드시 규명해야 할 대목과 깊은 관련이 있다는 것을 직감했다. 그것은 바로 1920년대 일군의 문학인들이 천명했던 이른바 시가개량·국민문학론이 사실은 시를 둘러싼 인식만이 아니라, 제도나 매체 환경의 변화라든가 독자와의 의사소통의 구조와도 깊은 관계가 있다는 사실이었다.

그런데 나는 박사과정을 졸업하고 매우 우연한 계기로 동국대학교 한국음반아카이브연구소의 한국유성기음반 디지털아카이브 구축 과제에 참여하게 되었다. 그리고 내가 그토록 놀라고 당혹스러웠던 그 사실을 마주하면서, 새로운 연구의 과제를 찾아나가기 시작했다. 그 가운데 내가 오랫동안 골몰하고 있었던 김억을 비롯하여 그와 관련해서 주목하고 있었던 홍사용, 이하윤, 김종한은 물론, 그동안 나를 비롯하여 한국 근대시 연구자들이 변변히 관심조차 가지지 않았던 김형원, 유도순, 조영출 등의 시인들을 새롭게 인식하게 되었다. 그리하여 몇 년 동안 이들이 시로써 발표했던 작품을 유행가요로 취입하거나, 혹은 이들이 오로지 유행가요로 취입하기 위해 쓴 작품들을 통해, 나의 박사학위논문과 첫 저서의 허술한 점을 메우는 것은 물론 반성적으로 되돌아보게 되었다.

무엇보다도 그동안 한국 근대시 연구가 '시'가 아니라는 이유로, 문학 외적 사실 혹은 문학과 무관하다는 이유로 도외시하거나 염두에 두지 않던 영역에서 도리어 근대기 한국의 시와 문화를 낯설고도 새롭게 바라볼 수 있게 되었다. 또한 근대기 한국에서 시가 다른 장르의 문예물과 인쇄출판 매체 내부에서는 물론 동시대 유행가요와 음향매체와 한편으로는 경쟁하고 다른 한편으로는 제휴하고 있었던 사정을 발견하게 되었다. 이를 통해 한국에서 근대 자유시의 형성과정이 결코 순탄하지 않았음을, 무엇보다도 한국 근대시 연구자들이 믿어 의심치 않듯이 한국의 근대시가 서구의 문학적 근대(성) 체현의 도정을 온전히 따랐다고 볼 수 없다는 것을 깨닫게 되었다.

그래서 나는 동국대학교 한국음반아카이브연구소 연구원으로서 첫 발을 내딛을 때부터 박사학위논문에서 거론조차 하지 못했던 문제들을 해결해야 한다는 절박함으로 이 책을 구상하고 원고를 써 나아갔다. 그리고 마침 그 무렵 박사학위논문을 단행본으로 낼 준비를 하면서 그 원고의 말미에서도 조만간 새로운 공부의 결과도 세상에 내어 놓겠다고 쓰기도 했다. 하지만 과연 그 약속을 지킬 수 있을지는 나조차도 알 수 없을 때가 한두 번이 아니었다. 무엇보다도 이 책을 쓰면서 여섯 해 동안 무려 직장을 네 군데나 옮겨 다니며 동가식서가숙하는 신세를 면치 못했다. 새 직장으로 옮겨 다닐 때마다 함께 이고 지고 다닌 이 책의 원고들이 때로는 내가 감당할 수 없는 십자가처럼 여겨지기도 했다.

하마터면 버려질 뻔 했던 원고들이 이처럼 한 권의 책으로 묶여 세상의 빛을 보게 볼 수 있게 된 것은 나로서는 참으로 다행스럽고, 또 기적과 같은 일로만 여겨진다. 무엇보다도 그것은 오늘 이 책을 완성하기까지 나에게 고마운 기회와 은혜를 베풀어 준 분들 덕분이다. 우선 갓 박사학위를 받은 나에게 연구자로서 새로운 길을 열어 주시고, 이 책을 쓰기까지 많은 가르침과 자료를 아낌없이 베풀어 주신 배연형 선생님께 고개 숙여 감사의 인사를 드린다. 그분이 나를 유성기음반 디지털아카이브 구축과『한국유성기음반』(2011) 전집 간행 과정에 이끌어 주지 않았더라면 이 책을 구상조차 하지 못했을 것이다. 더구나 연배 차이에도 불구하고 늘 동료로서 대해 주시고, 삶의 고비마다 학문과 인생의 선배로서 베풀어주신 은혜는 몇 마디의 사사로는 도저히 대신할 수 없다.

이 책을 구상하던 무렵 내 공부에 깊은 관심을 가지시고 중요한 발표의 기회를 주셨던 도쿄대학의 스가와라 카츠야(菅原克也) 선생님께도 감사의 인사를 드린다. 스가와라 선생님은 일찍이『비교문학연구』지에 중요한 발표의 기회를 주셨지만, 내 의욕에 비해 일천했던 공부로 인해 선생님의 뜻에 따르지 못하고 말았다. 그때의 일은 두고두고 죄송하고 안타깝기만 했는데, 이 책을 통해 뒤늦게나마 지난 날 선생님의 후의에 보답하기를 바랄 뿐이다. 내 공부가 한 걸음씩 옮겨갈 때마다 마치 제 공부인 양 위로와 조언을 아끼지 않고, 이 책을 출판하는 과정은 물론 이 책의 이후까지도 함께 염려해 준 이철호 선생에게도 고마운 마음을 전한다. 아마도 그가 없었더라면 나는 진작 이 책을 포기했을지도 모른다. 또한 동국대학교 한국음반아카이브연구소에서 영욕을 함께 했던 서희원, 박대범, 김민선 선생을 비롯한 여러 옛 동료들도 잊을 수 없다. 그들의 노고가 없었더라면 이 책을 쓰는 데에 밑거름이 된 음반서지 조사는 불가능했을 것이다. 그리고 나의 거창한 구상만을 믿고 원고가 완성될 때까지 기다려 주셨을 뿐만 아니라, 거친 원고를 정성껏 깎고 다듬어 어엿한 한 권의 책으로 만들어 주신 현실문화연구의 김수기 대표님과 편집부 여러 분들에게도 감사의 인사를 드린다.

이 책도 누구보다 먼저 내가 태어나기 전부터 내 머리카락의 수까지 세어 두셨던 그분에게 봉헌하고자 한다. 나는 그분의 신발 끈을 풀어 드릴 자격조차 없지만, 마치 오래전 집을 떠났다가 하릴없이 돌아온 탕자의 심정으로 그분에게 내 삶과 공부를 의탁할 뿐이다. 그리고 내가 걸어야 할 험한 길인 데에도 언제나 기꺼이 함께 해 주는 나의 부모님과 아내 요안나를 비롯한 가족들에게 이 책을 바친다. 특히 이 책의 원고를 쓰기 시작할 무렵부터 곤궁한 살림을 견디며 그저 나 한 사람만을 믿고 묵묵히 뒷바라지해 준 요안나에게는 한 권의 이 책이 그동안의 노고와 쓸쓸함에 위안이 되기를 바란다. 그리고 이 책이 세상에 나온 것을 계기로 그녀가 잃어버린 건강과 평화를 되찾아 가족이 함께 있던 자리로 돌아올 수 있기를 바랄 뿐이다.

구인모 삼가 씀

찾아보기

유성기의 시대, 유행시인의 탄생
시와 유행가요의 경계에 선 시인들
© 구인모

첫 번째 찍은 날   2013년 10월 20일

지은이   구인모
펴낸이   김수기

편집   김수현, 문용우
디자인   김재은
마케팅   임호
제작   이명혜

펴낸곳   현실문화연구
등록번호   제300-1999-194호
등록일자   1999년 4월 23일
주소   서울시 마포구 합정동 433-28번지 2층
전화   02-393-1125
팩스   02-393-1128
전자우편   hyunsilbook@daum.net

ISBN 978-89-6564-082-0 93800
가격은 뒤표지에 있습니다.

이 도서의 국립중앙도서관 출판시도서목록(CIP)은 서지정보유통지원시스템 홈페이지(http://seoji.nl.go.kr)와
국가자료공동목록시스템(http://www.nl.go.kr/kolisnet)에서 이용하실 수 있습니다.
(CIP제어번호: CIP2013019928)